今 日 批 评 百 家

# 批评家印象记

JINRI PIPING BAIJIA
PIPINGJIA YINXIANGJI

主编　张燕玲　张　萍

作家出版社

# 目 录

南方文坛 1998 年《今日批评家》

南帆

陈晓明

郜元宝

王干

孟繁华

李洁非

**南帆**

本名张帆，1957 年出生。现供职于福建社会科学院，研究员。福建师范大学特聘教授，博士生导师。已经出版学术著作、散文集多种。曾获学术奖项、文学奖项六十余种。

# 边缘的阐释
## ——评南帆的文学思想

余岱宗

### 一、宿命的抗争：开放的话语探索

　　20 世纪的诸种西方文论被纷纷抢运到中国后，中国大陆的文学创作与批评经历了许多引进、发现、认同、移植乃至创造性的误读的陶醉般喜悦，如今，似乎正步入一个发挥自我心智的多元阶段。在此，我无意于对影响中国文学进程的社会景象作太多的描绘，也无意于对当下的中国文学现状做复古主义者般充满焦虑，或文学进化论者般乐观激昂的评述。许多时候，在对当前的中国文学的整体把握不是那么"驾轻就熟"的状态下，把目光投向那些与"新时期文学"（也许这已经是一个勉强的命名）以及所谓"后新时期"的文学潮汐相始终的文学思考者和评论者那里，也许更有益于与当下的文学以及与文学相关的诸种文化观念展开比较深入的对话。于是，年近不惑的南帆便走进了我的视野。这位从他"年轻的时候"开始无论是学术操守还是理论作风都容易给人以"少年老成"印象的文学理论家，他的文学理论的"边缘性"引起了我的研究兴趣，某种意义上，南帆的文学思想使我对当代中国文学理论的学者在研究"问题"之时的开阔度、灵活性、思辨力和创造力产生信心有了活生生的依据。南帆对于诸种"中国文学问题"阐释却产生着根本性的观念哗变的颠覆力量。

　　南帆在他的一本书的序言之中提道："我明白，这种学术兴趣以及进入路线同一代人的经历有关。这一代人曾经长期处于社会的漩涡之中，每一次沉浮起伏均涉及他们的生存命运。这决定了他们对'中国问题'的切肤之感和投入程度。"①如果一种学术研究与一个人的人生际遇毫无关联，很难想象作为一个研究者将从何处找到学术研究的情感动力，但作为一个学人，关键问题还在于如何把他丰富的人生体验转化到学术领域的框架内。南帆对"中国问题"研究的起点和终点通常是中国的当代文学问题，所以我更愿意将南帆所提到的"中国问题"理解为"中国当代的文学问题以及文化问题"，当然，这并不意味着南帆仅仅是一位通常意义上的"当代文学研究者"，而是强调南帆研究当代问题的投入以及对自我的当代社会文化位置的清醒。

在当代，在纯文学失去文化中心位置后，新写实、新状态、新体验、人文精神反思、女性主义，以及各种以"后"为"前缀"的理论旗幡的相继出现，即使此种大概念内涵模糊，外延广泛，但对推进当代文学发展，也许仍不失其真诚。但南帆对于"主义"好像没有显示出太多的热情，他感兴趣的是"主义"中的"问题"。对于纷繁复杂的文化及文学现象，对于庸俗社会学，南帆怀着深刻的警惕。在对结构主义的情感模式叙事语法作了热诚探究后，南帆对于结构主义式的"化简"工作之后隐藏的逻各斯中心主义有了批判的态度，接着，他对各种闪烁变化的符号发生了极大的兴趣，对表意活动的研究为南帆开辟了文学批评和文化批评的无限境地。我曾经问南帆这种变化是不是有着一个痛苦的决裂过程，南帆没有正面回答我的提问，而是说他从接触文学批评以来，总是很自觉地注意文学的形式问题。我猜想，正是这种对文学形式的敏感使南帆对于接近文学本体的理论没有出现过什么"消化不适"的为难境况而是不断涌动发现的惊喜以及不谋而合的精神满足。南帆几乎没有"失语"过，他的旺盛的创造力常常带动着他的理解力，他关注着新登陆的理论，同时尊重自我的艺术感觉和理论判断。

南帆重视积累和吸收，但"解决问题"才是南帆进行批评写作的出发点。在这点上的"务实"，来自南帆对"中国问题"解不开的情结。对世纪末中国文学何以自为的思考，对文学是通过何种系统与社会各个层面发生彼此缠绕的联系，对批评话语于当下的人文环境应保持一种什么样的姿态，今天的南帆有了一个清晰而坚定的切入点，那就是语言。

南帆并没有像结构主义者那样将文学语言看成是一个自足的系统，他发现，今天许多批评家对文学内部的语言有着深入的探讨，但对于文学话语与社会话语之间的关系却缺乏足够的重视："批评家仍然将一个重要的语言环节置之度外——这里指的是文学话语与社会话语光谱之中诸多话语系统之间的关系。可以看到，多数批评家仅仅将他们的涉足范围圈定于文学话语的边缘。在他们看来，文学形式的历史显明了文学话语自律的内在逻辑：文学话语并不是日常用语的复制——即使现实主义小说也不是日常用语的如实照录。文学批评无须越境投入另一片陌生之域。这就是说，由于文学话语与日常话语的差异，批评家守住了文学话语而将日常用语弃之不顾。然而，如果将社会话语光谱作为背景，这种差异关系可能恰恰是一个深刻的问题。"② 南帆便是沿着这种话语系统间的"差异关系"开始了他的思想"越野"：文学话语与政治话语的差异，文学话语与商业话语的抵牾，文学话语与民间话语的磨合，以及各种话语系统在大学话语中的微妙演变等成为一个开放的、不断延续的文学研究的关注对象，这被南帆称为"功能性的文学考察"。从文学话语中提炼审美的原则甚至从文本中抽象文艺写作的公式，或是以某种理念居高临下检验具体文本的写作或阅读的流程，这种努力自然有其可取之处，多少能够浮现文本内部的诸多富有真知灼见的写作技巧或审美规律，但不管是经验式的归纳还是"理念"先行的推演，往往是把文学当成一个具有意义中心的话语系统，而且此种意义中心常常是单一的，于是这就自然而然出现了批评的贫乏，即使拥有几种几十种几百种甚至上千种的批评原则，就能保证批评的"充分"吗？把某种限定性结构强加给本来完全有自由游移权力的文本符号，实际上表露出追求终极本源的企图。从某种意义上说这是一种批评的简化。南帆摒弃了任何一种恒定的"终极方程式"，他认为功能性的文学考察是联系共时态的诸多社会话语系统。这种认识自然使南帆的批评走到了一个非常广阔的理论境地，但接踵而至的便是不断的理论冒险：当传统的文学原理不再成为其最可靠的理论武器时，南帆的自我放逐不能不令人担忧——除非他在此种话语批评的理论背景下拿出具体的分析成果。话语批评实际上是一个最具实践性的批评方式。南帆充分意识到了这一点："文学话语与其他话语系统之间的对话、冲突、协调、分裂将是这种考察的主要内容。当然，这并不意味着一种草率的比附和几个大而无当的概念，这种考察将进入叙事、修辞、话语类型特征等种种具体而微的层面。"③

在进入南帆的话语的功能性考察的诸多文章中，我们有必要再次审视一下话语与权力之间的关系。福柯说："哲学家，甚至知识分子们总是努力划一条不可逾越的界线，把象征着真理和自由的知识领域与权力运作的领域分隔开来，以此来确立和抬高自己的身价。可是我惊讶地发现，在人文科学里，所有门类的知识的发展都与权力的实施密不可分。"④福柯认定人文科学是伴随着权力的机制一道产生的，不过不能把这种"权力"先验地同压抑联系起来，权力不仅仅是一种遏止性的力量，知识权力的"运作"具有一套十分复杂的机制。在我们通常看到读到的所谓"真理""本质""典型""意义""人民"等貌似中立的字眼中，实际上受制于纵横交错的话语权力的网络。可以说不存在一个不包含权力的中立的话语系统。福柯对话语权力分析多是挑战西方理性与科学筑成的不可一世的理论堡垒，更多的是消解西方文化中的某些似乎不可动摇的话语内涵，如福柯对精神病、监狱、疯人院等概念的"大唱反调"。南帆同样认定"主体是诸多话语关系的总和"。但他从一开始就把目光逼近中国的文化文学问题。南帆洞悉话语的权力的运作机制，常常是一方面联系着文学的审美特性即审美话语的权力运作机制，另一方面将中国历史的、政治的、民间的、学术的话语生产系统纳入考察范围。话语权力概念的确立，使许多看似正常或貌似蹊跷的话语问题得到一种可以深入论证的可能。

　　可一旦我们确认各种话语系统存在着权力制衡和权力再分配的问题，另一个难局就随之浮现，即我们现在正在进行的话语书写难道不是希望他人对我们的言说持肯定的态度才让我们感到有书写的必要吗？这难道没有隐含着一种话语权力吗？于是，就在南帆沉浸在破译话语权力密码的探索快感中时，我曾经问他："你现在不也在行使你的话语权力吗？"南帆所了，目光有点沉重地回答我："这其实是一种宿命的抗争。"他说，"我个人确实同样无法超出知识与权力关系的限制。我也同样必须宿命地进入某种学术视域，进入某种洞见与盲区之间。我所能做的仅仅是，保持对于这种学术视域的怀疑与质问，承认盲区的存在；我想，这种怀疑、质问、承认是保持思想弹性的重要条件。"我接着问南帆，那么，是不是意味着若干年后或者几十年上百年后，我们今天非常认真非常严肃地讨论着的一些话题在另一维度看来，不过是一个十分可笑的发问，就如人类一争辩一思考，可能上帝就发笑了。南帆几乎不假思索地说："完全有可能，语言塑造了人们，同时囚禁了人们。也许我们今天讨论的问题完全有可能成为没有探讨必要的问题。有些时候，革命式的转换一下子出现了。人们纷纷抛弃了一批旧的问题，另一批新的问题迅速涌入研究的核心；这时，旧的问题并没有得到解决——但是这些问题失去了原有的分量而过时了。这些问题如同一些陈旧的故事失去了观众。牛顿的学说得到认可之后，人们不会再为地心说之中某些尚未完成的局部命题耗费精力。这意味着什么呢？这意味着旧的学术视域遭到了废弃，新的学术视域已经形成。这同样是学术研究之中一种极为重要的进步形式。"

当南帆陈述至此，我发现所谓自觉的"失语"可能并不是最可怕，可怕的倒是一味地浸淫在某一陈旧的话语系统中而毫无觉察，自觉的"失语"则可能是怀疑的开始，是创造的发端，而人文学者如果对自己所在的语言系统的位置毫无敏感的巡视，甚至不愿环顾"他者"的语言系统，则可能成为一个循规蹈矩的积累型学者而很难成为具有"转型"意义的学者。所以，南帆宣称他更重视一个学者的"精神量级"，我想这还跟一个学者愿不愿在精神领域中"冒险"有关。思想的懒汉是不太可能在各种语言系统的边界策动一次又一次的理论探险的。南帆专注于话语批评理论，这意味着他必须不断进行自我突破，话语系统的边界是开放的而且是不断变化拓展的，话语批评的边界也应该始终处于开放的状态，新的话语以及话语系统间的新的关系总是处于或明或暗的变化，作为批评家——诸多话语系统的监察者，应该有着一种职业的敏感能力，同时又该具备深刻的分析能力，这就要求一个优秀的话语批评者常常要站在理论的制高点，观察语言气象的阴晴变化和风雨雷电，话语是开放的，话语探索同样是开放同时又不断充满着智力的冒险。

我形容南帆是一位"高蹈派"的批评家，这种带有明星风范的（但愿不要将此明星当成彼明星）批评家必须同时拥有坚实的学养和创造的勇气。空洞的学术表演和僵硬的学问堆积在今天已经占据了不少的理论空间，这使得我们的批评领地既"过剩"又"贫乏"，我并不认为南帆的文学思想处处创新，但至少在他的理论思路上，时时耀动着突破传统观念的活力，这使得我们在了解了南帆的主要思想轮廓后，有必要进一步解读他的理论实践，即南帆所称的"功能性考察"。

## 二、批评的实践：功能性的考察

南帆的文学理论阐释既有大处着眼，有大刀阔斧，也有微观分析的洞幽烛微，他认为结构主义具有"高结构主义"和"低结构主义"之分，"低结构主义"成绩坚实，可靠，有章可循，如热拉尔·热奈特、托多罗夫，"高结构主义"热衷于重新设置方向而不屑于沿袭传承下来的问题。南帆显然偏于"高结构主义"的类型，但对"低结构主义"南帆从来没有轻蔑地忽略，相反，在南帆沿着"高结构主义"的方向行进之时，我们不难看到"低结构主义"的理论成果成为南帆论述的有力支持。其实"低结构主义"并不意味着丧失创造性，"低结构主义"不过是未触动传统理论的根基，但并不排除在传统理论的基础上发生局部的创造性阐释。而"高结构主义"如果没有"低结构主义"似的"小心求证"，其理论创新就难免出现论证上的"硬伤"。所以如果不将南帆对文学理论的根本性阐释与他对具体的叙事、修辞、话语类型的功能性的考察联系起来，可能就无法全面地认识南帆话语批评的力度和广度。

各种话语系统在各类文学文本中是如何成为主流或是某种话语系统又因为何种文化背景政治背景在文本中悄然退潮？优秀的审美作品对于何种话语系统应保持着积极的吸纳状态？文本中的某种叙事手法是否与某种话语权力的崛起与消退有关呢？审美话语的内在机制是否使审美话语天然地具有某种独立性呢？这些问题往往成为南帆对各种话语的功能性考察的主要论题。

我们不妨看看南帆是怎样梳理修辞、话语系统与权力这三角关系。南帆认为："一方面文学与修辞学之间具有某种天然的亲和力，人们很大程度地将文学视为语言的技术；另一方面文学又向修辞学暴露出，社会历史从来没有将语言的技术当成无足轻重的游戏。某种意义上可以说，语言的技术同样属于征服的技术。这是权力机构不可出让的领地。这里，人们终于察觉到修辞、话语系统与权力之间的复杂关系。"⑤由此展开，南帆发现五四时期的白话文并没有取得多少修辞学的进展。白话文既有的种种修辞并不是五四时期新文化运动的真正成果，这场修辞革命的根本后果是颠覆了文言文的传统权威，为白话文谋取了应有的席位。因此，与其说这是一场修辞之争，不如说这是一场文化权力之争。而在接下来的历史进程中，南帆又发现，一些左翼理论家竭力主张无条件地通俗，知识分子话语在一整套民间修辞的侵袭下黯然失色，但是大众仍然仅仅是言说的对象，他们并未真正成为话语的主体。大众话语的浮现并不是来自"大众"这一群体的文化扩张，大众话语与知识分子话语的抗衡毋宁说是政治的导演。当政治权力获得了居高临下的位置之后，政治话语同时获得了领导大众话语的资格。政治权力面临的另一个工程便是改造民间，诸多原本被倡导的民间修辞在政治话语的压力下纷纷解体，悄然转变为后者的附属品。一些作家对于方言俗语的迷恋和迁就受到了批判，一些文本中残留的乡鄙之气与正统语言风格的对立。这实际上是修辞对于政治话语的一个有意识的抵制。而所谓"欧化"的文本再度被接纳则表明了知识分子话语对于小说的重新介入⑥。南帆论述这个极具我们本土特色的话语、修辞、权力的三者关系，引入了相关的启蒙学者、革命文艺理论家、乡土作家、政治家、当代作家的文学主张、政治讲话、具体文本等文献资料,行文中常有精彩的微观分析,如政治抒情诗与新民歌的关系,如闰土失语与《爸爸爸》中仁宝对政治话语的模糊感觉,各种在传统理论的统摄下可能是风马牛不相及的修辞现象通过话语批评理论的分析得到了鞭辟入里的阐释。这种考察已经不是在旧材料发现疑点或是做些机智的推测,而是在旧材料的基础上发现其中与传统理论迥异的新的关系。

南帆的功能性考察还将他的视线延伸到文本内部某些特定叙事手法的分析上,比如他对小说反讽手法、小说第一人称叙事的分析。当然,这些似乎是技术层面分析的题目,多少有点"低结构主义"的意味,但深入这些批评文本,便明白南帆感兴趣的显然还是话语问题,南帆并不是在传统的意义上谈小说技法,而是辨析小说写法中的话语功能以及话语权力,如何影响小说技术层面上的诸多要素。

南帆仍然选择了中国读者熟悉的作家如王蒙、王朔的作品作为他的分析对象,透视其文本的反讽语境。南帆认为"二王"的反讽有个异曲同工之处,就是他们的大量反讽都来自政治辞令与语境之间不同型号的混淆,他们的反讽常常是"打散"与"重新组合"各种不同的话语系统,或是政治话语植入非政治语境,或是民间俗语瓦解貌似一本正经的政治话语,语言的反讽常常是一种话语系统与另一种话语系统的巧妙周旋。情境反讽和总体反讽中尽管语言的对峙不是那么明显,但也潜伏着不同话语系统的多方牵制,D·C·米克认为总体反讽存在于我们面对的基本的、无法解决的许多对立面中,如德中有恶,恶中有德,纪律与自由,"对于诸如此类的对立面无法调和的人来说,唯一的选择就是反讽"⑦。总体反讽的相对主义的立场联系着不同话语系统僵持状态下反讽叙事者的自我超越,也就是反讽叙事者清醒地认识到不同话语系统彼此制约的两难境地,最终采取了中庸的自嘲嘲人的解脱之道。

可以看出,以话语理论考察反讽的某些功能性特征,要比单纯地从逻辑或是从某种幽默形式研究有独特的视角,至少在联系具体的文化语境上显出丰富的理论表现能力。

在《第一人称: 叙述者与角色》这篇文章中,南帆给我们讲了一个第一人称叙事话语的曲折经历中,从所谓叙事之"真"历史演变过程中,推演出"故事的最终呈现必须受到叙事话语的控制和限制。更大范围内,叙事话语的意义也可以回归为人与世界的关系: 人们所接受的叙事体,实际上亦即人们赖以接受和转译世界的框架体系之一"⑧。这个结论使我联想到南帆的另一篇关于"语言现实主义"的论文，在这篇作品中，南帆分析现实主义的"逼真性"如何依赖文化成规和体裁模式等多种叙事方式时，指出："很大程度上，语言同时也是真实的本源之一。语言结构强行挤入真实，进而制造出某种真实结构。"⑨如果把两篇论文参照来读，不难发现南帆竭力破除以任何名义提出的文本的"逼真性"的神话，揭示语言是如何协同种种意识形态与文化代码为人们制造巨大的真实之感。

读南帆这类"功能性考察"的论文，我常常想，南帆一直在揭穿的修辞的策略之后的话语权力的运作，拆除叙事的"逼真感"之后的种种"障眼法"，南帆这些论文的整体指向是否定性的解构，但就在这种解构过程中，原本被遮蔽的文化成规、叙事成规和意识形态渐渐浮现而出，其对审美作品功能性的建设作用同时得到了阐明，因而，南帆的这种功能性考察同时又具备对结构主义的"肯定性"的叙述。所以，我又将南帆的此类的"功能性考察"称为"解构式的功能考察"。

当南帆沿着"解构式的功能考察"扩大他的分析视野时，我又不能不产生一种担心，即南帆的话语批评是否面临着"诠释过度"的危险，南帆是否应该给自己的分析界定一个可以看得到的目标？南帆的批评话语是不是可以为自己树立某种带有终极色彩的理论高度，也许这让比较推崇完成一个自我理论系统的某些学术圈子能产生一个南帆有自我体系的印象，否则，尽管南帆有非常过人的思辨能力，但他好像总是在做拆除的工作，而对建设一个自足的体系似乎没有显出足够的热情。于是，带着这种疑问，我们有必要再次审视南帆的批评思路和批评观念。

### 三、批评的维度：在边缘处阐释

要给批评话语划定一个界限是件十分困难的工作，批评话语虽然有其独特用词和一定的论述规范，但同时批评话语也在不断接受各种历史的日常话语的渗透，可以说批评话语与许多话语类型一样也是处于动态的变化过程中，但批评话语的不断的变化和批评话语内部的分类不等于可以取消批评话语和独立性，诸如比较规范的批评话语往往比文学话语少些感受性的描述，批评话语论述需要具备自我的理论"免疫力"，批评话语视野要尽量开阔，否则即使在小范围内论证正确，但在更大一点的理论范围内不断出现例外，其批评话语的普遍适用性就难免受到怀疑。诸如此类的"规则"应该说是绝大多数的批评话语所应该遵守的规范，但常常是符合批评话语的基本规范的批评并不能让人满意，有时甚至让人感觉到平庸，那么，批评话语还需要什么样的特质呢？批评话语将选择什么样的姿态参与文化的意义生产？

当批评话语还是文学话语的仆从之时，那么批评话语的意义生产的终极控制权实际上仍然掌握在文学家的手中，从新批评"意图谬误""感受谬误"从而提倡文本内部的细读到更激进的罗兰·巴特的"作者已死"，20世纪的文学批评一次次宣告了批评话语的独立性，而且在厌倦了印象批评和某些结构主义"数学化"的量化分析后，批评话语与文学话语的距离好像越来越大，加之新的批评概念批评术语的不断产生，文学家以揭穿皇帝的新衣的勇气声称读不懂新词迭出的批评话语声音并非少数。那么批评话语是否已经陷入自说自话的"危机"呢？可是，当我们议论到"批评的危机"这个话题时，南帆的"理论"表情好像并不紧张，反而有种早已思考过的放松，他说："在我看来，'危机'形容的是一个学科即将瘫痪：这个学科的概念、范畴开始失效，学科逻辑无法正常地延续，传统的学术视域不可能接纳种种崭新的事实，如此等等。这个意义上，我对这样的判断感到了怀疑：中国的文学批评已经滑到了分崩离析的边缘吗？的确，某些批评仍然保留了颐指气使的遗风，另一些批评开始沦为令人反感的广告术。然而，人们似乎没有理由将这一切视为文学批评的全面陷落。事实上，学科的理论框架和固有逻辑是对个人素质的超越，学院式的一丝不苟体现出的严谨规范恰恰是对上述两种批评的理论清算。种种局部的溃疡仍然不是一个学科即将解体的表征。"[10]在这里，我注意到南帆是以是否具备学院式批评的严谨规范和一个学科能否接纳"崭新事实"来作为一个学科生命力能否得以延续的重要衡量标准的。在南帆看来，基于作家生平和创作谈基础上的"跪式批评"是无益的，同时批评家也不宜充当手把手地指导写作的教练。"他们更多地躲到了深奥的概念和严密的逻辑背后，通过理论的复杂运作发现种种让作家惊奇不已的意义。的确，这些发现很少插入作家的写作，协助他们改善某一个细节的描写或者调换故事的结局。这种批评更像在遥远的地方表演种种强大的思辨和一系列理论奇观。这种批评将作家置于庞大的理论布景之下，让某种理论的犀利和奇思异想打动作家，震撼他们的思维习惯，甚至让他们在难以置信或者急欲辩白的气氛之中不知不觉地改变了自己既定的写作。这是文学话语与批评话语之间复杂的对话。……这种批评话语不是影响某一个作家，而是影响文学话语再生产的文化环境。"这种对话关系其实在南帆的文学阐释中远不止于文学话语与批评话语之间的关系。从南帆整体的文学观念来说，对话关系几乎贯彻在他对文学话语、批评话语每一个方面的论述过程中。批评的话语不但独立于文学话语，而且穿行在政治话语、经济话语、民间话语、科学话语、性话语、文学话语的缝隙之间，批评话语与各种话语系统的对话既是历时的又是共时的，既是独立的又是积极参与的。关于知识分子与各种话语系统发生对话的效果，南帆认为在于"他不会盲目地服从社会文化的光谱结构。他能够察觉既定文化光谱之中的不合理，察觉这种不合理所造成的遮蔽可能导致某种生存维度的消失；于是，他能够依据一定的专业知识阐发某种话语类型，使之在社会文化光谱之中发出更为有力的声音。这很可能会遭受另一些强势话语类型的抵制和压抑。这时，对话即是冲破抵制和压抑的手段。对话是一种展示，一种沟通，许多时候还不可避免的是一种反抗"⑪。关于学术话语在与不同话语类型的对话，南帆并没有将其看成是一蹴而就的话语权力之争，南帆认为："许多时候，不少人或许将对话想象得过于简单。他们觉得，只有就共同的问题在语言上直接往返才能算对话。这过于狭隘了。我对于对话的理解远为宽泛。从一个社会文化光谱的意义上说来，甲骨文研究与股票投机之间同样存在着对话。不同的知识类型之间存在了某种紧张，这即可看作对话。……学术话语将在日常话语之间显示了一种独特而倔强的存在。这样的存在不仅使社会文化谱系保存了某些必要的生存维度，并且这种存在还将对其他类型的话语产生或大或小、或强或弱的呼应、推动、比较、遏制、冲突、评判、竞争——这就是对话的多种形式的展开，包括潜在的展开。……今天，在多数场合，人文学科的知识分子不再充当精神领袖，但是，他们仍然有必要积极介入、参与种种对话，让他们的声音、立场成为社会文化光谱之中一个不可抹灭的，甚至是不可忽视的存在。这是一种职责。换一句话说，他们不是领袖，但他们的职责、专业知识以及种种修养都驱使他们关心公共事务。"⑫作为学术话语之一的文学批评话语同样要在参与多种话语系统对话中保持积极的影响力，对话的有效性的获得同时还依赖于对话主体的学术视野和思辨能力，如果批评者对于显在和潜在的对手的话语系统的生产机制因为偏见或是因为无知而不屑或根本无法理解，那么由此产生的对话的失效就难免"失语"的尴尬。批评话语常常穿梭于各种话语系统的边缘、缝隙、盲区，从而发现话语间的分歧和冲突，在既疏离于各种话语系统，同时又不断与各种话语系统摩擦、冲突、抗衡的过程中获得批评话语的反抗力量，获得批评话语的生存维度。南帆对各种符号系统之间的差异有着相当的敏感性和警觉度，对各种类型的关键词甚至其支离破碎的语言残片，南帆好像有着迅速捕捉和深度分析的本领，除了专著和论文，南帆创作的大量散文都与话语分析有着密切关系，读他的散文，即便是符号学、话语分析的门外汉，也能在南帆对人的面部表情、人的手，或中国武术和西方拳击，或日常生活的某个细节的文学化的符号分析中获得阅读的快感。这又让我想起了法国的罗兰·巴特，他的脍炙人口的《符号帝国》好像能够在中国找到异曲同工的呼应。基于这种不仅仅是靠理论学习就能获得的灵性，南帆不断显示出他对各种类型的话语特点的灵巧把握和深度理解。如果允许来点印象批评的话，我愿意形容南帆的话语分析好像是一位带着狡黠微笑的风的精灵在繁茂的话语森林中发现各种语言生态的宏观面貌和微观变化，然后再返回精灵的话语城堡，写下对森林的监察报告，这片多姿多彩的大森林也许在许多人看来已经古老得太少变化了，但在精灵的考察中，却明白地记录着各个物种细微的变化以及关系着物种生长的土壤、气候、地貌的历时和共时的详细分析。

在话语的边缘处探索的南帆并不准备建立一个哪怕能在一定范围内具有通常意义上的权威解释的自足的理论系统，在他看来，有这个想法可能就与他的批评方法存在着相悖之处，既然"真理似乎是一只飞来飞去的、但却永远扑打不着的蝴蝶"[13]，那么"没有一个终极的生存，为什么要虚构一个终极的真理呢？"[14]南帆坚定地相信文学话语以及文学的批评话语能够在日常现实中开启一个新的维度，他是一个文学批评乐观主义者。但他又无法想象出文学批评能有一个绝对的理念，能有一座悬空的、超凡脱俗的批评话语的宝座，他再次强调："所有的认识主体都不可避免地拥有一个立场，拥有一个立场的具体历史情境之中的最大视野和所有局限。世界是一个独立的存在，但人们的认识只能是这个立场的基础之上的产物。……许多古典名著的阐释不会终结；在我看来，这不是陷入一个无望的迷宫。古典名著是一种有效的话语场，每一回阐释都包含了主体的重新定位——在新的权力和利益网络之中重新设计文化战略与生存策略"[15]。"科学的知识积累是直线递进：人类从原始的工具制造、发明机器直至登陆火星，历史的轨迹一目了然；相形之下，人文学科的知识积累时常像固定圆心之后的半径放大；种种理论不断地返回某些话语的策源地，一次又一次地解说某些基本问题——例如，《红楼梦》的解说迄今仍在增加，阐释的终点几乎遥遥无期。"[16]在这遥遥无期的阐释的征途中，南帆拒绝坠入虚无的苦闷，他在行进的过程中发现了语言风景的动人和心智自由驰骋的欢悦。所以，从最低限度上说，南帆是一位文学的信徒，是一位审美的信仰者。

## 【注释】

①南帆：《心智的自由》，载《当代作家评论》1995 年第 5 期。

②③南帆：《语言的魔力：坚守文学的维度》，见《未来的文化空间》，孙绍振、南帆等主编，福建人民出版社，1997。

④ [ 法 ] 福柯：《权力的眼睛》，上海人民出版社，严锋译，1997。

⑤⑥南帆：《修辞：话语系统与权力》，载《上海文学》1996 年第 12 期。

⑦ [ 英 ]D·C·米克：《论反讽》，周发祥译，昆仑出版社，1992。

⑧南帆：《第一人称：叙述者与角色》，载《钟山》1993 年第 3 期。

⑨南帆：《语言现实主义》，载《上海文学》1993 年第 3 期。

⑩⑪⑫⑬⑭⑮南帆：《作家与批评家》，载《南方文坛》1998 年第 1 期。

⑯南帆：《批评的参与：话语再生产》，《学术思想评论（第三辑）》，贺照田主编，辽宁大学出版社，1998。

（余岱宗，福建师范大学中文系）

**同期声：**

低调的乐观 // 南帆

作家与批评家 // 南帆

**陈晓明**

1959年2月出生，福建光泽县人，1990年获中国社会科学院文学博士学位。曾在中国社会科学院文学研究所工作十多年。2003起在北京大学中文系任教授、博士生导师。2012年起成为教育部"长江学者奖励计划"特聘教授。担任中国文艺理论学会副会长，中国当代文学研究会副会长，中国文学批评研究会副会长等职。主要研究方向为中国当代文学和后现代文化理论等。出版有《无边的挑战》《德里达的底线》《中国当代文学主潮》等三十多部著作，发表论文评论近四百篇。

# 英姿勃发的文化挑战
## ——陈晓明和他的文学批评

孟繁华

　　20世纪90年代已过大半，置身其间的我们曾有的焦虑并未全部消退，话语的多元性使热爱言辞的我们似乎各得其所，但是，每当面对红尘滚滚的日常生活和文化生活，我们无论怎样表达都会进退维谷言不及义。我们所知不多的现代生活新经验，使我们丧失了有效的言说能力并深感迷失而难以确认自己。于是，每当我看到身边朋友的文章或同他们交流时，总会情不自禁地注意他们的话语方式，并追寻他们在从事一种怎样的文化实践，或者说，他们是如何重新实现了自我确认的。这种自我确认并不是通过自我评价实现的，而是通过他对各种事物的态度和话语方式得以证实的。这种证实，不仅在于他获得了话语权力，同时表达了他拥有了言说的动力和资源。陈晓明作为身边的朋友，我始终关注着他的批评活动，对他的观念和操作方式，无论我赞同与否，他都是一个不可忽略的存在。而且我注意到，无论是在公开的还是私下的场合，陈晓明和他的文学批评已是人们经常议论的一个话题。这足以证明，陈晓明无可争议地成为当代文学批评最具活力的公众人物、最具挑战性的批评家之一。在文化失败情绪弥漫四方、批评群落逐渐萎缩的 90 年代，陈晓明不置一词并英姿勃发地坚持在文化挑战的滩头，从而成为文学批评营垒中的坚定分子，这虽然已无悲壮可言，但他的文学批评却是 90 年代给我们留下印象最为深刻的文学批评的一部分。这一评价虽然远不够时尚，却是我的由衷之言。当然，陈晓明并不是恰逢其时的幸运儿，在他脱颖而出并在文学批评领域获得突出成就的背后，他同样经历了一个积蓄、坚忍和以求一逞的漫长过程。

## 文化压抑下的知识准备

或许可以这样说，轰轰烈烈的 80 年代并不属于陈晓明这样的批评家。他虽然经历了 80 年代的文化洗礼，目击了父兄们悲壮而辉煌的业绩，但留给他更多的却是热闹而平淡的记忆。对这个年代，他在情感上怀有深刻的矛盾，一方面，"那毕竟是一个在文化上有追求的时代，毕竟还有一部分怀有真实的人文主义理想的知识分子。虽然我和我的同辈人大多数未必赞成那种理想，然而，在情感上却又存在深深的怀恋"。另一方面，"八十年代的知识分子主流文化对我们这个年龄层的人来说，一直是一个巨大的屏幕，我们怀着兴奋的心情观赏，偶尔也参与，随后却在努力等待这个伟大神话的破产"[①]。这种矛盾的心情，让我们看到了一个青年知识分子的内心深刻的犹疑和感伤。他无法认同那一时代虚假的"理想"承诺，同时又无法找到文化"最后的栖息地"[②]。因此，80 年代陈晓明在文化上面临着双重的压抑。这种压抑显然与福柯所说的"认知意愿"相关，而在它的背后隐含的又恰恰是一种权力的运作。

认知意愿联系着"知识型构"，无论是认同还是排斥，都是"知识"在支配着我们的意愿。后来在陈晓明的著作和谈论中，我们会清晰地发现，80 年代对他构成的压抑感，不是来自他那并不扎实的集体记忆，而更多的是源于他与 80 年代主流文化相去甚远的知识型构。可以说，陈晓明虽然是在 80 年代接受了完备的理论训练，但他一开始就将目光投向了遥远异域。当代文学在 80 年代所发生的深刻变革，仅仅成了他接受教育时代的文化背景，它并没有在"知识"层面给他以深刻的影响。他的研究从新批评、现象学和结构主义开始，其间经历了海德格尔和萨特存在主义的洗礼，然后直奔德里达、拉康和福柯，从而从一个"存在主义者"变为一个操练"解构主义"和"后现代主义"话语的人[③]。应该说，《文本的审美结构》这本鲜为人知和谈论的著作，于陈晓明来说是相当重要的。在这本著作中，我们会感到他系统而完备的西方现代文论和思想的积累。在 1987 年，从事当代文学批评的人几乎很少有人能像陈晓明那样阅读如此广泛并深有体会。这样的知识准备虽然在当时不可能产生功利性的影响，却为陈晓明日后的独标高举奠定了扎实的理论功底。

对于当代文学批评，我们常常听到其他学科对它的微词，这自然与偏见有关，但认真地反省一下也并非全无道理，其中最要害的就是当代文学批评知识性的匮乏。在更多的批评中，我们常见的是批评者的态度和立场、心情和印象，没有多少人能在文学本体论的范畴内展开论述，这与论者对本文构成理论和"文学世界"所知甚少有关。陈晓明的理论批评无论我们赞同与否，都无法忽视的是他将当代文学批评与"知识"结合的一贯努力。许多年过去了，无论是他对 80 年代文学神话的反省，还是对 90 年代各种文学现象诸如先锋小说、新写实小说、都市小说、女性文学、大众文化以及具体的作家作品的评价，其中都隐含着叙事学、语言学、系谱学、文化学、解构理论、镜像说、本文结构等"知识"性的理论，这不仅使他的批评因其理论色彩而别具一格，同时也使他因此而拥有了扎实的文风和学风，并从一个方面实现了改变当代文学批评浮泛的期许。

陈晓明的这些"知识"，曾遭遇过来自多方面的质疑或批评，坦白地说，我对"后现代"旋风也持有不同意见，这在我的许文章中都有所表达。但我仍不同意笼统地对他进行否定，轻率地指斥他的"西学"观念。平心而论，陈晓明的选择自有他的道理，当代文学理论的匮乏已成为不争的事实，在这样一个并不令人鼓舞的文化背景下，包括陈晓明在内的部分青年批评家以策略的方式"借贷"或"租用"部分西学去阐发我们并不熟悉或旧的理论难以解释的文化现象，其用意或"别无选择"是大可理解的。那种抽象的指责一方面是在借助意识形态的霸权力量，一方面也是在极力掩饰自己在知识方面的欠缺。说得不客气些，这同样是一种虚弱的表现。假如在知识层面能够同他平分秋色，也不至于运用那样简单或暴力的方式。我可以不同意他的观念，但我必须捍卫他言说的权利。

## 出场后的孤军深入

90 年代初期的中国文化曾出现了一段短暂的空场，虽然先锋文学气势如虹，但面对这陌生的文学新军，批评界却表达了无以言说的尴尬。先锋文学放弃了百年中国启蒙的主流话语，他们没有给定的也没有自我设定的文化目标，面对既有的语言秩序和文化范型，他们实施了一次声势浩大的"无边的挑战"。但当时鲜有人能够解读他们，一些无论批评还是褒扬的文字大半不得要领。这一文学景观令陈晓明兴奋不已，他多年忍耐等待并以求一逞的时机终于来临。按照陈晓明的个人性格和理论敏锐性，他当然不会放过这次适时登场的机会。或者说先锋文学的作家与陈晓明大体是同代人，他们相同的阅历和知识背景，使他们心有灵犀。作为一个批评家他期待已久的文学声音终于骤然响起，他义无反顾地承担了先锋文学的阐释者和代言人，他兴奋又辩才无碍地欢畅书写着：

> 作为精英文化的残余物，先锋文学被悬搁于文明的虚幻空间，他们远离政治中枢，也远离大众，那些残存的"文化记忆"保留着对权力中枢的绝望逃避，其历史叙事采取了多种多样的隐喻、象征、转喻和寓言的形式。作为自我表白的话语，先锋文学始终讲述自己的历史，它玩弄着自己的游戏，它不想颠覆，也不想填补和替代那个中心。他们是站在历史记忆交会点上的观望者，既着迷于感官的诱惑力又富于破坏性，不再对自身以外的事物给出承诺，那些随意拼贴的虚假表象意指一个过渡的游戏、戏剧性的历史空当。尽管说，先锋派的行为说到底都是一种对个人表白权力的永久更新，而一切权力最终都是政治性的；但是，在意识形态充分活跃的时代，这种远离权力中枢的游戏精神，这种否定、拒绝、非承诺的姿态，则是在开辟一条通往不可归约的现实的精神歧途，在那里，艺术行为仅仅是释放、书写和理解着自我的生命铭文而已。[④]

这是一次"冒险的迁徙"，但在这种文化冒险中，陈晓明却发现了它所蕴含的历史合理性。这就是新时期以来"大写的人"所构成的"巨型寓言"以及人道主义的无边承诺，在历史又一次转型中的化为乌有，它仅仅在道义的层面实施了多年的话语实践，当历史向前再走一步，它的信誓旦旦便随风飘逝。但事情远没有到此为止，面对先锋文学提供的文本，陈晓明从不同的方面挥起了他的理论之剑。这不仅仅是一次文学的语言秩序和文化范型的转变，它更是一场深刻的叙事革命，在这场革命中，被奉为圭臬的深度模式被消解了，那具有合法性的价值取向离散了，那里不仅表达了新的叙事策略，同时出现了新的情感变迁，年轻的一代乘机实现了一次空前的文化大逃亡。他们既无家园也不要归宿，而宁愿选择"任意逃亡和随遇而安的死亡"[⑤]。陈晓明对先锋文学独到而意气风发的阐释，在 90 年代初期空旷寂寥的文坛上，不啻是空谷足音，他虽然不可能给心态低落的人们实施一次快意的抚慰，但在话语匮乏的年代，"能有这么一种话语，至少也给寂寥的文坛平添了一点生气"⑥。

至今我们仍不难发现，在批评界就其观念层面而言，陈晓明可以引为"同道"者仍是廖廖无几，与一个阵容庞大的批评群体相比，他几乎是孤军奋战。当年名不见经传的先锋文学群体，今天已经蜚声文坛，这自然与他们的创作实绩相关，但陈晓明对他们适时的文化阐释和竭力举荐，同样功不可没。在这"无人喝彩"的短短几年中，于陈晓明来说，可能由于巨大的孤寂而显得格外漫长。但是，作为一个个性十足又只能通过表达显示个体存在价值的青年学者来说，似乎已没有什么再能够阻止他的顽强坚持。1997年，华艺出版社又出版了他的新著——《剩余的想象——九十年代的文学叙事与文化危机》，在这本三百六十页的著作中，陈晓明对90年代以来发生的文学现象做了最及时的反应和评价，这不仅再次证实了他的理论敏感，同时表达了作为一个批评家不断挑战的欲望和冲动。90年代的文化是一个庞杂的、无主题、无中心的多元文化，再没有什么文化力量可以自以为是地形成它的霸权地位，亦没有真实的历史潮流可供辨识。但是在这嘈杂的文化年代，陈晓明仍然耐心地阅读梳理，一方面，他进一步检视他垦拓多年的先锋文学，更学术化地阐释了这一文学潮流发生、发展的历史轨迹，并前所未有地指出了他们存在的问题，特别是对"自我重复"，"从传统中攫取母本"的发现与提出，都明确地显示了陈晓明的眼光和拥有的"文化资本"。而这里他的姿态显然也已大大放低。在《无边的挑战》中，我们更多看到的是他不能抑制的兴奋和快乐，那里有不加掩饰的刚刚出场时的雄心和气势。但是，在一个没有文化英雄的时代，文学批评可以实现或达到的期许实在是太有限了，这一点显然被日后的陈晓明所意识。因此，在《剩余的想象》中，他的行文和修辞都发生了相当明显的变化，这里不仅强调了历史意识，同时他的情绪也相对得到了节制。而一以贯之的，仍是他那咄咄逼人的雄辩和孤军深入的勇武。这种深入不只有他坚持不懈的"解构"话语操作，还有对90年代文学深层结构的分析，而这一结构里明显存在着不足和缺失，而它"最首要的不是在于艺术作品普遍缺乏深刻有力的思想意识"⑦。同时，"面对九十年代中国的现实，仅仅以逃避的姿态不足以表现这个变革时代的神奇景观。对于理论批评来说，同样要找到理解这个时代的思想基础，一方面是清理，另一方面则是必要的建构"⑧。这样的表达在陈晓明以前的著作中是不曾有过的。作为朋友和批评界的同行，当我读到晓明这样的表述时，内心充满了愉快和感动。这当然也包括他在这部著作中对"人文精神"讨论的看法，虽然他仍然看到了更多的是问题，但他的学理背景和态度都是让人乐于接受的⑨，尽管他的看法仍与我有很大的不同。其实，"人文精神"讨论结束不久，对它的反省已在部分学者之间展开了。

## 话语反抗与意识危机

陈晓明过人的禀赋使他的批评充溢着勃勃生机和表达的魅力，尽管他在修辞上不免夸张，但他奔涌的话语之流似乎总是畅通无阻，这使他的批评文体别具风采，这也是他作为新一代批评家的符码标示。但是，这种漂亮而风流倜傥的文字仍不能掩饰他内在的焦虑。这种焦虑最集中表现于他作为一个极端形象的话语反抗上，他深怀愤懑的压抑力量主要来自两个方面，一是80年代的启蒙神话，二是弥漫四方的话语霸权。他对启蒙神话或"巨型寓言"的批判，是他"解构"操作的基本背景和依托，这在《无边的挑战》和《剩余的想象》中都有明确无误的表达；而对话语霸权的反抗，是堂·吉诃德之矛的另一个对象。事实上，知识即权力，最终还会落实到政治权力上。因此，"中国的文学批评一直没有自己独立的位置，它只能以一种依附者的角色才起到作用。……文学批评的权威性主要取决于说话者的社会权势。……中国相当多的批评家，是因为他们占据了特殊的位置才具有权威性"。而那些"单纯依靠理论批评本身的力量展开的话语实践，其存在之困难，当是付出几倍努力才有可能占有一席边缘之地"⑩，这种霸权不仅决定着批评家的地位、主流与非主流，同时它极大地左右了文学批评的话语公式和"新知识"的创造与加入。陈晓明的这一批判或反抗意识，显然是有感而发，并且从另一个方面旁证了他"解构"操作的合理性。

但是，就在陈晓明向历史与现实两架风车挥舞"解构"之矛的同时，我也隐隐感到他自身的矛盾和意识的危机。这一矛盾和危机主要表现在他挑战启蒙神话的非历史化倾向和对"解构"的"合理性意志"上。90年代以来，现代性的问题日益成为显崇，它几乎成了学界的第一关键词或核心概念。同时它也是一个歧义百出模糊不定的概念。但马歇尔·伯曼在《一切凝固的东西都化为乌有——现代性的经验》中，对现代性的表达似乎为国内外学界格外重视，他认为：

> 有一种有活力的经验，它是时间和空间的经验、自我和他人的经验及生命的可能性和危险性的经验，今天全世界的男男女女都感受着它，我把这种经验称之为"现代性"。成为现代的，就是指发现自己处在这样一种环境中，它向我们许诺了冒险、权力、快乐、成长以及我们自身和世界的

变化，与此同时它威胁着要摧毁我们所拥有、所知道和所归属的一切。

　　阿瑞夫·德里克在引述了这段文字后指出，"现代性并不是一种历史'状况'，而是一种历史性经验（包括有关历史的经验）；或者，也可以说它是一种状况，那么它也是作为经验的状况，它总是在企图改造那些促成它产生的状况"⑪。这同奥克塔维欧·帕慈所形容的，现代性是一个"自己反对自己的传统"⑫是一个意思。现代性的经验是进步就意味着人类永无止境地向未知的过程冒险，今天也许很少有人再相信启蒙的神话，但世俗的永恒也不会有人向我们许诺。作为现代性经验的一部分，启蒙的作用事实上在它实现的那一刻就被遮蔽了，另一种允诺则以世俗的幸福替代了它，于是，现代性的新经验便重构了人们与历史、也与现实的关系。启蒙话语正是在这样的历史情境中被反复批判的。

　　如果出于80年代的文化压抑记忆，陈晓明对启蒙神话的解构在情感上是可以理解的，但作为一种学术话语则多少有些褊狭。当他在为文学现状进行辩护时，则显得理性十足，认为"理解一种历史情境，再审视文学在这种情境中所达到的可能性——这就是文学在这个时期的创造性"⑬。如果他也以这种理解来看待80年代的启蒙话语时，所得出的结论当会是另外一种情况。更何况启蒙作为一个"未完成的方案"，它的思想仍以潜流的形式在发挥作用，但它究竟在多大程度上构成了压抑性的力量呢？另外，"解构"的合理性同样先在地存有问题，这不仅来自"合理性意志"的无意识控制，认为"解构"那个巨大的"屏幕"是无可避免的，同时还来自知识权力的运作，即它的合理性是通过"知识"特殊处理和反省而产生的。而这种危机当然不仅仅属于"解构"话语的操作者，同时也为人文学科的其他方法所分享。应该说，在一个交流十分困难的时代，我对晓明的了解仍然是十分有限的，特别是对他意识危机的分析，是否有差强人意之嫌都有待于进一步的讨论。当晓明大度地让我"多批评"的时候，便贸然地在有限的篇幅里指出了上述两点，这里自然隐含着我的顽固观念。但是，无论如何，作为朋友理应对晓明有更高的期许，按他的才华和准备，他在本学科取得更大的成就是完全可以信任的。

**【注释】**

①②陈晓明：《无边的挑战·后记》，时代文艺出版社，1993。

③陈晓明：《文本的审美结构·自序》，花山文艺出版社，1993。

④⑤⑥陈晓明：《无边的挑战》，时代文艺出版社，1993。

⑦⑧⑨⑬陈晓明：《剩余的想象》，华艺出版社，1997。

⑩陈晓明：《文学批评的位置与品格》，载《作家》，1997 年第 6 期。

⑪ [ 美 ] 阿瑞夫·德里克：《现代主义和反现代主义》，见《在历史的天平上》，萧延中等编，邓飞来译，中国工人出版社，1997。

⑫汪晖：《韦伯与中国现代性问题》，载《学人》1994 年第 6 辑。

（孟繁华，中国社会科学院文学研究所）

**同期声：**

我的批评观 // 陈晓明

直接现实主义：广西三剑客的崛起 // 陈晓明

**郜元宝**

1966 年出生，1982 年考入复旦中文系，1992 年博士毕业留校任教至今。现为复旦中文系教授，博士生导师。先后涉足海德格尔研究、中国现代文学史研究、当代文学评论、现代汉语与现代文学关系研究、鲁迅研究等领域。2002 年获冯牧文学奖·青年批评家奖，2003 年获唐弢青年文学研究奖，2009 年获第八届华语文学传媒大奖·文学评论家奖。2014 年入选为教育部长江特聘学者。著有《鲁迅六讲》《郜元宝讲鲁迅》《鲁迅精读》《遗珠偶拾：中国现代文学史札记》《汉语别史》《小批判集》等专著和论文集。

# 尴尬人做尴尬事
## ——批评家的批评事

黄燎宇

　　越来越多的人在写批评的批评，或者叫元批评。这是可喜的现象，说明批评家们越来越成熟，越来越有自知之明。美中不足的是，批评家们过于"就事论事"，有意无意地忽略了"人的问题"。人们往往侈谈批评策略、批评话语等等，却闭口不谈批评家。依我看，批评的批评不等于批评家的批评，不区分批评主体的元批评，多半是笔糊涂账。人们可以根据不同的范畴给批评家归类，比如有人就总结出作家型、编辑型、学者型、职业型、自由型五大类①。可是，如果我讨论批评与文学的关系，就有必要把批评家们简化为作家型与非作家型两大类。非作家型批评家以批评为生，以批评为本，以批评为乐，在他们这里，批评与文学的关系才成为一个有趣而敏感的话题。本文所议论的，正是这类批评家。

　　批评是不是文学？对此，人们多半会作含蓄然而肯定的回答。道理很简单，合格的批评，就应该是内行的批评，形式契合内容的批评。评论哲学，必须懂哲学，必须用哲学的方式谈论哲学。评论文学，也必须懂文学，也必须用文学的方式谈论文学。正因如此，弗里德里希·施雷格尔在两百年前就说出一句响当当的名言："诗只能接受诗的评判。一个艺术判断，如果它本身不是一件艺术品……就没有资格进入艺术王国。"②这似乎已成为批评家们的共识。他们自觉或不自觉地使用比喻，铺排文字，驰骋想象，或多或少地显示出文采。文采，或者说文学性，是批评话语的一个基本特征。

如果说批评是文学，那么，批评家是否是作家？这个问题有些傻气，但却触及非作家型批评家的一桩个人秘密。为此，我从郜元宝说起。

郜元宝是一个叫人服气的批评家。读过他的文集《拯救大地》之后，更觉得他是一绝，一种现象。我是一个少见多怪、大惊小怪的人，所以在阅读时感慨万千。我首先感到惊讶的，是从他笔下滚滚流出的广博学识。对于一个出生在"匮乏时代"（郜语）、"很少文化积累"（郜语）的苦孩子来说，这是一个小小的奇迹。其次，我惊诧于他的大胆"转向"和"嫁接"。郜元宝攻读海德格尔并获得博士学位，但他没有顺势去做美学教授或者海德格尔权威，而是转而从事当代文学批评。他用寒光闪闪的理论刀锋来剖析中国的文学实践，用海德格尔的哲学概念来丰富我们的批评话语，很有"学贯中西"的气魄。不过，最使我惊奇的是他的语言。他的评论写得阳刚而细腻，严谨而洒脱，既提神又健脑。比如他那篇《诡论王蒙》，就以热热闹闹、层出不穷的语言狂欢来复述、来分析、来颂扬王蒙导演的语言狂欢，不经意地给王蒙的小说配上一个精致而辉煌的"副文本"。正如王蒙所说，郜元宝笔下是一种"情理丰茂的文学艺术语言，那是作家的语言，也是思想家的语言"③。作为批评家，郜元宝有诸多可贵的品质，但是，真正画龙点睛的是他的文采。他和许多大批评家一样，以"华彩纷披"的语言征服了读者。当我确认这一点时，头脑里却冒出一个小心翼翼、然而大煞风景的虚拟问句："假如他是一个作家呢？"果不其然，我在《说说孙甘露》一文中找到一个同样煞风景的答案，因为郜元宝说，孙甘露的文本使他"一再对自己做一个小说家的已逝旧梦作热烈的缅怀，而浑然忘记了已经定型的评论者身份"④。

为什么说这话煞风景呢？原因在于，评论骄子坦然道出这句话，触及评论家们一个永不弥合的伤疤，勾起批评家们的一个不愉快的群体回忆，把批评家的集体无意识变成清醒的、难堪的、痛苦的有意识。批评家们挥之不去的群体回忆，便是他们与文学的关系，便是那失去的文学伊甸园。在公众、在作家，甚至在自己眼里，批评家无非是艺术残疾、艺术逃兵。就是说，他们与文学失之交臂，要么是才气不够，无法跨越创造性的门槛，要么是毅力不够，耐不住路途漫漫的叙事征程，他们舍其上而得其中，操起了评论行当。文学批评是一项轻松又潇洒的活动，批评家们尽可展现艺术潜势，释放艺术能量，但是，批评活动的派生性质、寄生性质、服务性质又是一个不可回避的事实，这是压迫壮志未酬的批评家们的三座大山。他们清楚，再优秀的批评家，也无法跟莎士比亚、歌德、陀思妥耶夫斯基媲美，批评家既不能扬名四海，也不能流芳百世，他们唯有自娱自乐。批评家写批评，便是尴尬人做尴尬事。这是批评家的一桩不宜张扬的公开的秘密。更为尴尬的是，这层秘密时常被捅破，因为，批评家不免要得罪这个或那个作家，而恼怒的作家就不免要说些难听的话，他们若是像歌德那样叫喊"打死他，这狗东西！他是一个批评家"⑤，那也无关痛痒。可是，有的作家专打七寸，偏要影射那公开的秘密。瑞士作家瓦尔特·穆什克嘲笑批评家无非是表达"已经酸臭的宿愿"⑥，据说嘴损的王朔又把批评家称为"阉人"。其实，作家们——尤其是大作家，打心底里看不起批评行当，大都揭过批评家的短，都曾对批评家的可疑身份嬉笑怒骂过，其词汇之丰富、之恶毒，汇集起来，简直会让批评家们羞得钻地缝。

如此尴尬处境，迫使批评家们一而再再而三地追问"我是谁？""我从哪里来？""我往哪里去？"显然，有雄心、有自尊的批评家是不甘失乐园的，他们必须重返乐园，重建乐园，于是，复乐园便成为批评家们或隐或显的写作动机，他们借评论之机，磨炼文笔，一旦感觉火候已到，便开始找作家攀亲戚、比高低。由于这种急不可耐的心理，某些批评家完全忘记了谱系问题是话语禁区，竟然此地无银三百两，搞出一幕又一幕的攀比闹剧。21世纪初，德国著名戏剧评论家阿尔弗雷德·凯尔就想喧宾夺主，称他的评论文章比他评论的剧本更加优秀，更加永恒，同时又主张修改文艺理论，把评论定为继诗歌、小说、戏剧之后的第四大文学种类。近期的例子是汉斯·迈耶，这位遐迩闻名的德国批评家，在1994年获北京大学名誉教授头衔，他借机在社科院外文所发表演说，强调最优秀的评论全都出自作家之手。作为经典性的四卷本《德国文学批评》的编纂者，他说这话是有根有据的。但是，他自己却从被作践的批评家行列中抽身出来，说什么"我写的东西，都是文学"⑦。其实除了批评和自传，迈耶没写过正经的文学作品，毫无资格跻身作家队伍。一位88岁的批评元老还有这种情绪，这不能不说是批评界的一大悲哀。

在批评界的各路复乐园英雄中，后现代派们倒是独辟蹊径。他们贯彻自己一贯奉行的齐万物或曰价值平面化的策略，不再费力把自己提拔到作家的高度，而是轻松地把作家拉扯到自己的水平。为了击破作家们的创造性神话，他们提出了"互文性"的概念，使一切文本都卷入"千古文章一大抄"的丑闻。爱德华·萨伊德抱怨道："人们简单地把创造与重复对立起来，以迷惑批评话语。根据这种对立，所有值得研究的文学文本都被纳入前一种概念，后一种概念则合乎逻辑地归属批评，归属这种不值得研究的文本。我坚信这种划分是绝对无效的，他们把多数文学写作的常规性当作创造性，还坚持认为'文学'与批评之间是第一性和第二性的关系；还有，他们在传统和现代文学中都忽略了重复——母题、技巧、认识论、本体论——所起的深刻建构作用。"⑧后现代派们想得古怪，说得亦巧妙，但是，人们回过头来还是会诉诸常识，拒斥狡辩，人们无论如何也不会在红学专家与曹雪芹、莎学专家与莎士比亚之间画等号，批评家与作家、批评文本与文学文本，充其量能构成众星捧月的景观。

以人为镜，可以明得失。上述诸公的闹剧，根源于他们不诚实、不谦虚。诚实的批评家，应该直面并坦白自己的尴尬处境，承认批评活动具有补憾性质；承认尴尬，并不可怕，否认尴尬，更显尴尬。我们没有后现代派那种齐万物的执拗与激情，但我们不得不说，在这艰难人生里，无人不尴尬，就连批评家们暗中羡慕的作家们也不例外。我们知道，作家们多半是生活中的懦夫、稿纸上的超人，他们把一切在生活中无法实现的光荣与梦想尽泄纸上，文学写作变成补憾行为。可贵的是，许多作家都敢于承认这点，有的恰恰因为新鲜而感人地叙述自己的尴尬，成为社会景仰的大作家，迂回地、不期然地实现了自己的光荣与梦想。从作家老大哥这种童话般的命运中，批评家们应该得到某种宝贵的启发，因为，作家之于生活，犹如批评家之于文学。既然作家可以借创作画饼充饥，既然画饼可能出现奇迹，那么，批评家拿批评文字编织文学白日梦又何尝不可，况且谁能彻底排除梦幻成真的可能呢？

诚实方能谦虚，谦虚才能摆正自己的位置。谦虚的批评家必须随时意识到自己属于"第二性"，属于"服务性行业"，没有资格与作家平起平坐。值得一提的是，有些批评家文笔不行扯理论、感觉迟钝谈知识，企图以"专家"身份和作家们分庭抗礼。殊不知，批评家在哪方面都是形迹可疑的专家。他们尽可炫推百家学问，尽可搞些什么哲学批评、心理批评、神话批评、历史批评等，但这无助于提高身价，因为这和海德格尔写哲学批评、弗洛伊德写心理批评、卡西尔写神话批评、卢卡契写历史批评不是一回事。原因在于，海德格尔们、弗洛伊德们、卡西尔们、卢卡契们是原生性的哲学家、心理学家、神话学家、历史学家，在他们跟前，批评家们同样无法摆脱"寄生""滞后"的原罪。批评家们所做的，无非是翻译、传达前者的思想。如是观之，批评家们难以找到创造性的突破口，他们应该当好翻译家、纵横家。换言之，批评家的天职就在于以简单明白的方式复述文学作品，就是在作家与社会、作家与作家、作家与读者、作家的意识与下意识、作家与诸子百家之间斡旋、沟通。唯有借助批评家们的穿梭来往、纵横捭阖，我们才有可能建立和维持一个庞大而繁荣的"文学共同体"以促进精神文明建设。

批评活动是平凡而又崇高的。谦虚的批评家未必不是成功的批评家。马塞尔·莱希－兰尼斯基就是一个例子。

他是当今德国的一大批评权威，人称"文学教皇"（把这么一顶帽子送给一个批评家，已是咄咄怪事）。由于德国存在截然划分文学研究和文学批评，存在推崇前者而贬低后者的古怪传统，莱希－兰尼斯基一直受到某些学院派的反感和抵制，但是，作家们敬畏他，公众拥戴他。作家的成功、公众对文学事件的态度都常常取决于他是否作过评论，作过何种评论。德国科学—文学院在一份授奖证书中称赞他"把文学变成一桩公众事务"⑨。我不敢说他是否会流芳百世，但他毫无疑问取得了轰动效应，其知名度可以跟许多当代大作家媲美。莱希－兰尼斯基的批评文章不讲什么哲学俯瞰，什么理论穿透力，他也从未在理论领域兴风作浪，相反，他固守很不时髦的心理－社会批评。他的成功，源于他那犹太式、海涅式的机智，在于他犀利而清晰的表达，说到底，全仗其文学功底。明眼人都会看出，莱希－兰尼斯基是一个戴着批评家面具的散文大家，一个误入批评领域的艺术家，这点他自己也清楚。但是，莱希－兰尼斯基的明智之处，在于他以文字而非宣言、以无声的行动而非无聊的表白来超脱自身，实现自己的文学梦，他从不提醒人们注意自己的文采，也不发表抒情诗或抒情散文，以证明自己属于"两栖类"批评家。同时，他十分尊重文学与批评的界限，公开承认批评的从属地位。他说批评家的作用无非在于"把非理性的语言翻译为理性语言"，他还说批评家天生是蹩脚的翻译，因为批评家的遣词造句"永远点不透艺术品"⑩。莱希－兰尼斯基的谦虚或许只是一种姿态、一种策略，可是，既然是尴尬人做尴尬事，这便是最好的姿态、最恰当的策略。

误入批评领域，是元宝们、莱希－兰尼斯基们的不幸。但是，如果他们诚实、谦虚，如果他们保持自信以及对奇迹降临的企盼，专心致志地创作风格独特、玲珑剔透的批评散文，他们就会在这不幸之中找到一点补偿、一丝安慰。

【注释】

①王蒙、王干：《王蒙王干对话录》，漓江出版社，1992。

② Friedrich Schlegel：Schriften zur Literatur，dtv klassik München，1985.

③④郜元宝：《拯救大地》，学林出版社，1994。

⑤⑥⑨⑩ Jens Jessen（Hrsg）：Über Marcel Reich-Ranicki，dtv München，1985.

⑦汉斯·迈耶作报告时，我和社科院的张宽同志轮流为他翻译。

⑧ Pard Hemadi（edit）：What is Criticism？ Indiana University Press，Bloomington，1981.

（黄燎宇，对外经济贸易大学德语系）

同期声：

通向传统和理性之路 // 郜元宝

也许只有一句两句 // 郜元宝

**王干**

评论家、作家、书法家。江苏泰州人，扬州师院中文系毕业，文学创作一级。历任《文艺报》编辑、《钟山》杂志编辑，江苏作家协会创作室副主任，江苏电视台《东方》文化周刊主编、人民文学出版社《中华文学选刊》主编。现任中国作家协会《小说选刊》副主编，中国书法篆刻研究所教授。1979年在《雨花》开始发表小说。1990年加入中国作家协会。著有《王干随笔选》《王蒙王干对话录》《世纪末的突围》《废墟之花》《南方的文体》《静夜思》《潜京十年》《在场》《王干最新文论选》《隔行通气》等学术专著、评论集、散文集。先后倡导推进过新写实、新状态等文学思潮，策划过《大家》等文学刊物。2010年作品《王干随笔选》获第五届鲁迅文学奖（散文杂文类）。

# 在不能逼近的距离外守望
## ——王干论

葛红兵

### 一、感伤的唯美的形式主义者及其他

　　读硕的时候我的一位导师说：王干会成为一个当代文学批评史现象。我的这位导师是一位诗评家，经历过"文革"的沧桑，对世事沉浮有独到的敏锐。我想他说的是有道理的：王干太富于争议性了，在当代文学批评史上，难以找到另一个人像他这样受到如此多的争议又得到如此多的敬意。但是即使是批评他的人也不得不承认他的近乎神秘的悟性。他对文学的理解力几乎是天生的，这似乎可以解释为什么他当初走上文坛是从诗评开始的。20世纪80年代中期他关于朦胧诗的系列论文就是如此。那时他不过是一个二十六七岁的年轻人，然而他却一口气写出了《反思：理性与非理性共生——论朦胧诗的哲学背景》《直觉的苏醒：思维结构的嬗变与调整——论朦胧诗的认知方式》《悲剧：人

的失落与人的呼唤——论朦胧诗的理性支柱》等系列论文，涉及朦胧诗的审美特征、语言方式、哲学内涵等方方面面，成了国内研究朦胧诗最系统、最前沿的专家之一，对于一个二十六七岁的青年人来说，他的人生经验也许是不足的，但是他过人的审美悟性，给了他早慧而过敏的灵魂，帮了他的大忙，使他在诗评的领域里显得游刃有余。诗评是最能考验一个人的悟性的，一个人对诗歌语言的领受是他对物质世界的直觉的延伸，他在这个物质的世界里能感受到多少冲动、自由、限制、冒险、悲悯、优美……他就能在别人的诗歌中同样地体悟它们。王干拥有这样的悟性，他选择文学评论不是因为别的，就是因为文学青春、冒险，在限制中能够让他无限地发挥他的悟性。

由此想到他的喜欢打牌。他是一个喜欢冒险、冲动，喜欢智力挑战和自由的人——天知道同一副牌在不同的人手上有多少种不同的打法，可以说它可以给你无限的自由——从这些方面说王干不仅是一个聪明的牌手，而且是一个极富想象力的牌手，可是王干身上的诗评家气息总是帮他的倒忙，对于他来说，打牌过程中"美的仪式"要比"有利的结局"更有吸引力，牌桌上，他是一个感伤的唯美的形式主义者，他是那样钟情于打牌的美的形式，一副烂牌在他的手上也会变得宁折不屈，打得从容而富于美感，充满浪漫主义的气韵，有他参加的牌局是绝对不会出现丝毫的颓废主义气息的，因为那个喜欢以行云流水的方式、以理想主义的牌法走向"感伤"的人在场：一种唯美的形式主义的出牌让人感伤但绝不会使人感到颓废。王干就是这样以一种感伤的唯美的形式主义的方式追逐着"美的完成"，生活中的王干总是给人一种"追逐"的印象，就像打牌一样，他的这种追逐给人一种"形式主义"强迫症的气息：伤感的唯美。我想，有时候他甚至是不知道自己在追逐什么的：他的"唯美"是苛刻、抽象、难以达到的，他身上那种堂·吉诃德的气息是很浓的。文学评论上的王干也是如此，他说："我向往一种境界：热烈而欢快，自由而明朗，生动而优美。……文学的真谛越来越难以捉摸，我们时时感到它越来越远，但真谛会像空气一样包围我、笼罩我、侵蚀我、溶化我，我们只能在真谛中死去。"①

这使他十余年来一直以一种唯美的眼光追索着文学。对美的"真谛"进行堂·吉诃德式的追踪是他作为一个文学评论家的最令人佩服的素质，有一次开玩笑我说他永远是"青年评论家"，是的，新时期以来几乎每一个文学潮动中都有他的身影，从朦胧诗到后现实主义，从后现代到"新状态"……敏锐的审美触觉、热烈的追踪使他能不断地感受时代的脉搏，及时地提出新的概念，给予真切的总结和提示。他不是一个赶潮者，但是，他却具有一种一直站立潮头的力量。这在批评家中是极为难得的。想一想，80年代出来的批评家们，当初那些指点江山、意气风发的评论家们如今又在哪里？想到他们的缺席（即使"在场"，知识老化、观念僵化也使他们成为"在场的缺席者"），我们就可以理解这种"追踪"的艰难与不易了。做一个永远青春的评论家绝不是一件容易的事情。

## 二、时间意识·文体意识·理想主义情结

### 1. 王干的时间意识

也许富于天才的人总是对时间的流逝特别敏感。王干的时间意识是强烈而过敏的。批评家的时间意识和文学史家的时间意识是不一样的。批评家的时间意识更为极端：一种即时感，他总是试图抓住"此刻"。此刻作为一个时间概念在王干的心中地位太崇高了，他总是害怕"此刻"逝去得太快，总是企图使作家们务必地珍惜"此刻"，在"此刻"写出有史以来最好的作品。一个文学史家，他对"此刻"总是不屑一顾，他总是要等一种文学现象脱离此刻，成为历史中的"那一刻"的事件时才去关照它。这一点我们从王干的文学的注解总是用文中注的情况中也可以看出来，王干几乎不用文末注，这不是因为王干的文风问题，而是因为王干的时间意识：他重视的是那个引文对于他这篇文章的即时性意义，而不是那段引文的历史价值——换句话说，在评论方面，王干首先重视的是一个文学作品在此刻的意义，其次才是它的历史价值，而一个文学史家则不会如此，例如陈平原的论文，他的注解不仅都是用文末注，而且几乎无一例外地要在注解中特别突出其出版时间、版本。但是这不等于说王干没有历史意识，相反他的历史意识也因为这种对"此刻"的重视而显得特别强，他总是将"此刻"和一个更大的时间概念结合起来，使此刻显得格外沉重，他总是将作家放在新时期或者更大的宏观历史背景上来加以评论，他的作家论总是笼罩在一种宏阔的历史意识中。王干的这种批评家式的时间意识更突出的例证是他对"世纪末"的过敏。他在有关新状态的一系列论文中集中突出了对于世纪末逼近的焦虑——时间就要过去了，而我们的作家还沉浸在过去的成绩里沾沾自喜，"这些日子里，他非但没有能够继续丰富他的世界，反而在无端消耗他所特有的良好的艺术知觉和语言才能，在不断稀释他偶然得来的一点灵性和

感悟……"②，甚至他的第一本专著的名字就叫《世纪末的突围》，在王干的心中对于世纪末这个时间段有着几乎神经质式的敏感，他是将世纪末当成一种末世来加以体验的，因而在这个时刻他显得特别焦灼。这种焦虑使他有时对作者的评价近乎苛刻，大有一种恨铁不成钢的感觉，例如他对马原……他是那样地看重这些人的文学才华，希望在他们中看到大师的风范，因此他总是掩不住失望的情绪③，为他们虚掷"灵性"而扼腕叹息，1989 年他预感马原"该搁一搁笔了"④（事实是竟然被他言中了）。

前年王干提出新状态的理论命题也是基于这一时间意识。"新状态"不仅仅是一个刊物操作策略，它更是一个深度理论命题，这个命题包含四个方面的内涵：一、它是中国当代文学告别"现代性"的努力，"现代性"概念是西方中心主义的，先有"西方"和"西方文学的现代性"，按照西方尺度理解我们的文学是落后的，然后才有"中国"和"中国文学的非现代性"，而新状态文学命题的直接指认是中国当下的现实以及超越，因而它是呼唤一种中国本土性的文学；二、它是中国当代文学告别"新时期"的努力，它是中国当代作家告别新时期那种国家、民族、社会等"总体"代言人身份回归纯粹的边缘知识分子角色，它是中国当代文学告别新时期那种堂皇叙事而进入小叙事的宣言；三、它是中国当代文学进入纯粹文学、个体文学的一个理论预想；四、正如我的朋友姚新勇在一个对话中所说的，新状态概念不像以往的文学概念那样纯粹，不光是一个现实呈现和意向指涉概念，还是一个具有结构组织功能的预设概念。我在一个对话中也讲过，"新状态"概念不仅问"文学怎样在"的问题，同时涉及"文学的可能在"的问题，新状态概念之最重处在于它是一个"优美的世纪末"告别仪式，同时也是对新世纪来临的迎接式——这里蕴含着一种怎样的时间意识是不言而喻的。从这个意义上讲，王干以及他的合作者在新状态这一理论问题上的作为是悲剧性的，王干一向不相信理论的所谓"指导"意义，相反他反对那种将自己打扮成上帝"宣喻真理"试图引领读者走向一个唯一的神祇的写作理论家⑤，但是在这一问题上，他却主动地跳向了这个"指导"的深渊，原因很简单，王干心中有一个"世纪末"的强烈的时间概念。他的世纪末意识太强了，以至于他不能对我们这个时代的文学状况只是保持一个追踪的形象而不出现一个引领的姿态了。他甚至违反他们的理论信念，甚至明知这是一个陷阱他也要义无反顾地走去。就此我不得不说，"新状态"作为王干的一次重要的理论努力是悲剧性的。因为一个批评家具有如此的时间意识是无可厚非的，这是批评家的宿命之一，任何批评家无论他怎样优秀都无法反抗这一宿命，甚至可以说做一个批评家就意味着自觉地接受这一宿命。也可以认为这是一个出色的批评家的前提。

但是这并不影响王干作为一个批评家在理论上的预见性。1988年他在与王蒙的一个对话中指出"现实主义经历了创立、分化、瓦解的几个阶段"，作出"现实主义在今天的文学生活里实际已经消失"的断言，同时预见性地提出了"后现实主义"的概念，概括出后现实主义"消解典型""还原生活""从零度开始写作""读者作者共同操作"等特征，这些都为后来"先锋派"的崛起、"新写实"的风行所证实，再比如1989年他使用的"第三代作家"的概念也是如此。上文已经提到的新状态概念也是如此，尽管这个概念在整体上存在这样或者那样的缺陷，但是它的若干理论命题（如个体化等）还是被今天已经成为文坛主力的"晚生代"小说家的创作所证实，晚生代小说家创作中越来越明显的非道德、非英雄、非意识形态、非"作家"（反堂皇叙事、反宣教型叙事人）、非构造倾向都与"新状态"理论的一些提法不谋而合：这恐怕就是理论的预见性力量吧。

王干不仅创造性地提出文学审美的时代新命题，用他个人化的创新概念指涉不断发展的文学精神的力量而成为新时期文学潮动的最出色的梳理者之一，作为一个批评家，他的更出色的地方还在于他拥有自成一家之说的小说文体理论体系。当然，他首先是个批评家而不是理论家，因而他的小说文体理论不是用专论的形式写出来的，而是融合在批评论文中的。

**2. 王干的文体意识**

一是小说必须是灵性的，拥有一种情感的质地，而不是道德的、宣教的。在《融入幻境》一文中，他首先引用了卡西尔的一段话："如果神话以一种不同的方式感知世界，它就不能以其独特的方式对之作出判断和解释，必须追溯到这种更深的感知层，以便理解神话的感知特性。"然后，他说："同样我们研究评析作家作品的时候，就必须把握'这种更深的感知层'，而'感知层'更多地依赖于情感的同一性，而不是依赖于逻辑的法则。……它是一个作家各方面的素养与潜能合成的一条内在的脉络，它是一个作家的精神的内运河，负载着他的生活经历和人生体验、艺术阅历、预言习惯、审美趣味，但它的终端并不是一个实在的理念世界与道德模式，它是诗的、阳光的、空气的，总之是不可捉摸的、不可人为构造的一种情感质地。"⑥二是小说必须体现人格的力量，是对人性的张扬和肯定，人文与文本统一的意识。王干说"现代生活里面，很多的作家往往只是作家，还有些作家小于他们的作品，人与文的统一和人与文的分裂都是很正常的。我是笃信人格力量总会投影到作品中发挥效应的（这一点很古典，很落伍），人本大于文本"⑦。三是超越意识。他认为"中国文学必须具有超越历史和现实的勇气，向纵深和广阔的领地进军"，"所谓超越意识即充分张扬个性，充分发挥主观灵动性和自由性，表现为艺术表现手段的不断蜕变不断更新，不断寻找新的审美视角，不断地寻找新的文学语言，不断地寻找新的遗传结构，打破自己，重新组合自己"⑧。但是他认为从整个小说创作的形式来看，超越意识还没有在更大的范围内成为一种自觉的意识，一些中年作家在机械的模式中捉迷藏。而一些青年作家也缺乏初登文坛时那种咄咄逼人的主动进取气势和无所顾忌的蜕变精神，缺乏一种危机感，缺乏一种自我否定的自觉意识，这不能不引起人们的焦灼。四是小说应该成为"精神的最高综合"，有的时候王干又用"实在的内在"⑨概念来指称这一点。王干在《"平面人"与精神侏儒》⑩一文中曾经借鉴了米兰·昆德拉的一个提法，讲到小说应该在叙事的基础上动用所有理性的非理性的、叙述的和沉思的、可以解释人的存在的手段，使小说成为"精神的最高综合"，坚持小说的作为"精神的最高综合"，就是要求作家们坚信文学的反世俗精神、小说的实验性、艺术的创造性，而不是将文学当成小市民的装饰物。综上所述，我们知道，王干对小说文体的认识已经形成了他极富个性的理论体系，这里有他对历史的借鉴，对他人理论的拿来主义，更有来自他自己过人的审美悟性的那一份成果。

在我看来，他之所以在小说家理论方面形成了自己的最强项，其原因正在于此。他对小说的这份天生的悟性使他看作家总是比别人高出一筹，他的许多作家论，如《朱苏进论》《苏童意象》等虽然时过六七年了，但是就论这些作家而言，其学术水平至今依然没有人能够超过，那依然是论这些作家最到位的可以代表当代作家论写作成绩的学术篇什。

**3. 王干的理想主义情结**

对于文学，王干在很大的程度上是一个理想主义者。他在时间体验方面的焦灼感使他总是不能对现存的文学状况完全满意，他总是希望看到"大师""大手笔"，长期从事编辑工作所训练出来的文学星探的本能促使他到处寻找"更好"和"最好"，当他在现实中找不到的时候，他就只能寄希望于"理想"了。
1993 年他发在《文论报》（8 月 12 日）上的一篇题目为《孤岛·非卖品·乌
托邦》的文章就是在这样一种理想主义意识支配下产生的。在这篇文章中要求
文学家们既不要沉湎于对逝水年华的追忆和感叹，也不要为现实的世俗的，特
别是经济的障碍所迷惑，而坚守文学这个"孤岛"，他呼吁生活于这一孤岛上
的人们首先要有一种顶住的意识，要顶住孤独寂寞，要顶住金钱和其他诱惑，
甚至顶住死亡的考验。他说"顶住"是一种必需的姿势，一种心理。进而他甚
至提出了一种"非卖品的文学"的建议，并探讨了"重返'乌托邦'的可能"。
在 1993 年那种人人争下海的情势之下，写这样的文章的人不是一个理想主义
者又是什么呢？恐怕这一点连他自己也意识到了，在常熟的一个全国性的文学
会议上，他对这一提法有些修正："后乌托邦"，他说有感于严肃文学的困境
和第三世界知识分子的精神焦虑，特别是面对大众消费文化的冲击，如何采用
新的策略来维护文学的价值尊严，来对抗世俗情调对知识分子精神的亵渎，便
有了"后乌托邦"这张盾牌，所谓"后乌托邦"是在承认对传统乌托邦幻想和
神话的消解的前提下，进行新的超越的尝试，是对旧的乌托邦理想主义价值的
批判，也是它的复兴和继承，一种借助于语言和信仰获得的诗意，一种对外在
世界的新的解释和理解。不管王干的阐释如何，其中的理想主义的色彩终究是
抹不掉的。

### 三、呼唤的姿势与南方的文体

王干的批评文字有的时候看起来似乎有两副笔墨。有的时候他的文字特别
讲究诗意和美感，是一种诗意的再生与重塑，这时他是用一种特别感性的方式
来写作他的评论的，这个时候他是一个感悟型批评家（如前文提到的《苏童意
象》）。而另一些时候，他的文字又特别理性，使用一种严格的理论语言来写
作，这时候他是一个学者型批评家（如他关于朱苏进的批评文章），他对中外
文学史、文艺理论史的系统了解，对现代西方哲学以及后现代文化理论的了解，
使他的文风有时有些学院气，但是随着他的批评工作日渐深入，随着他个人性
的批评范式的日渐成形，他将二者有机地个性地结合起来的条件终于具备了，
在这方面他是有意识的，他正在有意识地建构一种批评上的独特的文体：南方
的文体，这是他的一个明确的追求。这标志着他的独特的批评风格的形成。

对于批评上的南方文体，他如是说：

　　南方文体是一种作家的文体，是一种与河流和湖泊相对应的文体，它的流动，它的飘逸，它的轻灵，它的敏捷，并不能代替北方文体的严峻、凝重、解释、朴素。北方文体是学者的文体，这是与山峰和长城密切相关的文体，在文学理论和批评的领域里，北方文体始终占据中心和主导的地位，而不像南方文体处于边缘的、被遮蔽的状态；北方文体追求立论和结论，而南方文体更注重过程和状态；北方文体相信公共原则，而南方文体则倾向于大化的语体。……但是南方文体显然是一种新鲜的文体，是一种需要发展、需要补充的文体，它的热情、它的稚嫩都充满着一种青春的光彩，而北方文体的成熟、老到都是一种中年的象征。

王干渴求唯美、珍视感悟，他同时也是一个注重自由、讲究灵性的人。他承认"真谛"的存在，同时又"要求摆脱被上帝领导、控制的奴隶意识，从而真正成为世界的主人。"⑪他是那种不愿"拉着真谛的手向它请安、向它道歉、向它忏悔"的人，因而在批评的领域里，他一贯反对那种高高在上的宣教型批评，反对那种艰涩枯槁的导师型批评，反对那种虚伪做作的道德型批评，反对那种意识形态化的哨兵型批评，他总是以一种平等的姿态对待他的批评对象，用一种平和的诗意的语言阐述他心中的体验之流，因而他的批评文风是优美诗意却又平和中肯的。即使有时不免苛刻却也总是让人心服口服。他从不摆出一副道德主义的面孔训诫别人，从不装出一副牧师的样子"超度"别人，他的评论完全是从他对作品的审美的体验出发的，而不是从一个外在的什么概念、什么精神、什么利害出发的，所以也容易导致这样或那样的误解。但是，一条美的悟性之流总是在他的文章中哗哗地流淌着，只要是从这一河流中淌出来的文字，即使有时是酸涩的刺耳的，也总是因为它的启发性而终会得到人们的认同。

【注释】

①⑨王干：《南方的文体》，云南人民出版社，1994。

②王干：《世纪末的突围》，安徽文艺出版社，1991。

③④王干：《世纪末的突围》中《先锋的落伍》一章，见《王蒙王干对话录》，王蒙、王干著，漓江出版社，1992。

⑤王干：《南方的文体》，云南人民出版社，1994。又可见该书192页："今

后文学的发展，不可能按照既定的蓝图去实施……艺术运动从来不会依照人们的意志去规矩地发展。"

⑥⑦王干：《融入幻境》，载《文艺争鸣》，1993年第6期。

⑧王干：《论超越意识与新时期小说的发展趋势》，载《小说评论》1988年第3期。

⑩王干：《"平面人"与精神侏儒》，自《平面的歧途》，载《作家》，1994年第1期。

⑪王干：《底盘陷落之后　游戏继续进行》，载《山花》1990年第12期。

（葛红兵，南京大学中文系）


**同期声：**

批评的使命 // 王干

在风中言语 在风中倾诉——关于《桃色嘴唇》这部奇作的一些札记 // 王干

**孟繁华**

山东邹县人，文学博士，现为沈阳师范大学特聘教授，中国社会科学院、吉林大学博士生导师，中国当代文学研究会副会长。长期从事中国当代文学研究和评论工作。主要著作：《1978：激情岁月》《梦幻与宿命》《中国20世纪文艺学学术史》（第三部）、《想象的盛宴》《传媒与文化领导权》《众神狂欢》（中文、韩文、英文版）、《文学革命终结之后》等二十余部；与人主编有：《百年中国文学总系》《中国百年文学经典》《共和国文学50年》《当代文学关键词》《中国当代文学发展史》等；主编有：《90年代文存》《先锋写作文丛》《短篇王》书系、《布老虎中篇书系》等；在《中国社会科学》《文学评论》《文艺研究》《光明日报》《文艺报》等报刊发表理论、评论文章四百余篇。获华语文学传媒大奖·文学评论家奖、鲁迅文学奖等文学奖项多种。现主要从事现当代文学和前沿文化研究。

# 孟繁华：八十年代的礼物

## 摩 罗

孟繁华，是八十年代留下的礼物。

去年我第一次来北京，听一位北京学者说，如今在北京这地方，还有热心邀请朋友纵论文学并且自掏腰包主动管饭的，也就那么两个人，一个是陀爷，另一个就是孟哥。此处陀爷是指李陀，孟哥则是指当时正好在场的孟繁华。从孟繁华的开朗而又豪气的笑脸上，我感到他不但愿意认可这个说法，而且为此深感骄傲，往后的交往中，果然常常被老孟"主动管饭"，从而也就有更多的机会了解他的为人为文。

老孟是八十年代的过来人，他没有像同一代的大多数批评家那样将兴趣收缩到学术研究一域，而是依然在文学研究、文学批评、文学活动，甚至在文学作品编选和文化批评等等多个领域投注热情和心力。在九十年代中后期，说他是文坛最活跃的学者和批评家之一，大概是许多人都认可的。与八十年代相比。

九十年代文坛更加复杂。在前所未有的众声喧哗（按孟繁华的说法则是"众神狂欢"，这是他的一本书的名字）之中，出现了多元而又歧见纷呈的局面。每一家都各执一词一说，对话与交流越来越艰难，融汇与整合更是遥不可及的愿望。在我看来，这种局面虽然有混乱之虞，却也有利于凸现出各家各派的文学个性和美学特色。比如，在八十年代这个后现代主义者、现代主义者、感觉主义者、形式主义者、颓废主义者、闲适主义者、理想主义者、写实主义者、自由主义者、怀疑主义者、虚无主义者、个人主义者、游世主义者等等各种主义杂然相处的文坛上，谁也不能代替谁，谁也不能压制谁，谁也不能遮掩谁，各家各派都可以按着自己的本性尽情表现、各显风流。正是在这样一个特殊的背景下，孟繁华满身披裹着八十年代的风云出现了。所谓八十年代的风云，乃是指八十年代被谈论得最多的那些命题，诸如理想、价值、意义、正义、精神、灵魂、信仰、人道、人文、人性、人格以及知识分子性、反思、批判等等。他无论是从事批评还是研究，都是以此为底蕴。他进行文学活动和学术活动那么富于热情，其动力也正是来自这些基本的信念。虽然他在九十年代也有新的反思，也吸收了为九十年代所特有的新的思想资源，但我更看重的依然是他对八十年代信念的坚持与守护。他在当下文坛之所以如此特色鲜明如此引人注目，原因正在于他的这种坚持与守护。当我站在九十年代的天空下来讨论他的精神形象和学术贡献时，我所要强调的也是他的这一面。如果出于某种特殊的目的而把人比作某种东西不算什么不敬的话，我想说孟繁华乃是八十年代送给九十年代文坛的一件礼物。面对这么一件特殊礼物，我遏制不住对于八十年代的向往与怀念，同时也遏制不住对于一位始终这么热爱文学、决不轻易退出文坛的批评家的喜爱与尊敬。

（编者注：节选于当期《喜剧时代的悲剧精神——论孟繁华的文化批评与文化选择》）

（摩罗，北京印刷学院出版系）

**同期声：**

文学批评的"有用"与"无用" // 孟繁华
生命之流的从容叙事——王小波的小说观念与文学想象 // 孟繁华

**李洁非**

1960 年生于合肥市，1982 年从复旦大学中文系毕业，先后就职于《瞭望》杂志和《文艺研究》编辑部，1987 年到中国社会科学院文学所工作，现为该所当代文学研究室主任。1979 年发表第一篇文艺评论。历年来出版各类专著、文集近三十部。获有首届冯牧文学奖·青年批评家奖、第五届鲁迅文学奖·报告文学奖、第十三届华语文学传媒大奖·文学评论家奖等奖项。

# 荒水洁非

徐 坤

　　我并不知道，接受了描摹这个人的任务，就等于给自己设置了一个无形的难题。最初，我并不知道这些。只有当我无数次的揣摩和试验都失败以后，当我用了许多词和句子，将它们反复衡量词性和长短，将它们频繁地、颠来倒去地排列组合，最终仍不能表现一个人的精神气质后，我才知道我当初的因友情和心仪而对这项任务的欣然接受，是多么的轻率和冒失！

　　在多次的努力失败以后，我决定放弃那些没用的动词，那些无所事事的代词、名词，那些装腔作势不知所云的形容词，以及那些拗口的令人喘不上气来的长句子，和短促的像咳嗽和打喷嚏一样的短句子，一切语言和文学的努力都被我沮丧地决定放弃。现在，一切都回复到了起点上，面前展现的，又是一张纯洁如玉的白纸，光溜溜的。

　　于是，静夜里，慢慢回想着，作为一种气韵的表象，一边用线条在纸的平面上缓缓游走，划动。当一种脉象不很逼真地从纸上浮凸出来时，当线条一根一根丝一般柔软地从指尖上往外抽拽，心里不禁充满了在过去的手稿时代才有的莫大的宁静愉悦与欣慰。不由得就在心里说：好了，这就是了。这就是了。

　　荒水洁非，这就是了。

　　在电脑时代，采用这种人工手绘方式，别人看到的，是一种语言技术上黔驴技穷的笨拙，只有我自己明白，这不啻于一种时间和体力上的莫大奢侈。手绘总共花了七天时间，大概就是上帝最初创世的时间那么长。此间的凭借是：

微妙的感觉、碎片似的记忆，以及荒水的文字中所透露出来的气息。跟洁非所说过的话，远没有读到过的他的文字多。通常情况是：我的口无遮拦遇到他的出言谨慎，就像风扑上了一堵墙。以后就放弃了交谈的努力，见面打招呼时，总是用汉语中最白痴的那几个字，如"你好""来啦""再见"等。几年来说下的话，攒起来的长度不超过一个短篇小说。

可能得用《庄子》来为他的形象作注解。只能是这样，非如此不可。唯有那些古典的文字才可以成为荒水洁非的最好注脚。

曰：《真人》：

纯素之道，惟神是守。守而勿失，与神为一。一之精通，合于天伦。野语有之曰："众人重利，廉士重名，贤士尚志，圣人贵精。"故素也者，谓其无所与杂也；纯也者，谓其不亏其神也。能体纯素，谓之真人。

曰：《纯粹》：

水之性，不杂则清，莫动则平；郁闭而不流，亦不能清。天德之象也。故曰：纯粹而不杂，静一而不变，恢而无为，动而以天行，此养神之道也。

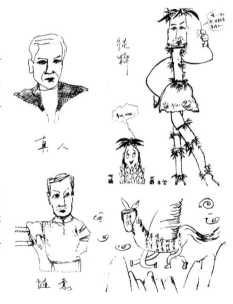

曰：《随意》：

若夫不刻意而高，无仁义而修，无功名而治，无江海而闲，不道引而寿，无不忘也，无不有也。澹然无极而众美从之，此天地之道，圣人之德也。

曰：《神游》：

出入六合，游乎九州，独往独来，是谓独有。独有之人，是谓至贵。荒水洁非，这就是了。

（徐坤，中国社会科学院文学研究所）

**同期声：**

**1999 年《今日批评家》**

张新颖

旷新年

李敬泽

洪治纲

谢有顺

王彬彬

**张新颖**

1967 年生，复旦大学中文系教授。曾任釜山大学交换教授（2002
年），芝加哥大学客座教授（2006 年）。荣获第四届华语文学
传媒大奖·文学评论家奖、第一届当代中国文学批评家奖、第六
届鲁迅文学奖等多种奖项。主要作品有：中国现代文学研究著作
《二十世纪上半期中国文学的现代意识》《沈从文精读》《沈从文的后半生》，当
代文学批评集《栖居与游牧之地》《双重见证》《无能文学的力量》《置身其中》《当
代批评的文学方式》，随笔集《迷恋记》《此生》《有情》《读书这么好的事》等。

# 审美批评的原创性：
# 生存根基的畅现与心智的交流
## ——关于张新颖的文学批评实践及其理想的通信

刘志荣

　　新颖：你好！一直想写一篇关于你的文学批评的概论性文章，没有想到一
下笔，才发现是一件很难办的事情。平时读书养成不求甚解的恶习，再好的文
章读过之后也搁置在一边，懒得再去仔细搜求，即使触动很深的文章也不例外。
而你从 1987 年就已经开始文学批评写作，屈指算来，也已十多年时间，这中
间一定有些曲折变化，若不详加考察，难免笼统浮泛之讥。好在你的重要文章
都已收集出书，集外的文章我手头也都有打印件，为了写这篇文章，就又翻出
来重读一遍。我觉得大体上可以把握住你的批评思路的发展过程，而且由此又
引发出许多需要跟你交流的关于文学批评的想法。为求方便随意，所以采取通
信的方式，不周之处，尚望指正。

　　平时聊天，你常常谈到人们对于批评和创作关系的误解：一方面在某些
保持陈旧观念的人们眼中，始终以为批评应该指导写作，让文学批评承担它
无法承担的职责；而在搞创作的人眼中，又常常有另外一些误解，以为批评

是创作的附庸，再好的批评也不过是"二度写作"，最近的极端说法甚至把批评家称为"食人腐肉者"。这两种观念都无法对批评持一种平常心的看法，这在这个方生未死的浮躁年代，其实不足为奇。你说批评既不高于创作，却也不是创作的附庸或者奴婢，这其实也是这个"无名"时代一般的严肃的批评家的普遍观点——你的过人之处是对批评的原创性的要求，认为批评家与作家一样，同样是基于自己的生存体验面对时代发言，只不过批评家恰好选择了批评这一写作方式。自然，文学批评总要有其对象，但在你的这种"平常心"的批评观中，批评家与作家并不是一般误解的那样"出主入奴"的依附关系，而是——套用巴赫金的术语——一种"对话"关系，基于各自的生活经验与生存体验，批评家与创作家发言，这种发言有"相合"的地方，构成对话关系中难得的共识，但更重要的是那些不相合的地方——双方由于自己的视界的限制，难免有局限的地方，反过来说，也就是各有"见对方不见"之处，那么在这种基于不相合基础上的"对话""争论""辩驳"也就提供了真正的思想更生的契机。我注意到你最近的《中国现代意识的初始：章太炎的例子》，其中谈到章太炎现代意识产生时"依自不依他"的特点时说了这样一段话："如果我们不能否认在中国的章太炎也处在世界之内，我们就不能否认对此问题章太炎的见识与尼采的见识具有同样的现代意识意义上的探讨价值，同时我们可以在两个人之间建立起两个主体之间的对话关系。……一个熟读尼采甚至奉行尼采哲学的人，在尼采面前可能是一个不能以主体身份站立起来、开口说话的人；同样，一个能够跟尼采思想进行对话的人，也并不必须是一个深受尼采影响的人。"①你的这篇文章是学术文章，不属于狭隘意义上的批评文字，所讨论的也是两个思想家的关系，移用到这儿可能不太合适，但我从中注意到的是其中折射出的你对"对话关系"中参与者"依自不依他"的主体性的理解，而一般的误解总是企图取消批评的主体性，但在这最基本的一点被取消了之后，对话过程中的真正思想产生的契机也就同时被取消。那些称批评家为"食人腐肉者"之徒，也就是一方面企图取消批评家的主体性，在做了这番手脚之后，反过来给批评家加上这种"恶谥"，不可谓不霸道——不过现在这种霸道态度正流行，反而是你那种清醒的对话态度常常被忽视甚至遗忘，但这些是非得失都可以不去管它，千古文章从来存真不存伪，时间的大浪淘沙终究会使"沉者自沉，浮者自浮"。

其实"对话关系"也还只是批评家最基本的态度，就你对批评的原创性的要求以及你那些充满了丰盈的"感性"与敏锐的"直觉"的文章来说，用"对话关系"这样的外来词汇形容总觉得还是有些隔膜。因为你的这些文章，不仅仅是理性的分析与思辨——当然在这些方面你也做得很好——更重要的是你把自己的生命体验也投入这些文章之中去了。这样批评主体与批评对象之间的关系，就不仅仅是"对话关系"中的共存互补，而是把自己的那些甚至还没有化为语言的感觉、情感、体验也投入了进去，这在一般的批评腔浓厚的文章中常常被排除。这样，超越于一般对话关系之上，你与批评对象更发生了一种"共振"关系——我们知道，在物理学上，共振常常产生远远高于施予者所发出的力量，极端情况下甚至会使发生共振的事物倒塌崩溃——我觉得你的那些看起来非常感性的文章所发出的就是这样的力度。用中国传统的词语形容就是"冥合心会""欣然有得"。我特别看重的是其中的"欣然"二字，因为从你的这些文章确实读得出在写作时的欢乐与兴奋。在平时的言谈中，常常会听到你在很兴奋时所发出的与众不同而又确实很到位的意见。与此恰成对照的是你的沉默，与前者相比，这也许是你更经常出现的状态。——我常常怀疑，你对热闹的大庭广众以及文坛各种喧哗的争论避之唯恐不及，也许更重要的原因是对之心存不屑——我揣测正是因为这种沉默，你才保持了心智的清醒与感觉的敏锐。你的那些为数不少的批评文章，也许依赖于为期更长的沉默。在某种意义上，这确实是两个相辅相成的事情。我注意到你最近的一篇《伪士当去，迷信可存》所昭示的精神立场。在这篇文章中，你引用伊藤虎丸对鲁迅的"伪士当去，迷信可存"的解说，他认为："鲁迅所说的'伪士'，（1）其议论基于科学、进化论等新的思想，是正确的；（2）但其精神态度却如'万喙同鸣'，不是出于自己真实的内心，唯顺大势而发声；（3）同时，是如'掩诸色以晦暗'，企图扼杀他人的自我、个性的'无信仰的知识人'。也就是，'伪士'之所以'伪'，是其所言正确（且新颖），但其正确性其实依据于多数外来权威而非自己或民族的内心。"重要的是你对其中引申出的精神立场的共鸣："'本根'的确立和个人的主体性建设，必须立基于个人自身的历史和现实境遇，必须从个人最深切处出发，仅仅靠引进的西方近代观念，靠流行的种种新式说辞，是完全不足恃的。"②在这种精神立场上，"从个人最深切处出发"所引申出的含义就是要求在评论写作时，批评对象必须经过主体内心的磨砺，以至把主体自身中最深切处的东西也引发出来。你之所以与这种解说发生共鸣，从长远来看，也是由来有素，这种精神立场与你自己的那些感觉、情感、体验也完全投入了进去的批评文章其实内里是相通的。对你来说，批评也许就是这样的不依靠"引进的西方观念"与"流行的种种新式说辞"，而是"立基于个人自身的历史和现实境遇""从个人最深切处出发"进行的"'本根'的确立和个人的主体性建设"？

可是，要在现在这个时代确立"本根"，彰显"白心"与"神思"，真是谈何容易！如你所言："即以我的同龄人而论。出生于60年代，走过80年代，进入90年代的世纪末，本来身上带着各自不同的印记，可是经过知识、文明、商业、城市、国际等等统一话语的大洗礼之后，大家都成了差不多的'新人'……有的连'芯子'也彻底更新了。我们像扔掉什么令人羞愧的东西似的扔掉初始的一切特征，我们在发了疯似的加速前进的时代列车上追逐正确的思想和生活，一任抛下的'白心'在滚滚的车轮下碾碎，看不到丝毫的血迹，感不到些微的伤痛。"③你这段话用了"我们"这个词做主语，在认同之中显得特别沉痛，虽然其实比起大多数人来说，你已经保持了更多的"白心"；否则你那些最好的批评文字如何解释？不过我也明白你这些话并非矫情，从你的文字来看，你在写作中恢复"白心"也经历了一个过程。1992—1993年对你来说可能是重要的年头，在此之前，你一直注视着当代文学中带有先锋精神的一支，这些文章当然很有新意。可是到了1992、1993年，你才写出了那些与批评对象交融一体的饱含着自己的生命体验的评论文章，有的确是把自己最深刻的体验都投注了进去。这样的文章像《平常心与非常心——史铁生论》《大地守夜人——张炜论》《不绝长流——再说张炜言及张承志》《乱语讲史 俗眼看世——刘震云〈故乡相处流传〉的无意义世界》《坚硬的河岸流动的水——〈纪实和虚构〉与王安忆写作的理想》，等等。在这些文章中，我个人比较偏好《平常心与非常心——史铁生论》《大地守夜人——张炜论》两篇，从这两篇文章来看，你的最先引人注目的特点是审美直觉的敏锐与完整，以《平常心与非常心——史铁生论》而论，你对《我与地坛》《我的遥远的清平湾》《礼拜天》的审美分析已经叫人击节叹赏，况且你又是用"美文"的形式来写这篇文章的。在此基础上，你既注意到史铁生身上"不执不固，不躁不厉，阅尽万象，汇于一心"的"调整自我与命运的关系，力求达到一种平衡"，更注目于另一种超越了"平常心"的"非常心"——"它以最真实的人生境遇和最深入的内心痛苦为基础，将一己的生命放在天地之间而不觉其小，反而因背景的恢宏和深邃更显生命之大"，"此时的史铁生，不再从平常心发出韵味悠长、宁静致远的浅吟低唱，而代之以激情与精神的伟力，呈现出的不再是一个漫步者的形象，不再是静观的柔顺与和谐，而是昂扬若狂的生命的舞蹈"④。这样来描述史铁生小说所传达的境界当然很准确，不过我觉得你分明是带着一种一直困扰自己的问题来阅读与评论的，所谓"平常心"的消解痛苦的智慧，与"非常心"的昂扬若狂的生命之舞，其实针对着的都是你一开始就提出的问题，即"欲舞而形单影只，会是怎样一种情形？"这样的提问所代表的"个体存在的孤立无助"，并不仅仅是空泛的"困扰现代人的基本问题"，而更有可能是你自己真切面对的问题，才能使你有这样的深切交融的审美体验。

更值得注意的是你在这样的文章中所显示出的审美批评所能够达到的境界。曾经有人说："近百年来，无论是文学创作者还是文学评论者和文学史家，都迫不及待地要把文学行为和文学成果转化为文化资源，以促进中国文学的现代化"⑤，这话不免有以偏概全之嫌，不过也还是指出了一个直到现在也还非常严重的倾向，在此绝不是要否定这种功利化倾向的现实意义，但是还是应该指出这种倾向对某些更基本的东西的遮蔽。审美批评绝对不是小道，而是直接与我们生活的感性方面与生存的根基息息相关的，不妨说它是一种在心智的交流的基础上对我们的生存根基的畅现——而这种生存根基常常是被种种时髦的理论话语所遮蔽的，即使在文学创作中表现出来，也常常会不幸成为各种时髦话语施暴的实验室，在这种情况下，以"白心"为基础的审美批评的去蔽作用就显示出其重要性来，况且审美批评的作用并不局限于去蔽，它更引发出批评者自身最深切的体验，从而在交流中达到一种新质的创造。移用你对"平常心"与"非常心"的分说，也许能够更加恰切地形容这种审美批评的境界，一种是平常心状态下的"物我合一"的自适状态，在这种状态下，主体去掉了自己的骄矜浮躁之气，"实现对客体的趋赴与让渡"。在一种神秘的契合中，"万物静观皆自得"，而在这种融合达到一定的状态后，主体自身的创造性也被激发出来，于是在一种"非常心"的状态下，狂歌曼舞，实现一种精神的高扬与升华，以至可以与天地间生生不息的生命之流达成一种会合。对于审美批评来说，这无疑是一种很高的境界，在我看来也是你的批评的理想，而你一直为达到这种境界而努力，譬如你对史铁生的《礼拜日》的叙说：

《礼拜日》的分量由我看来并不在表达出诸如渴求人与人之间沟通
而达到存在彻底自由的理念，其分量在于宏大的时空架构，在于在这种
时空架构中表现关于生命的一切。迁徙的鹿群，北极圈附近的冰河，狼
与鹿不动声色的心智较量与肉体的殊死搏斗；一个男人为了寻找的长途
跋涉，荒漠，魔笛，书，灿烂的星空和一种达观的领悟；自由是写在不
自由之中的一颗心，彻底的理解是写在不可能彻底理解之上的一种智慧；
少女，老头，花开花落，悠悠万古时光。在这样宏大的时空架构中，生
命不是缩在一个小角落里庸庸碌碌、自生自灭的过程，生命无所不在，
他能够以精神的超越性达到精骛八极、心游万仞的境界。并不是任何单
独的存在方式都能够以如此宏大的时空为背景，也并不是任何单独的存
在方式都能够将心气与激情充盈于如此宏大的时空。以时空之大显个体
生命之大，以宇宙之辉煌显人生之辉煌，这实在是一般人难以企及的非
常心之投射。"天上人间，男人和女人神游六合，似洪荒之婴孩绝无羞
耻之念，说尽疯话傻话呆话蠢话：恰幽冥之灵魂，不识物界之规矩，为
所欲为。"⑥

这确实像陈思和老师所说的"很难再区分哪些是理性的分析，哪些是主体
的自我体验"，"这类精彩的文章本身就是一种创作、一种诗。只有当评论主
体读作品如同读生活，完全沉浸在对生活的感受里，才能达到这种主客体亲密
无间的抒情"⑦。回头再看你对批评的原创性的追求，可以说，正是由于对生
活的深切感受才促使你强调批评家与作家是处在共同的语境中面对世界发言，
在写作的开始，他们是站在同一起跑线上的。而你的批评实践证明这不但不是
悬得过高，而且证明批评可以达到与最好的创作一样高的境界。

但这种境界的批评必然要求对批评对象的严格选择，并不是每一部作品都
能让人"冥契心会""欣然有得"的，也并不是每一部作品都能够有这种提升
人的精神的力量。我在上面说1992—1993年对你是重要的年头，因为在此之前，
你一直以"先锋批评家"的面目出现（此点后面还要论及），而在这两年，你
的批评与另外一些更大气的作家作品相遇，才进一步成全了你的那种主客观交
融一体的审美批评的品格。我注意到你说在写《大地守夜人——张炜论》时有
一种"复活的快乐"，这可能是只有，《九月寓言》这样优秀的作品才能够给
人以这样的欢乐。所谓"复活的快乐"，在我的理解中正是对你所说的"白心"

的彰显时的欢乐。对此来说《九月寓言》无疑是一种召唤，一种返回本根的召唤。"'本根'的确立和个人的主体性建设，必须立基于个人自身的历史和现实境遇，必须从个人最深切处出发"⑧，《九月寓言》所表现的那种从苦难与贫穷中升华出来的诗意，那种大地之上流动着的生生不息的生命力，那种天地化生的大境界，却恰恰是从最实在、最平凡、最朴素的生活中升华出来的。这些不但都被你所注意到了，而且对你来说也是最亲切与最熟悉的，只是问题在于为什么最亲切、最熟悉的也是最容易被遗忘的？这是很尖锐的不容自己回避的追问。不过我注意到在这追问中，交融着痛苦与欢乐。在审美批评的过程中，批评家阐发作品，作品反过来也刺激、改造批评家，对于《九月寓言》这样的大作品来说，后者的作用当然是最主要的。但这对批评家来说，与其说应当感到惭愧，毋宁说应该感到喜悦。我很欣赏你在真正的大作品面前的谦卑，正是在骄矜之气完全被排除后，那种来自"本根"的召唤才会被明晰地接收到，才会有那种回家的欢乐、升华的欢乐，自然这也离不开你以自己的生存体验为基础。不过你提出的这个问题其实也是大多数人所面临的问题，在我们这个忙于追逐进步的时代，人们越来越忘记了自己生存的根基，越来越忽视"大地"的召唤，反而在无根基的生存之中迷途忘返。正是在这种情况之下，审美批评在心智交流的基础上对我们的生存根基的畅现的意义才更加引人注目地表现出来。一方面，我们在虚静的状态中畅现了自己的"白心"，另一方面我们的"白心"通过作品的引导与我们生存的根基——大地交流，正如你所说的：

> 正是跟大地重新建立起根本性的关系，才能使自身不能"完整"的人间"完整"起来。而意识到人是大地的生物或器官，是大地之予，才能进而破除人类自我中心主义的迷障，放宽视界，看到大地的满堂子孙，再进而反省人类在整个结构中的恰当位置，反省人类对待自我之外的生命和事物的态度和方式。大地养育万物，而人类只是其中之一，丝毫也不意味着人类的渺小和微不足道，恰恰相反，对大地的亲情和尊重正引导出对自我生命的亲情和尊重，同时也特别强调出对大地之上其他生命的亲情和尊重。⑨
>
> 生生不息肯定不是孤立的个体的特征，它归从于一个比我更大更长的流程。让生生不息之流从自我身上通过，也即意味着自我的消融和归从，我不再彰显，因为我是在自己家里，我与最深的根基恢复了最亲密的联系。

我不再彰显但我心安气定，我消融了但我更大更长。原来自我也像本质一样，也不应该是一个坚硬不化的核，个性和卓尔不群只能突出一个孤单的势单力薄的局限之我，要获得大我、成就大我就不能硬要坚持个性之我，让生生不息通过我充实我，我才活了。⑩

这样的段落很难说是诗还是哲学，总之它们具有原创性写作的一切特点，而没有人们一般所认定的属于"二度写作"的文学批评的隔膜与浮泛。

回过头来看你1992年以前的批评，关注的一方面主要是当时所说的先锋作家，另一方面是西方现代主义与香港、台湾文学。后者的作用也许主要在于学术训练的意义，而前者颇能说明你的文学批评的另一个特点，即对文学新质的重视。你说，"我一直是在一种狭隘的意义上关注当代创作的：当代创作应该为文学提供新的质素和可能性。在这个意义上，并非所有在当代写作的作家都可称为当代作家，也并非所有的当代作品都是当代文学。这种观念既是文学史的观念，也是反文学史的观念"，其实就反映了这一点。不过同是强调文学新质，你的解读还是与别的批评家不太一样，而显示出对解读的新意的强调。譬如你分析博尔赫斯与中国先锋小说家的关系时，从博氏赋予幻想世界的本体价值入手来分析他与马原、孙甘露、余华、格非诸人的关系，关注的中心不仅是博氏对他们的影响的程度，更在于"中国先锋小说通过对博尔赫斯的接受给文学带来了何种新的意义"，指出博氏的"虚拟和幻想的新空间"对务实的中国文化与中国文学的不可小视的意义；又如你指出马原与中国传统的观感传达方式的历史感通，这到现在也还是不失新意的见解，而且它们也显示出你对文学史的宏观驾驭能力，能够在广阔的时空中考察某一作家的新质。另一些文章，如对残雪的"对恐惧价值的消解"的发现，对吕新的"弥漫性文本"的概括，则直接显示出你的感觉力的敏锐。不过读你这些属于先锋批评范围的文章，总觉得还是有些隔膜，不够过瘾。这一点你后来在文章中也有所谈及，即"先锋文学"作为一种反叛性的文学，本身就是"为争取自由而不自由的文学"，它们在逻辑起点上设定了一个反叛的对象，于是不得不受这种"自我意识中的对象性"的制约，它们是尖锐的，但"不具有包容性和大气"⑪。批评对象自身的局限也必然对你的批评写作产生限制，而且为分析"文学新质"你就必须保持理性的清醒，这也不容易产生像你后来的文章那样的生命体验完全投入、主客观交融的效果，所以在颇具新意的同时会显得不够从容、大气。

这也许有些吹毛求疵，不过还是能够看出 1992 年之后你的写作进入了一个更加自由的境界。这不但表现在那些洋洋洒洒的长篇大论中，尤其表现在你的那些短小的批评文章中。这些文章抓住作家作品的一个主要的特征，着重于它们所能给文学以及生存的启示，要言不烦，入木三分，在批评的艺术上可以说已近化境。文章俱在，毋庸征引，我注意的倒是你把这些特点也引入到现代文学研究中来。在这门已经趋于规范化的学科中，像你这样的既充满感性、又很有概括力的文章读来颇有清风拂面之感，如你为《陈独秀印象》写的序言，拈出他的"酒旗风暖少年狂"与"孤桑好勇独撑风"两句诗，陈氏一生的狂气豪情都跃然纸上；又如你从《胡风回忆录》中拈出他与萧军、萧红深夜赛跑一件事，胡风严肃的战斗精神之外不太为人所注意的"赤子情怀"也就有了很形象的表现。除了这些短文，在正规的学术论文中，你的这些特点也很明显。由于对当代文学与当代现实的关注，你的这些论文虽然坚持了价值中立的学术规范，但在客观的分析中，字里行间却灌注了你的当代情怀，像你对章太炎现代意识产生时依自不依他的特点的概括、对王国维早熟的现代意识与在现实生存上难以承担这样的重压以至不断变动的过程的分析、对鲁迅身上"伪士当去，迷信可存"的精神的仔细解说辨析、对西南联大现代主义诗人群接受现代主义与抗战时代的关系的发现，都可以说是自觉与不自觉地带着你的现实感受的影子。不过一则你的这些论文所从属的大题目"中国现代文学中的现代主义"尚未完成，二则这已溢出当代文学批评的范围，此处就不多谈了。

拉拉杂杂已经写下了不少，但要总结你的文学批评，还有两个问题是不容回避的：一是你对精神领域自主性的强调以及由此引起的对沉默与拒绝的意义的重视；二是你对威胁我们的生存与"表达"的陈词滥调的警惕，以及由此所形成的文学批评的个人文体。这两个问题其实是一个问题，都基于你对真正的原创性的精神生产的重视：一方面要在"知识分子"越来越多而真正的"思想"越来越少的情况下强调思想的困难；另一方面在写作变得越来越容易的今天强调"困难的写作"的重要性。提出前一问题的主要有《精神领域自主性所受到的围困》《伪士当去，迷信可存》。你受《自由交流》的启发不少，这本书的两个对话者指出了当代世界的一个倾向："人们以时尚模式对待精神生活，将时装逻辑带进文艺生活，或者更糟，将政治逻辑带进文艺生活；保守集团一致行动，旨在制造某种思想氛围……"并且"他们想按照自己的尺寸，重新确定知识分子的面貌和作用。这些人只保留了知识分子的外部表象，既无批判意识也无专业才能和道德信念，却在现实的一切问题上表态，因此几乎总是与现存秩序合拍"。不但"知识界本身的独立性、自主性受到新闻界的压力"，"而新闻业本身也受制于其他各种权力"；"知识分子本身越来越失去历史感和社会冲突感，却是一个更严重的问题"。你的强烈的现实感让你发现"域外现实所透露出的信息，在九十年代的中国的现实文化环境中有那么多可以印证之处"，"几乎是不可忍受的"。《伪士当去，迷信可存》这篇文章写得相当峻急，代表了你的性格与思想的另一方面。你一直把这个问题追溯到鲁迅的《破恶声论》，其中鲁迅把那些把持新的思想作武器、精神态度却如"万喙同鸣"，"不是出于自己的内心唯顺大势而发声"的"无信仰的知识人"斥为"伪士"。时间过得很快，现在的"无信仰"的"伪士"却越来越多。每天滔滔不绝地告诉我们许多"正确而新潮"的思想，这种思想却没有与他们自己的心灵发生摩擦。但这种失去基本的现实感与真诚性的思想，不仅在现实中成为"几乎无所不在的压力，甚至成为""包藏了恶意的""批判的武器"。你对这种"伪士"的态度颇为峻急，你问道："我们在空洞的词语、抽象的概念里兜圈子，这样的知识游戏真的很有意思吗？我们就是靠诸如此类普通民众掌握不了的持续的知识游戏来维系所谓的知识分子优越感的吗？实话说吧，我不相信那些丧失了现实感，没有个人切肤之痛的当代理论和当代讨论。"⑫我不知道有没有人、有多少人注意到你的这种拒斥的态度。一般说，拒绝总是被忽略的，人们注意的中心总是各种各样的表演，而不管这种表演是否具有意义。表演总归是不伤筋动骨的，无比轻松的，而你的拒绝最后导致的却是承担，而且绝非轻松的承担，而是要求真正的、全身心投入的承担。我尤其注意的是你从其中透露出的对现实，尤其是对我们周围日渐浮薄的文化现状的愤懑与反抗。对你来说，这种反抗同样是由来有素的，从你在《中国当代文化反抗的流变》中对那种"一无承担的文化反抗"的批评开始，你就自觉地走上了这一条路。在那篇文章中你写道："文化反抗实质上正是靠所承担的文化重量来支持的，拒绝重量，等于拒绝了自我创生的根源。"⑬而形形色色的新的理论话语以及所谓的讨论，往往就是以拒绝承担为特色的，但在拒绝承担我们现实上与文化上的种种重担之后，他们还怎么可能真诚呢？而又怎么可能不对真正有所承担的人们不放出明枪暗箭呢？我觉得，对这种精神态度如"万喙同鸣"，"不是出于自己的内心唯顺大势而发声"的"无信仰的知识人"，亦即所谓"伪士"的再发现，可能会成为你对当代文化批判的一个重要的贡献。

与此相辅相成的是你对"写作的困难"与个体自己的声音的强调。你在最近的一篇对诗人散文的讨论的文章中说："在九十年代散文写作日益'容易'、因而也就日益'繁荣'的文化景观中，诗人散文'出场'的意义，最简单、最质朴地说，就是他们和他们的作品仍然坚持和维护写作的困难。我们甚至可以看到这样一个逐渐清晰起来、逐渐被意识到的事实：散文写作愈发困难了，这也是因为日常景观中的散文写作愈发变得容易了。"[14]对写作的困难的强调，既是对思想与感受的困难——如何不落入庸常思维的泥坑的艺术的强调，也是对我们的表达如何不落入陈词滥调，以致被其异化的强调。其实这也是你必然要走到的地步。你一直对环绕我们周围的陈词滥调以及由此引申出的自我表达的困难保持一种警惕，有时甚至陷入一种无奈的状态、你说："语词的'模糊'与'肿胀'已几近面目全非的地步，对它的恐惧在今天变得愈发突出了。生活也许变得日益轻松、容易、有意思，存在却更加困难、空洞、意义暧昧。我们可以作（做）越来越多的事情，我们却越来越不能表达自己。"[15]这种对越来越模糊、肿胀的语言的警惕与无奈在你那儿形成了真正的焦虑，"我们"被语言所局限、所捆绑，在左冲右突中企图找出一条出路，在陷入最深的焦虑时甚至准备弃绝："如果语言是我们自己的语言，那么语言就是我们存在的家园。可是语言先我们而在而且不可能为我们所拥有，我们不得已和它发生关系就会被它反锁住，语言是我们黑暗又肮脏的牢笼。我们没有新工具，造不起来新房子。我们的存在既没有庇护又积满了历史和现实的尘垢，被莫名地捆绑。我们左冲右突、头破血流却仍然发不出自己的声音。"[16]回首世纪初，五四的英雄们不满"文言"的模糊、肿胀、暧昧、俗套而企图创造一种近乎透明的语体文，可是假使他们当初就想到语体文在不到一百年的时间内也堕落成一种模糊、肿胀、暧昧、俗套的语言，不知他们是否还会有当初的那种豪情？这也是一切严肃的写作，尤其是创造性的写作必然要遭遇的宿命。要么激活一种病入膏肓的语言，要么沉默，在此二者之间别无选择。你的努力的方向是在一种拒绝交流的极端个人化的独语与能够与读者交流的语言之间取得一种平衡。对你来说，批评写作与随笔写作相辅相成、在二者的交流之中形成一种容易交流的个人化的文体。在你最新的一本随笔集的最后部分，收录的全部是个人心灵的独白。这证明你有创造一种独白文体的能力，不过，在批评写作时，你必须面对外在的现实。这样你必须采用一种容易沟通的文体。你的随笔写作的理想也许可以说明你的批评文体的某一方面："随笔应该是有关痛痒的，但是疼痛却并不一定通过叫喊的形式表达"，"随笔应该是一种个人精神的显现，但是显现个人精神的方式却不一定非得直接述说个人情境不可"，"随笔应该追求某种精神高度，它的所作所为，都表明它还没有达到这种高度，但它的所作所为都保持着为了达到这种高度而必需的精神紧张性"⑰你的独具一格的批评文体在这种背景之下才将全部的意义显露出来。在批评中，通过与批评对象的相会，你的个人精神也慢慢地、持续地显现出来。为此，你拒绝旧有的与引进的理论术语，拒绝它们所提供的或者暗示的现成思路，因为它们都会遮蔽"本心"。在排除了各种各样的话语的遮蔽之后，你用一种坦率、朴素的文体来写作，在它的引导之下，进入作品与自己心灵相会的内核，在这种情况之下，被日常生活所遮蔽的"白心"与"神思"渐渐地彰显出来……这是一种美文的文体，也是一种个人化的文体，同时也是一种容易交流的朴素的文体——也许还有必要提一句：所谓美文，其本来意思就是坦率、自然、个人化而又朴素、亲切，不知什么时候竟然也用到那些报刊上矫揉造作的文章上去了，真是一种语言的堕落。

不过比起以上所说的你所表达出来的东西之外，也许对你自己来说你的沉默反而是更为意味深长的。这种沉默表达的是一个人与一个时代的关系，表达的是个人如何坚守自己的位置。在《论沈从文：从 1949 年起》中，你谈到沈从文所选取的个人在时代中的位置："百年来的中国社会历史，几乎就可以说是时代挟裹一切的历史。从伟人豪杰到凡夫俗子，几乎都有一种唯恐被时代抛弃的无意识恐惧，大家自觉地追赶时代。自觉地投入时代的洪流中去，尽管心里都清楚没有几个人能够呼风唤雨、引领时代，可是至少也要做到与时俱进、随波逐流。有普遍的不自觉恐惧和普遍的自觉追求的民众意识做基础，时代对人的影响、改造也就容易进行，而且进行得完全彻底，势不可挡。"而"沈从文恰恰找到了一个角落的位置，而且并不是在这个角落里苟延残喘，却是安身立命。这个角落与时代的关系，多少就像黄浦江上小船里捞虾子的人和外白渡桥上喧闹的'五一'节游行队伍之间的关系。处于时代洪流之外的人也并非绝无仅有，可是其中多数是逃避了时代洪流，自己也无所作为的。沈从文却是要在滔滔的洪流之外做实事的人"⑱。与读你过去的文章一样，我寻找的是批评对象与你自己的契合点。在这个意义上，你写沈从文也就是写你自己，因为你确实认同于你所描述的他对时代的态度。我们所处的也是一个喧嚣的时代，这个时代比起以前也许少了一些看得见的强迫，却多了不少看不见的强迫与看得见的引诱，在这个时代，找到自己的位置，立定脚跟，踏踏实实做点实实在在的事情，同样不是一件容易的事情。不过我与其他师友们都相信你是已经找到了自己在时代中的位置，而且确实可以坚持下去的人。这个位置默默无闻，却可以实实在在为文化建设做点事情——文学批评与文化批评当然是其中很重要的一件。我现在明白，你所说的沉默与拒绝并不是一件消极的事情，而是一种自觉的承担，这种承担可以说是对现在越来越被遗忘的一种精神（因为伪士们的喧哗）的承担，你的原话是这样的："如果我们没有大智慧、大勇气，如果我们无法获得地气、天启和神示，那么就让我们沉默。我们不加入现实的合唱。我们不在现实中存在但我们并非不存在，现实不是唯一的尺度，甚至现实根本不是根据和尺度。我们不要做现实中的话语主体。我们在沉默中孤独。"⑲看不到这段话里的真诚，看不到其中所暗含的坚守与承担，就会对你发生误解。

　　唠叨良久，希勿生厌。并祝撰安！


## 【注释】

①张新颖：《中国现代意识的初始：章太炎的例子》，载《大学》1998年创刊号。

②③⑧⑫张新颖：《伪士当去，迷信可存》，载《作家》1998年第6期。

④⑥张新颖：《平常心与非常心——史铁生论》，见《栖居与游牧之地》，学林出版社，1994。

⑤摩罗等：《重建文学史形态：必要与可能》，载《文艺争鸣》1996年第4期。

⑦陈思和：《〈栖居与游牧之地〉序》，见《栖居与游牧之地》，学林出版社，1994。

⑨张新颖：《大地守夜人——张炜论》，见《栖居与游牧之地》，学林出版社，1994。

⑩⑪张新颖：《不绝长流——再说张炜言及张承志》，见《栖居与游牧之地》，学林出版社，1994。

⑬张新颖：《栖居与游牧之地》，学林出版社，1994，。

⑭张新颖：《困难的写作——述论90年代的诗人散文》，载《文学世界》1998年第2期。

⑮⑯⑲ 张新颖：《黑暗中的声音》，见《歧路荒草》，上海人民出版社，1996。

⑰张新颖：《随笔写作的理想》，见《迷失者的行踪》，复旦大学出版社，1998。

⑱张新颖：《论沈从文：从 1949 年起》，载《上海文学》1997 年第 2 期。

（刘志荣，复旦大学中文系）

**同期声：**

说出我要说的话 // 张新颖

路翎晚年的"心脏" // 张新颖

**旷新年**

湖南湘乡人，1963年1月出生。1980年考入武汉大学，1989年考入北京大学，1996年获文学博士学位。先后在湖南省娄底师专（今湖南人文科技学院）、北京市文联工作。1999年到清华大学任教，现为清华大学人文学院中文系教授。出版有《1928：革命文学》《现代文学与现代性》《中国20世纪文艺学学术史（第二部）》下卷、《把文学还给文学史》《文学史视阈的转换》《新文学的镜像》《中国现代文学理论批评概念》等。


# "伟大时代"与"小丑之见"
## ——我看旷新年的批评文字

陈福民


这篇文章原来的题目是"伟大时代神话的说破者"，思忖再三，决定改为现在的样子。这不单是为了套用起来方便——旷新年自己就有一篇以此为题的文章①，更为重要的原因在于，伟大／渺小，时代／丑角，"好世界"／捣乱者，皇帝的新衣／讲实话的孩子……类似的语词以及由这些语词同时代之间所构成的极具张力的绝妙关系，让我深深地为之着迷。我想，旷新年这样一种对时代的言说和对知识分子身份几近绝望的自我认同，无疑包含着来自基础塌陷之后难以细述的内在痛苦与巨大怀疑。在它以偏颇激烈为代价所获得的深刻洞察力的背后，受到伤害的灵魂正审慎地打量、思考着自己所处的时代和周边发生的一切。它发出质询、揭破事物表层的障眼法，在一个批判和反讽的姿态上不屈不挠。

### 关于时代的辩证法或几个关键词

对20世纪90年代的总体特征有着形形色色的说法，它的几个关键词大致为解构、后现代、多元化、权威崩溃、历史终结、众声喧哗等，略为伤感和顾影自怜的说法是"世纪末"。这些异彩纷呈的概括不能说没有道理，从中也可以大致发现言说者各自复杂的心态。然而这些表面姿态激进的概括都不约而同地掩饰了一个显而易见（更准确地说是视而不见）的事实，并因此隐藏着某种致命的危险，即在全球经济一体化背景下的资本主义历史遗产和新的时代馈赠：一种躲避在表面形式多元化背后的资本主义生活内部的一元化实质，以及由此所造成的人文影响的巨大同一性。在它标举的旗帜上书写着"众声喧哗"四个大字，然而上演的却是独家征服的历史故事。费尔南·布罗代尔在论述资本主义历史与今天的关系时指出："从大处着眼，我觉得资本主义的本质没有彻底的改变……它当前的大事就是重建这种一统天下的局面。"②所谓的"一统天下"，即是政治经济史意义上资本的利益驱动所致力达到的，同时在中国当下的历史语境中也已经成为话语的事实。

这个颠倒众生的"伟大"时代却没有能够让旷新年心悦诚服，换句话说，这个时代的边际并非是散漫无涯、不可捉摸的；而被种种专家、学者和"作为文化想象的大众"③所鼓噪起来的后现代的辉煌庆典，在旷新年一系列颇具影响与"杀伤力"（这个词可能会招来讲文明礼貌的学者的反感，也不管了）的批评文章中，具有某种"古久先生的陈年流水簿子"的奇怪味道，恰到好处地成了分析与"解构"的对象。尽管"90 年代是一个没有历史的年代"④，但是对于旷新年这个患有严重胃病与失眠症的人来说，阅读这段虚拟的历史几乎是宿命地拥有一种鲁迅式的狂人风格：这历史没有年代，歪歪斜斜地写着幸福、安宁。我横竖睡不着，仔细看了半夜才从字缝里看出字来，满本上写着两个字——神话。在《"后现代"神话》⑤一文中，旷新年对 90 年代甚嚣尘上、不可一世的"后现代哗变"做出了迅速及时的反应和全面的、严肃的批判清理，顺便说一句，在我有限的阅读范围里，还没有哪篇讨论后现代的文章如旷文这样写得举重若轻、酣畅淋漓又令人信服。作为 90 年代极具影响力的重大文化事件，后现代在对自己的命名与阐释中，充满了浮夸的自豪与表面的真实。如同一个志大才疏、一身二任的信使，怀揣密令，凭恃某种授权，高声宣布了"旧"时代的终结，并自信满怀准备接管一个"新"的时代。旷新年并未因此而轻视后现代作为一种文化思潮的严肃含义与真实的挑战性——这一点与一些论者粗糙、浮泛、流于攻讦以图一时之快的文字不同，相反，他对后现代主义在中国顺利登陆的历史背景与思想语境进行了相当中肯和透彻的分析梳理，从而使那些意义重大、同时又纠葛丛生的问题得以清晰、明快地显现出来，在启蒙现代性与后现代主义、知识分子与老百姓或曰大众等诸关系上，90 年代的中国陷入了空前的文化困境和"信任"危机，对于饱受后进焦虑折磨的中国人来说，近百年的历史说穿了就是追赶西方、"屹立于世界民族之林"的强国梦。因此就不难理解何以现代、现代性以及与此相关的思想语汇几乎构成了中国人集体无意识的意识形态。尽管就文化等级而言，是精英知识分子参与创制了这个意识形态，但如果硬要说芸芸众生只管吃喝拉撒、繁殖死亡，同上述问题绝无关联，显然于理欠通。更有甚者说恰恰是启蒙主义导致了灾难，害得他们过不上幸福美好的生活，那就无论如何不是事实了。理论思潮的模式意义同创伤经验的真实性能否等同覆盖现实问题的全部复杂性，在旷新年这里是大有疑问的。他并不否认后现代主义在 90 年代出场的合理性，也不认为反思启蒙主义、"重估现代性"是别有用心和毫无必要的。"但是后现代主义把这一个有意义、有价值的重大问题完全策略化和意识形态化了"，尤为严重的是，"在今天，所谓'对现代性的追问'变成了一种简单的对启蒙主义的追问。而后现代主义把现代知识的起源追究到启蒙运动而不是文艺复兴，这也不是后现代主义知识上的肤浅，而是后现代主义本身的一种有意的知识'策略'"⑥。也就是说，对启蒙主义的反思不仅必要，而且途径可以有多种，但是一种诚实负责的反思与过于"策略"的追究由于所致力的目标及可能达到的目标不同，在事实上存在着根本的区别，这点其实是在提醒那些各种主义的倡导者不能随心所欲地蔑视常识。我知道，上述说法因其带有浓厚的伽达默尔意味，正是为后现代主义所不喜欢并坚决反对的，然而，从逻辑上说，某种以手段冒充目的的"策略"无论怎样高明，终究不能把手段变成目的。关于这一点，后现代主义或许有它自己的哲学观念与方法，在启蒙主义现代性与当下中国现实的关系问题上，后现代主义以它的策略方式撒了一个诚实的谎言，"一方面宣称解构现代性，另一方面又透支了现代性的意识形态"⑦，虚晃一枪之后，迅速转向了自己的目的，譬如建立自己的知识合法性或为想象的幸福生活——另一种现代性鸣锣开道。在它眼花缭乱的话语表演中，人们记住更多的是哗众取宠的姿态。

　　一种思想或思潮能够使时代对它做出快速反应，绝不是一件随随便便、轻而易举的事情，这也是后现代主义值得"恭维"的地方。人们有一千种理由发问，何以 A 主义、B 主义不能像后现代主义那样成为一个"小时尚"呢？这实在问得有理。旷新年对此回答道："后现代主义对于现代性的另一种'误读'是由

'启蒙知识分子'的共谋完成的。"⑧90 年代作为"思想家淡出，学问家凸显"的年代是人们耳熟能详、感同身受的，这个淡出／凸显模式不仅标示了该时代关于伟大与渺小的喜剧辩证法，也让人们看到了现代性神话崩溃之后各路精英特别是启蒙知识分子急于寻觅岗位而慌不择路的窘态。在打出"反思启蒙""重估现代性"的旗号方面，启蒙知识分子与后现代主义互致"反革命"敬礼，并且在分享"反革命"胜利果实上达成了惊人的谅解备忘录，如曾经影响了一个时代的李泽厚先生隆重推出的《告别革命》之类。旷新年对此表现了独特的深邃洞察力："后现代主义在 90 年代中国的胜利并不是一种'知识'和'理论'的胜利，而不过是启蒙知识分子心态的一种表征，是启蒙知识分子在追赶时代的巨变中为自身的转变而制造出来的'元话语'。现代性话语在 90 年代的突然崩溃是后现代主义和启蒙知识分子合谋的产物。"⑨这个相当严厉甚至过于严苛的心理诊断当然让旷新年付出了自己的代价：洞见与"不见"共存——对此他有足够的心理准备。在我看来，无论是后现代主义的一时暴富，还是启蒙主义遭"全场紧逼"，都有深厚的、真实的基础以及在此基础上的理论或知识的意义，似乎不应该仅仅被视为制造出来的话语，启蒙知识分子拥有自己漫长的知识历史和由此历史所构筑的意义系统，他们在 90 年代为摆脱困境所做的诸种努力显然也具有非话语性的复杂含义。对这种复杂性的同情的体察，在旷新年的批评文字里多少有些语焉不详。作为一个极具个性、特立独行的文化批评家，旷新年的这种风格既是"必要的丧失"，也是自觉的选择。那种全面的细密的工作就留给别的批评家去干吧。

## "另类"的解构立场

旷新年之所以对后现代主义神话穷追不舍，对启蒙知识分子痛下"诛心之论"，对伴随着全球经济一体化而来的各种文化想象独具只眼，显然与一种解构的立场相关。在检讨自己的文化立场与时代之关系时，旷新年说："如果回到法国的解构主义运动中去，那么解构的精灵在 60 年代生长起来的无根的生物上找到了寄主。因此，如果使用'60 年代人'这个概念的话。我愿意它不仅是指 60 年代出生的芸芸众生，而且也指他们对一种解构立场的分享。所谓解构，是对一切权威、结构、真理、知识的讨论和评注活动。它不是破坏，却也不是固定和封闭。它不是以理性、主体现代性以及任何一种绝对的目标和价值终结历史和思想，而是相反，它要在思想终结的地方重新开始思想。"⑩夸张地说，

90 年代的文化活动与解构不仅是相伴随的问题，简直就是一个东西，离开解构，90 年代几乎无从谈起。这本没有什么新意。然而值得注意的是，旷新年对解构一词的理解与运用有着非常自然、极其常识性的特征，这在当下的批评研究范围里是一种难能可贵的品质。直到今天，我们还能记起解构这个庞然大物最初莅临中国时那副神秘的、佶屈聱牙的面孔，在习见的情况下，解构还经常沦为某种首鼠两端、不知所云、王顾左右而言他的牺牲品。而旷新年的解构之道则是对解构的解神秘化的过程。在他那里，解构首先恢复了批评原始的、常识性的含义：在一种自己所能相信的价值立场上对一切不能满意的、有疑问的事物提出自己关于该事物的意见。曾经有过这样的情况，现在也可能仍在继续，即人们像躲避瘟疫一样谨慎小心地回避着与立场、价值、态度有关的词汇，仿佛一有立场就不见高明。而旷新年从不让解构成为自己立场告缺的托词。他的批评文字一贯地简洁明快、敏锐犀利而又激动不安。如上所述，在《现代文学与现代性》这部批评集开篇，他就对自己的文化立场做出了尽可能详细的阐释，而收入这部集子的文章连同未收入的其他文字，都是一种立场的呈献。因此，解构对于旷新年来说，首先意味着一种坦荡的胸怀与敞开的、澄明的境界，更意味着一种承当的勇气。在谈到韩少功时，旷新年情不自禁地说："他是在引领我们去理解一个有关湘人的隐喻：湖南是山与水结合的一种品格，是智慧与承当相结合的一种人格。"⑪神往与赞叹溢于言表，这也正可以看成是旷新年的"小子自道"吧。我一直相信，拥有这种胸怀与境界其实是一种幸福，而每当面对或想到这样的人及其文字，我总是能感受到一种莫名的激动和由衷的敬意。在当今的世界和文化语境中，他们已经是一种稀缺的资源。

在这个问题上经常出现的误解是，解构极难，立场则是一件相对容易的东西，而有了立场总是容易导致独断、话语暴力以及心灵与文字的粗糙。事实是，立场获得之艰难"难于上青天"，于今为烈。否则就无法理解，何以现在假解构之名掩无立场之实的知识分子如过江之鲫了。问题在于，立场一旦获得，势必要求坚持，是否会必然地导致独断与主动施暴？文明史对此提供了相当不同的经验与证据，然而热爱文明并且心灵细嫩的教授、白领以及众多的白领候补者们总喜欢偏执一词，人云亦云地在那里嚷嚷着雅各宾、加尔文、奥斯维辛、古拉格和文化大革命，仿佛只有放弃立场才能天下太平，全然忘记了苏格拉底、布鲁诺、丹东、罗伯斯庇尔以及张志新正是死于一种对自己立场的信奉与坚持。可见拥有且坚持立场并不必然地导致主动施暴，还要看是怎样的立场以及什么人握有施暴的权力。自有文明史以来，人类在此遇到了巨大的难题：由于无法预知历史和"陋于知人心"，老是犯下愚蠢的错误。以史为鉴虽然通常奏效，却也难免掉入经验主义合理性的泥坑。人们被迫龟缩在失败主义与犬儒主义的感伤自慰中苟且偷安，这里也正是相对主义施展花拳绣腿的用武之地，一如中国相对主义大师庄周的树与鹅，"才不才间过此生"了。但是我们怎么也不至于反思出如下的结论：由于无法判断立场，又不知道掌权的人是好是坏，为了相安无事，确保天下太平，大家最好叫齐了号一块儿放下立场。这样说起来好像是个笑话，但中国时下的某种解构主义就是如此反思历史，进而构筑了自己与"立场"之间二元对立的想象关系——"立场"是所谓"宏大叙事"的象征物，而该种解构主义则是"立场"的消毒剂或清凉油，并且谆谆教诲大众去过一种"怎样都行"的日子。只是我们始终无法想象，此种超凡脱俗、能指与所指随时滑动易位的解构到底凭借什么来建立自己的话语秩序。

对旷新年来说，他的解构主义立场正是针对那种想象的解构而发，他通过对泛滥解构背景下主义／问题、思想／学问的思考真切地表达了他的担忧和怀疑："他们拾起了胡适的老调子：'少谈些主义，多研究问题！'岂不知，撇开主义，哪来问题；没有思想，何来学问。思想为里，学术为表。学术是珍珠，思想是那串起来的线索。不然，岂止是'支离破碎'！后现代主义想要质疑元话语，取消大叙事。可是又焉知，没有大叙事，又何来小叙事？事实上，思想和话语一经改变，知识的面貌就会在顷刻间全然改观。"⑫旷新年这种对"主义""元话语"和"大叙事"的理解与辩护其实并不需要多么精深系统的解构主义学问，相反，它乃是像穿在皇帝身上的新衣那般一目了然。然而，当下的知识分子们就像窃贼要避开自己的作案现场那样，远远地绕开这些敏感的词汇，唯恐沾了干系将来有一天说不清楚。而旷新年在自己的解构主义同立场之间建立起了亲密的血缘联系，勇敢地承担了说出的重量与后果。在这个意义上，旷新年堪称当下解构主义大潮中一个不折不扣的"另类"。

## "小丑之见"的美学理想

"另类"的解构立场不只需要承当的勇气，它还需要"在思想终结的地方重新开始思想"。曾经有一种误解十分看重并夸大了解构作为某种方法的意义，以为只要娴熟掌握了解构的"技巧"，像外科医生熟练使用他的手术刀那样，就可以在面对复杂歧异的社会问题及思想命题时游刃有余。这于解构显然是不着边际的。因为解构的要义在于它始终是以那些自我标榜为真理的、宣称一劳永逸的合法性的、自诩为历史必然规律的、自信为思想终结者的、封闭的、绝对的、自明的种种事物为敌，或曰作为对象的，在此意义上，解构也可以说是"宏大叙事"。它不是永动机，不可能像个游手好闲、不事生产的专业颠覆家，永远有挑别人毛病的余裕。它应该有自己潜在的边界，作为一种解放的、提供可能性的活力因素，它尤为需要一种更阔大的背景和思想资源来适时调整自己同这个变动不居的世界的周边关系。雅克·德里达最近一反常态、大谈政治的变化就说明了这一点⑬。

那么解构的立场或文化批评的姿态将从何处获取它足够的资源呢？这不能说是个小问题。旷新年试图以自己的关于文学写作的美学理想和文学史研究作为参照靠近这个问题。"解构主义不是在哲学专业，而是在文学领域勃发，因为对于文学来说，我心有戚戚焉……因为文学从根本上是反法则的……""解构在根本上应该成为一种抒情，文学不是抽象地谈论创新，而是在非法/合法的边缘拯救无意识的意义。"⑭

让解构从根本上成为一种抒情，并且成为一种有助于拯救意义的事业，这显然不是异想天开。因为在反法则的意义上，在寻求一种鲜活的思想表达与生活发现方面，文学都是解构思想原则最可靠的同盟军和永不枯竭的丰富源泉。旷新年的这个想法是有关解构与文学的最富感染力的想法，对于我来说，更不能不"心有戚戚焉"。我猜测，"小丑"的意象一定是让旷新年为之倾倒、为之陶醉的。在这两个字的丰富性与反讽的美学光辉映照下，任何关于哲学的、理论的、批评的、研究的写作都要相形失色、黯然神伤了。因此有足够的理由将旷新年视为一个诗人。在《〈狂人日记〉：反讽的迷宫——对该小说"序"在全篇中结构意义的探讨》中，旷新年说："鲁迅在他的杂文中引用过的克尔凯郭尔的一段话也是很富于反讽意味的。'戏场里失了火。丑角站在戏台前通知看客。人家以为这是丑角的笑话，喝彩了。丑角又通知说是火灾。但人家越加哄笑，喝彩了。我想，人世是要完结在当作笑话的开心的人们的大家欢迎之中的罢。'在这里，小丑的身份和宣布严重事件的真相之间造成了反讽。然而，哲学家的智慧也就只能用反讽的语言来传达。……小丑的困境在某种程度上也是'狂人'的困境。"⑮是啊，这何止是"狂人"的困境！难道不也正是旷新年们的困境以及我们自己的困境吗？在旷新年对"小丑"和"小丑之见"的自我命名中，不再具有传统意义上的悲剧性，而有的是获得洞见、了解事件真相之后所诞生的与境遇相关的审美体验。这个"伟大时代"因了小丑的反讽，正在日益丧失它装点门面、点缀升平后所剩无几的一点可怜的庄严感，在一个始料不及的意义上最终归于滑稽无行。

## 【注释】

①⑫旷新年：《伟大时代的小丑之见》，载《读书》1998 第 3 期。

②[法]费尔南·布罗代尔：《资本主义论丛》，顾良、张慧泽译，中央编译出版社，1997。

③④⑤⑥⑦⑧⑨⑩⑪⑭⑮旷新年：《现代文学与现代性》，上海远东出版社，1998。

⑬陆扬：《政治与解构》，载《读书》1998 年第 12 期。

（陈福民，中国社会科学院文学研究所）

同期声：

批评如何成为可能？ // 旷新年

"历史终结"与自由主义 // 旷新年

诗可以怨 // 旷新年

**李敬泽**

1964 年出生，祖籍山西芮城县。1984 年毕业于北京大学。曾任《人民文学》杂志主编，现为中国作家协会副主席、书记处书记。2000 年获中华文学基金会冯牧文学奖青年批评家奖。2005 年获《南方都市报》华语传媒文学大奖·文学评论家奖。2007 年获鲁迅文学奖理论评论奖。2015 年获《羊城晚报》花地文学奖年度评论家奖。著有理论批评文集和散文随笔集十余部。2014 年出版文集《致理想读者》。

# 以常识为限
## ——我看作为批评家的李敬泽

李大卫

　　这是个难做的题目。坦率地说，李敬泽在我心目中并不是一个批评家，当然也不像更多的同行所认为的，是一个小说编辑。固然，在我们的批评空间里，他能够不时发出他人难以掩盖的声音，而且作为编辑具有难能可贵的披沙拣金的眼光。然而站在我个人的立场上，更倾向于将他视为一个古典意义上的"文人"。

　　我认识李敬泽是在 1995 年，当时他在《人民文学》干得有声有色，因此早有耳闻。我从 20 世纪 80 年代末开始写小说，那时文学圈里盛行的是"新写实"小说，遇到过不少编辑，除《山花》的何锐先生、作家出版社的杨葵先生和《花城》的林宋瑜小姐之外，对我那些幻想性的故事都不十分"来电"。后来我的朋友，诗人邹静之建议我找李敬泽试试。起初我并未十分在意。这个人的名字太一本正经了，必是那种老派的忠臣孝子无疑，年岁肯定到了昏庸聩朽、尸位素餐的地步。可到了他的办公室一见，原来是个心理健康、蛮精神的小伙子，这才放下心来说事。记得当时晤谈颇欢，他对我兜售的那套怪论并未觉得如何地不可理喻。

　　经过接触，我们发现彼此都养猫，抽烟的时候，都习惯把过滤嘴用茶水蘸湿，再有，我们对事物都持一种比较低调的态度（其实此人轻财尚义，有古君子风）。在一定程度上，我们都是性恶论者。这是一种我非常欣赏的品质。依照个人的经验，性善论者每当事到临头，大都具有独善其身的智慧，往往做出一些令人刮目的举措，倒不如先把丑话说在头里，说不定打哪儿来股血气之勇，还能成就一两件惊天地、泣鬼神的壮举。所谓道德理想这个玩意儿实在经受不起太粗太重的推敲。小说家李洱有句极精辟的话——道德理想主义者的言论都是忏悔录。

现在就要说到一个重要的问题，就是常识。因为对于常识的尊重，是李敬泽批评风格中的与众不同之处。常识这个词大概是外来语。在一些西方语言中，这个词的含义似乎兼涉善意和通情达理。而在我们的现代汉语中，这是一种为现代性冲动强烈左右的语言，常识的意思几乎成了一般性的，同时也是传统的，必须打破的，至少也是有待改良修正的知识。这是一种多么霸道的思想路线。因此我认为李敬泽从事的批评活动，具有一种罕见，因而十分可贵的精神品质（这方面的例子还有不幸早逝的王小波和电影学院的崔卫平先生）。根据本人有限的了解，他的笔下也会不时出现几个来自后结构主义或是法兰克福学派的概念，只是所有这些时髦词语的使用，总是严格控制在常识所能容纳的范围内。

我把批评分为两种（三种就大可不必了），专业的和自发的，彼此各具短长。一般来说，前者不断为我们提供不断变化的视角和技术资源，但从业者容易把自己的一套知识谱系定为一尊，在昆山之玉与灵蛇之珠的攀比中身陷"围场政治"不可自拔，而且适用范围通常限定于某些风格上具有特定倾向的作品（美国的新历史主义在这一点上有所不同，但其学术视野早已溢出文学之外，甚至之外的之外）；反之，后者则更多避免任何"前阅读"的先验预设，尽量不去触动对象文本的"生态格局"，这样的批评家是观鸟人，而不是爆破手。

从事这样的批评是困难的。常识性的批评从不意味着平庸的批评，当初那伙通过什么反映了什么的评论者是最没常识的。首先批评者必须具备过人的"有机阅读"的能力；其次，他的批评语言或严密中肯或流光溢彩，但必须是充满魅力的；最后，这样的批评需要极大的勇气，因为多数人（常识不一定属于多数人，坚持常识是少数勇敢者的特权），特别是年轻人多有一些跻身名人祠的不朽欲，总想弄些空前绝后的东西来，当作历史的敲门砖。聊发少年狂态的为老不尊之辈自然也不罕见。

然而常识性的批评却永远是这个领域的少林武当，其至尊地位就建立在我们的现实需要上，而且这种需要生生不息。最终维持了一个强大深厚的批评传统。

别的门派虽也名列甲级，但其传奇式的声名却只能依赖于偶然出现的、个别不可重复的天才人物，因此总是难以为继。我们谁敢自许为这样的天才？至于有人能够同时兼备两者之所长，那他便是大师无疑了。可惜这样的人我们身边一时还很难看到。假如大师级的人物注定在我们的批评界缺席，谁能指望哪天横空出世一个勒伯夫或是巴尔特呢？那么我们便首先需要一些我们真正需要的批评家。这样的批评家懂得以一个文人的平常之心，发表有关一些文学作品和文学现象的看法，不虚妄，不矫饰，事无巨细，皆能言之成理。他们承袭了蒙田、培根以及中国古代那些诗话作家的传统，即首先对生活对世界有一个完整同时不失常情的看法，所以在言说时可以不失尺度。这种尺度感与一种由良好教养导致的对于整个文明成果的敬意有关。这样的人至少不会成为洛奇笔下的小世界公民。

我相信李敬泽没有那种立言教、设坛做"如是说"的野心。他的心智特征是散漫的，缺少构建体系所必需的精悍气质，或者说霸气。也正因为如此，他避免了画虎不成反类犬的尴尬。其实一个理论体系的成立，主要并非取决于构建者一己的愿望，而是更多地基于文化流变的现实需要。眼下所有时髦不时髦的批评理论，已经足够我们这种水平的实际操作之用了，进一步的批评话语实验或是进口或是走私，徒添屠龙之技而已。我们的读者需要批评家的是，帮助他们如实了解新作家新作品，重新发现一些由于历史原因而被湮没的旧作品。以新的眼光重新解读经典作品。其实一个批评家的正业也就是这些了。

李敬泽是一个务正业的人。今天，一个批评家真正能做到这一点，并不像说起来那么轻巧。一个国家的文学界需要几个大师或是候补大师装点门面，同行们出于无知或是别的什么纷纷举荐而"同去，同去"地拉你入伙，你怎么办？一位有影响的人士写出一本拙劣的书，请你做一篇供炒作之用的谀辞，你怎么办？一个你一向看着不顺眼，甚至与你素有嫌隙的作者发了一篇不错的东西，你怎么办？这些话本属常识，毫无必要写成疑问句的形式，可偏就是那么成问题。所以不要以为常识性的东西没什么了不起。这里面最需要的是诚实。诚实的批评家首先不会自欺，然后才能不去欺人。作为一个批评家，李敬泽首先是以一种端正的态度去阅读。一个好的批评者必须首先是一个好的读者。假如面对的是一篇比较巴洛克风的作品，他不会跟着作者云山雾罩，邪魔附体，丧失那种尺度感和距离感；而当他分析一个女性作者，特别是70年代出生的年轻女作者时，他从不会像一个索引派那样，把目光停留在她们的麻醉或是性爱经验上。

对他来说,世间的一切经验贵贱相若,应该合法而平等地进入小说这个象征领域。用他本人的话说,小说是污泥浊水。这是一种颇具人文精神的态度,而小说作为艺术,恰与这种人文精神互为表里。而后的问题是对读后感的表达。李敬泽的批评是随笔式的,这似乎得益于其家学渊源,早年习得一手好文章,摘章引句浑然天成如己出,东拉西扯却终于不离正题。这方面表现得最精彩的是他在《作家报》上对程青和吴晨骏的评论。想到他向女同志们揭发吴晨骏具有严重的菲勒斯中心倾向云云,至今忍俊不禁。

回到我在本文最初的看法,李敬泽更多的是一个古典意义上的文人,其缘由就在于上文谈到过的尺度感。这个词我们还可以叫它趣味。今天谈趣味这个词,很容易被人家在政治方面上纲上线,但是我们每个人对其存在,却是心照不宣,有些敢想不敢言的意思。其实所谓趣味无非就是美感的尺度。一个不知美丑的人怎么搞文学呢? 但趣味这个东西是要长期涵养的,所以上文中同时谈到了教养。涵养深厚之人,拥有一个主观的美感的乌托邦,并以此为参照,度量世界和文本。联系到李敬泽,如果把他那些无从归类的文字找来看看,比如《巨大的鱼和鸟》,还有《收藏者》,便知吾言不欺。现在当作一个批评家来介绍,多少有些委屈他了。

(李大卫,北京市作家协会)

**同期声:**

我的批评观 // 李敬泽
通往故乡的路——刘震云《故乡面和花朵》// 李敬泽
李敬泽:绿色批评家 // 施战军

**洪治纲**

1965 年 10 月出生于安徽省东至县。文学博士。杭州师范大学人文学院院长、教授。主要从事中国现当代文学研究与批评，曾在《中国社会科学》《文学评论》等刊物发表论文及评论近三百万字，部分论文曾被《新华文摘》《中国社会科学文摘》等刊转载。出版有《守望先锋》《余华评传》《无边的迁徙》《中国新时期作家代际差别研究》等个人专著十余部，以及《国学大师经典文存》《最新争议小说选》《年度中国短篇小说选》等个人编著三十余部。曾获第四届全国鲁迅文学奖、首届全国冯牧文学奖·青年批评家奖、广东省哲学社会科学优秀成果一等奖、首届"当代中国文学评论家奖"以及《中国现代文学研究丛刊》和《南方文坛》年度优秀论文奖等多种文学奖项。

# 个人的声音及其批评智慧
## ——我对洪治纲文学批评的一种理解

李咏吟

## 晚生代批评家的声音

批评是一项极为艰难的事业，它往往要受到来自读者与作家两方面的诘难，接受时尚与历史两方面的精神挑战。批评家往往很难长时间在这一领地搏击，总是自觉不自觉地逃离这针毡之地。这种情况在 20 世纪 90 年代变得尤其引人注目。黄子平、许子东去了香港，汪晖转向了思想史，吴亮则干脆只进行自我话语独白。好在陈晓明经过充分的理论准备之后，高举解构主义大旗，在文学批评领域进行了一次惊心动魄的思想搏击①。然后，他悄悄退场，转入幕后。文学批评是一种永远需要在前场不断以新异的思想与观念刺激文学创作的话语表演艺术。它永远需要先锋者。陈晓明之后，文学批评领域留有空场，它呼唤新的批评家登场对新的创作进行阐释。

洪治纲就是在这个时刻应声登场的。看得出来。他一直致力于为晚生代作家的创作伴奏②。这可能与他有着和晚生代作家相似的生活体验与情感体验相关。晚生代的作家与批评家有其特定的知识积累、思想积累和生命意识。"他们生活在一种较为恬淡的社会境遇中,并有很好的机遇接触了大量的古今中外最优秀的文学作品,因此,其艺术准备远比生活积累更为充分。"③洪治纲对晚生代作家的创作进行了系统而渐进的阐释。他从那些退场的批评家手中接过了文学批评的火炬,为人们认识晚生代作家引路。

洪治纲为晚生代作家演奏理性的美学的曲目自然应该受到特别的重视。至今,我们还没有找到一个比洪治纲更执着更合适的晚生代作家的批评阐释者。

如何评价晚生代作家?这对于批评者无疑是一个极大挑战。洪治纲所定位的晚生代作家是指20世纪60年代和70年代出生的一批汉语作家。在这个年龄段,有一些作家很早就赢得了批评家的关注。例如余华、苏童、叶兆言等。更多的同龄作家则等待着阐释者。例如何顿、毕飞宇、韩东、刁斗、北村、海男、朱文、陈染、林白、鲁羊、王彪、邱华栋、东西等。

老实说,这些作家的创作并不易阐释。你用古典的尺度,还是现代的尺度?你用肯定的眼光,还是否定的眼光?我想,大多数批评家之所以不敢涉足这一领域,是由于还没有找到有关批评的基本价值尺度和解释学路径。晚生代作家的创作无法适应读者的趣味,这并非由于读者的趣味超前,而是由于读者的趣味严重滞后。他们是孤立的孤独的创作者,他们不计成败地创作,同时,又用极端肯定的话语为自己加油。这是一种面对内心,抗拒理想,正视存在的创作态度。他们的创作正是时代孤独文化特征的一种证明。

创作如何引起读者的真正兴趣,这是一种暂时不可能解决的文学现象。这些创作者自觉不自觉地与传统话语方式倔强地对抗着。他们欣赏的是汉译西方现代主义小说那种特有的情绪、叙述方式、话语力度,他们接纳的是汉译西方现代主义小说那种对存在的反思方式及其对理想和理念的拒绝姿态。这种接纳方式自然又不同于鲁迅那一代人、王蒙那一代人或史铁生这一代人的精神选择。现实批判性立场转变成一种坦露的冷漠的透视性的生存正视。肉身化及其伴随的心理行为的描写成了他们窥视生活与存在的一种方式。道德审判自动地从他们的小说叙事中退场,正视生存的本相成了先锋小说叙事的一种道德。这些晚生代作家开始都是以诗人身份出现的。韩东、林白、鲁羊、王彪等早期都致力于诗创作,而且有不平凡的成绩。这种诗的眼光,诗的抽象与本质把握影响了他们的小说叙事观念。晚生代作家在多元化文学时代选择了这种独有的艺术表现方式自有其历史必然性。

对于晚生代作家的创作，大多数人冷漠以对，或缄默不语。也有人以既定的审美立场和道德立场予以否定性评价。实事求是的评价无疑特别重要。洪治纲就是一位勇于解读晚生代作品并进行立体阐释的晚生代批评家。

首先，洪治纲对晚生代作家的创作进行了认真的批判。他认为："阅读晚生代的大量作品，一个无可争论的事实是，晚生代作家们的整个叙事策略基本上是从新写实中承纳而来的，他们所有的故事不仅针对生活现场，而且认同生活现实；他们沿袭了新写实作家们消解自我作为知识分子角色与世俗现实之间的文化距离，而把叙事演化成一种对既存现实背景及其生存逻辑的同构。"④当然，洪治纲并未孤立地讨论晚生代作家。他在文学的广阔联系中给晚生代作家定位。洪治纲一针见血地指出："伴随着这种对世俗利益无条件认同的，还有对人性内在本欲的无节制铺陈，而且这种叙事几乎达到了一种比任何时候都毫无禁忌的地步。"⑤洪治纲说得好："任何一个社会，包括西方资本主义国家，都无法全面认同这种赤裸裸的物欲。而我们的晚生代作家之所以如此坦率地对之加以颂扬，这不仅是因为他们丧失了否定的勇气，恐怕还有其自身对人之所以为人的一些良知的遗忘，它是作家为迎合世俗而导致的一种艺术人格的倾斜。"

洪治纲的分析是建立在作品解读之基础上，他的分析是可信的。他从"乌托邦的背离""欲望的舞蹈""叙事的挣扎"和"拒绝理想"等方面，对晚生代作家进行了深入的批判。

我们知道，晚生代作家的叙事带有自己的特殊意向。他们只能靠自己的挣扎谋得自己的文学地位。他们有着特殊的记忆，即屈辱的穷困的饥饿的愚昧的记忆。他们在荒诞时代荒诞地成长，受着政治的愚弄。饥饿与屈辱是他们摆脱不了的苦涩记忆。当他们学会怀疑，并能进行独立思考时，自然确立了其反叛性立场。他们在大学期间自然无法与作为同学的"老三届知青"抗争。相对而言，晚生代作家认同西方现代主义文学来得特别坚决。他们明白了自身的特殊处境，既无助于现实，又无法改变现实。于是，他们只得正视自身的孤苦之境，宣泄自身的情绪体验。他们认为，人受制于欲望，受制于生存意志，生存的谋划高于一切。当灵魂的宁静秩序被打乱，道德理想被现实生存意志挤压干净之后，所有的一切，只是欲的一种挣扎。性欲成了现代青年不愿与社会抗争，退回个人隐私空间的一种意志自由。晚生代作家勇于窥视这一事实，表现这一事实。

从文学理想与审美价值而言，这些作品自然是消极的。但从作品与时代生活之关系而言，晚生代的创作成了这个时代生活的一种投影，成了这个时代无法回避的生活事实。作家被现实的魔掌牢牢制服，无法找到救赎生命的智慧。如果说没有一个晚生代作家进行精神的挣扎，那显然不是事实。正视现实需要一种勇气，超越现实则需要一种智慧。洪治纲看到了晚生代作家在生命原欲体验中的挣扎，同时又看到了他们在艺术实验上的智慧性努力。

其次，洪治纲对晚生代作家深刻而冷峻的精神探索和叙事技术表示理解和肯定。他对晚生代作家的叙事文本作了详细的解读。应该说，这是很不容易的一件事。因为晚生代作家的叙事与过去的叙事理念完全异质，而且有一种拒绝读者进入的倔强姿态。因而，大多数读者敬而远之，并充满误解。洪治纲的解读则是一种入乎其内，又出乎其外的解读。例如，他对王彪的解读就颇有说服力。他认为："在我看来，王彪作为一个小说家，他的全部智慧就在于他对庸常人生的另一种理解，即对生、死、病、性这些多少带有某种空泛意义的东西给予了别具一格的抚摸与关怀。""他经常将自己的思绪盘绕在那些被追问了无数次的灵魂内核，企图以此咀嚼到生命最本真的滋味，从而为大家展露出被庸俗生活紧紧掩裹的人性本相。"⑥另外，他对北村的《施洗的河》的分析显然是对精神救赎之可能性的一种认同。

在更多的情况下，洪治纲对晚生代作家的叙事智慧表示欣赏。他认为：晚生代作家"即对着故事这个包涵（含）了时间生活和价值生活的小说载体，他们常常有意无意地阻断和错开时间生活，对之进行重新拆解和组合，使它的顺延性和悬念性变得不再重要，从而突出它所负载的审美信息功能，即它的价值生活。空泛虚拟的生存背景，具象化的细节场景没有更多更鲜明的中心意义，也不再强调文本自身的封闭式完整结构"⑦。他对晚生代作家的基本态度无疑富有学理性的分析与判断。

从洪治纲的批评实践可以看出，他关注当前的文学创作，他重视对晚生代作家作品的评价。他是晚生代作家的一个强有力的辩护者和知音式发言人之一。也正因此，我以为，他是晚生代批评家的代表性人物。

## 强制与自由：批评的突围

批评的选择，表面上看来，带有一定的偶然性。实质上，它源于批评者精神探索的主观投射。这种偶然性与必然性之关联，是文学批评强制与自由特点的体现。

批评者不同于创作者。对于创作者而言，创作本身就是他的生命感受，他的所思所感在文学创作中可以获得充分而自由的体现。批评者的批评必定受到作品的制约。他的所思所感与生命体验只能是其批评的内在依托，他不能把个体的生命感受强加到他者的作品之上。这里，涉及批评强制与自由的统一。一方面，他必须以个体的生命体验与思想探索作为基础，另一方面又必须认真地解读作家作品，从而对作品本身作出创造性的阐释。也就是说，批评家既要以他者的作品来注解个体的思想探索，同时，又要以个体的思想去回应、反诘和解读作品。批评家与作家的思想对话，以文本作为中介，因而，批评家的话语独白常常溢出了作家的原初视域，深化了关于作家作品的理解，并使批评的解读本身带有个性化特点。这是由批评者的先在经验决定的。批评家在作家的话语包围中，永远在寻求精神的突围。

我个人的看法是，批评的强制性永远是第一位的。即批评本身必须是对作品的真正解读，不能是与作品无关的个人思想独白，因为个人的思想独白，有哲学等理论文体来承载，不需要批评来承载。批评本身必须是对作家作品的解读。这种强制性给批评家带来了许多束缚。正因为有这种束缚，才显出批评的学科价值。即一部作品的诞生，总要得到批评家的评价，这是由文学作品的社会功能所决定的。无数批评家的阐释工作可以使创作本身的价值多维地呈现出来。

洪治纲作为一个敏锐的批评者始终热情地解读作家作品，他的批评大都是对作家作品的认真解读。他自觉地接受批评的强制性要求。事实上，这一点正是衡量一个批评家的基本尺度。没有对作品本身的认真解读，就不可能对作家形成公正而有效的评价。洪治纲的批评赢得了一些作家的信赖。例如陈源斌、王彪、王旭烽、余华等。他对王彪的解读就很有说服力。王彪的作品并不好理解，这可能直接影响了他的作品的被接受。洪治纲的批评并不热衷于名家。作为一个当代文学批评工作者，他对王蒙、张洁、张炜、张承志、陈忠实、莫言等作家虽有所涉及，但从未形成长篇专论。这与其他的批评者有所不同。他似乎更看重文学自身或作品本身。一部作品、一个作家引起了他的注意，即使名声不大，也可能前途未卜，他也试图进行探索性评价。这是一个批评者的可贵品质。解读名家名作并不难，因为已有许多人在诠释和证明。相反，解读新人新作就是一种挑战。因为一旦把握不好，批评就会失效。洪治纲似乎在解读新人新作方面，有一般人不及的批评智慧。例如，王彪引起我个人的关注，是在他的《身体里的声音》发表之后。此前，他的系列中篇《病孩》《欲望》《在屋顶飞》《死是容易的》《大鲸上岸》等，我一直没当回事。通过解读《身体里的声音》，我对王彪形成了一种基本看法。这个作家有一双极冷峻的目光，他专注于童年时期的经验，正视生存的艰涩本相。在他那里，伦理的、美学的、抒情的、浪漫的理想并不重要。他只在意客观而冷峻地打量存在者本身。这种解剖师的叙事态度决定了王彪作品的深刻性与真实性，也是对经典叙事的强有力的挑战。反观洪治纲对王彪的批评，我以为，洪治纲的理解深入而全面。他在《直面苦难的拯救》一文中，从五个方面对王彪的作品进行了分析。他认为：王彪一开始写作就拒绝了任何模式和规范，他直接就是书写人，书写的就是人和人的生活，他把自己完全投置在这种精神内层，以求得人之为人的本质力量，帮助人们摆脱存在的困苦。这样理解，无疑是深入有效的。

批评的强制性要求，在洪治纲那里已变成了一种批评的自觉。这使得他发现了并善于发现一些新的作家作品。洪治纲的批评始终站在当前文学的前沿。这一点非常不易。因为那些已经获得过定评的作家，评价起来更合乎既定的审美价值规范。晚生代作家常常让既定的审美价值规范失去平衡。洪治纲属于批评领域里的无畏的捕猎者。他不畏艰险地行走在先锋文学的队列中，也不时造访那些默默无闻的坚韧的写作者。他乐于为先锋写作者和默默无闻者鼓吹。作品对于批评者的强制性，在他那里变成了解读的快乐。

我常常感到困惑：洪治纲为什么能在一些无名作者或先锋作者的作品中解读出一些有意味的东西？我个人的批评选择常常比较专一。我发现，我能解读的作家只是某一种类型的作家。在这种类型之外，我就无法进行批评。在批评的反思中，我意识到，有的批评家是本色批评家，他只能顺从个人的价值取向和审美趣味去解读作品，所以，他选择的批评对象与自身的审美趣味和审美理想相一致。还有一类批评家是发现型的批评家。他不拘泥于一种规范、一种趣味，他认同不同的价值规范和价值理想。这就使他变成了一个自由的开放性的批评者。能够永远站在当代文学批评前沿上的必须是这种亲在式的批评者。本色批评家对作家作品的解读和认同，往往来得缓慢而强烈，本色批评家注定与多样化的作家作品无缘相识。洪治纲实质上是发现型的青年批评家。这并不是说，他的批评中没有确定性的批评主张，而是说，他能够并善于从不同作家作品中解读出异质性的东西⑧。洪治纲在批评的强制性要求中不断寻求个人精神的突围，这使得他在批评他者时，他自己的思想立场也表露无遗。从他的批评路向来看，他始终在寻求创作对生存本相与生存真理之揭示。正因为如此，洪治纲的批评探索是有价值的。在一个相当长的时期内，我们对创作形成了一种定势解读，以为创作者是提供生活理想与社会出路的人。这样一来，创作者必须始终致力于探讨现实生活的种种可能性。作家毕竟不是政治经济学家，不是法学家，更不是算命先生，他所提供的种种生活可能性并不能满足人们的现实需要。相反，可能还因此掩盖了生存的真实与苦难。因此，创作者不必时时刻刻盯住现实，也不必日日夜夜缅想未来。他在历史的回返性认识中，可能把生存的本真图像揭示出来了。小说不是生活指南，也不是神圣经典。小说只是提供给人们一种认识的方式，提供给人们一种认识的情趣。文学揭示着生存的本相，让我们回眸反顾日常生活中人的生存本相或历史生活中人的生存本相。洪治纲重视作家对人的生存本相之正视。

洪治纲看到：作家对人类生存本相的正视与还原显示了特殊的生命力量。他在对东西的《耳光响亮》进行评判时就曾指出：如果说小说的思想含量就是立足在作家对人的生存状态的思考、怀疑、吁请、想象的广度和深度上，那么《耳光响亮》的巨大深厚性就是建立在作家对人的理想、本能、行为和结局的不可协调的揭示中，它带着青春话语的特有秉性，又伴随着某些反抗与破坏的非理性本质，从而道出了有关生命在特定历史时域中成长的痛苦景观，给人以惊悸的审美效果⑨。在这种自由的思考中，洪治纲也发现了作家的内在精神困惑。他在《追踪神秘》一文中对此作了深入的分析。我们知道，作家正视生存本相是容易的。问题在于，要想真正解释生存本相的成因绝非易事。人的现实生存为何会陷入愚昧、惊悸、荒唐、丑陋之中？对此，作家也倍感困惑。因而，在创作中，作家常常流露出一种神秘的虚妄感来。洪治纲从死亡的神秘、宗教的神秘、缺失的神秘、偶然的神秘几个方面对创作者体验到的那种神秘而又虚妄的情绪作了文学性分析。所以，生存本身的无助感、无奈感、无耻感进一步凸现了人的生存悲剧性。

在批评的强制与自由之间，洪治纲的精神突围与批评突围有一种特殊的悲剧感。我们在审视着作家、审视着文学的时候，同时也在审视着自己。生存本身并非服从理想化或理性法则。对于大多数人来说，生存本身在很大程度上取决于生理欲望的满足程度。人为了满足最原始的生理欲望，在生存的苦海中挣扎，文学多多少少有一种拯救的冲动。这种拯救，当其无助、无望、无期时，批评者的言说也就带有一种悲剧效果。许多批评家以审美理想与浪漫抒情来消解这种悲剧体验，洪治纲始终面对这种苦难的境况本身，就带有一种特殊的人道关怀意向。我以为这是值得钦佩的。

## 批评的勇气与精神局限

批评者为何批评与批评者的批评之合理性问题常常引人思考。当批评者在进行文学批评时，总要表现出一定的心理态势。例如，批评者在批评一般作家的作品时常常有一种心理优势。在评价名家名作时，常有一种心理认同或挑战的态势。在大多数情况下，批评家的批评显示出一种心理优势。这种心理优势表现了批评家的勇气。批评家往往不是创作者，没有丰富而博大的创作智慧。批评家缘何敢于对作家作品评头论足？

第一，批评家的勇气源于广泛的阅读经验和审美历史观的建立。批评家在具体的创作方面可能经验不足，但在作品与作品的比较与评判方面却有广泛而自由的经验。历史比较意识的形成，是批评成立的关键。洪治纲在进行文学批评时显得相当成熟与自信，因为他心中装满了文学作品，具有解读文学作品的丰富体验，在作品成败得失的具体鉴别上拥有十分难得的个人智慧。

我个人以为，他近期对新时期以来全国历次短篇小说获奖作品、中篇小说获奖作品的重评与反思值得关注。这一批评既是对作品本身的重新鉴别与判断，同时又是对批评原则与批评观念的深刻反思。我们知道，评奖代表了一个时期的特定审美眼光。洪治纲并不特别看重评奖的意义。相反，他对时限性批评的科学性与合理性产生了怀疑。他似乎在告诉我们：批评家的勇气诚然可贵，与此同时，我们应该看到批评的局限性。洪治纲把一个重要问题提升了出来，即批评如何面对历史的考验？

由于批评家具有特殊的勇气，因而，他们敢于对作品本身进行肯定或否定性评价。问题在于，批评本身不可能超越时代的局限。在特定的历史时期，人们总是带着特定的思想原则、价值理想和审美眼光去判断作品。也就是说，进入了时代批评家视域中的作品易于得到肯定性评价，而悬置在批评家的时代观念领域之外的作品常常可能受到否定性或错误性评价。这本身就对批评提出了一个质疑：即你的批评带有多少科学性与合理性。这种质疑是非常可怕的。洪治纲尽力寻找批评的确定性原则。即我们在进行批评时，必须遵循哪些共同性原则。对于小说批评而言，文体原则是必须首先考虑的。他认为，短篇小说讲究故事性，但不要求故事的完整性。短篇小说是以碎片反映全貌的一种文体。

它是一种形式上极为严谨的浓缩，而这种浓缩必须能促使它的每一个叙事片断负载起最大的审美信息，从而使作品在审美意蕴上能够无限延伸。其次是小说语言问题。小说的语言受制于文体，必须最大限度地构造自由想象的生活空间。批评本身必须关注艺术性本身，与此同时，批评还必须关注作品本身的功能性。如果说批评家在艺术性的认同与要求方面具有一定的共同特征的话，那么，他们在艺术的思想性要求方面则分歧较大。有的批评家从时尚性与社会性方面衡量作品的功能价值，还有一些批评家则从审美性与生命启示性方面去衡定作品的功能价值。什么才是真正合理的评判尺度，这无疑是存在根本分歧的。如果从历史性的跨度而言，在历史的接受中，愈是有审美性与生命启示性的作品，其价值也就越大。小说评奖可能具有当时性的时间效度，却往往缺乏历史性的时间效度。因而，小说评奖本身显示出批评家的内在局限性。我以为，洪治纲通过对评奖本身的分析达成对批评的独特理解具有特殊的警示性意义。

第二，批评家的勇气源于他对艺术鉴别与生命感悟的双重关怀。批评家的批评不能只是个人的一种观感，它有其学科性要求。批评在现代社会的文化生活中扮演着一个特殊的角色，即评介作品、鉴别作品、解读作品。批评成了文学的一种职业要求和职业性使命。因而，批评的勇气与胆识有时并非源于批评者自身的智慧，而是取决于他对这一特定职业的认识与选择。从事某一职业与具有从事这一职业的创造性禀赋不是一回事。对于洪治纲来说，他对批评的本有使命之认识愈来愈清醒，即对文学作品本身能够进行艺术的鉴别，而且对生活本身的智慧能够进行独创性的发现。

洪治纲的艺术鉴别力，在他有关中短篇小说评奖的历史性思考的两篇论文中得到了很好的体现。例如，他对 1995—1996 年度的中篇小说获奖作出了具体的分析。他认为，获奖的十部作品中除了位居最后的一部，即徐小斌的《双鱼星座》带有一定的现代主义审美倾向之外，其余都是明确的现实主义之作。他肯定了东西的《没有语言的生活》所具有的独创性，肯定了徐小斌的《双鱼星座》的独特寓意。但对于其他几部作品的平庸与单调作了实事求是的分析。艺术鉴别力的提高使他的批评分析避免了武断而走向科学与规范。

洪治纲的批评取向不仅要求作家在艺术上必须具有创新性，而且要求作家的创作必须具有生活的发现性，即作家的创作应给予人们更多的审美智慧与生命智慧。他认为，批评家要想与作家形成深刻的精神对话，不仅要提高个人的艺术鉴别力，形成开放的自由的艺术观念，而且还要对生活有其独到的感悟，对生命形成一种理性的智慧的认识。这对于批评家来说自然是至关重要的。

洪治纲通过个人的艰苦努力，在文学批评领域进行了艰难的跋涉，已逐渐形成确定性的批评理念、批评意识和批评规范，甚至也形成了一定的批评定势。对于我来说，评价洪治纲的文学批评也给我自己提供了一种思想清理的机会。我常想，何为批评？为何批评？这些问题始终还在困扰着我们。也就是说，我们在批评，我们是否真正理解了批评本身和文学本身？理论自身的局限和批评解读的局限常常让我们感到批评的乏力。我们不妨这样思考一下，即批评在多大程度上推进了创作，推进了人们对作品的深刻理解。或者说，批评在多大程度上表达了我们自己。在更多的情况下，批评只是批评者的一种充满惶惑的个人发言。更为严峻的问题是：我们的批评原则是否可以推而广之，激发人们对文学形成更为深广的认识。在批评的观念与批评的策略上，我们受到了太多的局限。洪治纲和我们都面临着批评范式的独创性构建和百年中国文学的真正评价问题。因此，批评的具体实践还必须形成具有普遍意义的解释有效性的批评理论。作为一个批评者，批评的具体实践还必须形成批评的理论原创。

纵观 20 世纪中外文学批评，西方人的一些独创性批评观念已自觉地融入中国文学批评阐释之中去了。马克思的审美历史批评。巴赫金的文化诗学批评，弗莱的原型批评，德里达的解构批评，海德格尔存在之诗思的批评，等等，给中国现当代文学批评提供了一种参照。对于青年一代批评家而言，批评不应只是关于作品的解读，批评还应是关于批评的自觉反思。缺乏自觉自由意识支配的文学批评，缺乏独创性思想理论支撑的批评，可能永远只能停留在习惯性分析的路向上。对于批评者而言，既需要深刻地理解文学与生活，又需要深刻地理解批评的本质与价值。批评的创造性要求始终向我们提出挑战。

实事求是地说，洪治纲的批评显示了个人的声音及其批评智慧。他以其自身的倔强姿态保持着批评的独立性。与许多批评者一样，他的批评还缺少回应。缺少回应的批评可能与批评的独立性有关，也可能与批评的思想原创性不足有关。在 20 世纪中国思想史上，批评的思想回应比其他学科来得更为敏捷和坚决。五四新文化运动时期，批评担负了先驱者的文化使命。新时期的思想观念变革，文学批评也始终担负着先驱者的文化使命。批评家的敏捷的大胆的宣言往往很容易获得广泛的思想回应。批评家必须站在时代的前沿，他应该比理论家更具思想原创性。我们这个时代不乏脚踏实地、勤勤恳恳的理性批评家，恰恰缺少具有敏锐深邃的思想性眼光，能够指点江山、激扬文字的前驱性批评家。我们的批评被思辨理性裹挟得太久了。批评家应该轻装上阵，在真正的思想前沿突围。洪治纲与许多批评者已具有了思想突围的条件。我期待着洪治纲与许许多多的批评家在我们这个思想极端困惑的时代能够真正突围。

## 【注释】

①陈晓明的《话语的踪迹》和《无边的挑战》，以西方解构理论和新历史主义观念来解读中国当代先锋小说，富有思辨性，代表着一种先锋批评取向，在当时引起了较大的反响。

②自1991年开始，洪治纲就晚生代作家的创作撰写了二十余篇长篇论文，对其艺术创作范式和新文化精神进行了深入的阐释和尖锐的批评。参见洪治纲《审美的哗变》，百花文艺出版社，1998。另参见洪治纲《整合与阐释》，作家出版社，1999。

③⑦洪治纲：《整合与阐释》，作家出版社，1999。

④⑤⑥洪治纲：《审美的哗变》，百花文艺出版社，1998。

⑧过去，我不太理解雷达等批评家的广泛而自由的批评工作。通过对洪治纲的批评进行反思，我理解了这些发现型批评家的特殊价值。职业批评家必须是发现型的批评家。

⑨洪治纲：《审美的哗变》，百花文艺出版社，1998。

（李咏吟，浙江大学中文系）

**同期声：**

批评：自我的发现与确认 // 洪治纲

宿命的体恤——鬼子小说论 // 洪治纲

**谢有顺**

1972 年 8 月生于福建长汀。文学博士。一级作家。现任中山大学中文系教授、博士生导师，中国当代文学研究中心主任。中国小说学会副会长，广东省作家协会副主席，广东省文艺批评家协会常务副主席。出版有《文学的常道》《从密室到旷野》等著作十几部。曾获冯牧文学奖、庄重文文学奖等奖项。曾被国际经济组织达沃斯论坛评选为"全球青年领袖"。入选全国宣传文化系统"四个一批"人才和教育部"新世纪优秀人才"。享受国务院政府特殊津贴。

# 奇迹似的谢有顺

孙绍振

对于谢有顺的成长，我是见证人之一，在我的心灵中，有一系列精彩的感受要与读者共享，但是，当我拿起笔来，又觉得充分展开这个主题有我力所不能及之处。纷纭的闪光的思想，读者完全可以从他的文章中感悟，根本无须我来饶舌；而在文章以外，活在他心灵中的宝贵的体验，又不是套用现成的话语所能够表述的，要找到恰当的说法，可能还需要假以时日。但是，我还是决定尽可能把我感觉中最成熟的东西表达出来。

在我近四十年的教学生涯中，谢有顺的出现，是一个奇迹。

他第一次到我家里，具体情景我已经记不得了，但是他的才气给我的震动，我心灵受到的冲击，至今记忆犹新。这是因为，在很长一段时间里，我已经习惯了面对平庸和麻木，见怪不怪。

20 世纪 60 年代初，我从北京大学被放逐，经过一番沉浮辗转，70 年代初，流落到不太著名的福建师范大学。二十多年以来，我对于这所给我安身立命之地的校园逐步形成了一种复杂的感情，虽然戴着这所大学的校徽，在省外，并不能给我增光，但是，与省级同等大学相比，由三所老大学合并的历史优越感却还没有消磨殆尽。我周围的同仁，包括教育界和文艺界的，水准和全国一样良莠不齐，杰出的当然不在话下，但是缺乏独立思想和艺术见地成了通病。教了一辈子文学，搞了一辈子创作，精神却并不因为与审美价值有职业性的亲近而变得分外地清洁起来，司空见惯的是，贬值的职称为堕落的心灵戴上了光圈，在极其个别的人那里，甚至打分的权力也与商品交换搭上了关系。

如此斯文扫地，如此滑稽，但是，已经不再可笑。我多年以来已经习惯了和世俗妥协，懒得叹息，甚至不屑于悲天悯人。我在青年时代是一个本性浪漫的人，从中年向老年过渡的阶段，锐气已经消磨，不指望从事文学工作的人，有更高尚的精神追求。说实在的，所谓"不好不坏，又好又坏的芸芸众生"，也并不是没有权利把文学当成一种职业，当作谋生的手段。但是，在教育和文学职业圈子里，灵魂卑污，追名逐利，本能放纵，市侩心态，为蝇头微利而恬不知耻地明争暗斗，因屡见不鲜而淡化了我的悲哀。不知不觉，我降低了对文学从业人员的要求，不管他精神状态如何，只要有一点艺术感觉，有一点思维的活力，多少也可以从精神上获得共鸣和鼓舞。

不知从什么时候起，我形成了一种可能会得罪人的想法：戴着这个学校的红色校徽的人，从根本上说可以分成两类：第一，以其品格和业绩为学校增光的，这是少数；第二，学校以其历史和成就为他们增光的，这是多数，其中包括那些获得了最高级职称的。

等到谢有顺出现了，我才感到这个想法还要加以补充：为校徽增加含金量的不仅仅是那些权威教师，而且还应该包括谢有顺这样杰出的学生。如果说，在我们这个多山的省份，人们的艺术和学术的目光，免不了为高耸的武夷山和太姥山所阻挡，乡土观念奇重的福建人一辈子把大王峰当作喜马拉雅山的大有人在。而谢有顺却以一米七三的个子，站在大学本科嘈杂的宿舍的窗口，目光一下子就超越了武夷山的大王峰，到达了天安门广场，到达了中国当代知识分子精神危机的核心。谁还能说，这不是一个奇迹？当他在权威的《文学评论》上有声有色地对当代先锋小说的前途作出分析的时候，其深邃的文风和高瞻远瞩的气度，往往使粗心的读者误以为是资深的评论家的手笔，而对他的才华熟视无睹，习惯于随俗。而百般挑剔他的教师，包括那些并不是没有任何成就的教授，虽积多年的努力，却未能攀登上全国性的权威的学术论坛的，也还不在少数。

我向来以善于在萌芽时期发现拔尖人才而自豪。我在选拔人才方面的敏锐的直觉，历来也得到公认。但是，发现谢有顺，却比较晚，在他出现在中文系两年以后，我才意识到这是一个会成大器的苗子。

直至今日，我还没有弄清为什么我没有更早地注意到他非同凡响的素质，也许他入学的时候，我正好出访德国，不久，我又到美国去了。出访多少使我对于 90 年代初的中国当代文学有所疏离，而这恰恰是谢有顺崭露头角而且在校园里引起了惊喜的时候。正如北村后来在一篇文章中所说的，我并没有仔细研读他的文章，仅仅是凭着直觉，找到了他，告诉他我几年来都在物色助教，一直未能如愿，我问他想不想留在学校工作。

那时，我只是把他作为一个拔尖的学生。

但是后来，有几件事，给我以更大的震动，我逐渐意识到他的素质，他禀赋的潜在量，在许多方面比我当年要高出许多。还是在《废都》闹得满城风雨的时候，一家电视台请我和另一位教授去讲讲《废都》的问题，我把他带了去。我的口才在福建省算是有一点权威的了，但是那次侃下来，普遍的反映是"那个年轻人讲得最好"。我自然感到无限的欢欣。从此，我有了更加充分的理由去宣传：他作为一个大学生所写的文章，我当年是绝对写不出的，我们这些老资格，花了许多年的努力才达到的高度，轻易地成了他的起点。当然，我有些文章，是他写不出的；但是，他一些最好的文章，我也是写不出的。有一次，《文艺理论研究》主编徐中玉老师约我写一篇文章，写了亲笔信来。我刚刚从美国回来，对于中国当代文论，一时有些生疏。不得已请他试试，用我们两个人的名字合作一篇文章。他交来的稿子，不管我如何以挑剔的眼光去推敲，也只改动了两个字。稿子寄出的时候，本来是把他的名字放在前面的。但是编者张德林先生来信，出于某种不成文的规格，必须把我的名字放在前面。我很为难，他却爽快地同意了。后来，《小说评论》的王愚先生又约请我为他们写评论专栏。由于连续出访，我对于中国当代小说的熟悉程度已经远不如前了。我又一次请他代笔。这一次，由于是连续性的专栏，而他当时大学本科还未毕业，用两个人合作的名义，怕在编辑部很难通过，暂时就用了我的名字。

文章一发出来，立即引起各方面的热烈反响，编者李星、李国平立即来信大加赞扬。文章一写就是十几篇，而我却隐隐感到不安。于是，我在学校的高层会议上，坦率地说：有这样一个学生，用我的名字写作连续性的文学评论文章，不但没有给我丢脸，反而为我争光。

在两三年左右的时间中，他的文章已经覆盖了全国各种大小文艺刊物。每当我出差到外省参加一些学术会议，总是有一些研究生来打探：你们那里有个硕士生（或者博士生）叫作谢有顺的，你认识吗？我深深体会到这就叫作给校徽增加含金量。我总是莞尔而笑，从容地告诉他们：这个人连大学本科都还没有毕业。他接触文学评论的时间短到令人难以置信。四年前，作为一所山区中等师范学校的学生，他除了《人民文学》和《福建文学》，其他文学刊物都没有见过。

造化真是待人不公，有人对于文学忠心耿耿，数十年如一日，但是，终其一生，艺术的奥秘，对于他们永远是奥秘。而对于这个只有二十岁左右的孩子，竟赋予了这样的禀赋，在许多资深的教授看来还是乳臭未干的时候，就独具了在论坛上纵横驰骋的能耐。在我近四十年的教学生涯中，出现这样的才子，绝对是空前的。

这样的早熟，再加上少有的勤奋，肯定有成大器的希望。

我曾经把他和经由我的手送出武夷山的陈晓明作了比较。我觉得也许他日后的成就可能在前者之上。他实际上已经成熟了，只是世俗的因素使他的名字有时在我的庇荫之下。

终于来了一个机会，《小说评论》的编者来信，征询我能否请谢有顺为他们的刊物独立写作专栏。

我终于完成了开路的任务。

这个下台阶的机会，不论对于谢有顺，还是对于我来说，无疑是一个庆典。这个庆典的主题是他的自我实现，虽然还是一个大学刚刚毕业的学生，但是，他作为一个独立的文学评论家，他的一家之言，已经得到了文学评论界的承认。从此以后，为师的职责，就并不总是固定在我的头上，应该是像孔夫子"三人行"中所包含的那种交互转化的关系。

我这样说，并不是出于某种礼貌和谦虚。促使我产生这样的想法的是，1996 年，他在《当代作家评论》第 4 期上对我的评论。虽然有一些由于师生一场而难免的偏爱之词，但是，他并没有庸俗地捧场。在所有评论我的文章中，是他第一个提出了对我的真善美三维错位理论体系的深刻批评。

我的文艺思想的核心是：真善美并不是像传统所反复强调的那样是天经地义地统一的，也不是仅仅在量上只有某种差异（如半径不同的同心圆）。真善美三者，属于不同范畴，其主要内涵与其说是统一的，不如说是相异的。如果要作比方的话，应该是一种圆心不同但是又不完全脱离的"错位"的三个圆。在不相互脱离的前提下，三者拉开的距离越大，审美的价值越高，反之，则导致审美价值的贬值。多年来，学者们对我的这个说法，赞扬者不无夸张的渲染，质疑者则往往王顾左右而言他。我也意识到所有的朋友都多少有一点孟夫子所说的"私我也"的意味。然而谢有顺却在他的文章中，对于我的真善美"错位"的理论，只在文学创作的层次上予以肯定，他指出：作为人生理想，在更高的层次上，真善美三者还是有可能达到统一的。他反问了我一个问题：那个圆心不同但又不完全脱离的"错位"的三个圆，它们互相重叠（即统一）的部分是什么，该作怎样的解释？

当我读到这样的文字的时候，真有豁然开朗的感觉。

当时我实实在在地感受到诺贝尔奖获得者李远哲先生对于中国传统师道的"亦师亦友"的阐释，是如何精确。

本来在康德的美学体系中，审美的超越功利和道德的实用价值，只在较低层次上是对立的，到了最高的理想层次上，就达到统一了。这就是所谓头上的星空（自然律）和胸中的道德律的统一。但是，我的理论向来把重点放在文学审美的特殊性上，视域不免囿于创作实践，对于更高的彼岸境界有所忽视。我对于劝善惩恶的倾向，有一种天然的抗拒感。虽然我对于文学界、当代社会，在商品大潮冲击下的人欲横流，时时投出警惕的目光，但是由于着迷于文学艺术的纯审美，便在真善美三者拉开距离之后，对更高的层次疏于探求了。这是我的理论的内在矛盾，我一直没有意识到，因而也没有想去寻求统一。

后来，我读了他更多的文章，才深深领悟到他对我的批评，并非偶然，因为它来自一个更高的精神殿堂。

统观谢有顺的全部文学评论文章，其根本精神，和我们相比，也许可以找出许多的不同来，但是最根本的区别可以说只有一点，那就是他从来不轻易赞成为文学本身而文学，他不像我有时有某种为艺术而艺术的倾向。他的出发点和终极目标，不但有现实的苦难（"一张张被苦难、压迫、不公正舔干了生气的脸"），而且有人的心灵的苦难。他总是不倦地对于人的存在发出质疑、追询，对于人的精神价值反复地探寻。他毫不掩饰，在他的心灵里，有一个最高的境界，有一个我们感到渺远的精神的彼岸。

他以小小二十几岁的年纪，为什么就有了对中国当代文学条分缕析、挥斥方遒的气魄？只有从这里才获得答案。他发出的，不是世俗的人生的感叹，而是从精神天国投射向世俗人生的一道救赎之光。那个精神的彼岸，是那样纯洁、崇高，风烟俱净。

正是因为这个精神向度的存在，谢有顺的文章中，才有我们所缺少的对于精神救赎的追求。他的诚惶诚恐，抵制谎言，拒绝游戏，为真实所折磨，为怯懦所折磨，为烦恼所折磨的主题，正是他的信念的真诚而自然的流泻。也正是因为自然、真诚，他的文章中才有了理论文章难能可贵的激情，或者叫作情采。他那种行云流水的气势，他纷纭的思绪，像不择而出的奔流，绝不随物赋形，而是充满浩然之气，横空出世，天马行空，行于所当行，止于所不得不止，来不及作学院式的引经据典，好像他自己汹涌的思路已经流布了他整个篇幅，舍不得把有限的空间再让给那些已经死去了的权威哲人。

每当我读他的文章，尤其是他最近对于 90 年代新诗所作的为数不多却引起了某些同仁侧目的篇章的时候，我往往来不及在学术上作任何挑剔，一种心灵的宴饮和精神洗礼之感，使我忘却了学院式的规范。

（孙绍振，福建师范大学中文系）

**同期声：**

批评对什么有效 // 谢有顺
奢侈的话语——"文学新人类"丛书序 // 谢有顺
批评即良心——谢有顺的批评理念 // 朱必圣

**王彬彬**

1962 年 11 月生，安徽省望江县人。1978 年参加高考，被中国人民解放军洛阳外国语学院（现名中国人民解放军外国语学院）录取，1982 年 7 月毕业后到部队工作。1986 年 9 月考入复旦大学中文系攻读中国现当代文学专业硕士学位，1989 年春免试提前进入同一专业博士学位攻读阶段。1992 年 7 月获文学博士学位。因军籍在身，回到南京军区。1999 年转业到南京大学中文系任教。现为南京大学中国新文学研究中心教授、博士研究生导师。出版《在功利与唯美之间》《风高放火与振翅洒水》《往事何堪哀》《并未远去的背影》《鲁迅内外》《有事生非》《应知天命集》等著作多种。

# 王彬彬断想

毕飞宇

在人多的地方王彬彬不太喜欢说话，他的脸上总是挂着一副王顾左右而言他的神情。交替着打量每一个人，目光懒散得很，眼珠子一会儿从左移到右，一会儿又从右移到左。然而，话题一旦出现分歧、对峙，王彬彬的眼神立马就聚焦了，很缓慢地打起手势，说："是这样的。"这就是说，王彬彬要开口说话了。随后就是一二三四。在这一点上，王彬彬和同属南京军区的小说家朱苏进有着惊人的相似。看来，中国人民解放军的三大纪律八项注意还得加上第九条："语不惊人誓不休。"

因为牛高马大，王彬彬的举手投足总是慢条斯理的。只要一抬腿，王彬彬就会迈开他的四方步，玩他的"宏大叙事"。我想，如果有一颗"巨毛腿"导弹落在他的身边，王彬彬一定不肯撒腿狂奔的。偶尔遇上熟人，王彬彬就要微笑着向人家点头，亲切得要了命。所以，我们不太愿意和王彬彬在军区大院里一同走路，只要你的手脚一麻利，你就成了"将军"身边的通信兵。当然，我说的是背影，面对面你是不用担心的，将军的脸我们在电影上见多了。人家玩的是"胡天八月即飞雪"。

　　同在南京，说起来我和王彬彬见面的机会真是少得可怜。我懒得出门，而王彬彬更是整天把自己关在家里，写作、业余时间看书，要不就是看书、业余时间写作。这个人不泡吧，不搓麻将，不玩棋牌，不说"段子"，没有"故事"。我就弄不懂他的身上哪里来的这么大的定力。偶尔通通电话，我说，忙什么呢？他的回答永远是一样的，还能干什么？看书。我说，怎么还在看呢？他在电话的那头伸了个懒腰，拖声拖气地说，不看是不行的。

　　这么说王彬彬是一个慢条斯理的人啰？这么说王彬彬永远静若处子啰？否。今年6月，我到南京大学去听王彬彬的讲座，开始的几分钟还好，他有板有眼的，气定神闲的。没多久，这个人"露"了。他激荡、刚烈、无畏、敏感而又锐利。他的声音与手势都大得惊人，两条腿在三尺讲台上来来回回。在他激动、偏执同时又在学生面前字斟句酌的时候，这个人的身上有一种痛、一种焦虑、一种愤怒。这就是为什么他的研究领域离"文学"越来越远，而离真正的社会越来越近的生理缘故。

　　这个人的这一辈子注定要被焦灼所缠绕。我想，他几乎把所有的时间都用在了读书与写作上，或许正是这种焦灼的直接反映。他太想弄明白，他太想知道这个世界为什么"是这样的"而"不是那样的"。这个人一定会累上一辈子。因为这种焦灼的"第一动因"不是来自外部，相反，它来自自身的气质，气质的力度与气质的偾张。

　　我想，王彬彬的焦灼还有可能来自生命的紧张感，这种紧张表现为极为沉重的负命色彩。这样一来，这个人对时间与生命理所当然地采取一种挤压式的生存姿态。因而，他选择了迅速与明朗的文风，同时也采取了一种内敛和简约的生活。

　　有一次我们在一条游艇上游览，四五十个人，整条船都乱哄哄的，人家都在娱乐。他在用姊妹对吊将，你在打生死劫，我们玩得正投入。这时候不远处传来了一声诘问："陀思妥耶夫斯基呢？"许多人都停下手里的棋牌四处找说话的人。说话的人是王彬彬。我敢打赌，说话的人一定是王彬彬。

　　激情是王彬彬生命中的一把双刃剑。

　　王彬彬1962年11月生于安徽安庆，本科就读于解放军外国语学院，专业是日本语。毕业之后他被分到了部队，有一年多的时间他就被摁在大别山的山沟里头。无论从大处说还是从小处说，心气极高的王彬彬都不肯在那样的地方了此一生的。1986年王彬彬考取了复旦大学，做了潘旭澜老先生三年的硕士生，又当了三年的博士后。后来他就到了南京，再后来我们就认识了。

我并不认为自己的嘴巴有多直露，但是，总是有朋友提醒、批评。我只好默认。然而，在我看来，王彬彬的嘴巴比起我来还要直露。举一个例子，今年上半年，我曾在北京一家报纸的副刊上发表过一篇小短文，王彬彬不同意我的观点，晚上打来了电话，这个人告诉我看过我的文章之后，劈头盖脸就是这样一句："这篇文章不好。"我实在没有料到王彬彬会给我来"血染的风采"。这个电话让我难忘。这个电话同时还让我踏实。这倒不是我有"闻过则喜"的圣德，我是说，如果王彬彬赞美你的某一样东西，至少说，他是真心喜欢。不能掩恶与不肯虚美，这两者是合二而一的。你可以不同意他的观点，你可以不接受他的直露，但是，这个人是诚实的。诚实，是的，不过我认为，诚实或许并不是王彬彬的道德自律，也许他还把它看成了一种修辞格式，王彬彬想获得的，可能还有美感。

（毕飞宇，《雨花》杂志）

**同期声：**

"职业批评家"的消失 // 王彬彬

政治全能时代的文学——《十七年文学："人"与"自我"的失落》论评 // 王彬彬

"守旧"的勇气——王彬彬文学批评述评 // 汪政 晓华

2000 年《今日批评家》

张
柠

吴
义
勤

程
文
超

吴
俊

戴
锦
华

罗
岗

**张柠**

北京师范大学文学院教授，北京师范大学中国当代文学与文化研究中心主任，博士生导师。毕业于华东师范大学中文系世界文学与比较文学专业。历任广东省作家协会创作研究部研究员，中国社会科学院文学所当代室客座研究员，北京外国语大学兼职教授，中国作家协会小说委员会委员，中国图书评论学会学术委员。在《文学评论》《外国文学评论》《文艺研究》《读书》《南方文坛》《当代》（台北）、*WORLD LITERATURE TODAY*（U.S.A）、*CHINESE LITERATURE TODAY*（U.S.A）等杂志发表学术论文一百多篇；在《人民日报》《光明日报》《文艺报》《南方周末》等大众报刊发表文学时评六百多篇。出版著作有《叙事的智慧》《文化的病症》《感伤时代的文学》《土地的黄昏》《民国作家的观念与艺术》《文学与快乐》等十五部，曾获国家级教学成果奖、省部级学术成果奖、国家级学会奖多项。

# 批评的宽度：评说张柠

刘志荣

迄今为止，我与张柠并不相识，我们唯一的一次较正式的文字因缘是在1998年，我在《读书》杂志上评介由陈思和教授主编的《逼近世纪末批评文丛》时，提到了张柠列于其中的评论集《叙事的智慧》。在那篇文章中，我这样评价张柠："张柠的批评显示出卓越的创造才能，在把叙事学与东方文化的一些核心观念嫁接的过程中，他使得叙事学这一技术性颇强的工具变成了优美的艺术创造，而由此得到的许多洞见则无疑给建设中国的叙事学提供了许多颇具活力的生长点。"[1]时至今日，我仍然相信这个判断基本上是正确的，只要有人还想冲破西方叙事理论话语的罗网，尝试用自己的声音对东方叙事作品的经验加以总结，对叙事文学的新的可能性进行预测，张柠在该书前半部分"中国当代的诗学难题"中的探讨，就仍然有重要的参考价值。但那篇短文的缺陷也是明显的，我有意识地突现张柠最引人注目的地方，而对他的其他的复杂方面做了忽略，事实上，张柠的批评表现出极大的灵活性，显示出他的心智具有很大的宽度，描述这种宽度和灵活性，是我给这篇文章限定的任务。

一

在我的印象中，张柠所出身的华东师范大学似乎是一个神秘文化气息很浓的地方。别的不说，像不幸弃世的胡河清博士，他的批评话语的核心部分，就离不开对周易这样的东方神秘文化核心内容的研读与体认。以古老的东方思想化入对当代最新的小说的批评，貌似矛盾（也许仅仅在表面上是矛盾），实际上却在两个极端之间构成一种沟通，这恰恰是具有达成大智慧的潜力的表现，其中的端倪在于作者须具有圆融的智慧与过人的感悟能力，这才能见人之所不见，也才能显出这种批评方式的独特的价值和意义。张柠先生的批评话语，具有很大的包容性——东方文化并不是他唯一所依据的思想资源，甚至也不是他最重要的理论训练，但将东方思想化入现代批评实践，确实是他最能引人注意的地方。

对这种批评实践发言，我确实不是合适的人选，但我感觉自己的心灵还有足够的包容度，能够欣赏这种批评所引起的心智的愉悦与思维的美感。这种愉悦与美感在于，当你发现面对一种新的文学形式，许多进口的西方理论话语缠夹半天也说不清楚，我们久已遗忘的东方智慧却能够赋予它一种最简洁的解说形式时，你就会意识到，不论是我们的作家、艺术家，还是我们的批评家，都带有无法摆脱的东方文化血统，而且你会对那种在我们的思想底层一直或显或隐地绵延着的东方思维方式所可能有的生命力重新估价——在某种程度上，这种估价甚至会影响一个人整个的思想方向。这种批评实践或批评实验昭示了一条在新文化传统与西方理论实践之外的批评道路，至少在现在刚起步的时候，这条道路带给我们的希望仍然大于可能会在前方某处潜伏着的担忧。

回到张柠的批评实践，我感觉引入东方思维方式，最大的优点在于简洁而有效地弥合了西方理论话语造成的形式与内容、感性与理性分离的鸿沟。只要联想到俄国形式主义文论之后的几代批评家从分析文学作品的形式过渡到文学作品的世界以及其可能具有的形而上的意义时所设置的繁复的过渡术语，你就不能不感觉到东方思维方式在某种程度上的简洁有效性。这种简洁有效性，很大程度上得力于汉语中的某些词汇，仍然保留了感性与理性、灵与肉尚未分家时的原初状态。例如，当张柠在用"精、气、神"这些灵肉合一的术语比附"不同时代文学文体的几种声音模式"，勾勒其衰变过程时，这些濒临死亡边缘的术语突然获得了一种有效性、一种活力。借助于这些术语的比附，张柠将文学演进划分为"用神的时代""用气的时代"和"用精的时代"，相对应的分别是"以神会天"的最自然、最简朴但"也是极有魅力和极有神力"的声音、发自丹田之声与"肺腑之言"、发自喉嗓与发自唇舌的声音②，这自然地概括了文学中的声音越来越复杂、也越来越衰弱的过程，同时也为这种抽象的时代演变比附了一个感性的肉体。

在很大程度上，这时候的张柠具有中国道家"见素抱朴"的思想，他对文学界盛行的推崇越来越复杂的声音持一种怀疑与讥刺的态度。例如，在指出长篇小说的声音复杂化，一方面来源于外部世界对声音（喉嗓和唇舌）的挤压，另一方面来源于"个人的'自我意识'越来越强，越来越奇特"（"容易见神见鬼，五官出奇地敏感"）后，张柠用讥刺的语气说：

> 问题并不在于这些作品如何地表现，而在于错误的解读。理论界常常用人的主体性的张扬、自我意识的凸现等话语来推崇那些变了形的声音，而不是把这些看作是人、社会和自然衰变的无可奈何的结局。还有更新的说法：语言狂欢、民主话语、语言乌托邦等等。如果声音越来越复杂，以至于使人的耳朵越变越长成了小说叙事的目标，那么，小说对"正确价值的追寻"，才真正是"乌有乡"的消息呢。③

这种讥刺，并非因为复杂的声音没有意义，而是因为对复杂声音的执着已经使得人们"有分辨多种声音的分析力，而在简单的声音面前却丧失了判断力"。在这种背景下，他推崇余华在《许三观卖血记》中，"敢于放弃复杂的表达方式，而用一种最素朴的声调来讲述故事"，甚至感到"他是在用一种童话的简单语调，去追寻那逝去的'用神时代'的自然之音"④。在这个基本判断的基础上，他分析余华的这部小说中声音的重复（而非主题的重复）起了一种控制作用，"使声音一直指向前面所说的简朴自然之声上，使它在温和善良的老人原型与凶狠残忍的顽童原型之间摆动"，由此不但使"单纯与丰富合二为一"，而且使得余华能够"用一种那么简朴自然的声调，讲述了一个健康、可爱、无私善良的人——许三观的故事"⑤。关于《许三观卖血记》的评论已经有不少，但在能够干净利落地解释清楚这部小说中简朴、重复的叙述声音所产生的丰富的效果方面，这篇文章是非常难得的一篇。对朴素的声音的推崇，其作用不但在于"破执"，而且也在于由此会敞显出人类最纯朴的梦想。张柠似乎也很看重这一方面，所以他在阐释史铁生的《务虚笔记》时，不无动情地指出："史铁生在整个'写作之夜'所做的，除了将人类的执迷造成的二元对立的各种概念：生与死、爱与恨、忠诚与背叛……还原、消解之外，他更热衷的还是保护那最令人感动的童年之梦、美好的瞬间，并不断地用文字之舟，将它们送得远远的，不让现实的法则去破坏它。假如古老的梦想和气息完好地保存着，即使有些神秘，有些高远难及，又有何妨！"⑥张柠的文章理性气息颇浓，在讲到正面的思想时为之动情，这似乎属于为数不多的几次。由此也可见出他的见素抱朴的倾向的真意。

不过话说回来，如果仅仅限于阐释东方思想的真义，这样的文章多少应该归入哲学的范畴。张柠将东方思想化入文学批评，另一点值得注意的地方在于他对这种思想的核心部分在文学方面的展开作了精彩的诗学（尤其是叙事诗学）解释。像他在分析史铁生的《务虚笔记》这部颇难分析的小说时，一是不但指出其符号的无差别境界体现出佛教中的"平等观"，更进一步指出它所体现出的"一多互摄"的"全息性"，而在指出其"虚实互变"的方法所暗含的"色空一如""梵我一如"的境界时，也充分揭示了它所依据的基本诗学手段。张柠很清楚一种思想、一种智慧化为文学必须经过语言、经过诗学的方法才能得到充分的展开，所以他在解读《务虚笔记》时很重视变易的作用。他拈出《务虚笔记》中"虚实互变"的过程，同时指出这种双向"幻化过程"所依据的诗学手段一是"从实到虚，比如一个欲望故事，渐渐变成了一种对某个词（爱、性、淫乱、圣洁）的联想（或质疑），从而原来的写实故事或某个具体的场景最终被虚化了。……可以说，史铁生在讲述欲望的故事的同时，就瓦解了'欲望'"。二是"化虚为实，即将一个虚幻的观念或一个词化为一个实在的故事。这是史铁生的'解咒'方法"。张柠进一步指出这种诗学方法的意义功能：这种"'虚实互变'的变易观，不仅为全息结构提供了丰富感人的细节，更重要的是，它承担了具有批判色彩的解构功能，使得无论是'实'还是'虚'，都没有片刻停驻，都在变化不居的叙述中由幻入化。这是一个解与构同时并存的双向活动。……当一个故事、一个细节或一个观念（通过词的歧义性联想）变得接近于虚无时，突然幻化出另一番景象来。……从虚中看出实相，从实中化出虚境"⑦。联系史铁生小说一贯具有的佛家色彩，你也许会感觉，也许只有用"虚实互变"这样的东方语汇才能做出更清楚的诗学解释，才能使得对其诗学层面的解释与其形而上（姑且用这个词汇）层面的含义若合符节。张柠的批评在这种解读中最见特色，古老的东方思想在与现代学术的结合中获得了新的生命力，而由此把握史铁生的艺术构思，指出他"在创作中表现出的东方艺术思维方式，使他没有落入传统现实主义或现代主义的老套路之中"，则显示出这种貌似玄虚的理论的实在性与可操作性。这不仅表现在上面提及的几点，像在分析《务虚笔记》时拈出的"词的歧义性联想"、在分析《马桥词典》时拈出的"原始词义的两歧性"、在分析《欲望的旗帜》时拈出的"肉体的神秘力量"，都是一些可以会同古今中西，而且在诗学方面似乎还很有探讨余地的题目。这一辑文章命名为"中国当代的诗学难题"，应该不是没有深意的，可惜的是张柠似乎太倚重具体的文本，没有将这些思想进一步扩展、深入与系统化，并且他最近似乎已经很少这方面的实践了。

但即使这样，张柠收入集中的这为数不多的文章已经为以后有心做这方面探索的人提供了很好的借鉴，我看到张柠写下的这一段话时不由为之一振：

> 史铁生用写实去务虚（道）的意义；韩少功在还原词的本来面目，力求恢复汉语的内在秩序；余华避开日趋复杂的叙事时尚，尝试用最质朴的语调讲述一个复杂而又沉重的故事；格非试图用他全部的叙事力量去整合欲望……当代中国作家的这些探索和努力，可以视作下一世纪伟大作品出现的先兆。⑧

我感到兴奋，不但因为我也认为像韩少功们、余华们到90年代才写出真正成熟的作品，从而很反感一些道听途说的人贬低90年代文学的成就；也不但因为我很佩服张柠具有与风尚对着干、大胆预言的勇气；而且因为我觉得，如果这种东西方对话的批评路数不仅能够清楚地解说90年代新出现的优秀作品的特点，而且也能够冷静地（而非人云亦云地）发现它们所具有的新质，那么，它是有不可限量的前途的，而且也是有资格做出一种预言的。

## 二

张柠的文学批评也有很"洋气"的另一面。他出身于世界文学专业，所以虽然他的批评话语有的时候带有浓厚的东方色彩，但基本的理论功底似乎仍然来自对西方文学，尤其是对陀思妥耶夫斯基的研读（《叙事的智慧》中后半部分是对陀氏的专门讨论，也是张柠写得比较早的文章）。而在我看来，本雅明与巴赫金好像是他最钟爱的批评家。由研究陀思妥耶夫斯基扩展到本雅明与巴赫金，自然是水到渠成的事情，而这也为理解张柠的批评路数的来龙去脉，提供了一点最基本的线索。

张柠的陀思妥耶夫斯基研究，也得力于本雅明与巴赫金甚深。像研究陀氏作品的寓言风格、评述其作品的复调性，只不过是其中比较明显的例子。这类文章中写得最长、也最见功力的一篇《地下室人、漫游者与侦探——论陀思妥耶夫斯基小说的都市主题》，也隐隐约约可以看出这两位大批评家的深层影响。这篇文章从三条相对应的线索入手："（1）作品中人物类型的演变：市民中分出的理想主义者或幻想家—地下室人—游逛者（密谋家和官方侦探）—心灵侦探和悲剧英雄；（2）空间场所的变化：写信的书桌—地下室和小阁楼—街道和市郊—内心世界；（3）文体的变化：书信体—手记体—侦探文本—幻想小说。"⑨三条线索相辅相成，表面上讨论的是陀氏的都市主题，实际却对陀氏作品的演变过程作了完整的描述。值得注意的是其描述的方法，像对人物类型、空间变化、文体演变的描述，都可以看出本雅明研究波德莱尔与巴黎时描述游手好闲者、拱廊街、震惊体验等的影子，同时也可以听出巴赫金的时空型理论、复调理论的回响。这种从现象描述入手，以对作品的艺术法则的理解作结，可以看作是对传统社会学批评与单纯的形式主义批评的一种超越。张柠对这种批评路数的熟练操持，在我看来，正是超越这两种批评的狭隘性的理论自觉的表现，虽然他声称："宁愿信任有点怪僻的形式主义者，也不要轻信貌似健康的理想主义者。……" "文学史就是形式史！有人会因此批评你搞形式主义。如果不想对牛弹琴，唯一的道路就是逃跑。"⑩如果对作品的形式冷淡，确实很难被称为合格的文学研究者，但张柠的这番声称确实不能从表面上来理解。他的批评路子的形成，某种程度上得力于对《陀思妥耶夫斯基诗学问题》的研读，在这本书中，巴赫金实际上已经对形式主义批评做了毁灭性的批评。针对形式主义的理论依据所依赖的所谓纯粹的"诗歌语言"，巴赫金直接从话语入手，指出话语是一种在集体之中不断地商谈与约定的"谈话"，它获得了社会意义的"对话性"，其中本来就躁动着各种各样的声音，这样，文学研究就不再仅仅是一种静态的语言修辞分析，而势必要转入巴赫金所称的"元语言学"领域，在各种声音与话语类型的复杂关系中进行一种动态的分析。在巴赫金理论的出发点，文学的最基层的因素里，形式的因素与意义的因素已经密不可分。张柠对这一点也非常熟悉，他评述《陀思妥耶夫斯基诗学问题》一书时，实际上也正从这一点入手，所以，他的"形式主义"其实本身就是一种包含了对意义的探讨的"形式主义"。这种批评方式的要点在于，它所最初着眼的基本问题本身就是形式与意义的混合，像《地下室人、漫游者与侦探——论陀思妥耶夫斯基小说的都市主题》一文中三条相对应的线索：人物类型、空间场所、文体，本身就是这二者合一的命题。而在上一节所评述的张柠的中国当代文学批评的文章，无论是探讨《务虚笔记》的"全息结构"，还是探讨《许三观卖血记》的"叙事声音"，抑或讨论《欲望的旗帜》的"欲望诗学"问题，其着眼点也是抓住一些基本的形式与意义密不可分的命题。正是在这一点上，我认为张柠对本雅明与巴赫金不是皮毛的模仿，而是有很深的理解。也正因为这种理论功底，他的批评显得很有章法，与传统的评点式批评拉开了距离。而在同时，张柠似乎也不甘心淹没于大师们的影子之下，像对巴赫金在《陀思妥耶夫斯基诗学问题》中的"不可终结性"的争辩，就很明显地体现出这一点，虽然我并不同意张柠的具体论点，但这种精神到底是可贵的。

张柠最近的文学批评仍然保留了一种关注当代文学最新问题的激情。像对生前颇为落寞的诗人胡宽的评论，对于坚的《0档案：词语集中营》的解读，都是颇具功力的文章。这两篇文章，触及非常复杂的权力网络的问题，而这个问题似乎也成了张柠近期关注的中心。自从福柯的理论在中国引起越来越多的关注以来，"权力"已经成了一个越来越在批评界流行的词汇。对于张柠来说，我更关心的是他如何将这个问题化为一种诗学问题来理解，而在这个理解过程中又不消解其批判性（即不将之化为一个纯粹的审美层面上的问题。仅仅在审美层面来理解权力问题，在某种程度上可以说是一种对现实的逃避，但完全忽略诗学问题，则无异于取消了文学）。摆在批评家面前的，实际上是如何理解权力关系在文本中以文学的形式进行展开，在这个问题的面前，实际上需要一种文学的批判与批判的文学的辩证关系。这比张柠以前触及的问题其实更具难度。所以，我很欣赏张柠在《于坚与"口语诗"》[⑪]一文中的下述说法：

> 本来口语入诗并不是什么新鲜事，而是一个十分古老的诗学问题。……但在特定的情况下，它似乎成了一个引人注目的问题。一个越来越与诗歌不相干的问题。一种语言的形态（口语也好、书面语也罢），在被诗人运用的时候，是如何被诗歌形式的力量所改写、修正的，这才是诗歌真正要关注的事情，否则，它就只能是一个人们正在津津乐道的所谓"立场"

问题（这是一个令人讨厌的问题，尤其是在一个传媒时代。我厌恶那些上蹿下跳、满嘴"立场"的人）。

今天口语的情况怎么样呢？……这是一个语言社会学的问题。……如何处理，才是诗学问题。

在诗界的"立场"之战烽烟四起的时候，张柠的这些话至少让人看到了评论界依然有着清醒的文学头脑。

阅读张柠的《0档案：词语集中营》[12]，你会看到张柠的这种冷静的诗学态度在批评实践中也做到了心口如一。张柠在评述于坚的《0档案：词语集中营》模仿"一种档案式的文体格式"时，敏锐地指出"（他的叙事）在白天睁大眼睛凝视，却看到了现实背后的黑暗"，他的分析与这首诗的风格相一致，还是从语言层面入手，将这首诗描述为"词语集中营"——"在那个汉语词汇集中的营地里，充满了拥挤、碰撞、混乱、方言、粗口、格言、警句、争斗、检查、阴谋、告密、审讯、吵闹、暴力、酷刑、死亡的活力、杂乱的丰富，等等，一切不和谐的因素在这里汇聚。"在这篇戏仿现代控制工具之一——档案——以展览个人的成长的诗篇中，张柠敏锐地看出了它对权力秩序的展示方式：权力的争斗被表现为一种词语、符号的争斗：

但作为个体秘史的档案，恰恰就是为消除个人的行为而设的，用名词、形容词来涂抹动词的过程。档案，与其说是"时间"，还不如说是一种强权的现存"秩序"的镜像物，一群具有杀伤力的符号。符号对人的控制是隐形的，因而也是更可怕的。

……

生命就是动作、动词，任何试图限制动作、消除动作的行为都是对生命的伤害和扼杀。因此档案袋里那"没有动词的一堆"就是僵死的一堆，那种码放得整整齐齐的、很有先后秩（次）序的、看似一个连续过程的东西，看似具有整体性的东西，其实是毫无时间感的，是破碎性的。

话语的领域是充满权力关系的领域，这个说法我们已经耳熟能详，但像这样出色地在当代文本分析中将权力关系转化为词语关系，而又从词语的遭遇中解读出背后隐藏的权力控制关系的批评方式，在当代批评领域似乎并不多见。

张柠表现出极大的才智与耐心，将这首诗表现的动词的遭遇划分为"被档案彻底删除的、外力造成意识形态化的、向名词自然蜕化的因而是难以觉察的"几种情况，在我看来，最让人伤痛的也许是后一种，这个"隐蔽的、难以觉察的过程，事实上也就是日常生活的权力在起作用的过程。在这里，日常生活起到了一种意识形态的作用"。这样的判断恐怕并非仅仅基于理论的推演，而是直接对充斥在我们日常生活中的权力关系的固化作用的切身感觉。这也直接为一种冷静的、祛魅除幻的日常生活批判开辟了道路。我不知道张柠在这条道路上能够走多远，至少他最近的几篇文章《衰老人群中的一位年轻作家》《我们内心的土拨鼠》《市场里的梦想》《酒的诗学》等所延续的仍然是这个思路。

我想，从上面两节走马观花式的点评已经能够看出张柠的心智的宽度。他的批评接触的确实都是当代批评中的前沿课题，面对这些课题，批评家需要不断充实自己，调整自己的思路，以求对问题作出最简洁、也最精当的解说。不是说张柠的批评已经很完美，至少他的几副笔墨确实给了他面对问题时极大的灵活性。张柠刚过四十岁，这个年龄是很容易保守起来、中年心态渐渐滋生的年纪，但他的批评截至目前还保持了一种青年人的锐气、一种不断地扩展自己心智的宽度的努力，我希望他能继续保持这种他自己也很欣赏的心态，做"衰老人群中的一位年轻批评家"。

最后，我当当"乌鸦嘴"，给张柠提点小意见。张柠最近的批评文章，活力是保持着的，但似乎少了一些以前刚从学院里出来时的深思熟虑，文章征引的理论文字也太多，跳跃性太大，显得文气不畅，而"愤青"的感情冲动显得也太多了些。这似乎是表面现象，实际上是思考还不太成熟的结果。现代城市的气氛似乎不是很适合静心思索的环境，但要做一个尽职尽责的评论家而非普通的报刊撰稿人，这种沉住气、静心思索的习惯，似乎不应该轻易放弃。此外，张柠的批评路子很广，但也导致很难在他的文章中找到一以贯之的线索。在当代要构筑宏大的理论大厦似乎不切实际，但保持对一些问题较长时间的注意力、看看一条路到底能够走多远，似乎仍然是应该的。像巴赫金这样的理论家，能够从具体的文学问题中引申出更深远的哲学与人文的含义，似乎不只因为博学，而且也离不开深沉的思考。这些意见也许有些迂远，也许只是我个人的偏见，然而我所能提的也只有这些迂远而偏颇的意见。这是很抱歉的事，希望远在广州的张柠与不幸遭遇这篇拙作的读者恕罪。

**【注释】**

①刘志荣:《身在此山　走出此山》,载《读书》1998 年第 6 期。

②③④⑤张柠:《长篇小说叙事中的声音问题——兼论〈许三观卖血记〉的叙事风格》第三节《不同时代文学文体的几种声音模式》,见《叙事的智慧》,山东友谊出版社,1997。

⑥⑦⑧张柠:《史铁生的文字般若——论〈务虚笔记〉》,见《叙事的智慧》,山东友谊出版社,1997。

⑨张柠:《叙事的智慧》,山东友谊出版社,1997。

⑩参见张柠刊于本期《南方文坛》的《我的批评格言》27、28 条。

⑪张柠:《于坚与"口语诗"》,载《当代作家评论》1994 第 6 期。

⑫张柠:《〈0 档案〉:词语集中营》,载《作家》1999 年第 9 期。本段以下引文均据该文本,不再一一注明。

（刘志荣，复旦大学中文系）

**同期声:**

我的批评格言 // 张柠

酒的诗学 // 张柠

**吴义勤**

文学博士，二级教授，博士生导师。1966 年生，江苏海安人。现为中国作家协会党组成员、书记处书记，中国作家出版集团党委书记、管委会主任，兼任中国小说学会会长、《中国当代文学研究》主编。在《文学评论》《文艺研究》《中国现代文学研究丛刊》等重要刊物发表论文二百余篇，其中被《新华文摘》全文转载十余篇，由人民文学出版社等出版《长篇小说与艺术问题》等学术专著十余部，获鲁迅文学奖、庄重文文学奖、中国文联文艺评论一等奖、山东省社会科学优秀成果一等奖等省部级以上奖励十余项，入选教育部"新世纪优秀人才"、中宣部"四个一批人才"、全国新闻出版领军人才，被评为享受国务院政府特殊津贴专家、山东省有突出贡献中青年专家，曾获"山东省十大杰出青年""山东省高校十大优秀教师""山东省首届优秀研究生指导教师"等称号。

# 说说吴义勤

毕飞宇

吴义勤，男，1966 年生于江苏海安，1984 年考入扬州大学师范学院中文系。1988 年师从曾华鹏教授攻读中国现当代文学专业硕士学位。1992 年师从范伯群教授攻读现当代文学博士学位。1995 年赴山东师范大学中文系任教，1997 年破格晋升教授，1998 年做了博导。主要专著有《漂泊的都市之魂——徐訏论》《理解的迷惑——阐释学与文本解读》《中国当代新潮小说论》等。

吴义勤的这份简历实在是赏心悦目。如果是我，三十二岁就当上博导，我一定快活得上了天。这家伙太早慧了。当然了，有时候我又替吴义勤可惜，这个人还是过于本分了一些，按照他现有的状况，吴义勤完全有理由扯起一面大旗，为了中国文学的解放事业端起他的冲锋枪，——每一颗子弹消灭一个敌人，有敌人要杀，没有敌人发明敌人也要杀。但是吴义勤没有。吴义勤不知道有多少作家置身于水深火热之中等待着别人去解放呵！千不该，万不该，吴义勤不该将冲锋枪放下来。

我最早听说吴义勤是在曾华鹏教授那里，曾老师对他的这位高足实在是厚爱，不停地对我"吴义勤"长"吴义勤"短的，满意之情溢于言表。曾老师是一个十分慈爱的老人，他在说吴义勤的时候就好像在谈论自己的女儿，所以我认定了吴义勤是一个巾帼豪俊。几个月之后，我突然得到一个电话，男声，说："喂，我是吴义勤（哪）。"我吓了一跳。吴义勤是男儿郎，并不是女娇娥。太让我怅然若失了。

作为一个学者，一个批评家，吴义勤这几年的创作可谓引人注目。他的研究方向由现代大面积地向当代倾斜了，就我有限的阅读而言，我发现有关新潮小说、新写实小说、新都市小说、新历史小说、新女性小说、六十年代作家小说，吴义勤几乎都有所涉及，严格地说，不只是涉及，而是做了极为深入极为细致的辨析与解说。从他的字里行间我们不难发现，吴义勤的身上洋溢着一种朴素、厚实的学风，他从不玩云里雾里，在"宏大观念批评"非常流行的今天，吴义勤的"文本批评""作家批评"就显得尤其扎实。但我更为看重的是，他的批评文章像我们这些写小说的人都能看得懂，而没有必要先弄通德语，吃透了海德格尔之后再阅读吴义勤，这就很令人高兴，这就有了对话的基础和可能。吴义勤的文章一直让我们觉得他所谈的是小说、作品、作家、文学、生活、人，而不是小说修辞的基本粒子、数字化情绪、作家力比多矢量维度，如此等等。

说起来我和吴义勤在南京倒是见过半回面的，第一次见到吴义勤的时候他又吓了我一跳。依照常识，一个人能混到博导，至少也该人到中年了，头发至少也该沿着大脑门向后梳了，面条一样齐整，中间的银发至少也有七八根或十七八根了。我猜想，吴教授的步态应该是从容不迫的，吴博导的身上应该洋溢着一股诲人不倦的斯文气息。没想到吴义勤如此年轻，完全是一个活泼好动的青年，一张娃娃脸，一脸的调皮相，还爱笑，笑起来还害羞，在他开心的时候说起话来有半斤没八两的，弄得周围的人们开心得要命。见到吴义勤之后我忍不住就替他担心，他这副模样绝对是早晨八九点钟的太阳，他在他的博士研究生面前怎么办呢？怎么才能弄出一副我们设想中博导的模样来呢？这太难了。

我说我们在南京见过半次面，是因为吴义勤被他的老师拉走了，被他的老师灌得面若桃花。天已经很晚了，我们几个正在房间里听外地来的朋友讲"段子"，酒后的吴义勤推门进来，很迷人地对我们微笑，不停地说："是老师，是陪老师了。"他的意思是他喝多了。吴义勤一屁股坐在床上，说了声"歇会儿"，躺下去就打起了呼噜，真是说时迟那时快，直到第二天的上午才醒了过来。吴义勤居然把八九个小时的酣睡说成"歇会儿"，实在是谦虚。

后来我又有机会和吴义勤在济南喝过一次酒。——这话不对，实事求是地说，是我又看见吴义勤喝过一次酒，他可怜巴巴的，不停地说："不能喝，我实在不能喝，我真的不能喝。"但是，只要朋友们高兴，他也就一杯一杯的。吴义勤真的不能喝，不多一会儿吴义勤脸上的笑容就迷人了，说："回家歇会儿。"这家伙，可爱得很。

我们真正的见面是在济南，年轻的吴教授刚刚从篮球场上下来，两条腿长得要命，套着运动裤。这一回我们好好玩了一个晚上的保龄球，吴教授在玩保龄球的时候开心得像个孩子，健康、舒展、活力四射，他怎么就那么热爱生活呢？当然了，我们好好说了很长时间的话，我领略了这位年轻学者的博学与睿智。作为中国新一代人文学科的教授，他的身上没有一点古板、迂拙，而作为一个年轻人，吴义勤活得这样本真，没有一点轻狂，没有一点浮躁，让人看了实在是舒服。

（毕飞宇，《雨花》杂志）


**同期声：**

为批评一辩 // 吴义勤
被怀疑的"语言"——评斯妤长篇小说《竖琴的影子》// 吴义勤
"先锋"的参与和守望——吴义勤的先锋小说批评论 // 王光东　刘明

**程文超**

（1955—2004），湖北大悟人。1979 年毕业于华中师范大学中文系，1986 年在该校获文学硕士学位，后在北京大学、美国加州伯克利大学攻读博士学业，取得博士学位。享受国务院政府特殊津贴。1973 年在湖北大悟县良种场和东新公社插队务农，后历任华中师范大学中文系助教、讲师，广州中山大学中文系副教授、教授、博士生导师。1983 年开始从事文学批评与研究。2003 年加入中国作家协会。著有学术专著《意义的诱惑》，论文集《寻找一种谈论方式》《1903：前夜的涌动》《反叛之路》《百年追寻》。《意义的诱惑》获广东省新人新作奖，《1903：前夜的涌动》获第二届鲁迅文学奖优秀理论评论奖。

# 批评旷野里的精神之树
## ——试论程文超的《意义的诱惑》及其他

陈晓明

　　新世纪伊始，我的桌上放着文超君的几本书，有几抹阳光透过窗户，照在新旧不一的书上。我想起离开京城已近十年的老友，有一种倾心交谈的感觉。写写文超君是我近年来的愿望，但迟迟难以动笔，这不只是因为我陷于无穷无尽的忙乱中，更重要的在于，我一直没有找到恰当的表述方式。文超君并不是可以随便谈论的，我知道我所面对的不是一些可有可无的文字，我所面对的是一种精神，是一种文学赖以存在的那种精神。对于我来说，文超就是当代批评旷野里的一棵精神之树。

　　仔细回想起来，我与文超君相识已有十多年，1987 年匆忙潦草见过一面。直到 1991 年，文超从美国伯克利取经归国，我们有过一次畅谈。经历过美利坚风雨的洗礼，文超的思想眼界显得更加开阔，书架上放着一排英文原版新书，文超的眼中不时流露出对理论的痴迷。在同代学人中，我以为文超是少数几个对西方理论和中国现当代历史的理解达到融会贯通境界的学者。文超不是那种锋芒毕露、语惊四座的人，但他沉稳，理论扎实，思想深刻。从不妄发议论，始终有独到的见解。文超熟知新理论而不狂热，这使他的论述总是具有相当大的包容性。立足于自己的立场，坚持不懈，这种平实执着的精神，正是文超的非同凡响之处。对人对事，对文学，文超的那种韧性，堪称同代人的楷模。1996年，在给文超的《寻找一种对话方式》作序时，文超的恩师谢冕先生写道："来北大之前，他已经在文学批评中显示出新锐之气。北大和伯克利的环境催促他更快地成熟，他于是置身于我的那些最勤奋和最有才华的学生的行列。我以拥有这样的学生而深感欣慰。这不仅是由于他对文学事业的坚定和锐敏，由于他在复杂的文学现象面前的直逼本质的穿透力和准确而精彩的语言表达的才能——这一切对于文学研究者的良好素质他都不缺乏，超越这一切并为我特别看重的，是他的人品。这是一位让他做什么都让人放心的、完全可以信赖的人。我接触和认识许多很有才华和智慧的青年学者，但像程文超这样的文章、人格完美结合的人却不多。程文超的文学观念很开放，但在道德情操方面的坚持，却很'守旧'，这种看似矛盾的现象在他身上的统一，生发出一种罕有的魅力。"①谢公并不轻易赞许学生，他的这一番由衷的嘉许，足可见文超的道德文章与人格精神。

不管从哪方面来看，《意义的诱惑》都是一本关于当代中国文学批评最优秀的著作。迄今为止，关于当代文学批评的书籍，绝大部分都是从意识形态的意义谱系里归结批评的主题与意义，从既定的文化秩序来描述批评家的位置。自从20世纪80年代以来，当代批评一直在寻求自我表达的途径和方式，在通过艺术阐释来重建文学自身的历史起源。这是一次潜移默化的分裂活动，尽管其中也有不断重新整合的各种事实。但这一新的历史变异，这一有限地改变当代文化秩序的创生实践，无疑是倔强地存在着的。这一分离的同时也是创生的历史被程文超非常清晰地看到了。

文超对这一段历史的梳理，显示出他宏观把握历史的能力与深厚的理论功力。正如黄曼君教授评价这本书时指出的那样："这本书将历史的进程与逻辑的进程、文学批评与文化解读、历时性与共时性结合起来，将生动的叙述与理论的阐发结合起来，实际上成为一部角度新颖、别开生面的新时期文学批评史。"②这种把握显然是典型的西方式的理论把握。对艺术史（或文学史）进行历史叙述时，最基本的理论要求同时也是难度最大的理论起点，就是找到历史总体性的标志，由此确立一个独特的理论视角展开历史叙述。文超把这段历史定义为："意义的诱惑。"他写道："任何时代的文学批评都是一个关于意义的故事，或追寻，或消解，意义，总是作为缺席的在场被谈论。于是批评家成为与意义捉迷藏的一群人。古往今来，批评家们乐此不疲地玩着这个游戏。他们时而自信而自豪地宣称：我能抓到意义！时而以揭穿谜底的口吻提醒人们：谁也找不到意义。因为意义，根本就不在！而意义却是这样一个怪物：你寻觅它时，它藏而不露，在窃笑中让人们把心力耗尽；你追逐它时，它像天边的地平线，把追逐变为永远的放逐；而当你解构它时，你谈论的不是别人，恰恰是它——意义。"③在文超看来，意义就这样成为对批评的永远的诱惑。很显然，文超对批评与意义的关系进行了一种后结构主义式的理解。批评对意义的追寻不是建立一个确定无疑的实在世界，而是意指着一个无限可能性的开放空间。把历史"文本化"，这是一种典型的后结构主义式的历史叙述，程文超正是把"文革"后的文学史作为一个文本——一个开放式的、互文性的、意义交织的文本。他甚至干脆把文学批评看成一种对文学文本的"再叙事"，这里没有权威的意义，这里没有历史的永久在场的本质。确实，在某种意义上，程文超的《意义的诱惑》是中国最早的关于当代文学史（或批评史）的反本质主义的历史叙述。

"文革"后的中国历史或思想史，被描述为"新时期"，一方面要破除旧有权威话语，另一方面要建立与新时代相适应的话语体系。程文超把握住他所理解的历史发展动向：从朦胧诗表征的神性的隐退与他者的显现，到寻求解放的人性观念，再到现代主义对人道主义的超越，在历史的断裂带（无法修补的世界）表现出的逃离焦虑与叙述策略……程文超以他宽广而深邃的目光，全面而独特地把握了这段历史变动的全过程，抓住其最内在矛盾和逻辑关联，揭示了一个不断追寻而又迷失的西西弗斯与阿尔德涅尔相交织的神话④。很少有人像程文超这样，怀着巨大的热情，而又保持高度清晰的思路，梳理"文革"后的文学变异。在这样的变动时期，新生的话语作为被压制的他者，也必然是一个怪异的不断突围又自我放逐的他者。

程文超选择"朦胧诗"作为历史起点来叙述80年代的文学变革，或者说追寻新时代的真实意义。关于"朦胧诗"的论争汇聚了那个时期最具有创新性的思想和最顽强的保守观念。程文超并不过多关注这二极的对抗，而是深入新型的话语内部，去清理那些充满新的表达欲望的话语所隐含的矛盾和困境。他所要观察的正是那些历史动向所指向的崛起的意义系统。程文超以三个崛起为论述的素材，恰好使我想起威廉斯对文化进行三元划分的理论。任何一个时期的文化，在威氏看来，都可以划分为主导文化、剩余文化和崛起的文化⑤。主导文化作为占统治地位的文化，总是压制崛起的文化，但崛起的文化终究是不可压制的，要预示着文化发展的未来动向。当主导文化不能支配一个时代的精神生产时，它可能要转变为剩余的文化。它仅表达历史残存的意义。确实，程文超虽然没有直接引用威氏的理论，但他一直是在追寻 80 年代的崛起的文化所表征的意义指向，以及它所隐含的矛盾和危机。对朦胧诗的礼赞，实在是包含着从一个压制的时代的阴影里走出来的中国知识分子的自我意识——一种在自我、历史、政治的多重关系中的反思性表达。这种意义表达的合法性，依然要从时代的合理性中找到依据，例如，反思"文革"、改革开放、实现现代化……构成了思想的直接前提。很显然，这些前提与新的话语表达并不具有历史的共同本质，推动这些前提的是一些政治力量，而新的话语表达则是导源于另一种来自西方思想冲击之后产生的文化力量。这就是它们之间的本质区别。因而，随着文化的进一步推进，新的话语表达与既定的历史前提发生更加剧烈的冲突，并且产生深刻的分离状况。

80 年代的中国文学批评不仅设定了自身的历史起源，而且试图重新构建自身的历史。"重写文学史"这一愿望，很显然包含着强烈的改写历史的动机，通过对历史的改写，来获取现实话语表达新的直接前提和历史合法性。在程文超的叙述中，一种新的崛起的话语是不可阻挡的，年轻一代的批评家显然是怀着创造历史的巨大冲动跨进历史的。对一个时代的文化实践的分析，被程文超赋予了一代人创建历史的能动性，尽管这种能动性是在历史困厄的情境中，也是在主体找不到准确的历史插入点的情形中展开的。在分析黄子平和陈平原、钱理群三人合作的那篇极有影响的论文《论"二十世纪中国文学"》时，程文超既看到他们所携带的改写历史的巨大能量，同时也看到他们所隐含的特殊的历史意味。黄文把 20 世纪中国文学的总体美学特征概括为"焦灼"："二十世纪文学浸透了危机感和焦灼感，浸透了一种与十九世纪文学的理性、正义、浪漫激情或雍容华贵迥然相异的美感特征。二十世纪中国文学，从总体上看，它所内含的美感意识与本世纪世界文学有着深刻的相通之处。"⑥程文超不仅看到这种概括与历史之间构成的缝隙，更重要的在于，这种"叙述"所隐含的历史动机。这些挪用、空白（漏洞）和填补，目的在于建构关于 20 世纪文学的新的叙事范畴。程文超写道："我们在这里无意指出他们论述的漏洞，而是想挑明，这些敏锐、深刻、智慧、具有杰出研究能力、产生了广泛影响的批评家们留下，或者毋宁说'制造'这一'漏洞'的良苦用心：对二十世纪中国文学进行现代主义的描述——根本用意不在改写过往的历史，而在推动正在行进的'历史'。"⑦

因为对当代文学和批评融会贯通的理解，历史变成一个自圆其说而又漏洞百出的文本，程文超才能在那些细密的文字之间看到历史的裂缝，看到那些似是而非的能指与所指的矛盾，看到那些潜在而倔强的表达欲望。在对 80 年代后期直至 90 年代的文学批评的阐释中，程文超几乎洞悉了全部的历史奥秘。尽管程文超对后现代主义的态度和立场还有有待商榷之处，但他对当代后现代批评的历史动机与表达策略的分析无疑是最全面深刻的。程文超集中分析了后现代批评话语的表意策略，揭示了其中隐含的矛盾和无法摆脱的困境。紧紧抓住表意"策略"，程文超入乎其内而又出乎其外地展开后现代式的读解。后现代批评在 80 年代后期开始产生一定的影响，这激起了国内同行强烈的不满。大多数人的指责集中在争执中国有没有后现代主义？中国当今社会既然如此落后，何以有后现代主义？后现代主义这种西方的舶来品，毫无理由在中国文化语境中存在……然而，程文超却与这些浅薄的责难大相径庭。他感兴趣的主要不是批评家们言说了什么，而是他们如何言说。因而，他把后现代的批评策略作为他的切入口。在他看来，策略是批评家们严肃思考后的选择，它显示了批评家们切入问题的角度、思考问题的方法，提示了批评家们努力把握的对象和希望达到的结论。他写道："对于他们来说，只有运用各自选择的策略，才能清楚、准确地言说各自的思考。而批评家对于策略的选择，表面看是纯个人的行为，实际上却有着历史语境的作用，涂有时代、社会的色彩。不同的批评家对于不同的策略的运用，除个人的、偶然的因素之外，也折射着不同的批评家对于时代、社会的不同的感应。不仅如此，策略还显示了批评家在外来话语与本土文学、社会之间的位置，显示了他们在这个位置上探讨的洞见与盲视、成就与困惑。而他们的位置，他们的探讨，又有从一个侧面揭示外来话语与本土文学、社会的关系。"⑧

笔者作为后现代批评实践的参与者之一，对程文超的分析表示由衷的赞同。后现代话语所意指的意义，确实包含了年轻一代的研究者对当代政治文化前提的直接思考，面对依然强大的权力制度，年轻一代的批评家试图另辟蹊径，重新寻找理论的起点和文化目标。后现代主义实际不过是提示了一个新的理论空间，不过是在奥吉亚斯牛圈之外开辟另一块领地。说到底，这些谈论——不管是纯粹理论话语还是批评实践，都依然立足于本土，都是本土最紧迫的那些现实的理论问题。确实，也正因为所处的历史语境和既定的历史前提，后现代主义话语才采取一套表意策略。那些裂痕和漏洞，不过是无法缝合的历史切入口，它表示了那些症结性的历史问题是无法超越的。程文超更加关注后现代谈论当代文化的"方式"本身表明，他已经把这种谈论看成是本土文化峭壁上长出的一棵新奇之树。它看上去有点怪异，而怪异不过是现代以来的中国文化的基本存在状态，在现代性的压力之下，中国现代文化就陷入匆忙应战的尴尬处境。如果说，这种应战能做得天衣无缝、无可挑剔，那反倒令人怀疑应战的真实性。

我感兴趣的不仅在于程文超的分析方式，同时还在于他的评价态度。程文超能以这种认真、平和、公允甚至不无赞赏的方式来谈论同代学人，这是令人钦佩的。文人相轻自古而然，在当代尤甚。在背后贬抑同行，在公开场合尽量避免提到同代人名字，就是批评和谩骂都最好隐其姓名，不是为了保护某人，而是害怕骂了某人，反倒让某人成名。于是指桑骂槐，骂得不明不白，是当代批评司空见惯的现象。同代人生怕某人冒尖，自己立即就矮了半截，似乎只有贬抑对方，才能显出自己的高大。相比较而言，程文超花费如此大气力，去研究同代人的理论批评，并能做出中肯公允的评价，这是难能可贵的。其中不乏溢美之词，更可以看出程文超对同代人的挚爱与鼓励。文超的这种精神气度，无疑令人肃然起敬，对改良当代学风，更起到积极的作用。

作为一个建设型的理论家，程文超在看到当代批评的历史"裂缝"时，他显然不能听之任之。他看到旧有的意义体系处于解体的状况，而新的意义体系尚难以确立。程文超在骨子里依然是一个理想主义者，这使他对意义世界无法最终排除"终极关怀"。因而，文超的反本质主义并不彻底，在他的心目中，依然有历史的优先项目和等级价值判断存在。在他看来，某些意义是代表着正义和历史发展方向的，是充满创生力量的新型话语，而某些意义是代表保守的没落的压制性的旧式话语。也许程文超的这种立场和价值标向是必要的。其根本原因在于，中国的现代性依然是一项未竟的事业，破与立依然构成必要的历史期待。破除旧有的权威意义的同时，有必要建构新的意义。文超的历史叙述一如他所把握的历史自身，他提出了一种口号，一种打破话语霸权和意义垄断局面的设想，但他并未放弃他的理想理念、他所理解的代表历史未来方向的意义选择。在考虑未来的文化重建时，程文超的理论设想明显趋于稳健，并打上鲜明的本土化烙印。他设想以中国传统文论作为未来文化建构和21世纪文学批评的基础。这显然有点力不从心。

为了抹去过于浓重的本土色彩，程文超还特地批判了"中国情结"。在我看来，程文超试图摆脱"中国情结"不无天真烂漫的特点。他写道："超越'中国结'不仅意味着拓宽诊断危机的视野，而且提醒我们消解一组陈旧的二元对立模式，诸如现代/传统、革新/保守、科学/愚昧等等，以文化建设者的革新姿态和豁达心胸去重新审视中国古代智慧。"⑨毫无疑问，这种态度值得尊重。但这种方式的可行性依然存疑。试图用中国传统中国智慧去建构关于现代社会的认知图式，包括文学理论和批评的范式，我想是很难行得通的。现代以来的世界历史就处在深刻的转型中，古旧的东方文明虽然较晚进入现代世界体系，但终究是不可脱离世界体系而独立存在。某种意义上，现代中国所经历过的阵痛，就是在二元对立模式中的艰难选择的结果。如果不只是把现代世界体系的建立，或者说现代社会的建立看成是西方资本主义的强加，而把它看成是世界历史转型的一个过程——西方不过先发生这种转型，而东方中国晚了一步，这不是西方强加给东方的额外的东西，而是人类文明历史必然要发生的转变，有什么必要一定要划分，哪些是西方的外来思想，哪些是东方中国的传统呢？这些传统就一定要指引中国人进入世界体系，并引导未来的世界文明吗？这一问题确实比较复杂，不是本文的篇幅所能深入探讨的。但在我看来，有一点是可以明确认识到的，那就是人文学科的思想文化，也未必一定要回到民族本位才能找到根基，才可能前程远大。程文超写作此书还是在90年代初期，我写作此文时已经站在21世纪的门槛上，全球化离中国并不遥远，WTO这个词已经在媒体中随处泛滥，互联网也都快成为城市人生活的一部分。要创建一种独特的中国思想理论去理解这个时代，理解世界历史，理解当代人的精神生活，可能只是一厢情愿。但不管怎么说，程文超熟知西方古典和现代思想理论，而试图做到融会贯通的理解，他对回归传统的强调，也许也是一种叙述策略。

在同代学者中，文超确实是少数几个从事理论批评，而又对中国近现代历史有深入独到研究的人。文超强调回归传统，这与他国学底蕴深厚不无关系。他显然不是振振有词，妄发议论，而是从他的思想深处绵延而出的那种精神气质。1998年，文超出版《1903：前夜的涌动》一书，这本书以它独特的时间视角——选择 1903 年这个平凡而非凡的年份叙述中国历史的变动。这本书论述到梁启超、章太炎、苏曼殊、王国维等现代思想大家。文超能从浩渺的历史资料中，捕捉到思想的亮点，娓娓谈去，把一段充满思想变故的历史呈现得异常清楚。在思想史的空间，文超同样驾轻就熟，游刃有余。敏锐、明晰，抓住那些富有象征意味的历史标识，层层深入，旁征博引而又有条不紊，使本书精辟生动而有思想穿透力。为这本书的写作，文超付出超出常人的努力。如果仔细阅读一下本书的后记，没有人不为之动容。文超写作此书的过程正是与病痛作艰苦斗争的时期，整整八个月，作者与医院和药物打交道，同时一个字一个字写下四万字。但现代科技又给作者来了个黑色幽默，那忍着病痛写下的四万字，因为电脑的误操作，瞬间不知去向。一切又都从头而来。文超是一个坚定而乐观的人，这本书的写作，不只是与病痛作斗争，同时也在与 1903 年的那些思想伟人展开精神对话。生命的勇气和智慧，在文超的字里行间竟是那么坦然而亲切。在某种意义上，朴实无华的文超其实极有特点：智慧而不取巧，深刻又不失坦诚，执着而多有旷达。读读《1903：前夜的涌动》，确实可以感受到文超涌动的思绪和闪闪发光的精神。

文如其人可能用在文超身上恰如其分，文超的那些批评文字用心良苦，却总是透着一股灵性。《寻找一种谈论方式》，是作者对"文革"后文学的一次梳理，也是作者多年批评的整理和总结。文超对新时期的中国文学走向的把握相当老到，对各个阶段的主流文学的分析总能切中要害。这是一本厚厚的著作，篇幅所限，难以展开论述。同样，那本《反叛之路》的评论集，似乎更能显示文超在批评方面的灵气。这些批评短论随处闪烁着真知灼见，清隽舒畅，读来令人回味无穷。例如一篇写张欣的短文，就令我钦佩不已。这篇题为《欲海里的诗情守望》的文章，把张欣的为人为文的风格气质写得淋漓尽致。我对张欣的小说也长期关注，也写过类似的文字，但读了文超的文章，我想从此对张欣我可以罢笔了。文超的批评文字是建立在细读文本的基础上，他总是能把作家的精神家园摸透。文超的批评像是在叙述一个优美动人的故事，娓娓诉说，循循善诱，那些深藏的文本要义和作家的内心气质，像剥一根嫩笋一样，把内在的神韵全部揭示无遗。让文超读解过的作家，给人以通体透亮的感觉。例如，读了这篇关于张欣的评论，我想大多数读者不仅会对张欣的小说产生浓厚的阅读欲望，也会被张欣的那种韵致迷得神魂颠倒。这就是文超的文字有魅力，而又值得信任的地方。

文超是一个典型的自由知识分子——尽管现在知识分子这种说法招致人们的唾弃与怀疑，但我依然认为有一种知识分子，他们始终怀着对知识的挚爱，保持内心的自由，对权势和名声保持警醒，严于律己，宽厚待人。在这样有点乱哄哄的时代，文超的存在是一种提醒，也是一种象征。谁能像他那样对待生活，对待生命？谁能像他那样对待知识，对待友人？记得去年秋天，我们在武大有次会议，是夜中秋节同游东湖。我与文超和谢冕先生以及一位端庄的女博士同乘一条船，星光湖色之间，我感到文超对大自然和宇宙神秘的洞悉。但他依然是那么昂扬，既对谢公行恭敬的弟子之礼，也与谢公插科打诨、谈笑风生，对生命的瞬间快乐，同样怀有很高的兴致。我真为老友感到开心。今年春节过后，我曾有次短暂的广州之行，不想文超回老家过年。富有戏剧性的是，文超回到广州听到我在电话上的留言给我回电话，我正在广州机场的登机口。文超还想赶到机场与我相见，只是得知我只有二十分钟就要登机，他才作罢。这就是文超，把友情随时放在首位。

写写文超不是容易的事，很显然我的这篇短文言不尽意。对于我的浅显和片面，就像对任何偶然的事物一样，文超会宽厚地一笑置之。我知道我的朋友此刻又坐在南方的一方书桌前，推开一扇窗子，外面是一片绿色和无边的天空——我知道这就是文超珍爱的生活。我相信，生活同样会珍爱文超。

**【注释】**

①程文超：《寻找一种谈论方式——"文革"后文学思绪》，中山大学出版社，1997。
②黄曼君：《现代文学理论批评研究的回顾》，载《中国现代文学研究丛刊》1995 年第 1 期。
③程文超：《意义的诱惑》，时代文艺出版社，1993。
④古希腊古罗马神话，前者指不断推动一块巨石上山的那种悲剧精神；后者指走出迷宫唯一依赖的一根线。
⑤[英]雷蒙·威廉斯：《马克思主义与文学》，牛津大学出版社，1977。
⑥⑦⑧⑨程文超：《意义的诱惑》，时代文艺出版社，1993。

（陈晓明，中国社会科学院文学研究所）

**同期声：**

不当批评家 // 程文超

"残花"开过之后——现代性语境与冯乃超的前后诗风 // 程文超

**吴俊**

1962 年出生于上海市。1980—1990 年，先后就读于复旦大学、华东师范大学，1990 年获华东师范大学文学博士学位。留校任教至 2007 年底，调任于南京大学文学院，现为文学院教授，主要从事中国现代文学研究和文学批评。出版有《文学批评的向度》等各种著作约二十种，发表学术性文章约三百篇。曾获《南方文坛》年度优秀论文奖等约二十项。

# 在跋涉中寻求超越
## ——吴俊文学批评漫评

方克强

一

在现当代文学研究与文学批评的圈子里，吴俊并不是一个陌生的名字。从他的第一部著作《冒险的旅行》（上海文艺出版社 1990 年版）到新作《文学流年》（广州出版社 2000 年版），业已"操练"了十年，可谓"十年辛苦不寻常"。有意思的是，"旅行"也好，"流年"也好，吴俊似乎喜好挑选那些具有沧桑感与动作性的散文化词汇，来描述主体的某种既有心态。这当然是文学研究者特有的心迹无意中或象征性的泄露，既有对"流年不利"（文学及其研究在当下的"边缘化"）的某种失望或失落，也预示着文学"旅行者"在艰难跋涉中不断寻求超越的自信和希望。这种职业性的心态，吴俊在《文学流年》一书的自序结尾里表达得十分明白："让我们从现在开始，好好珍惜手中的筹码，与不可知的对象周旋。希望总是存在的，哪怕它无法言说。而回忆则是对绝望的抗争，只要还拥有历史，我们就并非一无所有。"这种失望与希望并存、杂糅的心态使我们想到鲁迅，同时它也是作为鲁迅研究者身份步入文学批评领域的吴俊的精神支柱。

吴俊不仅在寻找文学研究者在当下社会的位置与责任，而且也在思考自己作为20世纪60年代出生的文学批评家的特色与短长。在两年前发表的一篇题为《这是什么样的一代？——关于60年代出生的作家》的论文中，吴俊写道："60年代出生的人中至今还缺少出色的理论家，他们的感情已经相当丰富，但知识性和理智却尚未健全，他们有足够的宣言和攻击性言论，却并没有自己的理论话语——说到底，这一代的理论家不过是跟在别人后面亦步亦趋而已。并且，他们对前人和对手知之甚少，几乎可以这样说，他们所知道的，别人也已经知道，但别人所经历的，却是他们并不理解的。……多少能够撑起'60年代出生的人'这面旗帜的，其实一直只是这一代中的作家。"这里，我们似乎又能看到"严于解剖自己"的鲁迅的影子——事实上，研究者与被研究对象之间的互渗是经常发生的。吴俊之所以对比自己所属的一代批评家与上一代"知青"批评家，其实是出于"超越的"焦虑与渴望。然而，他有点过于自贬与自责了。若要用"理论家"尤其是"原创性"的理论来衡量"知青一代"，那岂不同样"罩"不住几个人吗？在我（该属于"知青"一代了）看来，60年代出生的文学批评家们还是虎虎有生气的，他们有自己的特点、长处与批评实绩。至少，他们与同代的作家一样，有着比前几代人更为自由的精神状态与写作状态。假以时日，超越前代几乎是必然的。

## 二

读吴俊的著作与论文，给我的鲜明印象是，他的文中总有自我，他的笔端常带感情。这大概是吴俊所赞赏的"精神上的自由状态"的显示，或者是出于个性张扬与流露的追求。我一直认为，文辞章句不单是一个表达的技巧问题，同样也是"有意味"的"形式"。读吴俊的文章，你会感到一个活生生的主体的"在场"。

这似乎有违于文学批评与学术研究客观、科学的学统，但是，学术研究真的能完全避免主观吗？文学批评为什么一定要用"我们"的权威口吻发言？既然是个人见解、有感而发，不妨"我手写我口"，干脆打上或突出个人标记。这也是一种写作状态、文字风格和表达策略。

在《我对鲁迅的基本理解》一文中，吴俊这般描述他阅读《鲁迅全集》后的感觉："突然感到有命运在暗中操纵我，我开始再也摆脱不掉内心的激动与不安了。我感到我的心灵第一次与一个伟人的心灵有了一种直接的交流和感应，并且，我确信我已经能够体验到他的喜怒哀乐等等情感和心理。久而久之，这成了我生活中的一个梦幻，一个使我不断萌生出希望和痛苦的梦幻。与此同时，鲁迅也成为我精神上的偶像。"吴俊的文章并不简单呈示研究的结论，同时他也在告诉我们一个生动的感性过程,一个研究者的情感经历。以心灵去贴近心灵,既是他的研究方法,也是他的表述样式。正因为他全身心地进入鲁迅所处的世界与内心深处,并获得某种程度上的精神交流与情感呼应,他的鲁迅研究才达到一个独特的境界,一种"我说"鲁迅与鲁迅中有"我"的境界。他在研究中并不回避"自我",相反,他是"为了拯救自己的灵魂"。于是,解读鲁迅也在一定程度上成了解读自我,成为他内心体验的倾诉与对话中的自白。这真正是"一家之言"。

吴俊的作家评论也写得富有灵气。究其实,盖出于"自我表现"。也就是说,他善于在文中以"气"为主脑,以"气"贯注,一气呵成,保留并呈现自己思维过程的原生态、真实感与细枝末节,决不矫情伪饰或冒充公允。他的写作状态或曰"气场"是"真性情"之态。在《没有马原的风景》中他论说马原:"于是,马原小说的'叙述迷宫'一语,渐渐有了一种近乎神秘的意味——只有马原在一旁得意窃笑。在这种笑中,倒真正有了阴谋诡计的内容。(注:这是我的想象)""我得顺便说一下,在所有的中国小说家中,能够在如此篇幅——大约七千字,用异常明确的文字表达出他的小说观念和小说理论,他对近世世界小说家的评价和对自己的小说的解释,并且,还居然如此从容,就只有马原了。(如果我的这些话中有夸张的成分,也请不要删去。因为这正是我要强调的)"上引两段文字,值得注意的有几点。首先,吴俊自觉到想象与夸张而刻意用之,尽管可能招致误解或批评,实乃以真性情流露为取舍标准也。其次,他的括号内的文字,是与作家、编辑、读者的对话与交流,表现了他相当灵动、细微而自由的写作状态与"现在进行时态"的心境。这犹如写"自反小说"的作家,在小说中披露构思过程与叙事技巧一样,为的是显现写作中的"自我"。

吴俊的这种写作态势与风格,我以为首先得益于鲁迅杂文的熏陶。鲁迅的杂文包括文学批评,往往感觉敏锐,笔端常带感情。其次,吴俊受教于著名教授钱谷融先生,深受业师文学批评理论的影响。钱先生注重"文学是人学"和人性的开掘,强调"艺术的魅力"与批评家艺术感受能力的培养,吴俊深得个中三昧。最后,这与吴俊的个性也有关系。他身上的灵动之气大概是无法用四平八稳的逻辑语言来截头去尾的。

## 三

吴俊的专业是中国现当代文学。他的研究领域与课题主要包括三个方面:

一是鲁迅研究，二是作家作品，三是知识分子与文化现象。他十年里出版的著作如《冒险的旅行》《鲁迅个性心理研究》《鲁迅评传》《文学流年》《终结和转型》等，反映了这几个方面的研究成果。

吴俊的文学批评是有灵气的，但也凭靠着扎实的知识功底、现实的理性眼光和深入的钻研功夫。他的研究方法并不着眼于西方的某一种批评流派与理论，而是注重融会贯通，切实有用。吴俊并没有打出自己的旗帜或口号——他是不喜欢合流入派的——但也不无自己的学术风格与方法特点。

吴俊运用个性心理方法研究文学始于他的博士论文，也就是后来出版的《鲁迅个性心理研究》一书。"个性心理"既然是他的研究对象与阐述内容，自然就与心理分析方法相关。但是，他并没有简单地照搬西方精神分析批评的一套理论，而是持广义的现代心理学的精神分析立场。其方法上的特点有二：一是不囿于西方精神分析学派的纯理性立场，而是充分调动感性去体验、领悟与呼应对象，以感性的生动灵秀补理性逻辑之不足；二是并不把个性心理分析局限于"无意识"层面——无论是弗洛伊德的"个人无意识"还是荣格的"集体无意识"——而是广泛涉及社会、历史、文化、传统，开掘个性、人性、人格的丰富心理蕴含及其矛盾性、复杂性。这在八九十年代之交的鲁迅研究中，不失为一种富有成效的学术理路与方法。

当这种注重文化心理透视的方法挪用来观照更为复杂、更为宏大的知识分子课题与各种文化现象时，就衍变为一种"大文化"的视野与文学研究立场。吴俊在《文学的两难——关于中国现代作家的道路和文化选择》一文中表述过他的"大文化"中透视文学的方法论："如果说中国文学确实是中国现代政治文化等多种方面的某种折射，则重建中国文学首先就必须重建中国的当代政治文化和主要是由这种政治文化所制约的中国作家的人格精神与文化心理。也就是说，我们的思考应该不再仅仅局限于文学范围，而必须考虑整个的社会政治文化格局及其重心的重建或确立一种当代的价值取向标准，真正改观中国作家和我们自身的命运。"吴俊分析研究《新青年》、何其芳现象、学者散文现象、先锋小说家、"另类"作家等论文，就是运用这一方法写成的。它既体现了当下学术的宏观视野与潮流，也折射出文化与文学在时空格局下的真实关系。

1994年至1996年，吴俊以访问学者的身份赴日本东京大学等校作客座研究。在与日本同行的交流、探讨中，他也在比较中日学者一般的治学方法之差异。他在《"丸尾鲁迅论"及其他》一文中说道："日本学者的'实证'研究是他们的普遍特色。澄清事实、求证事实、尊重事实,作为研究的前提和思想的出发点,日本学者的表现是相当自觉的。我以为日本学者的实证方法,其实是一种逻辑方法和历史方法。……比较起来,我倒是觉得中国学者在思想的逻辑性和历史态度方面,实在是有大毛病的。简言之,主观随意性太强,对历史事实的解释,往往有违反历史事实的现象。恐怕这正是我们太少实证训练的缘故吧。"吴俊的这一番检讨与反思,自然是针对国内学术界现象的有感而发,但我认为他也并不排斥自己,也就是说,他对自己的学术方法与走向有了更高的目标与追求。他在日本期间修改定稿的论文《论鲁迅的"排满"意识》就体现了这种治学精神。其材料的翔实,引证的绵密,推论的细致,观点的严谨,堪称特色。吴俊近几年发表的文学批评文章,都注重了绵密细致的思想过程与推理方法。此外他还喜欢用锤炼后的口语表达思想。

## 四

不久前,我去听了一堂吴俊给中文系本科生上的选修课《鲁迅研究》。这是例行的教学检查,我是奉命而来的。吴俊的课上得很生动,他有调动学生积极性的一套办法。开场白之后,他让学生发表对鲁迅个性的印象与看法。有说冷峻的,有说抑郁的,有说爱憎分明的,也有说鲁迅多疑的,吴俊一一询问观点的理由与出处,于是课堂里充满了交流、对话的氛围,不时爆发出一阵阵笑声。

我知道,吴俊的课受学生欢迎,更重要的原因在于他的学术底子与研究成果。记得吴俊在一篇后记中说过,他至少已有五次通读过《鲁迅全集》了。我相信这是真话,并由衷地表示钦佩。吴俊是在大学本科期间通读了《鲁迅全集》才立志于投考现代文学专业研究生的。据说,他的导师钱谷融先生给学生开的必读书目中就有《鲁迅全集》。于是,吴俊与鲁迅研究结下了不解之缘。他的博士学位论文,就是《鲁迅个性心理研究》。这本书从个性心理的角度切入"说不尽的鲁迅",很有新意,年少气盛的吴俊有一股子学术上的冲劲,他的第一本著作《冒险的旅行》,后来列入上海文艺出版社的《牛犊丛书》,也算是名副其实吧。紧接着吴俊又写成了另一本书《鲁迅评传》。与其他传记不同的是,吴俊并未面面俱到地写鲁迅,而是重点写出作为国学大师的鲁迅,描绘并阐释出鲁迅的学术生平、学术成就、学术思想和学术影响,当然也没有忘记他已经熟路的个性与心态分析,增加学术评传的可读性。

鲁迅研究是吴俊迈出的第一个学术脚印。然而1991年底,吴俊开始转向了。

他开始研读传统学术著作，希望从事中国现代学术史方面的研究。吴俊曾经在文章中坦露过自己的一种心态：写完一本书之后，立即就会想出色的作品是在下一部。对此我们还可以作更宽泛的理解，即吴俊的下一个目标总是一个新的领域或新的尝试。这不仅说明他的兴趣广泛与转移，更重要的是，他总是在不断地挑战自己与超越自己。事实也正是如此。在以后的几年里，尽管没有如他当时所愿地专注于学术思想史，但他还是编校、标点并出版了孟森的史学著作《清史讲义》和林译小说序跋集《林琴南书话》。同时他涉及多个领域，出版的新时期文学评论集《文学流年》，学术小品与散文集《个人情感》，编译了日本现代中国文学论集《东洋文论》。吴俊的这些成果，可以说是他追求超越自己的第二个扎实的学术脚印。

值得说说的还有吴俊近期的活跃表现。这两年来，吴俊又回归于文学批评，而且是专注于当下文学现状的思考与评论。近年他在《当代作家评论》《作家》杂志以连载的形式发表系列论文，引人注目。这些论文论题广泛，都有很紧迫的现实性，如《文学杂志：从中介到中心》《另类文学及其宿命》《末路上的文学批评》《九十年代诞生的新一代作家》等，显示了吴俊捕捉问题的敏锐与担当批评家在场的责任。吴俊的文章写得很有个性，不仅观点新颖独到，而且表达上也融合了理性与感性互补之长。也就是说，他既有学理上的宏观把握与逻辑论证，也不忘记张扬自己真性情的直率、感悟与体验。我尤为喜欢《末路上的文学批评》一文，问题提得尖刻而中的，表述上则可见出鲁迅杂文的余味。试引一段以见全豹："在我看来，90年代文学批评的偏颇，举其大者至少包括了这样两种现象，一是对于80年代的迷恋，二是热衷于'高调'批评。这两种现象的实质，都是对于90年代文学现实特别是创作对于批评的挑战的回避。为了掩饰这一点，文学批评除了故作姿态的沉默以外，同时也为自己准备好了遁词。"

显然，他又在超越自己。这或许是他学术路上的第三个脚印。

（方克强，华东师范大学中文系）

**同期声：**

发现被遮蔽的东西 // 吴俊

王朔和余秋雨：我们时代的两个英雄人物 // 吴俊

**戴锦华**

北京人。曾任教于北京电影学院电影文学系，1986 年曾参与主持
建立中国第一个电影史论专业。现任北京大学比较文学与比较文
化研究所教授，博士生导师。北京大学电影与文化研究中心主任。
1995 年主持建立中国第一个文化研究机构。曾在亚洲、欧洲、北
美洲数十所大学讲学。为美国及中国香港数所大学东亚系、文化研究系的客座教授。
从事电影史论、女性文学及大众文化领域的研究。著有专著十余部。专著及文章被
译为十数种文字出版。

# 酒香不怕巷子深

张 洁

　　我总是把戴锦华叫作戴教授，绝对不是调侃，而是我对教授这个行当一种
由衷的仰慕。君不见任何一位文学教授都能跳上文坛指点一番江山，却少有作
家（王安忆除外）能跳上讲坛指点一番江山。尽管前些年有人倡导作家学者化，
但收效似乎不大。举例来说，我就根本看不懂她写的那本《隐形书写》。勉强
有几位登上讲台，倒也妙嘴生花，可与真正的教授一比，不过票友而已，更不
要说还有将写小说用的野史，用来指导历史系学子那样的笑话。其实把作家老
老实实地做好已属不易，何必"人有多大胆地有多大产"呢？

　　人其实很不万能。

　　戴锦华掌握的是两手武艺，先说头一手。

　　她虽在文坛享有评论家的盛名，但并不见她常常在报刊媒体上露脸，问她
何故？

　　她说，"对于正义和良知我看得很重，那是不能拿来开玩笑的。一个人不
可违背自己的艺术体验和社会角色的责任，不论写什么，你都得为自己的每一
个字负责，负不起这个责任就别写。不论做人作批评都不能随便，我爱钱，但
我更爱自己的文字，所以我不卖自己，因为有些东西是不可以拿来卖的。可我
也担心这会变成一种自恋：不要以为自己就那么正确。当然心里也有一点自嘲，
把自己这么当人干什么？！这自嘲警惕我不要张狂，可能也反映了一种悲哀"。

她的话让我再次陷入目瞪口呆的景况，后面我会说到。这是我们之间最常见的场景。

现在碰上一个居然不卖的人很不容易。不要说我，谁听了也会感到吃惊，何谈如她那样一个不停解构传统的人，这是不是一种矛盾？我也不甚明白。

回顾她写过的评论，果然发现她早期的评论多为印象式评论，而现在的评论，虽然还是必得从体验出发，但看得出她在反复验证那体验的来由，好像她并非十分确信这体验的正确，生怕失误。因此她必须对将要评论的文字读得非常仔细，一遍又一遍，这种操作方式似乎还停留在手工业时期，而现在的文学评论，早已进入全自动化流水线，略去中段，看看头，看看尾，马上就能出来一篇很专业的评论。据说工作电脑上滚动的早已不是文学、文章之类的符号，而是什么股市行情。

难免也有却不过情面的违心之作，那她就会痛苦地对我把自己臭骂不止一顿。有什么办法，我们生长在一个极度讲究人情的历史文化背景之中，我又何尝没有过违心的尴尬？

可见她是个极端的人，非黑即白，心里刻着把自己的尺度。

犹记当年初见她，让我叹服的不是每个女人都会的那么一点基本功，比如穿着化妆得体，训练有素的中式社交礼仪，相反她西化得（包括礼仪方面的西化）不太合乎国情，可能让不那么西化的人感到有些直愣。让我叹服的是她那语不惊人誓不休的、密集的、挟雷闪电的语言，那些语言以集束手榴弹的方式一束紧接一束地掷向我，让我招架不住，让我喘不过气来，这样的一个女人谁敢忘记？总之，我被镇傻了。

惊人之语与耍贫嘴最大的区别就在雅俗之间。前者以丰厚的思想、文学、哲学、美学等方面的修养为依托。我当即为自己的同类竟有这样杰出的人物而兴奋不已。对于有才之人，特别是有才的女人，我是那样偏爱，那样念念不忘，但请诸君千万不要误会我是一个"同志"。

一个人说一句惊人之语并不难，难的是一辈子只说惊人之语不说不惊人之语，往后与她的交往，每次都以我的听傻而告终。我虽笨嘴拙舌，抖几句机灵的技能相信还是有的，可是每每还轮不到我显示自己这方面的才能，告别的时间已到。慢慢知道，这种状态和景况是不可改变的，我也渐渐放弃了露一手的打算。

后来听到北京大学的学生赞美她的课，我不过一笑置之，对她脑袋里的内存和她那三寸不烂之舌的功率我早就熟悉在心。但我还是心存一个愿望，到底要亲历亲见一番她的课和她那支不断扩大的听课队伍。

她的课算不算北大之最？我不敢肯定,可我知道她的课绝对具有明星效应,一百二十人的课,常常闹到一百五十人,椅子上不说,讲台边、窗台,可能过道中间也会坐满听众。当然不仅仅是文学系的学生,有理科的,甚至外校的,还有记者,有些学生根本不是为了修学分而来,我想这和她的治学思想以及教学方法有关。

戴锦华不是传统意义上的教授,不要指望这个解构主义者甘于平静的教授生涯,从她的教授实践不难看出,她并不甘心仅仅做一个某种知识的传递者,她要传递的是知识产生的过程。

也许让一些人不大容易接受的是作为一个教授,她怎么能首先质疑起她所要传递的知识的客观性？并且把这个质疑毫无保留地告诉她的学生,学生在她那里得到的并不是从电脑上随时可以下载的百科全书,而是一种批判精神——说是审视态度可能更好？

在这个信息时代,她真的不必在课堂上对学生灌输什么,倒是告诉他们她对知识的客观性和非客观性的思考也许更为必要：她的怀疑,她的思虑,她的困惑,她的体验……她的结论是怎样得出的,影响她作出这判断的因素有哪些、是什么,包括她自己所不能判断的……她都坦诚地告诉学生。总之,学生从她那里得到的是她的思考过程,或说是她的思考路线图。

与其说她给学生上课,不如说是与他们一起交流研讨。她不是一个全知的上帝,只是一个先行几步的导游,引导、启发学生不但进入知识,也进入思考——作为一个有所作为的人最为必要的素质。

这种质疑,很可能是对旧知识的挑战,是一种创作和想象力的自由翱翔,而新的知识可能就在这种挑战和翱翔中生产出来。

这难道不是她对新教育的一个理想？相信她的学生是爱她的。

据我所知,她也很爱她的学生,不过那是一种抽象的爱,不落实在某个具象上。

（张洁,北京市作家协会）

同期声:

我的批评观 // 戴锦华

残雪：梦魇萦绕的小屋 // 戴锦华

"没有屋顶的房间"——读解戴锦华 // 贺桂梅

**罗岗**

1967年生，文学博士，华东师范大学中文系教授，博士生导师，重庆大学人文社会科学高等研究院兼职教授，曾任美国纽约大学、中国香港浸会大学和台湾东海大学访问教授。研究领域为中国现当代文学与文化研究，兼及当代理论与思想史研究。著有《英雄与丑角》《预言与危机》《人民至上》《想象城市的方法》和《危机时刻的文化想象》等，编有《现代国家想象与20世纪中国文学》《九十年代思想文选》《视觉文化读本》等。

# 重建统一的个人生活

王晓明

　　一晃眼，罗岗来上海已经八年了。在我的印象里，他是一个轮廓分明的人。他很勤奋、热忱，总是精力旺盛、生气勃勃，说话的声音更绝不低沉，这些都是非常显眼的。他兴趣广泛，记忆力强固，对理论尤其爱好，一说就是一大套，这些也都是朋友们很了解，私心还有点羡慕的。他对纸面上和生活中的压迫相当敏感，并由此激发了对于"正义"和"底层"的关注，这更是我非常欣赏的。他平常似乎颇宽厚，朋友在饭桌上开他的玩笑，他多半"嘿嘿"一笑就过去了；可是，一旦与人辩论开了，那就不管你是谁，他都会脸赤声高、非要争个输赢不可——凡此种种，也都令人觉得可爱。当然了，在这一切背后，他也还有另外的情怀。对身外的世界、自己的人生，他其实都是怀着某种程度的悲观的，只是他还不习惯长吁短叹，或者说，他也不愿意时刻意识到这悲观。这自然会妨碍他享受快乐，但在今天，倘要做一个有眼力的批评家，进而做一个有深度的知识分子，这样的隐约的悲观，恐怕反倒是一项必备的条件呢。

　　20世纪90年代，在上海（当然不只是上海），从大学里走出了一批年轻的文学批评家。甚至都不大好说他们只是"文学"批评家，他们关心的范围远远超出了通常所谓的"文学"，甚至有些人的主要兴趣也已经移出"文学"，转向了思想、文化和更广大的社会。在今天中国的文学界和思想界，这些年轻人正在逐步发出自己的声音，也越来越引起广泛的倾听。我相信，进入下一个世纪以后，他们还势将发挥更为重要的作用。罗岗正是这些人中的一位，而且是相当突出的一位。不用说，这些年轻人的修养、志趣和见解都各不相同，而且这不同还会愈益扩大。因此，笼统地谈论他们是非常困难的，正如同笼统地谈论"八十年代人""新生代作家"或"七十年代生人"一样。但是，我愿意在这里谈谈罗岗，或者与罗岗相似的那些青年人遇到的困难，这困难不仅是他们将来可能遇到的，而也是他们现在已经遭遇了，甚至正在为之苦恼的。

也是从 90 年代初开始的吧，许多本来似乎愿意在文学或其他文科专业上奋斗下去的年轻人，纷纷放弃专业，离开大学，到计算机、金融或者商业领域里另辟前程：他们觉得在那里有更精彩的人生。这是无可厚非的，只要是聪明而有活力的青年人，谁不渴望精彩的人生呢？当然，究竟什么是"精彩"，各人自有各人的理解，像罗岗这样的人，显然不会将"精彩"仅仅理解成优越的物质生活，所以他们相信，在与自己天性更相契合的文学和人文领域里，同样可以创造出精彩的人生。但是，"可以创造出"是一回事，自己实际上有没有创造出，却又是另一回事。罗岗们或许可以忍受菲薄的薪水和窄小的宿舍，或许也还可以忍受粗劣的工作环境和日渐庸俗的校园气氛，但是，他们却很难长久忍受自己的努力的无意义。倘若你竭心尽力地阐发诗意、美感、自由和公正的价值，阐发哲人之思和历史之魂的意义，现实的社会和人心却尽往相反的方向滑动，日甚一日地陷入乏味、压抑和粗蠢，你会不会废笔长叹，甚至对自己整个工作的意义都发生怀疑呢？倘若竟已经发生了这样的怀疑，你会不会更进一步，对自己的人生选择也发生怀疑呢？当然，文学和人文思想的价值，并不仅仅取决于某个社会一时间的状况，即便满世界都飘荡着轻蔑文学和人文思想的泡沫，也不说明对文学和人文思想的执着就缺乏意义，恰恰相反，只要眼光稍稍放长一点，你就会看到社会因为这些泡沫而付出的深重代价。因此，即便置身于这样的泡沫空气之中，文学和人文学者仍然可以凭借开阔的视野和对人类历史的充分了解，而继续保持人文信念和工作的激情。问题是，今天的罗岗们如何能够建立并且继续保持这样的信念呢？

这就是我所说的困难了。自 80 年代中期以来，社会的普遍气氛是越来越崇尚实利，一切不能迅速兑换成现钱的事物，都一一被挤到了生活的边缘。罗岗们正巧在这样的时候开始自己的青年时代，他们对日常生活的感觉和想象，就难免会受到一些流行风气的影响。进入 90 年代以后，他们相当迅速地接受了从域外传来的新的理论，这些理论非常犀利，足以帮助他们"解构"昔日和当下的许多思想错觉，但同时，他们在80年代建立起来、并据以整理——有时甚至是压制——自己的生活感觉的一些理智的信念，例如"启蒙""知识分子"，等等，也随之受到了质疑。他们并不愿放弃这些信念，但似乎也很难再像十年前那样无条件地信奉它们。他们努力想重建比"启蒙"之类更可靠的思想立足点，但当用福柯式的眼光细细搜寻之后，他们却不无沮丧地发现，除了一个抽象的"批判"的立场，除了从这个立场出发，借用合适的理论来搭建一些临时性的论述基点，就无法再有更确定、也更稳固的思想立场了。如果单为了写文章，这些临时性的基点自然是够用的；即便针砭社会、思想和文学的现实，游击式地移动立场也未尝不可。但是，如果要想建立一个身心统一的人生立场，一个能经得起大风大浪的思想立足点，这却远远不够了。理论上或许能勇往直前，具体的日常生活的感觉却可能配合不上，时间稍长，就很容易造成内心的矛盾，这矛盾不仅是站在理论和感觉中间，甚至还会一直深入到最基本的感觉之内。记得好几年前的一个夜晚，在大学附近一家嘈杂的饭馆里，罗岗和他的几位同学就很恳切地对我说："你们这些人（当时还有一位与我年龄相仿的朋友在座）有理想，有确信，可我们觉得那些确信有问题，我们没法和你们一样坚持它们。我们想要有更经得起批判的立场，可这很难……"我想，在那个时候，他们是不是已经感觉到了自己内心那正在冒头的矛盾的冲击？

罗岗说得对，是很难。在今天的中国，重建统一的个人生活，或许是摆在文学、人文学者和所有知识分子——不论他的职业是什么——面前的最艰难的事情。社会一面提供种种方便，鼓励你沉溺于粗糙庸俗的生活境界，一面又设置种种障碍，使任何不满足于这境界而期望在较高的精神层面上创造身心一致的努力，都困难迭出，矛盾重重。这岂止是罗岗们独有的困难呢？无论是日常生活感觉所遭受的流行风气的深入雕刻，还是"启蒙"信念在新理论冲击下的日渐剥蚀，我受损的程度都并不比罗岗们低，而且也绝非我一个人是这样。因此，如何一步步重建新的理性确信，如何在每日变化的新的生活实感和不断扩展的理论和知识修养的互相渗透中，逐渐融会、发展出稳固的精神支点，这同样是我和与我年龄相仿的同道们迫切要做的事情。事实上，90年代的许多思想和理论讨论，包括"人文精神"的讨论，都从不同的方面，体现出了知识分子重建信念的努力。越是看到了社会现实的深刻变化，越是意识到这些变化向知识分子提出的重大要求，我就越强烈地感觉到重建统一的个人生活的重要性。一个缺乏这样的生活的牢固支持的人，非常容易如鲁迅当年批评的那样，东倒西歪、随波逐流，非但无力洞察现实，反可能被现实扯得四分五裂。因此，我非常希望罗岗和他同辈的朋友们能尽快克服这个困难，更愿意我自己能从他们的成功中获得鼓励。我所以在这里特别详述他们的处境，就是想借对他们的催促，给自己增加一份勉励。

（王晓明，华东师范大学中文系）

**同期声：**

"批评"的现代意义 // 罗岗

从"晚清"到"当代"——关于"现代性问题"的几则笔记 // 罗岗

南方
文坛　2001年《今日批评家》

施战军

杨扬

葛红兵

何向阳

汪政　晓华

黄伟林

**施战军**

1966 年生。现为《人民文学》主编，《人民文学》外文版主编，编审。山东大学文学博士，北京大学博士后。曾任山东大学文学院教授、副院长，中国作家协会鲁迅文学院副院长。系中国小说学会副会长，中国文联全国委员会委员，中国现代文学馆学术委员，南京大学文学院兼职教授。曾担任茅盾文学奖、鲁迅文学奖、新概念作文大赛等奖项的终评委。著有《活文学之魅》《爱与痛惜》《碎时光》《世纪末夜晚的手写》等。主编大型文学丛书十余种，一百余卷。

# 从兴趣出发

宗仁发

写作和批评从本质上说都具有游戏的成分，它们不像做其他事情可以依凭外在的约束而机械地完成。也就是说写作和批评对目的性的设计总是有很大的排斥力量，它们宁可无限放纵你的虚幻世界，而较少奖赏你的生存现实。对写作的乐趣，或许是由于作家更易于被人们理解的缘故，大家似乎并无异议，提到批评，往往与枯燥无味联系在一起。当然，的确有一些所谓的批评家，没少以他们的稿件败坏读者的胃口，日常生活中他们身上也散发着一种酸腐的气息。好在这并不代表文学批评家的全部，在一批才华横溢的青年批评家的辛勤浇灌下，理论之树也呈现出一片绿色生机。当我们从南到北，点数正在疆场上驰骋的小将名字的时候，施战军便是不会被漏掉的一员。

我认识战军的时候，大概是 1990 年，那时战军已从四平师院中文系毕业后留校任教，他来长春参加《作家》的一年一度的青年作家笔会。这一次见面留下的印象是很淡的，只知道他后来有两篇散文在《作家》上发表，文字中透出几分清秀。彼此间往来渐渐增多是战军在《作家报》兼职做理论评论部主任之后。此时他已提前完成了山东大学现代文学专业研究生的学业，并又一次留校任教。如今《作家报》已停刊几年了，但战军所煞费苦心组织编发的那些文章，我相信会成为当代文学发展的一份珍贵资料。

追溯起来战军从事文学批评的时间差不多有十几年了，他发表第一篇文章《我和我的祖国——当代爱国题材音乐文学史初探》时，还是本科刚刚毕业不久。这样的选题和文章在文学批评领域里算是空白，也是偏锋，但恰恰还是无人光顾的原因，构成了战军探险者的乐趣。浏览战军的文学评论集《世纪末夜晚的手写》，不难形成一个印象，战军喜欢信马由缰，喜欢"杂食"，喜欢对当下文学现象的追踪。在他这第一本二十几万字的集子中，文章的类型十分驳杂，从时序上说，有研究文学史问题的，有扫描当代文学现象的。从文体上说，有研究小说的，也有研究散文的。从对象上说，有个别作家论，也有群体性评论。从形式上说，有论文式的、问答式的、对谈式的。真是不拘一格。在这些看似散漫的轨迹中，若想寻找出一条内在的联系线索，那我认为就是战军的文学批评是从自己的兴趣出发的。正因为是从兴趣出发，他写文章时那状态才是真正投入的，他的第一篇"像模像样"的文章就是"一边擦着眼泪一边写下"的。由于在某一个点上过多的停留会导致兴趣的丧失，战军只好不断地转移，通过转移又挑起新的兴趣。对当代文学现象的追踪，特别符合他的口味，这些现象变幻莫测，充满许多不可预设的因素，况且只有这些文学现象是最平等地呈现给每一个从事文学批评的人的。相反，那些现代文学史料是有先入为主的成分存在的。

依战军的学养和功底并非不能啃几块又大又硬的"骨头"，但他决不愿放弃偏好。这种状况的形成，不能说与所师从的几位老师没有关系。不论是当年四平师院的杨朴，还是后来山东大学的李景彬、孔范今，及至他在复旦访学期间的老师陈思和，几乎都是放手发动学生的风格，不愿自己的学生只会死读书、读死书。

我和战军除了文学方面的交谊之外，还有一层乡情。他的老家是吉林省的通榆县，那里是著名的湿地——向海自然保护一区，是珍禽丹顶鹤的栖居地。细心的人或许还会注意到小说家洪峰也是通榆人。我想战军的作家论中有一篇《欲望话语与恐惧分布——90年代前半期洪峰小说论》，与他和洪峰同乡也是有些干系的。想描述清楚战军的性格，对于我来说是一件很困难的工作。虽然同是东北人，但战军并没有东北人常见的那种外在的粗犷和豪放。当然，这种地域文化渗透在人身上的影响已越来越抵不住现代文明对人的熏陶。进化也好，进步也好，总会留下点蛛丝马迹，只不过多用用高倍望远镜或显微镜察看就是了。

战军对文友的情感有自己的表达方式，这方式中不乏东北人热情爽快的特质。我还清楚记得吉林这边曾有两次省内的文学研讨活动，应朋友之约，战军从济南踏上火车，便奔波而来，这也算是一种朴素的情怀吧。吉林的青年评论家张钧去世后，他的遗著出版问题一直挂在战军的心上，几经周折，最近才落实到《南方文坛》的"南方批评"书系中。

其实战军也是性情中人，别看他刚一接触不大说话，真是聊起来，未必你能说得比他多。今年5月在北京的万寿宾馆，我、潘军、战军三个人因为《读书时间》做节目，聚在一起聊了一夜，战军和潘军两个人兴致和精神头难分高下，而我只是一个不大合格的听众。到了放松玩一玩的场合，战军也很洒脱。有一次在长春一帮文友聚会，边吃边唱，战军的歌声留给吉林人民的记忆真是长久的。

战军的综合素质决定了他的创造潜力，如果说今天他在文学批评领域的建树还不够耀眼的话，那么对他有所期待肯定不会落空的。与文学创作的实际相对的文学批评在今天显露出滞后和疲惫，这样的时候，特别需要像战军这样的能够冲锋陷阵的多面手。丰厚的积累、成熟的阅历为他产生更大的兴趣铺就了一条自然的道路，在宽广的舞台上，他的自由施展既给自己带来满足，也会给文学界带来愉快。

（宗仁发，《作家》杂志）

同期声：

爱与敬而远之 // 施战军

茹志鹃小说与中国当代文学 // 施战军

任重道远的一代批评家——施战军评说 // 陈骏涛

**杨扬**

1963 年生，浙江余杭人，文学博士，博士生导师。现为上海戏剧学院副院长，中国现代思想文化研究所专职研究员。2003 年获上海市"曙光学者"称号，2005—2006 为哈佛燕京访问学者，2006 年获教育部新世纪优秀人才计划，2010 年为台湾大学高等人文研究院客座研究员，2014 年任上海市作家协会副主席，文艺理论专业委员会主任，曾担任第三届鲁迅文学奖终评委和第八届茅盾文学奖评委。主要研究领域为中国现当代文学。主要著作有《转折时期的文学思想——茅盾早期文学思想研究》《商务印书馆：民间出版业的兴衰》《闻一多与中外文学关系》《文学的年轮》《文学的凝视》等，主编《莫言研究资料》《中国新文学大系（1976—2000）·史料索引卷》。

# 批评从生命表达的质朴要求出发

张新颖

写书本和文字打交道，时间一久，免不了被冠以各种表明其职业特征和身份的称谓：学者、批评家、作家，等等。

从另一个方向上来说，当然也有不少人通过自己的努力，积极主动地去赢得一顶帽子，自觉地去成就某种身份，成了学者、批评家、作家，等等。

这些叫法，不管好听还是不好听，都有其方便合理的一面。但是，一个人，无论如何不应该完全认同任何一种限制性的身份规定。从根本上讲，人是不能被定义的，个人应该清醒地意识到加到自己身上的各种各样定义的限制性和危险性。

在我的印象里，杨扬是个很质朴的人。质朴并非只是道德说辞，而具有更深广的内涵。凭着人的质朴，杨扬常常能够避开被限制、被定义的危险。杨扬研究 20 世纪中国文学，几年前出版过茅盾早期文学思想研究的专著，新近又有《商务印书馆：民间出版业的兴衰》（《中国现代知识群体研究丛书》之一种，上海教育出版社 2000 年版）这样一部志在拓展现代文化和文学研究空间的"基础性"著作问世，单单就这些成果来看，杨扬也完全可以待在"学术"的象牙塔里，安安稳稳地做一个"学者"，日积月累，成就渐大。偏偏杨扬不够安分，他还弄起"批评"来了。"批评"这东西，是不够"学术"的，"批评家"也抵不上"学者"吧，偏偏弄了起来，特别是在这几年很多"批评家"都意兴阑珊的时候，杨扬反倒很投入地工作，我想，主要是生命的质朴要求使然吧。生命质朴地要求着表达，这种表达可以部分地在学术研究中实现，但学术不可能框定全部的表达，正如同一个人不等同于一个学者。

但杨扬其实也不要"批评家"的身份认同。批评是什么？这样的提问，往往意味着批评有预设的规范、可期的目的乃至看不见摸不着却神秘地存在那儿的本质。如果真是如此，从事批评，也就意味着从事一种遵守规范、靠近目的、探询本质的活动。杨扬没有去回答这样的提问，他在谈自己的"批评观"时谈的是自己从事批评活动的经验——这真是一个很有意味的谈法，也许不存在一个抽象的批评是什么的问题，批评不是什么，对于个人来讲，个人的批评实践和批评经历就不断地构成着，同时不断地改变着个人的批评。没有一个先在的"批评观"，不断地批评实践就不断地显现着"批评观"。

三年多前杨扬的第一部文学评论集《月光下的追忆》（《逼近世纪末批评文丛》之一种，山东友谊出版社 1997 年）出版，封面上印着三行不显眼的字："我用黑色的小字纺织一个花篮，以此祭奠死去的十年，告慰我无法平息的青春梦幻。"这一句话包含了多少内容，也许只有作者自己清楚，但外人也应该能够强烈地感受到这种把文学批评和一己的生命紧密相连而带来的震动吧。显然，对于杨扬来说，批评不是一种无动于衷的文字作业，从这个意义上看，他也就不是一个排除了生命的质朴表达要求的"批评家"。

意识到这一点，也许多少可以理解为什么最近几年杨扬会把那么多的精力用于 90 年代文学的批评上面。在这世纪末的十年里，社会现实的复杂化、文学写作的复杂化，以及现实与文学之间的关联的复杂化，在挑战既成的文学批评格局和批评标准，也在不断地刺激文学批评者的生命。杨扬身处其中，既受困扰，又渴望创造，"心不静，内功修炼不够，但夜深人静之际，那种渴望创造的心绪又会慢慢抬头，它萦绕于思想者的心头，让人久久不能平静"。这虽然是几年前他针对自己评论集里的文章而说的话，挪到今天，大概仍然不失有效性。在杨扬近来的 90 年代文学批评当中，可以明显地看出他关注的重心，在复杂情境中文学的变化，创作上新的因素、新的可能性，以及批评的新的叙述方式和评价标准。虽然在一些问题上我并不完全赞同杨扬的见解，但无疑我很认同这种从生命表达的质朴要求出发的批评——当然我也知道，批评光是由此出发还不够，要走得足够远，还需要很多很多的其他东西来充实、来支持。

（张新颖，复旦大学中文系）

**同期声：**

我的批评观 // 杨扬
变化意味着什么？——90 年代中国文学的变化及其自身的思想障碍 // 杨扬
关于杨扬的文学批评 // 陈思和

**葛红兵**

1968 年生，中国创意写作学学科引进者、创建者，学者、作家。现任上海大学教授（三级），博士生导师，上海大学文学与创意写作研究中心主任，学科带头人。完成国家级社科项目、省部级项目及各级横向项目等二十余项。在 CSSCI 杂志发表论文过百篇，文章被《新华文摘》、"中国人民大学复印报刊资料"，《中国高校文科学报文摘》等转载转发数十篇。主要社会兼职有：上海市文化局决策咨询顾问、中国青联社科联理事、上海作家协会理事、中国文艺理论学会理事、中国当代文学研究会理事等。

# 相对主义者葛红兵

戈 雪

　　最近，在《武汉晚报》文学副刊里看到了葛红兵博士的专栏——《审美的背面》，这是一些非常耐看、风格独特的批评文章，带着一种清新的感性气息，同时又有着清晰的理论视野。那些词汇特别感性，外观上毫无理论的踪迹，似乎停留在感性的层面，但是，批评家每一个灵感的触摸、每一个细节的截取，都闪耀着思想的光亮。葛红兵的文字是随意的、放纵的，有一种随心所欲的洒脱；同时又是修饰的、细纹的，有一种巴洛克式的装饰性；他的文字还是隐喻的、暗示的，有一种幻觉般的力量。

　　这是一种富于个人性的批评风格，随意自然，擅长从作家心态入手分析作品，擅长于通过作品中的某些细节来揣摩作家的精神状态，从而对困扰作家的精神问题进行直觉性的准确把握。因而，在葛红兵的批评里，作品与作家是合为一体不可分离的。这与葛红兵的创作主张有极大关系，葛红兵极其推崇福柯、萨特、尼采，赞赏感性的、身体性语言。

　　纵观近来葛红兵的批评文字，十分典型地体现出另一种批评的风格、做派，怎么定义这种批评呢？就叫它新感性批评吧。让我们看看他《新生代小说论纲》（《文艺争鸣》1999 年第 5 期）一文中的一系列标题，"被动的显身""午后的审美""区别于黎明的写作""奔跑的仪式""人性的黄昏""生活在后半夜",等等,这些语词经过这样的组合突然间有了摄人的张力,让人感到葛红兵操纵语词似乎具有某种独特的天赋。这种天赋的根基在哪里呢?在于葛红兵思想上的敏锐、犀利。《午后的诗学》中,他对"光线"意象在"新时期文学(朦胧诗)"中的意义和"光线"意象在"后新时期(新生代)"文学中的意义的比较,将新时期写作概括为"黎明的写作",将"后新时期"的写作概括为"午后的写作",这种比较和概括是如何蕴含着深刻的思想发现,细心的读者是可以想见的。独到的思想发现支撑了葛红兵的批评。

在我的印象里,面对晚生代作家的创作,有一段时间,批评界处于失语的状态。在这里批评已经丧失了它应有的理解力和阐释力。一个时代有一个时代的文学批评家,一代作家有一代作家的理论代言人。晚生代作家之所以出现并形成一定的规模,肯定有它内在的历史和现实的原因,面对他们,漠视和谩骂都无济于事,它需要进入、理解和平等的对话。葛红兵作为同是 20 世纪 60 年代末出生的同时代人,与晚生代作家的创作发生共鸣是不言而喻的,但是,更为重要的是,他具有那种极为敏感、精细的感悟力,同时又具有着极其坚实的理论基础,他既能进入晚生代作家的创作,理解体悟其创作心态,又可对此做出理性的判断和合乎创作实际的阐释。正如他所说的阅读晚生代作家的作品是因为:"我需要知道我的同龄人是如何理解这个时代的,同时对他们的阅读对于我来说也是一种自我理解的需要。"(《关于后先锋写作的若干问题》)这位刚满三十的年轻批评家没有去继续钻研他本来的文学史学,而一头扎进了对晚生代作家创作的批评里,对于年轻的充满野心和才气的葛红兵来说,现时的批评是充满着勃勃生机、具有挑战性同时又有诱惑力的。

四年前,他在《南方文坛》发表《晚生代的意义》、在《山花》发表《个体性文学与身体型作家》等文章,在国内批评界第一个将晚生代创作审美上的追求概括为"个体论感性美学",以"个体"和"感性"为范畴来定义晚生代创作思潮,进而独创性地提出了"身体型"写作的概念,并从后新时期中国文化由传统"长老型群体文化"向现代"青春型个体文化"转型的高度全方位肯定晚生代创作思潮,当时就有论者在《文学自由谈》撰文指出,这些论述是晚生代创作的"理论根据",是晚生代创作的"指导思想"。

我将葛红兵称为相对主义者。我真正注意葛红兵是从三年前他提出"相对主义批评观"开始的。"相对主义",这不是不要真理、不要标准了吗?批评没有标准，还叫什么批评？经过详细的阅读，我渐渐地发现，"相对主义"并非如此简单，从西方哲学史的角度说，"相对主义"在哲学史上一直存在，而且一直是绝对主义的敌人，正因为它对绝对主义的反抗，才使哲学史获得了历史发展的动力，哲学才没有被绝对主义的腐烂气味所窒息。在一个"绝对主义"盛行的时代，在一个"独断论"气息浓郁的时代，相对主义是专制的天敌、蒙昧的解药、自由的利剑、解放的法宝，相对主义非但并非意味着没有立场，恰恰相反在这个时代，它是某种最坚定的立场的代名词，它非但并非意味着没有信念，相反在这个时代，它是某种最坚定的信念的显示剂。它显示了一个严肃的学人可贵的精神诉求。我想，葛红兵是经过深刻的思索、漫长的探求，才获得了"相对主义"这一理论外壳的。

相对主义者（我不知道能不能这样称呼葛红兵）在任何一个时代都是不为主流所认同的，不论它作为理论形态还是生活形态，它总是被无一例外地当作另类夹入另册。不仅仅是反动的、守旧的思想、势力会将它当成异端，进步思想、势力也会将它当成大敌。因此，相对主义者葛红兵的命运，我似乎也可以预见。

（戈雪，江汉大学中文系）


**同期声：**

我的批评观 // 葛红兵

关于道德主义批评的几个问题 // 葛红兵

行吟与守望——葛红兵论 // 孙德喜

**何向阳**

中国作家协会创作研究部主任，研究员，享受国务院政府特殊津贴。中国作家协会第六、七、八届全委会委员。中宣部全国宣传文化系统"四个一批"首批人选。国家人事部"新世纪百千万人才工程"首批人选。出版有专著《人格论》，理论批评学术随笔集《朝圣的故事或在路上》《肩上是风》《思远道》《梦与马》《夏娃备案》《立虹为记》《彼黍》，长篇散文《自巴颜喀拉》《镜中水未逝》。《12个：1998年的孩子》获第二届鲁迅文学奖·文学理论批评奖。获中华文学基金会第二届冯牧文学奖·青年批评家奖，获中华文学基金会第九届庄重文文学奖，中国当代文学研究优秀成果奖、《当代作家评论》年度评论奖、《南方文坛》年度评论奖。散文、评论入选《中国新文学大系》。

# 苍茫朝圣路
## ——我所了解的何向阳

鲁枢元

从 20 世纪后期开始，现代科学技术对于地球人类的人性乃至人格的干预能力在急剧提升。现代科学技术，再加上现代商业运营，人类在几百万年间形成的某些生物属性、社会属性，以及在几千年间形成的某些心理人格、文化人格，都有可能被在商业利润推动下飞速发展的科学技术轻易抹平。

对于改变人们的思想观念、信仰情操、风气习俗、趣味爱好来说，资本与技术，比起以往的意识形态以及文学艺术要强大有力得多。以往总说"潜移默化"，现在动辄"更新换代"，由"旧人类"到"新人类""新新人类"，也不过就是二三十年的光景。随着基因转换技术与克隆技术的进一步完善，"人性"与"人格"也许很快就可以成为"期货"由顾客选择预购、批量生产。

科学与市场，正像大浪滔天的洪水，汹涌地漫过人文领域的家乡、田园。

人文学者的处境从来没有像现在这样尴尬、艰辛。

就是在这样的时代背景与社会情势下，何向阳踏上了她文学研究的漫漫征途。

从《文学：人格的投影》《复制时代的艺术与观念》《不对位的人与"人"》到《人性世界的寻找》《原则、策略与知识分子个人》，再到对孔子、鲁迅、泰戈尔、曾卓、张承志、张宇以及塞林格、昆德拉、凯鲁亚克、曼斯菲尔德的人格的个案分析，她渴望在人性突发变异、在人格日渐扭曲的天地间，追寻着辉煌的人格、理想的人格。

何向阳其实正是在诸神已经祛魅、诸圣已经逊位、神殿与圣山已经倾颓的时刻，踏上她的"朝圣"之路的。

正如她在与曼斯菲尔德拟想中的对话里所期望的：一个社会更加人工化之后，便会产生能够充分表现自然美的作家。这有点像是海德格尔的推论：一个贫乏的时代将产生伟大的诗人。然而，这也不过是一种假设的哲理，伟大的诗人和作家也可能在刚刚萌生时便被坚硬、冰冷的时代氛围所窒息，而时代依然畅通无阻地贫乏、坚硬下去。但是，文学似乎就是"宿命"一类的东西，不以成败或效益为抉择，何向阳身不由己，她已经不能不在一种近乎无望的希冀中，朝着天际的苍茫毅然前行。细心人不难读到，在她的文学的间架空隙处总是萦绕着一种挥之不去的孤独和荒凉。

> 肩上是风，是一种透明而且无助的沉重。
>
> 一定有什么被遗忘了。桐花早已开得繁星漫天，道路已经焦急得不能再等。一个独自在漫漫孤旅上跋涉的我，曾经想有意看错路牌，想逃避、走脱这无尽的旅程，但最终还是按捺痒痛，一次次捡起行装，面对荒野、大漠、荆棘、泥泞。
>
> 风里的霞焰喷射出暴烈的光芒，是第几次看着自己燃烧了呢？从什么时候，我由歌颂顺从转而歌颂顽强、歌颂火鸟，甚至道路的凸凹不平。
>
> 烈焰里必定有些什么遗失了，是所有应珍惜但终不免毁弃的昼夜，是一切应保有但来不及重温的梦。

这是何向阳在她的一本书的序言中写下的一些句子，大抵表达了她内心深处的真实境况。

以年轻的生命为火烛，在文学的昏天黑地中一味痴情不移地燃烧，"以至除了尽力地写作之外，已找不到更令她向往的事情"。我曾经顾虑她难以承担，曾规劝她略放悠闲一点，似乎未见接纳。

然而，她的燃烧终于照亮了一片风景，并且在濒于失语的文学批评界赢得了一些真诚的喝彩。在新旧世纪的交接之际，何向阳荣获冯牧文学奖，评语中赞扬她的批评文字中充盈着"丰沛的人文意蕴"与"真挚的精神品格"，她为文学与人性所付出的努力开始在更大的范围内引起人们的注目。为此我深受鼓舞，在我看来，这不只是何向阳个人的一项光荣，更是在这艰难时期里的文学研究与文学批评的庆幸，或许，还是人性与人格避免自己全线溃败的一次抗争。

何向阳的文学研究与文学批评已经成为当前文学界一个富有独自个性的存在，"何向阳"这个名字也往往成了一些文学聚会上谈论的话题，还曾有不少人向我打听过何向阳。作为何向阳攻读文艺学硕士学位研究生的导师，我也许有责任向人们尽量作出一些介绍，但说实在的，我以往对她的了解与判断却是非常不足的，这里的评说，便不能不加进许多当下的影像。

由于和她的父亲、著名作家南丁先生及她的母亲、画家左春老师交往在先，于是，在我的心目中她就成了一个文弱腼腆、不谙世事的小姑娘。比起她的那些独标性情、溢光流彩的师兄师弟来，尽管那时候她已经在报刊上发表了不少的散文和诗歌，我仍然并没有对她持有更高的期望。

我曾说过，在她攻读的三年里，她没有和我说过三十句话，一个月平均不到一句。这虽然有些夸张，但向阳的不苟言笑却是实事。令人费解的是，这样一个少言寡语的人，一旦捉笔为文，却如纸上跑马，驰骋腾越、恣意汪洋。为她赢得声誉的《澡雪春秋》《风云变，或曰三代人》《12个：1998年的孩子》《曾卓的潜写作》《朝圣的故事或在路上》等文章，全都在二三万字以上。读这些文章，我的脑海里总会闪现出一幅"小丫耍大刀"的图像，而且"耍"得还那么得心应手。

不是说文章越长就质量越高，但是，读向阳的"长文"，与文章中饱满丰蕴的内涵相比，其洋洋万言仍然像是一件紧身的衣裳。于是，历来惧怕长文章的理论期刊编辑，仍然乐于发表她的长文章。应当说这是一件很有些出格的现象。但是，如果能够查核一下何向阳为一篇文章投注的精力，人们也就不奇怪了。比如那篇《朝圣的故事或在路上》，缘起于我在为研究生讲授"创作心理学"时布置的一道作业，同时选定的作家还有王安忆、莫言、史铁生等，向阳分工研究张承志。其他同学多是不了了之，唯独向阳一丝不苟，潜下心来收集资料，阅读了张承志的全部作品，并反复与张承志书信来往、当面切磋，从1988年酝酿，到 1996 年发表，为时八年、四易其稿，这样写下的区区几万字，还能够说"长"吗？著名评论家雷达先生曾对她的这篇文章作出这样的评价："迄今为止，也许还没有人比她更淋漓尽致地阐述过张承志。"就连一向以冷峻孤傲著称的张承志，在读了何向阳的这篇文章后也不能不对她另眼看待。

年轻的批评家，干的是"指点江山、激扬文字"的活，因此往往显得放荡不羁、剑拔弩张，甚至略带夸耀之色，对此我已经看得习以为常。

日常生活里的何向阳，却总是一板一眼、中规中矩，处处表现出周到的礼貌与良好的教养，我倒反而为她担心，担心她由于过多地服从社会法则而压抑了在学术研究中突破、超越的力量。后来我渐渐发现，这种"温良恭俭让"只不过是她对付日常生活的一种策略，这使她轻易排除了人事间经常会遇到的许多无谓的摩擦与纷扰，从而把自己沉浸在钻研学问所必需的那种沉静的读书与思考的境界中去。这你只要看一看她在《不对位的人与"人"》一文中如何对一部中国文学史勇猛地挑起事端，就可以发现她那"刑天舞干戚"的一面。

但即使在这样的文字中，她也并不过分地去张扬她的锋芒、显露她的勇猛，扮作"黑马"的模样，刺激人们的耳目；而是尽量靠翔实的材料、细密的说理培植起自己的论点。在 20 世纪 90 年代日趋浮躁的文坛上，向阳的这种治学风格就显得格外可贵。

在 20 世纪末的中国文坛上，性别，尤其是女性的性别几乎是被不怀好意地渲染了，那明显可以看出是出版商的炒作，竟也诱惑了一些实在算不上美丽的女作家浓妆艳抹把万般风情揉搓进作品中，以填补才情与智力的不足。

不知是不是有意地规避，在何向阳的文字中，尤其在她的文学批评文字中，几乎看不出明显的"女性"的痕迹，反倒时常流露出些阳刚之气与"硬派小生"的力度。况且"何向阳"又是一个极富中性的名字，以至于不少人读她的文章便把她认作"男生"。

在女权运动中是有这么一派，认为女性获得自立的途径是抹平性别的鸿沟，使女性与男性站在同一条地平线上。向阳恐怕是并不赞同这种观点的，她在日常生活中的举止也并不这样。

综观中国当代文学批评界，为数不多的女性批评家们在她们的批评文本中好像都有程度不一的中性化甚至男性化的倾向。我想，这也许与"批评"这个行当有关，批评本身要求批评家"居高临下"、高瞻远瞩、擘擘抉择、命名判断，置身于男女作家的性别之上。因此，就性别特征而言，女作家们就要比女批评家们显赫得多。

尽管如此，我还是心存疑惑，"批评"难道真的就像"战争"一样，不可能是"女性"的？细品向阳的文章，尤其是她不久前写下的《立虹为记》《从此人心坚硬》两篇与生态学相关的文章，其实又不难感受到其中女性的关爱、细密与柔韧，这显然也是批评的一些品格，甚或是"女批评家们"的一种天然的优势，无须去有意地回避它。至于能否产生一种"女性的"文学批评，亦如能否产生一种"生态的"文学批评一样，也是不妨试一试的。

套上一句俗话，何向阳差不多算得上"名门闺秀"，她留给人们的最初印象常常是一个由父母精心呵护的"乖乖女"，甚至在单位分给她一套大房子之后，她仍然让它空着，仍然乐于住在老屋的斗室中，依偎在爹娘身旁。

但若是读一读她的文章，或只消掠一眼那些文章的标题：朝圣的路上，匆匆赶路的血液，肩上是风，旷野无边，如水的天命，灵魂的翅膀，梦游者永在旅途……你就会发现她的心其实很"野"，她的灵魂似乎一刻也不安闲地在旷野大漠上奔走呼号，她倾心地羡慕着那些以自己的身体丈量着黑色土地的勇士，盘算着在怎样的跋山涉水中磨破那五十九双鞋！

那也许仍然是由于文学的呼唤和"勾引"。

十多年前的那个夏天，在湘西天子山中的一个学术会议上，何向阳"失踪"了一个下午并加上黄昏。暮色苍茫时她才从山林深处土家族的吊脚楼里走下来，手里握着本子和笔，脸上洋溢着丰收的欣喜。那是向阳的第一次"离家出走"，第一次在大自然中"撒野"。

"山野"对于这个"乖乖女"似乎有着不可抗拒的诱惑力，此后，她曾经驱车西夏荒原、饮马黄河湿地、驰骋内蒙古大漠、徜徉陕北沟壑，恰恰是这些尚未被现代人类文明覆盖的裸露着的自然，给她灌注了从事文学研究的灵气与活力。

既能奔突于大野，又能潜心于书斋，这是向阳个性上的又一特点。在我们置身其中的这个地球生态系统中，自然、女性、艺术三者之间原本就拥有一种神秘的关系，向阳以自己的身心投入了这种关系，这也许就是她获得成功的奥秘。

向阳是单纯的，如果仅查看她的履历表，她的单纯近乎简单，不过是从一个个的学校大门走到一个研究所的大门，而且基本上没有走出这个地处中原的城市；向阳又是丰富的，如果阅读她写成的那些文章，她的丰富近乎玄奥，几乎让人难以把握，这种丰富主要来自她对人类精神文化的游览与反思，对世事人生的品味与体验，以及对她自己内心世界的审视与想象。这就使她在一定程度上超越了她自身所处的时间与空间。

在《风云变，或曰三代人》这篇文章中，她以三部外国文学作品——奥斯特洛夫斯基的《钢铁是怎样炼成的》、塞林格的《麦田里的守望者》、凯鲁亚克的《在路上》为参照，分析了文学阅读与创作中的三代中国人，姑且将其命名为"锤炼者""反叛者""行走者"。代表这三代人的中国作家，诸如张承志、王朔、韩东属性迥异，何向阳却能够体谅到他们各自存在的历史的合理性，在她的笔端表现出一个批评家必要的严苛与应有的宽容。

按年龄，向阳无疑属于"王朔""余华"一代，拥有一种对传统怀疑、审视的目光；但她又能够深深地敬重"保尔"们的赤诚与信仰，还愿意静心面对中国的"萨尔"与"狄安"们尚嫌稚嫩的嗥叫与疯狂。在向阳这里，人类的精神文化脉络并不存在"断裂"，在文学批评的竞技场上，看似柔弱的她，却可以超越道道沟壑，勉力打一个"通关"。即使不把这说成是成熟，起码也是由于丰富，心灵的富足。

对于精神活动来说，丰富，才是超越的台基。

何向阳的丰富，还表现在她对文学批评理论与方法的选择与运用上。

向阳在攻读研究生期间，曾经较为系统地接受过文艺心理学的训练，对荣格与马斯洛尤其偏爱，这使她始终把研究的核心落实在作家、作品人物的人格建构与演进上。但是，她对于文学现象的分析，又总是牢固地站在社会文化历史的立场上，从社会发展的大趋势中把握一个时期中人性、人格、人的精神活动的走向。她的那篇探讨诗人曾卓在逆境之中潜在写作的长篇论文，突出地表现了她的这一特点。早在五六年前，她又开始把生态学的原则引进文学批评的领域中来，以梭罗、爱默生、史怀泽、谈家桢、芭芭拉、埃伦费尔德的理性与情怀去阐释张炜、张承志、史铁生、韩少功、徐刚、李杭育这些中国新时期作家的作品，并一针见血地提出了"批评的心肠"来对抗已经被炒煳了的"批评的观念"，在中国，何向阳算得上"生态文艺批评"的一位开路先锋了！

比起对于概念、规律的信守，何向阳明显地更热衷于对现象的观察、捕捉、表达、描摹；比起对于普遍法则归纳，更致力于对个案的过程研究；比起对于研究对象的客观冷静地剖析，她更擅长于饱含情绪的主观投入，不时地把自己摆放到自己当下书写的批评情景之中。

她的这种写作态度，使她的批评文体呈现出引人注目的灵活性、变化性、多样性。读向阳的文章，就像是随她一起上路，路上随处展现的是变幻不定的风景：无边的旷野，静默的水流，寒夜的繁星，长空的彩虹。有时她指给我们看那气塞天地的风起云涌，有时她又从万绿丛中寻觅出细微的芒刺与花瓣；有时她从历史的隧洞深处给我们搀扶出一位白发三千丈的老人，有时她又从时代的托儿所里为我们牵引出一群形色不一的孩子，而且不多不少，一共十二个……

"在路上"，是何向阳文学思维中一个潜在的、柔韧的、挥之不去的意象。她的第一本论文集就取名为《朝圣的故事或在路上》；第二本文集《肩上是风》，其实还是"在路上"；其他一些文章的篇目，如《远方谁在赶路》《穿过》《梦游者永在旅途》，也都是"在路上"；在尚未结集的《风云变，或曰三代人》一文中，她又用近万字的篇幅满怀热诚地分析了凯鲁亚克的长篇小说《在路上》。

也许，生命的固有属性就是"在路上"。

我们生活着，也就是行进在路上。

然而，各人选择的道路并不相同，各人对上路的意义的理解并不相同，各人对路上的体验更不相同。

向阳或许是矛盾的。比起保尔式的"我们走在大路上"的坚定昂扬，多了几分困惑；比起狄安们狂放地向着"快乐老家"的进发，多了许多沉重；比那些放荡不羁的精神漫游者多了一些责任，比那些痴迷沉溺的宗教徒多了一些清醒，比那些虚无主义者多出了坚实的目的，比那些功利主义者多出了强烈的憧憬。这些矛盾与冲突在纠缠着她，也在支撑着她；在折磨着她，也在成就着她。

在两个极端之间，在存在与空无之间，我们是徘徊于一种暧昧渺茫的中间地带。

我清晰地看见有一条雄壮的大河般的道路在山间谷底奔腾蜿蜒。没有人知道它，只有我和那些牧人想着它……英雄的时代结束了，英雄的道路如今荒芜了。

这是一场生命的跋涉。在苍白、孱弱的世界里存留自己仰首为人的执着与肃穆，在如潮如涌的喧嚣中从容淡泊，怀着朝圣的心灵、殉道的精神，在征服世界之前首先征服了自身。

我们追求、我们寻找、我们在路上、我们忍受焦灼与饥渴，我们把青春、爱情、生命都搭了进去，或许奋斗到底依然看不见可意的结局，可是生命毕竟燃烧过，粉碎过，奔涌过，升腾过……苍凉的路的主题即是苍凉的人生的主题，追寻的焦虑与壮阔始终困扰着人而无法割舍，由"不甘"导出奋进与热情已逐渐成为我们的生命方式与精神原则。

以上这些文字，摘引自何向阳对于张承志的评述，其中显然也透递出她自己的心声。尽管她在那篇文章中对张承志内心世界的矛盾冲突进行了理智清明的剖析，我仍然确信，张承志的困顿也是何向阳的困顿，荒芜的英雄路"与苍茫的朝圣路"仍然是一条路，这个文静柔韧的"中原女子"与那个凌厉强悍的"回族男人"其实是在同一条道路上行走的人。

（鲁枢元，海南大学精神生态研究院）

**同期声：**

我的批评观 // 何向阳
曾卓与 20 世纪三四十年代 // 何向阳
宿命的写作者 // 李洁非

**汪政**

1961 年 8 月生，江苏海安人。一级作家，中国作家协会会员。现为江苏省作家协会副主席、创研室主任，中国小说学会副会长，江苏省当代文学学会副会长，南京市文联副主席，南京市文艺评论家协会主席。

**晓华**

本名徐晓华，1963 年生，江苏如东人。评论家，文学创作一级，现为《扬子江诗刊》杂志社副主编。

二人自 20 世纪 80 年代中期开始合作，从事文艺理论和当代文学研究，发表论文及评论三百余万字，出版《涌动的潮汐》《自我表达的激情》《我们如何抵达现场》《解放阅读》《无边的文学》等，主编、参编大学、中专、高中教材多种，并获得多种文学奖项。

# 一对出色的"双打选手"
## ——汪政、晓华印象

吴义勤

　　《南方文坛》张燕玲主编让我写写汪政、晓华，我几乎不假思索就很豪爽地答应了。当时的心情就像申办奥运会成功了一样．因为在此之前我早就有写写他们的野心了。然而，等真正动起笔来，惶恐和不安就开始骚扰我，我不知道如何下笔，不知道如何去谈论这两个被文学评论界津津乐道的名字。因为你们知道，汪政是我的老师，面对自己老师时学生们常有的那种自卑、胆怯和心虚，我一样也不缺。考虑到作为学生的身份，我想我不敢也没资格谈论老师的学问和他们的文学评论事业，没办法，我还是投机取巧谈一点他们的"故事"吧！

在我看来，汪政、晓华的出名除了他们在文学评论上的成就外，恐怕还与他们是一对出色的"双打选手"有关。在中国，20 世纪 80 年代是一个文学热情极度高涨的年代，在这个年代许多人因为文学而令人感动地走到了一起，这其中一对对"文学双打选手"的涌现就可谓是其中最精彩的一幕。贺绍俊、潘凯雄、张陵、李洁非、辛晓征、郭银星、盛子潮、朱水涌、汪政、晓华……这些著名的名字可以说正是由于他们的精彩"配对"而长久地留在我们的文学记忆里的。我觉得，这些紧密联系"合二为一"的名字正是一个时代文学热情的表征，共同的话题，共同的表达，共同的情绪，共同的风格，共同的思考，也许只有在那个时代才会成为可能。时至今日，这些联系在一起的名字已经大都分开了，但有两个名字却一直在我们的视线里，那就是汪政、晓华。他们的合作亲密而持久，已经超越了时代的变迁和时代的局限，当然，也许他们想不亲密合作也难，因为他们是一对真正的"文学伉俪"。说起来，这对名字背后自然也少不了一段经典的爱情故事。据说当年在南通师专求学时，汪政是名噪全校的高才生，而晓华则是刚入校的好学而又漂亮的女生，经人介绍，晓华不断地向汪政借书、请教问题，汪政则热情地与她讨论文学，一来二去，那种典型的 20 世纪 80 年代式的爱情就在一种"地下"状态诞生了。许多人都曾问我，汪政、晓华是不是一个人？他们的写作是如何进行的？我的回答是：他们是一对文学"绝配"，他们之间的事情外人怎么会知道呢？

说起来，我和汪政是正宗的老乡，虽然辈分不同，但他和我以及后来写小说的鲁羊都是海安县西场中学土生土长的学生却是一个许多人都知晓的事实。那时，我上高一，我们有两个班，汪政刚刚大学毕业，他教我们班的世界历史和另一个班的语文。他毕业那时还不到二十岁，典型的毛头小伙子，带给我们的是一种强烈的神秘感和陌生感。在我的印象中，他的历史课就是故事课，一门世界史被他的一个个故事填充得非常充实和有趣。在 20 世纪 80 年代初，我们对外面世界的了解非常有限，汪政的出现仿佛给我们打开了一片神奇的新天地。我们对他的崇拜，恐怕他自己也未必知道。回想起来，我们当时崇拜他的原因主要有三个方面：一是他的源源不断的"故事"和讲故事时神采飞扬的表情，二是他的令人望而生畏的"学问"与藏书，三是传说中他能把《红楼梦》倒背如流的记忆力。说实话，当时的我们还不知文学是何物、学问是何物，也很少有人真正读过《红楼梦》，许多同学从他那儿拿来《美学》之类的书，其实根本就读不懂，也基本上都没有读，更多的只不过是完成了一种与汪政老师发生了"关系"的炫耀。可以毫不夸张地说，在我们那所中学里，在我们懵懂无知的心灵里，汪政实际上就是一个美丽的"传奇"与"神话"，其影响足可与现在的"新新人类"相比。但具体到我本人，汪政给我记忆最深的却是他对我的一次"暴政"。有一次历史课，我不知犯了什么错误，触犯了哪家王法，汪政老师莫名其妙地把我拎了站起来，上天入地、指鹿为马地骂了整整一堂课。这么多年了，我已记不清他都骂了我些什么，只记得他骂我时那神采飞扬的模样，那飞速翻动的嘴唇。多年来，我一直想问汪政老师那一次为什么会对我那样借题发挥，大动肝火？我想知道，他大张旗鼓地惩罚我的动机是什么？当然，这样的问题我至今也未敢问出口，汪政老师大概也忘了他当初的情绪和心态了吧？不过，现在看来，我和汪政老师这么多年来的友谊恰恰是从这次特殊的"经历"拉开序幕的。说实话，如此深刻的记忆，如此"不幸"的遭际，想忘掉太难！

我第一次见晓华是我大学毕业之后的那年夏天。汪政老师在我考取大学那年也离开西场中学去南京继续上学，毕业后就分到了如皋师范学校。我那次从扬州去如皋看他，第一次看到了晓华。这次如皋之行，至今给我留下强烈印象的是三件事，一是晓华写毛笔字的意象。晓华给人的感觉是洋气、漂亮以及弱不禁风的清瘦。从第一印象上说，她有点不像中国血统。而她那细长的手臂握着一支特别巨大的毛笔临风写字的情景，就更是给人一种弱不禁风的刺激。二是他们的"人转书屋"。当时汪政、晓华的房子并不大，但最大的房间恰是他们的书房。这间房子可以说是一间真正意义上的"书房"，到处都是书，四面墙上顶天立地的都是书架，我不知道他们到底有多少书，但这样的书房构思给我耳目一新的感觉。三是他们的女儿汪雨萌的绘画。许多人不知道，汪政、晓华的生活中其实还有非常沉重的一面，那就是他们的女儿汪雨萌的先天性心脏病。小雨萌非常聪明，也非常可爱，但她不能和别的小孩一样跑，一样跳，一样玩耍，她只能待在房间里看着别人尽情地欢乐。少许的运动都会令她嘴唇发紫，呼吸困难。许多时候，小雨萌只好把自己对童年生活的期望和理想全用笔画在纸上。造物伤人，这对一个小孩来说是残酷的，但对他的父母就更残酷。记得有一次，汪政写信给我，他说：我们常常望着孩子，欲哭无泪，我们一遍遍地问自己为什么写作，我们内心里都知道，我们是为女儿写作啊！这次去如皋，小雨萌已在上海成功地做了手术，她已经可以跟别的孩子一样的生活了，我为雨萌高兴，也为汪政、晓华高兴。时至今日，当我想起小雨萌那些天真的图画，我的心也还会涌起一种莫名的感动。

汪政、晓华的文学评论不用我多说。这么多年来，他们一直在文学评论这条路上坚定地走着，不管文坛如何变幻，也不管生活中遇到什么困难，他们的步伐总是那样的扎实、沉稳、不浮躁。他们阅读面的广泛和思索问题的深入，在文学界都是早有定论的。他们的评论集《涌动的潮汐》入选"21世纪文学之星丛书"，是他们的第一本书，从中我们可以看出他们的风格与他们的功底。他们是真正意义上的文人，又是非常认真的文人，每一篇作家论，每一部作品的解读，每一个理论问题的探讨，在他们从来都是一本正经、认认真真的。他在如皋那个地方一待就是这么多年，许多人都为他可惜、为他不平，但他们自己却总能平静如水地面对一切。据说，现在，他们去南京的调动终于办得差不多了，让我再一次祝福他们吧！

（吴义勤，山东师范大学中文系）

**同期声：**

我的批评观 // 汪政　晓华
论《坚硬如水》// 汪政　晓华
过渡时代的见证和守望——对汪政、晓华文学批评实践的一种描述 // 何平

**黄伟林**

1963 年 12 月生于桂林，壮族，北京师范大学文学学士、硕士，武汉大学文学博士，现任广西师范大学文学院教授、博士生导师。中国作家协会会员、中国当代文学研究会理事、广西桂学研究会副会长、广西文艺理论家协会副主席。著有《孔子的魅力》《转型的解读》《中国当代小说家群论》《小说的聚焦》《山水之都》，荣获中国作家协会第六届少数民族文学骏马奖、中国作家协会第八届庄重文文学奖、广西壮族自治区人民政府第五届文艺创作铜鼓奖。

# 文人格调，文人何为？
## ——关于黄伟林的评论风格

陈晓明

  精明强干与闲散淡泊两种迥异的气质结合一体，这确实有些强人所难。但是黄伟林做到了，而且做得天衣无缝。这又不得不令人称奇。1998 年初，在广西南宁召开广西作家的座谈会上，我第一次看到黄伟林，闪烁的笑容中透出诚恳与智慧，一股文人气扑面而来。我不得不仔细打量这个俊逸生动的南方文人。我说文人，是因为我对这个"称谓"始终保持着一种高度钦佩。我就不是文人，成不了文人，我是一个"职业工作者"，人们可以称我为"评论工作者""研究人员"，客气一点的还有"学者"等，但是，少有人会称我为"文人"。如果称我"文人"，我会很惶恐。我知道自己不配，从小到大，我就是职业工作者。职业化的学生，职业化的工作人员。我是一个十分理性的人，目标明确，有条不紊，讲究效率和效果。未来五年要干什么，今年干什么，未来三个月要干什么，我都一清二楚，不会随心所欲。从小到大，我就是按照主流社会的希望和理想塑造自己，尽职尽责，努力做得尽善尽美。这就是一个现代性的人，一个秩序化和制度化的人。总之，我被现代性本质化了。

可是，黄伟林不同，——我不知道这样来谈论一个神交已久，却相知未深的同行朋友是否恰当？在有限的接触和有限的阅读中，我强烈感觉到我们的区别，我说过，他是我所钦佩、羡慕的文人——一种非秩序化、非制度化的后现代文人。

在我和他之间，是否真有这样的差异区别呢？（"我们"正如"他们"一样，都是虚构的吗？）黄伟林1984年毕业于北京师范大学中文系，他受过系统严格的高等教育，大学对于他意味着什么呢？他说他本来想读历史系，因为"受文学毒害过深"，"想逃避文学的缘故"，希望能到北京师范大学历史系深造，"以实现自己仍属天真的救世济民的理想"①何以历史系能实现"救世济民"的理想？为什么不是政治系、经济系、法律系、电脑系、医学系？谁都知道历史系在整个现代性的中国历史中，是最远离现实、最远离"救世济民"的场所。如果是真正的历史学叙述，他所蕴含的情感基调，应是："无可奈何花落去，似曾相识燕归来"，这是中国古旧的传统的历史学叙述最真实的情感经验，它当然不是那种现代性的预谋性的历史学叙述。后者充满太多的整体规则、太多的革命、断裂、转折。但不管如何，历史学还是更靠近传统，更具有文人色彩的学科，浓郁的思古幽情是所有的文人都具备的心态和情调。正如他所说的"本来想……"，在很年轻时，他就有关于大学、关于生活选择的想象。"想象化"的个人生活，也是典型的文人心态。"职业工作者"不同，我历来不违抗命运的降临，只是在给定的命运中做出努力，使这种给定的命运能获得圆满。一句话，现代性的"职业工作者"并不具有真正的革命性、叛逆性，他其实是一个宿命论者，现代性就是一种合理化的宿命论。你会认为命运给定的是合理的，反抗是徒劳的，你只有与命运为虎作伥，使之更加合理。

而我们年轻的文人（我现在已经武断地认为我所叙述的主角是文人——还会有人反对吗？）为什么那个时候就有关于生活的想象呢？就有自己的内心生活呢？就有一种"极端的厌倦"呢？"在那人心惶惶等待分配的日子里，在那同窗们斗志昂扬迎接挑战的日子里，我最大的愿望只是回家、睡觉。我想休息，远离所有的世俗功利的休息、远离所有莫名纷争的休息。"②这种消极显示了多大的自由品格啊！相当近似于弥赛亚·柏林的"消极的自由"的注脚。职业工作者没有"消极"，他盲目地接受了一切，他是一架永动机，一种现代性的流水车间；但是文人可以不选择，同时也就不被选择。他的朋友多理解他：医治游子的创伤必须母亲的目光，正在生长的枝叶却选择了归乡。这就是我们的主角，年纪轻轻就有勇气放弃。

我特别注意到黄伟林一篇也许并不突出的文章：《梁潮：撞响东方文明的古钟》。他的叙述与我的这篇文章的叙述有某些共同点：叙述人对被叙述人表示差异性的认同，一种异质性的对话。只不过在我的叙述中，被叙述人与叙述人之间被更强烈的反差所分离。黄伟林相当赞赏他的学历史学的同学（梁潮），他们交谈、追忆、思考、写散文或读诗……总之，典型的文人交往在桂中地区的一个角落，酝酿着少有的而又十足的文人生活氛围。这篇论述诗人、学者、散文家梁潮的文章，可以看出黄伟林的文人格调、文人文风。他的批评是如何展开的呢？他关注批评对象与自身经验的关联，在他们之间，有一种可以被称之为"文化场"的东西，经验和感悟构成了读解的基础和动力。不需要概念，概念只是一种惯用的辞藻，而不是起决定作用的定义。他的细读是非常个人化的，非常经验化的，它们通常是一种情境化的赏析，而不是概念化的硬性分析。他看重对象所包含的文化内涵与自己形成的认同关系，以此作为价值判断的依据。因而他的评判也就是一种自我认同（而不是论断），他指出："梁潮作为一个诗人，并非一个纯粹的情感情绪意义上的诗人，而是历史文化意义上的诗人；不是一个个人化的诗人，而是一个非个人化的诗人……"③当然，我无法在这里与作者争辩他的论断是否正确或准确，我只关注他讨论问题的方式，他所关注的那些特质，他认定的那些意义。这些意义当然受制于他所讨论的对象，但在很大程度上也与他（黄伟林）所选择的意义相关。他关注梁潮身上的东方学者气质，对大自然的奥秘的欣赏，某种和谐、默契的状态，水到渠成的形式，在这里，"西方式的拯救和东方式的逍遥终于获得水乳交融的呈现"④。

实际上，黄伟林并不只是一个经验式的感悟式的文人，我想强调的是，这是他的基本存在方式，是他评论写作的基础性的东西。这个基础并不是在某种历时性的结构中起线性作用，而是贯穿始终并具有共时性功能。所有那些理论、概念，总之被称为文学研究或评论学科的那些理论性的体系，他都熟知并运用自如。正因为他有着对艺术作品非常好的感悟能力，由此带动的理论阐释就显得尤为深入而独到。早在 1987 年，黄伟林就写下《从〈古船〉和〈金牧场〉看长篇创作审美意识的两个侧面》这种相当厚实的文章。他的切入点首先在于"独立自足的哲学观念"，这种观念当然不是现成的哲学概念，而是类似美国哲学家詹姆士所说的对生活真正意义的感悟所达成的那种"个人的方法"。他看到张炜和张承志依靠个人的方法从时代意识形态的直接束缚中解脱出来，而获得一种更为广大的史诗性的独立自足的艺术世界。在黄伟林的阐释中，《古船》成为一个民族、一个时代的缩影；而《金牧场》则被看成一个人生、一个精神生命的表现⑤。这篇被注明写于1987年的文章，无疑可以证明作者少年老到，出手不凡。那年作者不过二十四岁，能作出如此生动厚重的文章，绝非等闲之辈。如果作者那个时候开足马力，高歌猛进，可能黄伟林会以另一种方式存在，也可能成就会更大些，也可能为文做人的形式都有所不同，但黄伟林显然不是功名利禄之徒，他以他的方式为文和做人，他的状态始终轻松自如，随心所欲。

他的评论文字主要是关于广西作家群的，这确实有些令人奇怪。他居然不想"胸怀祖国，放眼世界"，他就特别看重广西作家群？还是说他为文只是周围的人逼急了才作遵命文章？我没有问过他，无法下结论。但有一点可以肯定的，他对广西作家的把握相当到位。他熟知他们的生活经验，他们的文体风格，他们的喜怒哀乐。黄伟林是最早论述鬼子的评论家，现在鬼子已经声名鹊起，最近又获得鲁迅文学奖，鬼子已经成为一个不可忽视的作家。那时鬼子还没进村，鬼子还不叫鬼子，叫廖润柏。他的关于"家"的系列小说就显出与众不同，《家癌》《家墓》就颇得黄伟林的青睐。鬼子小说一开始就有的那种悲剧性氛围，那种神秘的宿命色彩，那种不可克服的生存障碍，这些都在黄伟林的读解中显示出复杂的意味。黄伟林的小说分析绝不拖泥带水，他的那些细读总是能以非常精当的语言加以归纳。关于鬼子的"家"系列小说，他写道："可以被看成是一个现代人面对某种生存状态的审视。这个现代人通常与所审视的生存状态有一种先天的血缘关系，而这种生存状态则带有明显的非理性、非科学的成分。"⑥

黄伟林的评论善于做比较，与传统的比较，进行同时期的共时性的比较，与西方文学（文化）的比较，就这一意义上来说，黄伟林虽然谈的是广西的作家群，但他的行为倒是始终"胸怀祖国，放眼世界"。例如，前面提到关于鬼子小说的"家"，他马上指出"家"的母题在中国文学传统中的重要地位，这与西方的古典名著相去甚远。他把鬼子的《家墓》与《呼啸山庄》相比较，看出《家墓》中的主角耿耿于怀的是贫困，《呼啸山庄》中的希刺克厉夫无法释然的是人格。"这里的同，反映了人类心理本质的某种共性；而不同，似乎也与中西文化背景的不同有关系。"⑦在前面提到的关于张炜的《古船》和张承志的《金牧场》的比较，就可以看出黄伟林的比较功夫相当出色，他绝不做牵强附会的生搬硬套，而是自然天成的参照比较。在关于张国林笔下的女性形象的分析时，黄伟林自然联想到贾平凹笔下的那些风情妩媚的女人，苏童笔下的那些悲剧感颇强的忧郁女子，如此再着手给张国林的女人定位定性。由此也不难看出，作为一个评论家的黄伟林眼界之开阔，思路之敏捷通达。

黄伟林确实不是那种理论性很强的评论家，他的写作只是随着作品而流动，在对那些作品的反复读解中，透示出他的灵性，他的诗性把握，他的体验感悟之透彻，他在诗意的语言中包蕴的哲理力量。他的写作率性而为，诗评、小说分析、画论，无所不及。他甚至写下《孔子的魅力》[8]这种书。这本书第一版印了七千册，看来销量不错。翻开这本书，可能又一次加强了我对黄伟林作为一个文人的判断。我对孔子的研究不敢妄发议论，但这本书确实耐读，兴味盎然，语言简洁晓畅，夹叙夹议。这里面有历史，有哲学，有人生哲理，有道德文章。薄薄的小册子确实可以看出黄伟林不同凡响的文化修养。

要全面论述黄伟林是困难的，他的观点和见解都散播在具体的评述之中，他不作大规模的理论阐发，也不主动创造什么概念或体系。我说过，他是一个自然而然的文人，随心所欲而能随遇而安。正如广西的一位作家聂震宁在为《孔子的魅力》这本书作序时所说：自然的黄伟林当然会写出自然的文章来，"他的文学批评不强人之所难，而着力于发现人之所长。你看不到他像某类批评家那样教导作家如何补齐短处，却能常见他为发现作家的长处而欣喜。这里面包含着理解和宽容，理解是对作家自然个性的理解，宽容是对作家个体生命的尊重……他崇尚自然，他行走在自然之境。"[9]看来我们对黄伟林的理解是接近的，一个人作文做人能如此自然，如此无拘无束，如此自由任性，也确实是一种境界，以至于聂震宁说出"妒忌"黄伟林这种话。很显然，这里妒忌是正话反说。这种表述也表明，人要获得一种稍稍脱离秩序和制度的选择有多困难，人总是处在规划之中，处在被规划和自我规划之中，结果，并不是他人就是地狱，而是自我就是地狱。超脱的力量来自天性，来自素养，来自从小到大的经验。这就是要做一个文人的难度。

在这里，我以这种方式来理解阐释黄伟林可能有些不得要领，"文人化"的黄伟林是真实的存在吗？（正如人们怀疑某某是真正的先锋派一样）。事物总是要招致怀疑的，我当然无法争辩。我所能进一步做的，只能说"为什么我要这样说……"。文人这种形象真的很重要吗？我们这样的时代还有文人吗？这是一些很难回答的问题，却是有必要加以讨论的问题。

我知道黄伟林在一所欣欣向荣的大学任教，他是一个非常称职敬业的教师，深受学生的拥戴。但我依然要指出的是，现在大学的评价体系，大学的无止境的扩张发展欲望，把现代性的想象推到了极端。大学的人文学科几乎已经被自然科学或理工科同化了，人文学科的学术理念、价值观、言说方式、自我评价，正在极力模仿自然科学，作为自然科学力不从心的配角，大学的人文学科几乎消耗了最后一点精力。大学有很多的知识分子，很多的职业教师——这依然是我所尊敬的，正如我对自己的肯定一样。但是大学里已经越来越少文人了，越来越没有文人气了。这是人文学科失去自己底蕴的征兆。很显然，我承认我是一个现代性的个人，我深知主流社会的存在及发展需要无数的现代性个体；但我也意识到，文人对于大学的人文学科，对于我们的人文文化已经是十分重要的存在。其实，在工具理性还处于发展初期的阶段，马克斯·韦伯就意识到这个问题。在 1919 年的一次讲演中，他说道："我们这个时代，因为它所独有的理性化和理智化，最主要是因为世界被除魅，它的命运便是，那些终极的、最高贵的，已从公共生活中销声匿迹，它们或者遁入神秘生活的超验领域，或者走进了个人之间直接的私人交往的友爱之中……今天，唯有在最小的团体中，在个人之间，才有着一些同先知的圣灵相感通的东西在极微弱地搏动，而在过去，这样的东西曾像燎原烈火一般，燃遍巨大的共同体，将他们凝聚在一起。"⑩韦伯在那时就看到工具理性，或者说理智化的过分发展可能给社会带来的负面影响，他甚至有点津津乐道中国古代的士大夫文人的那种文化修养，他以为据此可能给价值理性的推演起到较好的作用。

本文并不是说中国的现代性建构就已经完成，或走向极端。我一直认为，中国的现代性既是一项未竟的事业，又是走到尽头。大学的学科建制，文学理论和批评的建构也是如此。现代性既被无限延期出场，又被挥霍并推向极端。当代的文学理论与批评并不是说已经建立了充分理性化的体系，或者说完备的技术化操作程序，并不是如此——它在这些方面的工作同样差得远。但那种从古延续至今的某种传统风格，中国文化所独有的一种格调气质，它理应以它自身的存在方式占有一席之地。当然，"中国文化独有"这种表述在这里依然是相对的，也许只"独有"一点点，在我的理解，它绝对没有多到建立什么"中国学派"、建立什么"中国特色"的地步。例如，19 世纪的欧洲浪漫派就充满了文人气息，迄今为止，欧洲的不少大学里，就还有这种文人气息。这也是他们建构大学人文学科的最重要的内涵之一。

作为一个真正的多元文化论者，我从来不以我自己的特征作为评判事物的标准,恰恰相反,我总是寻求另一面,寻求我所欠缺的,寻求我的片面性。我知道,只有他者,才构成我的存在根基的一部分。也许在我和黄伟林之间,还是有某种本质性的相同之处,那就是一种自觉边缘化的东西,一种消极性去中心化的品质。在他,自然地逃逸,在我,则是不得已的抵抗。我并不赞成所谓的中体西用,或西体中用,各走各的道,它们并不需要生硬的融合,而是在一种多元文化的格局中保存自己。我想,那种文人化的格调,那种人生态度和价值评价体系,会让我们的文化始终有一种内在的气韵。让那些"职业工作者"(我?我们?)戴着脚镣舞蹈吧,真正的智者羽扇纶巾谈笑间,他们为文化安魂。

**【注释】**

①②③④⑥⑦黄伟林:《转型的解读》,接力出版社,1996。
⑤黄伟林等:《文艺新视野》,漓江出版社,1993。
⑧⑨黄伟林:《孔子的魅力》,漓江出版社,1993。
⑩[德]马克斯·韦伯:《学术与政治》,冯克利译,生活·读书·新知三联书店,1998。

(陈晓明,中国社会科学院文学研究所)

**同期声:**

有"人气"的批评 // 黄伟林
论 20 世纪中国小说的三种形态 // 黄伟林
作家批评家——黄伟林的"批评叙事学" // 任洪渊

# 南方文坛

## 2002 年《今日批评家》

王光东

李建军

张　闳

张清华

王宏图

林舟

**王光东**

1961 年 7 月生，博士生导师，现任上海社会科学院副院长。2000 年以来出版学术著作十一部，如《现代·浪漫·民间》《民间理念与当代情感》《张炜王光东对话录》《20 世纪中国文学与民间文化》《民间的意义》《新文学的民间传统》《文学意义的当下思考》《民间：作为中国现当代文学研究的视野与方法》《民间原型与新时期以来的小说创作》（合著）等；主编有《解读张爱玲经典》等多部著作；另有一批学术论文发表于《中国社会科学》《文学评论》《当代作家评论》《文艺争鸣》《南方文坛》等重要刊物，其中多篇被《新华文摘》《中国社会科学文摘》等转载。主持并完成多项国家社科项目。获上海市哲学社会科学优秀成果二等奖、三等奖，中国大学出版社优秀学术著作一等奖，中国当代文学研究会优秀成果奖，上海市优秀教学成果奖二等奖，国家级优秀教学成果奖二等奖。

# 关于《现代·浪漫·民间》

陈思和

    认识光东已经有好多年，那时他在山东编辑《文学世界》杂志，总之因为约稿的事情就这么认识了。大约是在我发表了《民间的浮沉》等一组讨论"民间"的论文以后，光东就表示出对"民间"理论的浓厚兴趣，经常在电话里提出些问题，然后一起讨论，话题渐渐地多了起来。他的兴趣随着时间的推移越来越浓，以致下了决心跑到复旦来考博士研究生。经过努力终于如愿以偿，那时他已经有了正高职称，缘了一个机会，被引进欣欣向荣的上海大学中文系执教。上海批评领域又增加了年轻的新生力量。

    光东的评论文章有鲜明的个人特点：第一，是作品读得多。他作为一名刊物的理论编辑，十多年来一直是整个儿沉浸在当代文学创作的各种思潮和流变之中，出于对文学的执着，他始终密切注视着文学的发展，能够及时从文学创作的诸种复杂现象中提升出某种典型的情感因素加以分析，也是间接地参与了对当代生活的描绘与批判。第二，他的评论有较为明确的倾向性，能够及时地将个人的爱和厌的情感转化为理论形态表达出来。我认为这是作为文学评论家的最基本也是最重要的素质。评论家阅读文学作品虽然是一种工作，但同时也必然有其个人爱好在起作用，所以审美倾向将决定阅读对象的选择，光东偏爱那些有力度地展示现实生活矛盾冲突的文学创作，对张炜等具有民间立场的创作情有独钟，反之对现代都市中的个人性创作则不以为然。我想这是作为一个批评家的可贵局限，因为我实在看多了批评家成为一种不负责任的职业性写手，即对作品没有选择没有原则，不管是怎样一种风格与倾向的创作，都可以拿来乱说一气，视文学批评为掌上玩物。这样的万能批评看似所向披靡，实则空洞虚弱，应为严肃的批评工作者所不取。光东的局限反倒显出了他对批评工作的谨慎和认真。

这本《现代·浪漫·民间》，光东虽然称它为论文集，其实内容相对集中，包含了四个专题，第一、第二专题关于现代主义文学和郭沫若的论述，篇什之间的内容联系相当紧密，等于是两部小型的学术专著。第三、第四两个专题才是论文的汇集，其中第三个专题所讨论的民间问题，是他正在撰写的博士论文的笔记片段，去年他在《当代作家评论》杂志发表《民间与启蒙》一文，正面阐述了他对民间理论的一些想法，我是很赞同的。近年来，民间的理论问题一直受到评论家与文学理论领域的关注，有争论也有批评，我对此都感到欣慰。一种理论的倡导和深入，就是有赖于学者们从不同侧面去议论与证伪，理论的生命就在于争辩当中。我读过几部以民间理论作为依据或者对象的硕士生论文，都写得很有特色，其中有一位香港中文大学的硕士研究生用民间理论来分析莫言的长篇小说《天堂蒜薹之歌》，把这部小说的叙事形态拆解成官方话语、知识分子话语与民间话语三部分，进行比较和研究，竟写了十来万字，可以说是一部非常成功的民间文本的解读；也有一位山东师范大学的硕士研究生，论文题目就是研究民间理论的几种批评模式，我读后也觉得很有启发。现在光东的博士论文是以 20 世纪中国文学史和知识分子道路为背景，研究和梳理民间理论观念的几种演变轨迹。他把近百年来的民间理论观念分为三条线索：一条是以李大钊、邓中夏等人为代表的民粹思想，后来与革命实践结合，经过瞿秋白、毛泽东的努力成为政治符号和国家权力意识形态的符号；一条是以鲁迅、周作人等为代表，对民间持二元态度，既强烈批判民间藏污纳垢以达到启蒙目的，又在民俗艺术等方面充分吸取和肯定了民间的积极健康的生命力；还有一条纯粹是从艺术审美角度来肯定民间形式的生命力，如刘半农和胡适的观点。这三条线索在漫长而动荡的中国现代文学史上各有沉浮消长，并对当下学术界关于民间的理论讨论发生影响，我觉得他能从文学史的背景上扎实地下功夫，努力梳理一个理论概念的来龙去脉，以推动当代思维的更新与发展，这是非常好的开端。现在学界以西方的理论为底子作博士论文的俯拾皆是，但能从自己的文学以及生存环境出发，把感性的文学研究上升到理论高度的学术研究真是很少。光东在《民间与启蒙》里批评一种观点，即把民间分为市民民间和乡村民间，认为市民民间与知识分子有深刻的联系，是进步的，而对落后的乡村民间则应该拒绝。我想市民民间当然是与知识分子相联系的，可是那是西方的知识分子与西方的市民社会，而具体到中国的生存环境，20世纪几代知识分子的成长能与中国的乡村民间不发生极为深刻的联系吗？中国知识分子的民间立场只能先从乡村民间开始，否则，凭空去捏造一个西方模式的民间样板让知识分子来认同，怎么看都是虚伪的。这本论文集中所收录的几篇关于民间理论和民间文本的研究文章，我想多少能透出他思考的部分信息。

光东是山东人，做学问有着鲁人忠厚的一面，但忠厚的人在性格上又往往太拘谨，写文章有时不怎么放得开，有时缺少尖锐性。当然我这么说并非是希望评论家都去骂人或者吵架，但是必要的批评还是需要有胆有识。光东现在研究"民间"理论，而"民间"本身就处于一种另类的文化位置，长期被各种主导性话语所遮蔽，要揭示民间的文化形态及其价值取向，并确立文学研究与批评的"民间"立场，光有中外理论修养与大量文学阅读还是不够的，重要的是有作为知识者的良知与勇气。所以，我希望光东以此为起点，在文学理论与批评领域开拓出新的天地来。

（陈思和，复旦大学中文系）

**同期声：**

"信"与一种存在方式 // 王光东
十七年小说中的民间形态及美学意义——以赵树理、周立波、柳青为例 // 王光东
可贵的局限——兼论王光东文学批评实践的理论形态 // 聂伟

**李建军**

文学博士，中国社会科学院文学研究所研究员，中国社会科学院研究生院教授、博士生导师。曾在《中国社会科学》《文学评论》《文艺研究》等多家报刊发表大量理论、批评文章。有专著及论文集《宁静的丰收——陈忠实论》《小说修辞研究》《时代及其文学的敌人》《必要的反对》《小说的纪律——基本理念与当代经验》《文学因何而伟大——论经典的条件与大师的修养》《文学的态度》《文学还能更好些吗》《是大象，还是甲虫——莫言及中国当代作家作品析疑》《文学与人的尊严》《大文学与中国格调》等数种。曾获冯牧文学奖·青年批评家奖、《文艺争鸣》优秀论文奖、《南方文坛》优秀论文奖、《北京文学》文学评论奖、《上海文学》优秀论文奖、2002 年度和 2006 年度中国当代文学研究优秀成果奖、中国社会科学院文学所首届勤英文学奖·青年学术奖，《文学报》第一、二、三届新批评·优秀论文奖等多种文学奖项。

# 独发异声的文学批评家
## ——李建军文学批评读后

吴 俊

　　李建军的文学批评才能显然并不仅限于所谓"博士直谏陕西文坛"事件，虽然"直谏"——确切地说，应当是"直击"才是——事件足以称得上是世纪之交中国文学批评界的一次重大事件，而李建军恰是这一事件的发端者和中心人物，但对作为文学批评家的李建军来说，他对这一事件的引发，只不过是在履行自己职责过程中的一次正常的批评行为而已，其主观上并没有任何刻意的预设目的——如果一定要说有所目的的话，那这种目的其实早已贯彻在了李建军的所有文学批评活动中了，即对朴实的文学精神（包括文学者的人格）的坚持和捍卫。我注意到在此之前李建军对他之所以会仔细研究陈忠实的创作特别是《白鹿原》的文学成就并因而撰写了《宁静的丰收——陈忠实论》一书初衷的说明："我之所以反复释读《白鹿原》、研究陈忠实的创作，是因为在我们这个文学很少以朴实的方式讲真话的时代，这部作品让我强烈地感受到了诚实朴素的文学的价值和力量。"（该书《后记》）重要的当然并不是批评家的这种自我表白，可是，只要你读完这本书，你就难以质疑它的作者对于"诚实朴素的文学的价值和力量"的真诚认同的宣示，这也不仅仅限于他的评论和研究的主观心态方面，更重要的还是他同样堪称"朴实"的文风和批评研究方式。相比之下，作者的学养素质、思辨能力和出众才情倒显得只是第二位似的，它们只是朴实的文学价值和力量得以实现的一种途径。以这种角度来看，李建军的"直击"陕西文坛及其前后的一系列文学批评活动，理所当然的是他基于自己的良知、学识、才能和职责的连贯动作，并且这一连贯过程还在持续着。由此，我对在整个"直谏"事件过程中，始终少有能在批评理论上与李建军进行实质性交流和交锋的同道或对手的现象，不能不感到由衷的气馁和悲哀，——不管出于什么原因，我们（同行）应当说都是问心有愧的。但是，我对那些习惯上或本能地以"意图伦理"立论而猜度并反驳李建军的"直击"批评、带着个人私利动机的人不能不表示轻蔑和愤慨，这种人一厢情愿、破绽百出且文不对题地悬空虚拟出种种他人的阴沉动机，暴露的恰恰是自身或普遍存在的论辩用心，即用人格攻击来取代文学（批评）的思想理论交锋，即便不是故意陷人于不义境地的话，恐怕也是企图以此来掩饰自己在思想理论上的贫乏。空穴来风式的主观人格批评实际上是将文学的真实性及其丰富的精神存在形态和价值实现方式消解在无形且无聊之中了。如此，李建军因《白鹿原》而发的"我们这个文学很少以朴实的方式讲真话的时代"的感慨，倒真正是有现实针对性的。"以朴实的方式讲真话"之难，李建军的遭遇又是一例。并且问题的严重性还在于，一方面是说假话在文学批评界弥漫成风，另一方面是说真话更有可能受到无端的压制，甚而被"正人君子"或"好好先生"诬曲为"小人"的行径。在我大致了解了"直谏"事件的整个过程后（有关文章基本上都收录在了《突发的思想交锋》一书中，惠西平主编，太白文艺出版社，2001）感触最深的就是这一点。

同时，"直谏"事件和李建军的遭遇也再次使我思考这样一个问题，为什么往往只是尖锐的、直言不讳的文学批评最有可能引起文学界和传媒界的注目甚而构成轰动性的"新闻"事件？进一步的问题是，这样的文学批评是否能属于正常态的文学批评？对后一个问题的回答应该是肯定性的，但是，这样的问题之所以会产生，都是因为尖锐的文学批评实际上总像是一种不正常的现象似的，而不只是由于它的罕见才引人注目。由此可能形成的误导会是引诱文学批评去刻意制造"骂人"事件而远离理论探究和文学思想交锋的宗旨。因此，在类似"直谏"事件的文学批评中，受到伤害的不只是严肃、正直的批评家个人（如李建军），更主要的还是文学批评本身。随着原本应该是正常的文学批评往往要被视为不正常，而"别有用心"的文学批评又混迹其中，人们总难免会专注于前者的轰动性和新闻性，对后者则又熟视无睹，任其泛滥，这两者反映的其实都是对文学批评的严肃学理的冷漠。文学批评格调的庸俗化和严肃学理的难以进行，正是最重要的社会文化根源之一。

所以，即使仅就"直谏"事件个案而言，李建军的文学批评活动也是对严肃的文学批评常态的一种恢复。这种恢复在现在的文学情境中至少有两方面的意义，一是对文学批评的学理性（基础）的自觉追求和强调——他对陈忠实、贾平凹的评论，无不建立在冷静、客观的理性和扎实、细致的学理分析基础之上，并非浮泛的感觉、印象之论；二是真正自觉地体现了对于文学批评的责任和使命的个人承担意识。文学批评的价值实现，除了其必不可少的学理基础之外，还必须充分具备文学创造的介入性、参与性和互动性的现实诉求，否则，文学批评就仅是文学现实的局外人和旁观者。李建军的"直击"使我们真切看到了文学批评在整个文学创造过程中的现实存在，表现出了文学批评在文学现场中的一种力量。特别重要的是，李建军的"直击"代表的实质上是我们这个时代日益衰微和沦丧了的文学正义性。前文所说的他对严肃的文学批评常态的恢复，实质上也不应该只是对文学批评而言，这种"恢复"的最终意义在于对文学（在我们这个时代的）正义精神的恢复和倡导。文学的正义本来是文学存在的公理，但"直谏"事件却使我们目睹了公理的成立之难，这就是当代中国文学面临的问题，也就是我们需要"直击"文学现状的最根本理由。换句话说，李建军的"直击"正不失为我们文学生活中的一种"反腐""廉政"行动，其目的在于抨击或挽救文学正义沦丧的堕落。

像许多同道一样，我是在受到了"直击"批评的空谷足音般的震动后才比较系统地了解了李建军的整个文学批评活动。比较来说，我更多的是想因此了解一下李建军的文学历史而非孤立的"直谏"事件。因为要论个人的话，通过某一事件本身固然也足以作出一些就事论事的判断，却很难形成对其个人素质的整体判断及事件发生的逻辑性认识，特别是在有了那些诛心之论以后，以前读到过的李建军的文字更需要有一种深入的确认。我发现李建军的文学评论不同于其他批评家的特殊之处在于他宏大的文学史视野和严谨的理论思辨逻辑，即他的文学评论具有非常鲜明的"史论"气质——这使得现实性、当下性的文学批评获得了成熟的学术理论形态和强烈的思想批评色彩。现实的文学锋芒有了文学史论的纵深内涵的支持，李建军的文学批评才具备了文化思想论述的涵盖性和穿透力，而不局限于文学的个别现象范畴。对他的直击陕西文坛，也当作如是观。如果仅仅以为他的批评指向只在个别作家（如陈忠实或贾平凹），那是一种误解。如对由"一绺头发"的文学描写而引发的关于"狭隘的民族主义情感"的论析，很显然李建军触及的是由民族的特定历史而形成的文化情感和人文精神传统问题，并不仅仅是文学比较的差异性；涉及人性、人道等人类共通意识的历史文化批判才是他的主旨，李建军剖析问题的层面显然不在其技术性，他的合理性和深刻性必须经由对民族文化的历史体悟和理性分析才能被较为充分地把握。同时，从他的评论中我们还可以看出李建军究竟怎样通过文学的个案来阐发他对文学的超越性的理解。文学的超越性和文学必然包含的历史文化内容在李建军的文学评论中是作为不言自明的前提而存在的，它们在文学中的表现方式应当引起批评家的关注。因此，即使《白鹿原》对"一绺头发"的技术处理无可厚非，但仍不能掩盖技术表象的背后所隐藏的人性情感和民族历史文化问题。批评家的责任就是要使这种问题凸现出来，并探讨其重要性和深刻性的意义。李建军以《静静的顿河》中类似细节作比，用意也在于此。他对单纯的文学评论（模式或习惯）的超越，使他的文学评论的思想文化价值显得分外突出和鲜明。我以为这是李建军对当前的文学评论及其思考和写作方式的重要贡献，至少也是一种有力的倡导。

再如他对陕西作家的群体性特点的分析，视点也落在陕西的地域文化方面，以及文学史的代延影响和承传发展上，要言不烦，具体尖锐，不似通常这类评论的浮泛空虚和不得要领。（相比之下，贾平凹的"钦点"式回应，则不仅像是一副官场腔调，而且还可为另一场"研究生导师资格风波"作一不证自明的注脚。）

李建军的批评锋芒和勇气当然值得钦佩，但我想强调，是他的敏锐的思想触角和深厚扎实的理论素养，才使他有可能成为一个特立独行、卓然自立的出色批评家。相对于他的比较具体的文学批评活动，李建军对小说和文学理论的专业性研究或许还并不为人们所广泛了解。在一般人看来，这恐怕是会显得过于学究气、学院化的吧。但这却是李建军之所以高出其他批评家的重要素质基础和学养保证。仅就读到过的有限的几篇论文来看，我明显地感觉到他不仅探讨过诸多重要的小说理论问题，并提出了自己的具体见解，还相当自觉地追求理论上的彻底性，试图达到学术研究的逻辑规范和观念范畴上的完整性。如果把他的这种学术理论形态上的彻底性和完整性同他的"准理论形态"的文学批评活动连贯起来看，就能发现李建军的文学批评实际上正是他自己文学思想的具体实践，并且，这种实践使得他的理论成果在进行状态中的文学现象上被再度激活，而不仅仅是停留在逻辑意义上的纸上的生命。

李建军曾专门评论和探讨过韦恩·布斯《小说修辞学》的理论价值（《论布斯小说修辞理论的贡献和意义》），由此他对小说的修辞性质及小说的观念得到了一种全新的理解。在《论小说修辞的理论基源及定义》一文中，他整合了戴维·洛奇、浦安迪和布斯的小说修辞定义，提出了自己的理论界定：

小说修辞是小说家为了控制读者的反应，"说服"读者接受小说中的人物和主要的价值观念，并最终形成作者与读者间的心照神交的整合性交流关系，而选择和运用相应的方法、技巧和策略的活动。它既指作为手段和方式的技巧，也指运用这些技巧的活动。作为实践，它往往显示着作者的某种效果动机，是作者希望自己所传递的信息能为读者理解并接受的自觉活动；作为技巧，它服务于实现作者让读者接受作品，并与读者构成同一性交流关系这一目的。

对于"小说修辞"的这一界定中的一对最重要的关系——作者和读者的关系，李建军至少在三篇论文中进行过多方面的阐述：《论小说作者与隐含作者》是对布斯等学者以"隐含作者"否定真实作者介入小说的理论倾向的辩正；《为什么会这样》则专门探讨现代主义小说作家与读者的异化关系形态形成的原因；而《主体关系的断裂》剖析的是由接受美学理论引致的小说作者与读者的关系问题。很显然，李建军的小说修辞观点表达的是他对以小说现象为代表所构成的文学关系特征的根本性思考，他要回答的其实是有关小说形态的本体意义上的理论问题和实践问题——如他自己所说，文学尤其是小说，应被"视为最广泛意义上的修辞性艺术"（《主体关系的断裂》），这种观点最强烈地肯定了文学（小说）活动中的以作者为基石的主体创造因素的重要性。

现在，从李建军的小说理论视点反观他的文学批评，我忽然便有了一种顿悟式的理解，他的文学批评旨趣之所以执着于小说的历史文化含义，根本原因在于他将小说视为创造性的修辞艺术——如果说这种修辞艺术构成了小说的结构形态，那么，其中的主体（主观的）价值取向正是小说（修辞艺术）的内在驱动力，修辞艺术体现的是包容了但更是超越了技术层次的精神建构。李建军从思想文化史角度对"修辞"概念的纯技术（形式）观点的反驳和辩正，阐述的也是同一道理。在此，他与其他批评家的区别显露了出来，从早先体大思密的"陈忠实论"（《宁静的丰收——陈忠实论》）到最近独发异声的对莫言《檀香刑》的批评（《是大象，还是甲虫？——莫言及中国当代作家作品析疑》，《文学自由谈》2001年第6期），李建军都堪称"吾道一以贯之"，而其他批评家的普遍"多变"则正好可以用来作他的映衬。成熟的学术思考和全面的理论素质确实关乎一个批评家的文学气节。我想李建军的"直击"陕西文坛也不外乎是这样发生的。

（吴俊，华东师范大学中文系）

同期声：

真正的批评及我们需要的批评家 // 李建军

在谁的引领下节日般归来——巴赫金的作者与人物关系理论批判 // 李建军

做文学的守护神——读李建军的文学批评 // 刑小利

张闳

1962 年生，江西人。文化批评家，随笔作家。毕业于江西省九江医专。后就读于华东师范大学中文系，先后获文艺学硕士和文学博士学位。现为同济大学人文学院教授，博士生导师。主要从事文化哲学与文化批评研究。著有《声音的诗学》《文化街垒》《黑暗中的声音——鲁迅〈野草〉的诗学及精神密码》《感官王国——先锋小说叙事艺术》《乌托邦文学狂欢——文革文学史》《欲望号街车——流行文化符号批判》《言辞喧嚣的时刻》等。主编有《21 世纪中国文化地图》多卷。

# 批评家张闳印象

陈润华

　　医生和文学的关系，是我们这个时代氛围中的一个很独特的关系。我对这个问题的解释是："缪斯"开了一个大医院，理所当然许多做过医生的人都有文学天赋。但这个假设只是一个开端，它只是一个了解人的窗口。张闳从前在江西乡间当医生，这段经历，在我们以后的从事文学的人们看来，就和一个人当过行吟诗人一样神秘。他这一代人的经历总体上是要有诗意得多，当然这是回忆时方能发现的人的一个精神酵素。在文章中充满才气和灵气，为人有古典情怀，开朗、有亲和力、能够体谅和理解他人，值得多年接触和了解，这些就成为敬重的东西。

　　张闳的早年经历对他认识世界的角度、方法和为人都有影响，在一代人身上，相同的东西会随着时间的流逝而有所改变，或者换句话说，这也是一个大浪淘沙的过程，不同的是，有的人保留了矿渣，有的人保留了金属。这和我们的创物主不一样，也和我们人世间的主人不一样。我们的创物主两者都保留，我们人世间的管理者们则什么也不要（至少我是看不到的）。

　　观点都是其次的，因为我们的感受都很接近，倒是他说话的方式——据我所知，他在大学课堂上讲授现当代文学，很受学生欢迎，一方面是他的趣味和博学，一方面是他的幽默和达观——那种在话语中举重若轻、幽默风趣、没有所谓的"师长气度"，把在座的学生都当作成年人的说话方式，拉近了人与人之间的关系。这与许多所谓"学术名流"总喜欢把自己变成"真理批发部主任"的做法完全不同。人与人之间的相逢有时就像命运玩的游戏，你还没料到将要发生什么，就已经发生。等多年以后你回过头去看看，回忆些开头的迹象，哪里找得到？只好把它归于古人说的"人以群分，臭味相投"。我和张闳的认识在这样一些再也找不到迹象的开始后，逐渐成为半师半友的关系。

作为一个文学批评家的基本素养（看得懂文本）在我们的这个浮肿的时代已经不重要了，这可以从我们许多的大学中文教授身上看出来。现在回忆起来，好像我和张闳的第一次见面的话题就是这个，当时在一个中文系的学生沙龙上，我们举了许多的例子来证明这种观点的荒谬性，由于身边这些教授的条件，其结果是这种观点还是战胜了我们。我们共同的观点是这些文学研究者将文学流放出了文学的领地。

古人有"身在曹营心在汉"的说法，如果不是指它的故事本身，我想用它来形容张闳的文学批评。张闳虽然也栖身于学院，但其个人气质和写作风格，却与整个学院派学者和批评家格格不入。这样说不仅要冒犯许多以文学批评为生的人，还要冒犯一些文学爱好者，他们会以为这态势——一个文学批评者的心理健康——有害于神圣的文学，而没有想到这恰恰是在救护它。作为我们这个时代的珍贵的精神成果，我感兴趣的是他的批评才力和风格。

张闳在比较早的时候就开始自己的批评诗学的构建，批评文章的外在形式如类别、语言、结构、诗律等较早就成为他的文章中浑然一体的东西。对形式的驾轻就熟为以后的文化和精神属性的挖掘作了比较有效的铺垫，我们可以看到，这些都是张闳运用他的博学和趣味的台阶。他的诗学眼光往往让人信服而倾倒，在早期的有关鲁迅的评论文章里，张闳从多种接受的角度与解释的途径，运用文化属性和精神分析的方法，对鲁迅的《野草》进行了非常有趣的解读。他的有关鲁迅《野草》诗学的建构，对后来他的批评风格起了相当大的作用。

我们可以从他以后的文章中，看到这两种批评要素都得到了非常好的发挥，他的批评方式以此为基础，在寓言和隐语中准确地抵达，多年的文学批评实践使他明白批评必须永远地创新。他的批评，包括小说批评、诗歌批评和文化批评，使用一种婉转的方式道出对人生和世界的切身感受，这使他的批评文字有时就是写作，他在骨子里是一个诗人，是一个诗意和诗性的人。

他的批评文章我认为主要有两类，一类就是对现当代文学比较完备而准确的了解和解读，在这方面他是颇有造诣的。他对现代小说和诗歌、对 20 世纪

80 年代以来的先锋派了如指掌，对另一些不能简单归于某一个派别的作家也很稔熟，对莫言、马原、残雪、余华、格非等的解读都很独到。与此相应的是，他和许多现当代文学批评家不关心诗也读不懂诗相反，他对各种诗派和诗人的了解一点也不逊色于对小说的了解。他对现当代小说的稔熟，以及对诗的判断力的准确都来源于他对文学的高水准的鉴赏和敏锐的洞察。"文学以其内在的丰富性和复杂性，改造了我们的精神生活，帮助我们有效地抵御单调、空虚和狂暴的现实对我们灵魂的伤害。"他在面对文本、面对故事时能够以相当独特的角度进入文本。这一部分作品在他的文章中有相当的分量。

一种好的文学批评对文学是有益的，而僵化的文学批评只是努力将文学扼杀掉。在比较僵化的文学批评界，这样轻逸、灵动的文章是阅读者的眼福，已是文字本身的福分。在他的书《内部的风景》中，张闳以他特有的方式，以很有趣的语言，说从事文学批评就和环卫工人一样，因为我们面对的是过多的文学垃圾，一个批评家要有相当强的忍耐力，还提出了批评家以放弃自己的观点为永生之道，这在一定程度上是对我们这个年月侏儒化批评（把别人都当成未成年人或智力有问题）的反驳，我们这个时代在文学上已经失去很多可贵的东西。这种批评家的常识和诚实，如今已经变得越来越稀少。

另一类文章就是他对当下的文化现象的批评文字，他的文化批评在商业文明的弄堂里，常常能一针见血，同时又充满寓意和通达的分析效果。这一方面体现了他的日常语言中幽默风趣的转用，另一方面体现了他的对当下的关注。在一个乏味的时代中，它带来趣味和智慧，他的关注是基于特定的人文和现实情怀。现实的囚禁破坏了人的智力生活，灾难毁掉了三代甚至四代人的智慧，现在一切都只能从零开始增长。我们在某些方面拥有丰富的经验，但对世界的日常生活缺乏重视和忠实。张闳的文化批判让我们面对一个经常吹捧我们的现实，露出它的事实上欲摧毁我们的面容。从这个角度出发，研究或从事文学是一种不幸运的人常用的方法，但也正如张闳所说的，它有时也是一种安慰。

（陈润华，复旦大学中文系）

**同期声：**

张闳批评语录 // 张闳
成圣和感恩——革命文艺中的爱欲与政治之二 // 张闳
张闳：都市里的说书艺人 // 王晓渔

**张清华**

1963 年生于山东。文学博士，现为北京师范大学文学院教授、副院长，北京师范大学国际写作中心执行主任、当代文学创作与批评研究中心主任，中国当代文学研究会副会长。著有《中国当代先锋文学思潮论》《境外谈文：中国当代文学中的历史叙事》《存在之镜与智慧之灯》《天堂的哀歌》《狂欢或悲戚》《猜测上帝的诗学》《像一场最高虚构的雪》等十四部，出版散文集学术随笔集《海德堡笔记》《隐秘的狂欢》，主编《21 世纪文学大系诗歌》（共十四卷）（2001-2014），在国内外学术刊物发表理论与评论文章三百余篇。曾获省部级社科成果一等奖、华语文学传媒大奖 2010 年度批评家奖，北京师范大学教学名师奖。曾应邀在德国海德堡大学、瑞士苏黎世大学讲学。

# "修正主义"的胜利
## ——漫谈张清华的文学批评

敬文东

一

迄今为止，张清华的文学批评活动主要建立在如下几个重要概念上：存在主义、启蒙主义和新历史主义①。这些概念不仅为张清华提供了"解读"20 世纪中国文学作品和诸多文学现象的理论武器，充实了他理论批评的兵器库存，更加重要的是：它们为张清华预设了看待中国现当代文学及其发展历程的思维方式、学术理路。一般说来，富有包孕性的、开放性的专门术语，一定有一个敞开的、有待使用者进入其中才能生效的阐释空间，也大体上规定了使用者和进入者进行闪、转、腾、挪的活动范围。它是他所有理论"动作"的演兵场或"世界杯"。在此，上述几个对张清华有着重要意义的专门术语在张清华那里也就有了自身的双重性：既是有待批评者、使用者进入的理论空间，又是承载和完成批评者与使用者的阐释"动作"的兵刃。恩格斯早就正确地说过：欧洲一切语言中的名词都是由动词转化而来的。这毋宁是在说，我们的所有"动作"的实际存在都早于我们对"动作"的命名，我们的"动作"的出现当然也早于我们对它的描述。假如这样的理解还有几分正确性，我愿意下结论说：张清华使用这些从众多的术语中挑选出来的专门术语，首先也确实是在描述的意义上使用它们——因为一切用于批评与阐释的文学活动，在作为描述和阐释的文学批评活动之前就已存在；而在这里，描述既是对批评家张清华的批评动作本身的陈述，在更大的意义上，也直接是张清华的理论批评活动本身。

如果说张清华的文学批评活动迄今为止是相当成功的，那么，这种成功有一半要归之于上述概念的巨大威力，以及这些概念为张清华提供的较为巨大的理论想象空间（因为它们的包孕性、开放性），而另一半，则要归功于张清华何以就能机缘巧合地、幸运地选择了这几个重要的专门术语——一如我们所知，毕竟选择从来都不是盲目的行为，毕竟不是每一个同行都选择了这些术语，或者选择了这些术语的同行并不是每一个都如张清华那样成功。

文学研究作为一种学术活动，始终与研究者的个人情怀、研究者想要寻求到的某种（仅仅是某种，而不是随便哪一种）答案联系在一起。从这个意义上，我们甚至可以说，文学研究比起其他任何学术活动——尤其是自然科学研究——都更需仰仗个人情怀与研究者的个人性情：有什么样的研究者，就有什么样亟待处理的问题，也就有了想方设法才会出现的特殊的研究范式、研究思路和研究的口味甚至情趣。当然，那些早已等候在一旁的理论框架、术语以及操作方略也会按需出现。张清华是那种有着浓厚批评冲动的人[②]，批评冲动首先来自他寻求人生答案的冲动，来自始终想从变动不居的时光与历史现象中捞寻到较为稳定的根基的冲动。张清华说："我……看见一个个逝去的岁月和舞蹈在已渺然远逝的烟尘中的一串串人物与景象，（我）在不断地困惑和犹疑中，强行地，用'暴力'把他们打入我所设置的框架和囹圄之中，我既感到有一种指点江山、创造历史的快意，又有一种因自己的虚弱而不能驾驭历史的惶恐，更有一种伪造和虚构历史的犯罪感。"[③]基于我对他的著述的了解和理解，我愿意说，上述言论无疑很好地道出了一个对历史有着过多癖好的批评者的内心隐情：既想不无快意地陈述历史（动词性地陈述），又怕自己的陈述"得罪"了本来存在着和存在过的历史。这毋宁是说，张清华始终想在"真实"的历史和他的陈述中的历史之间保持某种平衡，这种平衡对他来说至关重要：那里边确实寄存着他太多的个人追求，寄托了他的个人性情。批评就是面对批评者自身。而对于性情或情怀，那不是我能解释的，在此，我们或许只能按照维特根斯坦教导我们的那样去认为：神秘的不是它们是怎样的和它们是怎样形成的，而是它们本来就是这样的。我想，对于这个问题，即便是张清华本人也未必就能解释清楚。

批评活动当然还来自"求真意志"的暗中怂恿。不过，也正如张清华早已意识到的那样，文学研究中的所谓求真意志，始终是一种主观意义上的"求真"，其结果也只可能带来一种主观意义上的"真实"——假如还可以这样表述的话——在大多数时候并不具备客观性。张清华在回顾自己的文学研究时，就曾深有感慨地说："我游浮在我自己虚构的时间山水之中。我听见历史之门在风中咣然作响。我在不断的怀疑中进行我的工作。历史是什么？谁能够复原历史？都在写历史，但谁又真正接近历史？所有的文字都只是文字，是它的驱使者的'修辞想象'，而真正的历史仍然隐在暗处。"④这应该算是把话给挑明了吧？实际上，这段有着"独白"性质的文字，也把那种既想陈述历史以及历史又几乎是无迹可寻的尴尬给点明了。不过，也正是在这个较为紧张的论域之内，张清华选中了上述几个重要术语，就不能不说是他的幸运，因为这几个专门术语确实给了他可以完成求真意志这个巨大任务的契机。仿佛对象"偶然的相遇，两个相同的命运，在一刹那间，互相点头，默契和微笑"⑤。剩下的任务无非是将他们相互间的"点头""微笑"给记录下来就是了，而这，正好构成了张清华文学批评的丰硕成绩。基于上述理解，我们似乎可以下结论说，和许多别的生搬硬套的"批评家"非常不同，这成绩几乎是在自然而然中到来的，如同水遇到石头要转弯，汽车在爬坡时会突然加大马力一样。

## 二

作为专门性的批评术语，存在主义、启蒙主义和新历史主义都是舶来品，它们被引进中国大陆时，基于中国特殊的历史语境，更基于研究者本人的特殊情怀和性情，它们在不同的研究者那里都获得了不同的含义。和许多同行一样，张清华也是上述概念的"修正主义者"。但正是这种修正才既吻合了张清华的批评性情，也满足了张清华要在批评对象和批评陈述之间寻找到平衡的愿望。

批评的冲动当然不仅和个人情怀有关，也和批评对象相关。在成熟的批评家那里，批评的冲动始终想在个人情怀与切合实际的批评对象的实际之间努力保持平衡。在此,批评的求真意志尽管早已打上了研究者的个人情怀的主观色彩,但也在拼命维护自身的客观性。张清华遇到了这个问题，也很好地解决了这个问题。正如我们看到的那样，张清华解决这一问题的方式，就是使自己成为一个上述术语的"修正主义者"。"修正主义者"的身份在文学批评家张清华那里赢得了某种必然性："修正主义者"的身份为张清华提供了批评对象与理论阐释之间的广阔的中间地带、能够施展拳脚的广阔空间。

大而化之地说，张清华基本上算得上一个新历史主义者——这和他浓厚的历史癖好倒是相适应的，他对新历史主义理论也确实有着相当精辟的理解。他似乎对"历史在于观念""历史就是叙事与文本"等观念有着暗暗的拜服（如果不是说崇拜的话）。正是这一点构成了张清华的批评家身份和他本人的批评活动之间的秘密：用他所理解到的新历史主义的精髓，去解读中国现当代文学，既照顾到了研究者本人的个人情怀，又照顾到了研究对象的"求真意志"与主观化的统一。或者更为直截了当地说：新历史主义者的身份，正是张清华成为一个上述术语的"修正主义者"的立场和出发点。

20 世纪的中国文学一方面多灾多难，另一方面也由此具有了让人眼花缭乱的印象。张清华对付它的方法似乎很简单：使用修改后的存在主义、启蒙主义、新历史主义的概念。这一下子使得新历史主义者张清华眼睛一亮，看上去纷纭复杂、令人眼花缭乱的百年中国文学在张清华那里也陡然明晰了：从启蒙主义到存在主义，中间夹杂一个过渡性的桥梁——新历史主义，这就既为张清华明晰了研究对象，也使张清华找到了陈述对象的游刃有余的方式。在这里，他把理论术语本身所包孕的可阐释性空间给丰满、圆融了。

在张清华那里，存在主义被修改为和启蒙主义大体上相关而又有自身特殊内涵的概念，这和原教旨意义上的存在主义和启蒙主义的相互关系有了相当大的背离。虽然他明确地说过："我在这里使用的'存在主义'一词，也并不完全等同于西方 19 世纪后期以来的存在主义哲学，它在这里的相对性是显而易见的，即它完全是与启蒙主义以人文理性为核心、勇于担负社会正义和责任相对而言的以个人精神为核心的价值取向，它是个人的自觉……它不再倾向于社会、公众、理想、真理等等绝对的价值。"[6]但实际上，如果我们把存在主义一词放在张清华的批评语境之中，我们就会很清楚地发现，他一开始是将存在主义和启蒙主义有意混淆使用的。这基于一个重要的事实：当五四文学和新时期的文学登台亮相时，启蒙主义和存在主义就已经纠缠在一起了。它们之间的关系并不是有些论者认为的那么汤清水白、界限分明，倒恰恰是张清华机敏地看出的那样，始终混淆在一起。在那个特定的年代，一个作家既有可能是启蒙主义者，又同时有可能是存在主义者。毕竟在那个特殊的时代，一个人身兼两重身份并不是矛盾的，反而是张清华所暗示的那样，正好是时代内容赋予一个写作者的双重身份或曰特殊使命⑦。这是中国文学的特殊性所致，不能怪张清华不懂得这两个概念的区别，恰恰相反，张清华陈述的那段文学历史越往后"走"，越显示了这两个概念的本有特征。也就是说，当中国文学中的存在主义思潮和启蒙主义思潮越来越各自为政的时候，张清华对这两个概念的使用也越来越依照它们的本义。当然，在此过程中，启蒙主义也得到了有效的修正与控制。但这归根结底仍然来源于批评者、研究者对研究对象的准确把握。

原教旨意义上的启蒙主义和存在主义完全被本土化了，正如张清华所说："80 年代中期，先锋文学思潮的发展进入了一个转折期和复合期。尽管启蒙主义的文化语境尚未彻底瓦解崩溃，但存在主义已迅速溜出书斋而伴随商业物质主义价值观念的发育堂而皇之地进入社会，成为一种颇为时髦和激进的文化精神，个人开始从群众中回家，个人性的境遇与价值开始代替启蒙主义的'社会正义'与'公众真理'而成为人们思考问题的新的基点。"⑧在这里，存在主义和启蒙主义在互相扭结着"前进"，也在相互扭结中渐渐分离并开始渐渐地各司其职。也正是因为这一点，才有了张清华描述 20 世纪中国文学的著名命题"从启蒙主义到存在主义"的出现。但张清华的清醒更为充分地表现在：他始终是把存在主义和启蒙主义看成是中国文学中长期共存的思想资源，这既暗示了中国文学的实际情况，同时也厘清了许多问题，更对应了中国文学内部各种思潮的并存和不平衡性。

在审慎地思考和研究中，新历史主义也被张清华修改为另一番模样。它"不再像寻根小说那样将匡时救世、重铸民族精神作为自己不能承受之重的使命，而将历史变成了纯粹审美的对象，变成了作家人性体验与文化探险的想象空间"⑨。也就是说，在这里，新历史主义一头联系着启蒙主义（即"匡时救世""重铸民族精神"），一头维系着个人性的存在主义（即"人性体验与文化探险的想象空间"）。这样，在张清华那里，新历史主义真正成了从启蒙主义到存在主义的桥梁和中间环节。我个人认为，上述思想正是张清华作为文学批评家最有眼力的地方，也是一个批评家良好的总结能力和概括能力的表现之所在。

张清华甚至把"从启蒙主义到存在主义"这一命题推广到了整个 20 世纪中国文学研究的框架中。在他早期的著作《境遇与策略》里，就已经隐隐约约开始了对这一命题的使用。而在使用这一命题时，他死死抓住中国20世纪文学所处的时代际遇，并分析这一境遇。他得出了他应该得出的结论，他的结论也正好体现了他为自己寻求答案的焦虑心情。到更为重要的《中国当代先锋文学思潮论》，上述命题更得到了明目张胆的体现。

张清华使用上述三个极富包孕性的术语，确实使他将看似纷纭复杂的20世纪中国文学明晰化了。你当然可以说他很可能把问题简单化了，但我们研究一个问题不就是为了让它明晰起来，而所谓明晰不正好暗含着简单和使之简单的潜台词吗？张清华是那种始终想借解释历史来解释自己的人，作为中国先锋文学甚至整个新时期以来中国文学的参与者和亲历者，他需要有一个认识、概括文学历史的利器，以便为他参与其中的历史找到某种借口。我不能担保说，这就一定是合理的，但我能理解：它确实给了一个有着自身历史焦虑感的人一个明晰历史并由此为自己壮胆的理论诉求。

## 三

张清华作为文学批评家的价值还主要体现在他对同时代作家的理解上，也体现在对同时代作家的创作历程的理解上⑩。我一向认为，批评就是理解，但这种理解以道德为前提。本雅明曾在某处说过，如果歌德错误地理解了荷尔德林等人，那不是因为他的鉴赏力出了问题，而是因为他的道德患了感冒。我认为，除此之外，批评的道德还意味着诚实地指出作品中好的和不好的因素，优秀的和不优秀的方面，也就是说，本着建设性的良好愿望，指出文学创作的症结之所在。张清华在对同时代作家有限度地赞誉的同时，也提出了诸多批评。不能说全都是中肯的，但它们中的大多数意见却都是有意义的。

对同时代的作家无论是赞扬还是批评，张清华的理论指归与出发点都是"从启蒙主义到存在主义"，也几乎都是对这个命题的较为合理和较为机动灵活的使用。正是这样，使得张清华基本上建立了自己的批评体系，他有了一整套辨析和解剖当代中国文学的手术器具。如果说，他的《境遇与策略》和《中国当代先锋文学思潮论》在解剖具体文学个案时，在努力建立自己的批评体系或批评理念，那么，大量解剖当代文学作品和当代文学现象的批评文字，则更主要是对他的批评理论的巧妙应用。在它们之间有一种互证、互探的关系。对张清华来说，两者似乎都是不可或缺的。

一个合格的文学批评家必须具备如下一些基本素质：敏锐的洞察力，渊博的学识，良好的语言表达，对文学的准确把握，优秀的概括能力和完善的道德感。如果拿这个标准去看待时下中国的文学批评家群落，结果就不容乐观。基于上述理解，我还是愿意说，合格的批评家虽然不多，但也不是没有，张清华就是其中一个。

## 【注释】

①张清华：《境遇与策略——二十世纪中国文学的文化逻辑》以及《中国当代先锋文学思潮论》，都基本上是围绕着这些概念或主题展开来谈论 20 世纪的中国文学。对上述三个概念的解剖是"解读"张清华理论、批评活动的关键。
②朱德发：《〈境遇与策略〉序》；宋遂良：《〈境遇与策略——二十世纪中国文学的文化逻辑〉跋》，中国文学出版社，1995。
③④张清华：《中国当代先锋文学思潮论》，江苏文艺出版社，1997。
⑤梁宗岱：《诗与真·二集》，人民文学出版社，1980。
⑥⑧⑨张清华：《从启蒙主义到存在主义》，载《中国社会科学》1998年第1期。
⑦有关这个问题，请参阅张清华的两本专著：《境遇与策略——二十世纪中国文学的文化逻辑》和《中国当代先锋文学思潮论》等。
⑩张清华在这方面有较多的著述，比较重要的有：《大地上的喜剧——〈乡村温柔〉阐释》（《小说评论》1999年第3期）、《莫言文体多重结构中传统美学因素的再审视》（《当代作家批评》1993年第6期）、《野地神话和家园之梦——论张炜近作》（《小说评论》1994年第2期）、《在幻象和流放中创造了伟大的诗歌——海子论》（《当代作家评论》1998年第5期）、《精神接力与叙事蜕变——新生代写作的意义》（《小说评论》1999年第1期）、《十年新历史主义文学思潮回顾》（《钟山》1998年第4期）、《从精神分裂的角度看——食指论》（《当代作家评论》2001年第4期）等。

（敬文东，中央民族大学中文系）


**同期声：**

像西绪弗斯一样 // 张清华
文学的减法——论余华 // 张清华
当代中国的学院批评——以青年批评家张清华为例 // 孟繁华

**王宏图**

上海人，在复旦大学和美国印第安纳大学获得文学硕士和博士学位，现任复旦大学中文系教授，博士生导师。曾任日本京都外国语大学客座教员，德国汉堡大学孔子学院中方院长。著有长篇小说《Sweetheart, 谁敲错了门》《风华正茂》《别了，日耳曼尼亚》，中短篇小说集《玫瑰婚典》，文学研究专著《都市叙事与欲望书写》，批评文集《快乐的随涂随抹》《眼观六路》《深谷中的霓虹》《东西跨界与都市书写》等，并译有 J. 希利斯·米勒的《小说与重复》。

# 心灵悸动的写作者
## ——王宏图印象

西 飏

    对王宏图最初的印象来自他的一些篇幅简短的对当代小说的评介文章，尤其是在陈思和先生主持编选的《逼近世纪末小说选》当中的一些篇什。显然，在那貌似温和的文字背后存在着一副别具一格的眼光。比如针对我的有幸被他关注的一篇小说，王宏图说："仿佛它是一个精巧玲珑的工艺品，但如果稍一碰触它便会碎裂开来：这正像作品中弥漫着的那股淡淡的诗意……这只不过是虚拟化的情感与感受。这仿佛是许多艺术品共有的命运：美丽，但也脆弱到不堪一击的境地。"作为一个写作者，那些业已完成的文字仿佛是掷向虚空的，往往永远也听不到回声。但这一次，当我读到这些文字的时候，心底竟有些被撞到的感觉。

    后来我才知道，我和王宏图实际上已经在几年前有过一次邂逅。某天夜晚，我被朋友带去了徐家汇附近的一家住户，王宏图正借住在那里。记得在他打开的电脑屏幕上，布满了密密麻麻的文字，颇有福克纳的风格。之后不久，他便远渡重洋，去美国留学了。所以，当他学成回国，在杂志上频频露面时，我竟以为这是两个有相同名字的人。

我注意到被王宏图着重提及的那个身在异国的冬天，用他自己的话来说："那一年的冬天特别漫长，大雪袭击了大地，将每一个角落掩盖得严严实实。我当时的情绪陷于一个几乎无力自拔的沼泽带中。"正是这样的内外交困，使得王宏图竭力去寻找"突破口"。而他向自己发出的提问则是：我为什么不写作？这是个颇为奇怪的问题，因为这已经是 1994 年之后的事了，而王宏图早在 1989 年就获得了硕士学位，他的专业研究以及评论写作早已在所谓的文学圈内有了一定的位置。然而，王宏图居然以为，他的写作还没有开始。

痛苦、焦虑、烦躁、心灵的困境……类似的词汇并不陌生，而且频频在很多人的自我表述中出现，在我看来要么太抽象，是某种装饰性的标签，或者又太具体，只是一些世俗的功利的需求得不到满足之后的扭曲。很多时候，我以为多数人都失去了真正意义上的痛苦和焦虑，或许它们早已经远离了我们的精神生活。就像我们以旁人的目光去观察王宏图，他既可以随波逐流，也可以勤勤恳恳，在学院温室的环境中他本可以心安理得地生存下去。事实上这也必然是他未来必然经历和承受的。如果一切是不可能改变的，那么痛苦是否是无谓的呢？然而王宏图说："别人的目光是一个圈套，它将你格式化，形成一个固定、令人厌恶的影像。"是谁在厌恶，别人吗？不是，显然是旁观的目光使得王宏图对自我产生了厌恶。

王宏图有一系列关于都市时尚的文章，他是敢于闯入那些"禁地"的少数勇敢者，而且他既没有被炫目的景象或惊吓或沉醉，也没有匆匆地拿起批判的武器进而去消解或解构。他始终是参与的，是身临其境的，虽然他仍然保持着一份清醒，却没有刻意去保持某种必要的距离，更没有去维持自己的所谓的身份。所以，现代都市的景象在王宏图的文字中得到了延续和展现，它们颇具有创作性的模糊和多义。或许，别人会以为他陷得太深，以至于忘却了剖析和批判，显得犹疑和模棱两可，甚至有些沉醉。但我却很欣赏这样一份存疑和悬置，因为这既是坦诚的，也是需要勇气的。

其实，保持对当代文学作品的关注，常常被说成是做功课。因为是功课，显然就有被动的成分。多数的评论家都经历了做功课的阶段，这个阶段过后，他们往往会放弃这种劳作，转而在自己已经形成的思想框架内编织理论的网络。但王宏图却一直都在继续做着这样的功课，而且可能仍然会持续下去，因为维持他的这种热情的，并不是一种借题发挥的策略，也不是对话语权的觊觎，在我看来，是他对鲜活的作品总是有着一股迷恋和嗜好。这种感觉也许我们很多人都曾经有过，但是始终保持而且丝毫不减弱，就难能可贵了。

王宏图对当代作品的评介也带有一贯的参与性，正因为是参与的，所以很少带有先入之见，他的阅读和评判多具有邂逅和即时的特点。或许有些作者总是迫切期待能得到抽象的结论，希望评论者能将他们原本模糊的不擅长表达的内容转化为箴言、警句、谶语，以得到醒目惊世的形象。但我倒是很愿意读到王宏图的评论文章，因为它们总是让我体会到感性的一面，让我觉得文字不仅仅是凝结在纸面的黑色的印痕，而是随时都会在知遇者那里得到激活。

虽然王宏图曾经把自己的写作称作是"快乐的随涂随抹"，但在我看来这个写作者却充满痛苦，心灵的激动和情感的反复折磨着他，却又令他的文字以令人不可捉摸的方式表现出来。这样的写作者，理应是可以让我们期待的。

（西飏，上海市作家协会）


**同期声：**

批评：融合感性和智性的可能途径 // 王宏图

都市叙事与意识形态 // 王宏图

玫瑰色的颤栗——王宏图论 // 葛红兵

**林舟**

本名陈霖，文学博士，苏州大学教授。主要从事当代文学与文化批评、新闻传播与媒介文化的研究。主持"大众传播与1990年代中国文学""中国当代青年亚文化传播的变迁"等项目研究。在《当代作家评论》《南方文坛》《花城》《上海文化》《文艺争鸣》等发表当代作家作品、当代文学现象的评论四十余万字。著有《生命的摆渡》《文学空间的裂变与转型》《迷族：被神召唤的尘粒》《事实的魔方》等。2003年获《南方文坛》2002年度优秀论文奖，2011年获江苏省第四届紫金山文学奖（评论奖），2015年获江苏省首届紫金文艺评论奖三等奖。2010年担任上海世博会官方纪录片《城市之光》文学指导。

# 近看林舟

荆 歌

　　20世纪90年代初，我在一些刊物上看到林舟的名字，读到许多他所做的当代作家访谈录的时候，我并不知道他其实就生活在苏州。我只是觉得林舟这个人很特别，他对所访对象作品的研究之细致，对那些同样是很特别的作家创作的熟悉和深入的程度，他提问的方式、切入问题的角度，让我产生了很浓厚的兴趣。这样的访谈在当时，还远不像今天这样时髦于我们的文坛。我不敢说这是林舟的首创，我当然知道这的确不是他的首创，但是，我可以肯定的是，因为林舟炮制了大量的访谈，文学访谈这种让作家更加敞开的形式才变得普遍起来。当时，我除了饶有兴味地读他的访谈，内心对他也有了一点向往。我很希望这个不知身在何处的林舟，也能够关注着我的写作。直到有一天，朋友车前子无意中对我讲，什么时候要把苏州大学的林舟叫过来，大家一起谈谈，玩玩，我这才惊讶地知道，原来林舟离我很近呀！

　　某一年春节前，我收到林舟写来的一封信，和夹在信纸里的一张新年贺卡。林舟在信上说，他对我的写作一直很关注，并且他受《江南》杂志夏季风的委托，将在适当的时候对我进行一次访谈。这简直让我有点受宠若惊。虽然我针对他信中认为我的写作被苏州文坛所忽视的说法作出了很不以为然的反应，但是，在我的内心，还是感到一阵喜悦——这喜悦中还包含着一丝"怀才不遇"的委屈和天涯知音的快慰。那以后，我就一直很热切地期待着与他的见面。

第一次见到林舟，是在吴江汽车站。电话里，我对林舟说："我要不要像特务或者地下党一样，手上拿一本杂志之类的，以便接头？"他说："不用了！你不认识我，我认识你呀！我看过你的照片。"但是在约定的时间地点，我还是一眼就认出了他。神交已久的人，他的外貌都已在内心被勾勒出个大半了。

他给我的印象是烟瘾很大。但他到吴江来，忘了带烟。因此他刚与我接上头，就很奇怪地调头而走了。原来他是买烟去了。可他买到了一包假烟。我当时觉得，他的长相同时像着两个人，一是某位官员，二是诗人小海。他像那官员，让我有些心理上的排斥；他像小海，则又让我感到亲切。后来我就这么想：像官员只是表象，像朋友才是实质。况且长得像官员也实在不是他的错。

我们谈得非常投机。我们对当时苏州文化的沉闷，和苏州文人可笑的自满风气有着同样的感受。对于当时文学旧秩序正被生机勃勃的新生力量打乱的局面，我们都感到欢欣鼓舞。当然，他对我作品的理解，是更令我感到快乐的。我像一个终日沉湎于游戏、醉心于捣乱的坏孩子，突然有了同伙，得了表扬似的，高兴得不得了。那天我喝了很多的酒，说了很多粗话。我们莫名其妙地去了名医徐灵胎的墓地，最后在莺湖公园的一个游廊中，接受了他的访谈。菜花正黄，春风醉人，那是一个值得我记住的日子。

之后与林舟的交往就多了起来。读了什么作品，有了什么想法了，就给林舟打个电话。有时候自己在写作中感到了困惑，也会在电话里跟他说说。

若是外地有朋友来到苏州，我们总会打个电话把林舟叫来："林舟，某某某来了，你过来一起吃饭吧！"林舟就骑着他的电驴子来了。虽然每次吃完饭，他都是第一个走。不是说下午有课，就是说要去接孩子。他这来去匆匆的样子，可不是苏州人的风格。对此我们是很有些意见的，他倒像是个日理万机的大人物，而我们则都是一些游手好闲的没出息东西？似乎他能过来吃一顿饭，就是给大家面子了。

我在苏州文化局上班的那一年中，有时候会约了叶弥一起到他家里去，吃他太太齐红做的山东菜，喝点儿酒，打几圈牌，说一些废话。通往林舟家的路，是非常苏州的：一条水巷，两边都是老房子。石码头、石桥，还有一些古老的树，乔木高大，浓荫蔽日；而灌木则在桥缝、墙角里点缀着。我每次从这螺蛳浜里进出，都会想这样的问题：这个安徽人，是怎么跑到苏州来的？他在苏州，是一个异类呢，还是已经融合了进来？到处都是他听来像外国话一样的吴侬软语，他是不是反倒觉得耳根清净？而坐在林舟的家里，则能听到苏州大学校园里传来报时的钟声，钟声悠扬而美好。现在，林舟家已经乔迁新居，在苏州有了更为宽敞的居所，但是，位于螺蛳浜的老宅，林舟却不肯把它卖掉。我非常理解他为什么这么做。那么好的一个地方，曾经是林舟的读书写作之所。而且，他与齐红的爱巢，最初也是在那儿筑就。

我们都认为，齐红是个很优秀的女孩。因此我们推断出：看上去并不善于讨女孩子喜欢的林舟，其实在"猎艳"上头是很有一些手段的。正所谓真人不露相。有一天，我在林舟家坐着，他们都在忙，洗碗的洗碗，买东西的买东西。我便拖过桌上的几张报纸，随手翻翻。结果看到了齐红写的几篇散文。她写得可真好！我有点傻，当时竟然把这充满灵气的文字反复看了几遍，然后内心对林舟不禁生出了一丝艳羡。我把赞美的话奉献给齐红，齐红马上娇声叫道："老公老公，荆歌在表扬我呢！"林舟过来，一脸的幸福。

在认识林舟之前，光读他的作品，我以为，他是一个尖锐而不无偏激的人。但事实并非如此。有许多时候，他表现出来的宽厚，都让我怀疑他的身份。有一次，他邀我们几个去苏州大学中文系，与他的学生进行座谈。在这次座谈会上，我像往常一样无所顾忌，大放了一通厥词。在离开苏州大学校园的时候，小海批评我说："你怎么能在学生面前乱说一气呢？你这不是给林舟添麻烦吗？"我被小海说得脸红，觉得非常对不起林舟。回到住处，我赶紧给林舟打电话，请求他的原谅。林舟非常宽容，一点都没有怪我。他反而对我说，他相信他的学生，他相信就凭我这番胡言乱语，是不足以给他带来麻烦的。他让我不用担心，他希望我继续知无不言言无不尽，而不必费劲地把自己打扮成一个脱离了低级趣味的人。

与很多朋友单独面对的时候，我会感到一点心理上的压力，有时候甚至是相顾无言，空气也就变得沉闷起来。但与林舟单独在一起，却是轻松的。我们有时候在茶馆，有时候是在我的住处，在他吞进吐出的烟雾里，我们轻松地交谈，我们不必掩饰什么，不必故意摆出什么样的姿态。我觉得，林舟是一个非常真实的人，是一个始终有着自己独立判断的家伙。他有着尖锐的目光，而且从来只是坐在后排，躲在不为人注意的角落里，对作品发表他独立的见解，对文坛可笑的人和荒唐的事，嗖嗖地放出他的冷箭。

（荆歌，苏州市作家协会）

**同期声：**

批评就是读后感 // 林舟
差异空间与保守趣味的显现——解读 1993 年《南方周末》头版文学新闻 // 林舟
文学批评：对话与潜对话——林舟的文学空间及话语姿态 // 施战军

2005 年《今日批评家》

臧棣

黄发有

贺桂梅

张 念

李美皆

**臧棣**

1964年生于北京。1983年考入北京大学中文系。1997年获北京大学文学博士学位。现任教于北京大学中文系，北京大学中国新诗所研究员，《新诗评论》杂志编委。从事的学术研究涉及新诗史研究、中西现代诗学比较、新诗的现代性、当代诗歌批评。出版诗集有《燕园纪事》《风吹草动》《新鲜的荆棘》《宇宙是扁的》《空城计》《未名湖》《慧根丛书》《小挽歌丛书》《骑手和豆浆》《必要的天使丛书》等。曾获《南方文坛》杂志2005年度批评家奖、中国当代十大杰出青年诗人、1979—2005中国十大先锋诗人、中国十大新锐诗歌批评家、第三届珠江国际诗歌节大奖、当代十大新锐诗人、汉语诗歌双年十佳诗人、首届长江文艺·完美（中国）文学奖、第七届华语文学传媒大奖·诗人奖、首届苏曼殊诗歌奖。

# 臧棣：另一种印象

唐晓渡

　　有朋友建议我读一篇文章。"……《霍拉旭的神话》……是针对你们'幸存者'的。"他的声音怪怪的，有点幸灾乐祸，也有点语重心长。霍拉旭我知道，"幸存者"我也知道，可针对"幸存者"的霍拉旭或被霍拉旭针对的"幸存者"我就不知道了。1991年初某日，我感到一头雾水。

　　这位朋友所说的"幸存者"指"幸存者诗人俱乐部"，由芒克、杨炼和我于1988年4月间发起，初衷当然是为了创造某种现代诗的"小气候"。俱乐部主要的活动方式是诗歌沙龙，无非朗诵、讨论，间或喝一次酒。也办了一份交流性的刊物，刊名就叫《幸存者》，包括"首届幸存者诗歌艺术节"特刊，前后共出了三期。"首届幸存者诗歌艺术节"也许是俱乐部最辉煌的一次作为，但正如在中国常见的那样，"首届"就是末届，辉煌就是结束——艺术节举办两个多月后，俱乐部就被迫停止了一切活动。

　　"幸存者"的宗旨是"致力于维护和发展诗人的独立探索，并通过诗人间的交流，促进这一探索"，而不是要建立一个风格流派。它从来没有具体倡言过、事实上也不存在什么共同的诗歌主张。唯一一篇阐释性的文字，大概就是我为

《幸存者》创刊号所写的发刊词《什么是"幸存者"》了。在那篇文字中，"幸存者"意味着隐身沉默与死亡对弈，这和霍拉旭有什么关系吗？而且还"神话"！雾水变成了好奇。

好在文章不难找到，《发现》，也是创刊号。奇怪的是，读完这篇署名"戈臣"的文章，我丝毫也没有那位朋友所说的感觉，相反倒有一种息息相通的快意。当然，它确实"针对"了"幸存者"，然此"幸存者"非彼"幸存者"。如果说，前一种"幸存者"（或"幸存"意识）因偏执于诗的"见证"功能而具有自我神话化的倾向，因而必须解构的话，那么，对后一种"幸存者"（或"幸存"意识）来说，这同样是题中应有之义。

真正令我感到吃惊的是文章所显示的耀眼的理论才华，以致有所保留的歧见变得无关紧要。"后生可畏哪。这位戈臣，必定长着两片薄薄的嘴唇。可是，他是谁呢？"

又过了一年多，我才从另一篇文章中得知，"戈臣"就是臧棣。

我和臧棣相识肯定远远早于这一小小的文本事件，然而，当我答应写一篇"印象记"，试图搜罗、整理所有有关他的印象时，此前的记忆库房中却顽强地呈现出一片空白。换句话说，《霍拉旭的神话》暗中做了"消磁"的工作。这种情况似乎还从未有过，我不免反躬自省：究竟是他的才华掩盖了他的魅力，还是我太注重他的才华，却轻慢乃至忽视了他的魅力？如果是前者也就罢了；但如果是后者，我将和许多女同胞一样，对我的审美能力感到不可原谅。当然，认定戈臣"长着两片薄薄的嘴唇"已与事实核对无误，可对臧棣来说，两片薄薄的嘴唇又算得了什么呢？"前几天你们北京的臧棣来过这里，哎呀，一米九的大个子，白白的脸蛋宽额头，围一条五四青年的大围巾，啧啧，那叫'要型有型，要款有款'！"说这话的可不是什么女同胞，而是一位东北糙老爷们儿。他又看了看我，一副于心不忍的样子，但终于还是忍不住，续道："恕我直言，晓渡兄相比之下，可就……惨了点儿。"

戈臣之所以"必定长着两片薄薄的嘴唇"，是基于命相学所谓"唇薄善辩"的推断，然而薄唇的臧棣还是成功地阻击了这一推断，使之充其量只实现了一半。90 年代与臧棣的交往慢慢多起来，才发现他于命相学多少有所辜负。他的敏感、他内在的激情、他思维的活跃程度与他的口头表达能力似乎有点不对称。前者往往过于快而猛烈，以至后者像是在故意设置障碍。这不是说他口拙，不喜欢表达，而是说他的话经常显得突而秃，有点词不达意，没头没脑。最先指出这一点的不是别人，而是我的女儿——其时尚不到十岁的闹闹。当时她狂热地痴迷于"脑筋急转弯"，几乎所有来客进门后的第一件事，就是要像回答拦路的斯芬克斯那样，回答她从书上贩来的那些令人对自己的智商深感担忧的问题：世界上什么帽子不能戴？一个人从十楼的窗子往下跳却没有受伤，为什么？等等。由于怀揣事先备好的得意，通常情况下她总是不待客人猜到第三遍便宣布答案，于是大人目瞪口呆，满屋响彻她咯咯的笑声。可那次她发出的却是恼羞成怒的大叫："臧棣叔叔你怎么啦，没头没脑的！"过去一看，她小脸憋得通红，正对一旁也红着脸、同时讪笑着的臧棣叔叔耍横。相问之下，原来是臧棣叔叔故意回避她的问题不答，却就问题本身和她纠缠个没完。当然，臧棣叔叔始终是最受她欢迎的客人之一，但她却从此确立了对臧棣叔叔的心理优势。

那次臧棣也红了脸大概是因为我作为家长突然到场，然而他遇事爱红脸对我早已是见惯不惊。据说这样的人一般都心地诚实，不过我更感兴趣的是，现在的女孩子们是否还像从前一样，特别喜欢这样的男子？假如仍然如此，那臧棣的优势是否太多了点？好在上帝公正，赐一利者必予一弊。臧棣既爱红脸，也就不易守住秘密。比如一段时间电话寻他不着，再见面时调侃一句，若面不改色则无事，若红了脸，则必有蹊跷矣。当然我等也是点到即止，不会再作深究。前些时偶翻《诗歌北大》，发现他的学生也注意到了他的这一特点。一篇纪言师尊的文章，有关他那节的标题就叫《30多岁还脸红》，其结论是："一个到了30多岁还爱脸红的人必定是善良的。"也是在这篇文章中，我于我所蠡测过的他的授课风格亦有所验证。在说到1999年"盘峰论战"留给老师的余绪时作者写道："一些人的超出了正常的学术论争的无理指责显然激怒了臧棣。在给我们上的'当代诗歌'课上，他的情绪依然难以平静，谈到某些问题时，嗓音会颤抖，写粉笔字的手也会颤抖……"其未及之处，大概与前面说到的那种"不对称"不无关系。

薄唇的臧棣显然深谙"损不足以补有余"的资源配置之道，他把"善辩"的天赋更多地留给了他的诗歌和批评写作。作为批评家，臧棣的"善辩"应该和一个谐音词——"善辨"，即洞察力——结合起来考虑。在这方面，《霍拉旭的神话》只不过是端倪初现，其"耀眼的理论才华"背后，是对当代诗歌写作在经历了20世纪80年代的剧烈动荡和分化之后正迅速步向成熟，并形成崭新的自我意识这一趋势的敏锐识读和反省。随后的《犀利的汉语之光》等文章进一步呈现了这种识读和反省的细部：新的欲望、新的语境、新的压力、由此导致的"加速写作"现象、加速之于传统的意味、普遍的实验风格、对形式的迷恋……"向心式"的专业态度和"对汉语的全新理解和感悟"相匹配，从中臧棣发展出一种既雄辩滔滔，又极为节制缜密的批评风格。这种风格在《后朦胧诗：作为一种写作的诗歌》（1994）一文中找到了真正的用武之地。在这篇文章中，臧棣以一批成熟的诗歌文本为依托，以解构"朦胧诗的语言、语言风格和它所借助的语言规约的真实性"为切口，以"对语言的行为主义态度"和"不及物性"的诞生为标志，以不断拓展汉语诗歌的可能性为前景，令人信服地阐释了当代诗歌在 20 世纪 80—90 年代的持续裂变中所发生的深刻变化。如果说，实现了"从传统意义上的写诗活动裂变成以诗歌为对象的写作本身"是后朦胧诗对当代汉语诗歌的重大贡献，那么，系统地总结这一裂变并予以上述经典性的定义，就是臧棣对当代诗歌批评的重大贡献。

为"后朦胧诗"正名，昭雪其"靠造反起家"的不名誉出身只是这篇文章的副产品，其高屋建瓴的气势和深挚的内省目光表明，一部装备精良、动力强大、雄心勃勃的批评机车刚刚开始提速。这部机车后来好像一头扎进了某条叫作"新诗传统"的时光隧道中，我们不知道它最终会选择谁的天灵盖作为出口，但还是能透过《现代性和新诗的评价》等，听到它沉稳的运行声。

很抱歉一篇印象记写着写着竟滑入了"小评论"的窠臼，同样需要抱歉的是，被事先限定了的篇幅已使我无法对作为诗人的臧棣说得更多。问题还在于，至少是就目前而言，关于臧棣的诗，还能有谁比诗人胡续冬在《金蝉脱壳》一文中说得更多、更好。该文不难找，就刊载于《作家》杂志 2002 年第 3 期上，从中读者可以发现，另一个同样与"善辩"谐音的词似乎一直在等着臧棣，那就是"善变"。在诗歌盼"本质"被打进现象学意义上的括号，"只指涉自身的写作"（福柯语）为诗的自主提供了进一步的合法性依据，诗的可能性的天空因之向我们无穷敞开之后，"变"差不多已经和臧棣所倡言的"享受写作的欢乐"成了一回事。那么，它也会成为他不惮于突出的"局限"吗？

（唐晓渡，作家出版社）

**同期声：**

诗歌反对常识 // 臧棣

新诗的晦涩：合法的，或只能听天由命的 // 臧棣

用铅笔写诗，用钢笔写评论——论批评家、诗人臧棣 // 周瓒

**黄发有**

1969年生于福建上杭。经济学学士，文学博士。现为山东省作家协会主席、山东大学文学院教授。著有《中国当代文学传媒研究》《文学传媒与文学传播研究》《媒体制造》《想象的代价》《边缘的活力》《文学季风——中国当代文学观察》《准个体时代的写作——20世纪90年代中国小说研究》《诗性的燃烧——张承志论》等，学术随笔集《客家漫步》《客家原乡》。享受国务院政府特殊津贴，入选新世纪百千万人才工程国家级人选、教育部新世纪优秀人才、江苏省333工程中青年科技领军人才、教育部优秀青年教师资助计划，获得霍英东基金会高校青年教师奖、中国文联文艺评论奖、唐弢青年文学研究奖、年度青年批评家等奖项，以及《中国现代文学研究丛刊》《人民文学》《南方文坛》《文艺争鸣》《当代作家评论》等期刊优秀论文奖。

# 课外活动片断
## ——黄发有印象

韩 青

　　黄发有博士1999年秋天来到山东济南，不久，在本埠晚报副刊开设专栏，曰《纸上的故乡》，每周一刊，都是客家人自古至今的传奇，满纸烟云，笔法从容老到，又诗意盎然，让被一向通俗报纸副刊文风轻薄惯了的读者们，一时为搅扰其中的历史温情与文字神性，大为颠倒。不时，就有男有女有老有少，寻至那编辑处，表示要或写信或致电，或者"找个清雅场所，边吃边聊"——都渴慕认识认识"黄老先生"。

　　伊时，这"黄老先生"还真在友人前面时不时地沧桑感一下，且态度极诚恳："老了，老了，真是老了，我今年都过三十岁生日了，已经三十多了。"给众人又可气又可乐的印象：人家都是倚老卖老，他这简直就是倚少卖老——最常碰头聚餐的一圈儿人里，他年岁最小！大家索性就"黄老，黄老"地叫了他好一阵儿。反正，他确定有一种温文尔雅严谨守信的老派知识分子的气质。

学问大而年岁小，其间做人做事的心理空间也许就多几层张力。他做大学教授，听说他批作业格外反抄袭，与学生交流格外坦诚，态度并不格外亲切。想想大学校园里，现代派小后生们多半处世机灵，而三十多四十多甚至五十岁还在读研攻博的苍茫面孔，对待青年才俊也往往油滑。黄发有那时常常叫嚷的"老了，老了"，现在想想，可能有一点自我警惕与自我提醒的意思吧。但这只是一种猜测，没有问过他。

倒是他会常常问众人，叫众人猜。大概，做教授也不能老是很严肃，终于还有一些绷不住的性情。有一阵子，他似乎热衷于脑筋急转弯。比如，他先笑嘻嘻地设置问题：说现在有一只老虎，是和你同一条道路上朝着同一个方向走，你是愿意走在老虎的什么位置？ A. 前面；B. 后面；C. 并肩同行？听者皆愣怔一下，有人质疑：这算什么问题，有点八卦呀？他便煞有介事地解释：这是测性格的、测情商的、测血型星座之类的。并且也很诚恳地表示，是有点八卦，接着又跟上一句挺玄的：它也有点道理的。于是，大家便在他逐一垂询下，依各自喜好选定 ABC。然后，他的笑意就诡谲起来，还有点抱歉似的羞涩：嘿嘿，不好意思。标准答案揭晓，大家哄然喷之，原来，根本不关什么性格情商血型星座之类的事儿，只是凭着他的智商，设个无厘头思维陷阱，促狭一回。

给他两次三番下来，对这个脑筋急转弯时期的黄发有，都提高了警惕，每次他笑嘻嘻提出一个好玩有趣的选择题，上过当的人，都矜持无语作壁上观。但他却颇能会心会意地向无语者笑笑，将之引为同谋，一起看答案揭晓时的喷怪笑话——没办法，比较常联络的一群人里面，谁让黄发有是那个最聪明的？邻校一个跟他著名程度差不多但比他老几岁的年轻教授，家里的电脑出毛病，常常指定黄发有做维修专家。互相交流什么网站上有什么样最新的最好玩的事情，更是他的长项。对大家奉若神明的网上事宜，他总会眼睛眯一眯，不以为然地随便一说，就破除了一个迷信，我们私底下再交流时，就互相背诵黄发有语录。友人甲道：发有说这样这样。友人乙道：发有那样那样说。有时，发有甲与发有乙内容冲突版本不兼容，甲乙就一起沮丧和惆怅，更觉得他厉害：什么时候我们能像他那样信息广阔，又学有专攻，还会百般变通？

然后，我们大家一起进入黄发有的短信时期。几次开会碰到，台上讲得无聊，台下听得无奈，咫尺之外，发有的短信笑话启动。散布会场各处的几个人，一个个大拇指乱忙，转来转去，常常都是从黄发有那里批发来的。谁的手机短信笑话资源枯竭了，就会问：发有，最近有什么好笑话。他也可能会说：嘿，近来好的真不多。——他对手机笑话也是讲究"信、达、雅"的，有专业精神。

真的，别看他常跟大家嘿嘿地笑着，心无芥蒂，却时不时就会听到他极尖锐的清冷学术声音，杂着各样各种的转述与反响，热热闹闹地喧嚣一阵。2003年，他的《真实的背面——评析〈小说月报〉（1980—2001）兼及"选刊现象"》一出，《小说月报》《小说选刊》和《中华文学选刊》国内三大小说选刊，均为他的评析触动——出来表态；2004年各种文学奖项涌出，人们多叫好，他却说，文学奖以前是意识形态作用多，现在又多了商业化侵蚀，更有说不清道不明的人情在里面；新概念作文，他是评委，说话也不客气：有些作品连模仿都不是，80后还需要用实力证明自己。还有文学期刊的现状、中篇小说的出路、网络畅销小说的价值……在这几年的一切文学热点中，差不多都能听到他有点特别的声音，但距离那闹哄哄的新闻现场颇有分寸，挺卓然的。而且语音专业，无杂质。

他这么一棵南方嘉木，在济南这个格调散漫的北方城市里，看上去独秀于林无枝无蔓的，可奇怪的是，有一些颇有响动的文化新闻事件，最初却是他漫不经心了无痕迹地接缘于中的。像去年山东报纸发行最大的一家报社举办的世界华文作家笔会，他应是始创者之一，虽然从头到尾他无影无踪。他的课题里，有对现代传媒的研究，晓得其命穴软肋何在，却并不像一些同类研究者，以为掌握了独门秘籍就出来笑傲江湖。如今频频亮相媒体和频频痛骂媒体的教授一样多，黄发有之于现代媒体，是冷眼关注静心研究，而从他与媒体的自觉疏离状上看，隐约还有一种极质朴的悲悯——不仅是对媒体，也是对整个世界。

总之，众人对黄发有教授佩服得紧，平素里与之交往，却偏偏拿出一副不太当回事的寻常架势来——不敢表示崇拜。搞个人崇拜，不论对谁，他都不赞同。具体到他，一则是出身客家人，客家人身世漂泊，崇尚独立与自由，拒绝给旁人当偶像；二则曾经听他表示过，要做老派的君子，而君子不党，也不会叫人们因为崇拜他而成帮立派。

在黄发有血液的上游，曾有一些历史剧似的人物命运戏剧性跌宕起伏。跨过这个风云变幻的百年再往历史深处看，建议阅读黄发有学术随笔集《客家漫步》，在书里，黄发有与他的祖辈先人、童年记忆、故土乡亲一起，在过去了的辽阔时空里沉浮。文风深情而节制，思绪冷峻又温暖，很好看。是一个跟书本外面不一样的黄发有。书外的黄发有，跟友人在一起，基本上是一个客家文化形象代言者，目力所及，很少有事物能逃过客家文化遗痕。到一家餐馆，菜单刚打开，就说：这个是客家的。改天换一家店，还来不及坐下，指着人家走廊里的小摆设：这也是客家风格。一次去 K 歌，他唱闽语歌，雨季流溪一样哗哗欢淌，人说：真不错呀发有。他不紧不慢地一嘿嘿：当然，这是客家的。

此后，大家各忙各的，竟许久未谋面。再见到他，是今年春节初五。一眼能看出来的变化，发生在发型上，从原先有些走直线拐直角的个性强调，柔顺了不少，有点顺势而下的意思了。脸上依然挂着不紧不慢的笑意。笑意里，高智商的促狭，也像发型一样就势梳理下来了，另外多出来的一层宽厚的包容。至少，在我们说一些比较笨的话时，他笑容里讥讽的成分，不那么直接了，依然会心会意，理解地笑一笑，是温良恭俭的底色。

他已经升级做了黄南北的爸爸，这是他又矜持又骄傲的事情。刚说了一两句，他就说："自从我在家里抱孩子之后，就没有见过你们。"给他这样一说，让我们生出一些愧疚来，虽然，我们也参加过对他女儿这个名字的讨论，但对黄南北父亲当年的择偶问题，并没有提供太像样的建设性意见，还老拿时下一些什么白领呀丽人呀之类的时尚概念企图干扰他，可他始终都没理会这些浮浅的干扰：我就是一个老派的人，就要找一个读书的女子。如今，黄发有的愿望已经修成正果，还结出了一朵可爱的花。

某天，与他通电话，这端话说完等着对方说，半天没声音，以为是线路出故障了，使劲喂了两声，才听到他克制地回复："在听，在听哪，在喂小孩吃奶哪。"应该对这端的莽撞有点不悦吧。这端赶紧抱歉地恍然重复："在喂小孩吃奶呀。"那头说："她喜爱一手抱着奶瓶一手抓着电话线。嘿嘿。"

这一声"嘿嘿"，音节徐徐拉长，语速渐渐放慢。像是岁月长河的小浪花哗啦一响回闪一段慢镜头，"黄老先生"来到山东济南，转眼间，几年工夫就都过去了。虽然，他还是一点都不老。

（韩青，《齐鲁晚报》副刊部）

**同期声：**

因为尊重，所以苛求 // 黄发有

短篇小说为何衰落？ // 黄发有

像火焰一样地沉思——谈黄发有的文学批评 // 吴义勤　王永兵

**贺桂梅**

湖北嘉鱼县人。1989年起就读于北京大学，分获文学学士、硕士、博士学位。2000年毕业后留校任教。现为北京大学中文系副教授。主要从事中国现当代文学、思想研究和当代文化批评。出版专著《转折的时代——40—50年代作家研究》《人文学的想象力——当代中国思想文化与文学问题》《历史与现实之间》《"新启蒙"知识档案——80年代文化研究》《思想中国——批判的当代视野》《女性文学与性别政治的变迁》等，学术随笔《西日本时间》等，并发表专业学术论文八十余篇。

# 贺桂梅印象

蔡　翔

　　大概是2000年的1月，或者是1999年的12月，在我的记忆里，那是一个冬季，北京的街头，飘着一片一片的雪花。那一次，我是应戴锦华的邀请，到京城参加一个文化研究的会议。会议在北京的一个什么酒店，应该很远，坐车坐得很困，车总是在开，但一路上还是非常繁华，繁华一路地延伸下去。这是一个都市化的时代，都市的空间肆无忌惮地膨胀着，显得异常畸形。

　　会议是戴锦华组织的，组织会议的人总是很忙，戴锦华也一样忙得眼花缭乱，一边发着牢骚，一边飞快地算账，给人报差旅费，还没忘记抽烟。这里忙完了，那里就又神安气定地开始主持会议，滔滔不绝地发表见解。

　　但是，我记忆最深的，还是跟在戴锦华后面的几个女孩子，戴锦华每见到一个人，就会把这些女孩子介绍一番，关爱之情，溢于言表。那时候，戴锦华好像有一个什么文化研究的课题小组，这些女孩子大概都是这个小组的成员。这几个女孩子都在会议上宣读了自己的论文，很受会议好评。在中国，也算是比较早的文化研究的成果了。

　　当时，贺桂梅就是这些女孩子中的一个，人长得瘦瘦小小，但好像已经是博士生了，少了点活泼，但多了几分沉稳，站在戴锦华边上，显得很安静。那一次，贺桂梅做的，是一个关于知识分子的研究，做得很扎实。当时我还在《上海文学》工作，会议结束后，我就把贺桂梅和另外几个女孩子的文章都拿了回去，并发表在 2000 年第 5 期的《上海文学》上，我还记得这篇文章的题目叫《世纪末的自我救赎之路——对 1998 年"反右"书籍出版的文化分析》。

那时候，我一直以为贺桂梅是戴锦华的学生，有一次在上海见到戴锦华，还问她："你的学生贺桂梅现在怎么样啊。"戴锦华就笑，就赶紧声明，说贺桂梅是洪子诚老师的学生，都毕业了，留在北大，是同事了。听戴锦华这么说，我倒有点尴尬，张冠李戴，但想到贺桂梅那一副少年老成的模样，倒也真是像洪子诚的学生。

后来，我还见到贺桂梅几次，还是那么寡言，但也开始抽烟了。抽烟的贺桂梅，更像戴锦华，但偶尔憨厚地一笑，又像极了洪子诚先生。

的确，在贺桂梅的文章里，我常能感觉到戴锦华和洪子诚的影响痕迹。应该说，贺桂梅对西方理论非常熟悉，而且能很熟练地运用，并由此形成一种凌厉的叙事风格，这是很典型的戴氏标签；但和戴锦华不同的是，洪子诚的史家眼光又很深地影响了她的行文，她的叙事常常穿越现在，行走在历史中间，而在历史中的行走，却又使贺桂梅显得颇为沉稳，戴锦华的理论犀利，在贺桂梅就显得更为内敛。有这两位老师的言传身教，贺桂梅真是很幸运了。

后来，贺桂梅的文章就渐渐多了起来，然而最使人高兴的是，戴锦华和洪子诚的影子在她的文章里渐渐隐去，贺桂梅却在自己的文章里慢慢走出，而且一点点变得清晰起来。

我很难全面地评价贺桂梅的文章，但她的文章的确使我心动，那种跨学科的努力使她的史家眼光显得更为开阔，有时候，已经很难说她是一种"纯粹"的文学史研究，但问题是我们真的有一种"纯粹"的文学史研究吗？贺桂梅继续在关注理论，理论帮助她提出自己的问题，而提出问题，正是文学史研究的意义所在，起码也是这一意义的"之一"。批评是对这个世界的另一种解释方式，而我们也总是生活在各种各样的解释当中，而如何把那些"解释"的剩余部分打捞出来，并给予重新的解释，这正是理论所要承担的任务。

也许，有人会认为贺桂梅的文章过于"学术"，少了一些生动或者活泼，但这只是因了不同的批评框架，相反，我倒以为，当代文学的研究，在今天则需要更多的"专业性"，这种"专业性"或许能帮助我们走出狭窄的"经验"限制，更深刻地进入文本内部。

在我们重返历史的时候，不可避免地要和政治相遇。我有点惊讶的是，贺桂梅在生活中显得很安静，然而在文章里，却有着一种蓬勃的热情，一种对世事的关注和忧患，或许因此，她的研究中，思想史的味道很浓。我在和贺桂梅以及更多的年轻人接触以后，对70后、80后这些所谓的"代际"标准开始怀疑起来，80年代的理想主义精神恰恰在这些年轻人身上延续了下来，当然，它也同时在经受他们的质疑和反思。这或许也是我从不对大学的文学教育全面否定的原因之一。

一种批判立场的确立，使我们对现在的合法性提出质疑，但这并不意味着我们因此而持一种简单的立场去重新肯定传统，并以此作为我们的乌托邦所在，这除了说明我们思想或者经验资源的贫乏，其他什么也说明不了。我不太清楚贺桂梅内心真正的想法，在我，似乎一直生活在某种悖论之中，左冲右突而不得出其围。但有一点，我仍能感觉到，贺桂梅在重返历史的时候，其态度仍然是相当慎重的，当然，少了一点轻狂，或许会使贺桂梅在她的学术道路上倍感寂寞，无人喝彩，少有人响应。但是，如果去掉世俗之心，这些又能说明什么？这并不是说，我们应该就此放弃对未来的探寻，放弃"希望的哲学"，我一直相信，在对历史和现实的艰苦的分析中，也许，我们最终还是能够为历史提出某种新的选择可能，但是，这一切只能建立在认真和艰苦的学术研究之中。

贺桂梅大概是那种很难为外界意见左右的人。有一次，大概是在海南岛的某次会议上，大家对贺桂梅还有另外几个年轻人的发言提出了各种意见。事后我问她对这些意见的看法，贺桂梅只是很谦虚地一笑，这谦虚的一笑，既可以理解成一种倾听的姿态甚至大度，也多少透出了她骨子里的某种自信。

（蔡翔，上海大学中文系）


**同期声：**

人文学者的想象力 // 贺桂梅
三个女人与三座城市——世纪之交"怀旧"视野中的城市书写 // 贺桂梅
穿越语言 图绘历史——解读贺桂梅 // 刘复生

**张念**

哲学博士，作家、批评家。1998年毕业于中山大学中文系，曾为上海同济大学人文学院副教授，现就职于上海同济大学文化批评研究所。主要从事女性主义思想和文化研究，主要著述有《身体政治与女性公民》《性生活的民主化进程》《麦当娜的身体诗学》《不咬人的女权主义》《心理气候》《性别政治与国家——论中国妇女解放》《女人的理想国》《持不同性见者》等。

# 男权社会中急促的警笛

张 柠

## 从抵抗者到劫持者

张念站在这个被"男权逻辑"所劫持的世界的边缘，不停地吹响她急促的警笛，引来了大批围观者，好像一次"防暴预警演习"。这正是张念的意义所在。

在世俗生活里，张念经常表现出一种少见的"大无畏"精神。每每散了聚会，她总是独自一人在深夜乘"村巴"穿过市区，赶往她在远郊的居所，而且从来都不说害怕。一位青年女性深夜赶路，她为什么不害怕呢？无疑不是因为她像一般人所说的"胆子大"。只有那些担心失去的人才会害怕。比如无产阶级，他们就从来都不害怕，因为无产阶级失去的只能是"锁链"，将要得到的却是"全世界"。也就是说，只有那些"无所失"的人才能"有所得"，才能无所畏惧。

女人害怕强盗和野兽吗？是的，但男人也同样害怕。这是"人"的怕，而不是"女人"的怕。那么，女人们究竟害怕失去什么呢？是贞操还是名声？在张念看来，这些都是"男权文化"制度编码出来的"符号体系"，目的在于将女性及其身体禁锢在一种虚拟的观念体系之中，在于将完整的女性变成"母性""妻性"，并赋予她们一种与之相应的"女人性"——胆小、羞涩、患得患失、犹豫不决、动辄晕倒，像林黛玉那样。《红楼梦》就是一个被男权文化所劫持的世界衍生出来的特例，是一个典型的"性别转基因"试验田。贾母、王夫人、王熙凤、薛宝钗，都是这块"性别转基因试验田"里结出的正果（具有"看上去像女性，骨子里是男性"的特征），林黛玉们是"性别转基因"失败后而生出的稗草，最终都要被"男权"的锄头清除掉。

所谓的"女人性"，实际上是一系列被"男权文化"塑造和改写了的"女性"形象要素，她是"男性"形象的陪衬，是"女性"在"男性逻辑"引导、培植之下想象的产物。因此，这种"女性"只能是时而安全（得到了男权的庇护，同时她们必须要接受和维护男性给予她们的道德礼物），时而危险（一旦失去男权庇护，那份道德礼物就可能要丢失）。千百年来，中国女性就是过着这样一种风雨飘摇的日子。危险究竟来自哪儿？来自男权社会的"男人性"——冷漠、坚硬、占有、掠夺、残暴。

要摆脱这种"安全—危险"二元结构的纠缠，首先要将"男性社会"强行送给女性的礼物——"女人性"，也就是他们认为女人之为女人的特点，或者说那些男权文化的符号体系——抛弃。这种抛弃的过程，实际上就是一个脑子清洗的过程，一个观念革命的过程，一个真正的女性意识觉醒的过程。在张念那里，这个过程无疑不是一蹴而就的，否则她就不会经常偷偷阅读《女子防暴手册》。真正的大无畏是用不着《女子防暴手册》的，她本身就有可能成为一位劫持者，或改写者，当然不是以暴易暴的方式，而是以她们特有的方式。

这让我想起了蒲松龄的《聊斋志异》的世界。那是一个女人的天堂，一个柔美的世界；又是一个让男性毛骨悚然的世界，也是一个被文人妖魔化了的世界。在那个世界里，男人成了患得患失的人，成了害怕的人，成了羞涩的、双颊潮红的、动辄晕倒的人。而那里的女性一个个都是勇敢的"劫持者"和"改写者"。她们劫持了那个靠权力和仕途（科举）支撑的男权世界，并且改写了"男权世界"的强盗逻辑及其运行程序。《聊斋志异》中女性"劫持者"的姿态，既不是男权社会的强暴和无聊，也不是它的变态形式（所谓的"以柔克刚"，潘金莲的性格就是男权社会的变态镜像物，她是另一个"西门庆"），而是一种与男权社会截然相反的情形，充满了健康的诱惑和欲望。正因为如此，它才被男性社会视为一个阴森的魑魅魍魉世界。可见，蒲松龄这个被男权世界抛弃的可怜人，尽管发现了另一个全新的天地，但骨子里还残留了许多男权社会的鬼气。

张念还没有成为一位男权世界的"劫持者"，没有成为婴宁和青凤们，而是在积极地介入对"男权社会"的"话语抵抗运动"，有点接近金钏儿的精神。

抵御男权社会的强权，需要大量婴宁和青凤这样一些奇异的"劫持者"和"程序改写者"，她们构成了一个整体世界或话语体系，才能拯救那些刚烈的金钏儿们。与"抵抗"相比，"劫持"需要更大的能量，乃至集体的能量。在势单力薄的情况下，张念仿佛一位观念上的"防暴警察"，冷静而又激愤地吹响她的"警笛"。

## 书写方式和"逻各斯中心"

几年前，张念曾经出版过两本书，一本是随笔集《不咬人的女权主义》，一本是小说集《心理气候》。这两本书我都翻阅过，尽管其中不乏才情，也具备了良好的感受力和思辨能力，在同龄的女性写作者中已经初露锋芒，但我还是准备忽略它。

《不咬人的女权主义》中那种随笔的写法非常危险，很有可能会堕落成"小女人散文"：一点感悟、一点聪明、一点思辨、一点反骨、一点自虐，还有一点庆幸，将男性窥视者抚摸得激动不已。这种与商业社会的"男权逻辑"高度合拍的"小女人散文"，是当代中国"男权社会"逼迫出来的怪物，一度在上海和广州等商业城市大行其道。不同之处在于，它的表现形态更多样化一些：当官、当老板、当名人都行，最终的结果，当然是要落实到货币这种硬家伙上面。当诱惑无处不在、力量强大的时候，当一种抵御式的书写行将失败的时候，漂浮其中的写作者的气象和格局，就会越来越小，最终便沦落为"小女人散文"（上海的苏青就是她们的老祖宗）。我亲眼看见过一些女性写作者惨败，并被市场和权力成功收编的过程。好在张念及时纠正了自己的写作姿态，毅然地抛弃了那种"小女人散文"的思维和书写方式，这得益于她趣味的纯正、阅读和思考的广度和深度，还有她写作的抱负。

大约在 2000 年之后，张念的写作面临着严峻的考验：写还是不写？为什么写？如何写？她一度试图要成为一位纯粹的叙事者、虚构者，发表过的作品收集在小说集《心理气候》中。按照那种写法写下去，她也会成为著名青年小说家，忙着朝拜"名编"，还有被收编的可能性。相反，张念一直在犹豫不决，举棋不定。她留恋自己曾经操持过的虚构文体，就像留恋"蕾丝花边"一样。她的这种犹豫，与其说是写作的困惑，不如说是文体的困惑。

作为一种"虚构叙事文体"的小说，是一种典型的资产阶级的文体，因此也可以说是一种"男权的文体"。所谓的"市民社会的史诗"（黑格尔），就是试图用市民社会个人琐碎的日常生活经验，替代传统英雄主义的神奇性，由此建构一种新的整体性（卢卡奇）。近代启蒙主义者认为，日常经验的整体结构取代神圣的信仰结构，是一种"人文主义式的"进步。这种文体及其相应的社会形态，将传统腐朽的"逻各斯中心"结构，改造为一种新的资产阶级社会的中心结构。这种新的结构分为两个层面，第一是"社会实践层面"，它是资本家施展才能的场所，它控制着资本的走向（左派理论家的兴奋点）。第二是"话语层面"和"经验层面"，它不但催生了现代认识论的产生，也催生了近代意义上的小说的产生。它的主要控制对象或读者群体，就是女性（参见瓦特的《小说的兴起》，三联书店，1992），就像今天的电视肥皂剧一样，塑造了一大批资产阶级的追随者，特别是小资产阶级女性。

普鲁斯特是"小说文体"的叛逆者。他的《追忆逝水年华》，尽管是写了巴黎圣日尔曼区一群资产阶级的生活，但他的文体却是反资产阶级文体的，也就是反传统小说文体的。他试图用感官经验或者身体经验，抵御巴尔扎克们所要再现的资产阶级的社会经验。普鲁斯特小说的文体，本质上是一种"女性文本"。但是，在资本主义社会背景下的文体谱系中，普鲁斯特就好比大观园中的林妹妹一样。换句话说，普鲁斯特试图改写资产阶级文体体系的逻辑，却最终被资产阶级的话语体系所吞没。

这就是伟大的文体的寂寞和悲哀。经受这种遭遇的代表文体，还不是小说，而是诗歌。诗歌是一个时代的最高智慧，但是，在"文体社会学"的意义上，它被根深蒂固的"男权逻辑"所劫持，诗歌正在惨遭资产阶级社会"logos"的阉割和肢解。因此，关键不在于用一种感官经验的整体性（回忆的整体性），去取代资产阶级社会"男权话语"的整体性，关键在于，首先要让所谓的"经验"破碎、毁坏。这就是一种具有真正"解构性"的写作。它不仅仅具有文体学的意义，更有社会学的意义。

张念放弃传统小说文体书写的意图，似乎是要回到女性主义书写的社会学层面。她似乎从巴塔耶、鲍德里亚、拉康、齐泽克等人那里找到了动力。她推崇罗兰·巴特、杜拉斯、桑塔格式的写作文体。她将叙述的激情融进了理性思辨的框架，仿佛要用柔性改写刚性。她将小说的技巧带进了她的批评写作之中。她书写的姿态变得轻盈而又沉重。她给了优雅的中产阶级和小资产阶级的阅读趣味致命一击。

这些书写的成果，汇集在她刚刚编辑完的批评文集《持不同性见者》之中。

这是她近五年来书写的结晶。特别是第一辑《性别视角中的身体》，全面阐释了她的"女性观"和"书写观"，可以视为当今中国新一代女性主义批评的代表作之一。

## 文化清算和"女性主义"

对传统文化顽疾的清算，是中国社会自 19 世纪末、20 世纪初期以来的未竟的使命。但在文化批判中，女性主义视角的缺乏和力量的淡薄，是一个严峻的事实。男性主义批判视角的基本思路是——现在不好，过去和将来好；或者说这里不好，那里好。这里面体现了一种男性逻辑所特有的"时间焦虑症"，以及相应的地缘政治意义上的空间压迫感。在这种非此即彼的二元论逻辑支配下，我们见到的只有权力之间的撕咬，只有各种形式的战争——政治的、军事的、贸易的、话语的。女性视角中体验的瞬间性，以及她们超地理学和物理学意义的"时空经验"，无疑是一种全新的文化视角和对文化顽疾进行整体清算的"新工具"。

张念近年来所写的大量文化批评文章，正是从女性视角出发，对当代中国文化顽疾进行清算的努力。她的文化批评涉及了诸多大众传播中的热门事件，几乎囊括了大众文化的各个层面，无所不包。但她的批评视角却是女性的，独特的。看看她是如何分析东方女性的两件宝贝——面纱和旗袍的：

面纱是如何编织的呢？一边是过度的想象和阐释，一边是默默无言的含羞遮掩，一边是话语聒噪的骄傲自大，一边是无力表达的隐忍玄虚。在这种看与被看的关系中，薄薄面纱垂挂的是一种默契，是魔术师手里的布，欲望变得更加扑朔迷离。蛛网是用来捕捉的，面纱背后的女人深谙其道。她的掩饰和躲藏，在撩拨着喷火的猎枪，尽管看上去那样的无辜，极乐世界就构筑在沉默的深奥之中。像密林中受惊的小鹿，这围追堵截的游戏，隐含了深刻的误会。东方被抽象成神秘的异度空间，那里隐藏着深不见底的女性欲望。带着西方式的探险冲动，女人作为男权文化中的欲望符号，被再度出让，在另一个符号等级中，在西方的强劲出击和东方的惶恐退让中，女人被重新编码，异国情调云遮雾拦，遥远和神奇就这样摆在了文化化石的陈列柜里，那就是西方男人梦寐以求的东方宝贝。

除了面纱，东方宝贝的另一个杀手锏就是旗袍。面纱和旗袍，一个遮掩，一个收裹，它们不动声色地表明了有关东方情欲的焦虑症，这就是沉默的力量，一直是面纱和旗袍的意志，在主导着这场情欲游戏。

旗袍的语汇是内敛和沉着，它的线条走向收放自如，在开与闭之间，在袒露的可能和不可能之间，露出斜斜的缝隙，绲边的盘扣守护着这些缝隙，像造型怪异的士兵，随时等待着冲锋陷阵的号令。旗袍依然随身赋形，含蓄中有怒放的味道。只能远远地看着，无奈和等待，欲望被裁剪得恰到好处，增一分则多，减一分则少，在诡秘的暗示中，又让人束手无策。有微弱的光，从缝隙里飘来，照亮了焦灼的欲望，正如东方，在神秘未知中，昭然若揭。

如果说面纱是近东宝贝的障眼法，那么旗袍则是远东宝贝的魔法石。现在，无数的东方宝贝，盛产于上海，她们穿着旗袍，跳着狐步舞，演绎斑斓多姿的情欲故事。这些陈列柜里的东方宝贝，采取了主动迎击的姿态，让隐与显、东方与西方更具思辨的意味。

从变成物质，到变成欲望，再到变成欲望的符号，魔法石的魔力在逐步减弱。当长袖善舞的丝路花雨，还在西方的惊诧眼光里，余音袅袅的时候，东方宝贝们已经站在了西方搭设的欲望舞台上，不必在客厅梦游，或者跋山涉水，缓解焦虑的天使，已经翩然降临。红旗袍和红肚兜，让我们熟悉的两位女影星获得了国际知名度。东方从此不再遥远，在国际文化的地形图上，旗袍像一枚醒目的地标，插在了各种盛大仪式之上。符号自身认可了被符号化的命运，沉浸在自我展示的喜悦中。旗袍的意志被削弱，它迷失在低胸晚礼服的波浪之中，它自身的意义在没有生成之前，就被西方的目光吸纳和消解了……

（张念《东方宝贝》）

这是一种符号学分析，还是一种女性的感悟，或者说是一种文化顽疾的清算？这些都可以说是同一说法的不同层面。符号学分析就是一种敏感的发现和"编码—解码"过程。文化批评也就是一种重新"编码—解码"的实践。它要求超越性别的区分，将一种对存在发现能力和一种对新的逻辑编织能力合而为一。它就是一种"阿妈尼"和"阿尼姆斯"（荣格）的合一，是东方哲学中的"阴阳合一"；或者说是一种情感书写和理性分析的合一，一种新的感受力和批判力的合一。从根本上看，写作就是一种反"男根中心"的书写实践。这是张念在她的批评写作中努力追求的目标。

　　对张念的写作来说，2005 年是标志性的一年。她总结了五年来文化批评实践的成果，编撰了一本自己比较满意的批评文集《持不同性见者》。她还即将结束自己那种"忙里偷闲"式的"业余写作"，要到大学去从事专业研究和批评生涯。与此同时，她也将面临新的困难，那就是对来自腐朽的学术体制强大吞噬力的抵御，以继续保持她书写和批判的力量。但我愿意相信，张念的写作将会有更远大的前景，她的"警笛"也会吹出越来越动听的曲调。

（张柠，广东省作家协会）

**同期声：**

批评、偏见与傲慢 // 张念
消费社会的女幽灵 // 张念
个体担当中思考身体即是思考严肃——张念的写作及思考 // 艾云

**李美皆**

1969 年 6 月出生，山东潍坊人，现为北京空军指挥学院文艺评论部主任、副教授，中国作家协会会员，第十届江苏省青联常委，中国当代文学研究会理事，江苏省第四期 333 高层次人才培养工程培养对象。主要从事中国现当代作家作品研究及文化现象分析、女性文学研究、军旅文学研究、民族文学研究。著有评论集《容易被搅浑的是我们的心》《为一只金苹果所击穿》，长篇散文《永远不回头》，随笔集《说吧，女人》。主持国家社科基金课题"中国新时期军旅女作家研究"一项，中国作协重点扶持作品四项。曾获中华文学基金会庄重文文学奖、冰心散文奖、总参二部专业技术重大贡献奖、全军文艺优秀作品奖、中国文联文艺评论奖、《文学自由谈》二十年作者奖、《南方文坛》2012 年度优秀论文奖等。

# 沙龙里的新客

## 任芙康

李美皆来电话，说《南方文坛》将为她编发一组文章，其中要一篇关于她的印象记，让我帮忙写一写。跟她打交道，尚不足一年，如此短见薄识，"印象"肯定写不像。但李美皆搞劝降，就跟她写文章一样，凡有路口处皆布兵把守。总而言之，让你推不脱。

去年 10 月的一天，为炮制第六期刊物，我正埋头翻稿，突然发现李美皆两篇文章。这位李作者，数年前曾有稿寄来，发表后无人喝彩，李某也似乎惊鸿一瞥，销声匿迹了。我便连此人的来龙去脉，最起码的是男是女，均不得知晓。李美皆今番卷土重来，我不免心生好奇。

一篇评论小说家苏童。读过之后，很是惊叹，文章苦口婆心，写到这步田地，被评论的对象不受震动都难。另一篇评论文化人余秋雨。未及读完，便决计将它刊出。记得多年前，余秋雨参加我刊举办的活动，还曾一同进过北京电台《空中百花园》直播间。当时余秋雨虽未大红大紫，但言谈举止新异，已能看出发达的端倪。此后余秋雨果然如黑马上路，撒欢儿奋蹄；围绕他的口水混战，因相互挑逗，亦呈甚嚣尘上之势。鼓动文人间说长道短，本是批评刊物的本分。于是这些年，《文学自由谈》的版面上，敲打过余秋雨，也捍卫过余秋雨。而我张罗的另一本杂志，对余秋雨则只有美誉的文章。读罢李美皆《余秋雨事件分析》，我不禁感慨，难得明白人，难得明白文。见多见厌了脸红脖子粗，碰到内心不紧张、面部不错位、话说得从容练达的作者，你会感觉出弹压不住的快乐。

"在批余（秋雨）的过程当中，不少人也暴露了自己的丑陋。"旁观者清，李美皆眼神不错。这句话如果展开，肯定能写出另一篇有趣味的文章。这也可以反证，李美皆臧否人物，点评事件，无团无伙，属于单枪匹马。李美皆这种舞文弄墨的状态，同事们个个欣赏，便两稿一并用出。编辑在联络封面照片时，方获悉李美皆女性本色。这自然更加叫人意外。于是，李文发排前，责编写下数句感言："我们本打算不再刊发牵涉余氏的文稿，因各方彼此的论点、论据，均已翻不出新的花样。但纯因这篇'分析'风采独异而不忍割舍。一位女性写手，又是关乎如此刚性的论辩话题，竟然将文字调配到这般举重若轻的状态。窃以为，一些呆头呆脑、言语枯涩的须眉文评家学有范文了。"

就是这几句多嘴，招致声色俱厉的斥责。有人来信说，你们跳出来公开表态，作践的是"不体现编者好恶"的标榜。说你们挂羊头卖狗肉，你们一直不服，现在如何，该认罪了吧？

同事们珍惜刊物，始终谨言慎行，唯恐旁生枝节。这回兴之所至，诌出几句感想，无非企望倡导一种批评技法，确无自食其言的主观故意。见有人激动难抑，便想在下期刊物中作点解释。又考虑这些人心眼儿怪，喜欢将解释与狡辩挂钩，遂不提也罢。

李美皆这篇文章，读者反应之庞杂，为本刊近年来所仅见。赞语盈耳，驳辞满目，如此毁誉齐来，恰是我们的期待。但念及李美皆虽然文章很有胆量，但不知心理是否坚强，便只将看客的叫好择一些告她，而对挞伐之声，则滴水不漏。

后来有位先生，擅自行事，将李美皆这篇"分析"收录一本书中。她电话里有些不悦，想写一则"声明"，内容包括独立写作及著作权云云。我不以为然，劝她不必将这类不快看得太重。世间诸事，包括你李美皆的文章在内，最终最终，都只是过眼云烟。积我数十年阅人体会，凡自珍自爱者，如一意孤行，必导致自恋；自恋发展，必坠入自虐。人生在世，学会莞尔，善于释然，于人于己，利莫大焉。电话那头，李美皆最后说，我再想想吧。几天之后，收到她一纸《我的说明》："最近在网上看到一本《庭外"审判"余秋雨》的书（北岳文艺出版社出版，古远清编著）。书中收录我发表于《文学自由谈》的《余秋雨事件分析》一文，未经本人同意。此书编著者、出版者所为之不当，不言自明。我写评论，只是自身读书、思考结果的表达，不愿意无端地被人强行纳入某些相互攻讦的团队。"（《文学自由谈》2005年第3期）

声明变说明，一字之易，境界明显攀升。事情说清了，心情未破坏，岂不皆大欢喜。希望李美皆保持好情绪，我当然有私心。怕她受到鸡零狗碎的干扰，影响了给我们写稿。

刊物好比沙龙，来客众多，如过江之鲫。但有意思的客人总嫌太少（并且是再多不嫌多）。《文学自由谈》常怀单相思，不论他是剥皮抽筋，不论他是隔靴搔痒；不论他是抱团儿策应，不论他是互不买账；不论他是图穷匕首见，不论他是温良恭俭让；不论他是正经在说话，不论他是故意来打岔……只要发现谁出语奇绝，就恨不得那人成为常来常往的回头客。

李美皆善解人意，此后总是自觉寄来新稿。她的关注点颇多，因此话题广泛，有时离文学近点，有时离文学远些。但锋芒在，语人之未语；气韵在，言人之难言。与探头探脑做文章的人不同，她完全是傻头傻脑做文章。在批评界云遮雾罩的庸俗中，脱颖而出的李美皆，以其纯粹的为人为文，使批评变得高尚起来。沙龙新客的亮相，也衬托出有的人于批评圈混迹多年，只是一个不大不小的误会。

慢慢又知道，李美皆在南京一所军队学院教书，恰恰是传道授业解惑之需，鞭策她大量读书，想问题，写文章。单位偏居远郊，隔膜城市中心的喧嚣与奢华。清冷的环境，不见得适合所有的人，要么更为沉静，要么加倍浮躁。显然李美皆属于前者，久而久之，她已不屑于谬托知己与呼朋引类。此外，李美皆"傲视群雌"的，是她拥有一位充满责任感的先生。因此她衣服不用洗，饭也不要做，儿子不用管。多数课余时间尽可笃实地坐下来，一门心思地敲电脑。

收到李美皆的文章，常会打个电话道谢，有时也会提出建议，局部修改或换个题目之类，她都好商量。此人也有一定之规，不见得句句言听计从，但绝不强词夺理，更无峥嵘猖狂，反正与你慢慢讲。有人问我，当然问得很诚恳，李美皆文章好，是不是来一篇用一篇？事实是，她不适合《文学自由谈》的稿子，寄过来，再退回去的，已不止三五回。

从去年第六期起，李美皆期期有文章。这几篇东西，当然并非篇篇俱佳；就是好的篇章，也并非通篇都好。但数篇连着读下来，就彰显出了李美皆那种高蹈鲜活的技能，我行我素的自信，远离人云亦云的原则，（对文坛是非）无知者无畏的勇敢。

合作已近一年，相互都觉欣然。期望李美皆继续到沙龙做客。并期望她每来之前，就像平日备课一样，须十分用力。十分力中，花八分力气完成文章的内容，再花两分力气控制文章的长度。说这些，要的是李美皆始终不懈怠，文章既然做开了，就要做出一以贯之的水准，以不辜负读者的惦记。

（任芙康，《文学自由谈》杂志）

**同期声：**

我的批评观 // 李美皆

文学与人生的两翼——以顾城和曹雪芹为例 // 李美皆

犀利而体贴的常识主义批评家——论李美皆的文学批评 // 李建军

**南方文坛** 2006 年《今日批评家》

邵燕君

刘志荣

赵 勇

王兆胜

李 静

路文彬

**邵燕君**

北京大学中文系副教授。2004 年创立"北大评刊"论坛，任主持人。2010 年开始转向网络文学研究，2011 年起在北京大学中文系开设网络文学研究课程，率先探索网络文学研究方法和教学模式，发表多篇论文并获奖。现任国家社科基金研究项目"网络文学的'经典化'与'主流文学'的重建研究"主持人，全国网络文学研究会副会长，《网络文学评论》特邀副主编。著有《倾斜的文学场——中国当代文学生产机制的市场化转型》《美女文学现象研究》《新世纪文学脉象》等专著。曾当选 2006 年度青年评论家，获《南方文坛》2005 年、2006 年、2011 年、2012 年四届年度论文奖，2012 年获《文学报·新批评专刊》首届优秀论文奖，2013 年获第二届唐弢青年文学研究奖。

# 关于邵燕君

## 曹文轩

邵燕君念完博士那一年，我代表当代文学教研室，起草了一份关于将她留校的申请报告。这份申请报告实事求是地描述了邵燕君的成长经历，深入分析了她的学术修养与素质，把将她留校的理由很诚恳地作了诉说，无一句虚语。现如今，念完博士的最好选择，莫过于留校任教。但由于留校的条件一路攀升，直高到近乎苛刻的地步，能够留校的凤毛麟角，而留北大则几乎难于上青天了。每年一度的应聘，看应聘者纷纷落马，作为其中的一个投票表决者，事后，在很长一段时间里心中都会感到不安与歉意。邵燕君的留校要接受学术委员会的严格审查（甚至是盘问）。那天，面对学术委员会诸位先生，她在规定的时间内不卑不亢地作了她的学术报告。记得那份报告，并无惊奇之处，倒是显得过于平实。最后，她顺利通过了。我将这件事视为她人生的一个重大转折点。留与不留，她的人生将会是两样的安排、两样的风景。

当时考虑让她留校，教研室主要是从两个维度上思量的。一是背景，二是前景。所谓背景，就是她在学术上已经呈现出来的形状。所谓前景，就是根据已有的形状，加上对她各方面品质的考察，然后对她在学术上的未来形状再作一个展望和推测。

邵燕君于 1986 年入北大读书。本科学习期间，曾作为《北大校刊》的记者在校内外进行广泛采访，虽然那时不免显得有点稚气，但很灵敏，很有活力。记得她曾写过一篇长文叫《进退之间——从商品经济的冲击看知识分子的命运》。她走马灯一般采访了数十位当时在知识界、文化界颇有影响力的著名人士。该文发表后被数家报刊转载，也算是轰动一时。这些年，一些年纪大的老师在回忆那段时光时，往往都要描述那时她采访他们时的风采。他们说，那时，她就有模有样了。在此过程中，邵燕君的文化视野得到了拓宽，社会经验和写作能力上也得到了训练。因学业成绩优秀，本科即将毕业时，她获得了免试就读硕士研究生的资格。当时我既管当代文学教研室，又管中文系的研究生工作，只几句话，就很容易地将她要到了当代文学专业。从此，她就被绑在了当代文学的战车上而欲脱不能了。这一绑定，对她的一生来说，也许并非是最佳选择，可谁让她写那些文章的呢？这些文章在搞当代文学研究的人看来，她天然就具有干这一行当的品质。

攻读硕士学位期间，邵燕君频频在《文学评论》《上海文论》《文学评论家》《文史知识》《文学世界》《读书》等刊物上发表学术论文，就已经有了一点气象。她的硕士论文《作为经验的叙述和作为想象的叙述——论先锋小说的形式化追求及技术化倾向》，在详细考察了先锋小说的创作状况后，提出"经验的叙述"与"想象的叙述"两个概念，从而廓清了先锋小说的创作倾向。圈里人觉得很有见地。后来发表在了《文学评论》和《文学世界》上。

硕士毕业后不久，她远去新加坡与美国，先后在中国新闻社和华声月报社任记者、编辑，从事文化方面的新闻报道工作，连篇累牍地写了一串介乎于新闻与文学批评之间的文章，异常敏捷地抓住了诸如"诗人顾城之死""《废都》热""金庸热""先锋文学与影视联姻"等热点问题，又异常明快地对这些热点加以解读。其中，《著名作家张承志抨击文坛堕落》一文，后来成为研究"二张"（张承志、张炜）"抵抗文学"的重要资料之一。那几年，她深入采访了张承志、余华、格非、白先勇等一些海内外著名作家以及一些重要杂志、出版社负责人士，掌握了大量只有活跃在前线的人才能获取的文学"内幕"与"情报"。

她的这一段特殊经历，是她后来运营当代文学的一份独特资本。这段经历培养了她一种亲近当下文学的兴趣，也培养了她深度介入当下与当下文学的能力。这一兴趣与能力，对其他专业而言，也许并不是必需的，但对当代文学研究来说，却是宝贵的。道理很简单："当下性"是这个行当的特征，是它的生命所在。她后来做的博士论文，若没有这一段特殊经历，大概是不可能想象的。它使她具备了一个优势。也正是这个优势，才使得她后来在这个领域中有了那样一些特别的举动与结果。

这两年由她主持的"当代最新作品点评论坛"，也是她的文学研究思路的一个必然产物。这个论坛的宗旨，与当下文学的批评路线很不一样。"回到文学""回到文本""回到朴素的批评立场"等理念，显然是有悖于当下的批评主流的。这个论坛欲将当代文学批评从对理论的机械阐述中解脱出来，从浮华的过度解释中闪出身来，企图回到文学的本真状态。并非是放弃理论，而是让理论在作品的平台上获得展示。这个论坛的切切实实的工作，正在得到越来越广泛的关注。

调门、腔调、格调，作为一个批评家，他必须要有自己的声音，有自己的方向，有自己的视域，有自己的角度，有自己的叙述方式和叙述语言。然而，由于我们对学术规范的教条性顺从，更由于科学主义的极端化流播，文学批评已成为一个只有共性而无个性的公众文体。每年出笼的成千上万的文章，落入了干部一腔的尴尬。男女老少，一鼻孔出气，同样的把式，同样的套路，同样的文风与同样的语气。若说当代文学批评有病，就病在无调。在这样一番格局中，邵燕君处众人中，居然独立。至今我还常常向在读的博士生说起许多年前她的一篇文章中的一句话：马原又"装神弄鬼"了。我欣赏邵燕君的一点，就是她的批评无论深浅，都有自己的风格。那风格里有大气、雄辩、机智，还有一股侠气——就像生活中她这个人。

对于她来说，要时刻提醒自己的是：在关注当下的同时，又不要让当下牵着自己的鼻子走。我有个观点，二十年前就对人宣扬过：研究当代文学的功夫，并不来自当代文学。

（曹文轩，北京大学中文系）

**同期声：**

*直言精神·专业品格 // 邵燕君*
*2005：从期刊看小说 // 邵燕君*
*在倾斜的文学场为现实主义辩护——论邵燕君的文学批评 // 李建军*

**刘志荣**

1973年出生，文学博士，复旦大学中文系教授，主要从事中国现当代文学史研究和当代文学批评。曾任中国现代文学馆第二届客座研究员，现为该馆特约研究员。出版有《潜在写作：1949—1976》《张爱玲·鲁迅·沈从文：中国现代三作家论集》《从"实感经验"出发》《此间因缘》《百年文学十二谈》（主持）、《实感经验与文学形式》（与张新颖合作）等，发表论文、对话及评论八十余篇。著作曾获教育部全国高校科学研究成果奖、上海市哲学社会科学优秀成果奖，论文曾获《当代作家评论》《南方文坛》等杂志年度优秀论文奖，个人曾获首届上海社科新人奖。

# 一个慢的人

张新颖

　　具体是什么时候认识刘志荣的，已经记不清了，总之是在他跟陈思和老师读博士的期间，算起来也有八九年了。最初我听说他硕士论文是研究张爱玲的，心里多少有些不以为然：我想一个关中农家出来的念书人，怎么在上海读了几年书，就混到一大群海内外的张迷里面去了？当然我这个想法经不起推敲，怎么一个陕西人就不可以研究张爱玲了？所以我也就没敢说出来。后来我写《20世纪上半期中国文学的现代意识》，要谈到张爱玲，就把他的论文借来读，一读之下，庆幸还好没把自己经不起追问的念头说出来。原来志荣还是没有把自己和一大群张迷混起来。他的张爱玲研究给了我很切实的启发，我就催促着他赶快把他的研究整理出版。

　　我的那本书是2001年底出版的，其中有个注释说是"参见刘志荣尚未出版的张爱玲研究专著"，到现在，又是几年，那部专著仍然是"尚未出版"。这就说到我对刘志荣印象特别深的一点了：慢。

　　我这个人性子急，碰到慢人就更急了。我老是催促着他把书稿整理好，印出来，他已经听得很烦了。我知道他不要听，也就不说了。就好像我和他约在某个小店吃饭，我习惯了他的迟到，就自己也迟到半个小时；我以为这次肯定是他先到了，结果等我去了还要等他二十分钟。

这是个拼了命追求速度的时代，学术研究也不例外，学术速度，学术加速度，然后就是看起来是学术的其实无学无术的加速度，怎么得了啊。可是刘志荣不但没有跟着快起来，好像还越来越慢了。

这样慢，居然也能做成大事。我指的是他对中国当代文学史的"潜在写作"研究。《潜在写作：1949—1976》这部著作终于要出版了，五十多万字，一块砖头。不是说字数多书印出来厚，而是说，一块砖，一片瓦，对于学术建筑都是实在有用的东西，不同于用上等纸糊成个砖瓦的形状来建学术高楼，最多也就是做成了个漂亮的学术模型吧。砖瓦是烧出来的，这个活不好干，也急不得，不出力，不到火候，出来的就是废品。刘志荣这些年主要就是烧这块砖了，这块砖怎么样，出了窑大家看看吧。我敢说，至少它是块砖。

慢，还因为认真；而认真的人，做事就一件是一件。好几年以前，周立民约我做个百年中国文学的系列对话，我一听就说做不了，一是嫌麻烦，最主要的还是研究得不够。我就随口说，你去问问刘志荣吧。没想到刘志荣真把它当成了一件事来做。他选了十二位重要作家，再分别去找对这些作家有研究的年轻学者，一个一个谈。这可不是记者采访，自己不知道就随便瞎问；也不是主持人，自以为懂就好像是真懂了的样子。你自己要是对这十二位作家没有研究没有心得，怎么可能和研究者谈下去谈开来呢？那时候刘志荣提了个录音机，五六块砖头那么大的，在嘈杂的小饭店里或者什么地方，对着那么个东西说话。后来就有了《百年文学十二谈》这本书。前几天他拿了一本这个书给我，我说不是早就给过了嘛，他说又重印了一次。我说刚刚拿到的新样书？他说，哪里，三个月以前就拿到了。他三个月以前拿到新样书，就放在办公室我对面的抽屉里，用了三个月的时间，才从抽屉里拿出来。

这些年，刘志荣读了不少书。他读的书里头，有些是我读不懂的，还有些是我不敢去碰的，怕陷进去出不来。我的这种心理他好像一点都没有，好像就是任自己陷到书里面去，出不出来都没有关系。但我有时候跟他抬杠，他说鲁迅、沈从文、张爱玲的文学，好就好在有"实感经验"作为核心，我就说，你的"实感经验"呢？我的意思是说，不能老是把自己关在屋子里头读书吧，屋子外面还有生活，还有世界。

（张新颖，复旦大学中文系）

**同期声：**

听音寻路 // 刘志荣

黑夜中漫游的灵魂：灰娃"文革"时期的诗歌写作 // 刘志荣

敞开的格局——刘志荣的文学批评 // 黄德海

**赵勇**

1963年生，山西晋城人，文学博士，现为北京师范大学文学院教授，博士生导师，教育部人文社科重点研究基地北京师范大学文艺学研究中心专职研究员。兼任中国赵树理研究会副会长，中国文艺理论学会理事，中国中外文艺理论学会理事等，主要从事文学理论与批评、大众文化理论与批评的教学与研究工作。著有《整合与颠覆：大众文化的辩证法——法兰克福学派的大众文化理论》《大众媒介与文化变迁：中国当代媒介文化的散点透视》《审美阅读与批评》《透视大众文化》《书里书外的流年碎影》《抵抗遗忘》，合著有《反思文艺学》等，主编有《大众文化理论新编》等，合译有《文学批评：理论与实践导论》。在《中国社会科学》等刊物发表学术论文百余篇。


# 赵勇印象记

聂 尔


赵勇既是我的老朋友，也是时常引起我思考的一个人、一个学者。对于我来说，他意味着一条具体的道路：一位农家子弟走向一个真正学者的道路。而且，这条道路还正在延伸之中，我远未看到它的尽头，我也并不完全了解它的曲折和艰难，我只是知道一个大概。因此，由我来写这篇文章，我真的感到有点为难。但我还是接受了这个任务，我将尽我所能地在有限的篇幅中说出我所知道的有关他的一切。

赵勇出生于山西晋城一个贫困农民之家，这个家庭至今仍然是贫困的，而且，它的贫困程度肯定超出很多认识赵勇的人的想象。这个家庭及其所在的乡村就是赵勇的出发之地，也是构成他现在生存环境的最重要因素之一，虽然他本人现已在中国最著名的大学里任教，他的三口之家也终于安顿在了北京——这个中国最豪华的、竖立着最多权力大厦的世界性都市里。

1980年，我和赵勇相识于山西省晋城一中的文科补习班里。所谓相识，就是我知道那个个子不高的、黑瘦的、在众人面前沉默寡言的人名叫赵勇。因为数学成绩差，他只考入了山西大学中文系。他在山西大学中文系就读期间就在当时的著名批评刊物《当代文坛》上发表了研究张承志的一篇论文。这是他在成为一个学者的道路上走出的第一步。毕业分配时他本来可以留在省城，但他被一位省级高官的亲戚挤出去了，于是他来到我的母校山西省长治市晋东南师专任教。1987年他考取山东师范大学硕士研究生，三年后回到晋东南师专，1999年他考取北京师范大学童庆炳先生的博士生。这期间他完成了他目前最大的学术成果，即他的博士论文《整合与颠覆：大众文化的辩证法——法兰克福学派的大众文化理论》，以及《透视大众文化》和论文集《审美阅读与批评》，还有发表在各种学术期刊上的大量论文。这就是我所看到的他的道路的一个大致的轮廓。

我知道的还有，他从张承志研究起步之后，作为一名文艺学的学者，他还不停地关注和研究着当代文学和更为广泛的当代文化现象，他的涉猎范围相当广泛，他既重点关注和研究过莫言、贾平凹、赵树理和崔健等人，也对流行音乐、影视、体育文化、电子文化以及散文理论有过深入的探讨。他所研究的众多对象对于他来说具有一种显见的统一性，那就是它们都具有很强的"社会性""民间性"和"大众性"。这与他的大众文化研究一起，构成了他的"学术整体"。

赵勇的学术研究和写作是基于他直接的人生体验和对中国现实问题的认识之上的。在从乡下"进城"的过程中，从一个农家子弟成长为一个学者的道路上，他始终遵守一个原则："先思想者，然后学问家。"（这是他一篇论文的标题）现在的他，走在都市的街道上，站立在大学讲堂上，仍然胸襟上沾染着泥土，目光凝视着飘溢在众人头上的"文化"。他选择法兰克福学派的大众文化理论作为他的博士论文，我以为是出于强烈的现实关怀，而并非仅仅是兴趣所致，因为他一直站立在人群中，而不只是学院里。他关于巴赫金狂欢化理论的研究《民间话语的开掘与放大——论巴赫金的狂欢化理论》引我走进巴赫金之门，并使我认识到他始终在寻求着"精英"与"大众"之间的沟通路径。顺便说一下，我个人认为，此文所表达出的观点，可以成为对于当下中国文学研究的又一把入门之钥（如果已经有很多的话），至少对我来说是如此。他把"意象形态"（《意象形态与90年代中国文学》）运用于当代文学批评，不仅给出了一个关于当下中国文学的"关键词"，甚至可以说是整个当代中国文化的"关键词"。

本来，他可以教给我更多，但事实不是这样的。我们的每一次见面都在笑声中开始，进行，并最后结束。我们喝酒，聊天（真正的聊天，丝毫不涉及学术），谈一谈现实生活中的趣事和困难。即使在谈到最为严重的困难时，赵勇的脸上也是带着笑容的。但是，无论他谈笑还是沉默，我都能从他的脸上看出当年的赵勇——一位农家子弟的本色，从晋城一中高考补习班走到现在始终不变的那个赵勇的"本质"。因为"存在先于本质"，他当然也有了很大的"本质性"的变化。但对我来说，要说清楚这一点，既一言难尽又无能为力，还是让他自己说一说吧。

他在《民间话语的开掘与放大——论巴赫金的狂欢化理论》一文中曾经这样写道：

> "自由在笑"是巴赫金从哲学的高度概括出的一个命题，广场上的开怀大笑则是作者在中世纪的民间文化和拉伯雷的文本中发掘来的一种生活，"它的特性在于'与自由不可分离的和本质的联系'。它显示了人们从道德律令和本能欲望的紧张对峙中所获得的自由"。毫无疑问，这两者都显示了巴赫金在他所处的那个专制的年代里对自由的向往与渴望。因此，巴赫金的思考是渗透着自己现实经验与生命体验的思考，他对狂欢话语的挖掘、呵护与高扬又是对哑巴时代的有力控诉。

赵勇的笑同样也是对"自由的向往与渴望"。尽管现在从表面上看，我们所处的时代不仅在一步步地走出专制，甚至仿佛已经是众声喧哗，仿佛我们已经获得比巴赫金时代多一点的自由，但是，有谁不清楚，我们的笑除了对于自由的渴望之外，还包含着一些无奈，一些荒唐，一些辛酸，一些幻觉，一些软弱，以及一些空洞和虚妄。依我的看法，如果不能说我们的笑是一种比巴赫金时代更加荒诞的笑，至少是比巴赫金时代更加"复杂"的笑。

具体到赵勇个人，情况可能还要更复杂一些。他不久前才在北京买了一间房子，并刚刚入住，他和他的家人由此掉进了一笔永久的巨大的债务里。他的父母兄弟在山西农村经受着掠夺和贫困，他对此丝毫也无能为力（他所能做的就是在他的书的前言或后记里时常提到他的父亲）。我还注意到他以前比我大得多的酒量突然减小了，那可能意味着身体（巴赫金所谓的民间与官方对抗的本质性工具）是不是已经有了点问题？但他一般不谈论这些问题，偶尔谈起也是"笑谈"。我本来也是一个爱笑的人，于是我们一起笑着（在我家，斜着对坐在沙发上），如果他的妻子和孩子也来了，我的妻子和孩子也在家，光从笑声来听，那简直显得像一场狂欢。

但是，我们都明白那根本不是，那充其量只是友谊而已，是"民众曾经欢笑的一点残迹"，是所谓个性化写作的客厅表演，因为赵勇说过：

> 就是这样一种打过折扣的狂欢精神如今也已经不复存在。在资本主义精神的不断渗透下，广场已经萎缩或位移，笑声已经弱化或流于虚假，民间与官方的二元对立已经瓦解……而我们面对自己这个时代的话语却只剩下了反讽、调侃和深深的无奈。因为我们既没有能力守护狂欢实际上也已经不会狂欢，这就是当代知识分子所面对的尴尬语境。

赵勇对法兰克福学派艰难而耐心的研究，对当代文学和文化现象富有创见的批评，以及在其他方面所做的工作，正如他所论述的巴赫金一样，是"渗透着自己现实经验与生命体验的思考"。他对阿多诺和本雅明等人的研究，与其说是一种对他人的进入不如说是一次自我生命的穿越和突破。他的法兰克福学派大众文化理论研究实际上开始于90年代中期他在山西任教时期，那时候他已经意识到大众文化兴起对于知识分子群体的日益严重的困扰，而他的博士论文的写作只是对这个现实的长期的问题的理论化"解决"而已。他所获得的到底有多少我不知道，我只知道我在阅读这本书时，那种理性的力量对于心灵的摇撼有多么巨大，它与目前中国现实的关联有多么重要。它"整合"了我许多的不自觉的观念，仿佛使我又一次重新回到明晰而坚定的存在之中。我看到，他从阿多诺那里增强了批判的力量，但这并未使他停留在辩证法的云端，而是使他更加踏实地走在大地上；他所行走的北京如同当年本雅明眼前的巴黎，充斥着原子化的冷漠的大众，但他却怀揣着温暖走在其中；他以一种特定的主体的坚定性走在人群里，人群却并未阻挡住他的视线，反而使他的方向明确，视野高瞻，因此形成他开阔而绵密、清新而刚健、自由而不孤傲、锋芒藏于耐心的独特的文风。

他的人也像他的文字一样有着土地一般的稳健和清新，他的行走亦透出一种田野之风似的自由。每一次，当他从北京回来走进我的家门时，我看不出他到底是从哪里走来的，他的身上沾染着灰尘，他的衣着朴素到让外人看不出一点"教授"的气象，他进门就笑，仿佛他昨天刚刚来过一样。他与他很多的老同学和老朋友都保持着联系，哪怕对方是一个警察。他以前的朋友中有的现在成了手握"公权力"的人,他与他们有时见面,但他却搞不清楚他们究竟是干什么的。他的这些表现曾一度让我感到非常奇怪,因为就连我这么一个远离学院、什么也不会研究的人都大部分时间坐在书斋里了,难道这是他的大众文化研究的路径之一?后来我觉得我稍稍明白一点了。有一回我们喝酒时他谈起了他的童年。因为他父亲是公社的临时工,他时常去公社大院玩耍,在那里他认识了四个人,一个是右派,一个是"老三届",另外两个也是当时的知识分子。他看这四个人玩乐器,背诗词,他挤在大人的腿中间听这四人的有趣的言谈。这四个人的名字他全记得,碰巧的是,我也认识这四个人中的一个,我还听说过其中的另一人,于是我打听到他们现在的情况后,用电子邮件告诉了赵勇。我完成了他委托我的这件小小的任务,同时也稍微解开了我的那一点困惑。答案就是,赵勇是行走在大地上和人群里的学者(都市里的人群有着大地的含义),他始终没有被学院的高墙所围困,所以,大众文化研究成为他最重大的课题和成果,当下的文学和文化现象成为他学术的土壤。

我曾在某处说过:"理论性文字也可以成为我们从现实突围的手段之一。"这是当然并且是无须说的,但我却记得我写下这一句话时的心情,我以为这是自己的一个新发现。我当时就是针对赵勇的文章发出这样的感慨的,现在把它作为这篇印象记的结尾吧。

(聂尔,《太行文学》杂志)

**同期声:**

批评的处境与困境 // 赵勇
民间进入庙堂的悲剧——以赵树理为例 // 赵勇
批评的"有机性"和"及物性"——关于赵勇和他的文学批评 // 张清华

**王兆胜**

1963 年生，山东蓬莱人，文学博士。现为中国社会科学院《中国社会科学》杂志编审、文学部主任。著作有《林语堂的文化情怀》《闲话林语堂》《20 世纪中国散文精神》《文学的命脉》《林语堂大传》《林语堂与中国文化》《王兆胜学术自选集》等十多部，发表论文近两百篇，编著有《解读林语堂经典》《百年中国性灵散文》《享受健康》《精美散文诗读本》《21 世纪散文诗排行榜》以及散文年选等数十种。散文随笔集有《天地人心》《逍遥的境界》，部分散文作品影响较大，入选中学教材和各种选本。曾获首届冰心散文理论奖、2007 年《当代作家评论》奖、第三届红岩文学奖。

# 君子学者王兆胜

韩小蕙

　　我这人从小有两个毛病，一是只愿跟比自己年龄大的孩子玩，二是只愿跟比自己强的人交往。后来许多年过去了，年龄长了，渐悟世事，两个毛病改掉了一个，另一个却怎么也不肯离去，这就是我仍固执地只愿跟比我强的人做朋友。

　　王兆胜比我年轻得多，可是从第一面起，我就从心里将他引为朋友了。

　　第一次见面，是数年前在北戴河举行的一个散文研讨会上。由于我俩都有晚上散步的习惯，吃饭后，就沿着黑黢黢的海堤走一个多小时。惬意的海风中，兆胜跟我谈起了他的家庭、亲人、求学经历以及人生追求等，话语间满是为人处世的诚恳。随着谈话的渐渐深入，这个戴着眼镜、说话温和的青年学者，慢慢幻化成一个质朴的农家子弟，从山东蓬莱的红高粱地里冉冉升起。

　　"我上大学三年级，才第一次穿上毛裤，是我中学同学的母亲给我织的。后来，她成了我的岳母。"兆胜的这些话，至今还在我耳边温馨地响着。他也真是齐鲁大地上生长出来的一个奇迹，父亲是地地道道摆弄土坷垃的农民，母亲是地地道道养猪喂羊的农妇，有兄弟姐妹五人，全是莳禾稼穑的老实巴交的农民，可是从这个清贫的农民家庭里，就偏偏走出了这么一位学士—硕士—博士，现在又已是中国社会科学院知名的青年学者。踏破老王家门槛取经的乡亲不知有多少，谁也不知道为什么同是吃着地瓜大葱长大的王家四小子，咋就一步登到了天上？

我也把这个问题直率地提了出来。当时在黑暗的海风中，我看见兆胜的眼镜片闪了一会儿，然后听到他沉静的声音："我也不知道。其实在我们农村，有好多特别聪明的人呢。"

多年以后的逐步交往，使我逐渐了解了兆胜当时答话的含义。他屡次带着赞赏的口气，说起村里的一位乡亲，多年来坚持文学写作，用很粗糙的庄稼人才买得起的纸，写了一厚摞一厚摞的小说；又说起村里的另一位乡邻，曾认真地问他"文学究竟有什么意义"；兆胜也说起他的父亲母亲，从小就教育他要诚实肯干，厚德待人；哥哥姐姐虽然都仁爱于他，却在他犯了错误时毫不留情，逼着他向别人承认错误。兆胜是真心地热爱、敬佩自己的家人和乡亲，我从他的讲述中，听到了和作家们笔下那些自私、落后、狭隘、卑琐、劣根的中国农民们完全不同的优秀的信息。

正是因为从小吃苦耐劳，养成了兆胜极为刻苦、勤奋、孜孜不倦读书做学问的学风。他不是属于郭沫若那种大聪明才子的类型，而是沿着山东前辈大师季羡林先生的路子，筚路蓝缕，一步一滴血汗地走过来的。今天他才四十三岁，其学术成就却已如一大片熟透的红高粱，精精神神地向着苍天，哗啦啦微笑着——他已经出版了《林语堂的文化情怀》《闲话林语堂》《林语堂两脚踏中西文化》《逍遥的境界》《真诚与自由：20世纪中国散文精神》《文学的命脉》等十一部学术著作，编辑出版了《20世纪中国文化论争》《外国散文三百篇》《百年中国性灵散文》和《享受健康》等书。曾获得首届冰心散文理论奖等大奖。

然而让我说，这些都还不是兆胜的最光彩之处。类似有这些皇皇等身著作的，在京城乃至全国学界里，真的大有人在——中国人多，中国的聪明人、能干人、卓越人、天才人、超人……亦多多，我们身边从来就不缺少才俊之士。可是在这些优秀人才长阵里，为何王兆胜是那么不显山、不露水，而又是那么玉树临风呢？

我每每思之，最后终于发现，其实只用一个词，就可以把兆胜迥异于他人的特点概括出来，这就是前面屡次提到的"诚恳"二字。

诚恳是一种境界，全心全意的诚恳是一种大境界。王兆胜不是那种把"诚恳"时时顶在脑门上的人，然而当他瞧着你的眼睛，跟你说话时，他眼睛里闪烁出来的光芒，就叫"诚恳"。诚恳的基础是大善，大德，大美，在这个世界上，兆胜对谁都是这副暖暖的目光，即使是有大缺点的人、做了大坏事的人、触犯了众怒的人，大家众口一词地加以声讨，兆胜也往往不吭声；至于那些闲言碎语、飞短流长、嫉妒诽谤、官场争锋、男女情事等一类无聊话题，他更是避而远之，就像他对名利场、对混官场、对有价值的生命之外那些乱七八糟的肿瘤毒素，从来都避而远之一样。

以至于我有一次忍不住问他："在你眼里，没有坏人吧？"

他思索了一小会儿，很认真地回答说："也不是。可是我觉得坏人也不是一无是处，只要是个人，他身上总得有闪光的东西。比如杀人犯，我们家乡有个杀人犯，就对孩子特别好……"

交往了这么多年，我的确一次也没见过怒目金刚的王兆胜，他的沉稳超过他的年龄许多，以至于让痴长他几岁的我感到自己的不成熟。不过也千万别以为兆胜是一个老好人，不，他是一个有原则的人，他的底线概括起来更简单，只有一个字——"爱"。

他好多次非常严肃地跟我说，现在的有些人太差劲了，一点爱心也没有，比如对生我们、养我们的大自然，随意地破坏，砍伐树木啊，污染河流啊，捕杀野生动物啊，连小花、小草、小虫、小鸟都随意欺负，一点也不懂得它们也是有生命的，也是需要尊重和呵护的，呵护它们其实也是爱护我们人类自己。

我说："对，诗人徐刚早年有过一篇散文，其中说每一朵小花、每一片绿叶都是有生命的，都不能伤害。那句话给我的震撼太大了，从那以后，我就再也不敢伤害一草一叶了。"

兆胜叹息说："这就是文学的力量，它教人敬畏生命，心灵高尚。所以我们这些搞文学的人，还得努力啊……"

这种谈话内容，基本上构成了我和兆胜之间交流的话题，每次都能使我感到心灵得到了净化，好像自己也冉冉地从大地上升起，飞向蓝天白云的天空。兆胜和别人的交往、交流，也基本上都是这些有关爱、有关生命价值、有关提升精神品格的内容。他是一个做学问勤奋而社交疏懒的人，他舍不得时间去推杯换盏，"场合"里很少看到他的身影。真的，兆胜的"出现"，常常是一部新书突然飞至你面前，让你由衷地替他喜悦。最近让我眼睛一亮的是他二十四万字的新著《林语堂大传》，除了现当代散文的研究和写作，兆胜是林语堂研究专家，他已出版林语堂研究专著六部。

世事匆匆，人生匆匆，近年来我常常感叹人与人之间，其实是了解得多么不够，即使是亲人、挚友，自以为熟得相互都能说出头发有多少根，可是突然之间，他们做出的事情，还是能在你的心上擦出一朵意想不到的火花。

今年兆胜就又让我吃了一惊：他正在撰写一组当代散文的研究文章，不是柔软抚摸、互相唱和的那种吹捧文字，而是真刀真枪、指名道姓的批评，笔下灼灼闪烁出"大雪满弓刀"的锋芒。因为他认为，现在的散文创作该好好清理一下了，有时一年里也难以看到几篇感动你的真文章，连名家在内，大多数作品都是空洞无物、冗长、掉书袋、媚俗、商业化、官场化、庸俗化……的"假"作品，"这样下去，散文还有什么写作的必要？"

我不免有点替他担心：现在文坛的风气不好，能接受正常学术批评的"君子"，不多吧？

君子学者王兆胜笑了笑，书生意气地说："我是善意的。我想，这样的批评，对读者，对作家，都有好处。"

"真诚是一种心灵的开放"，这是法国作家拉罗什夫科说过的。我再补充一句，"恳切能化解满天的乌云"，算是对兆胜的一种学习、欣赏和精神支援吧。

（韩小蕙，光明日报社）

**同期声：**

**李静**

生于辽宁兴城，毕业于北京师范大学中文系，现居北京。曾写作
文学批评，后转向戏剧创作。著有批评文集《捕风记》《必须冒
犯观众》，话剧《大先生》（曾用名《鲁迅》），随笔集《受伤者》
《把药裹在糖里》等。主编有 2002—2011 年《中国随笔年选》《中
国问题》《读木心》（与人合编）等书。华语文学传媒大奖·文学评论家奖和老舍
文学奖·优秀戏剧剧本奖得主。

# 批评里的人生

孙 郁

　　五六年前读到几位 20 世纪 70 年代出生的青年的文章，突然觉得自己老了。
彼此的差异显而易见，他们的思路比我们这一代人活泼。最初对那一代人的状
态一片盲区，后来认识了李静，又成了同事，渐渐对他们的精神才略知一二。
李静到报社前，在《北京文学》工作过几年，脸上未脱大学生的稚气。她到了
新的单位一直不能进入到圈子里，不介入单位的人际关系，拼完版就走，偶尔
坐在桌前打打电话，约稿子，平时看不到她。她很勤快，编副刊也不见其用力。
随便堆上稿子，质量都不错。不过被毙稿子的时候也不少。较之别人有点异类。
她受批评的次数大概是较多的一个。所约的一些文章多不合时宜。不像我们这
些世故的人，在对付着过活。比起自娱自乐的记者们，她有时在窘境里流露出
茫然和焦虑。

　　不懂世故的好处是能生活在自己的世界里，思想未被污染，常可以在独
语里寻找乐趣。她的版面上几乎读不到酸臭的文章，在有限的园地里，尽可
能刊发令人眼睛一亮的作品。但有时也以己身之标准看文坛，和领导之间的
看法不都能协调。她在谈一些问题时毫不温暾，因直率而让人难堪。时间久了，
大家发现了她为人的真挚，慢慢认同了她，有的也被其说服了。由于她和几
个年轻人的存在，编辑部活泼了，偶尔也批评过我的工作思路，这让我至今

感激不尽，至少因此少陷入误区里。我也经常剽窃身边人观点，调整旧有的习惯，甚至写到文章里。那时文艺部每年要组织作家开会，在李静没来之前，我们周围都是中老年作家，李静的出现，把一批新人带来了。这批新人很少唯道德主义，亦无说教的面孔。他们似乎都受到王小波的影响，本能地抗拒着流行色。我读尤瑟纳尔、卡尔维诺、米沃什，都是在李静等人的谈话启示下开始的。还有苏珊·桑塔格、茨维塔耶娃等，如果不是在她那里得到信息，我的阅读可能要更迟一些。那都是好的文章和好的作品，对新的青年有很大的影响。看她的状态，反观到我们这一代，起点是不一样的。20世纪50年代出生的写作者道学的东西太多，似乎装在套子里。待到意识到此点后，无奈旧习难改，还在原路上盘桓，旧的影子是没法彻底摆脱掉的。

报社记者深入读书者，就那么几位，一些高水平的采访，合适的人选也不是很多。但大家往往想起她。许多深度的报道是由她完成的。关于大江健三郎、关于刘索拉、关于莫言等的描述与对话，都没有新闻腔。她和一些作家对谈时，和自己的年龄并不相符，显得有涵养。尤其自己感兴趣的人，会有很多话题。涉及的范围亦广。可是对陌生人和不喜欢的人，她往往不知所措，一下子弱智了。这都是不通世故的后遗症，她因此流露出自卑感，以为不能从容地与人周旋。文章的能量和处事的能量在她那里是不统一的。

在我的印象里她对文字有种敬畏感，甚至带有某种宗教的虔诚。北京的青年作家中，她的文艺批评写得与众不同。不过那些文字基本没发在自己的报纸上，我偶尔能在《当代作家评论》《南风窗》《东方》等杂志看到一些评论和随笔，均有见识。其文和她的为人很有差别。与人相处时，她很和善，心肠挺软。但作品却颇为有力，句式毫无婉转、柔媚态，倒是气韵生动，穿透力强。直指问题的核心。起初的文字受到了王小波的暗示，洋洋洒洒。后来经由顾随、木心的熏染，凌厉之气渐稀，转向心智的快乐和思想的快乐。不再满足于王小波一类作家的喜爱，大凡有趣和高智性的游戏与隐喻，都能接受。先前峻急的文体里又多了温和儒雅的因子。李静在变，微笑的时候多了，也学会了与陌生事务的周旋。有一次陆昕先生见到她，惊奇地说，你怎么和原来有点不一样了？

这不一样的缘由是什么，我们不知道。我的理解是，她在坚守着什么的同时，也在突围着什么，不想把自己封闭起来。中国的文人，千百年来一直在匠气和奴气里盘旋，精神无法升腾，自我的反诘和拷问殊少。王小波让李静意识到智性与有趣乃自由的翅膀。而木心则以世界人的姿态，使他们看到"个人"独自飞翔的可能。仅仅学会愤怒还不是文学的全部，应在直面人间时又不忘心智的放逐，追赶精神的太阳。从诗经到话本，从六朝之文到清儒小品，可吸收的东西多而广。古希腊的逻辑之力和俄罗斯的性灵之韵，拉伯雷的狂欢和博尔赫斯的精巧都是无边的宝藏，我们没有理由被囚禁在一个笼子里。李静经历了从唯一性到丰富性的过程，她和自己的友人们在进行着上一代人缺席的跋涉。我自知那个队伍里不会有我们这些世故者。文学正在那一代人里发生变化，虽然未来的路尚不好预测，我坚信飞腾的思想终究比趴在地下的意识要美丽和灵动。

（孙郁，鲁迅博物馆）

同期声：

卑从的艺术与自由的艺术 // 李静

"你是含苞欲放的哲学家"——木心散论 // 李静

对人心和智慧的警觉——论李静的写作，兼谈一种批评伦理 // 谢有顺

**路文彬**

北京大学文学博士，北京语言大学教授，博士生导师。作家、学者、翻译家。现居北京和威海。出版有长篇小说《流萤》《天香》《你好，教授》，随笔《阅读爱情》《是谁伤害了我们的爱》《被背叛的生活》，论著《历史想象的现实诉求》《视觉时代的听觉细语》《视觉文化与中国文学的现代性失聪》《理论关怀与小说批判》《历史的反动与进步的幻象》，以及译著《迷失的男孩》《我母亲的自传》《安琪拉的灰烬》《女性与恶》《鸟儿街上的岛屿》《动物英雄》等。


# 路文彬印象

梁晓声


路文彬是我的同事。我们都是北京语言大学人文学院中文系教师。想来，我大约要痴长他近二十岁吧？我从没问过他。开学后，便问。给自己个清楚。本生已过，糊涂事多多。一问便知之事，何不知之？

然我和他都是教育界新人。他比我早几年执教。故也可以说，他是我的"前辈"。

"路前辈"是个性感的男士，一头浓密而且自然卷曲的优质发。在头发稀疏甚至华发早生更甚至开始谢顶的中国青年男士越来越多的今天，他那一头优质发无疑是会令别的男士嫉妒的。比如我。每次见到他，心底便陡然产生一种打算革他那一头优质发的命的强烈冲动。但一想到二十年前我也曾有过一头浓密的优质发，且又相貌比他英气，于是心态归于平衡，"革命"冲动随之怏怏作罢。

但我毕竟痴长他近二十岁，所以又自觉有资格叫他"小路"或"文彬"；倘在学子前提到他，加"老师"。

我在我的选修课上提到他，有时还实行必须性的"攻击"。

记得有次在课堂上讨论中文学子与文学的关系，有名女生说——"应有朝圣般的热忱"。

我不禁一愕，问怎么便有此种思想。

答曰："小路老师说的。"

我言："胡说八道。"

依我想来，当代大学之中文教学，无非三项宗旨：一、播讲人文思想及情怀；二、提升审美境界；三、训练想象能力及分析评论的能力。前二者关乎为社会"造就"什么样的人；后者关乎"造就"能干什么的人。

但，我又主张生存第一。不是所有中文学子，将来都适于从事与中文相关的职业，更非都适于终生从事。自觉不适于者，应果断转行。那文学的"道"，少些人去殉它也罢。我可不愿看到我的某些学生的人生，将来如曹雪芹或蒲松龄那么凄凉悲苦。何况，《红楼梦》和《聊斋志异》，也断不是谁不惜以凄凉悲苦的人生去换，便一准能换来的……

过后，我向"路前辈"亦即"小路老师"讲到这事，他便无声地笑。那是他的样子最可爱的时候，也是特别"人性化"的时候。

我说："你这家伙，别站着说话不腰痛。你我尽可以将文学之事当成朝圣，可咱们的'孩子'们陪咱们不起。"

他叹口气，慢条斯理地说："我的原话是——'当我们领略人类的文学风景时，理应对前人心怀感激和感动。我们受益于前人，所以对前人要有虔诚而不是轻佻的态度。'朝圣二字，比喻而已。"

顿时地，我也有些被他的话感动了。

路文彬是一个热爱文学的人。是一个以在大学课堂上讲授中文为幸的人。据同事们说，是一个在课堂上充满激情的人。我还从没听过他的课。等开学后，我要听一听。

在生活方式上，路文彬是个古典主义者，一向反对安装空调和购买私家车，他常挂在嘴边的一句话是："老子、孔子用过空调、开过汽车吗？"有时，我觉得他古典得简直近乎迂腐。不过，这一点，我们也算一致。只是，他倒是不拒绝电脑的，这点我显然要比他古典得彻底。对了，这家伙还一直坚持抵制日货，见有朋友或同事拿着日本牌子的电器，他总要面目狰狞地骂人家没心没肺；然后上升到学术高度，说人家这是缺乏历史感。我知道，他对历史感是颇有研究的。"历史感即命运感"，这话我第一次就是从他那里听说的。

对于明明是中文学子却又心里鄙薄中文应付中文学业的同学，他每有痛心疾首言论。我与他相反，惯持"理解万岁"的态度。他不止一次批评过我之"心太软"，而我则每以"不忍"二字自我开解。事实却是，有时我比他还苛刻严格，他倒"不忍"了起来。

上一个学期，我曾声色俱厉地要求我的选修班的学生们在我说"上课"后起立，某堂课学子们竟在我的淫威之下反复三次，直至他们起立之后不再发出椅响为止。

翌日，文彬见我，振臂一呼："打倒师道尊严。"

我解释："我实为学道尊严立则也。"

文彬是酷爱读书的人。我所读过的文学类书，他都是读过的；他所读过的，有许多我未读过。近年，我的阅读兴趣转向史海钩沉之类，且尤喜泛读杂览。故只要有半点钟以上的时间在一起，双方便都本能又迫不及待地"知识互补"。

以我的眼看来，中文在今天的大学里已是这样的一门课——太过认真，便几乎没法讲授了；倘不认真，连身为教师的那点儿良心都谈不上有了。个中感觉，实难拿捏。

幸有文彬这样一位同事，互勉互励，使我们仍能胜任愉快。

北京语言大学人文学院的教职员们，至今有三分之二是我不熟悉的。我熟悉的三分之一，个个皆好人也。

我有幸在"好人成堆"的环境中与路文彬们共事，人生之一知足也……

（梁晓声，北京语言大学中文系）

**同期声：**

批评是一种倾听——我的批评观 // 路文彬

地缘政治与历史拔根——中国当代文学视域中的农民身份危机问题 // 路文彬

持有那种感悟、灵性和立场——路文彬的理论批评简论 // 陈晓明

2007年《今日批评家》

姚晓雷

张学昕

王晓渔

贺仲明

李丹梦

张宗刚

**姚晓雷**

1968 年 11 月出生，河南渑池人。分别在河南大学、复旦大学获得硕士和博士学位。博士毕业后到山东大学威海分校工作，2004 年被破格评为教授，2006 年度入选教育部新世纪优秀人才支持计划，2008 年被评为山东优秀青年知识分子，2009 年 7 月调入浙江大学工作。现为浙江大学人文学院教授，博士生导师，中国现当代文学与文化研究所常务副所长。多年来一直从事中国现当代文学专业的教学科研工作，主持省部级课题多项，出版《世纪末的文学精神》《灵魂的守护》《乡土与声音》等著作，并在《文学评论》《文艺研究》《当代作家评论》《文艺争鸣》《南方文坛》等发表学术论文八十多篇。

# 好人好文姚晓雷

阎连科

## 好人

我常常以为我是个好人，善良、敦厚、木讷，笨拙中有一股铁丝或钢筋那样锈蚀的坚韧，可及至认识了青年批评家姚晓雷，便发现我的美德黯然失色。几年前，我随着林建法到山东大学威海分校参加一个活动，在见到晓雷之前，已经拜读了他不少文章，知道他已博士毕业，心里对是博士并能写出好的论文的人怀着由衷的敬意和自卑，然而我俩相见时，他却叫了我一声阎老师。那几年文坛上，正流行着要讽刺哪个作家就叫他"老师"的习惯，而这几年，发展成了称呼"大师"，友善中的揶揄如给你沏茶时兑入了一半老醋，或者，像是给你端汤时有意多放了海盐，香是香着，却是苦咸。所以，听到晓雷叫我老师时，我对他为人的警惕在那一瞬间突然悬到了心头，慌忙低下头看他，却看见他满脸(«通红，手不知所措地在胸前动着，那样子像是农民第一次进城问路时叫了一声别人同志，不适为不适，却是把同志两个字糅进了大哥的意味。于是，我也就把内心里悬置的警惕安然地卸了下来，明白这个同乡不是文坛上那些无论何时、何地，见了谁都张嘴一声"老师"的作家，而是比我还要敦厚、善良的批评家。那一次见面，我们谈了许多话：谈论老家的土地，谈论被人白白嘲弄的"河南人"，谈论文坛上的光芒与黑暗。说到河南蔓延的艾滋病时，说到文坛念念不忘的"三年自然灾害"饿死了多少人时，说到在中原的土地上滋生的一辈一辈农民的苦难时，他的眼睛竟然湿润了。在他扭头去擦眼睛的那一刻，我从心里彻彻底底地断定他为好人了。心想，只要他能因为农民的苦难而落泪，我也就要死认他为好人了。

太好的人了。

后来，我们又有一些见面，还不断地通电话、聊天，说些别人不爱听的文学，说些彼此的苦恼，知道他老家和妻子家里有许多意外的事情，他无奈的事情包括亲人突如其来的灾病和亡故，而他却都是那样谦恭地笑着说"没事了，都处理过去了"，仿佛生怕他自家的灾难，会给别人带来不该有的麻烦一样。到这时，我心里就会有一种酸楚的敬意，对他好人的断定到了斩钉截铁地地步，而且对自己判断是否人好的标准也更为有了坚信：那就是可以为别人的苦难落泪，而对自身的灾痛显出淡然的人，一定是品德上极佳的好人。对于一些人，比如晓雷，判断他品德上的优劣，可能不需要过多的事情，有时候甚至只需一种感觉、观察、轻微的感受，就可以去说他的优劣。可对于另一些人，比如谁呢？比如我吧，老老实实说，我是可以为别人的苦难忧心，却更愿意为自己的苦难落泪的一种。所以，我常常以为自己是个好人，善良、敦厚、木讷、笨拙，可别人却在背后里说"阎连科狡猾得很"。说我是那种有着"农民的智慧"的人，或者干脆就说我："他才是一条不叫的狗。"这样的说法，有些褒义，有些贬义，可我总视它为对我做人的长进的礼赞，可待我来梳理对晓雷印记的大小事情、点点滴滴时，两相比较，我也才开始不敢再将其视为是对我的一种人品的颂扬了。

## 好文

姚晓雷的人好是有目共睹的，而说他的文好自然是智者见智，就像《红楼梦》也有许多人不甚喜欢一样。而我说晓雷的文好，主要是指在评论家中他敢于摊开自己的立场，敢于在自己的批评文章中把自己的情感、道德鲜明地表现出来，而不是批评家们大约人人都强调的那个"客观"，尤其他的那批对当代小说名家的论述，每一篇中都渗透着他对文学的情感，对土地和世事的热爱，以及对乡村世界的宗法、权利、婚爱、习俗及整个人类生存的思考和忧虑。如《乏力的攀登——王安忆长篇小说创作的问题透视》，我们从中不仅看到他对王安忆小说的谏言直说，更看到他对整个中国文学的热爱和担忧，完全如一个作家对自己的作品热爱一样，如对刘震云小说的主题解读，对李佩甫小说的主题分析和对蒋韵小说的主题论述等一批"作家主题论"的批评文章，读来让人感到作为批评家的姚晓雷，在写作时犹如优秀作家的创作一样，先入其情，后入其理：先将自己真挚、灼热的情感投入笔中，再在纸上一字一句地说理论述。尤其在对作家与土地的论述中，与其说是谈论作家和土地的关系，不如说是表白作者自己对那种关系灼热的焦虑。当然，批评家决然不是作家，批评文章也决然不是小说，批评家的情感投入也不能决定批评文章品优质劣。这一点，姚晓雷在情感与理性之度上显出了他不凡的个性和才情，使他的文章既有着坚实的情感基础，又有着高大的理性建筑，既有着理性土壤的肥沃，又有着情感枝叶的茂盛。他的《世纪末的文学精神》（2004年广西师范大学出版社）这本论文集，正是他这一特点的集中体现。对当代名家的论述理情相融，对有关"现代性、世界性、民间、文学史"这一重大命题则研究分析得周全、微细、理清，宛若是对整个世界与文学的一次导引展示，是一次导引考察和被导引者的共同探讨。还有那些他对大众文化的思考，每一篇章，都具真知灼见，都有完全属于自己又属于整个当下文化的分析与见地。另外作为一个作家，一个最愿意把批评文章当作散文、随笔来读的人，说晓雷的文章好，也还因为他的文章不艰涩，不故弄玄虚地引经据典，不把外来的西学作为自己批评的最初起点和最后的落脚点。虽然读研、读博、攻读博士后都是师从各大学之名师，有着深厚的学术功底和资本，却又恰恰追求一种简朴的文风，一种"我文乃我心"的文骨，这就与他人、他文有了大的不同，有了一种境界上的差别。读他的文章，除略那些有关"现代性、世界性、民间、文学史"等专业性极强的研究论述之外，其余别的文章，恰恰都是可以当作一种特殊文体的随笔去阅读、去欣赏的。它们行文顺畅、朴素准确，而又字斟句酌，力求句美意清、简洁深邃。辛辣中透露着酸苦。某些段落，某些章节，也的的确确如优美的散文一样。这样的批评文章，正如中药和鸡汤，鸡汤好喝，养人，但并不真正治病；而中药养人，治病，却又味苦。我以为好的批评文章，对作家，对文学，就是如此，一定有着中药的功效，但单单是一碗药汤，却又难以让人接受，而能够把中药熬出鸡汤的味道，那一定是个大家，是文坛渴求的最好的批评家。我们今天说姚晓雷的批评就是鸡汤中药，也委实有些过早，但确实，和为数不多的年轻批评家一样，我们从他的批评文章中，品尝到了中药的苦味，也尝到了鸡汤的美味。

## 好大一粒种

《我的一种校园"民间写作"》是收录在《世纪末的文学精神》中的一篇附文，是批评家姚晓雷在初读大学时的一些即兴式诗歌和之后的说明，今天读来，最大的意义是回忆的温馨，但其题目，却给人一种带有震撼的联想。因为，我们每天都在说"民间写作""民间说唱""民间剪纸""民间艺术"，等等。民间，早时似乎是因为和宫廷相互对立而存在的另一种艺术形态。而今天说的民间写作，我模模糊糊觉得是相对于主流而言的写作方式。但我们在被分为主流写作、民间写作时好像从来没有听到过有"民间批评"的存在。倒是所谓的"院校式批评"总如春来花开般灿烂在眼前和左右，所以，"我的一种校园'民间写作'"便使人轰然想到一些"学院式民间批评"的繁乱景象，如同百花之地，各花有形，五颜六色，每一种花草都有其名称，都有其记载，可偏在那百花之中，却有一种鲜花说形无形，说色乱色，而它的香味怪味却能冲冲撞撞，在百花的香味中一味独行，一色独艳，一朵独盛。

也许这朵花，就是"学院式民间批评"。

我无法弄懂主流、院校与民间这三者之间的关系，但作为一个期冀自己写出"怪模怪样"的小说的作者，也同样期冀读到一种"怪模怪样"的批评，来打破今天许多批评都是"严肃而又平整"的板块。当然，这"怪模怪样"的批评，一定是那些既有民间立场、民间经验，又有院校式学问的批评家才能够完成的。

好像，姚晓雷就有这样的条件和才情。

可惜的是，谁写出了"怪模怪样"的批评，他一定就会从唐僧的俊样成为八戒的丑怪，怕是永远无人愿去写的，怕是好大一粒永远不会发芽的怪种。

（阎连科，北京作家协会）

**同期声：**

用心去和批评对象对话——我的批评观 // 姚晓雷
余华：离大师的距离有多远 // 姚晓雷
坚锐的"刺猬"的沉思——关于姚晓雷的文学研究和文学批评 // 赵卫东

**张学昕**

出生于 20 世纪 60 年代。先后毕业于中国人民大学中文系和吉林大学文学院。文学博士。现为辽宁师范大学文学院教授，博士生导师；大连理工大学特聘教授，大连理工大学中国文学与文化研究所所长。发表当代文学研究、评论文章二百六十余篇，出版专著《真实的分析》《唯美的叙述》《话语生活中的真相》《南方想象的诗学》《文学，我们内心的精神结构》《穿越叙述的窄门》《我的现实，我的主义》等。主编有"学院批评文库"、《21 世纪中国文学大系 短篇小说卷》等。曾连续获得第三、四、五、六届辽宁文学奖·文学评论奖，《当代作家评论》奖，江苏省文学评论特别奖，曾获首届当代中国文学批评家奖，大连社会科学进步一等奖等。

# 当学昕选择做一个文人

李 洱

四年前，经由林建法先生介绍，我与学昕得以成为好朋友。那时候，张学昕已经退出政坛。在从政和从文之间，他选择重新做一个文人。别人是学而优则仕，学昕是仕而优则"退"，一直"退"到个人。

在一篇自序中，学昕曾经说到，在这个时代，文学是一种体现个体生命的个人修辞学。对学昕的这一看法，我深为认同。学昕的说法，也令我想起捷克作家伊凡·克里玛的一个观点：写作是一个人能够成为一个人的最重要的途径，正因为这个原因，许多有才华的人才将写作当成自己的终身职业。

当学昕放弃仕途，而把文学批评的写作当作自己的职业的时候，他其实是想通过写作来穿透社会和意识形态的限制、封闭和压抑，成为一个真正的个人。

从这个意义上，"退"不是退，而是进，一种面对困难的进。

从学昕对批评对象的选择，我们大致可以看出他的趣味，他的"幽韵"。

学昕最早的批评文字，大都与先锋小说有关。20 世纪 90 年代末，在先锋小说退潮之后，他的目光仍然被先锋小说细微和丰润的肌理所吸引。学昕不是一个容易被文学潮流所裹挟的人。他更愿意手持书卷，隔岸观火，然后描述和分析火焰的变幻莫测的形式感，还有它激荡的烟尘。

学昕至今用力甚多的，是对苏童小说的研究。毫无疑问，苏童一直是一个独具性灵的优秀作家。苏童的小说意象丰饶，气韵生动，你从中几乎看不到意识形态因素的干扰，它们几乎是以自己的意志在向前滑行。学昕对苏童小说的研究，其注意力也往往集中在小说的叙事美学方面，他探究苏童个人的气质与小说风格的关系，探究苏童小说的唯美倾向，探究苏童为何执着于短篇小说写作。他的许多阐发，苏童本人是如何看待的，我并不知道。但作为苏童小说的爱好者之一，我以为学昕的很多阐发称得上思入微茫。

但我更想说的是，学昕之所以选择苏童作为自己最重要的研究对象，是因为他本人的心性和苏童小说之间，有着一种微妙的同构关系。

不仅仅是对苏童，在相当长的时间内，学昕对当代小说的关注，也大多集中于小说对"非现实世界"的诗性描述方面。甚至对阎连科至为沉重的《日光流年》，学昕关注的也主要是小说的"寓言结构"。学昕对格非的《锦瑟》以及李冯早年的戏仿小说，也非常欣赏。因为，用他的话说，他在这些小说中发现了新的"审美形式结构"。他认为这是个人经验、自由的虚构以及叙事策略的合谋，是一种"诗性生成"。

也正因为如此，我注意到学昕对叙事学研究大师华莱士·马丁非常推崇，而在华莱士看来：小说意味着词与物之前的错误联系，或者是对不存在之物的言及。华莱士的话当然很有道理：词与物从来不存在着对等关系，"词中之物"与"物"更不存在对等关系，否则"词"本身的价值和意义就将被取消。

任何一个人，只要他是从 80 年代中期开始关注文学变革的，都能从学昕的此类文章中，找到贴己的经验。80 年代中期的文学变革，正是首先从"对不存在之物的言及"开始的，并由此为以后的中国小说提供了较为成熟的形式基础，我后来曾在一篇文章中称之为"物质基础"。而对这种"物质基础"的长期研究，使学昕可以轻易进入各类文本的内部。而深厚的学理背景和文学史意识，又使得他可以在"史"的维度上，对小说的价值和意义作出进一步评估。

就我有限的阅读而言，我以为《论当代小说创作中的唯美主义倾向》《多重叙事话语下的历史因缘》《唯美的叙述》可能都是当代文论中的重要篇章，尤其是前者。我自己觉得，它可能是苏童研究之外，学昕在文学批评方面的标志性成果。学昕梳理了中国现代文学以来的唯美主义传统，谈到唯美主义在现代中国语境中的特殊的传播方式，进而探讨了当代小说中的唯美主义倾向，以及这种倾向在贾平凹、马原、苏童、张承志等人作品中的不同表现方式。

作为一种文学潮流的唯美主义小说，早已作古，但具有唯美主义倾向的作品，作为一种潜流却一直存在于世。唯美主义小说大多带有某种诗性特征，是学昕说的那种"'非现实世界'的诗性描述"。唯美主义作品的最重要源头，就是王尔德的《莎乐美》。在王尔德那里，它体现为非理性主义和肉体崇拜。但王尔德在中国的传播，以及随后的中国式唯美主义作品的出现，却奇怪地具有了另外一种反传统的意义，它奇怪地成为启蒙文化和消费文化的混合物。远的暂且不说，90年代以后，中国式的唯美主义风格的作品，都在市场上获得了巨大成功，就是一个明显的例证。另外一个有趣的例证是，网络文学除恶搞之外，也大都是唯美主义式的。当唯美主义不再是一个美学高地，而成为一个消费平台的时候，文学批评有必要对此做出适当的辨析。

所以我以为，学昕对中国式的唯美主义作品的研究，其实很有可能涉及了在中国非常复杂的语境中，中国小说所面临的困境和诱惑，以及调整的必要。

在一篇文章中，学昕在谈到自己的文学批评时，有个夫子自道：我从不奢望文学或是批评能即时性地解决现实或个人的尴尬处境，可我相信，文学会建立大于一切物质存在的宽阔和自由，她从黑暗的坚硬存在中磨砺出耀眼的火光，显示出她的神奇。所以，她既不是摆设也不是附庸，而是一种真正的心灵的到达。

我以为，学昕首先道出了文学和文学批评的有限性，同时学昕的理想主义情怀也在此暴露无遗，因为他认为文学将建立大于物质存在的自由。相比而言，我可能没有学昕这么自信。但我对学昕所提到的"到达"一说，非常认同。无论是文学还是批评，我们都处于途中，我们的文字既是对抵达之途的呈现，也是对抵达之谜的探究。从某种意义上说，我更愿意把这把看成是一种宿命。只要你选择做一个文人，做一个个人，你就永远处于途中。

当我这么说的时候，我仿佛看到学昕端起了酒杯。学昕说：老弟，处于途中有什么不好？永远处于途中，就是一种理想主义的生存方式。没错！我承认，永远处于途中，也确实是一种幸福。

我所认识的批评家，大多比小说家更能喝酒。个中道理，我想不清楚。有一位朋友说，这说明批评家比小说家更有诗人气质和激情，更豪爽，更有热肠。这话是否对路，我也想不清楚。

不过我知道这话用到学昕身上，是再合适不过了。我们每次喝酒，他都得照顾我，不然我会醉得不省人事。而学昕，却能在喝酒之后照样坐而论道，谈论当前小说创作的得失，谈论朋友们的近作有何新意。那个时候的学昕，真是可爱极了。

去年整整一年，因为家里有人生病，我在北京和河南两地奔波，心情极为焦虑，几乎只字未写。有一次在书店，我几乎昏倒在地。那段时间，学昕经常打来电话安慰，让我感动不已。学昕是个念旧的人，当文学圈越来越成为一个名利场的时候，我为有学昕这样的朋友而感动、宽慰。

与学昕交往的作家，有很多是我的朋友。如果哪天学昕向你介绍一个新朋友，你最好也把那个人认成朋友，我保证你没错。在这个时代，作为一个文人，既没有多少利益可供分享，也没有什么山林可供归隐，剩下的也就只有友情可供追忆了，也只有友情可以使我们在保持个人性的同时，不至于感到凄清和无援。

北京昨日大雪，学昕远在更北的东北，那里一定也是大雪纷飞。"雪夜围炉"是古时文人友情的重要象征，我们无炉可围，我只能写下这篇短文，作为学昕文章的札记，也作为对文人之间友情的纪念。

（李洱，《莽原》杂志）

**同期声：**

批评是一种心灵的到达 // 张学昕
孤独"红粉"的剩余想象——苏童小说人物论之二 // 张学昕
学院批评、文学理想与百感交集——张学昕文学批评之批评 // 施战军

**王晓渔**

1978 年生于安徽，2002 年获文学硕士学位，2005 年获历史学博士学位，同年进入同济大学文化批评研究所工作，主要研究方向为诗学和思想史。2008 年被聘为副教授，先后招收美学专业、中国现当代文学专业硕士研究生。自 2000 年起，在文史领域发表评论上百万字，著有《文化麦当劳》《知识分子的"内战"》《重返公共阅读》等，主编《独立阅读书系》，文章被译为日文、英文、德文。

# 露巧与显拙

黄昱宁

　　王晓渔本人，我只在参加了小半场的饭局上匆匆见过一回。第一个比较八卦的印象是不晓得哪里（长相、神情、腔调，真的记不清了）让我想起王志文。然后就是记得他的两句话：其一，我真诚而不假思索地说多少年前我在某德高望重的报纸上看到他写的诗歌，他同样真诚而不假思索地回答："你一定看错了，我从来没有给那份报纸写过关于诗歌的文章。"这类饭桌上的误打误撞在国内并不少见，但真的落到自己头上还是生出难以言喻的尴尬来，以至于后来我有好几天都逼着自己徒劳地回忆，究竟是记错了人还是记错了文抑或记错了报纸。其二，谈起买书经，进而讲到图书定价，他不动声色地说那得从行距看字数。乖乖，我这个当了十来年编辑的当即倒吸一口凉气。果然是老江湖。

　　文字这东西，以有限的视角度量无限的可能，一落到纸上，基本上就是程度不同的一叶障目。因而，回过头来看我上面写的这一段，我想我可能已经打着"印象"的旗号把某些错觉的标签硬贴到了王晓渔头上。好在，王晓渔的文章，我确乎认真地读过——除了饭桌上被质疑归属权的那篇以外，总还有一些我是拿得准确系王氏手笔的。比如，手边这本 2006 年 6 月出版的《文化麦当劳》，毫无疑问是他的最新著作。就书论书，进而以书看人，虽然同样片面，但好歹可以由着我舒舒服服地把话说圆，绝没有饭桌上即时反应的狼狈相。

那么就看书吧。大概是出于职业习惯，我很喜欢琢磨图书辅文。《文化麦当劳》没有序跋，唯一具有广而告之作用的是封底上那一小段话。此书被自定义（我是指出版社的"自定义"）为"文化批评和思想随笔选集"，而且告诉我们"部分入选文章在读者中间曾产生较大反响"。再以后就越来越像广告词："秉承锋利的批判性……具有贴近地面的现实感……坚持独立的美学趣味……不留情面但又不失温和的立场。"平心而论，这些话都没说错，但实在太全面了，就好比铺开一张五彩织锦，哪种颜色都跳不出来。换了我，大概会这样写：他对词语（按照批评家的规格，也许应该写成"语词"）的敏感度使得发散（按照广告的规格，应该说"汪洋恣肆"）的思绪有了称手的容器，他操作得很熟练——万幸，没有熟练到滥用的地步。

容我慢慢道来。基本上，对于这些文章的论点是否合我的心意，我并不想多费唇舌，我更关注的是王晓渔的论证过程，以及这个过程给像我这样的读者，带来怎样的阅读快感。他笔下的名词——尤其是那些具有冲击力的经过重新拼贴组合的"准原创"名词，数量委实不小。比如"诗坛马戏团""情欲爆米花""哲理迷魂汤""理想国的阑尾"。有些字眼真的是很天才，比如把麦当劳的概念套用在当下的文学现状上，我刚看到那几个小标题（"效率""可计算性""可预测性""控制"）的时候就忍不住会心一笑。我那时想，在他的写作过程中，思维的推导演进与概念（词语）的铺排拿捏，应该没有孰先孰后的过程，而是互为刺激，互相提供灵感。就好比左手拿着试管做实验，右手已经在试探着写分子式，然后让两者互相验证——若非如此，最后呈现在我们面前的文章很难在犀利的同时洋溢结构的匀称之美。王晓渔在这一点上无疑是聪明的，而且他很了解自己的聪明，将这个特点尽情施展，发挥到了……

我差点就要习惯性地写下"发挥到了极致"。水满则溢，文字也是如此。"极致"的东西往往面目可憎。王晓渔是那种晓得在临界边缘勒马刹车的。文采秀完、概念玩罢，当你把目光渐渐集中到他的话题上时，他往往会悄悄调整一下节奏，把话说得缓一点，把姿态放得低一点，不会在论证的航道上刻意绕过棘手的礁石——大部分篇章里，他在展开论据的时候，是称得上小心翼翼、老老实实的。如果说，前面提到的那些绝活，是一种恰到好处的"露巧"，那么此时的"小心翼翼、老老实实"则是另一种意义上的"显拙"。不是笨拙的拙，是拙朴的拙。说实在的，我好歹也喜欢写几个字，深知这"露巧"露得兴起时，手里的那支笔分分钟都会滑溜出去，而此时还能站得稳功架，不跑题，不炫技，闷下来在结构的大厦上干点搬砖砌瓦的粗活，实在不是件容易的事。

　　至于论证的效果，那应该是意料之中的"各花入各眼"。举个例子：在他颇显功力的长文《中国城堡》里，三大板块各有千秋。不过，相比之下，"作为礼物的美女"完全与我的思路合拍，读来酣畅淋漓，一口气顺到底，而"'葵花宝典'的故事"讲宦官的思想史，我却总觉得在某些细节处下的判语缺少必要的依托，以至于我迟迟疑疑地挪到了结尾，还是觉得有那么点别扭。也好，下回若再有幸跟王晓渔同桌吃饭，可以当面把这个问题拎出来探讨探讨，庶几可雪当日之耻乎？！

（黄昱宁，上海译文出版社）


**同期声：**

一个文学票友的阅读观 // 王晓渔
为文化炒作和文化垃圾一辩 // 王晓渔
从麦当劳看"文化麦当劳" // 河西

**贺仲明**

1966 年生，湖南省衡东县人，文学博士，博士生导师。曾任南京师范大学文学院副教授、教授，山东大学"齐鲁青年学者"特聘教授。现为暨南大学教授，兼任中国新文学学会副会长，《新文学评论》副主编，中国作家协会会员，山东省当代文学学会副会长。学术成果曾独立获得江苏省优秀哲学社会科学成果二等奖、山东省优秀哲学社会科学成果二等奖、山东省刘勰文艺评论奖等。入选 2006 年年度教育部"新世纪优秀人才支持计划"。获得"江苏省优秀哲学社会科学工作者""齐鲁文化英才"等称号。已独立出版学术著作《中国心像——20 世纪末作家文化心态考察》《真实的尺度》《一种文学与一个阶层——中国新文学与农民关系研究》《何其芳评传》等六部，在《中国社会科学》《文学评论》《文艺研究》《读书》等刊物上发表学术论文一百六十余篇。

# "毒手药王"的前世今生
## ——猜想贺仲明

**朱文颖**

　　贺仲明是个批评家。在当今的文化语境里，"批评家"这个词可以与许多事物产生关联。我觉得其中有一项可以是医生。讲到医生，自然就会想到医生开出的药方。而贺仲明自然而然地让我想到了中药。我不爱看武侠，所以关于"毒手药王"的知识也是道听途说来的。据说金庸的武侠小说《飞狐外传》中写过一个江湖人物，他就是毒手药王。此人居住在一个名叫药王府的神秘山谷里，手里握有一本秘不外传的《药王神篇》。毒手药王在山谷里主要的事情就是研制各种毒药，哪种毒就研究哪个，越毒越好，不怕有毒，就怕不毒……不知道为什么我突发奇想，硬是把朴实耿直、平和中正的贺仲明，与这位纯属虚构的"毒手药王"联系在了一起——是呵，无论是相面、算命、相处还是臆想，与贺仲明最无缘的一个字就是"毒"，但或许万事万物相生相克，我再一次突发奇想——如果说贺仲明让我想到了中药，那么，这个"毒"就应该是贺仲明的药引。

先来说贺仲明的不毒。我和贺仲明其实相处不多。为了写这篇文字，我才略微知道了一些，比如说他是湖南人，吃辣子长大的。比如说，他的同行以及他的朋友是如何看待他的……这当然和我与人相处时的不求甚解有关，但仍然是万事万物相生相克，一个人既然不求甚解，于是也就更多地依赖于直觉：也就是说，我对这位名叫贺仲明的人、这位从事批评的人怀有一种天生的信任——他对于文字的判断力，以及来自个体的最根本的善意。

我注意到，在贺仲明对于自己批评理念的一些阐述中，有着这样的文字。在这样的文字里，与其说他是坚定的、鲜明的，像蜂蝶一样蜇出毒针的，还不如说他是困惑的、矛盾的，甚至是迷茫的……贺仲明把这样的困惑归结为个性，归结为某种特定的生活背景与生存秩序。比如说，他在湖南农村度过童年时代，乡村的艰辛与权力的肆虐，让他后来一直坚守着对于现实的批判精神。而另一方面，"我对文学最真切的感受却又是它的美学魅力"。这种美学批评与现实批判的矛盾让他苦恼，因为"细心的读者可能还会发现，其中的某些篇章在观点和方法上甚至有相矛盾之处，有时候或许还存在祛除锐气以求中庸的缺陷。然而，尽管这一困惑长期徘徊于左右，我却始终无法作出最终的取舍……"。

我不知道他人是如何看待贺仲明的这种困惑的，在于我，不知道为什么，这段文字却意外地让我感觉真实与亲切。首先，我认为这是一个把自己真实的心灵印记带入批评的批评家。这是难得的，较之一切言之凿凿的理念，这种犹疑与矛盾反而来得更加可信。因为真实的灵魂往往不能涵括天地间一切的法则。法则是众生的，而个体的真实反倒体现在局限之中。我是不懂得批评的，但仍然凭借直觉，我似乎更加信任那些不那么言之凿凿的批评家，那些不能掌握一切法则的批评家，那些仍然承认自己局限的批评家。因为这样的困惑并不仅仅是贺仲明所说"与自己颇为优柔的个性有关，或许也受到生活背景的影响"，我认为它来自一个更为广阔的背景：一个人，怎样基准于自己有限的存在，而尽可能接近那些无限广阔甚至于超越现实的事物——

贺仲明当然不是刺猬，但他也不是狐狸。有人对他的评价是：平和中正。平和是理性，中正则是明白和倔强。这些都是在强调贺仲明的一个"基准"，也就是说，他不是飘在天上指手画脚的，而是从自己真实的知觉、痛感与喜乐出发的。《阿Q为什么是农民？》《阿Q是不是农民？》……这些具有独特切入视角的批评文字，贯穿始终的，其实是一个批评家整个的生存背景、学养、痛苦的思考、矛盾以及艰辛的求索之路。对于贺仲明来说，这中间没有间隔与缝隙。

贺仲明的平和中正当然还体现在其他的地方。比如他对于作家陈希我的评论。陈希我是如此典型的以毒攻毒型，浑身都是毒刺，冷不防就射出来一根，盖住里面那颗红通通的善心。但他的方式显然不是贺仲明的方式。所以贺仲明的评论文字里有这么几句："我估计，我的这段批评陈希我是不会认同的，陈希我是一个很有主见、很有独立性的作家，我与他的分歧关涉到最根本的对文学的理解、对人性的理解等问题，这些问题本身就带有很强的个人性。"

我不知道陈希我认不认同，反正看到此处，我是忍不住会心一笑的。因为对于这样的"个人性"我也有着很深的体会。就在前些天，我和另一位同是写作的朋友聊天。我表达的意思是这样的：我是个骨子里并不极端的人。对各类人群我基本都能接纳，这与生存经验有关，或许更重要的还是天性。我说我认为这世界上的事情，归根到底是没有什么对错的，没有最终的解释，也没有最终的解决。因为世界是宽的。你在这一层上有了解释或者解决，到了再上一层，或许就是完全相反的结论。真相的后面还有真相。如此循环往复，再循环往复。而我的这位朋友就批评我。她说你必须窄，在某个地方你只有窄了，才会产生真正的判断，有力的判断。她说世界是简单的，你看，花这么开，草这么长，天是这样的蓝，说明万事万物都有规律可循。

我想我明白她的意思。就像我也明白，贺仲明究竟在什么地方与陈希我产生了分歧，以及他们在无限远的一个地方必将重逢。我想我们两个其实都是对的。甚至我们在说的可能就是同一个道理。只不过每个人存在不同的天性，使用了完全不同的感官世界与生命密码。

讲起来，我和贺仲明的相识还挺有意思。在我们还并不相识的时候，贺仲明在一个系列评论里面负责写我的那篇。过了若干年，后来我们见了面。不知怎么的，也不知是谁，就讲起了贺仲明在那篇评论的后半部分（呵，当然是后半部分）对我的一些批评。说真的，其实我对于贺仲明的信任恰恰正是来自那后半部分，从那些并不是赞美的文字里面，我看到了一个批评家的才华、洞察、真诚、敏锐……以及那么一点点的毒。就像有人评价贺仲明的——他对当代中国作家的精神状况和心理真相的系统研究，尤其是结合具体作品对作家心灵损伤（明伤和暗伤）的"望闻问切"，具有特别重要的意义——是呵，我愿意把贺仲明的毒也当作我的药引。

中国的古人喜欢讲药，讲药即毒、毒即药。据说神农老先生在尝百草的时候，一天里面就曾亲自经历过七十种毒。至于"毒手药王"，也就是我对于贺仲明的一种想象吧。我希望他在神秘山谷里亲尝百草，精研毒药。但平和中正的贺仲明，无论如何又和毒药有着那么点距离。贺仲明当然不喜欢极端，虽然他是吃辣子长大的。他是善意的，宽厚的，虽然人的种种善意可以用各种不同的方式表达出来，但贺仲明命里注定要用这一种——就像有些药的药引是"芦根三四支"，有的则是"鲜桑叶五六片"或者"陈绿豆一把"，贺仲明有幸成为这一种，而不是那一种。然而，我又是那么希望贺仲明能多用一点毒药，多用一点猛药呵。那时的贺仲明一定会更出色更精彩的。当然，话说回来了，毒死一两个人，对于神秘山谷里的"毒手药王"是着实无妨的，但贺仲明是吃五谷杂粮的，也并不幽居山谷呵。那么，做一个什么样的"毒手药王"呢，这样的难题，贺仲明能问答吗？

（朱文颖，作家）

**同期声：**

**李丹梦**

1974 年生，华东师范大学中文系教授、博士生导师，中国现代文学馆客座研究员。1993 年起就读于复旦大学，分获文学学士、文学博士学位。曾在上海某出版社工作十年，任副社长。2006 年至今，执教于华东师范大学中文系。主要从事中国现当代文学批评、地域文学与文化关系研究。已出版学术专著《文学"乡土"的地方精神》《远方的神话》《文学返乡之路》《欲望的语言实践》《现代文学"乡土"的话语突围与主体建构》《"文学豫军"的主体精神图像》等，并在《文艺研究》《文学评论》等刊物上发表专业论文数十篇，多篇被《新华文摘》、"中国人民大学复印报刊资料"转载。2012 年获得第二届唐弢青年文学研究奖第一名，2014 年入选上海曙光学者。

# 我印象中的李丹梦

王宏图

认识丹梦有好多年了，但一开始却只闻其声不见其人，仅仅在电话中交谈联络。后来见了面，发觉与我早先的猜测大致吻合：爽直豁达乐观、阳光味十足的性格，风风火火、雷厉风行、说一不二的做事方式，还有那股子得理不饶人的倔强劲。去年夏天丹梦经过几年苦熬，终于修成正果，如愿戴上了博士帽。但为时不久，她便作出了人生中一大选择：毅然决然地告别工作了近十年的出版界，转入高校工作。尽管这一选择在情理之中，但我听说此事还是吃了一惊。很多人不满于现状，想要选择一个更合乎自己才禀、天性发展的职业，但并不是每一个人都有勇气迈出那关键的一步：抛弃已有的一切，一切从零做起。我想象得到，这几年中丹梦过着一种双重的生活：她一方面做着自己的本职工作，另一方面又不想放弃自己在学术上的雄心与追求。或许在一段时间内，她想在这两者间建立一种平衡，让自己在这方面的才干充分发挥出来，达到双赢。但这毕竟是一种走钢丝式的平衡，现实生活中的竞争是如此激烈严酷，任何一方都需要人们付出全部的精力来应对，而不能仅作自娱自乐、蜻蜓点水式的投入。

于是，抉择的关头到来了：当鱼和熊掌不能兼得时，她作出了自己的选择：只有舍弃才会有获得。确实，在生活的十字路口，有时人需要做的只是减法。

如果说在编辑工作中人们看到的是一个应付裕如的丹梦，那么在那些厚实、尖新的文学评论中见到的则是一个才情勃发、思维敏锐的丹梦。对于文学批评，不少人历来有种偏见，以为它既不需要扎实的学问根底，又不需要创作的才思，只要鼓动那张三寸不烂之舌，一切便万事大吉。的确，大量廉价虚浮的应景文字败坏了批评的声誉，但批评绝不是可有可无的点缀。它是一项难度极高的综合性智力活动。它既要深入文本，对其有着透彻的领悟，又不能沉溺其间，无条件地认同它，而需要一种超乎其上的睿智；它需要有渊博的知识，但又不能沾上迂腐的学究气，它需要激情的投入，从文学文本中抽绎出来的不是干巴巴、冷冰冰的教条，但又不能感情至上，唯感情是从。没有从事过批评的人，实在难以想象其艰辛。它当然不是低三下四的阿谀奉承，不是平板机械按部就班的解析。它需要争辩，需要剑走偏锋，四平八稳、温吞水式的言辞对它无疑是自杀的毒药。19世纪俄罗斯作家赫尔岑在《往事与随想》中谈到同时代的批评大家别林斯基时曾说，"别林斯基那愤世嫉俗的否定从痛苦中诞生了，他热烈干预一切问题，在一系列批评文章中，不管切题不切题，他无所不谈，带着始终不渝的憎恨攻击一切权威，并经常上升到诗的灵感的高度"。

至于丹梦的批评文章，我想用"同情的理解"和"超越的阐释"来概括她的特点。作家与批评家的关系是一对既互相利用依存又互相敌视怄气的冤家，甚至扮演着施虐者与受虐者的角色。有的批评家傲视群雄，根本无心细读作品，作品的文本不过是阐发他既定意念的边角料；有的则恰好相反，屈膝逢迎，将作家奉为神明，作家的一招一式在他们那儿都被镀上了神圣的光彩。而丹梦的批评风格不是这样，她先是深入细致地阅读作品文本，以同情的姿态揣摩领悟作家的意图与文本蕴含的意味。她那篇《敞开与囚禁：艰难的自我抒写》对李锐的创作心态与内心冲突作了鞭辟入里的解析。作为当代的重要作家，李锐创作二十余年间创作风格也是经历了多种变化，如何理解他的创作心理与写作伦理，一直聚讼纷纭。显而易见，丹梦运用了精神分析的方法，从李锐内心深处的矛盾（他本人或许也未意识到）入手，对他不同阶段的作品与变化脉络，尤其是隐含的"文革"情结，作出了极富同情的阐发。但这一同情的理解并不滑向廉价的吹捧，丹梦之所以能展示出李锐精神演变的清晰图式，还在于她有着一个更高的超越性的视点与角度。她内心有着比她论述的具体的作品更高的文学标准与准则。正因为如此，她才能在同情的理解的基础上，察觉到了李锐作品内在的弱点与缺陷。

丹梦批评的这一特色同样集中体现在她对河南作家创作风貌的整体性解析之中。90 年代以来，异军突起的"豫军"成为中国文坛上令人无法回避的现象。在对阎连科、李佩甫、刘震云等人作品的读解中，她涉及了当代中国文学发展中一系列重要课题：对于苦难的书写，地域文化、乡土观念与文学创作，城乡对峙，女性形象的书写等。丹梦对李佩甫的精神世界与土地间隐秘复杂的关系、刘震云作品中几大主题（故乡、权力、历史）间的错综纠葛作了细密的剖析，展示了他们的成功与失败，他们的长项与软肋，文笔洋洋洒洒，新见迭出，一个个作家被她写活了。

应该承认，丹梦的批评有时是偏激的，尤其是她对阎连科《受活》的评论。对她的观点我迄今无法完全认同，但我佩服她逆流而上、与主流批评意见唱对台戏的勇气，感觉得到她的批评中有种怒其不争的峻急。有时，正因为她偏激，所以她的文章一扫陈腐之气，朝气蓬勃，热情四溢；正因为她偏激，所以论述起来气势凌厉，但有时不免气强于理，即便有理，也给人得理不饶人的感觉。但这一切成就了丹梦的批评文章的特色，也成就了她的魅力。

（王宏图，复旦大学中文系）

**同期声：**

我的批评观 // 李丹梦
反抒情的自我抒写——李洱论 // 李丹梦
在有限性里见出大气象——李丹梦及其文学批评印象 // 吴俊

**张宗刚**

1969 年生，文学博士，南京理工大学诗学研究中心主任、副教授、硕士生导师，系中国作家协会会员，中国散文学会理事，江苏省散文学会副会长，江苏省大众文学学会副会长，江苏省当代文学研究会常务理事兼副秘书长，南京市作家协会理事，美国爱荷华大学访问学者。学术方向为散文诗歌研究、现当代作家研究、文化传媒研究等。先后在《南方文坛》等刊物发表论文、评论多篇，主持完成省、厅级社科基金课题数项，出版文学评论集《诗性的飞翔与心灵的冒险》。曾获全国冰心散文奖、江苏省紫金山文学奖、江苏省"长江杯"文学评论奖、江苏省紫金文艺评论奖、江苏省文联文艺评论奖、金陵文学奖、江苏省高校哲学社会科学研究优秀成果奖等。

# 刚柔并济
## ——张宗刚印象

陆建华

  张宗刚从名不见经传的普通文学青年，成长为如今评论界和读者越来越熟悉的评论家，其间约有十年。在这十年里，我不仅目睹他事业上一步一个脚印地不断前进，也与他从素昧平生到相识相熟，成为经常联系的好朋友。宗刚是个不喜欢打电话的人，因为生活中的宗刚口才欠佳，常常言不及义，不像他夫人那般伶牙俐齿应答如流（据说宗刚极怕跟夫人吵架，据说宗刚只有上了讲台才会口若悬河），但自从我退休后，宗刚竟能记挂着每每主动打电话问候我。我们的联系由是变得频繁。拿起电话，一听见彼此熟悉的声音，无须通名报姓，立刻开门见山交谈起来。我们谈生活，也谈文学，但谈不了几句，电话那头的宗刚往往会因听不懂我一口顽固的扬州话而打断我："什么？你说慢一点……再慢一点……"因为都忙于事业，珍惜时间，我与宗刚虽志趣相投，在这十年中的见面次数，加起来也不过七八次。以致去年一本评论杂志把他作为封面人物隆重推出时，有那么一刹那，我竟愣住了：这是谁啊，这么似曾相识，却又叫不出名字？一查目录，是宗刚。

　　比起这次对着照片发愣，第一次见到张宗刚文章时的感觉更有意思。1997年5月，汪曾祺先生猝然辞世，同年10月我的《汪曾祺传》由江苏文艺出版社推出，一时间关于《汪曾祺传》的书讯、书摘、书评甚多。在众多评介文章中，一篇刊于《文汇读书周报》的题为《高山流水雅声长存》、署名"南京张宗刚"的文章引起了我的特别注意。此文不长，但笔法练达，用词典雅，评价中肯，其文字火候很有些炉火纯青的味道。我当时的工作与文艺界联系密切，江苏省和南京市的知名作家、评论家及大多数文艺工作者基本都熟悉，"张宗刚"的名字却是第一次听到。从文章风格和水平推断，我猜想作者应是中老年人，否则，不大可能有如此厚实的文字功力。我便打电话到南京大学、南京师范大学等几所在宁高校中文系查询，均说不知此人。一时查不出，只好作罢。想不到某一天，张宗刚突然来到我的办公室。站在我面前的是一位憨厚质朴而又英姿勃勃的少校军官，二十出头的年纪，愣头愣脑的样子，一张娃娃脸，仿佛刚刚从战场归来，浑身发散着职业军人特有的气质。这与我想象中戴着深度近视眼镜、或许还满口之乎者也、至少年过半百的迂夫子的形象简直判若云泥，真是大感意外。一番交谈，才知道他是山东人，硕士毕业后便分配到地处南京的解放军国际关系学院执教，在那所不乏神秘的军中名校，宗刚这两年干得很顺心。

　　从那以后，我对张宗刚的文章开始留意。对宗刚的人与文，我总的感觉有三点：一是他十分勤奋，视写作为生命。这十年间，他写下百余万字的评论文章，缤纷开花般散见于国内诸多报刊。宗刚的文字刚柔相济，绝不面目单一：忽而是天风海雨，千军辟易，忽而又锦瑟银筝，群莺乱飞。宗刚行文短则千字，长逾万言，既能迎风一刀斩瞬间制敌，也能大战三百回合愈斗愈勇，文气的浩荡绵密，尤其令人称道。很难想象一位虎背熊腰的北方大汉，竟是如此腹藏锦绣。宗刚平时没有任何个人嗜好，烟、酒、扑克、麻将样样不沾，更兼身体强壮，精力过人，每天仅睡三五个小时，常常夙兴夜寐，晨夕发愤，把别人潇洒的时间都用于事业追求，仿佛有着使不完的力气，写不尽的选题。宗刚的文章长也好，短也罢，无不出手迅疾，文采斐然，激浊扬清，犁庭扫穴，简直有万夫不当之勇。宗刚这样的年轻人，若放在20世纪80年代，或许早就一飞冲天了，但置身日渐山头化、圈子化、码头化的当今评论界，像他这种谁的船都不上、谁的脸也不贴的独行侠，必然注定是落寞的。好在宗刚浑不以此为意，他永远是在仗剑独行，步步为营，单打独斗，乐此不疲。

　　二是宗刚有着不一般的文学功底。宗刚博览群书，腹笥丰盈，传统文化根底尤为出众，这些都能于不经意间在他文章中流露出来。宗刚的行文古今贯通，中西熔铸，自成一种新气象，特别是笔风飒爽，直指人心，具有沦肌浃髓般的美感。但凡读过宗刚文章的人都能印象深刻，他的文章哪怕隐去姓名，你只需读上三行，即能看出是他的手笔。我觉得，一个好的批评者，应该是有才有学有识，三者缺一不可，宗刚显然是三者得兼的，且才、学、识搭配均匀。

三是宗刚看准目标，心驰神往，目不斜视，追求执着。他本身已有很好的做学问的基础，从一开始就有意识地致力于现当代文学研究和作家作品解读，多年来这个目标始终不改。在已取得显著成绩的情况下，为了进一步提高自己，宗刚又以顽强毅力考入南京大学中文系读博。三年学成后，宗刚的文章明显又跃上一个新台阶。宗刚为人为文，都体现出刚柔并济的特色。生活中的宗刚重然诺，讲义气，忠信可托，有着文人的豪放和军人的严谨。别人求他的事，他多半都答应，一旦答应了必努力去做，绝不食言，彰显山东汉子本色。但他与大多数山东人似又不太一样，那就是秉性淡泊，不喜扎堆凑群，见人也仅仅客气地打个招呼，极少寒暄，更不跟你勾肩搭背亲密无间。宗刚受人相助，也只是淡淡地道声谢，并不怎么感恩戴德的样子，但你若有急，他却常常会第一个出现，颇有古仁人义士之风。有一个不争的事实是：宗刚平时走得最近来往最多的，几乎都是那些退了休的、无权无势的老先生——也即世俗眼中的"靠边站"一族或曰"没用"一族。像我和他的交往真正变得密切，即是在我退休之后。一位国内老友在谈及宗刚时曾感慨地说：当你红火时、得意时、众星捧月时，宗刚离你很远，当你冷清时、失意时、不再居于中心时，你才发现宗刚离你很近。的确，在世风浇漓人心不古的当下，宗刚这样的后生并不多见。

宗刚外冷内热，感情丰富。今年六月下旬的某天，我与宗刚通话，聊了一会儿他忽然说，今天是我导师忌日。原来十四年前，他的硕士导师徐文斗先生即在这天病逝，年仅六十一岁。从宗刚那里我知道了他导师的情况。宗刚说徐先生正直、恬淡、随和，一生毫不利己，专门利人，道德文章名满齐鲁，在人格方面堪称伟大。当年在孔子故里求学时，宗刚他们一帮师兄弟动辄浩浩荡荡地跑到先生家里大快朵颐，先生和师母总是把最好吃的拿出来招呼大家。什么时候嘴巴馋了，什么时候大家就不请自来地涌到先生家暴饮暴食，简直把两袖清风的先生当成了"大户"。后来宗刚他们才知道，很多好吃的，先生连自己的宝贝女儿苗蓁师妹都不许吃，全留给没心没肺的弟子们打牙祭了。这帮蹭饭的弟子其实大多都不在先生名下，但先生毫不见外。先生学问既佳，为人又实在太好，常有学生慕名跑到先生家求教求助。生性好静的先生，不管对谁都推心置腹竭诚相待，从无半点厌烦之态，脸上始终挂着笑容。——宗刚至今印象最深的就是先生的笑容，像基督。宗刚说先生与师母是当年弟子们眼中的神仙眷属。先生沉静，内向，话少，师母开朗，奔放，话多；先生高大英俊，风度翩翩，师母体态修长，美风仪，善烹饪。孰料好景难驻，天人殊途，美丽的师母一时无法接受这残酷的事实，数日间竟青丝半转，白发胜雪！……宗刚说他很怀念当年跟先生和师母相处的日子，那是一段刻骨铭心的岁月，一段永远无法替代的幸福时光。

宗刚进入南大读博后，我的老友董健、学弟丁帆都在那里，我便嘱咐宗刚跟几位老师要多联系，多交流。宗刚说老师们的课我都选了呢，每次都认真到堂听讲。但他与老师之间平时的往来显然极少。记得有次他主动说起要去看望董健老师，我高兴地说你早就该去了。过了一段时间我问宗刚去了吗，他说还没有。我说你上次不是急着要去吗，他说董老师已经成为终身教授了，暂时就先不用去看他老人家了，以后再去不迟。原来宗刚当初急着去，是因听说董老师马上要办退休手续，但很快又知道校方鉴于董老师的学术成就和影响力不许他退休。——不世故，真性情，反常合道，正是宗刚的本色。面对宗刚，我常常想起那句话：小人之交，甘之如饴；君子之交，其淡如水。

接触得多了，便发现宗刚的性格，是豪放里带点内向，坚定里有些随意，成熟里不乏幼稚，稳健中又多鲁莽。宗刚家境不错，从小活得自在，天生就不是个操心的人，结果成家后常常丢三落四，频频忘事，给生活带来诸多困扰和不便。后经夫人指点，他便把每天要做的事巨细无遗地记在纸条上，不时检看，这样果然变得不易忘事，但也因此养成依赖纸条的习惯。宗刚只要出门，身上必定带一张纸条以备查看。我清楚地记得有次邀他到寒舍一叙，他很客气地提了些礼品过来。一番尽兴交谈，临近告辞时，宗刚却因找不到随身的纸条而茫然失措，汗都急出来了。我问他怎么回事，他说纸条上记着一件重要的事，和礼貌有关，必须找出来看看。我劝他不要急，慢慢找，后来纸条找到了，宗刚如释重负。我一看，原来那纸条上写的是：别忘了给陆老师带礼品。

宗刚小处糊涂而大处清醒。比如，跟宗刚谈及地理位置时，一定要跟他说前后左右，而不能说南北东西，因为宗刚自小到大，始终分不清南北东西这四个基本方位，然而宗刚从不迷路，倒是一些方向感很强的人常常会迷路。比如，宗刚几乎听不懂我的扬州口音，但每次通话，都能凭感觉从我的语气中把意思理解得准确无误。再如，宗刚禀性烂漫，了无机心，对人不加提防，然而识人极准，尤其对那些口是心非、巧言令色、看人下菜碟的奸猾之徒洞若观火，显示出大智若愚的一面。

近期，宗刚以团级军官的身份从部队转业。从军十余载，宗刚立过功，受过奖，多次被评为十佳青年、先进工作者等，再兼文武双全，军事素质优秀，转业前早已被确定为联合国军事观察员的理想人选。倘若仍在军中服役，以宗刚的势头，四十岁即可升为师级干部，五十岁即能享受军级待遇。但宗刚还是放弃了种种诱惑而毅然转业。落实工作时，无意于仕途的宗刚再次拒绝了到省内某厅做处长人选的诱惑，最终，他被"211"名校南京理工大学人文学院作为人才以百万身价郑重引进。在寸土寸金的南京东郊小区钟山花园城，校方给了宗刚一套一百四十平方米的高层新居，他六岁的儿子也安排进一所名牌小学就读。宗刚的转业可谓功德圆满，一时在国内传为美谈，关注他的师友无不高兴欣慰。对此，有人说宗刚是福将，运气实在太好，更多一致的看法则是：天生我才必有用。以宗刚的实力，以宗刚的水平，以宗刚的人品，完全当得起此种待遇。吉人自有天相。像宗刚这样老实肯干、从不投机取巧的正派人，上苍是绝不会亏待他的。

转眼间，宗刚已在新单位工作半年余，前不久刚刚迁入装修好的新居。南理工这所曾由开国元勋陈赓大将担任院长的知名高校，北依紫金山，西临明城墙，校园占地数千亩，堂庑阔大，花木葱茏，曲塘潋滟，荷叶亭亭，置身其间，如同进入天然大氧吧，只觉青翠欲滴，令人烦躁尽洗。尤其校园与钟灵毓秀的中山陵风景区浑然一体，卓具卧虎藏龙的王者气象，真是修身治学的好去处。"长风万里送秋雁，对此可以酣高楼"，来到这所历史辉煌的学府安家、工作，相信宗刚必定会更加下笔如有神了。

我的眼前常常浮现出这样的图景：宗刚在他的新居里坐拥书城，运笔如飞，如同一位将军在指挥着方块字的千军万马，窗外则是青山妩媚，金风浩荡。我为拥有宗刚这样的朋友由衷地感到自豪。人生百年，击水三千。谨以此语，与宗刚共勉。

（陆建华，江苏省文艺评论家协会）

**同期声：**

*我的批评观 // 张宗刚*

*看，那些有尊严的文字——关于韩少功散文随笔的话题 // 张宗刚*

*江山放眼细论文——张宗刚批评述略 // 晓华*

2008 年《今日批评家》

何言宏

牛学智

张光芒

熊元义

杨庆祥

金 理

**何言宏**

1965 年 4 月生，江苏淮阴人。上海交通大学人文学院教授，博士生导师，上海交通大学当代中国文学与文化研究中心主任，上海交通大学左翼文化研究中心副主任。中国当代文学研究会理事。主要从事中国现当代文学与文化的批评与研究工作。1993 年毕业于北京大学中文系，获文学硕士学位。2000 年毕业于南京大学中文系，获文学博士学位。后在复旦大学中文系从事博士后研究。出版有《中国书写：当代知识分子写作与现代性问题》《坚持与抵抗》《介入的写作》《精神的证词》《知识人的精神事务》《介入与超越》等专著与论文集，另有论文多篇。主编有《中国当代作家评传丛书》《二十一世纪中国文学大系（2001—2010）》（13 卷 18 册）等。

# 何言宏印象

## 晓 华

我们从如皋到南京后不久，就认识了何言宏教授。我现在已经记不清第一次是在什么地方见到他的了，大概是在某个饭局上，而且我觉得，我与何教授的见面大多都是在饭局上。前几年，朋友们经常聚会，大约是大家白天都很忙，很多话题包括课题就都安排在了晚上，轮流做东，边吃边谈，在交流和碰撞中，一些有意思的话题便浮出水面，等到口头的交谈变成了文字，就觉得这个饭也没有白吃。

我的印象里，每次吃饭何教授总是姗姗来迟，迈着他不紧不慢的步子、一脸歉意地出现在门口。每每这时，就有好事者嚷嚷要罚酒罚酒，何教授总是非常诚恳地向大家解释迟到的原因，态度之恳切让人作罢。其实，何教授作为一个好好教授的形象早已深入人心，从他的学生对他的评价中我们可见一斑，尤其是女学生们，夸起自己的导师来总是赞美有加，如何如何谦和，如何如何宽厚，如何如何为学生排忧解难，一个可亲可敬的兄长形象便跃出水面。其实，何教授的亲切与随和不用弟子说，明眼人一眼就能看出来。记得我们作协有一次组织一次批评家与作家之间的对话，有许多报社的记者前去采访，那天去的批评家也不少，可记者们偏偏追着何教授问个不停，我想这可能也与何教授的面善有关，一看就是个可亲可近的人，哪里有一点教授的架子。

看了我上面的描述，如果以为何言宏教授在任何时候都是个一团和气的人，那就错了。对待学术，何教授一向有着自己的坚定立场和鲜明观念，一反他平常的温文尔雅、平易随和，笔锋犀利而富有挑战性。比如，在读完张弦的小说《记忆》之后，他一针见血地指出这部看似历史记忆的小说实际上是在鼓吹忘却，他说："仅仅指出这一点似还不够，一个更加值得追问的问题主要在于：何以如此？为什么这样一篇以强调'记忆'作为叙事目的的作品却要刻意地'鼓吹忘却'？作为一个同样曾经身受迫害的知识分子作家，为什么要提出这样一个明显矛盾的命题？"这种咄咄逼人的语气正反映出一个习惯于作追问式思考的学者的严谨的治学态度。再比如，在今年年初引起轩然大波的"诗歌榜"事件，何教授也是四位发起人之一，他们以诗人与批评家的眼光，对2006年度的诗歌进行了遴选，赫然刊出了"好诗榜"与"庸诗榜"、最佳诗选与最差诗选、优秀诗刊与最差诗刊，在圈子内外引起轩然大波，他们鲜明的诗歌评判态度受到了媒体和舆论的关注，给当下已平静如止水的诗坛重重地砸下了一块石头。在接受记者的采访时，何言宏教授坦然而旗帜鲜明地说出了自己的构想：

> 我注意到，很多关于"'诗歌榜'事件"的报道，都涉及了文学标准问题。很多被采访者首先发问的，就是'诗歌榜'评判'好诗'和'庸诗'的基本标准。也许，正是因为屡屡遭遇这样的提问，所以，记者们的关切往往也都集中在这一方面，在我所接受的采访当中，这是一个经常被问及的问题。这样的经历，使我非常深刻地感受到，"'诗歌榜'事件"触及和提出了我们这个时代最为重大和最为根本的文学问题，这就是文学标准问题。在我看来，这是"'诗歌榜'事件"最为积极的意义和成果，也是我在饱受误解和压力之后最值欣慰的事情。……我以为，一个时代或一个民族的文学，如果没有基本的标准，那就意味着，这个时代或民族的文学实践，丧失了最为起码的底线，文学或文化的真正复兴，岂不啻为痴人说梦？"

由此，我们可以看出一个严肃的批评家在对待文学、对待自己的心灵与良知时的立场与态度。有趣的是，在网上刊出的四位发起者的照片上，其他三位都是挺胸抬头、血气方刚的样子，唯独何教授显得是那样的柔软与平和。

何言宏教授是淮阴人，1965 年生，比我小两岁。不知道是他们老家的风俗还是因为把汪政看成他的兄长，他一开始称我为嫂子，这让我很不习惯。后来也不知是不是他自己觉得不妥，又改称为嫂夫人。再后来，他就称为晓华大姐了。我最能接受的当然是这个称呼，他也就一直固定下来。其实，我从来也没有说过什么，我由此断定何教授是一个极为心细的人，他一定是捕捉到了我见面时的尴尬或是电话中的犹豫，才这么三易其呼。我们两家住得很近，有时会在菜场旁或是小道边遇到，记得今年年三十的傍晚，我们去添一点年货，见一个人慢慢悠悠地过来，一看就是何教授，他迎上来跟我们打招呼，脖子跟着头一起转，原来他的颈椎病又犯了，正要去做理疗。我和汪政刚到南京时还到他家去过一次，印象比较深的是他家的过道里有一个书架，构成了一种别致的装饰。还有就是他特别宠爱的女儿，她连珠炮似的问话似乎让何教授有些招架不住。后来，听他说又有了一个活泼可爱的儿子，儿女绕膝，天伦之乐，真是让人羡慕的。

（晓华，江苏省作家协会）

**同期声：**

介入的批评——我的批评观 // 何言宏
当代中国的"新左翼文学" // 何言宏
我们如何能抵达现场——何言宏文学批评的一个侧面 // 汪政

**牛学智**

1973 年出生，宁夏西吉县人，现供职于宁夏社科院，任文化研究所副所长、副研究员，系中国作协会员，中国文艺评论家协会会员，银川市作协副主席。主要从事中国当代文学及其理论批评，在《文学评论》《文艺理论研究》《南方文坛》《当代作家评论》《小说评论》《文艺争鸣》《文艺评论》等核心理论批评刊物发表学术论文八十余篇一百五十余万字，著有《寻找批评的灵魂》《世纪之交的文学思考》（系 2007 年《21 世纪文学之星丛书》）、《当代批评的众神肖像》《当代批评的本土话语审视》《文化现代性批评视野》等理论著作。主持国家及省部级课题三项，"中国人民大学复印报刊资料"转载多篇，参编《宁夏诗歌史》等著作多部。被评为宁夏宣传部"四个一批"人才，曾获中国文联文艺评论三等奖、《文学报》优秀论文奖、宁夏社科优秀成果一等奖等。

# 牛学智印象

石舒清

## 一

都说第一印象是最深刻的，但是我却一点也想不起和牛学智初次见面的情景了。我和牛学智是老乡，在外面，我们都可以说我们是西海固人。而且外面的人看到我们，也一定很容易从我们身上看出某种共同的东西。优长也好劣根也罢，都可以使人很快就辨识出我们是出自同一条线上的蚂蚱。我现在写这篇东西，忽然就奇怪地觉得我和牛学智相熟已久，倒好像他是我儿时的一个玩伴，那种相互之间的气息，是那么熟稔又相得，其实至少二十岁以前，我们是不曾见过面的。

牛学智最初给我留有记忆，说来和我的一个学生有关。其时我还在我们那个县的一中教书，任班主任，这就得开家长会的，有一凌姓学生，来为他开家长会的是他的姐姐。说实话，那个女子给我留下了很深的印象。在一片黑乎乎的家长里，她显得那么醒目又端丽，好像其他的人无论有多少，都只可做她的陪衬，好像一小片阴郁的菜地里，只有她这么一朵小花静悄悄地开着。我真是没有想到县里竟然还有这样的女子。真是没有想到我那个学习不怎么样的学生竟然还有着这样一个姐姐。她好像不是我们那个地方的人。后来果然得知她是外地人。如此说来，我那个学生自然也是外地人了，奇怪我怎么竟没能看出来。听说她在哪里当代课教师，工作并不固定的，听说她还喜欢写点东西，县里有一张小报，看到她写的诗发在上面。因为见过了她这个人，于是就觉得这些诗也有着异样的气质和气息。我的性格，也只能暗暗地关注着这些而已了。十多年过去，带过的不少学生，大多忘记了他们的名姓，偶尔见了，因此是有些尴尬的。但我那个凌姓学生的名字，我却一直没有忘掉，什么原因呢？一定还是因为他有那样一个姐姐的缘故吧。

说了这么多，和牛学智有什么关系？有关系的。忽然一天，在街头，我就看到了那个女子，她是很醒目的，一眼就给我看到了，同时就看到她身边有个小伙子，小伙子显得很精神，看得出，他们是一对情侣。我的眼睛跟着他们走出很远。那小伙子给我的印象因此也就深起来。那个小伙子他是谁呢？他就是牛学智。

我总记得这便是牛学智给我的第一印象，但是奇怪，假如此前我不曾见过牛学智，我怎么能认出那个小伙子就是他呢？

这是一笔糊涂账了，我也不想在这里费脑筋，我只是讶异，牛学智他虽然是西海固人，但并不在我们县，他是西吉县人，隔着山山岭岭，他就怎么知道我们县里有着这么一个女子，而且不知他用什么手段招惹了一下，竟使这女子心甘情愿服服帖帖地跟着他走了呢？

后来和牛学智熟了，这个事情是应该问他一问的，但一直竟没有问，竟一直让心里留有一个悬念，不知现在和牛学智搭伴过日子的，是不是那个女子。

不讲别的，仅此一端，牛学智留给我的印象就是不可磨灭的了。

## 二

因为都在从事着文学劳动，我写小说，牛学智写评论，这样在一些大大小小的文学集会上，我们见面的机会就多起来。

我是一个对发言总感发怵的人。逃劫似的躲避着当众说话，躲过一遭是一遭。但牛学智不行，他是评论家，评论家不可以在集会上不说话的。因为常常是有备而来，他似乎并不拒绝当众说话，这一点我是佩服又羡慕的。但我渐渐还是发现，牛学智较我自然是胆略胜出一筹，然而他并不是很善于说话的人。因为自己不擅辞令，我就很注意听人说话的，也就听出一些端倪来，我发现会说话的人，都善于敲边鼓，善于东拉西扯，善于王顾左右而言他，一句话，就是善于揉面疙瘩，一小团面疙瘩，你让他揉多久他就能给你揉多久，你让他给你揉成什么样子他就给你揉成什么样子，真是不服气都不行。然而这些手段，我发现牛学智并不擅长的，他总是有些直奔主题，不游不离，不枝不蔓，而是把自己所看到的所理解的，照直了一气说出来。这就使人觉得他的发言有些生硬，缺少一些必需的艺术性，须知若即若离枝枝蔓蔓才真是说话的艺术啊。我甚至从这一点想到一个人的为人为文，我觉得牛学智的人和他的文章也好像有着这个直倔少文的特点的。也许年深日久，我们已经习惯了某种发言，因此对于牛学智的发言多少还是有些不适应，说真的，我觉得让牛学智在一次次文学集会上发言，说来还是有些勉为其难。不知为什么，他发言的时候，我总是略略地有些紧张，比较于听他在场面上言说，我倒更乐意于那种私下的交流，这时候我也好像成了能说的。大概一切自在的有见地的表述多存在于非正式的时候吧。

## 三

我们私下的交流也是不少的，而且我从这种交流里获益匪浅。我是一个疏于交往的人，但每每过一段时间，牛学智都会打电话来，问一问近期的写作情况，或对我的近作给出一番评论。有时候一个电话，会打近一个小时，这会花去不少银子的啊。我是清楚的。心里也为之惭愧不安。其实比较于我写的那点文字，学智给出的评语真是有些太多了。我时常觉得有负于他的盛情。有几次忍不住，我对他说，你这样关注我是不值得的。但这样的话对他没有用。我想也许是出于老乡的情谊，他才如此关注我的吧。知之深才能论之切，比较于一些评论，牛学智写给我的文字的确是有些不同。不必讳言，我有时觉得他的评论是有些程式化的，有些生硬和呆板，但是他写给我的评论，面貌就有些两样。我有时觉得他揭谜底似的说出我的初衷来。我想这一定出于我们有着共同的基础和背景吧。于评议者而言，这一点其实是非常要紧的。有一段时间，我的写作遇到了挫折，写的一些东西自己也难置好坏。正如同一个人在暗夜里摸索着行路一样。我出手的一些东西也招致了朋辈的质疑和批评。在那样的时候，人是很容易一蹶不振的，雪中送炭，牛学智就在这时候写出一篇评论来，评价了我当时写的一个短篇小说，真是给了我不小的助力和信心。我一直觉得作家和评论家不宜过于熟亲，以便两不相扰，各行其是，我甚至迂回地向牛学智表述过这个意思。我觉得作家评论家之间搞得像哥儿们，其实对两方面都是不好的。有时候看到牛学智写我的文章，我也不打电话去致意。我觉得他写文章是他的事情，不应该受到我的干扰和暗示。

这说来有些不识相吧。听说有些评论家给作家写了评论，作家是要有所表示的，我对牛学智表示过什么，我对他说，你写你的，我写我的，咱们各做各的事就是了。

但有时候也不能太不识相，当我在困窘时节，读到牛学智写给我的那篇评论时，还是禁不住一时心情，打电话给他说了我的感激与欢欣。十多年来，这是唯一的一次，与文字打交道是寂寞的事情，如同牛学智给予我的一样，说来也是返还他一些助力和信心吧。

（石舒清，宁夏作家协会）


**同期声：**

一个可以当作主体论的问题 // 牛学智
人文精神烛照下的主体性批评——论李建军的文学批评 // 牛学智
边缘、"现实"与文学中心——关于牛学智的文学批评 // 王春林

**张光芒**

1966 年出生，山东临沂人。现任南京大学中国新文学研究中心教授、博士生导师，担任中心学术刊物《中国现代文学论丛》副主编，中心当代文化思潮研究所所长。兼中国新文学学会理事、江苏省当代文学研究会副会长、南京市文艺评论家协会理事等。出版有学术专著《启蒙论》《混沌的现代性》《道德嬗变与文学转型》《在感性与理性之间》等七部。在《中国社会科学》《文学评论》等刊物发表学术论文一百五十余篇。先后入选教育部"新世纪优秀人才支持计划"、江苏省"青蓝工程"培养计划、江苏省"333 工程"中青年科学技术带头人等。曾获首届唐弢青年文学研究奖、江苏省社科优秀成果二等奖、紫金山文学奖、《当代作家评论》奖、江苏省首届紫金文艺评论奖等多项。

# 无声的归来
## ——关于张光芒，还有我们这代人

张 生

　　印象中，我第一次和张光芒见面，大概是在 2001 年 10 月初的一天。尽管当时时序已经进入秋天，但江南的暑热却并未消除。晚上，我和几个博士同学在南京大学附近的一家饭店简陋的包房里喝啤酒时，热得甚至都脱掉了上衣。当然，这也可能与我不胜酒力有关。其实，和别人不一样，我的酒量一直没有自己想象的那么大。然而，就在这种多少有些不清醒的状态之中，我的一个同学把我硬拉到楼下的一间包房，让我和他的几个同在南京读博士的山东老乡见了一面。这其中就有张光芒。

　　可能是怕我糊涂，也可能是怕我不了解光芒的分量，在告诉我光芒和我们这批同学一样，都是今年夏天来的南京大学中文系之后，我同学又特地强调，光芒是现当代的博士后。言下之意，自然是指相对于我们这些刚刚开始攻读中国现当代文学的博士的人来说，光芒比我们要高级很多，换句话讲，当我们还只能在名片上小心翼翼地印着博士研究生的时候，光芒已经可以堂而皇之地在自己的名字后面挂上博士二字了。这个差别显然不是几个字的差别。

不过，那天光芒并没有因自己是博士后就对我这个准博士不以为然。因为多年前，我曾经在上海见过一个研究散文的博士后，他曾经很不以为然地谈到小说家，并且还以自己不懂小说感到骄傲。所以，我才对光芒的博士后身份这么敏感。但光芒并没有因此说什么多余的话，只是像初次见面的人那样，很客气地对我点了点头，和我碰了一下手里的酒杯，然后先我而将杯中的酒喝光。他的这个作风倒很有山东人的特点，待人客气而讲究礼节。虽然，从他的清瘦的面庞和略显单薄的身材来看，他更像一个南方人，而不是北方人。

因为我在南京大学读博士的同时，还要在上海交大上课，我常常是在南京大学上了课后就赶紧回到上海，而这样一来，我在南京大学待的时间就不是很多。所以，自从那次与光芒见了一面之后，再见面的机会就少了。

但是，我的一些住在南京大学的同学倒是经常和他见面。因此，每次，我到南京大学上课的时候，总能从他们嘴里听到关于光芒的消息。我听到的最多的一句话就是说光芒很刻苦，但到底怎么刻苦却不清楚。谁都知道，在南京大学读研究生，不管是硕士还是博士，或者博士后，都要求在读期间发表一定数量的学术论文。尽管这些年来很多人对此颇有非议，但不得不承认，这一规定无形中对研究生所起到的督促作用却是不言自明的。所以，在南京大学，听到什么人说某某某很刻苦实际上并不让人感到意外，因为大家都很刻苦。但在这种情况下，居然同学们还都认为光芒很刻苦，可想他一定是很勤奋的。

最起码，他一定比我们那些勤奋的同学还要勤奋才行。

或许正因为这样，同学们才会在谈到他的勤奋的时候，同时还谈到他不断发表在各种学术刊物上的以启蒙为主题的论文。我也是因此才知道光芒的研究方向的。而且刚知道他的研究是以启蒙为题的时候，我还颇有些诧异。我诧异的并不是启蒙本身，而是以光芒这样一个年龄的人，怎么会去做启蒙这个东西。

之所以有这种想法，是因为光芒和我是同龄人，我推己及人而已。我们这一代人，大都生于20世纪60年代中后期，在80年代中后期受的大学教育，应该说，那个时候，我们每一个人脑子里都是装了不少浪漫的或者理想化的东西的，可遗憾的是，近二十年我们中的大多数人都对那些具有正面意义的价值产生了怀疑，甚至是幻灭。不言而喻，这其中就有所谓的启蒙。因为80年代正是一个以新启蒙为号角的时代，而我们这些被启蒙的人面对的竟然是这样一个突然变化的现实，以至于我们对启蒙本身也犹疑起来，随着这种逐渐加深的犹疑，甚至放弃或者不再思考这样的问题，而以更大的精力去面对时代变迁后陡然掀起的商品经济的洪流。

但没想到，光芒却并未像我们中的大多数人一样，放弃当年的那些梦想，这让我多少觉得有点意外。

我估计，这也许正是光芒博士毕业后选择来南京大学中文系，同时南京大学也愿意接受他来做博士后的原因。因为南京大学现当代文学专业的一些老师，从在硕士时就给我上过课的爱讲五四的许志英先生和一直在大声疾呼要"豁蒙"的董健先生，还有他们的学生，也是我的博士导师、近年来在学界提出要重回五四起跑线的丁帆老师，在这个大多数人都觉得五四精神已经过了时的时代，仍在秉承和坚持着五四的一些基本的理念，试图以自己的努力来改变和改善当下的人文环境。而在他们的感召和影响之下，这些年来，南京大学的现当代专业在以往那种相对比较重视学术性的基础上，也形成了新的特色，那就是重学术而不轻思想，或者说，以学术为基础，思想为追求。用丁帆老师在一次给中文系研究生所作的讲座中的话来说，就是：学术终究还是需要有思想的，我们不能因可能产生坏的思想就不思想，即使是坏的思想也比不思想和没有思想好。

信夫！

但我虽然这样想来想去，可因为忙的关系，和光芒始终没有机会见面一谈。时间不知不觉就过去了。可就在我以为这个学期大概再也碰不到光芒了的时候，某一天，当我应约到系里去和丁帆老师谈我的论文时，却碰见了正在隔壁的现代文学研究中心忙碌的光芒。看到我，光芒也愣了一下，但他很快想起了我是谁。因为我来得有点晚，所以向他打了个招呼后，就赶紧到丁老师办公室去了。而因此，在和丁老师谈我的论文的时候，我还有点后悔，我觉得，应该给光芒说一声，什么时候找个机会聊聊天。

出乎我意料的是，当我和丁老师谈完话后，走出房间的时候，却看到光芒正在走廊里等我。我们寒暄了几句后，就一起到青岛路的一个餐馆用餐。其间，因为我事先已经约了我的同学翟业军吃饭，就把他也叫到了饭店。也幸好我把业军叫了过来，因为正式坐下来之后，我才发现，敏于行的光芒有时其实是一个讷于言的人，更多的时候，都是我在讲话，要不是同样对现代文学所涉及的思想问题情有独钟的业军在旁边不时插上几句，可能这顿饭吃完，我的肚子还是空的。

实际上，和光芒一样，我同样也是个性格内向的人。如果不是从南京大学硕士毕业后就一直在上海交大做老师，因此不得不上课、不得不和人讲话的话，我可能到现在为止还不怎么会和人交谈。但是尽管如此，我和光芒却聊得非常愉快。尤其是当我聊起我们的同龄人在这些年的遭遇的时候，我注意到，每次他都频频点头。我们几乎是不约而同地发现，我们这一代人，无论是在社会上事功的，还是在大学里做学术的，有成就的人，或者，干脆点说，还能看到一点希望的人，其实都很少，我们绝大多数的同学似乎都在近年来时代短促而又迅速的转换中迷失了方向，并很快消失在茫茫人海之中。

90 年代初，在社会各个角落弥漫着颓丧和迷惘的情绪，我记得我的很多大学同学，而且越是那些比较优秀的怀抱各种文学和学术梦想的人，越想离开大学去工作。这种情绪即使到几年后我硕士毕业依然没有散去，当我后来硕士毕业的时候，我的硕士同学中大部分人都选择了在学校之外工作，而不是像我那样到一所大学去教书。而我之所以到大学教书，只是为了方便和在上海的女朋友团聚而已，并非有什么远大的理想。

今天，我们或许可以把这种有意无意的选择，看作是我们这代人的一种精神上的自我放逐。因为我们并不像上一代人那样，曾经经历过"文革"和上山下乡诸多的社会事变，有着坚强的意志和强烈的使命感，所以，不管社会发生什么样的动荡，他们都能在既定的轨道上生活。也不像我们的后面的人那样，由于直接在一种充斥整个社会的商品气氛中完整地成长，其神经足可适应同质的生活。我们在刚刚开始成熟的时候就遭遇了一些社会的变迁，犹如一场寒流，忽然将正在萌芽的树枝打掉，它的命运就是再也无法成长。这就好像一个人永远停留在某一个年龄，再也无法成熟。

我们不仅与这个社会疏离，与我们的上一代人疏离，与我们的下一代人疏离，甚至也与我们的过去，还有我们自己疏离。我们成了若有若无的一代，或者说，疏离的一代。我们有理想，可是不坚定；我们想生活，但却没准备。我们在不知不觉中，开始慢慢退回到自己的内心，在忧郁和犹豫之中消磨着自己的青春乃至生命，最后大多一事无成。

所以，当我和光芒谈到这些事情的时候，感觉上就好像是两个劫后余生的人再次相遇一样，尽管有着一丝欣喜之情，却也有着一种消抹不去的淡淡的忧伤。

当然，这只是我心内的一些稍纵即逝的零散的情感，实际上我们的谈话却并没有这么纤细和伤感。我告诉光芒，就像我和他一样，虽然当年我们这批人大都离开了学校，可现在却一个一个正在归来。不说我常在南京大学的校园里看到当年和我同住一幢楼的那些哲学系、历史系还有政治系的硕士时代的朋友，如今都像我一样不约而同地重回母校来读博士，就是在我现在的同学中，也不乏和我同龄且有同样的心路历程的人。像我的博士同学赵顺宏，在 1989 年硕士毕业后，曾心灰意冷地把自己安置于广东的一所大学打发时光，而在撒手学术多年之后，又和我同年考到南京大学攻读博士。还有我大学时代的好友任辉献，也在法院工作多年之后，又重新燃起自己当年的学术梦，准备考到南京大学哲学系来攻读西方政治和法律哲学的博士（后来他果然顺利地考到了南京大学，跟随顾肃先生研读西方政治哲学），都是这样的例子。

这当然不像麦克阿瑟当年被迫离开菲律宾的时候，嘴里咬着玉米芯烟斗，充满信心并且掷地有声地说，我将回到这里。事实上，我们离开这里的时候，是不知道还会或者说还能回来的，但当年激动过我们的那些东西却并没有随着岁月消失殆尽，却是真的。如今，虽然当年的热情已经被时间冷却，但它依然存在，正是这种在内心深处跳动的持久的想望和追求，才让大家一个又一个无声地归来。就像当初悄无声息地离开校园一样，回来也是无声无息。而这或许正是这一代人的特点。

因为他们早已经在 90 年代的自我放逐中离散，现在也只是一个个零散地归来，来做过去没有做完的梦。

渐渐的，开始还很喧闹的小店里最后只剩下我们三个人，然而，直到分手，我都没有问光芒为何会选启蒙和中国这一百年来的文学之间的关系来作为自己的研究对象，因为和光芒这次见面之后，我已经知道这颗种子发芽于何时，又是如何支撑着光芒从山东辗转到多雨的江南来继续寻找和求索自己的梦想。

之后，我们彼此依然忙碌，也并未因这次见面而增加更多的见面机会。因为作为博士后，光芒不仅要完成自己的科研计划，还有教学任务。而我在完成博士学位的课程之后，基本上待在上海，和光芒见面的机会更少了。

2003 年的冬天，我到北京去办些事情，顺便也陪好友郜元宝到北京领取"唐弢青年文学研究奖"。在颁奖委员会的安排下，我们住到了芍药居附近的一家宾馆里。晚上，当我们和一个朋友在房间里聊天时，我突然看到了光芒和当时还在南京大学中文系教书的张桃洲走了进来。我开始还感到很奇怪，后来才反应过来，原来，他们两个也都是来领取这个奖的。作为在现代文学研究界的一个重要的奖项，能够获得"唐弢青年文学研究奖"显然是对一个从事中国现代文学研究的青年学者的最大的肯定。而光芒到南京大学后，很快就得到了学术界的认可，说明他的确付出了常人所难以想象的努力，当然，这也不仅仅是勤奋能够达到的，其中应该还有光芒的聪颖和对思想还有学术的领悟在内。

董健老师在他新出的《中国当代启蒙文学思潮论》的序中就肯定了他的这个特点。并且，还不无亲热地称呼他为"张启蒙"，这其中，我想不无褒奖之意。

转眼，我离开南京大学又有三年，读博期间南京大学的生活又再次成为往事。前段时间光芒打电话来，说《南方文坛》要做他的一个栏目，要请一个作家和一个批评家来介绍他一下，他希望让我这个作家来写一篇关于他的文章。我开始还觉得有些为难，因为我和光芒的交往那么有限，自然谈不上是合适的人选。但是，《南方文坛》一直是我很喜欢的一个批评刊物，它的独立性、客观性和对青年批评家乃至青年作家的关注，大概在现在的很多受金钱支配的批评刊物中，是很少有的，我觉得有机会能为《南方文坛》写稿，是很高兴的事。同时，出于对我们这一代人的了解，出于对前些年在南京大学共同生活的背景，我还是愉快地接受了他的这个邀请。现在，在这篇文章结束之前，我要向光芒表示感谢，因为，正是他的信赖，才让我有机会在多年之后重新回忆了一下过去，并在回忆中再一次思考了我们这代人的一些特质。当然，需要说明的是，这特质只是特质而已，与我们前后的那些人相比，并无高下尊卑之别。

不过，我最应该说的，还是请求光芒原谅我的拖沓和因此产生的散乱的思绪，事实上，这篇文章早该写成，而且，直到现在，我还是觉得，它应该以另外一副模样出现。或许才更符合光芒向我约稿和《南方文坛》的题中之义。

（张生，同济大学中文系）

同期声：

批评家应该批评什么？——我的批评观 // 张光芒
论中国当代文学的自恋主义思潮 // 张光芒
理论、身份与文学批评——关于批评家张光芒 // 王尧

**熊元义**

（1964-2015），笔名楚昆，湖北省仙桃市人。编审、文学博士。《文艺报》理论部主任。中国作协会员，国家社会科学基金艺术学项目评委，中国新文学学会副会长，全国马列文艺论著研究会常务理事，多所大学特聘教授。近二十多年来，在哲学、美学、文艺理论、文艺评论等方面发表论文两百多篇，先后出版著作八部：《回到中国悲剧》《拒绝妥协》《中国作家精神寻根》《眩惑与真美》《当代文艺思潮的走向》《中国悲剧引论》《中国特色社会主义文艺理论研究》《文艺批评的理论反思》。主持国家社会科学基金一般艺术学项目和重点艺术学项目各一项。

# 盈耳笙歌期大雅
## ——《中国悲剧引论》及其他

郑欣淼

中国作家协会重视培养和扶持文艺理论人才，特为中国作家协会会员、《文艺报》理论部主任熊元义文艺理论专著《中国悲剧引论》召开研讨会，是一件可喜可贺的事情。

我和熊元义研究中国悲剧还是有些缘分的。20 世纪 90 年代中期，熊元义就在文艺理论界崭露头角。1998 年，我希望他将那些已发表过的论文汇集出版。这就是熊元义的第一部美学和文艺理论文集《回到中国悲剧》（华文出版社）。其中三分之一是探讨中国悲剧的。我在为《回到中国悲剧》所写的序言中指出："在纷扰的世界中，并非真正的东西都能凸现其炫目的光彩。静水深流似乎比金子放到哪里都闪光更具有启迪性，而人类文化建设的积淀恰恰又是深流的东西。甘守寂寞是需要忍耐力的。对于中老年人来说，有所为而有所不为，是一种智慧；对于一个青年人而言，则意味着很大的放弃和牺牲。"并赋诗两首，赘在文末。其一："十年磨剑不寻常，文苑徜徉兴自长。盈耳笙歌期大雅，激浊扬正见心香。"其二："喜乐辄由悲里来，求真探美骋其才。更织他日天孙锦，相映人间花盛开。"经过近十年的努力，熊元义又写出了探讨中国悲剧的文艺理论专著《中国悲剧引论》。解放军文艺出版社要重点推出时，我又应邀为其写序。前后两序，相隔就是九年。对中国美学史上一个比较复杂的问题，坚持十几年的探索，是很不容易的。

熊元义近二十年的文艺理论研究，我感到有这样几个特点：一是具有自觉的担当意识。中国古代寓言《愚公移山》不仅反映了个体和群体的矛盾，而且蕴含了群体的延续和背叛这个矛盾。熊元义在把握中国悲剧的历史过程中有力地批判了群体的背叛，肯定了群体的延续。对于唐代诗人陈子昂的《登幽州台歌》，熊元义认为，它不是或者至少不完全是渴望"古人"和"来者"的提挈，而是主动自觉地承担延续"古人"和"来者"之间的精神文化血脉，表现了一种承前启后继往开来的担当意识。熊元义在肯定群体延续的基础上大力地弘扬了这种担当意识。二是具有鲜明的时代特色。熊元义提倡真、善、美，反对假、恶、丑，但绝不是抽象地肯定真、善、美战胜假、恶、丑，而是突出地把握了这个战胜过程所表现的时代内容。所以，熊元义所提倡的文学的批判精神是作家的主观批判和历史的客观批判的有机结合，是批判的武器和武器的批判的有机统一，是扬弃，而不是彻底的否定。这种文学的批判精神与建构精神不是对立的，而是辩证统一的。三是具有系统的建构意识。在把握中国当前文艺界一些文艺思想的分歧中，熊元义不仅仅是区别各自思想观点的不同，而是深入地解剖这些思想分歧的深层差异。20 世纪 90 年代初，当代中国有些学者提出了文学人文精神的失落论。熊元义没有停留在中国知识分子包括作家的精神层面上思考这个问题，而是进一步地开掘了中国知识分子包括作家精神背叛的社会根源。不仅如此，熊元义还进一步地提出中国知识分子包括作家精神寻根的问题。熊元义就是在这种文艺批评中进行文艺理论的建构。

希望熊元义在文艺理论园地里继续辛勤耕耘，获得更好更多的成果

（郑欣淼，文化部）

**同期声：**

在批评中进行理论的建构 // 熊元义
文艺与未来的真正的人 // 熊元义
"血性批评"的崛起与崛起的"血性批评家"——熊元义文艺理论与批评阅读手记 // 余三定 何轩

**杨庆祥**

1980 年生。文学博士，中国人民大学文学院副教授，中国现代文学馆首批客座研究员。主要从事中国当代文学批评与研究。出版学术著作《"重写"的限度——重写文学史的想象与实践》《分裂的想象》《现场的角力》。曾两获《南方文坛》优秀论文奖、中国年度青年批评家奖、第十届华语文学传媒大奖年度新人提名、第十届上海文学奖理论奖、第三届唐弢青年文学研究奖、北京市第十三届哲学社会科学优秀成果奖。同时从事诗歌写作，出版有诗集《在边缘上行走》《虚语》。曾获《诗歌月刊》2001 年全国探索诗大赛一等奖、人民文学首届诗歌奖年度新锐奖。

# 80后的文学史研究

程光炜

我知道杨庆祥比较讨厌别人称他 80 后，因为他愿意对人"年龄"的评价做更多样化的历史的理解，而不是简单的社会学归类。不过，他确实出生在 20 世纪 80 年代，所以我想指出这恰恰是他作为后起研究者的独特性所在。

杨庆祥是安徽人氏。近年安徽是人所共知盛产批评家的省份之一，如李洁非、郜元宝、洪治纲等。安徽人五四时就有酿造时势、推动文学之走向的先例。即使在今天，陈独秀（安庆人）、胡适（徽州人）这两位中国现代文学的"首义之人"，也还在深刻影响着人们理解与研究文学的途径和方式。20 世纪三四十年代的朱光潜，某种程度上也改变或者说重建了现代文学史的地图。这都是无法否认的事实。我不知道他与这一切是否有联系，但我相信一个地域的文脉与文气是能不断地给它的后继者以某种激励的。杨庆祥 2004 年进入中国人民大学读硕士，2006 年攻读博士，一路下来已在北京待了五年。他最初是铁定做一个诗人的，最不济也做个诗歌批评家。他曾经狂热写诗，后来转入地下（大概是受了我的某种"打击"），据说现在已很少写诗。不过，他仍把诗看得比小说"更高"，对此我却不能苟同。一开始我暗自担心，一个个人爱好和思维方式如此诗歌化的年轻人是否能从事文学史研究。杨庆祥没有让人失望，他虽然经历过反复，但他的硕士论文一上手就进入了状况。他研究的是两个诗歌选本对"第三代诗歌"的建构问题，眼光却异常冷静，并且有意与研究对象保持了客观距离，确立了一个"旁观者"的立足点。在写作中，他一般不就事论事，落入研究对象的陷阱，而是左右机动、举一反三、融会贯通，拿得起，放得下，将问题放置在 80 年代的大语境中来讨论。三万多字的论文，把第三代诗歌的来龙去脉、历史渊源和文化性格讲得清清楚楚，还有不少有趣的发现，这样的工作实际上并不容易。

　　2007 年，是杨庆祥文学史研究的"崛起"之年。两年来，他接连在《文艺研究》《南方文坛》《当代作家评论》《文艺争鸣》《当代文坛》等当代文学研究界的"大牌杂志"上发表过十多篇万字以上的论文，有的被《新华文摘》全文转载。因《南方文坛》的赏识和厚爱，他还获得该刊"2007 年度优秀论文奖"，有幸与众多师长辈批评家和学者站在一起领奖，我想这件事对他终生都会有很大激励。我不想讳言，这些成果即使拿到一些大学申报高级职称仍不会逊色。杨庆祥近年写得最好的一批论文，我以为是《审美原则、叙事体式和文学史的"权力"——再谈"重写文学史"》（《文艺研究》2008 年第 4 期）、《"读者"与"新小说"之发生》（《当代作家评论》2007 年第 4 期）、《路遥的自我意识和写作姿态——兼及 1985 年前后"文学场"的历史分析》（《南方文坛》2007 年第 6 期）、《"主体论"与"新时期文学"的建构》（《当代文坛》2007 年第 6 期）等篇。如果说，"文学史研究"是一种"后发式的批评"，那么在我看来，它们应该是从 80 年代文学的"问题"出发，通过对当年文献的重读、比较、归类、挑选和"知识考古学"分析，通过质疑"已有"的批评和研究"结论"，以提出自己问题的方式所做的研究工作。这种研究不是过去那种"追求结论"的工作，而是通过提问题的方式进一步激活那些沉睡在结论深处的"问题"，使之产生对于今天的当代文学研究来说更具有建设性、启发性的对话的意义。它试图要回到我们当代文学学科的根部，大胆地、但不是想当然地找出它的"系列问题"，加固已有的支点，并对那些摇摇欲坠的现象、问题进行重新装置。于是，在我看来，他的《路遥的自我意识和写作姿态——兼及 1985 年前后"文学场"的历史分析》一文，应该是近年讨论"路遥现象"最具创见性的论文之一，实际也廓清了这个问题的那些"道德化"的纠葛，使路遥得以成为当代文学史中的一个"重要问题"，或者进一步说使他成为一个"问题作家"（就像现当代文学对鲁迅、赵树理、浩然"问题"的重新讨论一样）。这一工作显然不是终点。对更多的 80 后的文学批评家和文学史研究者来说，它也许是一个不能忽视的起点。

　　杨庆祥为人低调、平实、谦虚，却不畏惧学术权威，这一点能从文章中隐约看到。他潜心于当代文学史研究，但没有过于张扬或令人讨厌的学究气，其同门师兄弟大概可以作证。他常与我争论，也不简单附和或认同别的讨论者的意见，然而事后总能巧妙地吸收大家的观点，并在论文的修改和充实中有所体现，使其更具光彩和锐气。我们师生一场，有长达五年的光景。每每回忆课堂上不失紧张的争论和讨论，也会惊讶于这一切都发生得那么自然。它是学理的探讨，是纯问题的争辩，是服从学术良知的实验性的工作，而学术面前人人平等的氛围就在这枯燥、考验人们忍耐力的漫长岁月里逐渐形成的。这几年来，杨庆祥给我最深的印象是头脑冷静，思维清晰，表达准确且有分寸感。当然，也不是所有的事都完美无缺，比如，我有时交代一点无关紧要的事情，他当面应承下来，事后却不了了之。幸亏我记忆力不强，又不是事必躬亲的顽固个性，这样，就让他和他的师兄弟们经常"幸免于难"，居然都没有发展到"兴师问罪"的地步。这是文末戏言，读者切勿当真。

（程光炜，中国人民大学文学院）

**同期声：**

作为"去魅"的文学批评 // 杨庆祥

《新星》与"体制内"改革叙事——兼及对"改革文学"的反思 // 杨庆祥

"历史化"的"八十年代文学研究"——杨庆祥及其文学批评 // 黄平

**金理**

复旦大学文学博士，历史学博士后，现任教于复旦大学中文系，兼任中国现代文学馆客座研究员。著有《从兰社到〈现代〉：以施蛰存、戴望舒、杜衡与刘呐鸥为核心的社团研究》《历史中诞生：1980年代以来中国当代小说中的青年构形》《青春梦与文学记忆》《同时代的见证》等。曾被第一届全国青年作家批评家主题峰会推选为"2012年度青年批评家"。获上海2014年度"社科新人"，入选"上海青年文艺家培养计划"。获《南方文坛》《当代作家评论》年度优秀论文奖。

# 一个年轻学人和一个讨论问题的例子

张新颖

　　都快是十年前的事情了，我开始做一名教书匠。复旦大学中文系教书匠生涯的最初阶段，按照规定，是一定先要兼任辅导员或者班主任的，于是我遇到了1999级这一班学生。我想我是幸运的，我遇到了一些优秀的学生；还有，我开始过一种"双重的生活"：我看着他们，会不由自主地想起我的青春时代，我会比较和印证，甚至我会恍惚间以为我就是他们当中的一个——我在一重生活上是一群年轻人的老师，而同时在另一重我仿佛又重新过一遍我的学生生活。对，如果你读过 E.B. 怀特的《重游缅湖》，你就会明白我的意思。十年来我的体会是，这另一重的生活，是对于平淡的教书生涯的最大补偿，或者更准确地说，是无比丰富的馈赠。

　　说到金理，这么些年下来，已经成长为一个对学术和文学有潜心研习的经验、有一己感受和独立见解的年轻学人了，至于他发表的一些文学批评文章，不过是他表达出来的一部分而已。我用"潜心"这个词，不可谓不重，在现在这个时代，对于学术和文学，"有心"已属难得，何况潜心。我最初感受到一群年轻学生中间这个人对文学有心，真是喜悦。后来见他用心，更是喜上一层。对于学术来说，"潜心研习的经验"其实是最基本的，没有这个，其他统统说不上。当然，对于金理今后漫长的道路而言，他现在的"潜心研习的经验"也不过是个开始。

　　金理在二十五岁时出版第一本中国现代文学研究著作《从兰社到〈现代〉：以施蛰存、戴望舒、杜衡与刘呐鸥为核心的社团研究》，借着这本书的出版，在"后记"里表达对几位老师的感激，情动于衷，绝无泛泛之语。其实他在生活中寡言少语，颇有些拘谨，这样的话是说不出来的。我大致也是这一类的性格，所以很能体会金理的心情。但说到拘谨，我倒以为，金理完全可以放开一些。也许在我没有见到的场合不是这样吧，那就好。

　　威廉·燕卜荪有一首长诗《南岳之秋》，抒写的是 20 世纪 30 年代在中国教书的经验，其中有这样几句：

　　　　哪些珀伽索斯应该培养，
　　　　就看谁中你的心意。
　　　　版本的异同不妨讨论，
　　　　我们讲诗，诗随讲而长成整体。

　　珀伽索斯是希腊神话中的双翼飞马，足踩过的地方就会泉水涌出，诗人饮了能够获得灵感。燕卜荪用在这里，特指那些共处的有文学才华的青年学生。我在这里想起这几句诗，是有感于老师和学生共处而"长成"的情形。在我心里早就不敢自居为金理的老师，"版本的异同不妨讨论"的情形则更为真切。我举一个我们讨论问题的例子。

　　两年前我和刘志荣做了篇关于余华小说的对话，题目很长，叫《"内在于"时代的实感经验及其"冒犯"性——谈〈兄弟〉，并谈〈兄弟〉触及的一些基本问题》（以下简称《对话》），整理出来的时候我在芝加哥，先发给金理看，金理看后在信里谈了他的想法和意见。我一直觉得他的想法和意见很有价值，但后来也没见他写文章发表，他自己大概也不肯把这样不像正式文章的东西拿出来，可我总觉得随意扔了很可惜，就借着这篇短文，把它发表出来，想来金理不会见怪。

　　下面就是他的想法和意见，2006 年 12 月写的，文字比我上面写出的篇幅要长。但我想，与其看我介绍金理，不如直接读他自己的文字：

　　　　立民师兄讨论《兄弟》的时候把它和果戈理的小说放在一起，我觉得这个说法很有意思。二者在出版后所遭受的围攻以及这些围攻中主要的否定意见，都有类似的地方。别林斯基这样评价果戈理"作者在这里不插入任何箴言，任何教训，他只是像实际那样描写事物，它们究竟怎样，他管不着，他不抱任何目的地去描写他们，只为了享受描写时的愉快"，"他不宽恕猥亵，也不粉饰它的丑恶，因为一方面迷醉于描写猥亵，同时也激发人们对它的厌恶"。别林斯基的辩护其实有含混、犹疑的地方。我是一直读到这里就无法理解，要激发读者"对它的厌恶"，那么作者不可能是认同的态度吧，但怎么又能"一方面迷醉于描写猥亵"呢。"像实际那样描写事物""不抱任何目的地去描写"同"激发人们对它的厌恶""对世道人心发生强烈而有益的影响"这期间有没有距离？我有一种很机械的设想：一种是"迷醉于描写猥亵"的文学，一种是"描写猥亵"不隐恶的文学，一种是不隐恶的"同时激发人们对它的厌恶"的文学。这三种文学越往后越能贴近我理想中的文学。当然别林斯基的意思可能是果戈理的小说就能同时具备上述三者（我甚至猜测别林斯基可能更加接近上面第二种文学，为了有所针对性地为果戈理辩护，他不得不加上"激发人们对它的厌恶"的尾巴）。

在《对话》中，提到下面这几种文学：

（1）自以为他是医生，他可以对这个时代做出诊断，或者说自以为他可以跟这个时代拉开距离的态度；

（2）承认你就是这个时代的一部分，然后把这个时代各种各样的东西，当然包括这个时代本身不好的东西，一块儿呈现出来——这是不是类似于上面讲的"不隐恶的文学"；

（3）"内在于"时代并不是完全认同这个时代，或者完全混同于时代，他对这个时代也有感知、认识，也有不认同、不妥协，也有反省、批判，也有欢乐和痛苦，但是这些都是在时代里面做出的，他的感知、认识、不认同、不妥协、反省、批判、欢乐、痛苦也把自身包括在内的；

（4）写无聊本身并不无聊，可能由此而透视时代精神的一面。（1）和（2）（3）（4）显然是对立的，不在一个阵营，而且（2）（3）（4）在您的理解里应该是合一的一种文学。我又做的是僵硬的划分，那么还是我用自己的话说，简单点：一种是不隐恶的文学，一种是在不隐恶的同时对时代精神有自己的看法。我感觉《对话》中对《兄弟》的理解，越往后越接近于后一种文学。我不知道余华能不能意识到这个问题，他是只端出无聊给大家看，还是端出来的背后有他自己对时代的理解。或者是他写的时候就是写无聊，但是我们可以理解出时代精神的一面。或者是我们太长时间陷入第（1）种文学里，所以在提倡另外一种文学时要考虑到这种提倡所能发挥的实际效果，就像别林斯基为果戈理辩护时必得加上"激发人们对它的厌恶"一句。以我自己为例，写无聊的同时强调也有不认同、不妥协，也有反省、批判、由此而透视时代精神的一面，这样的文学肯定比只端出无聊来的文学更能说服我。

我对《兄弟》的一个不满，就是觉得余华有点"迷醉于描写"无聊。在《许三观卖血记》里面不是这样的，可能就是刘志荣老师说的一种温暖的力量没有了。他批评上部里面余华有时候他几乎是在有意识调动这个东西，有迎合读者或者说煽情、滥情的成分在里面，我的不满就在这里。但是我也在想文学可能不是这样纯净的，如果要具备刺穿无聊的力量，可能也无法避免煽情、滥情的成分在里面。

谐谑的语调和我们这个时代中人的精神分裂的状态，我以为是《对话》中最精彩的地方，我在上面讲到自己不理解别林斯基的辩护，现在觉得可能跟这个问题是有关的。不知您以后能否就这个问题再写个文章，肯定精彩。我不知道您是否觉得《对话》里最难讲清楚的问题是"直接"的能力和"文学化"的阻隔。可能从关于《妇女闲聊录》的对话到这个《对话》，最招致人们误解的就是这个地方。一种简单的区分是否能够再深入一点具体一点，文学不强求现实服从于既定的文学观念和处理方式，这个"不强求"和正当的"求"之间的限度在哪里。从效果来推出两种不同的文学处理（不仅使现实本身得以呈现，而且可能因此构建出一种不同于既定文学观念和处理方式的文学，这样也就使现实真正成为文学的资源，反而成就了文学），这个意思能说清楚，但是从文学处理的过程本身来区别其实很难。

余华来复旦，下午是研讨会，晚上面向全校演讲。演讲的时候要说清楚什么是文学，举了一个例子，这个例子是几年前他来复旦讲过的。有这样两则新闻报道：1. 两辆汽车在公路上相撞，这本来是一个客观的陈述，但是在这个陈述之后，余华说那个记者添了一句话（为形容两车相撞的冲击力）：公路上落满了从树上掉下来的麻雀。2. 一个人跳楼身亡，这也是个客观的陈述，但是记者在陈述之后也加了一句：在那个人下坠过程中他的牛仔裤都爆裂了。余华说，这两则报道之前的陈述都是普通的新闻报道，但是加了那两句话以后就是文学了。新闻报道并不必需这两句话，但是文学需要。显然文学的处理、择取过程是不可避免的，在两车相撞、人下坠的过程中伴随着产生很多的细节、事实，文学是要进行选择的，在余华看来，选择其中的一些构成的是新闻报道，选择另外一些（当然这里面有交集，但更重要的是不同的材料）才是文学。我知道您的意思并不是要取消这个过程，但是到底什么属于既定的文学观念和处理方式。

既定这个词提示的信息是关键的，刘（志荣）老师的补充更加清楚也是必要的：不断打开我们可能自觉不自觉凝滞、固定、僵化的概念和模式。以前我们对"形式"的理解可能太过狭隘了，如果把形式理解为观察历史和生活的独特视角，那么没有一个作家、评论家是没有"形式"的，我想我们要做的不是否弃形式，而是不断打开，不断对这个形式的固定化进行质疑、反思和对形式进行创新。我们在面对生活时，每个人其实都带着属于自己的形式，余华在写《兄弟》的时候也有。

余华在复旦的演讲是由一连串的例子组成的。讲自己的一个清华大学的教授朋友，他的学生都是来读 MBA 的老板，余华从他那里听到很多故事，这些故事后来编织进了李光头的发家史中。余华还讲了一个故事，有个离了婚的中国女人到外国（好像是瑞典还是瑞士），几年之后她取得了所在国的绿卡，然后她想把自己的儿子弄过去，但是她儿子已超过当地法律规定可以办理相关手续的年龄了。余华说，如果是其他国家的人肯定就算了，知道办不成，但是中国人"创造能力太强了"，她想了一个办法终于解决了问题。余华举的都是这样的故事，由此不难想见他在创作《兄弟》时心里潜在的"形式"是怎样的。我毫不怀疑小说里的故事都是 20 世纪 90 年代以来中国发生的事情，我指向的不是这些故事的真实性，而是为什么这些故事如此集中地在小说里出现，刘镇上几乎没有人能够摆脱这样的故事，几乎无一例外。所以我总感觉这部小说是"集成"式的，它背后其实有余华很精心的设计，设计的意思不是凭空想象，他所择取的材料都来自现实，但这些材料都是一个样态、性质的，趋向同一个方向；它里面有乱七八糟的东西，但这样的乱七八糟是在同一种"形式"照亮的同一个光圈范围内的乱七八糟。它不是苍莽的、天成的，混乱中生机勃发；而是有很深的机心在里面，他很清楚自己要写什么。他写那么快还有一个原因就是，他太想把这样一个方向上的故事告诉读者了，这么多的故事积蓄在他的脑海里，他急于倾吐出来，"沉醉其中""享受描写时的愉快"，这也有问题。

志荣老师用"象""时代本质""时代精神"等拉开距离，这是一个很好的意思。文章天成，妙手偶得，用志荣老师的话说要随物赋形才能领悟这个时代的"象"。但我总感觉余华是用了很大的力气在表达对时代的整体理解。每个人的生活都是片段的、零碎的，他只能在这样的立场上表达文学，是不是只有自以为凌驾于时代之上的文学才有表达整体理解的野心。但是余华有一种整体的信心，他的自信在于他觉得能够用《兄弟》中的故事来表达这个社会、这个时代的总体图景，我觉得办不到。上部出来的时候余华接受那么多的媒体采访，信心爆棚，他显然已经觉得自己找到了一种绝佳的形式，并且对这种形式深信不疑。但是他组织这种形式的途径（他所听到的那些故事），以及对通过这种形式可以整体把握世界的雄心、信心，都有一些问题。今天的生活中诚然有很多混乱、荒唐、不搭调、夸张……但是也有"人生安稳的一面"，生活应该是这样一种参差形态（这个在《活着》及《许三观卖血记》里面是有的，在《兄弟》里面反而没有），我所理解的"象"贴近的应该是这样一种参差形态，是一种在其中可以贯通片段和整体的东西，目前余华似乎还达不到这样的境界。

当然，小说不能面面俱到，就像 20 世纪 80 年代的先锋小说虽然很多人指责它荒诞、夸张，但只要它打开了一种形式，它就是有好的地方。而且我知道您对《兄弟》的理解中，藏着对上面第(1)种文学进行反拨的苦心，这样一种文学确实大行其道很久了。我的意思只是，《兄弟》也有它的形式，而且这种形式也有值得反思的地方。我更担心的是余华沉迷于这种形式中。如果他能自觉到《对话》中所表达的不断打开的意思，那就好。

（张新颖，复旦大学中文系）

**同期声：**

**南方文坛** 2009 年《今日批评家》

李云雷

张莉

周立民

申霞艳

霍俊明

梁鸿

**李云雷**

1976年生，山东冠县人，2005年毕业于北京大学中文系，获博士学位。现为中国艺术研究院马克思主义文艺理论研究所副所长、《文艺理论与批评》副主编、当代文艺批评中心主任，中国现代文学馆特聘研究员等。主要研究中国现当代文学史、当代文学批评与当代文化研究。曾在《文学评论》《南方文坛》《人民日报》《光明日报》等报刊发表文学评论与学术论文上百篇，多次被《新华文摘》和"中国人民大学复印报刊资料"全文转载，部分文章被译为英文、韩文。著有评论集《如何讲述中国的故事》《重申"新文学"的理想》《新世纪底层文学与中国故事》。曾获2008年年度青年批评家奖、十月文学奖、《南方文坛》年度优秀论文奖等。

# 李云雷这个人

曹文轩

李云雷，山东人，国际关系学院本科毕业，本来可能搞情报什么的（很神秘的工作），但他对这些不感兴趣，却选择了文学，考了北京大学，硕士师从左派批评大腕韩毓海先生，博士则跟了我。他上北京大学与我也有关系——是我将他录取来，交给韩毓海先生的。看上他，并不等于我就多么了解他，只是见了几次面，觉得这个高大面黑的山东年轻人很内向，很朴素，让你无端地推想，只要他肯努力，日后也许会有所作为。

李云雷是个汉子的形象，这个形象大概只有山东的地面上才能产生。高高大大，肩宽膀阔，脸盘方正，浓眉，但眼睛并不大——眼睛虽不大，却目光明亮，一忽闪，柔和却又灼人。平时穿衣，很随意，一副松松垮垮的样子，夏天爱穿圆领衫，把一个结实的雕塑感很强的脖子更多地展示出来，很气派，有雄风。头发天然微卷，又有点儿异族的样子。种种特质结合在一起，算是人里头的人，因此，他的形象便经常被他的师兄师弟师姐师妹很夸张地赞美。说是赞美，又含有很大成分的调侃。

如果他挺直身子站在那里凝然不动，并将表情也凝住，那么这个汉子的形象也就算是永恒了，可"李云雷式的微笑"却把一个汉子的形象瞬间就消解了。就是这个轰轰然走过来的李云雷，却是一个很腼腆的人。当有人跟他开玩笑，或是当他向别人求助一件事情时，他就显得很局促，不言语地朝你笑着，并且不住地用手去抓挠自己的后脑勺。他就这么笑着，憨憨的，微带羞涩，半天才能说上一句话。我无法想见他生气或发火的样子——他会生气、发火吗？这一点是我始终无法推测的。他在日常生活中，随和得几乎没有任何的立场。很少见他拿一个主意，就更不用说是拿个大主意了。比如说一起吃饭，你说上东，他就跟着上东，你说向西，他就跟着向西，很少听到他提出反对意见。他唱歌时，嗓音还不错，可是大家聚会唱歌时，我记忆中似乎就没有听他独唱过——他只是附和、呼应，接两句很滑稽的唱词，众人皆笑。听同学说，他也独唱，常唱一曲《梅花三弄》，很柔软，情深意长。这个角色不可缺少，因此一聚会唱歌，大家就自然想到李云雷。

生活中的李云雷就是这个样子。

使人感到不可思议的是，他一写起文章来，一进入正儿八经的学术场合时却决然不同了。他爱憎分明、旗帜鲜明，一副绝不肯流俗、雷霆不倒的样子。虽然还是温和的神情，虽然还是不时地发出那样的微笑，却在观点上决不退让，最多也就是不与你一般见识罢了。那时，他是一个具有独立立场的人，很原则，很不容易苟同别人的意见。一个汉子的形象又虎生生地站立在了人的视野里，并且坚不可摧。

这个时代，是一个非常容易让人失去个性的时代。风尘滚滚，烟雾弥漫，稍微缺乏一点定力，就会被裹挟而去，与无数的人一起蒙头蒙脑地朝着不明的方向奔突。大家挤在同一个知识平台上，千部一腔，用的是同样的思维方式，同样的话语资源，同样的叙述方式。明明是高高矮矮的人，却又分明是从同一条流水线上生产出来的，观念上，连尺寸大小都一模一样。在这样一种平庸的、无趣的情景中，瞧着另一番天地、说着另一番话的李云雷，样子就一下子突显出来了。

他站在呼啸而过的人流中——不是站住，却是掉头回望。他发现，风景并不总是在前头，后头也有风景，而且还是大好的风景——可惜的是，人们只是一味地前行去寻找新的风景，却把来路上的好风景忽略了。

这个时代是一个不断求新的时代。这个时代犯了一个很大的错误，那就是：

只将刚刚出炉的知识视为知识，蜂拥而上，又拥又抱，而将过去的知识——过去十年二十年的知识，不再当成是知识。至于更加久远的知识，就更不当回事了，几乎视作粪土。知识的历史被活生生地割断了，知识成了没有家族、没有种姓的、从石头缝里蹦出来的知识。殊不知，当下那些被热烈追捧的知识，并不是无性繁殖的结果，它们是有谱系的，是有血统的，是有传承的。

被当成旧知识而被忽略的知识有许多，其中自然包括马克思主义。一提到马克思主义，我们就仿佛眼前走过一个老态龙钟、口齿不清的老人，心中不期而然地产生一种陈旧感。我们就再也不想去理会这些旧有的知识了。我们很少想到，那些旧知识很有可能比那些光艳照人的、使人感到醍醐灌顶的新知识更可靠——知识的可靠，我以为不可以新旧来论定。正是因为有这点固执，所以我们北大当代文学专业一年一度的硕士、博士考试，都要设置一些马恩文论方面的题去难一难那些只将新知识当知识而不将旧知识当回事的考生。很灵验，不少考生在此跌了跟头，一下子就刷下去一批，使录取变得容易了许多。

李云雷在对新知识一样抱有浓厚兴趣的同时，却也转过身去，很虔诚地站在了依然风云滚滚的马克思主义的高大门口。因为这个缘故，他被指认为左派批评家。

其实在我看来，这里并不存在什么左派、右派的问题，而是一个如何看待旧有知识的问题。知识史大概不能简单地用进化论的眼光来看待，并不是凡新知识就是知识，比旧知识先进，而旧知识就不再是知识，注定了要遭淘汰。

"底层""中国"，这两只巨大的轮子，马克思主义驾辕，构成了李云雷的批评战车。他俨然一个政治家，注目着这个风起云涌的世界，探讨和谈论甚至激辩着那些重大的问题。我也曾经有过那样的时代、那样的状态，因此我很能体会他那样"玉树临风"的感觉：抵抗、战斗、正义、神圣、崇高、悲天悯人，愤愤不平地站在精英的对面，站在西方的对面，要求底层分享政治、经济成果的权利，要求中国在思想、文化乃至一切意识形态方面的主权。他将这些称之为"底层立场""中国立场"——底层、中国必须要获得主体性的地位。在这种感觉中，社会学意义上的题旨是远远大于文学方面的题旨的——当然他始终以为谈论这一切是在文学的框架里进行的。

今天这个世界不缺解构主义者、不缺颓废主义者、不缺向一切泼污的虚无主义者，缺的是保守主义者和理想主义者。我向来不将"保守"当贬义词看——可以有深刻的保守，保守也是一个维度，如果这个世界上只有激进主义者（孙猴子吃蟠桃，一边吃一边糟蹋）而没有保守主义者，这个世界是注定了要完蛋的。李云雷并不拒绝那些刚刚诞生或不久前诞生的知识，但他同时看出了一些被我们随意唾弃了的或是被历史的风尘所遮蔽了的旧有的知识的不可动摇的正确性和依然具有的强大的当下性。当别人纷纷去攻占新的山头时，他却走向了人们抛弃了的山头——他以为被时尚所迷惑的人们丢失的正是人类精神的高峰。

他喜欢《那儿》，他选择以浩然为个案做博士论文，其背后皆因为那两个他认为是不可放弃的立场。

他的批评一直守着一个底线：底层的体面和中国的体面。这是最起码的体面，如果文学连这最起码的体面部不要了，这样的文学还有啥用？

不久前读齐泽克，看到他在谈到南斯拉夫时代萨拉热窝被围困时的情状时说，那些西方媒体的"狗仔"用了饥饿的目光争先恐后寻找的只是：残缺不全的儿童的尸体、被强奸的妇女、饥饿不堪的战俘……他说，这些都是可以满足饥饿的西方眼睛的绝好食粮。他问道：那些媒体为什么就不能有关于萨拉热窝居民如何维持表面正常生活作出拼命努力的中肯报道呢？他说，萨拉热窝的悲剧体现在一位老职员每天照常上班，却必须在某个十字路口加快步伐，因为一个塞尔维亚的狙击手就埋伏在附近的山上；体现在一个仍正常营业的迪斯科舞厅，尽管人们可以听见背景中的爆炸声，体现在一位青年妇女在废墟中艰难地朝法院走去，为的是办理离婚手续，好让自己和心上人开始生活，体现在 1993 年春季在萨拉热窝出版的波斯尼亚影剧周刊上关于斯克塞斯和阿莫多瓦的文章里——齐泽克说的是：哪怕是在最糟糕的情况之下，人们都在尽一切可能地体面地生活着。

一个国家的文学和艺术，哪怕是在极端强调什么现实主义时，是不是还应试图保留住一份体面呢？如果连这一点体面都不要了，不遗余力地展示这个国家、这个民族、我们的同胞们的愚蠢、丑陋与下流、猥琐与卑鄙，是否值得我们去反省一下、警觉一下呢？

如果艺术与民族、国家利益相冲突，我们又如何评价如此艺术？李云雷一直在思考这个问题，但这种思考极容易被人指认为左派。

李云雷是"文本至上"主义者。他很低调地将他的批评文章说成是"读后感"。他写文章，不是拿文本做幌子，然后去谈他感兴趣的理论问题。他从来就是一个很仔细很耐心地阅读文本的人。他在从事批评写作时，不时地写作小说。一年前他还写过一部电影，而且这部电影几次参加国际电影节。他对文本的研究，保持着一种良好的艺术悟性。他是熟悉文学创作门道、知道文学内部风景的人。知道了这两点，我们对于他在意识形态方面的态度，也许就会有新的看法。

他的意识形态只是一种理论而已，并不具有实践的愿望和主张——当然也无这个可能。另外，他与从前持有那样一种意识形态的独断者也早已不是一路。他是一个宽容的人、厚道的人，他的理论充满了对话性。他一直认为"对话"才是批评的健康状态。他的"主义"，依我来看，更像是一门知识。即便是与什么"右派"狭路相逢，他也会很绅士地闪在一边，给一个李云雷式的微笑的。这所谓的"右派"并不可怕，这所谓的"左派"也不可怕，只不过是两种认识而已。

若是实践意义上的，岂会这样？怕是早已擦枪走火了。他们对立着，只不过共同造就了一番百家争鸣的局面而已。如果说导师对他的学生果真有什么影响的话，那么，李云雷受到的是我和韩毓海先生的双重影响。韩毓海先生影响他的是存在观，而我影响他的可能是生活观。

在写这一"印象记"时，无意中在电脑中看到我当年在李云雷结婚典礼上发表的一则短小的讲话稿，这里原文照录，我想李云雷看了一定会明白我的意思——

　　在这个世界上，又诞生了一对新的夫妻。一场美满的婚姻从此拉开了序幕。

　　对于这对夫妻来说，他们将面临事业、生活等方面的诸多难题，但他们的相拥相亲却会使他们一路向前。诗情画意之后的平静以及在平静中所显示出的不动声色的坚韧、浪漫之后的坚实而又不落俗套的日常生活，也许才是夫妻生活的最高境界。

　　李云雷应当记住一个道理：让妻子为你骄傲，是一个男人一生的使命。

　　你要更加勤奋，更加勤劳。前者是对于事业而言的，后者是对于生活而言的。你结实的身体，良好的感觉，细致的作风，一种可爱的内秀，加上勤奋、勤劳——再加上敢于闯荡与幻想的精神，你就必将为你的妻子创造一份永远的骄傲。

（曹文轩，北京大学中文系）

**同期声：**

**张莉**

1971 年生，河北保定人，学者，批评家。2000—2007 年先后就读于清华大学中文系、北京师范大学文学院，获文学硕士、文学博士学位。曾在南开大学中国语言文学博士后流动站工作。现为北京师范大学文学院教授、博士生导师，中国现代文学馆特聘研究员。著有《浮出历史地表之前：中国现代女性写作的发生》《魅力所在：中国当代文学片论》《姐妹镜像：21 世纪以来的女性写作与女性文化》。获第三届唐弢青年文学研究奖，2014 年度华语最佳散文奖，三度获得《南方文坛》优秀论文奖（2009 年、2011 年、2012 年）。

# 2008，突然而至的张莉

毕飞宇

　　我所崇敬的批评家大概是这样：他们是从哲学上爬下来的，对他们来说，文学是什么，他们并不真的关心，他们关心的问题往往比文学更大、更重要，他们要建构的是他们的体系，文学只是其中的一个部分。这样的人具有异乎寻常的辩证能力，他们的大脑就是逻辑，他们饱读，坚实，在必备的知识框架上没有明显的缺陷。他们在外表上有所谓的"书呆子气"，在推论与梳理的过程中，他们不失手。他们的神经类型是形而上的，他们不问人间的烟火，他们和人际无关、和江湖无关，他们具有天才的特点，雄心勃勃，心中暗含了伟大的冲动。他们伫立在此岸，心中却只有彼岸。

　　这样的批评家我崇敬，但并不一定真心喜欢。我真心喜欢的批评家不是从哲学上爬下来的，他们是从文本里钻出来的。就天性和气质而言，他们和作家与诗人一模一样，他们感性，他们有致命的、太多的、自己也不那么喜爱的情感，他们羞愧于自己的泪水。由于职业训练的缘故，他们不会待在文本内部，他们有能力从文本的内部钻出来，浑身沾满了文本内部的液汁。他们不那么热爱伟大，甚至有些看不上伟大，他们真正热爱的是生活，是美，是智慧，是一唱三叹和荡气回肠。他们有他们的生物性，他们的皮肤好，敏锐，弹性十足，能感受风吹草动，他们骑马不是为了跑得更快，而是为了一个美好的误解：认定了自己的尾巴千头万绪，容得下千姿百态。他们渴望知道梨子的滋味，他偏偏不种梨树，他偏偏不卖水果，结果是，他让所有的人都想尝一尝。

当然，还有另一类，他们一直在读，已然具备了极好的学养，却并没有"做作家"或"做批评家"的打算，他们并没有把"做作家"或"做批评家"当成自己的"工作"或"人生大计"，他们天生了一颗文学的心，但是，在本质上，他们在意的是一些朋友、一些问题、一些交流，而不是文学。他们具有洒脱的天性，认准了文学是辅助人生的，他们为了使自己的人生有一个合理的宽度、深度和光洁度，他们便选择了文学这么一个"方法论"。他们可以一头栽进去，也可以随时放下来。无所谓的。

张莉就是这"另一类"的批评家。我不知道我把张莉女士看作"另一类"的批评家有没有使张莉不快，我确实就是这么看她的。我这样说自然有我的依据。说一件事。我和张莉女士见过两次，并不是很熟，但是，就在这有限的两次见面中，我知道了她的一个趣味，和我一样，她非常喜爱陈希我。因为喜爱，她写了一篇关于"陈老师"的评论。承蒙张莉女士的信任，她把论文先给我看了。张莉的阐发极有见地，却提出了一些批评。读着读着，我的小鸡肚肠子紧张起来了，她的措辞开始变得严厉，——我很纳闷，哪有这么"喜欢"陈老师的？我当即给张莉女士打了一个电话，问她，你和陈老师很熟悉的吧？张莉说，是的，他们通过几次 e-mail。噢，通过几次 e-mail。当然"很熟"了。我还是不太理解张莉女士的喜爱，又问："你的文章'陈老师'看过了吧？"张莉是这么告诉我的："看了，陈老师说，他非常喜欢。"

希我兄我至今没有见过，放下电话，我却知道希我兄是一个怎样的人了，很自然的，我也就知道张莉女士是怎样的人了。

我并没有老于世故，就中国的现状而言，一个批评家如何去"喜爱"一个作家，大致的情形我想我知道。——谁又不知道呢？我想说的是，在希我兄和张莉之间，有一种令我感动的东西，弥漫着古风。

不用讳言，张莉女士对我的写作一样关注有加，就在 2008 年，她在《读书》上发表了《一场灾难有多长》，所谈论的是拙作《玉秧》。在这里我需要说明，和《玉米》《玉秀》比较起来，《玉秧》着实要冷清许多，然而，无论怎样冷清，我当然自有主张。能在众口一词的背景底下另辟蹊径，我对张莉女士的勇气就有了特别的钦佩。让我长见识的还是《一场灾难有多长》的"切口"，这"切口"让我回望了自己，它让我在另一条思路上看见了我自己，我对自己说：在我写《玉秧》的时候，我也许真的就是这么想的。

严格地说，张莉的"专业"不是文学，而是女性研究。就一般的情形而言，做女性研究的大部分都是"女性主义"者，也有把"女性主义"翻译成"女权主义"的。——一想起波伏瓦那双睿智而又坚硬的目光，"女权主义"这个翻译似乎也并不错。对于女权主义者，我是尊敬的，但是，骨子里，我有些怕。我害怕女权主义者当然有原因，我曾经在一扇大门的门口为一位"女权主义"女士开门，结果令人沮丧，她不高兴了，并且把她的不高兴明明白白地写在了脸上。——女性不是弱者，你凭什么要照顾我？后来我就学乖了，不轻易为女士开门，尤其在波伏瓦女士的故乡。不过很奇怪，张莉女士我一点也不害怕，如果有机会，我想我可以给她开门。

扯远了。

不过我似乎并没有扯远，就在前年，我有幸和张莉女士在太原的一次会议上认识了。会议的主题正是女性。关于女性，我又能知道什么？只好听。休会期间，我和一位陌生的女士见面了。几乎没有过渡，她一下子就把话题引入到小说的内部，她和我讨论起文学作品中的女性形象来了。如果我没有记错的话，她的身边还有一位汉语极好的外国女学者。这位女学者似乎很女权，她习惯于从女权的角度去区分作家，同时也习惯于从女权主义的角度去区分作品中的人物。张莉的一句话给了我很深的印象："不能这样分吧，还是要看人物的塑造的。"

这是一句简单的话，在我，却是重要的，这句话里头有它坚固的美学原则。艺术从来无法回避意识形态原则，但是，这一切都是以美学原则做前提的。张莉一直强调批评家要说"人话"，我猜想，她首先在意的，还是美学的趣味与审美的能力。一切"主义"都可以奴役人，只有审美可以使人通向自由。

2008 年，张莉突兀地、清晰地出现在了大家的面前，一如她在会议的休会期间出现在我的面前一样。她的身姿太迅捷了，给人以异峰突起的印象。其实，所谓的异峰突起，实在是一个假象。张莉早就在那个高度上了，是我们在事先没有看见罢了。

我吃惊于张莉的阅读量，她读得实在是太多了。也许是有"专业"的缘故，张莉读文学就不那么讲究立竿见影。她出色的感受力得益于她的放松，她有效的表达能力得益于她的放松。我猜想张莉女士面对文学的时候是"相看两不厌"的，作品与批评家的"互文"该是一种怎样生动而又活泼的局面？

　　我不知道张莉以后会干什么，"吃"文学这碗饭还是"不吃"文学这碗饭，我祝愿她以后也能像现在这样放松，如是，是张莉之幸，也是文学之幸。如果张莉在文学的面前能一直简单而快乐，她将前程远大。

（毕飞宇，江苏省作家协会）

**同期声：**

"以人的声音说话" // 张莉
两个"福贵"的文学启示——以赵树理《福贵》和余华《活着》为视点 // 张莉
有体温的文学批评 // 梁鸿

**周立民**

1973 年出生于辽宁省庄河县（今庄河市）。复旦大学中国现当代文学专业博士，2007 年进入上海市作家协会工作，现为巴金故居常务副馆长、巴金研究会常务副会长。出版有巴金研究专著和传记《另一个巴金》《巴金手册》《巴金评传》《巴金〈随想录〉论稿》《似水流年说巴金》等；文学评论集《精神探索与文学叙述》《世俗生活与精神超越》《人间万物与精神碎片》等，散文、学术随笔集《翻阅时光》《五味子》《简边絮语》《槐香入梦》《文人》《甘棠之华》等，编有各类文献资料多种。

# 关于周立民

孙郁

　　人生有些机缘是命定的。我和周立民都是辽南人，先后在同一所学校读过书。有一年召开《中国现代文学研究丛刊》编辑会，刘慧英推荐了一篇周立民谈巴金的稿件，给我很深的印象。于是记住了他的名字。那时候研究巴金的青年人很多，可是在论文里给人留下痕迹的不多。周立民在材料、视角、观点上，都不步人后尘，多了一种厚实、真切的东西。没有学院派里为了论文而论文的那种匠气，内心和对象世界是契合的，且不断有新奇的体味。在 20 世纪 70 年代出生的学者里，他的率真与朴素，得到了许多人的称赞。

　　后来在大连见到他，那时候我们都在新闻界混，好像都有种荒诞中的游戏感。他是《大连日报》编辑，偶然写一些批评文章。我们一见如故，好像久违了的朋友。记得当时共同参加一个研讨会，他对辽宁作家的评论颇为到位，文采与眼光都是逆俗的。他的文字在儒雅里还藏着锐气，并不圆滑中庸。他总是微笑的样子，这和他文字里的忧郁及愤世，形成很大的反差。我想起了巴金的率真与清澈，周立民受到其间的氛围的感染也是可能的。

　　周立民阅读的范围很广，海德格尔、巴赫金、卡尔维诺、博尔赫斯等都吸引过他。中国现代作家里，他对鲁迅与巴金尤为推崇。他不断地追踪当代文学，对莫言、余华、张炜、尤凤伟、孙惠芬、刘亮程都有很深的研究。他的学术眼光是有历史意识的，总能在现当代文学的对比里发现问题，而且也借着洋人的理论讨论审美的难题。我读他的文章，觉得像是春天里的风，热里透凉，他的散文化的表达方式，使他和学院派有了点距离，保持了作家的感觉。我一直不喜欢八股的学术论文，以为和艺术毕竟是远的。中国文论的生命在于有批评家精神体验的过程。自刘勰到王国维，好的文论都是诗意与悟性的盘旋，顿悟的过程也是创造的过程。可是现在许多人不太注意它了。

周立民与我这一代有相近的地方，也有很大的差异。我们都是从乡下到都市，经历着从禁忌到开放的过程。都曾是小心翼翼地存活，内心却藏着蠕动的期待。当启蒙之神降临的时候，又忽然存有精神寻路中的依傍。想从这个世界找到寄托。而当那寄托十分遥远，未得归宿的时候，才发现并不存在一个先验的期许。他从诚恳到忧虑，从忧虑到自信，有着一个古典式的精神漫游的过程。我在年轻的时候有过这样的经历。可是后来似乎停止不前了。而周立民一直在走着，不希望精神的空缺。这很像巴金当年的一篇童话小说，一个幼孩不停地寻找。巴金甚至在《海底梦》里也流露出相近的情绪。有意识地接近自己研究对象的世界，并坚守其间的道德，这样的研究是为人生的，而非为学术而学术的。

批评其实是照镜子。我一直以来做不到这一点，身上不免有点世故，比如很少和人争鸣，远离是非。周立民不是这样。他的挑战是温和式的。但内心的决然是一看即明的。他对巴金的维护，对五四传统的尊敬，俨然带有一点迂气。似乎害怕伤害到自己的前辈，敢于去阻挡各类的飞箭。我有时想，他的内心有一个精神的家园，在那里，一切都是神圣的。然而在步出这个家园之外的时候，不得不用冷峻的目光待世，直陈世道的明暗。这在他是一种精神回旋。因为他知道，思想是不能单纯在象牙塔里。在艺术女神之外的天地，必须直面的恰是各种荆棘。

当代文学的五花八门，描绘起来太难。他的文章有宽容的一面，也有伤时的一面，但更多的是对他人的理解。每一个作家都是特别的存在，确切地描绘他们并不容易。有一篇对莫言的评论，给我的印象很深，他从作品里发现了几个声部并存的现象。且把巴赫金的理论运用自如，没有生硬的感觉。再比如对余华的理解，他考虑到了作家的成长史以及小说的多样可能性，于是在解析里散出诗学的美丽。描绘孙惠芬的那篇，简直是一篇美文，对乡土社会的会心的陈述，有着发现新大陆的快慰。孙惠芬是他的老乡，在对人生的理解上，两人呈现出辽南人不同的路向。前者写出了辽南乡土的隐喻，在平常的日子里折射的生命哲学，那是一次跨越，先前没有人这样体现自己。后者则从文本的读解里寻找对象世界的本质，除了理性的力量，不乏对故土的神思。他的文字充满了对各类文本的好奇心。每一次阅读的阐释，都有不同的视角，他在与单调作对，思想借着对象世界飞动而快乐。

有一次遇到王安忆，谈到筹备中的巴金故居，我们第一个想到的是周立民。因为无论在史料的把握还是学术见解上，周立民都是最佳的工作人选。从复旦毕业后，他专心整理着巴金的遗物，出版了许多关于巴金的书籍。这些资料性的东西是学术的基础，别人不能做和不爱做的，他却完成了且很是出色。我们偶然在京沪之间见面，都很快活，他变得越来越成熟了。谈论间知道他做了很多事，他对图书的编辑有一套理念，很会策划学术之书。所编辑的书都很有趣，不那么板着面孔。这些书籍在装帧与插图上，都有民国间的趣味。鲁迅、巴金的某些情调传染给了他。他的研究与写作，不是表层的演绎，而有种时间的纵深感。五四情结给他的暗示，在文字中总能找到。

一代代人在老去，文坛不断增加新的面孔。周立民是新面孔里似曾相识的熟悉的人。他那里，历史在延续着，而韵律是新的。这样的人不多，所以显得可爱。本色与拓新不易，况且还呼应着历史的余音。鲁迅、巴金的传统所以还不断继续，因为有着这些年轻的一代默默地承传。我们走不出历史，而向善的心总该不变的。

（孙郁，北京鲁迅博物馆）

**同期声：**

做一个快乐的阅读者 // 周立民

小说家的世界有多大——关于当代文学的读书札记 // 周立民

以心求心——我对周立民人与文的理解 // 金理

**申霞艳**

1974 年生，湖南衡阳人，文学博士，教授。1992—1999 年就读于中山大学，获文学硕士学位；2007 年获中山大学文学博士学位。曾任《花城》杂志编辑、副编审，现任职于暨南大学文学院。长期致力于 20 世纪中国文学研究及当代文学批评，在《文艺研究》《南方文坛》等 CSSCI 来源刊物发表论文三十多篇，多篇被《新华文摘》《中国现代、当代文学研究》等选刊选本转载。曾获中国文联文艺评论奖、广东省鲁迅文学奖等奖项。

# 思念另一种生活

林　岗

　　这个题目来自申霞艳对自己批评理念的诠释。她说得非常传神："批评是对另一种生活的思念。"我们生活在这个世界，过着这种生活，但无不遥望另一个世界，思念另一种生活。这是人存在的本性，也是批评的本质。借助批评，我们遥望另一个世界，思念另一种生活。

　　我和申霞艳认识并成为她的老师，完全由于令人痛心的不幸：她的入门业师、著名当代批评家程文超教授离世。那时，她的课程修读完毕，正在进入学位论文的写作。我记得她选的是一个消费社会与文学生产及叙事的题目。这个题目对她来说，简直是量身定做。她在《花城》杂志长期任编审工作，本身就处在当代文学生产的一个环节里面，熟知很多不为人知的隐秘，别人写来只能从书本到理论，她却能够以具体的事例直探事物的真相。就是在写论文的过程中，我和她慢慢熟悉起来。我上课，她也来听。那是名为上课，其实是天南地北地神聊。她说话，最易见出性情。别人还会转个弯子之类的，她往往天趣自然，不加雕饰，如同水浒好汉李逵一样，说话即见本心。与李逵的鲁莽不同，申霞艳却是清水芙蓉，一往情深。有一次，我忘了在什么场合，提到了已经过世的程文超教授。她只说了一句，"我们的程老师……"说了一半就说不下去了，"哇"的一声，两行眼泪就挂在脸上。还有一次在省里评小说奖，我和她都厕身其间。济济一堂的评委都小心翼翼，因为僧多粥少，谁都不知道谁背后有什么隐情。说话的口吻，不是试探性的，就是庇护性的。有人提到某某，申霞艳发声道："这个人，写得这么烂，怎么能得奖？"我相信她说出了很多评委的心里话。让我们佩服她的眼光，赞赏她直言不讳的勇气。她就是这样的性情中人，爱和恨都闪烁在眸子里，印在脸上。我从她身上，直接认识了"湖南妹子"的率直和勇气。

我写这些对她性情的感知，其实和她做当代文学批评的风格也是合拍的。我自己感叹，做一个好的批评家比做一个好的学者还困难。学者面对的都是文献，人已死，物已消，有足够的聪明和勤奋，再加一点儿运气，要做到中等偏上，并不太难。批评家面对的是活生生的世界，文本放在那里，活人就在不远处盯着，你的动静言行，也入他人法眼。好话中听，忠言逆耳。能否抵抗世俗的诱惑和怨怒，就成为当代批评人的人格考验。案头的生活而连上了人格的考验，这不是知识的问题，也不是聪明与否的问题，而是为人处世的信念与天生的秉性使然。做好批评，我相信第一条是直面真相的勇气，然后才是足够的敏锐。敏锐一半得自天生，一半得自锤炼，而勇气则属"性自命出"，不是那种人，做不了那类事。正因为这样，我们在批评的历史上看到，风云激荡的年代通常就是批评家辈出、批评家驰骋文坛的年代。像19世纪中期俄罗斯"别车杜"三驾马车的时代，像新中国定鼎之前左翼批评的瞿秋白、鲁迅、胡风等均是其例子。但是在水波不兴的"盛世"，能见血肉的批评就非常少见，更遑论领一时风骚的批评家了。这是因为风云激荡的时代，各种思想、价值观分歧而形成了圈子，阵线分明，立场截然有别，批评家的所爱和所恨由激情的推动易于得到淋漓尽致的发挥，没有那么多畏首畏尾的考虑；而歌舞升平之世，阵线和立场均在利益的包裹下变得模糊不清，甚至难以辨别。平凡的时代不利于批评天性的张扬，就如酒席欢场，打躬作揖可也，若高声喧哗指斥，则不免主人扫兴。现今我们生活的处境，无疑属于歌舞升平之世，而风云激荡的一面，则隐于云深不见处。要在这样表面繁荣实则不利的处境下突围而出，可见是多么困难。我不能夸张到超越真的程度，但显然申霞艳是深刻地意识到在这个时代从事批评所面临的最严重的挑战，并且在探索自己的道路。

她说她是先做编辑，后做批评的。我相信她是在写审稿意见的过程中逐渐偏爱上批评，并成长为活跃的批评新锐。我没有做过编辑，但阴差阳错，写过一回审稿意见，结果惹来文稿的主人，一位老先生"无知竖子"的痛斥，至今视审稿为畏途。我想写审稿意见，首要的美德就是有话直说，不论贬褒。申霞艳的批评文字，显然受益于她长期审阅稿件的经验，它既有审稿意见那样的简单明快，又将自然率真的天性融化在其中。她说她永远分不清事情和感情的界限在哪里。这个对做学者来说，可能是件不好的事；但对做批评来说却是个长处。而且这句不经意的表白无意中说到了批评的一个关键：爱和恨是批评最原初的动力。一个作品触动了我们的神经，或者惊异于作家对人生经验的发现，或者有感于作家如此的平庸，所以才如太史公那样，发愤而作，不平则鸣。这发愤和不平便源自内心的爱和恨，它同我们对被批评的文本认知是如此紧密地交缠在一起，以至于离开了任何一方，批评就像折了翼的鹰，不再能展翅长空。批评是诸种趣味之间"承认的斗争"，主观感情的驰骋奔放，不是它的缺点，相反却是批评文字引起共鸣富有生命力的前提条件，差别在于这种感情纯粹不纯粹、高贵不高贵而已。我感到欣慰的是申霞艳对批评有如此透彻的感悟。她写过一篇批评宁夏回族作家石舒清的文章：《消费社会，为大地歌唱的人——石舒清论》。她把"消费"和"大地"作了一个对峙，"消费"的媚俗正反衬出"大地"的高贵，很明显在她的理解框架里，"消费"是不属于"大地"的。要问何缘何故，那一定要追溯到批评家本人的情感和价值观：申霞艳反感"消费"的喧闹、堆砌和心灵贫乏，而钟情"大地"的纯粹、朴素和宽广。这一拒绝一拥抱里面哪些是事实、哪些是感情，最好的回答恐怕是它们已经融为一体，经由她洗练的文字和盘托出。正因为这样，她在"金钱这一世俗之神横冲直撞，给我们预设了无边的陷阱，事物的价值遗落在价格边上，劳动与创造的荣光隐匿了"的消费时代，特别赞赏石舒清"年深月久地落在生命的实处"的写作精神。申霞艳的批评再次告诉我们，被批评和批评永远是相互照亮的，产生这光芒的能量便来源于作家、批评家的爱和恨。

像申霞艳本人清醒意识到的那样，金钱和消费不仅深刻地影响到文学的生产和叙事，而且表征西来"现代性"的知识与术语也深刻地影响到批评文体。现在已经很难设想，如果没有西来的知识和术语，我们的学术和批评会是什么样子。然而这种纷纷"拿来"的局面，亦使得批评的园地食洋不化，"格义"式的批评或者西方理论"山寨版"的批评随时可见。难能可贵的是申霞艳作为年轻的批评新锐，对西来的术语、判断有清醒的认识，既不拒绝也不盲从。阅读她的批评文字，总能感觉到她对西方批评理论和术语的运用，是经过自己充分的咀嚼、消化，在浑然不觉之中化成自己的感受，用自己包含感情的语言婉婉道出，真正做到了王国维说的"不隔"。在我看来，当代批评除了要有感觉、有见解之外，还要在文字上做到"不隔"。这看起来是语言或文字风格的问题，其实不尽然，更重要的是有没有充分消化作为思想工具的西来术语和判断。因为这些术语和判断已经重新塑造了我们今天的美感经验，以致我们离开了它，批评就没有了在场感。但是不经一番消化吸收的工夫，始终不是自家本事。读申霞艳的文章，有行云流水般的畅快，有直指真相的明辨，而在这背后正好反映了她对西方批评理论和术语的融会贯通。

如果我们好奇地问批评何为，可能会引出不同的答案，不过我认为最有诗意的答案还是申霞艳本人的见解："批评是对另一种生活的思念。"可是至于"另一种生活"是什么，我们自己却往往并不清楚，我们清楚的是眼下正在过的这一种生活。但是这一种生活却不能令我们满意，也许因为太熟悉，也许因为它与生俱来的残缺，我们不能在它面前止步不前。于是，批评就作为诗意地展望"另一种生活"的方式应运而生。从申霞艳已有的批评里，我们多少看出了她对这"另一种生活"的展望，用她自己话来说，"文本外部我反对过度出版，文本内部我反对过度叙事，文学批评我反对过度阐释。"这些话说得朴实，却直指事物本源，与"这一种生活"构成了应有批评的紧张。我相信这是一个正确和可取的批评出发点，作为虚长年岁的前辈，我祝愿她健笔常青，锋芒常在。

（林岗，中山大学中文系）

**同期声：**

批评是对另一种生活的思念 // 申霞艳
消费社会，为大地歌唱的人——石舒清论 // 申霞艳
申霞艳：来自阅读前线的批评家 // 张柠

**霍俊明**

河北丰润人，任职于中国作家协会创研部。中国现代文学馆首届客座研究员、首都师范大学中国诗歌研究中心兼职研究员，台湾屏东教育大学国文系客座教授。著有专著《尴尬的一代：中国70后先锋诗歌》《变动、修辞与想象：当代新诗史写作问题研究》《无能的右手》《新世纪诗歌精神考察》《从"广场"到"地方"》（上下册）等。著有诗集《一个人的和声》《批评家的诗》。主编《诗坛的引渡者》《中国百年新诗大典》《青春诗会三十年诗选》《中国诗歌精选》等。曾获"诗探索"理论与批评奖、扬子江诗学奖、《南方文坛》年度优秀论文奖、"滇池"文学奖、《星星》年度最佳批评家、《诗选刊》年度诗评家、"后天"双年评论奖、德令哈海子青年诗歌奖、刘章诗歌奖（评论奖）等。

# 作为诗人评论家的外围和内部

江 非

　　我和霍俊明相识于2004年秋天的北京，直到2007年冬天才在寒冷而美丽的额尔古纳大草原开始小声地交谈，但到了2008年秋天，当我们又一次在祖国之南的海南岛相逢，却只是静静地坐着，几乎什么也没说。好像"说"已经离我们很远了。真诚、沉静，让友谊和对于诗歌之学的热爱，在一片静静的气场中腼腆地默默传递，这是霍俊明的为人，是那个在完成《尴尬的一代：中国70后先锋诗歌》这本专著的那个夏天，彻夜干活，狂书不止的人，是他和任何一位诗歌同道在性情、志趣与理想中温暖的映照，也是他诸种诗学研究发现的人格基础。所以，我写下此文，首先还是对于一个老友由"人"而始的认识，然后才是其他。在我的内心深处，"老霍"作为一个对霍俊明的特定称呼，让我每当想起他，都会同时想起我曾经见过的、同为评论家的——陈超先生的一辆自行车，吴思敬先生的一件上衣，程光炜先生的一个黑色的皮包，王光明先生的一支香烟。它们看起来都已经使用得很久了，但在它们那些早已深深沾染了主人气息的纹理之中，耀目的光辉也因此而出。

每个社会都会有它的社会制度，制度就是这个社会的组织方式、表现形式、结构法则和行动能力。那么，中国当下的这个"诗歌评论家社会"又是一个什么样的制度状况？它的制度作为背景和环境又让霍俊明这样的青年评论家以及他刚刚完成的新著《尴尬的一代：中国 70 后先锋诗歌》呈现出了什么样的意义和价值？大概地看看中国新诗批评的自生史，可以看到，自有白话诗以来，新诗批评几乎就没能建立起一套合乎中国的评价系统，在价值系统、方法体系上，都没有一个科学有力的评估方式。这是一个难度。是中国方法与西方学术结合的一个难题，是随着中国诗歌写作的现代化，诗歌批评自身现代化的一个显著的困难。在解决这个困难的过程中，闻一多有所尝试，但经由朱自清的《新文学大系》之后，困难的解决终于走上了另一条道路，中国文学，"文学史"的时代来了，诗歌批评，也从此走向了"诗歌史"的沼泽。在这个沼泽里，遍布的是派、群、先锋、主义、民间、新、后、代这些无所适从的辞藻，在这些辞藻的指引下，一种机械、仓促、浮皮潦草的中国新诗批评很快成形，并作为方法与模式成为气候，最终导致了目前的创作现场与批评场域的分道扬镳、互不往来。一些热衷于时评的人，也往往只是在一篇短短的文章里匆忙地罗列几十个名字、发明一些盲目的名词跟跟风。好像那几十个名字只有共性，从来就不具有个性，而谈到个性的时候他们也仅仅是看到了腔调、情趣、趣味、身份这些小个性，从来不去关注那个关乎认知的大个性，而真正的民间精神也并非他们所圈所示。沼泽里首先深深陷下去的是诗人，但陷得最深的是诗歌评论。诗人们开始造"派"、命"代"，诗歌批评则放弃了学术的自尊成了这些制造的使用者和追随者。正如中国的小说批评对于已经长达十年之久的"中国故事会"的写作现场的放纵与失法一样，面对探索与实验的诗歌创作现场，中国诗歌评论所表现出来的无效的半沉默或失效的全沉默，所导致的主动性、先导性与注意力和甄别力、命名力的丧失，是当下中国诗歌批评的最大损失。然而，中国诗歌批评丧失的岂止是这些？中国诗歌批评的注意力几乎是既没有在所需要关注的诗歌之外，也没有在必要研究的诗歌之内，它依附于诗歌波浪，随波逐流离开了诗歌，走进了一个由它自身的生产、消化、排泄所构成的循环系统之中。

因此，在看到霍俊明所著的《尴尬的一代：中国 70 后先锋诗歌》的书稿后，我个人感觉到好像一个开端已经相对于这种惯常的外围状况出现了。这本书以对世纪之交的诗歌现象的一个局部为研究对象，深入而系统地分析、归纳了这个现象的精神动机，并以这一动机为考察对象准确地捕捉到了一代人焦虑、奔突、游走和自我救赎的"灵魂感"。它出现于诗歌创作现场的迅速、有效和积极，都对当下的中国诗歌评论家社会制度现状有着特殊的突围意义。对此，先锋评论家陈超的评价是："批评文字准确、敏锐而具有生命的激情，不乏学院系统训练的研究能力，但同样不乏自由先锋批评家的活力、命名能力和个性话语。《尴尬的一代：中国 70 后先锋诗歌》是批评界第一部研究 70 后诗人的理论专著，它是霍俊明对中国诗坛的特殊贡献。"我个人的看法是：这是一本事关一代人的书。在这本书中，或许作者霍俊明并没有去直接触及一代人的灵魂，他是要去寻找塑造一代人灵魂的那些水与泥土。这并不是说作者是在忽视构成文学性的人的灵魂性，恰恰相反，这正体现了作者对于灵魂正是由时间赋予而体现为那些不可抹除的历史胎记与经验外套——灵魂也是一个时间的跨度，它一旦出发便已成年——这一事实的卓越认识。这本书充满了文学评论少有的激情，在描述一条整整一代人在退除"尴尬"命运的焦虑中行走的精神之路的同时，由于作者本人也身处其中，而充满了悲壮的诗意，它本身就是一个孤独男孩在树顶上的秋日歌唱。我想每一位读者读完了，都会觉得这本书不是在单纯地论述诗歌与文学，事实上，这是一本谈论思想史的书。它以一个优秀评论家的思想高度和敏锐眼光，从此给予了一代"无名者"一个名为"尴尬"的恰当称呼，而让他们"诗出有名"，它的中国思维和西方方法的有效结合，也打开了文学批评更值得探索的另一疆域。

有一个常识，大家应该都知道，在法国或者是在欧洲的任何国家，几乎从来都没有人把兰波在母亲的鸡舍里写下的那些诗篇来当作"农民的儿子"的诗歌来研究，而是看作了法国甚至整个欧洲的心灵史。在中国，苏轼、王国维这些人也从来没有这样研究陶渊明的愿望。然而在当下的中国诗歌批评中，就有"打工诗歌""底层写作"这些名词，而且风行一时。这看起来，好像是研究者的一种精神观照，是对于作者以及作者所身在的那个集众身份的情感关怀。但实际上，这还是"评论的虚伪和无力"，是一种"小资产阶级下午茶"式的论调和态度。这不但从根本上背离了诗歌的艺术发生原理，也忽略了作者那些更深的思考。这种命名的伦理初衷和学术心理一看便知。所以，针对类似的中国诗歌批评现状，霍俊明这本书最大的意义，可能还是在他从更大、更深、更高的学术层面上考察了他的研究对象，而在深入腹地的考察中他断然抛弃了那种盲目命名以及与之有关的类似判断，而用"尴尬"一词，为他的研究课题找到了一个共同的精神背景，从精神展开，重新建立了一个批评的境遇，也为批评工作展开了一个平衡、信约、恰当的天地。《尴尬的一代：中国 70 后先锋诗歌》满足了大家要求评论家像研究古代诗人、诗词那样的一本书对于一个现象、一本书对于一个群体、一本书对于一个概念、一本书对于一个个人、一个评论家毕生针对一个选题用几十本书来深入研究、系统论述的渴望和呼唤。可以说，在兼顾前期中国诗歌批评的"诗歌史"景状的同时，它终于向个案的内部更深地迈进了一步，并以此向大家出示了呼吁那种诗歌评论时代要尽快结束的理由和论据。对于诗歌，我们渴望那些能在认识上打动而不仅仅是在情感上感动我们的作品；对于诗歌批评，我们呼唤那种不断深入的、具有高度和宽度的发现。霍俊明是一位评论家，还写了大量的诗歌作品，其诗歌批评的内部还是一位诗人的内部。霍俊明在诗学评论和诗歌创作的这条同时并进的双车道上前行的效果与成绩是有目共睹的。这种诗歌批评和写作同时展开的向度既凸现了一个杰出评论家的诗学直觉，也是一个评论家在具体的诗歌实践中要不断反观于他的诗学批评工作，并给我们颇具当下意义的诗学暗示。当诗歌作为中国人尤其是中国知识分子灵魂得以塑造的宗教出现在我们的面前时，我们需要称职的牧师，需要他们展开一个复杂的工程，而不是简单的工作。我欣赏霍俊明在《尴尬的一代：中国 70 后先锋诗歌》一书中通过他燃烧的学术激情和真实的责任感，把每一位陌生的研究对象都作为在心灵深处远道而来的朋友，以一颗互爱之心渴望与他们在精神的内部相逢，他表达了他纯粹的学术理想和对自身的寻根愿望，进而在他的批评发现中实现了与大家心灵和思想的多重交流。

（江非，海南省澄迈县文体局）

**同期声：**

呼唤"纯棉"的诗歌批评 // 霍俊明

海子"重塑"及当代汉语诗歌的生态问题 // 霍俊明

霍俊明和他的诗歌批评 // 陈超

**梁鸿**

1973 年出生，北京师范大学中文系文学博士，中国人民大学博士后，美国杜克大学（Duke University）访问学者。现为中国人民大学教授。著有非虚构文学作品《中国在梁庄》《出梁庄记》，学术著作《黄花苔与皂角树——中原五作家论》《新启蒙话语建构：〈受活〉与 1990 年代的文学与社会》《外省笔记：20 世纪河南文学》《灵光的消逝：当代文学叙事美学的嬗变》，学术对话《巫婆的红筷子——作家与文学博士对话录》等。曾在《南方文坛》《当代作家评论》等核心学术期刊发表论文四十余篇，数篇论文被《中国社会科学文摘》、"中国人民大学复印报刊资料"转载。曾获《南方文坛》年度优秀论文奖、《当代作家评论》奖。被评选为第十一届华语文学传媒大奖年度散文家，首届青年作家、批评家主题峰会年度作家，《南方人物周刊》2013 年度中国娇子青年领袖，2012 年入选教育"部新世纪优秀人才支持计划"，2013 年获北京市"四个一批"人才。《中国在梁庄》获 2010 年度《人民文学》奖、第七届文津图书奖、第二届朱自清散文奖等，并被评为新浪 2010 年度十大好书、《新京报》2010 年度文学类好书、《亚洲周刊》2010 年度非虚构类十大好书。《出梁庄记》被评为 2013 年度中国好书、新浪网年度十大好书、凤凰网年度十大好书，并获首届非虚构大奖·文学奖等。

# 认识梁鸿

程光炜

　　几年前，在北京一次朋友聚会上，我认识了梁鸿。知道她跟随北京师范大学著名鲁迅研究专家王富仁先生读的博士，毕业后分到中国青年政治学院中文系任教。有两三年的时间，梁鸿一直想到人民大学跟我做博士后，但因学校设置的苛刻条件受阻。今年，她终于跨过这道门槛，成为与我合作的博士后人员。

　　在北京师范大学期间，梁鸿的博士论文是从外省文化角度研究现当代的河南文学与河南作家。之后，她逐渐成为著名小说家阎连科的研究专家，写了大量评论性和研究性的文章，这为我们深入了解这位作家提供了不少方便。最近一些年来，她的评论领域日益扩大，从作家作品到文学现象，文风越来越尖锐鲜活，对问题的看法也越来越深入，成为被大家认可的引人瞩目的批评界新秀。我对文学批评向来不太关心，杂志到手，也就是翻翻几位熟悉朋友的文章，很多还没有读完。当然，我也在一些文章中谈到，做文学史研究，一定是要把批评家的看法作为重要参考的，没有他们对重要作家和作品的认定，后续性的文学史研究肯定会麻烦不少。梁鸿的文学批评，有自己对作家创作的看法，她对一些作品的感觉尤其细致、敏锐，其中不少见解我都比较认可。不过，我也曾劝她不要一味说作家的好话，太惯作家，应该有好说好，有坏说坏，做到知人论世，使我们这些还没有读作品的人，看了批评文章就能知道作品的好坏。在这一点上，20世纪三四十年代的李长之、李健吾两位先生是一个榜样，他们的批评文章，很少单纯说作家好话，但读了那些文章，你会感觉它们非常贴切、准确，真正说得上是文采斐然和好读，又有启发性。很多文章，至今都不过时。自然，一个文学期里，能够留下来并传之于后世的文学批评家毕竟为数不多，大部分的文章，只能作为文学史研究的资料用，想想这种结局，也够残酷的。

我对梁鸿另一个比较深的印象，是她的认真。两年前，她在上课、写作和家务非常繁忙的情况下，到我在中国人民大学为博士生开设的"重返80年代"课堂上参与我们的讨论。论资历，她与我的博士生的关系应该是"半"个老师辈的人，事实上在教室里，我也是把她作为"老师"介绍给我的学生的。梁鸿好像从不在乎自己的"身份"，每次上课她都准时到场，风雨无阻，仔细聆听每一次演讲，对一些问题详细和坦率地发表自己的看法。我也认识几位70后的批评家和青年学者，但像梁鸿这么全身心地投入研究，把学问那么当回事的却不很多。当然，刚开始梁鸿对我们的工作方式还不习惯，我们之间有过交流，对一些问题的看法也存在分歧。这可能是我个人的"偏见"，我认为仅仅作为一个"文学批评家"是难以在现在的大学里立足的。一是目前大学的制度，对单纯的文学批评有天然的排斥倾向，虽然这种排斥也不一定都有道理。二是单纯的文学批评尽管经常能给人们启发，但毕竟大多数的批评文章都还是比较感性的，跟着作家和作品走的，还难说是经过一段时间沉淀后的理性思考的结果。所以，我主张她文学批评和学术研究相互兼顾，通过文学批评接触第一线的作家和创作，获得一种文学的"现场感"；然后，再对所批评的对象进行筛选、过滤，写一些经过深思熟虑的研究文章，这样可以做到相互补充和支持。当然，后来我也有一点犹豫，担心比较听"老师话"的梁鸿，弄不好会陷入两头为难、左右不是的尴尬境地。因为，要真正做到我所说的那种状态，其实是非常困难的，连我都做不到，更何况去要求梁鸿？但令我吃惊的是，一段时间后，梁鸿果然在我们课堂的基础上，开始了她的"90 年代文学"研究，先后写出了分析 60 后作家、"断裂问卷事件"等多篇论文。她拿给我看时，我发现"研究视角"正在悄悄地进入她思考问题的习惯之中，过去那些比较感性的东西在逐渐减少，而理性分析的因素日益增多。自然不可否认，"90 年代文学"能否被"历史化"，它能否像我和学生做了几年的"80 年代文学"那样能得到历史文献的支持，并在一定的方法上获得某种研究的"自足性"，我还有点怀疑。不过，梁鸿迈出这一小步，仍然是值得肯定的，因为所有有出息的青年学者往往都是敢字为先的，没有过人的胆识和勇气，她（他）就无法获得学术研究的探索性。当然，有些问题我们还可以在私底下再商量和讨论。

以我在大学二十六年的经验，我以为一个比较合格的中文系的教师是首先应该有一点点文学创作或是文学批评的经验的，没有这种近距离地接触作家和作品文本的写作实践，他要想真正进入作家和作品的隐秘世界实际上是很困难的。我们都读过许多所谓的学术文章，我们会发现很多人还停留在"文学"之外，除了重复大家都知道的"知识"，不少文章其实很难称之为关于"文学"的"学术研究"。我深感庆幸的是，梁鸿一直在非常勤奋地写文学批评和小说散文，她对文学的理解是非常内行的。有了这种充足的文学创作和批评的准备，相信她在不久的将来必成大器，成为人们必须刮目相看的优秀的青年批评家和学者。

（程光炜，中国人民大学文学院）

**同期声：**

迎向"灵光"消逝的年代 // 梁鸿
对"常识"的必要反对——当代文学"历史意识"的匮乏与美学误区 // 梁鸿
理性与"灵光"——简谈梁鸿的文学批评 // 张清华

南方
文坛 2010 年《今日批评家》

何平

毛尖

李遇春

张柱林

李凤亮

冉隆中

**何平**

1968年生，江苏海安人，南京师范大学文学院教授。从事中国现当代文学研究和当代文化批评。曾在《文学评论》《南方文坛》《当代作家评论》《中国现代文学研究丛刊》《文艺争鸣》《小说评论》《鲁迅研究月刊》《人文杂志》《钟山》《上海文学》等发表论文六十余篇，其中近二十篇论文被"中国人民大学复印报刊资料"《中国社会科学文摘》《新华文摘》转载和转摘。著有《解放阅读》《中国现代小说还乡母题研究》《散文说》等。主持国家、教育部、江苏省课题六项。获江苏省优秀博士论文、江苏省紫金山文学奖、《当代作家评论》年度论文奖等。

# 何平侧记

## 王 尧

在一大堆文弱的书生中，何平虎虎有生气，甚至有些野气。

两三年前，在南方的一所大学开会时，何平留给我这样的第一印象，我记不清楚那次会上我们有没有交谈。何平的举手投足和他的谈锋，让我最初的感觉是，多年的学院生活并没有完全改造了他。在今天中国的学院，格式化的训练，通常会模糊掉人的轮廓特别是棱角，会让好人更好坏人更坏（如果可以两分法）也会让坏人变好好人变坏，也会生产出一些不伦不类莫名其妙的人。后来，我不时看到他在《当代作家评论》《南方文坛》等杂志上的文章，觉得他论文的篇幅长而且有力量，以为这样有特色的批评家并不多见。

这两年，我和南京师范大学文学院的何言宏教授学术上联系颇多，因为有了言宏兄的介绍，我与何平的往来也逐渐增多。何平读博士的导师是著名学者朱晓进教授"朱老板"。何平与我见面，也称我"王老板"，让我十分惶恐。虽然以年龄和辈分来说，我也做了几年"老板"，但我很不习惯这样的称呼，好像也只有何平一人这样叫我"老板"，我当然不敢把自己当"老板"，所以也称何平为"何平兄"。何平这样叫了，我也觉得有趣，有人把学界当作江湖，我不赞成，但人与人的关系有些江湖义气有些担当也不坏。我想，何平是一位有些江湖义气的学者。

在学术路径上，何平由中国现代文学延伸到当代文学，也不时以批评的方式介入当下的文学创作。20世纪60年代以后出生的治文学的人若是在大学工作，大致都是这样走过来的。何平追随他的导师做了很长一段时间的纯学术，比如，现代文学的语言问题、文学与政治文化的相互关系问题等，他都有所成就。我一直的想法是，如果没有受过纯学术的训练，如果没有学养的积累，要转身做一个好的批评家是困难的。一些批评家或许认为我这样的想法是偏颇的，那我说的可能是另外一类批评家。何平讨论当代文学史的文章，以及他的一些作家作品论，在我看来，都有我所说的那种由学者转身做批评家的那些素质。他的论文总是有一种理论背景，一种文学史背景的依托，是一种成熟的写作。但这种成熟不是迂腐，而是常常笔底有波澜、有生气，往往能够笔尖插入文本的深层次。何平论文的特质，在学养以外，他的思想和观点，常常有我前面说的那种生气与野气。所以，我有时觉得，何平应当集中精力做一段时间的文学批评。在当下的文坛和学界，能够集中精力做批评的同仁已经越来越少了。

当下文学的秩序之中，作家的分野是明显的。做学术和批评的人，关注的多是主流作家也就是为文学史框架所认可的那一批人，对类型文学、对民间的写作者常常视而不见。我自己做研究或者指导学生也不免带有这样的偏见。但现在我们面临的文学格局是，如果只做"纯文学"研究似乎难以把握"全局"。在这一点上，何平有自己的独到之处。今年暑假时，我突然接到何平的电话，说他到苏州了，陪着一批作家参加凤凰出版集团的一个活动。他在电话里说的那些作家的名字，我只知道王跃文，其他几位我孤陋寡闻。等到见了面，一交谈，我诧异万分，在座的一位写小说的作者，说他的一本书发行了几十万册。而这本书我还是第一次听说，可见我是在几十万人之外。再谈下去，我明白了这类作品的出版发行的运作方式和纯文学不同，文学与市场的关系在这类作家身上处理得圆融周到。而何平对此类现象的熟悉和见解也让我佩服。没隔多久，我和季进教授陪一位研究冒辟疆的日本学者去如皋，突然接到何平的电话，说他也和几位写诗的朋友快到如皋了。和他在一起的诗人，也都是"民间性"的，我熟悉其中一位。何平的这些交往，其实，可以看作一个批评家的文学活动。倘若何平的研究和批评能够有所体现，我以为是一件有意思的工作。

今年是五四运动九十周年，有一家杂志约何平与我编选一期纪念五四的专刊，我们讨论了一个原则性的意见，我也约学生编选了，但这一工作最终流产。我不免遗憾，终于意识到我们要做一个"新青年"其实是很不容易的。何平说，杂志的主编还托他带了瓶酒给我，我说我不喝酒，何平说他也不喝酒。我想，何平应该能够成为批评家中的"新青年"，等他的新作出来时，我们把那瓶酒喝了。

（王尧，苏州大学文学院）

**同期声：**

批评的自我批评 // 何平

"个"文学时代的再个人化问题 // 何平

80年代的批评气质——漫说何平与他的文学评论 // 汪政

**毛尖**

浙江宁波人。上海华东师范大学外语系学士、中文系硕士，香港科技大学人文学部博士，现为华东师范大学教授。研究涉及 20 世纪中国文学和电影、世界电影和英美文学。著有《非常罪，非常美：毛尖电影笔记》《当世界向右的时候》《慢慢微笑》《没有你不行，有你也不行》《乱来》《这些年》《例外》《有一只老虎在浴室》《一直不松手》《永远和三秒半》《我们不懂电影》等，译有《上海摩登：一种新都市文化在中国 1930—1945》。

# 毛尖与毛尖文集

## 罗　岗

### 一

毛尖写得一笔好文章！全国人民都知道。打开报纸，90 后——年过九旬——的黄裳老先生赞叹道："读……毛尖文，甚为倾倒，小说与电视剧我都未见，而在书评中分明指出'观众'对贪官的温情与'理解'，这是重点，人所未言，而文笔锋芒毕现，别具一格，佩服之至"；进了书店，90 后——出生在 20 世纪 90 年代之后——的美少年不敢相信自己眼睛似的，拦住毛尖要求合影，面对纷纷举起的手机，毛尖的表情——套用沪上"名记"的说法——"像个幼稚的中学女生"，如果要增加点文学色彩的话，那是一个"第一次收到男同学粉红色纸条的中学女生"。

毛尖写得一笔好文章！这是十几年前一起读书时，同学们公认的。那时候毛尖写了不少文章，大家也特别爱读，都说毛尖可以把这些文章结集出版，有一个现成的好名字，就叫毛尖文集。

自然，那时没有看到毛尖文集的出版，我们就全作"鸟兽散"了，毛尖当年随写随扔的那些文章现在也下落不明，套用一句"文艺腔"，也许是"飘落在风中"！不过今天看来，这也有好处。如果将来华东师大中文系再出一个像陈子善教授这样的人物，毛尖的"佚文"不正是他辑佚、钩沉和辨伪的好题目吗？作为当事人之一，我或许还能提供一点两点有价值的线索呢！

当然，我得到的好处还不止于此。这些年我思想渐趋激进，被人们视为"左派"，对现实，对历史，往往有一些固执的看法，不一定能被过去的师友们理解，有时凑在一起，难免就要争论甚至争吵，甚至代人受过，因为争论和争吵往往要涉及他人。为了不伤感情，这时候毛尖的文章就是最好的调停，大家纷纷表态，爱读毛尖的文章，意思是尽管立场态度有差异，但我们都团结在毛尖的周围。譬如前几天，一位研究明史的老教授见到我，就说现在一本流行的著作有多少常识性错误，后来大概想起这本著作的作者是我的"左派"朋友，立马改口，表示毛尖写的那些文章我都爱看。

二

想当初，我们这些老朋友差不多等了十年，终于等到毛尖文集第一卷出版，整本书的装帧很费了一番心思，特别是图片和文字之间关系的处理，许多细节的讲究恐怕是国内图书中少见的。责任编辑是我的一位朋友，后来他开玩笑说，为了这本书出得像个样子，他关了手机待在美编室，好几天没有见人。果然功夫不负有心人，这本《非常罪，非常美：毛尖电影笔记》当时是以某种时尚、前卫、另类和略带神秘色彩的面貌出现在图书市场上的。不过，因为是老同学的关系，我的阅读感受可能会和别人不太一样。

毛尖在书的后记中，兴致勃勃地回忆起读大学时看电影的情形，还有她制造"假票"的好手艺。她说，"那真是暖洋洋的票友时代，电影院的看门人也是暖洋洋的……那个时代真带劲啊！电影看着看着，底下就有人打起来了，然后灯就亮了，所有的人兴致勃勃地看他们打完。待灯关掉，继续看电影"。看到这样"暖洋洋"的文字，有过类似经历的人一定会露出会心的微笑。

那时候的电影院不像现在这样豪华，也没有什么"进口大片"之类的说法，却常常可以在不经意间和好电影相遇。我印象深刻的是大学下乡实习，在一个县城的电影院看《德克萨斯州的巴黎》，文德斯的好电影，那时候不知道他是何方神圣，更不晓得他那部名满天下的《柏林苍穹下》，只记得纳塔莎·金斯基的回眸浅笑，还有电影的音乐——多少年后，我才知道出自作曲家兼吉他手瑞·库德（Ry Cooder）之手——如一驾夜行驿车，应和着影片"寻找"的主题，在地平线的那一个无名小站掠过，暗夜中寒风习习，远方的星星却给人明亮的启示，同伴喃喃的细语抵御着无边的寂寞，相互取暖的体温偎依出温馨的爱意，"全维罗纳响彻着晚祷的钟声"，每个人的眼角都情不自禁地湿润了。就是在这次感伤的行旅中，一位邂逅的朋友告诉我："只有在想象中爱情才能天长地久，才能永远围有一圈闪闪发亮的诗的光轮。看来，我虚构爱情的本领要比在现实中去经历爱情的本领大得多！"

是啊，爱上电影就像爱上爱情，伴随着这种哀歌般爱意的常常是难以克制的欲望、激情和感动。罗兰·巴特说，"在谈到电影时，我从来都是想到'放映大厅'，很少去想'影片'"。他对电影院中的"黑暗"有一种近乎偏执的迷恋，

> 黑暗不仅仅是梦想的实体本身（依据该词先于催眠的意义），它还是弥漫着一种色情的颜色；（通常的）放映厅以其人的汇聚和交往的缺乏（与任何剧院中的文化"显示"相反），加之观者的下卧姿态（在电影院里，许多观众都卧在软椅里，就像躲在床上那样，外衣或脚就搭在前面的软椅上），它就是一种无拘无束的场所，而且，正是这种无拘无束即躯体的无所事事最好地确定了现代色情——不是广告或脱衣舞的色情，而是大都市的色情。躯体的自由就形成于这种都市才有的黑暗之中，这种看不见的可能的情感形成过程发端于一种真正的电影茧室；电影观众可以在其中重温有关桑蚕的格言：作茧自缚，勤奋劳作，昭誉天下；正是由于我被封闭了起来，我才工作并点燃全部欲望。"（《走出电影院》）

这是一种和都市经验密切相关的现代"欲望"形式，和静态的观影方式相对的，是银幕上"快速转换的影像、瞬间一瞥的中断与突如其来的意外感"。毛尖的确也曾像罗兰·巴特那样钟爱于"电影院的黑暗"以及黑暗中的"激情"——用这个词替代"色情"，或许可以多少抵消一点罗兰·巴特论说中男性狂想的成分——整本书毫不掩饰地表露对"黑色现代"的偏爱，即使从文章的标题也可以看出来，《"对不起，亲爱的，我要杀你！"》《劳驾您指点地狱之路？》《立即做爱》《倾国倾城的男人》……还记得有一次和毛尖讨论奥图鲁·里普斯坦的《深深的猩红》，我很是书生气地说，这部电影是"德里达式的"，男女主角的关系建构在"危险的增补"之上。而她则津津乐道于导演对"红色"的处理，臃肿丑陋的歌娜穿着红色连衣裙，倒毙在荒野的烂泥滩边，死亡好像给她戴上了一圈美丽的光环……不久，我就在《万象》上读到她写的《电影为什么这么

"红"？》。

然而，犹如"黑暗"永远是在"光亮"的映衬下才存在，毛尖同样欣喜于电影院中"灯亮起来"的那一刻。因为在那一刻，随着灯光而来的，是影片的奇观与人世的平凡、梦幻与现实、激情与庸俗、黑暗与光亮……之间冲突、搏斗、交织和融合。在我看来，正是出于传达这种具有紧张感的复杂经验的渴望，才构成了毛尖写作的最大动力。

## 三

齐格门特·鲍曼把现代情境中人们的生活伦理理解为"荒漠中的朝圣"。不过这种朝圣再也没有什么"神圣"的意义，只是"一个人必须像朝圣者般地生活以避免在荒漠中迷失方向——当浪迹于无目的地的地方时，把目的赋予行走。作为朝圣者，人们能做的不仅是行走——人们能有目的地行走"（《生活在碎片之中》）。对应于这种譬喻，"看电影"就成了现代生活的"寓言"，而"电影院"就成了"朝圣者"想象中的目的地，依靠它我们的生活或多或少地获得了某种激情和意义。

可是，这种激情和意义也渐渐地离我们远去了。对电影来说，80年代一个特别重要的事实是，影片开始沦为录影带——当然，就像我们后来看到的那样，是更为精致复杂的 VCD 和 DVD 以及网络电影——的附属物，电影院逐渐失去原有的意义，朝圣般的观影经验被随时随地的看录像、看影碟所取代。不仅是我们，就是更年轻的一代也清楚地看到了"一个时代的背影"：

> 记忆里没有任何干扰的影院经验是我的小学和初中。那座隐藏在弄堂里的学校每季的经典节目是去隔一条马路的永安电影院看电影。小孩子们兴高采烈地手拉着手走出阴暗的日式房子，穿过如今商铺林立的四川北路。那座老旧的影院在我的记忆里永远是绿色的绒布椅子和潮湿、发霉的空气，当然还有"王中王"桃板的甜酸气，我们在那里看了许多爱国主义的教育片，最为出格的一次是看《真实的谎言》，银幕里夸张而拙劣的性爱镜头让一屋子的小朋友大气也不敢喘，不知道为什么会带我们去看这样的片子，这似乎是我记忆中最早的与性有关的模糊经验。
> 后来慢慢就长大了，慢慢有了自己对电影的选择权和喜好，慢慢学着和朋友们在乌烟瘴气的房间里对着电视和影碟机一言不发，慢慢就再也没

有了小时候像春游一样去看一场拙劣片子的认真心情。

　　永安电影院和我的小学，它们和我的影院经验一样，也慢慢从这个城市里消失了。

　　这是一个学生当年在网上给我的留言。我想，有这样经验和体会的年轻人肯定是毛尖文章最好的读者。同样，毛尖也像一个"幼稚的中学女生"那样，在她的文章中捍卫着这种经验和体会，所以她呼吁"2009 年应该尽可能拖住《潜伏》，让它继续在生活中放大发酵"；所以她祈愿"2010 年，《人间正道是沧桑》拍续集，共和国部分能够拍得比黄埔时期更好更有能量"。

　　　　　　　　　　　　　　　　　　　（罗岗，华东师范大学中文系）

**同期声：**
批评，或者说，所有的文学任务 // 毛尖
《大路》变窄：费里尼和新现实 // 毛尖
从"情爱"到"爱情"——毛尖的美学意义 // 罗萌

**李遇春**

1972年生，湖北新洲人，现任华中师范大学文学院教授、博士生导师，中国新文学学会副会长兼秘书长，《新文学评论》执行主编。入选2009年度教育部"新世纪优秀人才支持计划"。主要从事中国现当代文学（含旧体诗词）研究。迄今在《文学评论》《南方文坛》等报纸杂志发表文章两百余篇。著有《权力·主体·话语——20世纪40—70年代中国文学研究》《中国当代旧体诗词论稿》《西部作家精神档案》《走向实证的文学批评》等，主编《中国文学编年史（当代卷）》《中国新文学批评文库》十卷本、《现代中国诗词经典》两卷本等。主持国家级和省部级社科项目五项。研究成果五获教育部、湖北省和武汉市政府奖，另多次荣获中国文联、湖北省文联、湖北省作协等颁发的学术奖项。

# 独立来自哪里？
## ——李遇春和他的当代文学探索

### 刘醒龙

任何个人都无法经历除了设身处地之外的时代，这是由生命的最基本定义所决定的。正因为如此，人的最大欲望便是尽一切可能，使自身超越时代，去向远古、近代与未来。在某种意义上讲，这也是文学最原始的起点。从欲望的共同点出发，文学也是有分野的。一种文学是用尽可能符合人性的方法，给注定要消逝的时代，留下最接近这个时代人性本质的记忆。另一种文学也在用最大可能的主观，异化她所亲密相处的一切，以图通过阅读来影响时代的精神趋向。对于当代文学来说，这两种文本的同时存在与发展，对当事人而言，其严峻性是不言而喻的。是迎风张目、分辨是非，还是掩人耳目、自欺欺人？在阅读当代文学各种文本时，最容易出现这样的感触。

从1999年开始，到2004年年底，我一直在闭门写作长篇小说《圣天门口》。那时候我还不知道在同一城市里，一位青年学者，正在做着与自己精神相通的文学学问。小说出版后，被理论界称为是当代文学中第一部打通"1949"

壁垒的小说。也就是在这时候，我才听说，李遇春以一部《权力·主体·话语——20 世纪 40—70 年代中国文学研究》的论著，荣获了武汉大学首届优秀博士论文奖。

认识李遇春是在与李遇春熟悉之前。20 世纪 90 年代中期，长篇小说《生命是劳动与仁慈》出版不久，我在一本杂志上见到一篇评论文章，当时就很惊讶，这位叫李遇春的青年评论家，如何拥有同我一样的对乡村与乡土积攒了半辈子的深情理解。我一直对那些能洞察作家心灵动机的评论家格外佩服，评论家能通过文字抵达作者心中，正如作者通过文字抵达千百读者心中，虽然这是文学所要求的常识性东西，但恰恰是这种常识性，反而让人做起来最难，要做好则是难上加难。李遇春为小说写下的话：

> 人猿揖别是劳动使然，劳动缺席的生命只能是奥勃洛摩夫式衣冠其表的行尸走肉，劳动自然也应是每一个体生命生存和存在的基本前提。生命不应是碌碌无为，坐享其成，不应是骄奢淫逸、恣意挥霍，生命是生生不息的劳动和创造，是辛勤的耕耘和兢兢业业的奉献。任何逃避劳动、不劳而获、少劳多获都是对生命劳动精神的无耻背叛。遗憾的是人们总是忽视了历史和世界，且又偏执地关注着个体生命的欲求，把劳动这一神圣的天职放逐出了生命的伊甸园，而不择手段地肆意侵占自己本不配享用的劳动果实，一时间利欲熏心，物欲横流，生命的公理于是被粗暴地践踏，生命的尊严也丧失殆尽。

无论是当时，还是当下，这都是振聋发聩的声音。

城乡壁垒只存于学术探讨，并非是真正的壁垒。文学中的"1949"则在赫赫有名的要塞。很长一段时间，文学的表现，要么只写这以前的年代，要么只写这以后的岁月，两段历史之间，俨然有一座不可逾越的分水岭。即便是以欧美为代表的所谓西方文化，与中华文化的关系，也没有像"1949"那样，在潜意识里形成一种事实上的禁区。从 80 年代起，就有人不断地反思，要打通"1949"壁垒。不打通这一壁垒，后来的中国文学就会变成是某种天赐，用"与生俱来"形容当代中国文学，是十分荒唐可笑的。李遇春当然不是第一个注意到这种近乎荒唐的视而不见现象的人，但在最早将"延安文学""十七年文学""文革文学"串联到一起作为螃蟹来吃的人中，他显然是最扎实的一位。正如洪子诚当年的评价，20世纪40—70年代，是中国"红色文学秩序"形成的时期，对它的研究，近二十年来学术界相当忽视。李遇春这方面的研讨，分析了这一时期文学中存在的权力、主体、话语之间的复杂关系，并在五四之后中国文学的话语转型的背景上，揭示了红色文学话语秩序的建构模式，探讨置身于这一文学秩序中的知识分子及作家的话语困境和分别采取的不同话语立场。尤其是对于置身特殊时期、特别秩序中的作家精神心理状态的分析，颇有深度。

最让人想不到的是，后来的某一天晚上，突然收到李遇春的电邮。他新近著就的一本洋洋四十五万言的《中国当代旧体诗词论稿》，遇上了出版问题，托我向国内著名的文学出版社引荐。此事让我好不发愣，不是别的，是因为实在没想到，像他这般年轻的学者，眼界里通常只有当下最热门的那类课题。似这种貌似陈腐的学问，一如他的导师於可训所戏言"新文学得承百年之欢，旧文学渐失其宠，斯文其萎，形同弃妇"，一般人怕是连看上一眼都觉得是在浪费光阴。然而，回过头来一想，人生也好，历史也罢，一切都是过眼烟云，所谓倾国倾城的绝代佳人亦不过是一时之兴，最终同样会落得一个弃妇下场。既然芸芸众生都如此，其意义就当别论了。

事实上也是这样，李遇春所秉承的正是"陈腐""弃妇"所蕴含的莫大思想。那些让我们顺畅地走过来的，并使我们的脑海从一开始就不至于空转的，正是这类貌似遗弃之物。曾经写过一句诗：独木的意义，不用成林，形容在新疆大漠上所见到的孤零零的最能象征独立的胡杨树。在那样恶劣的环境下，胡杨树能够存活下来，而且不改顶天立地的雄姿，唯一的理由是，它的根扎得很深很深。李遇春做学问的心力，正像在大漠之上傲然独立的胡杨树，将思想穿透一道道壁垒，沿着历史的线索，打通现代与传统之间的边界，这是一种让人肃然起敬的治学方法，能够如此的特立独行，其结果如何已经是不重要的了。

（刘醒龙，《芳草》杂志）

**同期声：**

从阐释到实证 // 李遇春
符号的行旅——中国当代文学中土地话语演变的一个历史轮廓 // 李遇春
历史的探源与祛魅——论李遇春的文学批评 // 周新民

**张柱林**

1966 年生，曾就读于武汉大学、上海大学等高校，文学博士，现为广西民族大学文学院教授。在国内报刊发表论文、散文随笔及小说、杂文等作品多篇。著有《一体化时代的文学想象》《小说的边界：东西论》等著作。曾获得《南方文坛》年度优秀论文奖、广西文艺创作铜鼓奖、广西文艺评论奖等奖项。

# 柱林印象

王晓明

　　柱林是热心人。去年春末，我去他任教的学校，见他在办公室忙得一头汗，有同事叫他："柱子，这个事情……"他马上答应："得，我去！"他更是个实在人。两年多前，他还在上海读博士学位，正遇上我们举办一个学术会议，来了好几百人，会务组忙得焦头烂额，就把他也拉来帮忙。有一天，掌灯时分，与会者都去饭厅了，空寂的主会场里，七八个年轻的会务人员风风火火、奔进奔出，柱林却蹲在门外一台饮水机旁，耐心地清洗出水口下面的水槽：一天下来，那里面积满了水。他的安静的背影，给我极深的印象。

　　那一期博士生同学里，柱林堪称读书种子。他兴趣面宽，看得又快，书就读得很杂，几乎什么都知道一点。这并非全是好事，因为不容易融会贯通，但在柱林，这却有一个明显的效果：他有自己的立场。一个新的思想流行了，他感兴趣，甚至也想跟随，但总会这里那里地发生一点疑惑，于是就偏着脑袋沉吟了："这……"在我的讨论班上，柱林喜欢发言——他不是闷葫芦型的，但他不人云亦云。

　　这不全是因为读书。来上海之前，他已经在大学执教多年。他常笑指同学："你们那时候太小，不知道！"他嘴里的"那时候"，常常和农村的贫困有关，他不止一次回忆小时候怎么吃不饱："你看我长得这么瘦小！……"他因此常常强调自己体质差，尽管同学们都知道，他打得一手不错的羽毛球，好像还曾是某个校队的成员。不过，他确实吃得起苦，论文答辩前夕，突然阑尾发炎，他硬是忍着疼，一边打抗生素，一边填表格、理思路、参加答辩，还不忘换一件新衬衫——至少看上去是新衬衫。

大概就因为懂得人生的艰辛，爱读书、不无知，柱林很少表现出左派式的激进。我并不轻看这种激进，在当今中国，年轻人的这种激进每每与热忱和理想有关。但是，我同样欣赏柱林的犹疑，他不幼稚，他觉得事情没那么简单，他没法抹掉自己的记忆，因此也就忘不了那些印证、拨动或激活过记忆的文字。一百五十年来，中国的革命一路艰难，那么多苦痛，那么多曲折，实在也不容后人健忘。当大家都晕头转向、不知道前途何在的时候，谁记得往事，谁大概也就不容易再次迷路。

当然，对柱林——或者说大一点，他这一代学人——来说，还有一样与记忆力同等重要的品质，那就是对新状况的敏感。柱林还年轻，但年轻并不自动赋予人敏感，正如同年轻也不一定就不保守。社会一直在变，中国尤其变得剧烈，就拿文学来说，2010年的中国文学的图景，和譬如十年前相比，已经称得上面目全非。市场、互联网、文学和语文教育、"文学青年"、支配性的意识形态、读者和作家的关系……几乎所有重要的社会条件，都快速地变化。批评家怎么去把握这些变化？如何及时准确地回应？能洞察这些变化背后的更深的变动吗？能由此对文学和更大范围的精神文化的趋向，形成有力的介入吗？当一切尚未凝固、因而就还有可能的时候，即便只对作品有兴趣，批评家也必得要挣破种种狭隘习惯的束缚，在广阔的社会和人生背景上重新定义文学。文学的地火已经被孱弱心灵的腐土压得很久了，该是剖开压抑、引它跃出的时候了。

说到这里，已经不只是关乎敏感，而是关乎知识分子的政治意识、关乎当代中国人——无论是否年轻、是否关心文学——对共同命运的理解了。但我仍然把这些写出来，因为我相信，柱林是经常想着这些的。

（王晓明，上海大学）

**同期声：**

文学花园和外面的世界 // 张柱林

精神升降的辩证法——从阿 Q 到福贵的"中国人"想象 // 张柱林

穿行于文学与现实之间——简论张柱林的文学批评 // 徐志伟

**李凤亮**

1971 年生，2006 年晋升教授。先后执教和研究于江苏师范大学、暨南大学、中山大学、美国南加州大学。现任深圳大学副校长、文化产业研究院院长，文化部国家文化创新研究中心主任。国家社科基金重大项目首席专家、教育部艺术学理论类专业教学指导委员会委员、教育部"新世纪优秀人才"、霍英东教育基金会"高校青年教师奖"获得者。兼任中国世界华文文学学会副会长、海峡两岸文化创意产业高校研究联盟副理事长、中国外国文论与比较诗学研究会副会长、中国文艺理论学会副秘书长、中国中外文艺理论学会常务理事等。专业领域为文艺理论、文化创意产业和城市文化研究。独立主持国家社科基金项目三项，出版著作十二部，发表论文近百篇，文化艺术评论两百余篇。

# 凤凰亮翅

## 谢 宏

我自写诗转入小说创作，每每一部小说收笔，苦思冥想，也难想个好题目，这次倒好，信手写上，就觉得很棒，颇有诗情画意的意味。我虽久不写诗了，但诗意长留心间，偶遇某事某人触发，还会泪流满脸。这说明自己何其感性，观事察人，大致也是如此的。

说来也奇怪，我写李凤亮，起题目就想到他的名字。其实，现在谈论他，还真有点像谈论凤凰展翅的过程。我的记忆力本来是奇好的，历历在目的往事不少，可要说起如何认识凤亮来，却也是模糊的，带点诗意的。

2000 年的某个夜晚，有诗歌朗诵会在暨南大学举办。恰好我在广州，就去了。现场灯光迷离，人头涌动。每遇这样的场面，我都一片茫然失措。幸好有巴桥介绍，认识了坐旁边的凤亮。他算是主人，热情有加，给我名片，说希望看看我的作品。我收了名片，还当是客气话，没在意。

其间，凤亮话不多，偶尔插一句，让拘谨的心稍安毋躁。现在想起来，蛮有意味的。一夜下来，我没记住一首诗歌或一个诗人，只当是个缅怀年少轻狂的盛宴。在一个与诗歌有关的场合，我只记得了一个人，这个人与诗人有关，与诗歌有关。

大概是因为在南方，我印象中，他似乎永远都是清澈的模样，瘦高，眼镜男，衣着大多休闲。或衬衫，或T恤。干净简洁、青春、干练。当然，有时也西装笔挺。两种形象都是我喜欢的。人说，看男人，就看小处，衣领、领带、手表、皮带、鞋子。我也这样看的。人说女人的好，都说天生丽质。而说到男人，我就看气质了。

如果凤亮不是教授、博导，我更愿意将他看作江南才子，或者公子哥儿。在我看来，这更符合他的气质。他身上有股贵气和大气。他不是从大城市来的人，但有这股气，就只能说是天生的了。我甚至想，鉴于他风度翩翩，如果不是教授学者，去出演一两部青春偶像剧的话，估计粉丝不会少的。

我这样开玩笑说过他的。几年前的某天，我正宅在家里写小说，凤亮来电话，说他在蛇口明华中心参加一个学术会议，让我出去一聚。老友见面，自然高兴，我有很长时间没见他了。我过去边蹭饭吃，还边领受了一番学术教育，其乐融融。

饭后，凤亮提议去做足浴，他说他请客。这让我很诧异，我急忙说我是东道主呢。他解释说，你现在没工作呢。我当时从公司辞职出来后，只写小说，几乎没什么收入的，压力比较大，不是特别好的朋友，我不会去参加聚会的，因为我回请不起。但这点，我也不好与人明说。可我没想到，凤亮是个细心人，他替我想到了，真的让人温暖。

这是件小事。现在他可谓日理万机，大概不会记得这等小事，可我前头说了，我看人是看细节的。谁叫我是写小说的人呢？好些年了呢，但我仍然记得。

做完足浴后，两个朋友回去了，我和他继续在"海上世界"旁边的海燕餐厅闲聊。我笑说，现在读研究生的，几乎都是女生，你整天处于花丛中，粉丝不少啊。我问他，是否会晕菜？偶尔会吗？最好有香艳的故事，说来听听。我这样开他玩笑，是基于我的想象。我喜欢有故事的人。特别是男人。特别是青春年少轻狂时。

他听了就笑，样子腼腆，聊起一些美好的人和事。

我从他的闲谈里，知道他有个意气相投的妻子，有着美好的故事。我敢开他的玩笑，大概与他的性格有关，有诗人的浪漫直爽，又有学者的严谨、师长的宽容。我这样说，大家别误会了，其实他比我还年轻，属于典型的70后，还是当年校园里最年轻的教授。但奇怪的是，我与他交谈，毫无交流的障碍，我想呀，这大概归因于他身上融合的两种气质，激情与理性，朝气与稳重。

记得有一年，我与他聊起文学院的事，似乎是发了点牢骚。他感叹说，他以后有机会，会邀请作家去大学做客座教授。我没将这话当是他随口说的，我想到的只是时间问题。我记下了这句话。我想一个有想法的男人，是不会随便说话的。

2008年，我还在新西兰挥霍时光的时候，他也去了美国做访问学者。其间，有朋友问起我，是否知道凤亮要南下深圳。我当时听了这消息，也有种兴奋。虽然我们互通过邮件，但我没向他求证这个消息。过了一段时间，我问他何时回国。等我收到邮件的时候，他已在国内了，还透露他将南下深圳，赴任深圳大学副校长之职。

说实话，我当时一点都不觉得惊讶，交往多年，我从他身上看得出一种"霸气"。待人不能有霸气，但做学问、做事业，我倒觉得是不可或缺的。这个年龄的人，是该有点"野心"的，还想做点事。否则，一过去就泄气了。

凤亮来深圳后，我们没能见上几面，他总是忙的，从电话里就可以知道。澳洲作家黄惟群夫妇来深圳的时候，我召集过一次私人聚会，深圳大学的评论主力都来了，凤亮是带儿子去看好病后，赶过来的。让人感动。席间，大家聊的，都与文学有关，他还提到，在美国期间，他还完成了一组华人学者的访谈录，其勤奋可见一斑。

我想，自己能与他成君子之交，平淡如水，但友情长在，大概与意气相投有关。我们的身上，都有学院的气质，但又不受制于条条框框，所以我的作品，凤亮都能理解。他虽不写诗，但有诗人气质，长于形而上的思考，所以能搞学术，他早年探究过米兰·昆德拉的作品，并卓有成效，但他也不是个书呆子。另一方面，形而下的，也兼备这个能力，所以他兼做大学行政后，也一样能干得有声有色。

我这人说话直率，常常得罪人，受过不少劝诫，但学习能力太差，一直毫无长进。我和人说过，能与我相处融洽的人，能容忍我的朋友，大概是这么三类人：一种是才华能力盖过我的，他自信，能让我服气；另一种是才华能力不如我，但心胸宽广，气量大的；当然还有第三种人，是才华能力和气量胸怀都盖过我的。这三类人都不在乎我的所谓"傲气"。我对这三类人都欣赏敬重。

我这样说，你大概就知道了，我眼中的凤亮是哪种人了。写到这里，我往回看，都没写他取得了哪些"巨大"的成绩。其实这类总结，是归他自己做的，归其他人来做的。我做不来，也不关心。我是个散淡的人，只关注个人，那些小节，也许小得都让别人不足挂齿的，却让我这人津津乐道。

我没问过凤亮，他这名字有何含义。我喜欢联想，猜想可能是父母寄予了某种期冀。有时候，人生的走向，往往一早就由名字预示了的。我希望凤亮兄也如此。文章千古事，古人这样说。我写这篇小文，可不敢自夸，但我相信，我偶尔瞥中的，是他日常的、学术的，或人生锦绣文章的开始，又或只是某个片段，如凤凰亮翅，偶露峥嵘，更绚丽的在后头呢！

（谢宏，作家）

**同期声：**

**冉隆中**

昆明文学艺术研究院院长，昆明文艺评论家协会主席、昆明作家协会副主席、昆明市文联副主席、云南省文艺评论家协会副主席、云南作家协会理事，中国作家协会会员，一级作家，教授。创作出版的主要作品有《红土高原的回声》《转了一圈又回来》《文本内外》《底层文学真相报告》《重九重九》等十二部著作，主编《昆明的眼睛》《昆明读城记》《昭通文学三十年》《七彩云南儿童文学精品书系》等著作，主编《西南学刊》，主持《云南文艺评论》《艺术云南》等杂志相关栏目。2010 年，《文本内外》获云南省政府文学奖一等奖；2013 年，《底层文学真相报告》获云南省政府文学奖一等奖；2014 年，《重九重九》获云南省精品文艺图书奖。

# 鼻孔朝天的人

任芙康

　　京城东边，有一所学校，学员进去，若干时日出炉，虽不曾获得人事档案认可的文凭，却从此脱胎换骨，拥有了经久言说的由头、背景乃至资本。这处超级福地，就是中国作家协会旗下的鲁迅文学院（以下简称"鲁院"）。

　　鲁院由前身、转身、变身，直至今日模样，其间经历过数十年演变，出了很多的人才，出了很多的庸才，出了不多的奇才。这就很了不起了。遍看国中，其他各行各业的培训、办学之类，如此多快好省，如此事半功倍，似无先例。

　　五年前某天，翻看一篇来稿，题为《鲁院听课记》。作者陌生，姓冉名隆中，系鲁院弟子。这种文章，十之八九，颂辞满篇，应该不抱太高期望。但念及人家学子知恩，撰文抒情，对母校投桃报李，亦在情理之中。

　　然此文别异，几段下来，你必得改变你的漫不经心，将一万六七千字一气读完。这位学生，来自云南，进修两月，听课三十余堂。从他的逐堂记叙看出，尊敬也还有，钦佩也还有，但习见的仰望没有，点头称是没有，诚惶诚恐没有。这是一个不太拘泥于礼数的人。其字里行间的锐利与唐突，清醒与破绽，较真与狐疑，让人心喜难捺。

几十载的鲁院注册学员，想已成百上千，能写出这般"听课记"，追仿鲁迅遗风，与鲁院名号相符者，怕是罕见之至，唯该生崭露头角。

声韵异样的文字，常有跑调之嫌，向来见仁见智、好恶悬殊。斯文刊发之后，果不其然，毁誉四起。此刻的冉隆中，对于"誉"言，倒是感觉良好，怡然消受；而对于"毁"语，则似乎准备不足，心生困扰。但他终归智商充盈，大约明白了坏心情不可泛滥，遂很快安静下来。

这一安静，许久杳无音信。时有闲暇，也曾有过揣想，冉某一副挥洒自如好笔墨，定然不肯轻易停歇，又将有些怎样的涂抹？

终于一天，收到他的新作。发排之际，我颇有感慨，便假"责编"之名，写了出来——

> 沉寂相当时日之后，冉隆中寄来这篇《底层作家，你们还好吗》，再次给了我们击节叹赏的意外。区别那些在东南西北的都市上空，飞来飞去的评论掮客，冉隆中远离闹市，游走于县城乡村之间，耳闻文人潦倒，目睹文事萧条，于是心情快乐不起来，做派潇洒不起来，言辞高蹈不起来，当然只能生发出关切的、悲悯的、沉郁的、令人揪心动容的文字。也许，正是由于有大群庸常之徒的急功近利作参照，冉作者这篇言谈小地域、小人物、小道理的与"宏伟叙事"迥异的文稿，却恰恰显现出眼下文坛难遇难求而又货真价实的大气象。

为他这篇稿子，我刊专辟"调查"栏目。从此每期一文，延续至今。冉隆中纠缠般探寻的，均为同一内容，即底层文学之真相。这在眼下文坛，堪称时尚话题。对草根写作放言高论、隔靴搔痒的男男女女，几乎逢会可遇。但事实上，冉隆中鹤立鸡群，对底层文学的切肤之感，眼下尚无人能及。

他以救死扶伤的冲动，细腻犀利的刀法，解剖一只只滇产"麻雀"，呈现出的，当是整体文坛的病灶。他访谈的数十位底层作者，散居于各地荒镇陋寨，无一不是亲脚走到，亲眼见到，亲耳听到。有时山高路远，还会有数日火塘取暖、粗食果腹的勾留。总而言之，他要避免的是走马观花、浅尝辄止；他要远离的是道听途说、穿凿附会；他要杜绝的是居高临下、妄加评判。

纯粹文学意义的写作，理应绝缘于锦衣玉食与呼朋引类，理应伴随清苦与寂寞，但冉隆中刻意寻觅的访谈对象，大都过于清苦、过于寂寞了，直至处于赤贫如洗、无人理睬的境地。所以他要鸣不平，他要鼓与呼。他最终拿出的每份调查，无论素材，还是见识，皆区别于众多名流伪善的"平民意识"，全是文学情怀，全是民族歌吟，全是底层故事，全是民间声音。惆怅、压抑与感伤，虽是弥漫冉文的基调，但结识知音的快活，山川原野的诗意，文学不灭的古训，浸润着他，在其步步艰辛的调查中，自有一腔飞扬的向往。

我同冉隆中，稿件交往，前后五年。时而有事，电话联络，始终未曾谋面。《文学自由谈》封面上，登过他一幅头像。一张寻常的脸，四分之一侧仰着，鼻孔朝天。鼻孔朝天的人，通常都是很骄傲的人。而骄傲的人又多数都是有名堂的人。我服务的刊物，所倚重的就是那些骄傲的作者。写手骄傲，才往往不同凡响，才可能人前说鬼话，鬼前说人话，叫人与鬼都惊诧莫名地吓一跳，因为他们听到了各自不喜欢的声音。

（任芙康，《文学自由谈》杂志）


**同期声：**

田野调查式的批评写作 // 冉隆中
一个文联的变迁 // 冉隆中
另类的批评文本——论冉隆中及其《底层文学真相报告》// 黄桂元

南方
文坛

2011 年《今日批评家》

刘复生

马 季

黄 平

刘 春

胡传吉

谭旭东

刘复生, 或 "70 后" 知识分子的探索 // 李云雷

找寻复杂理论下的简单逻辑 // 桫椤

有关黄平 // 程光炜

你在每个夜晚听到了夜莺
　　——关于刘春的印象与观感 // 霍俊明

"狐狸的智慧"
　　——关于《中国小说的情与罪》// 林岗

砌筑生气淋漓的理论高地
　　——谭旭东印象 // 雷鸣

**刘复生**

1970 年 11 月出生，文学博士，教授。现任海南大学人文传播学院教授、院长，海南省文艺评论家协会主席、海南省作家协会副主席。曾任《天涯》杂志副主编、《新文学评论》杂志编委。被评为享受国务院政府特殊津贴专家、海南省"有突出贡献的优秀专家"、海南省"515 人才工程"第一层次人选。曾获海南省社会科学优秀成果奖一等奖两次、海南文艺评论奖特别奖、中国当代文学研究会研究成果奖等奖励。曾任第八届茅盾文学奖评委、"海南奥林匹克花园长篇小说大奖赛"终评评委。在《文学评论》《南方文坛》《当代作家评论》《文艺争鸣》等学术期刊共发表学术论文一百三十余篇，多篇被《新华文摘》和"中国人民大学复印报刊资料"全文转载。出版专著四部，编著三部。

# 刘复生，或"70后"知识分子的探索

李云雷

在 20 世纪 70 年代出生的知识分子中，刘复生近年来的研究是引人注目的，他的思考可以说代表了一代青年知识分子的发展方向。对于 70 年代出生的知识分子来说，他们面临着前所未有的时代环境与历史境遇，中国六十年乃至一百五十年来的发展，为他们提供了丰富的经验与思考的空间，也为他们提供了介入历史的机遇，而在当前这一世界史新的转折时期，如何将中国经验充分地讲述出来，并将个人思考转化为现实实践的可能性，可以说是这一代人的使命，也是他们与此前几代知识分子的不同之处。在今天，我们的世界图景与思考方式正在发生巨大的变化，在如此纷纭复杂的现实之中，1980 年代以来知识界所建立的一些基本判断与基本前提正在丧失其有效性，在这个新的历史时期，我们该如何认识世界，如何认识历史？如何理解社会主义与资本主义，如何理解现代化与现代性？如何想象并创造一个新世界？对于这些基本问题的思考与回答，是摆在这一代知识分子面前的任务，而新的时代环境与成长经验，使他们有可能打破前人的窠臼，做出创造性的思考与回答。但同时，这一代知识分子也面临着社会现实、学院体制以及学术惯性的束缚，在这样的状况下，能否突破这些限制，将自己的思考直接与最核心的时代命题联系起来，也决定了一个知识分子的视野、胸襟以及所可能取得成就的大小，正是在这一方面，刘复生所做的努力与探索可以说是具有典范性的。

刘复生的学术研究，便开始于对20世纪80年代所建立的基本知识或"常识"的反思与批判，他的博士论文做的是"主旋律小说"研究，在80年代所建立的"纯文学"视野中，"主旋律小说"并不能被纳入"文学"研究的范围之内，但在刘复生看来，正是在这些作品中，才更深刻地隐含着这个时代文学的规训机制，才能让我们更深刻地看到"新意识形态"及其发挥作用的奥秘。正是通过这一研究，刘复生打破了"纯文学"的神话，也让我们看到了80年代文学"黄金时代"的虚幻性，在此后的研究中，他让我们看到，"80年代文学"并非像想象的那样丰富多元，而如"十七年文学"一样也充满了意识形态的控制，只不过这是一种新的意识形态，也采用了更加机动灵活的控制方式，而与"十七年文学"不同的是，这一时期的文学反而丧失了创造"新人"、新文学与新世界的冲动与努力，而这一点正是"十七年文学"至今仍然值得尊重与研究的原因。刘复生以及其他研究者对80年代文学的批判与反思，为当代文学研究打开了一个新的空间，而对于70年代出生的研究者而言，这首先是对个人成长经验与文学经验的反思，在他们所受的文学教育中，对80年代文学的神话性叙述构成了一种基本经验，他们对这一"神话"的拆解，既是对个人成长历程的反思，也可以说是对师长一辈文学判断的突破与反思——正是在这样的研究中，我们看到了一代青年人正在成长起来，他们不再依傍于既往的文学经验，而是在独立自主的思考之中，提出了新的命题、新的范式，并以新的思维方式做出了新的判断。而这样的研究对当代文学研究的推进也是显而易见的，目前当代文学研究的整体仍建基于80年代初的基本判断，即对前三十年的批判性审视与对后三十年的赞美式研究，伴随着新问题的出现与新思维的打开，我们有必要对这一基本判断重新加以审视，刘复生及其他研究者的努力，便向我们打开了一个更加开阔的视野。比如，刘复生对"先锋小说"的研究，便扫除了此前研究者玄学与神秘化的研究倾向，而将之置于具体的历史环境之中，阐明了"先锋小说"及其艺术形式与复杂历史进程中人们情绪的"碎片化"之间的关联，这不仅有力地解释了"先锋小说"的产生，而且他的研究方法——将美学分析与历史分析细致地结合起来，在当前的文学研究中也具有革命性的意义。

刘复生的学术研究从文学出发，但是他关注的领域却不限于文学，虽然他也写出了一些重要的文章，如关于韩少功、张承志以及关于"新革命历史小说"的论文，但他的着重点或者说他的抱负无疑是更为宏大的。他所关注的是世界、历史或者说是思想的变动，当文学研究为他提供了观察这一变动的窗口，他的文学研究是出色的，而当文学无法提供这样的空间时，他的思想触角便突破了文学的藩篱，而伸向了更加宽广的领域，正如他所说的，"当代文学研究正在一步步远离自己的使命与责任，成为一门无足轻重的文化小摆设。所以，如何给当代文学研究注入新的生命和更充实的历史意义，就成为一个从业者的首要问题，而在这个问题解决以前，如把自己的生命贸然托付给它，未免显得盲目而愚笨，仅仅以热爱文学为借口已经远远不够了"。他近来对于"历史与思想史"的关注、对批判立场的强调与坚持，便显示了他更加开阔的视野，以及勇于探索的信心与决心。而他所昭示的这一转变，对于 70 年代出生的一代知识分子来说，无疑具有巨大的启示性。

对于我来说，刘复生不仅是一个学者或知识分子，更是一个精神上的同道、一个现实中的好朋友。在北大读书时，他是比我高一年级的博士，那时我们的交流虽然不是很多，但是我已经知道了，他是辞去了五年的电视台工作，而到北大来专门读书的，从这一点可以看出，他对文学与学术抱有一种如何虔诚的态度。但另一方面，正是因为他有工作的经历，在同学中却更显得成熟、稳重、大气，无论是言谈举止还是为人处世，都自有一种底气与分寸，让人可以感受到他的自信。那时候，在学校里，刘复生喜欢读理论方面的书是很有名的，许多在我们看来佶屈聱牙的书籍，他却读得津津有味，在那时他就被戏称为"刘大师"了，每次我到他们宿舍去，跟他和另一位师兄张宏聊天，他的话总是言简意赅、高屋建瓴，而他说话的语气则有点低沉，带有思考的痕迹，有时他又会笑起来，那种笑里也有反思，好像是对刚才所说的话的一种反讽性态度，一种自嘲，似乎并不将之特别放在心上，不是那么值得重视似的，但即使如此，他的自信仍是显而易见的，不过那是以低调的方式表现出来的。复生还爱打羽毛球，我没有见过，但听说他在校队里面也属于高手，那应该是一流的了，这从他结实健壮的体魄中也可以看得出来。现在想来，我们在一起聊天，似乎很少聊到生活琐事，聊的大多是文学与思想界的潮流、人物、事件，以及对一些学界分歧与斗争的看法，另一个话题则集中于洪子诚老师，洪老师是中文系不少学生的偶像，但我们读博士不久，他就退休了，平日里很少能够见到，复生是洪老师的关门弟子，只有从他那里，我们才能知道一些洪老师的近况，以及他最新的研究、思考和观点。复生很尊重洪老师，但对他的一些观点也并不是完全赞同，我记得 2003 年我和复生与其他同学对洪老师做了一次"访谈"，在谈到对 80 年代文学评价的时候，洪老师认为 80 年代文学的"多元化"是值得肯定的，而复生则认为 80 年代文学不过是另一种意义上的"一体化"，甚至比"十七年文学"的控制更加严密，他们师生二人的看法虽然不同，但是那种坦诚交流的氛围却是令人珍惜的，我想这也正是"洪门家风"中最令人向往之处。

从北大毕业后，复生先去了山东的一所大学，很快又到了海南大学，在这里，他的才华与学术能力得到了充分展现，很快就以一系列重要文章引起了学术界的关注与重视，尤其在海南，他似乎成了一颗冉冉升起的学术新星，不仅在学校里很快做了教授，而且现在还兼任《天涯》杂志的副主编，我们和他开玩笑，说他简直成了"南霸天"了，他也只是笑笑，不说话。我想，复生到海南去是一个很好的选择，海南需要复生这样的知识分子，也为他的发展提供了一个广阔的空间，而复生也在很大程度上提升了海南在文学乃至思想研究领域的分量，我想这一点，人们在将来可能会更加清晰地意识到。至少对于我而言，想到海南有一个刘复生，便对海南产生一种更加亲切、温暖的感觉，这当然不只是觉得那里有一个熟人，而是切实地感到了"海内存知己，天涯若比邻"。

我与复生一直保持着密切的联系，也经常就一些话题交流看法，对当前文学界与当代文学研究界的现状，我们都有所不满，也都在寻找着突围的方向，他的思考时常能给我以启发，尤其重要的是，我感觉到他是我前行路上的一个同伴，虽然我们相隔遥远，见面的机会不多，甚至见面之后，也并没有太多的话，但我们的交流是默契的，只要几句话，就可以明白对方在想什么。而在一起参加学术会议，只要我们坐在一起，就会感到心里很踏实，因为我们都知道，不管面对多少不同观点的争论与分歧，至少我们二人的看法是相似或相同的。当然，更加重要的是摆在复生和我以及我们这一代知识分子面前的使命也是相同的，我们必须正面回应时代所提出的问题，并竭尽所能做出我们的探索，发出我们的声音，尽到我们的责任，只有这样，我们才能不辜负我们的国家和这个时代。在这些方面，复生已经做出了可贵的探索，走在了一代人的前面，我相信他也必将能够取得更大的成就。

（李云雷，《文艺理论与批评》杂志）

**同期声：**

为了聚会的告别 // 刘复生

什么是当代文学批评？——一个理论论纲 // 刘复生

激活历史经验与学术知识的力量——解读刘复生 // 贺桂梅

**马季**

1964年出生，江苏镇江人。文学创作一级。曾任《作家》杂志编辑、《金山》杂志主编、《长篇小说选刊》主编助理。现供职于中国作家协会，任中国作家网副主编、全国网络文学重点园地联席会议联络人、中南大学兼职教授、《中国文情报告》编委。中国出版政府奖评委，施耐庵文学奖评委。1985年至今共发表作品五百余万字。著有理论评论专著《网络文学透视与备忘》《从传承到重塑》《有限的完美》，诗集《马季诗选》，小说集《我们为什么分手》，随笔集《夏娃的花环》，以及历史文化类专著《消失的王城》《消失的文化遗产》《消失的宝藏》等十余部。专著《读屏时代的写作——网络文学10年史》获中国当代文学研究第十一届优秀成果奖。

# 找寻复杂理论下的简单逻辑

## 桫 椤

  文学评论家如果算作一种职业的话，这种职业的尴尬之处就在于：要依靠文学的繁荣而出名。偏激点说，网络文学的出现令中国当代文学创作陷入了某种纷繁的"乱世"，正所谓"乱世出英雄"，马季试图把骨子里的英雄主义翻晒一番，所以才从依靠激情和梦想写作的小说、诗歌领域跨入了单调、乏味且需要格物致知的文学理论研究领域。他的跨界带给文学界的礼物是三部理论书：一部《欧美悬念文学史》、一部《读屏时代的写作——网络文学10年史》和一部《网络文学透视与备忘》，此外还有散布于包括《人民日报》《光明日报》等报纸杂志上以百计数的理论文章。

  马季的创作大体上走了一条没有悬念的路，这条路并无特别，它似应该是每个文学成功者的必经之路。文学是一门想象的事业，假使没有想象，文学与作家的前途都变得可疑起来。文学又是一门心灵的事业，事实上每个人都曾怀有或大或小的文学梦，只不过现实会把这种梦想一点点挤碎。马季的文学梦之所以在他人过中年之后仍然存在，原因在于他通过自我的奋斗实现了梦想向理想的转移。马季的"文学梦"来自江南山水的涵育，更来自对人生价值的思索。中学时代，靠着手抄本、油印本"出版"自己的诗作，并组织文学社进行"有组织"的创作，而此时困顿的家境甚至不能给他提供一张可供书写的桌子。他的作品在《花城》《作家》《诗歌报》《关东文学》等报刊发表，而融入第三代诗人群体。

1993年，马季的诗集《城市敲钟人》问世；时隔十六年之后的2009年，《马季诗选》出版，他自言此举是"打算给自己一个交代"。相信这个"交代"是无法完成的，因为他还会再写诗，此时"交代"为时尚早。但马季是有危机感的，他总会在这种危机之中走向他的"反面"。2001年3月，当北方人都跑到南方挣钱时，马季却从温润的江南跑到冰天雪地的东北长春温故文学梦想，并称其为"觉醒"。"觉醒"所付出的代价当然是昂贵的，一切相当于从头再来。奇怪的感觉只有文学能解释：虽然远离故乡做了"北漂"，但悠游于文学的海洋中就仿佛置身母亲的怀抱般心安理得。他开始以觉醒者的视角观察并体味这个世界，诗作连续五年入选《中国年度最佳诗选》，小说创作也大获丰收。从发表第一组诗歌起至今，他在各级各类报刊上发表诗歌、小说百余万字。

马季涉足文学评论看似偶然，却又必然。2001年以来，面对蓄势待发的网络文学，马季预感到网络对文学的影响作用即将集中爆发，对文学潮汐的敏感令他再次"反叛"自己，从而走上文学理论研究的道路。作为优秀诗人、小说作者以及一名曾经主宰过别人作品发表命运的文学编辑，他深谙文学创作的内部机理。但是，当互联网上开放的BBS文学论坛出现，他敏锐地发现，这将是华语文学在信息和技术时代迎来的重大机遇。因此，他果敢地调整自己文字的方向：跳出文学本身，站在社会、人生和技术的高度审视文学与传媒、文学与受众、文学与人生、文学与社会的关系。近几年来，他以网络文学为中心，旁及中国当代小说创作和文学传播与出版现象研究，写出了一大批富有现实、理论和历史价值的文学评论著作。

在网络文学研究方面，他花费巨大精力搜集资料，撰写的理论专著《读屏时代的写作——网络文学10年史》列入2007年中国作家协会重点扶持项目，并于2008年1月由中国工人出版社出版，这部作品跳出了象牙塔，以翔实的现实资料作为要素，视域扩大至国内外华语网络文学的写作和研究，其对网络文学体系的理论归纳、总结和提升使其成为国内网络文学理论研究的集大成之作，出版后受到文学界、IT界的重视与好评，并获得当代文学研究第十一届优秀成果奖。此后，他连续五年为网络文学撰写年度报告，在《人民日报》《光明日报》《新华文摘》等重要报刊发表了《网络文学的现实意义》《"文学"对"网络"应当有所担当》《网络写作与国家文化战略》等一系列文章，特别是不久前由中国社会科学出版社出版的第二本网络文学理论专著《网络文学透视与备忘》，确立了马季作为网络文学权威阐释者的地位。

在传统文学理论方面，如果此前的《西方悬念文学史》是一次练笔的话，那么以后的评论作品都是他积蓄能量的过程。马季关注文学作品的出版传播，善于透过文学作品的出版、受众的阅读取向等现象理性地分析文学所面临的复杂社会形势，以期从内部和外部多重角度寻找文学盛衰的因素。他不忘自己的作家和编辑身份，长期主持《大家》杂志的"大家雅座"栏目，如今该栏目已经被命名为"马季设座"。在这一栏目中，他的目光着眼于那些崭露头角、发展潜力大且又有先锋意识的中青年作家，通过作品、访谈和评论剖析他们的作品和写作过程，解析他们的创作得失，他也因此被众多青年作家称为"伯乐"式评论家。

古今中外汗牛充栋般的著作使文学理论成为关于"复杂"的理论，坟典似乎也在拉远其与大众的距离。评论家马季对此不以为然，"理论要从现实出发才有'理'可'论'"，实证主义令他的作品充满科学般的真知并充满阅读趣味。文学理论是复杂的，但其内涵却是一个简单的逻辑：要透过现象才能研究出规律来。与马季交谈，他常常沉思到自己钻研的题目中去，而渐渐忘掉是在车上还是在餐桌上。他常常自觉不自觉地带出一句话来：一切还是要从作品出发。看来，即便沉湎于那个复杂的理论，但马季仍旧恪守这简单的逻辑……

（桫椤，诗人）

**同期声：**

见证·思考·立言 // 马季
网络文学边缘性主体解析 // 马季
马季：关注网络文学的批评家 // 贺绍俊

**黄平**

1981年生于辽宁，先后就读于吉林大学哲学社会学院、文学院、中国人民大学文学院，在程光炜教授指导下获得文学博士学位。2009年7月起，供职于华东师范大学中文系中国现当代文学教研室，现为该系副教授。学术兼职有中国现代文学馆客座研究员、《现代中文学刊》责任编辑、"华语文学传媒大奖"提名评委。著有《大时代与小时代》《"80后"写作与中国梦》《贾平凹小说论稿》等。曾获第四届唐弢青年文学多个研究奖、《当代作家评论》2008年度优秀论文奖、《南方文坛》2011年度、2013年度优秀论文奖、第十四届中国当代文学研究优秀成果奖等。2011年度当选上海市"晨光学者"。

# 有关黄平

## 程光炜

黄平虽是我学生，但我与他的结识还有一个缘分。2005年3月，吉林大学文学院张福贵教授请我与陈晓明教授去参加那里的博士论文答辩。答辩之后，自然有能够想象的一个节目，即和文学院的博士生硕士生座谈。我记得那天的主题是"五四与中国现当代文学"。这却令我为难。尽管我博士阶段念的是中国现代文学史，对这一话题应该尚能对付，但又非常清楚五四在大陆学界是怎么生产出来的，况且我近年来对人们仍然固守20世纪80年代生产出来的这个"五四观"相当不满。觉得照着统一口径背书，实在没意思，如果说出我的真实想法，那就为难了主办方。好在晓明兄口才一流，我乐意作壁上观，只串演了一个跑龙套的角色，也不知胡乱说了一通什么。

教授分别讲完，该轮到研究生提问题。这时，从会议室拥挤的人群中站起一个白皮肤、高个头的年轻人，他自报家门叫黄平，接着问了我几个文学史研究方面的问题。在吉林大学这种国内一流大学，能够向老师提出含义新锐、观念超前问题的学生，应该不在少数。不过，那天黄平却给我留下很好的印象。

一是他口齿清晰、表达能力极好；二是提问题的出发点和落脚点都很自觉，不像有的学生经常头重脚轻，问题似乎很大，但落脚点在什么地方，却不甚明了。凭着在大学任教二十多年的经验，我的第一感觉就是，这是个可造之才。回人民大学后，黄平陆续给我发来几篇文章，我也与他在网上有所讨论。大概几个月之后，我写信希望黄平报考我的博士生，他欣然同意。这是我们师生缘的开始。

从 2005 年开始，我在中国人民大学文学院给中国现当代文学专业的博士生开了一门名曰"重返 80 年代文学"的讨论课。最初只是火力试探，讨论题目经常变换，目的是实验出一个适应我们大家、同时又能对 80 年代文学存在的文学史研究问题合适的研究角度和方法。黄平这一届，可以说是我在人民大学带博士生的"黄金一代"（自然，前后届也有一些出色的学生）。他们清一色是 80 后的男生，黄平之外，还有杨庆祥、白亮，他们几人，现在已在国内当代文学研究圈子中小有名气。容我打住，在讨论课上，黄平果然没让我失望，有一段时间，他和杨庆祥两人一唱一和，竟然积聚了不少人气，使课堂讨论的质量和水平大为提升。在讲授过程中，黄平雄辩滔滔，且配以声情并茂，结果差点令我这个师傅黯然失色，因为女同学中会不时发出欣赏的尖叫，状如今天的粉丝。从他们对问题精彩的辨析、推理中，我也受到启发，对我选定下一学期要讨论的问题，起到了进一步丰富和扩充的作用。

黄平为讨论课写过《新时期文学的发生——以〈今天〉杂志为中心》《再造"新人"——新时期"社会主义现实主义"调整及影响》等文章，在学生中颇得人缘。但他另外两篇文章更值得重视。一篇是《"人"与"鬼"的纠葛——〈废都〉与八十年代"人的文学"》，另一篇是《从"劳动"到"奋斗"——"励志型"读法、改革文学与〈平凡的世界〉》。前者探讨 80 年代到 90 年代文学转型中贾平凹长篇小说《废都》的历史位置和牵涉的问题，实际打破了自《废都》1990 年代遭受文学知识分子批判、否定之后所形成的文学史的困境。黄平激活了由于激烈批判而被遗弃的一些有意思的话题，以后的"重评《废都》"如果接着他的思路做下去，也未必没有收获。作为 80 后的博士生，黄平事实上为当年围剿《废都》这部小说和贾平凹本人的批评家们，提供了一个如何重审自己在文学转型期的历史状态、知识结构的新视角。《当代作家评论》主编林建法先生有识，他不仅果断发表了这篇文章，还富有远见地授予了该文"2008 年度优秀论文奖"。

后者则将文学转型问题做更宏大的展开，分析经历了中国社会结构重组和文化转换之后，曾经被人们所歌颂的"劳动者"形象是如何异化为"劳动力"的。它们都不是从问题到问题，而是以作家的一部长篇小说的主题、主人公为具体考察对象，从人物与历史复杂的关系讨论关乎整个当代文学转变和走向的大问题。它们是从具体作品的分析中产生的，而不是从某部理论著作或学界时髦话题中摘引下来的，所以发表后，都给人留下深刻印象。大概这篇文章超出了文学史问题，前一段时间遇到作家李洱，他还专门提到《从"劳动"到"奋斗"——"励志性"读法、改革文学与〈平凡的世界〉》一文，以极为欣赏的口气表示，这篇文章触及并深入研究了当前文学创作中遇到的一个重要问题。我也自觉这是黄平近年来当代文学史研究的可观收获，他通过认真思考，精准的作品研读，以及逐层的问题展开，显示出把握较大文学史问题的眼光和能力。

连续的成功，使黄平颇感高兴。黄平人很聪明，领悟问题快，加上能言善辩，有自足的问题意识，他的发展前景，远甚于我的当年。尤其是博士毕业的2009年，华东师大中文系的陈子善、罗岗、倪文尖等教授慷慨接收这个刚刚踏上学术道路的年轻人，为他提供了极好的发展空间与学术平台，黄平的幸运，有赖于这么多帮助他的学界前辈。不过，他在我面前一直表现得非常低调，时刻保持着谦虚谨慎戒骄戒躁的革命本色。这当然能够理解。在我年轻时候，不也曾有因暂时成功而得意忘形的情形？人毕竟有年轻的时候嘛。但据从他师兄弟处传来的小道消息，黄平为人之热情、助人之诚恳，在同学中早已久享盛名。我还听到，在上海朋友中有"如果你再介绍学生来，就介绍像黄平这样的'好学生'"的说法。这是我在看到学生逐渐取得学术的成绩时，最感快乐的地方。

也因为他在贾平凹研究中出手不俗，经过我们反复商量，最后确定"贾平凹小说论"作为他博士论文的选题。我记得批评家雷达先生说过，贾平凹是一个写得好、但不好谈的作家，此言甚是。等到黄平非常辛苦地读完贾平凹的全部小说，也几乎阅读完最近十几年的研究文章后，我们突然意识到，在文学史研究的各个部门中，看似最容易的"作家作品研究"，实际却是最难的。因为做文学史研究，可以顺手找一些问题搪塞；或对作品各个部分望文生义，做尽量多的想象的发挥，反正即使与作品不符，作家也没有办法。而所谓"作家作品研究"，首先就得知人论世，步步为营，稳扎稳打，得扣住作家创作时的时代背景，不能忽视他的作品与时代之间错综复杂的纠结、关联和复杂的联系。一部真正有见解有冲击力的以"作家论"为对象的博士论文，实际上不仅可以大大推动已陷停滞的作家研究，也有能力质疑已有的文学史结论，最终促使作家与研究者展开对话。

世界上并没有真正纯粹的小说创作，而所谓的小说，所记录的大都是作者那个年代的历史故事。为避免将所研究的问题泛化，经讨论后，决定把讨论贾平凹小说创作与历史语境的互动关系，确定为研究的基本思路。在论文框架和各章节的具体论述中，黄平下了很大的功夫，从贾平凹的处女作写起，直到新世纪以来的最新作品，提出了许多新鲜的见解。他的文章，在叙述风格上，秉承了他文气沛然、一气呵成的写作特点。他对贾平凹小说创作丰富性的把握，也能做到细致周全，持论公平，并秉持对于一个研究者来说难能可贵的批评性的状态。更值得一提的是，黄平在论文中充分发挥了他所擅长的"细读"，以作品带问题，往往从一个对话、一个细节入手，讨论其特殊的历史隐喻；而且他以一种"症候式批评"的眼光发现，历史在某种时候，又经常是以一种文学化的方式显示自己的存在。读者对此自会明辨，无须我再啰唆。

（程光炜，中国人民大学文学院）

**同期声：**

"改革"时代的"文学" // 黄平

"大时代"与"小时代"——韩寒、郭敬明与"80后"写作 // 黄平

这样的年代，批评何为？——致黄平 // 倪文尖

**刘春**

1974年10月生于广西荔浦。中国作家协会会员，中国诗歌学会理事。现居桂林。著有系列文学史研究评论集《朦胧诗以后：1986—2007中国诗坛地图》《一个人的诗歌史》，随笔集《让时间说话》《或明或暗的关系》，诗集《幸福像花儿开放》等多部。编选有《当代诗人12家》《70后诗歌档案》等多部诗歌选。在《花城》《名作欣赏》《星星》《读库》上开设过文学评论和文学史研究专栏，曾入选《南方文坛》"今日批评家"栏目。曾获首届华文青年诗人奖，第四届、第六届广西人民政府铜鼓奖，广西青年文学"独秀奖"，北京市文艺评论奖，广西文联文艺评论奖等。

# 你在每个夜晚听到了夜莺
## ——关于刘春的印象与观感

霍俊明

　　说到刘春以及对他的性情和诗歌批评的印象，我首先想到的就是葳蕤郁郁的南方。那里遍布的各种植物成了生存的迷津，而诗人在这里不断寻找着出口和来路。刘春是在这个无限加速度前进的后社会主义时代的喧嚣中，在每一个夜晚都能够倾听夜莺歌唱的人。而我此刻在更遥远的南方，在海峡对岸一个小巷深处的二层楼上遥想我们作为同代人所经历的诗歌时光和已经开始斑驳发黄的历史图景。刘春已经是我的老朋友了。我们差不多在2003年左右开始通过邮件交往，这一时期我们在彼此的诗歌文字中对话与阅读。而我们的第一次见面却迟至2007年的秋天。在北京的全国青年作家创作会上，他和江非都住在铁路宾馆。晚上开完会后，我们到宾馆附近的一个小酒馆小聚。其中只有我和刘春喝酒。这注定是酒精和友情一起升温的诗歌夜晚。一种久违的激情和惺惺相惜让我们俩喝下了大量的啤酒，两个红脸关公再次证明了依稀的青春和诗歌的热度。可能在我们内心深处这次迟到的聚会令我们格外珍惜。在北京空旷的大街上，当秋风将落叶席卷在我们已经不再年轻的衣袖上时，一代人的历史情怀、精神境遇和诗歌责任在此刻显得无比重要。因为我们已经不再年轻，我们也不再需要激情、冲动和力比多来进行诗歌工作。沉淀、面对和反思恰恰是多年来诗歌批评所欠缺的一面。而多年来刘春正从事着这样的诗歌阅读和批评工作，而且做得非常优秀。当时正好刘春的《朦胧诗以后：1986—2007 中国诗坛地图》的样书刚刚出来。躺在床上翻看这些还带有油墨清香的批评文字，再看看刘春此刻红彤彤的面孔流露的笑意，我不得不承认刘春突出的诗歌批评不仅在于他诗人的真诚、敏锐和准确，更在于他阅历的丰富和诗歌敏识。同时重要的还在于他一贯的坚持己见，不为时俗和朋友交往而有溢美和捧杀之辞。之后再见到刘春，大约是在 2008 年四五月份的时候，他到北京领取宇龙诗歌奖。当 2010 年 10 月底在上海再次见到刘春的时候，上海的夜晚已经降临。上海的秋雨下了一整天，而且越下越大。当我和刘春透过玛赫咖啡馆迷蒙的玻璃窗，一切都在迷蒙与虚空之中。也许只有诗歌才能透过迷雾从而最终清晰地呈现一个时代和一代人真正的精神旅次和历史图景。

刘春的诗歌批评显然也得益于他早年的诗歌阅读。同大多数同代人一样，刘春也是从阅读"前辈"的诗歌开始的。正如马尔罗所说的每一个年轻人的心上都有一块墓地，上面铭刻着一千位已故的艺术家的名字，但其中的正式户口仅仅是少数强有力的魂灵。1991 年，四川都江堰市图书馆里靠窗的位置坐着一个消瘦的年轻人。一本破旧不堪的《美国现代诗选》在此刻坚定了他日后的诗歌道路。此后大量的现代主义诗歌的阅读使得刘春"学徒期"的诗歌写作和诗歌批评获得了较为丰厚的资源。如果说艾略特等人的诗学影响不可忽视，本土诗人尤其是海子对刘春早期的诗歌观念的影响也不容忽视。大量的中外诗歌阅读陪伴着刘春在四川乃至之后的学习和生活，这些必要而有效的阅读体验使刘春对诗歌世界充满了好奇。在刘春很多早期的诗歌批评文字中我们都可以约略看到他和自己心仪的诗人的对话与玄想。尽管现在看来这种"对话"型构的文本会存在一定的危险，诗人主体的想象和命名能力可能因为对话者的精神视域的限制而不能得到充分的舒展，但这些"互文"性的批评工作无疑也在另一层面印证了刘春在他的诗歌学习过程中所体现的强壮有力的思想容留和视界融合的能力与空间。刘春的诗人批评家的身份使得他的一部分诗歌阅读和批评工作承续了诗话和"印象"式的批评传统。尽管刘春的一部分诗歌批评更近于随笔，但是笼统地指认刘春是一个"印象主义"的随笔性诗歌批评家显然并不准确。因为刘春的诗歌批评工作无论是在材料搜集、理论准备、科学分析还是在批评方法、批评家的责任等方面是非常自觉和综合性的，呈现了批评家的"学者和艺术家的化合"。同时刘春的诗歌批评体现了知性和感性、经验和情感、批评意识和创作意识之间的融合。刘春的老练、率真、感性、经验并存的自由的诗歌批评笔调一定程度上显现的批评自身就是一种创造。评论文字和其他文艺作品一样自身是具有完备的美感和自足性的。这样就避免了一般意义上的学院派们的拾人牙慧的掉书袋的腐朽作风。同时刘春的诗歌批评在深入而具独特性的文本阅读中也呈现了其他批评家所少有的"热度"，即他对同时代诗人和交往熟识的诗人的知人论世式的观照和思考。尤为可贵的是刘春即使是对单个诗人的批评、诗作的解读也能体现出对于整个时代的诗歌写作的整体观照、梳理和反思。

同时值得关注的是刘春诗歌批评文字自身的可读性和文学性。刘春的诗歌批评往往以相当鲜活、生动的方式还原和彰显出繁复的诗歌现场，呈现出众多诗人、刊物、选本以及重要的诗歌流派、诗歌命名、诗歌活动、诗歌事件和"诗人"死亡的档案。其丰富的资料、源于诗歌现场的敏识以及带有个人历史感的随想和总结都呈现了刘春作为70年代出生的诗人兼批评家的历史视域和精神图景。

在70后诗人中刘春对中国当代新诗的理论建设尤其是对70后诗歌的大力鼓吹和所做的大量的切实工作是有目共睹的。无论是刘春当年在广西参与创办民刊《自行车》，还是创办网站"扬子鳄"以及编选《70后诗歌档案》，刘春的诗歌写作、诗歌批评和其他的相关工作都能够在很大程度上显现出70后一代人的精神履历、成长历史和社会境遇。而刘春对70后诗歌的发生和历史演变以及"繁复"的"当代"社会语境下新诗现状、多元化的发展趋向和诗学观念的差异以及相关问题的关注、总结和反思无论是在当时还是在今天都是富有个人见地和一定的诗学建设意义的。刘春的热度与知性并存的诗歌批评在对同代诗人的批评中显现得更为充分。70后诗歌作为一个诗歌史概念已经被反复提及甚至引起激烈的争论，并促使、推动了人们来关注它产生的历史背景、文化语境、文本特征以及聚讼纷纭的诗学问题。而另一个方面狭隘化的诗歌话语权的争夺不休以及大量优异的诗人、诗作、社团、流派因为繁复的社会政治文化语境和褊狭的诗歌美学观念被集体掩埋在历史地表的深处而成为化石的事实也导致众多诗人自我命名的缺失。刘春对江非、朵渔等70后诗人的准确、个人、随想和富有历史感的诗学阅读让十多年来70后诗歌写作的整体状貌愈益清晰。当年的

70后诗歌运动曾经涌现出的大量70后诗人已有一大部分被历史的风沙所淹没，而其中重要的诗人以及在2002年之后与"运动"和"流派"无涉的70年代出生的诗人却以重要的诗歌文本祛除了诗歌界对这一代人诗歌写作认识的偏见和局限。而刘春所做的诗歌批评工作绝不是简单的阐释和个体的阅读体验与美学趣味，而恰恰是更为重要地呈现了一代人在诗歌阅读中涵泳的诗歌写作史和精神思想史。

更为重要的是刘春祛除了相当一部分读者和专业批评者对包括70后在内的青年诗人的偏见。例如在关于朵渔的批评文字中刘春并没有将之局限于所谓的"下半身"的身体写作，而是注意到了朵渔在不同时期的变化，甚至根据朵渔的诗歌精神认为他不适合调侃和喧闹。刘春的诗学良知和反省更为重要地体现于对70后一代人写作的整体性考量与反思之中，即使是对一代人影响较大的70后诗歌选本《70后诗人诗选》（黄礼孩编选）因为"大""全"所导致的"空"的后果，刘春也进行了不留情面的批评。在20世纪末和21世纪初，诗人普遍的诗歌史焦虑意识被强烈地呈现出来。透过刘春多年的诗歌批评文字，我们可以看到刘春的新诗史情结也是强烈的。在《"命名"与文学史》《命名的可行性分析》《"命名"的历程》《"命名"的方式》《锅盖、蔬菜的质量、配料及火候》等文章中，刘春对诗人的诗歌史情结和"命名"情结进行了带有谱系性和发现性的梳理与反思。即使是对70后诗歌命名的合理性和其新诗史意义，刘春的评价和总结也客观而准确，从而排除了作为当事人的冲动与盲目。而更为可贵的还在于刘春对同代人的诗歌写作的整体体认的自觉和理智，没有陷入诗歌团体和小分队的利益争夺战中。刘春的稳健与尖锐并存的批评文字使他远离了当事者的自我玩味、自我粉饰与自我沉迷。刘春是清醒的，这无论是对于诗人还是批评家而言，重要性都是不言而喻的。

除了对同代诗人和现象予以长期的关注，刘春对新时期以降的先锋诗歌一直保有着观察、反思和介入的热度。更为重要的是他对这些已经扬名立万的诗人的评论文字往往在文本细读、个人化的历史想象力和切实的文化反思的融合视界中显现出独特的感受和他人所未发现和道出的诗歌秘密。尤其是刘春的《朦胧诗以后：1986—2007 中国诗坛地图》虽然看似一本诗学随笔集，但是其中所呈现的诗歌史意识是显豁的。在相关的诗论文章和随笔中，刘春以独特的带有现场和考古相融合的田野劳作的方式使得1986年以后的中国汉语诗坛的面貌得以清晰呈现。刘春的感悟、经验、敏识和良知以及历史见证者的身份使其为朦胧诗之后三十年的诗歌发展提供了一个可供参照的坐标。刘春的一些诗歌批评涉及北岛、海子、欧阳江河、柏桦、王家新、于坚、西川、韩东、王寅、张枣、孟浪、梁晓明、陈东东、伊沙、梁平、张执浩等这些被反复阅读和阐释的诗人,甚至其中不乏当代新诗史写作中被重点提及的经典化诗人。这些诗人在众多的阐释者那里存在着重复言说甚至过度阐释的危险,但是我却在刘春这里发现了重新命名的可能与空间。在重新的确立和发现过程中,刘春为我们提供了这些诗人崭新的特质和被以往读者和评论者所忽视的重要一面。与1990年代中期以来诗歌批评的"捧杀"与"棒杀"不同,刘春的这些批评文字精准而富于创见。即使对这些已经具有了刻板印象和文学史"共识"的诗人,刘春也决不人云亦云,而是从本文细读、诗人良知和个体经验的综合视域出发。这样不仅避免了"过度阐释"的危险,而且在良知和敏识的照耀下开辟出了属于自己诗学话语的道路。例如在《于坚:苍山之光在群峰之上》一文中,刘春对于坚这位"旗帜性"的第三代诗人进行了富于创见性的阐释并且善意地批评了于坚在1999年的"盘峰论争"中的表现。一定程度上刘春借此对20世纪末"知识分子写作"和"民间写作"论争的负面性影响提出了批评。

基于此,刘春对当下诗坛的"帮派情结"进行批评并进而指出优异的诗人与所谓的诗歌"集团""帮派"并没有什么关系,重要的是能够写出优异的文本。而刘春也对诗歌"集团"和"帮派"之外的翟永明、柏桦、张枣、吕德安、宋琳、王寅等带有"自由"和"个人"色彩的诗人予以了关注和思考。这体现了刘春作为一个自由和独立的知识分子的立场。对这些已经逐渐被经典化的诗人不能不涉及相关的文学史写作。而在一些集体性、"课题"化的平庸的文学史叙事中一些稀松平常的庸俗诗人反倒进入了诗歌史,而相应的一些重要的诗人却成了被诗选和诗歌史所遗漏的"小诗人"和"缺席者"。这不能不是一个意味深长的反讽与悖论。刘春在对这些"成名"诗人的观感和评价中呈现了一种可贵的追踪能力和反思意识,他没有像一些"吃老本"的批评者因为阅读的惯性和滞后的印象而丧失了批评的能力。刘春这些带有追踪、梳理、反思、追问、勘察和谱系性质的诗歌批评不仅呈现了当代诗人诗歌写作以及诗学观念的发展与变化,更为重要的是在他人一同化的批评印象中发现了这些诗人不为人知的重要诗歌质素和精神品质。刘春的诗歌批评呈现了极强的个人性的阅读良知和批评良知,这体现了刘春的基于"好诗"立场而敢于对那些所谓"成名"诗人下解剖刀的胆识。

　　我坚信刘春的诗歌批评工作是具有当代性和历史性质素的，"众神给了其他人无尽的光荣：/ 铭文、钱币上的名字、纪念碑、忠于职守的史学家 / 对于你，暗中的朋友，我们只知道 / 你在一个夜晚听见了夜莺"（博尔赫斯：《致诗选中的一位小诗人》）。不是一个夜晚，而是一个个夜晚，他倾听了夜莺的低语或者歌唱。在空前繁乱、压抑的现实场景和诗歌景观面前，刘春以他的冷峻与介入、沉静与热度、梳理与发问并存的批评工作显现了显微镜、放大镜所观照的独特诗歌世界。同时刘春的诗歌批评也兼具了手术刀般的寒冷与锐利。这些文字毫不犹疑地切开了一个时代的盲肠，打开了通往更为隐秘幽暗的诗歌的入口，也撕开了时代飓风中那些诗歌垃圾袋和伪诗人的黑色封口。

（霍俊明，首都师范大学中国诗歌研究中心）


**同期声：**

因为爱，所以写 // 刘春
新世纪诗坛的两次重要论争 // 刘春
境由心生的批评写作——论刘春的诗歌批评 // 刘波

**胡传吉**

历史学学士，文学博士，现供职于中山大学中文系。学术兴趣为文艺思想史研究，兼事当代文学、文化批评等。著有《自由主义文学理想的终结（1945.08～1949.10）》《中国小说的情与罪》。

# "狐狸的智慧"
## ——关于《中国小说的情与罪》

林 岗

　　鲁迅《野草》中有一篇《立论》，其实是讲人世间说真话的两难处境：在"许谎"或"遭打"之间首鼠两端。不过我以为好的当代文学批评，比之鲁迅讲的"立论"还更富挑战性。对于当代批评，我自己耳濡目染，虽然也偶尔一弄，但更经常的却是望而却步。因为即便有不怕"遭打"的勇气，也要有真正明心见性之谈说出来才有意思。否则，忝列其中，聒噪而已。在批评的领域，有批评的勇气常常并不代表有批评的睿见。要有批评的睿见，除了好学深思之外，还要有足够的敏锐和洋溢的才情。敏锐和才情，非学而能，它更多的是人的天性禀赋。

　　伊萨·柏林借用希腊寓言说人有两种智慧，一种是"刺猬的智慧"，另一种是"狐狸的智慧"。刺猬只明白一件事，而狐狸懂得许多复杂的细节。假如将这个说法推广到文学研究和批评上来，那批评更需要的无疑是"狐狸的智慧"。人们常用"世界"这个词指称诗和小说，说一首诗是一个"世界"，一篇小说是一个"世界"。而"世界"之内一定是多元、复杂和多变的，因为它们实在只是我们这个生活世界的语言呈现。要将这语言呈现出来的世界再行剖判、指摘，再行条分缕析，则非"狐狸的智慧"而不见其功。狐狸那种灵敏的嗅觉、犀利的目光、狡猾的心智、机变的策略正好对付当得起"世界"之称的诗和小说。"狐狸的智慧"正可以在当代批评这个领域大展拳脚。

　　在我看来，胡传吉正是这样一位具有"狐狸的智慧"的当代文学批评的新锐人物。而这本《中国小说的情与罪》（胡传吉著，台湾秀威资讯科技股份有限公司，2011 年）是她近年在文学批评杂志上发表的专栏文章的结集。以我所知，她喜欢当代文学批评，不是近年的事情。还在读硕士学位的时候，她就在《南方都市报》写批评专栏，——虽然这是我后来才知道的。到读博士学位的时候，她的状态大勇，批评文章也越见出色，她在用心探索以形成自己的批评风格。从这本集子看，将学院的视野和知音式的鉴赏结合起来是她批评的一大特色。学院风格对批评的弊端人们比较清楚，如过于学究，太过烦琐，不能直指人心。但学院风格对批评的好处就未必人人明白，如学院的视野比较开阔，有利于深入文本摘发更深层次的问题，可以避免一叶障目。记得前不久读过加拿大作家兼批评家玛格丽特·艾特伍德（Margaret Atwood）一本文学批评讲演集《还债：债务与财富的阴暗面》（Payback: Debt and shadow Side of Wealth），作者围绕着"还债"这个核心，从古老的正义观念开始，融合了日常经验、个人经历、历史故事、经典文本和经济学、社会学、心理学知识，将"还债"的主题层层深入。读过之后，益人心智，也大开眼界。你可以说它是文学批评，也可以说是人的经验史、思想史著作。如果持传统的批评观念，满可以说它不像批评文章的写法，但转念一想，又何尝不是搞批评的另一条路径呢。胡传吉这本结集中有一篇《诉苦新传统与怨恨情结》，其写法与艾特伍德大有"英雄所见略同"的意味。她将现当代文学史上的"诉苦"作为一个"新传统"来考察，追踪它的来龙去脉，虽然限于篇幅，未能畅言，但确实表现了她对这段文学史的独特发现，以及别开生面的批评眼光。我相信，假以时日，待学养的积累日渐进步，胡传吉一定可以写出更加精彩的主题追溯式的批评文字。

批评是最为见仁见智的事情，因为它涉及更多的是无可争辩的趣味。从这个角度讲，批评领域其实就是趣味之争的领域。因此，凡是笔涉批评的人，都要有点舍我其谁的气概。如果没有趣味的主张，这也好，那也好，则就不如不做批评了。批评就是这样，与其客观，不如主观；与其全面，不如片面；与其中庸，不如一针见血。读过这本集子，我知道，胡传吉是一个有趣味主张的批评家。例如《小说的不忍之心》谈到文字、感情的节制；《羞感之于内心》指出叙事的赤裸和羞感的缺失；《性饶舌的困与罪》在一个开放的后现代语境审视小说写作中的"性饶舌"现象。她所指出的其实都是当代文坛在近十余年出现的新现象。胡传吉的批评文章，既直言不讳兼含幽默讽刺，又充分地讲道理，都是明心见性之谈，发人深思。

　　五年前胡传吉报考中山大学中文系的博士，当时报考的导师是程文超教授，但程老师不幸去世。受他委托，我接下了余下事务。面试的时候，刚好时间与我要参加的另一场面试相冲突，我只好再委托另外两位老师。事后我问面试的情形如何，他们说"还可以，平平常常"。听了这话，我也没有多想。等到上课的那一天，教室里坐着一位干净利索、略显单薄，剪了超短发型的学生模样的人。我当时心里有点儿纳闷，"不是……，怎么……"，但又不敢贸然开口，怕失了礼。倒是她先自我介绍。这是我们师生第一次相见的一幕，所以至今都记得。从那以后，她给我的印象就是勤奋。平时话不多，眯眯一笑，简单的几句，就打发了。但做事情奇快，论文的想法很快就提出来了。凡提了意见，很快就修正落实了。她还同时写好几个专栏。她的学术兴趣不止于文学，据我所知，她对政治哲学及思想史亦有所涉猎，读书视域不限一方。与"还可以"的印象极其不同，不是"平平常常"，而是非同一般。可见，即使眼见也会极不可靠。我有时想，这么单薄的身子，咋能出这么多活？看到这本厚厚的文稿，也有此同感。不过，学问的道路是漫长的，批评也是没有止境的。凡走在学问的无尽途上的人，当记得来日方长的道理。这也是我们需要共勉的。在胡传吉这本《中国小说的情与罪》出版之际，拉拉杂杂写下几句话，一来表示祝福，二来期望她在今后的岁月，百尺竿头更进一步。

（林岗，中山大学中文系）

**同期声：**

**谭旭东**

湖南安仁人，现任教于北京高校，教授。诗人、作家、评论家。大学时代开始写诗，在《诗刊》《星星》《诗歌月刊》《诗潮》《诗选刊》《中华诗词》《词刊》和《人民日报》《光明日报》等各大报刊发表诗作一千余首，作品入选多家权威选本。出版诗集、散文集、童话集、小说集、寓言集和文艺论著八十多部。应邀出访波兰、德国、韩国、希腊、黎巴嫩和委内瑞拉等国，代表中国诗人、作家参加国际诗歌节和文学论坛，作巡回诗歌与文学理论讲座。作品被译成波兰语、德语、英语、韩语、塞尔维亚语、西班牙语、阿拉伯语和蒙古语在国外发表或出版。2010年10月以理论著作获得第五届鲁迅文学奖。

# 砌筑生气淋漓的理论高地
## ——谭旭东印象

雷 鸣

　　我与谭旭东认识已有十余年，他是一个文学多面手，写诗，做当代文学理论批评，近十年来深耕的领域是儿童文学，既创作，又教学，还做理论批评，可谓儿童文学的"三肩挑"。我们知道，儿童文学领域在许多学人眼里，似乎是不屑的、没有理论深度的。旭东却以农人莳地般地执着，一边勤奋地从事儿童文学的创作，一边以新的原创性的理论话语，对中国儿童文学诸多现象进行观照透析，为儿童文学研究开辟出了新的路径，建构了一种新的理论"高地"。2010年10月，他以《童年再现与儿童文学重构：电子媒介时代的童年和儿童文学》获得了第五届鲁迅文学奖之文学理论评论奖，还出版了《重绘中国儿童文学地图》《当代儿童文学的重镇》《中国少儿出版文化地图》等四部专著，在《人民日报》《光明日报》《文艺报》和《南方文坛》等权威报刊上发表了近百篇论文。

　　从大学一年级发表第一首诗起，谭旭东就开始沉醉于文学的世界。二十年来创作发表了大量的新诗和儿童文学作品，其童话、儿童诗、散文、报告文学还入选过各种年度文学作品选。正是有了创作体验，他在评论儿童文学作品时，能"将心比心"，与创作者"心有灵犀"，寻美让读者释然，求疵让创作者诚服。旭东说"儿童文学应该是一块纯净的园地，它需要用心耕耘，需要执着的精神，还要有真诚的品格。我一直觉得儿童世界是最值得我们敬畏的，儿童的生命智慧也是人的最高状态，……因此研究儿童文学也好，搞儿童文学创作也好，都应该满怀虔诚之心"。秉着虔诚与敬畏之心，旭东不"唯名"论文，一切围绕作品说话，对名家不逢迎，对无名小卒不奚落，从汗牛充栋的当代儿童文学作品中筛选出可以流传的作品，尤其对中国儿童文学"新生代"扶持，更是倾注了他无私的心血。如广西的童话作家陈丽虹，与他是素不相识，通过偶尔访问他博客知道他的电子信箱的，把作品发给他评论，他便热情推荐她出版了第一部童话集。好些边远地区的儿童文学作家就这样经他推荐走上了儿童文学创作之路。

旭东发表了很多富有见地的整体审视儿童文学的论文，这些文章对当代儿童文学在社会变革、传媒文化与文化冲突中的创作思潮进行了整体的准确把握，对当代儿童文学重要的创作现象与事件有着透辟的分析，对当前儿童文学创作的整体特征和精神走向进行了清晰的阐明，对存在的问题更是把脉准确，对新世纪儿童文学未来愿景的支招令人信服。他的《儿童文学探索之路》条分缕析了自20世纪90年代以来我国儿童文学创作的基本态势，他认为，张扬人文精神和儿童生命关怀的儿童文学写作成为主流，走都市青春流行路线的时尚写作成为儿童文学创作的亮点，并提出商业化与低龄化写作值得警惕，这些看法可以说抓住了儿童文学发展的总命门。《新世纪我国儿童文学的成绩与不足》则从纷纭繁杂的儿童文学作品和文学现象中，作出整体性把握，并总结出带有规律性的洞见。比如他分析新世纪儿童文学的不足在于：一是地区发展不平衡，二是儿童文学创作艺术化写作渐弱、商业化写作倾向明显，三是儿童文学理论批评薄弱，四是儿童文学图书出版不能满足读者需要，这些有深度和见地的分析，对新世纪儿童文学的发展极富启示意义和警醒作用。

旭东的儿童文学理论批评，时时显示出宏观概览学术研究的高度和气魄，以及他对中国儿童文学存在问题的敏锐性洞察。如《电子媒介时代儿童文学精神困境》就运用传播学、媒介学理论，分析了儿童文学在商业消费文化和大众文化的裹挟中发生的种种变化。在阐释儿童文学创作主体的矛盾和外部环境的影响的基础上，他从"诗意危机""想象力匮乏""人文关怀缺席"三个方面，概括性地指出了儿童文学的精神缺失。无疑，该文抓住了要害，阐明了电子媒介时代儿童文学所面临的普遍问题，有理论支撑，有事实论据，极具前瞻性，令人信服。《儿童小说创作热背后的隐忧和出路》则直指当下儿童文学的创作热点之中潜藏着不良倾向，颇具现实指导意义。文章全面归纳出儿童小说进入新世纪以来存在着生活表现半径过于狭小、对儿童生命原生态的缺乏准确展现、叙事平面化和娱乐化的倾向等问题，分析和阐释非常具体到位。还有一系列宏观审视中国当代儿童文学的论文，如《儿童文学的现实困境和发展对策》《新世纪儿童诗的发展方向》《新生代儿童文学的审视》《论中国儿童文学的发展——答杨鹏中国儿童文学发展十七问》《新世纪中国儿童文学创作》等，都对儿童文学创作存在的不足和未来的发展方向作了梳理与辨析，论述中不时闪现出旭东作为一名年轻学者，特有的敏锐的学术视野和深邃的思想火花，尤其文中充盈着旭东渴望新世纪儿童文学有所创新、有所突破的焦虑感及作为儿童文学工作者的社会担当意识，给人留下深刻印象。

旭东在与儿童文学相关的出版方面的研究也颇有建树，他在《中国出版》《出版发行研究》《出版广角》《中国少儿出版》和《编辑之友》等专业核心期刊上发表了大量的论文，还在《人民日报》《中华读书报》《中国新闻出版报》等报纸发表了许多书评和论述儿童文学出版的文章。尤其是他还出版了国内第一部专门研究少儿图书出版的专著《中国少儿出版文化地图》，该专著对当前中国少儿出版的态势、基本走向和文化价值的取向等方面的阐释极具实践意义，已成为许多出版社的总编辑决策参考的案头必备。童书出版人安武林作出如此评价："从文化的角度、从文学的角度、从推广的角度、从编辑的角度，从历史的角度……他从多个层面多个角度来解读和审视中国少儿出版。"的确如此，读旭东这部出版论著，我们除感受到作者深广的学术视野之外，还能准确地把握当前儿童文学出版的脉动，能全面感知当代文化和儿童文学的生态场域。

毋庸讳言，长期以来，中国文学理论批评话语要么是极度匮乏"原创性"，要么是凝固僵滞的"陈旧性"，因此中国的文学批评或者一味满足于对别人的模仿，把中国文学当成了为西方理论的演练场；或者面对新生文学现象呈现无力与疲软而"失语"。儿童文学的理论批评似乎在这方面表现得更甚。对此，旭东指出："儿童文学理论批评和儿童文学创作都存在幼稚化的问题。特别是儿童文学理论批评总体来说是滞后的，跟不上整个中国文学的发展步伐，尤其是跟不上儿童文学理论和出版的步伐，也和国外的理论空间处于疏离状态。说得直白一点，我们儿童文学理论和批评基本上是在自己的小圈里打转转，创造性思维凝固和理论话语的稀缺使得我们基本上找不到适合自己批评的'元语言'。"正是意识到了中国儿童文学理论批评这一窘境，旭东以学者完备的理论素养，以批评家独辟蹊径的洞见，以作家才思敏捷的灵光，发表了一系列重量级的文章，呼唤儿童文学理论批评的重建，如《重建儿童文学理论批评》《儿童文学理论批评重建的两个维度》《儿童文学的文化坐标》《儿童文学应坚持难度写作》《媒介环境变迁与新文学发展》《电视文化的实质及其对童年的影响》《论童年的历史建构与价值确立》等文章，均以跨学科的视野，借鉴教育学、心理学、传播学、社会学、文艺学等前沿理论，提出了儿童文学理论研究方面的新命题、新概念、新方法，为当前的儿童文学理论批评提供了一些有益的启示。尤其他获得鲁迅文学奖的专著《童年再现与儿童文学重构：电子媒介时代的童年和儿童文学》，是国内第一部审视电子文化场景中的童年和儿童文学互动关系，以及电子文化场域里儿童文学艺术嬗变的学术专著。旭东在著作中探讨了童年的历史建构及电子媒介对童年的解构，电子媒介时代童年如何再现、电子媒介时代儿童文学的嬗变和儿童文学重构，提出了儿童文学在电子媒介时代的对童年捍卫和童心世界呵护的文化可能。该著结合当代文化情境，对儿童文学进行重新审视和深入把握，带给儿童文学研究乃至整个创作实践一种新的思路和深度，也拓宽了儿童文学的学术视野，标志着儿童文学研究的一个新突破，即儿童文学研究由过去惯常的审美批评走向跨文化诗学研究。

旭东刚刚过了四十岁，他说，"文学理论批评之路对我还很长，我需要虚心学习，拓宽视野，把儿童文学理论批评做得更好一些，同时，也要在当代文学理论批评中尽可能地创造自己的话语"。相信，勤奋探索的旭东一定会达到自己的理想目标，收获更多的理论批评成果。

（雷鸣，河北大学文学院）

**同期声：**

批评从何处起步 // 谭旭东
重估当代儿童文学的价值 // 谭旭东
从消解走向重构：电子媒介时代儿童文学的突围之路——谭旭东的《童年再现与儿童文学重构》及其启示 // 周国清　莫峥

**南方文坛** 2012 年《今日批评家》

房伟

李东华

黄轶

郭艳

杨光祖

刘铁群

**房伟**

1976 年 6 月出生于山东滨州，祖籍山东济南，文学博士，教授，硕士生、博士生导师，中国现代文学馆首届客座研究员，中国作家协会会员，山东文艺评论家协会常务理事、副秘书长，山东艺术学院特聘教授。现执教于苏州大学，主要研究方向为中国现当代文学。曾于《文学评论》《中国现代文学研究丛刊》《南方文坛》《当代作家评论》《人民日报》等发表文艺理论、文艺批评及诗歌、小说计两百余万字，曾被《新华文摘》"中国人民大学复印报刊资料"《中华文学选刊》等转载，有学术著作《革命星空下的坏孩子——王小波传》等五部，报告文学《屠刀下的花季》、长篇小说《英雄时代》等。获国家优秀博士学位论文提名奖、刘勰文艺理论奖等，曾主持国家社科基金项目一项，省部级社科项目三项。

# 送君一把金座椅

王方晨

一

去年，我来济南工作不久，房伟君即邀我去为他的学生们讲课。我虽也是教师出身，无奈退下讲台多年，又害口腔溃疡，若要我长篇大套地说足两堂课，心里不大有把握，况且房伟又是非同一般的老师。房伟看出我的犹疑，随即诱劝，可以谈谈创作体会，让学生感性地了解文学……而这确实有现场观赏牛马生仔的意思。

至此，我也不好再推，几天后拟了道演讲题目。房伟张口就予以认可。那天下午，面对一屋子的学生，我照本宣科，倒只觉得时间过得太快，就像还是在过去，学生自然是大学生，但也没大出许多，教室、黑板，也都像是从过去搬来的，唯有讲台边的一把椅子，让我很是一惊。椅子模样低矮破旧，特别是那颜色不明的椅面，看上去倒也鼓鼓的，岂料一坐就扑腾陷落下去，忍不住随口就这把椅子调侃了几句。原是要讲"小说中的事理"的，却终究犹不释怀，一遍遍地想，大学里的椅子怎么会像是道边捡来的？大学老师的椅子怎会是这样的？甚而至于，这怎么又会是房伟君的坐具呢？

但玩笑归玩笑，椅子虽旧，却不妨碍房伟和他的同事端坐在上面布德施雨，也该自成一段风度吧。

## 二

约有二十年时间，如此近距离地接触大学，还没有过。虽然时隔二十年，我从心灵到状貌已见老态，但大学在我眼中的神圣地位丝毫未降。确确实实，房伟作为我的朋友。他是这个样子的，他很忙，几乎总是忙碌的，忙着讲课，忙着读书，忙着著述，脚步如飞地忙着日常的这事那事……不得不说，房伟具有极为充沛的精力，勤奋已经成为他生活的常态。

## 三

调至济南之前，我就有一个打算好好享受生活的念头。因房伟在济南孤身，不止一次，我约他周末结伴爬山，惜从未成行，还被他笑说"王哥好有雅兴"，而我口中的不少山名，他竟然都没听说过，"孤陋寡闻"何至于此！如今我已不再提此事，再提就有玩物丧志消磨时日的嫌疑。

我在一家杂志社供职。初上任，为文学计，在杂志新开设一期评论栏目，邀请省内六名文学评论新锐，对全国中短篇小说创作予以即时点评，其中便有房伟君。我虽然相信这六位年轻评论家的水平，但拿到稿子前，心中还不免有些忐忑，生怕栏目落于望外，画虎类犬。房伟君开了头炮，准时交稿，稿子一如既往，不失其一贯的文字和理论水准。其后接连三期，房伟做得都非常细致认真，有时连我自己都觉得不好意思，认为每月翻阅这么多的作品，几乎就是沙里淘金，是件极苦极苦的差使。单看他文章的题目，比如"暗夜的羽毛：那些似水流年的风声与舞蹈""在纯净的天空里轻逸地飞翔"，等等，都让我佩服至极。难为他怎么想来！我是搞写作的，都会感到很难，那他得耗下多少脑浆子啊！那脑子不得拽得生疼啊！那眼睛又怎受得了！

为感谢他和其他朋友的辛勤付出，我特意找了个名堂，约他们来杂志社座谈全国上半年的小说创作，意在借此请他们吃顿饭。在此之前，我还没亲耳听过房伟的现场发言。这是第一次，房伟的诗性批评不是通过网页纸张，而是从他口中汩汩而出，仿佛一杯酽茶，简直让我闻之欲醉。这么说吧，除了我约房伟君周末爬山不成外，给他说的事，我记得他从未有过推脱延迟的时候。房伟君从不误事，并且做事简直是神速。在我看来，房伟君的脑子就像一台超强的榨汁机，只要你需要，总能够随时从他那里榨出一汪汪清甜的汁水来。那汁水是智慧，是诗。

## 四

平时我也喜爱阅读一些理论批评文章，很多也已被我翻得很旧，这使我相信，优秀的文学评论文字，也是一种不同于作家、作品的独立存在。有一次，我获赠一册评论文集，读后总感觉哪里不过瘾。我迟疑三番把这种感觉向房伟说出来，房伟认为，从事文学批评必须具备充分的学理修养。细想一下，嗯，极是。才情固然重要，但要在文学理论批评的道路上走得深远，学理修养应是根基。无此根基即易虚浮。王小波是中国一位少有的业已历经沉淀的当代作家。去年，房伟君的王小波研究专著《文化悖论与文学创新——世纪末文化转型中的王小波》问世。在王小波那里，我已找到过精神共鸣，而在房伟的这部专著里，这种共鸣再次被唤起。它让我有了这样一种神异的感觉，仿佛满地的黄泥巴，都被赋予了灵魂，纷纷幻化为人，走到了一起。房伟说出了很多东西，那些东西又常是被封于泥土的。在他说出这些东西之时，也显示出了他不凡的抱负。反而言之，也正因为他的抱负不凡，才使他有种种鞭辟入里的见解。

房伟君腹中有货，手头也便举重若轻，文学批评在他这里获得了诗歌一样的充满魅力的表达，同时远离艰晦枯涩，而呈一派葳蕤生动的气象。类似"生活从来就不是黑白分明的，而是充满了各种暧昧的可能性，生活的光亮亦即由此而发""那个留在记忆中的金黄色的向日葵，也许，仅仅因为留在了记忆里而美丽，当它借尸还魂来到了现实，便会显现出无奈的生活底色"这种富含哲理的灵性语言，在房伟的诸多文论中可谓比比皆是。房伟之出于学院且又不囿于学院，我看，一则因其阅读广泛，二则因其悟性，常有诗神赐予的灵感。事实上，房伟也确实是一个诗人。

我知道房伟君写诗，且著有数量不菲的诗论。我尚不知其是否因爱写诗而著诗论，但我相信，只是因为一个人爱诗，生活就会有迥异他人的质地；只是因为一个评论家爱诗，也会使自己的评论保持一个很高的水准。这些年来，房伟君还不断地发表和出版着自己的小说作品……与他相比，我觉得更"属于文学"的是他，而不是我。

诗歌、小说、理论批评，房伟有三个坚固的据点呢。三者并行不悖，但在我看来，前两者不过是后者的准备，或者说是房伟通往文学评论这座巍峨城堡的阶梯。也许，这也就是我看房伟文论，感觉不"隔"的根本原因。

## 五

房伟君涉猎之丰，一直令我惊异。冬天，房伟在济南买了房，也终于结束了感叹："房子啊！"房伟多次颇为自得地向我炫耀在自己房子里的幸福生活：那里可以随时走进省图书馆……我也常听房伟说起又买了什么好书，那些书名我也常常是第一次听人说起。有时候不免心想，这一堆堆书不光说要通读，就连书名记不差，也算大本事。在我的小说中，就有一个细节。一个女人爱上一个风流诗人，牢牢地记着诗人的诗集名称，其中不乏十分拗口者。女人向情敌如数家珍一一道来后，忍不住号啕大哭。

房伟大抵没有哭过。房伟能随口自然地说出那些书名，不像我，看过了书，总是忘："那叫什么书来着？好像是说……"房伟且熟读着这些书，思考，阐述，点评……房伟还不断向我推荐一些书目："这些书你得读读！"前段时间房伟推荐我读《蒙塔尤》。细查之后，才知其所以。又恍然悟到，这莫非是房伟对我提醒？我的塔镇小说是不是也可以概括为：讲述某某年至某某年中国的某个小镇？我该不该立下雄心，写出塔镇包括居民的日常生活、个人隐私以及种种矛盾、冲突的所有秘密？

## 六

房伟这样坚持着，一年又一年。我非常疑心，房伟并不知苦。我曾听他讲述自己年少时及早年工作后的经历，口里说的是艰难，但从他的脸色上，却不像是在说艰难。再以后的考研、考博，不用多说，也并不那么容易，他也像不以为苦。不论是在哪里见到他，他都是一副乐呵呵的模样。

我在调到济南之前，家里的居住条件还是不错的。房伟去过我家，后来对我说，那就像"皇宫"一样。不得不说，房伟对"皇宫"的想象，是很贫乏的。来到济南，我也成了无房户，暂时去他那里借住几天。我没料到，房伟当时会租住在那样的跟毛坯房差不多的房子里。卧室里倒是开着电暖器，但一出卧室，就像走进冰窟一样。问他怎么吃饭，他说，做。我却没从那寒冷的厨房里看出做饭的痕迹。就知道他是怎么打发自己的一日三餐。在这样的环境里，房伟常要伏案写到半夜。也难怪房伟的睡眠很好，躺下呼呼一觉就到天明，很像一个没有心事的人。

后来我也寻租了住处。房伟来看房子，我请他出去吃饭，他坚持要在家里自做。他很不相信我的厨艺，要亲自下手。因为没有冰箱，他先把买来的肉全切了煮好备用，再切菜。菜是西葫芦。见他"咔嚓咔嚓"把西葫芦切成了大块，我暗自一惊，因为我觉得西葫芦应该切成均匀的薄片才对。

过了几天，我还是按自己的方式做西葫芦炒肉，儿子有意见了，说，你怎么不像房叔叔那样做菜啊？西葫芦切块炖肉才好吃。房伟君，从我儿子的角度去看，该是一个"美食家"了吧！

## 七

房伟有个讨喜的小毛病，不记路。到我家多次了，还不记得怎么走。那天他要到我家来，我再次告诉他：

"记住文化东路67号。左拐，右拐。"

"好的。"

"再左拐，右拐。"

左拐右拐。左拐右拐……到了。房伟君，是不是看到了一把金椅子？嗯，那是你的。

（王方晨，《当代小说》杂志）

**同期声：**

批评的自白书 // 房伟

穿越的悖论与暧昧的征服——从网络穿越历史小说谈起 // 房伟

面向人心的挑战——房伟的批评兼及当代批评伦理的重建问题 // 吴义勤

**李东华**

山东高密人。1971 年重阳节出生，毕业于北京大学中文系。中国作家协会会员，中国作协儿童文学委员会委员，现任鲁迅文学院副院长。出版有《薇拉的天空》《桃花鱼》《阳光老鼠皮拉》《枫叶女孩》《思无邪——当代儿童文学扫描》《少年的荣耀》等作品二十余部。1998 年组诗《亲情》获第六届冰心儿童文学新作奖；长篇小说《远方的矢车菊》《左岸精灵》《寄给你一缕书香》曾获冰心儿童文学图书奖；2006 年获第十届庄重文文学奖；2010 年长篇童话《猪笨笨的幸福时光》获第八届全国优秀儿童文学奖。2013 年长篇小说《初夏的橙色时光》入选新闻出版总署第四届"三个一百原创图书工程"。2014 年长篇小说《少年的荣耀》获第十三届中宣部"五个一工程"奖。

# "三内居士"李东华

高洪波

　　首先声明，"三内居士"是我的杜撰，此绰号并未得到东华的认可。原因是认识东华十五年，《南方文坛》要约一篇东华印象记，主编张燕玲向我约稿时，大伙正挤在香山八大处评第八届茅盾文学奖，匆忙时一大意，竟然应允下来——后来仔细一琢磨，才知道越熟悉的人越不好写什么"印象记"，这分明是一道难题。

　　为什么脑海中浮现出"三内居士"的称谓？是因为东华性格、为人及为文吧？她为人内向，性格内敛，为文内秀，是谓"三内"。或者说是我十五年与东华相处的感觉，感觉往往不准确，"三内居士"的头衔如果东华不认可，摘掉便罢。

　　从 1995 年的年初到 2005 年的深秋，我担任过十年的中国作协创联部主任，东华便是我在任两年后调入的应届毕业生，与她同时进入创联部的还有徐忠志与黄国辉。他们三人，分别来自北京大学、内蒙古大学与中国青年政治学院，是那一年度创联部的大事，充实了新生力量不说，还平添了不少欢乐，记得不久之后三个人各自喜结良缘，创联部全体为三对小夫妻举办了一次晚宴，副主任谢真子大姐出面操办，那一夜大家说了不少话，喝了不少酒，家庭氛围浓郁，事实上这种传统一直在创联部保持着。

我与东华见面时是谢真子大姐领来的，她们两个一个是老北大，一个是小北大，东华说我见她面说的第一句话是"欢迎自投罗网"，我真的不记得说过没有，但北大也是我的母校，我们有共同的班主任曹文轩老师，这是确定无疑的。也许正是这种因素，在创联部老同志关登瀛一退休后，李东华便接任了他的中国作协儿童文学委员会秘书一职，这一项工作使东华迅速认识了一大批儿童文学作家，介入了若干评奖、采风、研讨会工作，同时还使她滋生了从事儿童文学创作的浓厚兴趣，从练笔、试笔到文名渐盛，直到成为一个优秀的儿童文学作家兼评论家，乃至获奖专业户、儿童文学委员会委员……

这说明机会是为有准备的人准备的，而职业与兴趣乃至事业取向，也存在不少偶然性的选择。

东华与徐忠志在创联部不过六七年，突然作协机关有一次竞争处级岗位的机会，他们两个一报名，居然名列前茅，全考上了。于是东华调到创作研究部，忠志调入办公厅。记得当时我是考官之一，他们的现场回答都十分出色，从本位主义出发我舍不得他们离开创联部，可是大局观不允许我有任何阻拦，我真诚地祝贺了这两位出色的年轻干部，这几乎是十年前的往事了。

后来中国作协再也没有进行过类似的晋级考试，仅有的一次机会，再一次为有准备的东华与忠志提供了条件，他们的表现，也证明了这一点。

调入另一个部门的李东华，完成本职工作的同时，更加勤奋和刻苦地进行文学创作和理论研究，她写童话、诗歌、长篇小说，也进行儿童文学领域的宏观研究，她在《思无邪——当代儿童文学扫描》的评论专辑中，把儿童文学常见的"单纯"拓展为"无限可能"，进而认为童话这一看似单纯的文体，是最温暖的一缕春风、一束阳光、一丝细雨，让孩子们的精神之树茁壮成长。她创作许多部长篇小说，譬如被称为"优秀少年心理小说"的《薇拉的天空》，已具有作家自觉的艺术理念和自信的艺术姿态。她把新中国六十年儿童文学的精神走向进行自己的梳理归纳和总结，认为是三种类型，即"教化""快乐"与"救赎"，前两种品种繁茂，后一类"救赎"则弱了许多，在理性认知的前提下，东华用自己的创作努力填补"救赎"类型的儿童文学空间，她的长篇小说《远方的矢车菊》《男生向左 女生向右》都显示了这种艺术自觉。

东华不是因为感性才进入儿童文学创作领域的，那是她理性思考与理性准备充足之后的主动选择，这一点将决定她会走得比现在更远。

理性的、内向的东华，身体里还隐藏着另一个顽皮、幽默的自我，这一点可以从她的《猪笨笨的幸福时光》及《泥巴流浪记》等长篇童话中闪现出来，也可以从她的《装满阳光的梦》等短篇中感悟出来，可惜的是东华把自己这一点潜能埋藏得比较深，或者"三内居士"的天性使她更长于创作像《枫叶女孩》《竹精灵》《会飞的小溪》一类深沉、略为凝重和优美的童话，这一点与她的老师曹文轩审美风格十分接近，语言单纯甚至精纯，风格忧郁甚至沉郁，文风里有玄妙的思索，引人追寻，不追求表面的热闹和痛快……

东华的确是发自内心喜欢和热爱儿童文学事业，尤其在她当了妈妈之后，母爱因女儿的诞生被充分唤醒，这使她的儿童文学创作有了具体的倾诉对象而变得沉实有力，她曾为女儿写过一首小诗《你是……》，在诗中她把女儿喻为"小鱼儿""鹅黄的小诗"和"翻跟斗的小蜻蜓""会使魔法的小林妖"，在一系列亲昵有趣的比喻之后，在最后两节中东华写道："你是妈妈童年的小纸船 / 载满星光和月亮的清辉 / 在小河上漂呀漂…… / 你是一张洁白洁白的纸 / 呵，妈妈习惯了阴影的眼睛 / 和落满灰尘的蜡笔 / 将在上面画下什么，画下什么？"逼问自己到了严苛的地步！

值得一提的是习惯了"阴影的眼睛"一句暴露出东华内心沉重压抑的一面，这也可以破译她对"救赎"类型作品的投入。生活对于东华不是一路阳光一帆风顺的，她的生存状态使她在快乐与痛苦中频繁穿越，我相信东华的快乐是为儿童创作的快乐，东华的"阴影"则是现实生活诸多不顺造成的投射。

这也许是"三内居士"不可逃避的命运？

手头有本《我的鲁院》，补充一句，东华曾是鲁迅文学院 2007 年举办的儿童文学高研班的班主任。我曾为这个班讲过一课。《我的鲁院》中收入了那一期学员五篇文章，分别是王立春、汤素兰、杨绍军、萧萍和张怀存，他们从不同侧面描绘了难忘的学习场景，我无意中看到土族学员（书中误为土家族）张怀存记录的联欢会一幕："歌声、笑声、掌声、欢呼声一浪高过一浪，同学们都沉浸在欢乐之中，班主任李东华老师说：'拿到这张节目单，像是拿到中央电视台春晚的节目单似的，我们的节目比春晚更精彩，大家在这里展示了才艺，更表达了激情与爱心，大家在今后的日子里一定会其乐融融。'"

才艺、激情与爱心，可以使一个陌生的集体瞬间达到沸腾与欢乐的顶点，而东华正是掌控这一个集体的指挥员。

由此可见，世界上没有什么是不可能的，唯一要做的是战胜自己，包括自己的沮丧、怯懦，自己的自卑、惶惑，以及来自内心深处莫名的荫翳，这不是与生俱来的，因此也不需要去"习惯"。

所以在这篇庞杂的"印象记"中，我想说的就是：爱在左，同情在右，走在生命的两旁，随时播种，随时开花，将这一径长途，点缀得鲜花弥漫，使行人踏荆棘不觉痛苦，有泪可落，也不是悲凉。

这话其实是冰心老人说的，拿来为东华印象记收尾，恰到好处。

（高洪波，中国作家协会）

**同期声：**

我的儿童文学批评观 // 李东华

沸腾的边缘：新世纪的中国儿童文学 // 李东华

李东华：用清澈的童心怀抱对灵魂的敬意 // 王泉根

**黄轶**

河南南阳人。文学博士，博士后。苏州大学文学院教授、博士生导师。曾受聘为台湾东吴大学客座教授。教育部"新世纪优秀人才支持计划"入选者，中国现代文学研究会理事，中国作家协会会员，中华南社研究会理事。学术方向为中国文学现代转型研究、中国乡土—生态小说研究和批评。主持有"中国当代小说的生态批判"等国家级、省部级项目七项。出版独著《现代启蒙语境下的审美开创》《中国当代小说的生态批判》《传承与反叛》《风雨饮冰室》，编著《张炜研究资料汇编》，合著《中国乡土小说的世纪转型研究》（入选"国家社科优秀成果文库"）等。在《文学评论》《文艺研究》等发表学术论文八十余篇，多篇被《新华文摘》等转载，在《文汇报》《粤海风》等刊物发表随笔多篇。

# 黄轶印象

王 尧

我第一次见到黄轶，是 2006 年 10 月底在山东大学召开的"中国古今小说通识国际学术研讨会"上。主持会议的孔范今教授是我非常尊敬的前辈学者，他发来邀请函，又让战军致电，我颇有受宠若惊的感觉。会议好像是在"舜耕山庄"举行的，我在大堂见到孔老师和战军兄，接下来就认识了黄轶，我们彼此并不熟识，寒暄了几句。当时我只是零星看到黄轶发表的一些论文，觉得要做苏曼殊研究，既需学识也要才情，这让我对黄轶刮目相待。印象中的黄轶戴了副眼镜，微笑而从容——女性知识分子大概就是这个模样。

黄轶的博士论文《苏曼殊文学论》最终出版时名为《现代启蒙语境下的审美开创——苏曼殊文学论》。从博士论文到出版专著，这中间相隔时间不算长，但这个书名透露出来的学术信息更能反映出黄轶把握苏曼殊的独特视角以及她以后研究中国现当代文学的高度。苏曼殊"以诗人致力革命"，文学成就卓然，个人经历亦为传奇。从晚清到民国，正是近代与现代转型之际，气象万千。黄轶选择苏曼殊，显然怀抱了高远的学术理想，她试图从苏曼殊这一个案来透视历史转型之际中国文人的心路历程，并以此呈现中国现代文学发生的路径和内在逻辑。

以我有限的阅读观之，黄轶将苏曼殊置于近现代文化冲突之中，置于中国文学审美现代转型之途，对苏曼殊角色的定位应该是准确的。在黄轶看来，苏曼殊在"升天成佛我何能？……尚留微命做诗僧"的诗中明言了自己对自己的定位：一是诗者，一是僧者，而第一个问句对"成佛"的质疑，颠覆了"僧"的价值定位，因而实际上苏曼殊在此强调的是"诗者"。在苏曼殊的多重角色中，黄轶突出了他的"诗者"身份。苏氏"多少不平怀里事，未应辛苦作词人"和"词客飘零君与我，可能异域为招魂"的咏叹，都注重文学家的自我身份定位。因此，黄轶在学界通常的革命爱国、思想启蒙等视点之外，更倾向于认为苏曼殊终究是以一个审美主义者的姿态切入了时代进程，文学创作成为苏曼殊最后的逃亡地，他以自己的感悟建立了文艺审美观，参与了中国文学审美现代转型的历史进程。

黄轶在《现代启蒙语境下的审美开创》一书后记中，有一段不算短的文字，抒发自己研究苏曼殊的心迹，这颇有助于我们认识和熟悉黄轶。当下的状况未必完全可以类比近现代之际，但由那个世纪之交延续下来的知识分子角色冲突，在我们这一代学人身上依然激烈。黄轶在对先贤的追忆中，在对当下的评判中，毫不掩饰自己的内心困惑与现实冲突，也不掩饰她想做一个知识分子的期许。她说她"总是特别痴念抗战的隆隆炮火中在西南联大、重庆郊外等在后方辗转流离的那些学人们，他们是以怎样的坚韧和激情在维护着读书人的精神境界，表达着知识分子的人间关怀？"这一读书人的谱系，当然也包括苏曼殊那一代。我自然不能夸张地说黄轶写苏曼殊是在写自己，但可以肯定的是，黄轶在研究苏曼殊时自己也经历了精神的洗礼。

对我们这一代学人而言，19与20世纪之交是一个历史的出发点，而20与21世纪之交则是一个连接了历史的现实问题。新世纪已经十余年，转型累积的问题仍然是学术研究的重点之一。无论是基于学术思路，还是从介入现实的立意，黄轶近几年来转向当代文学批评都有迹可循。而这一转向，也显然受到她的合作导师丁帆教授的深刻影响。黄轶在南京大学中文系博士后流动站的几年，其学术重心基本转到了当代。很多年来，我们对批评家角色的理解窄化了，只是把专门从事当代文学批评的专家称为批评家，将学者与批评家分成截然不同的两个角色，并且将批评家置于次要的学术位置。这其实是一个误解。依照萨义德对批评家的分类，被我们通常称为学者的文学史研究者、理论研究者都是归入批评家这一行当中的。事实上，80年代以来，特别是近二十年来，中国现当代文学研究已经呈现这样的"身份"特点。

黄轶关于当代文学的批评，作家作品论相对少些，而更多关注问题和现象，并且相对集中在"乡土文学"领域。她的博士后工作报告，集中反映了她在这一领域的研究状态。《文化守成与大地复魅——新世纪乡土小说浪漫叙事的变异》《论世纪之交乡土小说的"城市化"批判》等论文，都受到学界关注。和他们这一辈中的许多学人不同的是，黄轶以小说为中心，能够将现代以来的乡土文学现象贯通起来，这正是她的学术从近现代着手再涉及当下的一个优势。无疑，当今中国的社会结构已经发生了很大的变化，所谓"乡土中国"不仅和五四时期有太多的不同，和费孝通先生论述的"乡土中国"亦有很大差异。如何在这个变化了的时代中，重新观察和思考乡土小说这一文学中的"中国问题"，对黄轶来说，仍然有许多重要的工作要做。

"两个世纪之交"，或许成为黄轶学术研究的基本框架。黄轶肯定已经意识到，对两者的关联研究是一个很大的难题。在这两者之间移动是容易的，而通识是艰难的。我对黄轶的近现代文学研究中涉及的两个话题尤有兴趣，一是苏曼殊与五四浪漫抒情派文学，二是苏曼殊的小说与文学的雅俗流变。这两个话题，一个涉及抒情传统的问题，一个涉及如何认识纯文学与通俗文学的关系问题。可以说，对晚清以来的中国文学进行关联性研究，这两个问题有待更深入的探讨。黄轶目前正在做的教育部"新世纪优秀人才支持计划"研究课题《中国新文学大系》与现代文学经典化问题研究"，是她在这方面试图突破的开始。黄轶在自己的治学道路上已经基本具备了将近代与现代、现代与当代贯通的知识准备，前景可期。

和黄轶重逢，是2009年暑期在安徽大学。南京大学文学院和安徽大学联合举办了中国当代文学六十年的学术会议。在那个炎热的夏天，与会学者的兴趣仍在文学。我可能是中间出去抽烟了，没有听到黄轶的发言，很是遗憾。2010年我从国外访学回来，黄轶说想邀我去讲课。后来正好去徐州参加作协的活动，我便顺道去了郑州。这也是我第一次去郑州。想做一个文人，而没去过中原，实在说不过去。我到郑州火车站时已是深夜了，黄轶和同事还在车站等我。在那里两天，我感受到她在学院的亲和力，也有时间听到她对学术研究的想法。

当时无论我还是她，都没有意识到一年后会成为同事。黄轶到苏州后，依然是那样勤奋刻苦，以此度过了适应期。我不是看到她新发表的论文，就是又听说她重新回到近现代研究领域，她的那张书桌是安稳的。

从中原到江南，一切或许都是新鲜的。年前黄轶告诉我，她去了苏州哪些哪些地方，感觉如何。我想提醒她去寻觅一下苏曼殊在苏州的踪迹，想想她可能去了。"三生花草梦苏州"的苏曼殊，身为南社成员，曾在苏州小住过一段时间，"春泥细雨吴趋地，又听寒山半夜钟"。现在这个季节正是春泥细雨，未必在半夜，白天也是可以去寒山寺撞钟的。

（王尧，苏州大学文学院）

**同期声：**

内省的力量 // 黄轶
由"虐恋"意涵谈《古炉》叙事的内在断裂 // 黄轶
让批评在知识和学理的天空滑翔——关于黄轶文学批评风格的一种解读 // 姚晓雷

**郭艳**

安徽舒城人，中国社会科学院文学博士，作家、评论家。鲁迅文学院教研部主任，中国作家协会会员，第十届文联全委会委员。出版专著《像鸟儿一样轻，而不是羽毛：80后青年写作与代际考察》《边地想象与地域言说》《在场的语词》，长篇小说《小霓裳》《青铜鼠人》。

# 文学史·文学评论·小说
## ——郭艳其人其文

王达敏

一

郭艳，京城皖籍学人，青年评论家，其正业在中国作家协会鲁迅文学院，既管理，又教学。人为一，名有二。治中国现当代文学史和当代文学评论，发表文章一概出示本名郭艳，蹈入虚构作小说则用笔名"简艾"，让人不由自主地想起那本风靡世界一百六十多年的长篇小说《简·爱》的女主人公"简·爱"。

1997年初识郭艳。那年我招收了四位研究生，三女一男，郭艳居其一。那两位女生，一个美目春风，聪慧精灵，人望极高，引得众多男生心动神摇又自惭形秽而却步。另一个女生来自古城平遥，北人南相，时尚如风，来复试那天，非常艺术的打扮，俨然一位高傲的公主。人单纯，言行举止无拘无束，没心没肺。读书极快，记忆力极好，曾让她给本科生上两节课，她竟然把讲稿从头到尾背诵出来。说话语速极快，她一开口，不给别人说话的缝隙。思维极快，想象浪漫，此种个性为她治学插上了振飞的翅膀，却也为她的生活添了不少麻烦。常常突发奇想，想一出是一出，多半是瞬生瞬灭。用传统观念视之，这是一个做事不走脑的小迷糊、马大哈；用现代观念视之，这是自由天性之使然。毕业后她不停地折腾，先是弃合肥弃上海去深圳发展，迅速结婚生子；想生两个孩子，又不敢违反计划生育制度，怀第二胎时，便起意去国外生产。想到就做到，这是她的风格，于是到加拿大生下孩子，接着又把丈夫鼓捣到加拿大。为了更好地生存，她又一次作出选择，弃文学攻法学，准备当律师。谁都不在她眼里，她说，我就服郭艳。

郭艳知性素净，性极灵慧，喜读书，善思考。那时的教学采用什么方式，差不多由导师自己决定。就我所知，我所在的中文系的多数导师喜欢采取聊天的方式授课。这种在今天几乎要绝迹的授课方式，从效果上来看，往往比一本正经的授课更好。三五人围坐，一壶清茶，水果一二，点心一二，围绕一个话题，海阔天空地神聊。因事先每个人有准备，看似随意的漫谈，却始终不离中心。聊天即对话，对话即阐释，进入高峰状态的聊天，每每在互相启发、互相点拨中新见迭出，意会之处往往在不经意之处。在这种状态中，导师并非每每比学生高明，更多是"转相启发者多矣"。我的一些文章，特别是余华论的诸篇文章，从中获益多多。郭艳温和安静，这是表象，一进入对话状态，她善思善辩的才能迸发。她的特点是有备而来，先找准问题的要点浅浅入题，初看无甚特别，说着说着，你会发现大家的思路渐渐入了她的道。对于别人的意见，她不采取阻截的方式，不求彼此之间争个对错高低，而是"以愚自处"，继续诱发，向问题深处走，待到聊天对话结束时，一般情况下，她获取最多。用心读书，用心思考，又用心为文，学业必有精进。记得两篇文章之后，她的研究才能和写作的才华就显现出来了。读研三年，她发表了十来篇文章，还和同学合著出版了一本书《巴尔扎克其人其作》，其中的《刘克小说论》《话语拆解的历史——评历史小说〈天子娇客〉》《守望中的自我确认——张炜小说论》，十年后再读，仍然是"文中有学""学中有文"的好文章。作家完颜海瑞的两部长篇历史小说《天子娇客》和《归去来兮》出版后，包括京城众多名家在内的评论家写了几十篇文章，完颜海瑞经常在不同场合说，这些文章中数郭艳这篇最好。我亦有同感，但这话若从我口里说出，味道就变了。

做学问的妙处，最要紧的是将人的天资和才质激活，天目和心智打开，进而用"学"滋养，用"功"守护。2001年，郭艳北上求学深造读博，师从著名学者杨义。让我窃窃自喜的是，她读博期间所写的文章，包括那篇被评为中国社会科学院文学所优秀博士论文的《京派、海派与左翼文学的现代性追求——1927—1937年代京派、海派与左翼文学小说文本的现代性研究》，与《话语拆解的历史》《守望中的自我确认》等文有着同胚演进的血缘关系，能够看出其学术基因密码在问学之初就确定了。

## 二

中国当代文学之研究，学院与文联作协的分野显著。前者重文学史、文学现象和作家作品的学术性研究，理论专深是它的追求；后者重当下的文学评论，所读所思所论不拘规约，只要是有感而发，能飞动起来就是好文章。两种模式的极致处实际上是两种学路、两种规约，甚至是两种人生的分别。二三十年来，两界一直互相攻讦，你指责他玩深奥走火入魔，他蔑视你浅薄没水平，说穿了，还是文人话语之争、各守各道、互不通融包容的狭隘之见。各守各道是现代学术分层分界时不小心落下的病根，其实，执着于专业坚守也没有什么不好，功到极致处，打造的都是精品。若能打通二界，彼此涵化，将是文学的幸事。

这又要说到郭艳。读硕读博阶段，她的文学研究遵从学院规范，治中国现当代文学史，博士毕业到鲁迅文学院工作后，身份变了，其文学活动的形式势必也要跟着变化。角色之变与述学之变，在她身上似乎一蹴而就，没有大起大落的调整，也没有脱胎换骨的裂变。她是真喜欢文学，就这一盘菜，怎么做不都是做，难不成非得分出雌雄？据我踏入文学两界的经验，能把当代文学评论做出色，不易！它需要更好的学养、智慧、思力、敏锐力和才华。由于有学院的功力打底，郭艳评论当代文学的才能很快就表现出来了。近几年来，她立足于鲁迅文学院高研班的教学研讨，关注中国青年写作以及当代文学现状，把握当前文学动态，形成了一系列独特的对于当下写作现状的批评观念。其要文要义有：提出鲁迅文学院与中国当代文学的关系，80后青春写作与亚文化的关系，当下中国青年写作的代际与断裂特征，女性的自我表达与意义建构，等等。她写得最多的，是评论青年作家的近况与近作，计有五六十篇之多，论及的作家有李浩、魏微、艾伟、潘向黎、朱文颖、宁肯、邱华栋、盛可以、阿拉旦、蔡晓玲、杨老黑、顾坚、陈纸、王勇英、杨怡芳、赵瑜、补丁、安昌河、王妍丁、李东华、郭明辉、韩寒、郭敬明、颜歌、张悦然、水格、笛安、李傻傻、周嘉宁、步非烟、春树、马小淘、蒋峰、赵剑云等。坦率地说，这里的半数作家我竟然是第一次听说。

郭艳理智发达，又时时以诗性涵化润泽，这中间自然还有来自小说灵动畅达气质的无形影响，故而文章直取评论对象要义之时，化开了坚硬的理论，直奔性灵诗化一途。即便施以理论，"然皆用才情驱使，不专砌填也"（《随园诗话》），因而才有这样美的笔墨：

> 在魏微笔下，所有的人物、场景、情感和思绪都带着过去的伤感，轻轻拨动着一代人不再敏感的心弦。这根如游丝般牵扯着逝去传统与情感的弦，一直紧绷着，直到发出一声轻轻的叹息，叹息又在恍惚的忧伤中漫散为泪水，泪水中一个个满怀愁绪的少女在做旧的老照片中发出微微的光亮，再次惊醒了我们沉睡的少女时代。(《魏微的小说创作：一个时代的早熟者》)

好久没读过这么美的评论文章了。这还不算什么，当我读到一万多字的长篇评论《锐利真实的痛感体验——评裕固族女作家阿拉旦·淖尔》时，我才真正体会到什么是文思泉涌、才华横溢。通篇全是这样的评述：

> 这种感受来源自宗教的仪式，阿妈对于宗教仪式的坚持，牧羊女对于宗教仪式从形式到精神的体验，白色的嘛呢（玛尼）石、雪白的羊群、血红的晚霞，颂（诵）经的牧羊女，洪亮悲切的颂（诵）经声，最终通过宗教悲悯情怀的感悟，牧羊女从哲思与生命融合的边界处，开始了对于裕固族游牧文化、游牧性格与游牧史诗的认知、梳理与行吟。一旦有了这种宗教悲天悯人的情怀，阿拉旦散文的意境就阔大起来，超出了女性及其命运。

读着这样的文章，我相信多数读者和我一样，会由衷发出赞叹的。郭艳的这类评论文章不是篇篇精彩，与高研班作家朝夕相处，难免有应景之作和人情之作。我担忧的是，她不停地写了这么多评论，还有时间做专深研究吗？还能写小说吗？虽说作协非常需要她这样贴近作家、贴近创作的评论家，但我更希望她在小说创作上有更大的发展，而且她已经具备一个小说家应该具有的才华。

## 三

早知道她悄悄地写小说，真正读到她的小说则近在几个月前。去年11月底，我去北京出席中国作家协会第八次全国代表大会，郭艳带着鲁迅文学院高研班的作家们也来到会上。她送我一本当月出版的长篇小说《小霓裳》，读后，觉得封底两位名家的评语当为至评。难得的是，小说的感觉非常好，情思直达，最能见作家个性和文学真功夫的语言明显胜出。我认定，能写出这样句子的小说，如"一个男孩的心被掏空了，剩下对于一朵花的思念"；"平淡的一日三餐，打发了光阴，也打发了感情"；"女人学哲学，不是把哲学学坏就是把自己学坏"；"女人念博士就是一个从葡萄到葡萄干的过程"；等等，一准会成为一个好作家。

随即又把她发表的短篇小说《帝乙归妹》《牌楼·阳光》和中篇小说《绿衣黄里》找来读。我要特别说说《帝乙归妹》，这篇对"帝乙归妹"前文本进行改写的历史小说，把一个和亲联姻以平息战争的历史故事演绎成一个"英雄与美女"的爱情故事和英雄传奇。由此而联想到希腊神话中的特洛伊战争，据说这场历时十年的战争是为了争夺世上最美丽的女人海伦而发动的，二者互文，可以互相阐释。以我这些年参加中国小说年度排行榜练就的眼光来看，《帝乙归妹》是一篇可以入围当年小说排行榜的优秀之作，遗憾的是，包括我在内的评委们都没有发现它。

没关系，借用一句老话，路还长着呢！郭艳的长处是做什么像什么，无论做什么，她都念兹在兹，心力并上，因而在文学史、文学评论、小说三方面均有不俗的收获。对于郭艳，三者并进绝对不是最佳选择，我主观断言：就凭她读过那么多书，写过那么多锦绣文章，发表过那么多善解世事人心的小说，她若心系一途，必有大成就。

（王达敏，本名王大明，安徽大学）

**同期声：**

从窗帘背后延伸的眼神 // 郭艳
像鸟儿一样轻，而不是羽毛——小说之精神与现代日常经验的书写 // 郭艳
访谈：构筑对生活的善意理解 // 董向慧

**杨光祖**

1969 年生，甘肃通渭人，文学评论家。中国作家协会会员，中国文艺评论家协会会员，中国戏剧家协会会员，甘肃省文艺评论家协会副主席，第五届鲁迅文学奖评委，甘肃省领军人才，甘肃省委宣传部"四个一批"人才，甘肃省中青年德艺双馨文艺工作者，鲁迅文学院第五届高级研讨班（全国中青年文学理论评论家班）学员。现任西北师范大学教授。1990 年开始文学创作，已发表散文等各类文学作品百余篇，有多篇散文多次收入年度散文选。2003 年起主要从事当代文学的研究与批评，已经在《人民日报》《中国现代文学研究丛刊》《当代作家评论》等报刊发表学术论文、文学评论两百多篇。有多篇论文被《新华文摘》及各种选本转载、收入。有专著《西部文学论稿》《守候文学之门——当代文学批判》。曾荣获甘肃敦煌文艺奖一等奖，甘肃社会科学优秀成果奖三等奖，甘肃首届黄河文学奖文学评论一等奖。个人小传入选《中国作家大辞典》。

# 杨光祖：文学守门人

杨显惠

　　与杨光祖相识是 2002 年的事情。那年我的一本书出版，应兰州纸中城邦书店主人的邀请，签名售书。我给自己立的规矩是不签名售书，那次却推辞不得，因为图书出版人和纸中城邦有约：那本书在兰州的发行由纸中城邦独家承担，作者必须举行一次签名售书。我生性不爱出头露面，那天的售书，我便只是低头签名，根本就没有注意书店组织的读者座谈会，没注意哪些人讲了话，来了哪些人。好几年后说起杨光祖和我相识，他说那天他是以特约嘉宾、也是以读者身份讲了话的。

　　后来的这些年，我年年都来兰州，为后来的写作深入生活。我们几乎十天半月就要聚一次，大都是在黄河边的茶园里，喝茶聊天。

　　我喜欢和杨光祖聊天，因为他的谈话都是围绕着文学和文化，这是我向他学习的机会。他爱讲话（可能这是老师的职业所致，他是教授呀），我爱静听，有时也有争议，但总是他讲得多些。

他读书又快又多，只要是文史哲类的书，似乎什么书都读过，学贯中西，学贯古今，无论谈何问题，随口就说出许多名人大师的名句出来，真个腹中积书万卷，随口成诵。我读书不多也很挑剔，自己喜欢的作家，读深读透，而有些作家的书，读过一本或一篇文章，不喜欢，就再也不读了，哪怕是已经家传户诵的书，也不为所动。所以，我就叫他讲，我听着。这样我就长了很多见识，却免去了劳神，省了很多时间。

他的文学感觉异常好，读过的书寥寥几句就能说得明白，且正确无误。记得一次，遍数中国的作家，我说，张贤亮是大家，对当代文学的发展有贡献，写劳改的小说掀开了中国大墙文学的历史，写出了当时社会的极权性、专制性，我尤其欣赏他的《绿化树》《男人的一半是女人》，认为这几篇作品有一股文人气，才华横溢，除了严酷的现实还写了大墙内的爱情，甚是生动。此时，他对我的说法激烈反对，说张也是他喜爱的作家，但张贤亮写的爱情是假爱情，是为了吸引读者的眼球。小说中的章永璘对黄香久更多的是性渴求，一旦命运发生改变他就抛弃了黄香久。他还说，章永璘是一个人格猥琐的知识分子，有一种少爷脾气。实际上也表现出了作者本人的思想境界不高，没有知识分子的操守和对社会责任的担当。他还批评张贤亮与鲁迅、托尔斯泰的差距很大，他说，托尔斯泰的作品是体现着贵族知识分子对于劳动者的罪感、忏悔意识，而张贤亮身上却有对劳动者的轻蔑和鄙视，及对威权的认同。

还有一件事我印象深刻，他从网上寄我一篇《田小娥论》。80 年代我最钦佩的作家是张贤亮，到后来我又爱上了陈忠实的《白鹿原》，但是，我对《白鹿原》中的两个人物不喜欢，我认为朱先生苍白，是意念人物，田小娥是个淫妇，万劫不复的坏人。可杨光祖的《田小娥论》对田小娥褒扬有加，说他第一次阅读《白鹿原》就喜爱上了这个人物。他认为，田小娥是那个时代渴望自由、追求爱情的女性的悲剧，她不愿再做男人的工具，她要寻找爱，可是太早了一点。田小娥本质上是一个传统的女人，她渴望守妇道，但社会、时代、家族、命运都不给她机会。她只能用极端的方式反抗。从她身上我们看到了一个真正的"人"的出现。在肯定了田小娥这个人之后，杨光祖又总结性地说："我个人感觉田小娥是《白鹿原》中的核心人物"，"田小娥的出现具有了女权主义色彩，使《白鹿原》具有了多种解读的可能，丰富而复杂，温情而博大"。

我反复地读了《田小娥论》，从内心里否定了早先对田小娥的认识。

我喜欢杨光祖的第二个原因是他的批评文章的锐利。我们的文学界，近十年的时间里，批评家里的"清道夫"只有一个李建军（此非仅我个人所言，六年前在北京与上海文艺出版社编辑修晓林相遇，说到评论家李建军，他说了一句：李建军呀，那是个清道夫）。后来，读了杨光祖的《守候文学之门》，我认为中国文坛又出现了一个李建军。在这本书里，他作为甘肃土地上成长起来的批评家，他热烈地鼓吹着甘肃作家群的成就，评论着每一个活跃在文坛上的甘肃作家，却没有一篇是无据的溢美之词。他总是严肃而尖锐地指出作家的思想的守旧和艺术的落伍，绝不手下留情。

不光是甘肃，他在论及西部作家尤其是那些名作家时，更是直截了当，更为严厉地批评他们的不足。贾平凹、陈忠实、张贤亮曾是他心目中的偶像，他最喜欢的作家。他从上学时就精读贾平凹的作品，是贾的铁杆粉丝，但是他说，贾平凹的写作在《废都》达到了高峰，此后却是一路下坡，露出了疲惫之相，到了《秦腔》则什么都没有了。杨光祖关于张贤亮的批评，前边已经提及，这里不再言语，只谈他对陈忠实的批评。他敬重陈忠实，喜欢《白鹿原》，为此他去西安专门游览了白鹿原。他说陈忠实的《白鹿原》博杂、厚重，是一部经得起多重阐释、持久阅读的作品。但是也批评它对历史的书写是简单化的，对小说中连续出现的儒家思想、三民主义、共产主义、黑社会的价值趋向模糊不清，在高扬儒家思想的同时，对三民主义、共产主义两种思想的具体执行者的描述让人不能满足。而面对这三种影响了近代中国历史走向的思想，作家也往往不知该怎么办。对这段有着血腥的带着几代人梦想与奋斗的历史，作家缺乏形而上的震撼人心的深度挖掘。在上述分析之后，他甚至得出了这样的结论"我有时认为这部小说是一锅散发着香气的夹生饭"，我认为《白鹿原》是50年代以来长篇小说的最高成就，但我也同意杨光祖的批评。

对三位西部大作家的批评尚且如此严酷，那对二流三流的西部作家的批评我就不再枚举了。

对于杨光祖学术批评的印象就谈这两条，但我还要说，尽管他如此不留情面地批评这些作家，但他的心怀坦坦荡荡，完全出于真诚。他是为了西部文学的发展而言说的，绝无个人成见和芥蒂。

我个人还认为，杨光祖的学术生涯还有很大的发展空间。我这两三年多次和他接触时发现，每次他邀人相聚，总是叫上一位省社科院的哲学专业学者刘春生，和一位西北师大的曾在香港中文大学攻读神学八年的博士姜宗强。我认识到了他是在扩展自己的学识领域。汝果成其事，功夫在诗外。

杨光祖最近准备出版第三部评论专著了，他把刚写好的后记拿给我看，其中一段文字令我印象极深。他说，有一次对外校的研究生讲课时，一位研究生提问，他的文学批评的理论体系是什么。他当时回答，我没有理论体系。研究生愣住了。于是他又解释：我凭的是自己文学的直觉。

我不知道这个研究生理解杨光祖没有，反正我是理解他的：他没有遵从任何一位理论家的体系讲课或者批评文学，他是吸纳无数个大师的理论的最适合我们的国情的元素讲课和进行文学批评的。他从大学毕业担任教职以来，把饭费之外的钱都买书了。我们在饭馆相聚喝茶吃饭之后他总是去书店买书，或是提着一大捆买好的书来到饭馆的。他从大师们的书里汲取着人类几千年积累起来的文明和智慧修养着自己，把大师们的学识融化在自己的头脑里，然后凭着自己的觉悟去给学生讲课，或是做批评文章。我还了解他是有"野心"的：他想要最终建立起自己的衡量标准和风格，甚而至于理论体系来的。

但是，我对他做学问的方式也不无担心，仅凭感觉搞学术搞评论，没有直接的师承，那可是艰难的，可别落个事倍功半！或者歧路亡羊的危险，也是存在的。

2011 年夏季我和一位朋友与杨光祖一起旅行去了一趟定西。这几年我每年都在甘肃各地旅行，已经四年没去过定西了。我想再去义岗川看看，再一次穿越华家岭。我认为作家是要接地气的，否则就写不出有鲜活生命的作品来。我们先到了定西市，滞留两日就去了通渭县。我写《定西孤儿院纪事》，百分之六十以上的故事发生在这里。杨光祖的家乡就在这里。我原来想好的，一定要到他老家看看。未曾料到的是他的父母住在县城，他的父亲是经过个人努力走进县教育局的以工代干的干部，已经退休，我便在县城见到了他父亲。

杨光祖来自乡村，但他已脱尽了乡村味，穿着城市化，长得又高又周正，浓眉大眼。我想象他的父亲会是什么模样？相见之下，竟然和他一个模样，高大帅气，蓝裤子白衬衫，只是衣襟没插进裤子里。

老人见到我们，听过了杨光祖的介绍，握着我和那位朋友的手客气地说：请你们多多帮助光祖。我立刻就尴尬起来：光祖学识丰厚，我在心里把他当作老师的，这话如何敢当？我便说，光祖已经很优秀了，已经很优秀了，他自己有能力走得很远。

　　杨光祖的老家在通渭县平襄镇，就在城北三五里处，一座南北走向的名叫中林山的东侧的山谷处，拓家坡村。这村子的东边是县城的笔架山。前八九年写《定西孤儿院纪事》，我几次乘班车走过中林山长长的山梁去义岗川，去会宁县。从车窗里看见深而宽的黄土山坡上分布着几个村庄。平襄镇，义岗川，还有城南的常河公社是三年灾荒时期饿死人最多的地方，也是孤儿最多的地方。我想象得出他的爷爷父亲是如何生存下来的，所以从来没问过他。倒是他自己对我简略地说过几句：他出生在1969年底，公历是1970年头，小时身体弱而多病。他爷爷为生产队放羊，领着他在山坡上走，指着一个山洼洼一片空落落没有人烟没有屋顶的干打垒的墙圈圈说，那个村子1960年死得没一户人了。爷爷走一会儿又指着另一片村庄说，那个村三户人家绝户了。

　　体弱多病未必就是坏事。还在上小学四年级的时候世道变了，土地承包到户了。全家人就商量，这娃娃身子瓤，长大了种不了地，叫他接着上学吧，长大了要是能当个干部，或许是一条生路。于是，全家节衣缩食供他上学。他读完乡村的初中，就进县城读书了，然后考进了西北师大中文系，毕业后在省党校供职。他天资聪明，学习努力，2004年破格晋升副教授，2008年又一次破格晋升教授。

　　行文至此，我想起一件事来。他的第一本著作《西部文学论稿》出版，《山西文学》主编韩石山为他写序说，看了杨光祖对西部作家尤其是甘肃作家的直抒胸臆的批评，只有惭愧，惭愧这样敢于直言的批评家为何不生在山西？一个省市只要有两三个这样的批评家，还愁那儿的文学创作没有长进吗？我想对韩石山先生说：不要惭愧，杨光祖没生在山西也不要遗憾，他虽然生活在甘肃，但他的眼睛不光是盯着甘肃，他已经盯着西部了，也盯着全国了。你韩石山是他的老师，他心怀感激，但是他也盯着你的！他不是已经批评过你了吗？很严厉地质问过你：《韩石山：贬鲁崇胡为哪般？》。

　　谁的毛病他都不会放过的。他守候着文学的大门。

（杨显惠，天津市作家协会）

**同期声：**

批评是一种致敬 // 杨光祖

雷达论 // 杨光祖

真正的文学批评——论杨光祖的文学批评 // 廖四平

**刘铁群**

1973 年出生于黑龙江省铁力县。广西师范大学文学院教授、文学博士。曾发表论文六十余篇，出版《市民文学探寻》《现代都市未成型时期的市民文学——〈礼拜六〉杂志研究》《桂林文化城散文研究》《广西现当代散文史》等专著。主要致力于近现代小说研究、女性文学研究、广西文学与文化研究。

# 铁群印象

黄伟林

在我教过的年级中，1992 级是给我留下美好记忆的一个年级。我给他们上课的时候，正当而立之年，还算风华正茂。每次上完课，都有一群学生上到讲台，七嘴八舌与我讨论问题。此番情景，之前没有过，之后也不再有。

铁群是这个年级的学生，我甚至还记得她上我这门课时的座位位置。应该是我的左前方靠前的几排。不过，我可以肯定的是，她从来没有到讲台上与我讨论过问题。

在课堂之外，我也没有与铁群有过任何往来。

但铁群却是 1992 级给我留下深刻印象的学生。这深刻印象，来自她在课堂上的一次即兴发言。

当时的话题是金庸。

为什么是金庸呢？

我很喜欢金庸的小说，大多数金庸小说我都读过两遍以上。我曾经在学校作过一个金庸主题的讲座，但那是 1992 年以前。

那天，现在回想，可能我是在课堂上请同学们谈论他们喜爱的当代作家。已经有几个同学谈论了几个作家。这时候，左前方较前位置，铁群表示了她要发言的意愿。

她站起来，陈述她阅读金庸小说的感受。

给我留下最深刻印象的几句话是："中学时代，我躲在被窝里打着手电筒读金庸的小说"，"我们与金庸小说中的人物一起笑、一起哭，一起经历悲欢离合，一起体验磨难和成功"，"我们是与金庸小说中的人物相伴着成长的"。

当时她语速很快，脸涨得通红，但吐字清晰，句子流畅，发言内容称得上精彩。因为传达的是真情实感，很能得到课堂上一百多名学生的认同。她发言的时候，课堂上没有其他的声音。

有一次在广州，与一些作家和高校教师在一起聊天，我生动地说到了金庸对当代大学的影响，因为当时我脑海里浮现的就是铁群这次课堂发言的情景。

除了那次课堂发言，铁群几乎没有给我留下任何其他印象。甚至在她成为我的挚友汉波的女朋友之后，我仍然没有与她有任何往来。在我的心目中，她是一个天分很好、学习勤奋，但又腼腆单纯的好学生。

后来她去兰州大学攻读硕士。

印象中，她的硕士论文写的就是金庸。

之后，她又考上了河南大学的博士。如果说她硕士读得一帆风顺，那么，攻读博士，对于她多少是一个挑战。

有时候会听到她当时的男友、后来的先生汉波说起她面对的挑战。她的博士论文做的是民初通俗文学杂志《礼拜六》研究。为了做论文，她必须阅读全部大二百本的《礼拜六》杂志。这个将近一百年前的杂志尘封在京沪江浙等地的图书馆里，多年来无人问津，在经历了无数岁月沧桑之后，等来了这个曾经与金庸小说人物一起成长，名字中暗含了侠骨柔情的女学生。

这个女学生究竟花费了多少功夫在这些蒙尘厚厚的故纸堆里？在上海、在苏州，这些礼拜六派作家的大本营，它们都是中国最迷人的城市，十里洋场，锦绣园林。正值妙龄，有无数理由挥霍青春的铁群身处红尘中心，却伏案在滚滚红尘之外最僻静的图书馆里，不动心、不花心。

当上海的学者叹息人文精神失落，当北京的学者谈论思想向学问转型，铁群无所谓失落，也无所谓转型。她只是一个学生，原本就白璧无瑕。从本科到硕士，从硕士到博士，她经历学生生涯圆满的十年，她从一个文学的热爱者成为一个文学的研究者。在这个成长过程中，她逐渐形成她的人文精神，她小心翼翼又单单纯纯地踏进学术的门槛。她的小心翼翼不是因为她畏惧着什么，她属于没有承担太多历史重负的一代人。她的小心翼翼只是来自她对学术的敬重，来自她对她的学术前辈的敬重。这种敬重使她在面对学术时有足够的安心、专心、耐心的定力，使她在学术面前不抛弃、不放弃。

博士期间，她的收获是博士论文《现代都市未成型时期的市民文学——〈礼拜六〉杂志研究》。

她的研究带有填补空白的性质，达到了相当水准。我很喜欢她那种从容把握历史又敏锐联系现实，呈现理论分析又渗透文学体验的表述。在"百度"上搜索"礼拜六"这个名词，只有两个条目，一个是我们所熟知的表示时间的礼拜六，另一个是杂志的礼拜六。而对杂志的礼拜六的评价，"百度"赫然注明：参见刘铁群著的《现代都市未成型时期的市民文学：〈礼拜六〉杂志研究》。

这部由博士论文修改完善之后的学术专著，由中国社会科学出版社出版。

从 1992 年到 2002 年，铁群完成了从一个学生到学者的转型。

2002 年以后，铁群回到广西师大中文系任教。

从 2002 年到 2012 年，铁群从讲师到副教授，从副教授到教授。在这个过程中，她为人妻，从一个腼腆单纯的女子，成为一个操心家务的太太；她为人母，从一个被人呵护的女孩，到一个呵护女儿的母亲；她为人师，从一个书生意气的女学生，到一个受学生敬重和喜爱的女教师。

从学生到教师，对于铁群来说，是一个自然而然的过程。有时候，我会听到学生对她的评价。在学生心目中，铁群是一个美丽而又充满魅力的女教师。

这十年，是中国高等教育急剧发展的十年，是学术从象牙之塔到超级市场的十年。有许多重要的发展，这是我们只要正视就应该看到的现实。也有许多浮躁，这是我们置身其中就会产生的感同身受。

十年来，我目睹了许多浮躁、许多焦虑、许多纠结，我自己就置身于浮躁、焦虑和纠结之中。

然而，作为一个旁观者，我感觉到，这些浮躁、焦虑、纠结从来与铁群无关。并不是她一路坦途，也不是她春风得意，有时候我想，这可能就是天赋，同时得益于她从小成长的环境和教养。

这种天赋和教养，帮助她哪怕在受到误解、委屈和伤害的时候，也释放最大的善意。甚至，连我也是这种善意的受惠者。甚至，连我也在反思，我应该学习铁群的这种善意。

有时候听她说起她的硕士导师赵学勇，说起她的博士导师吴福辉和关爱和。他们都是现代文学界卓有建树的学者。她对这些导师的敬重和欣赏，令我羡慕。我甚至会这样想，赵学勇、吴福辉、关爱和几位先生真应该感谢广西师范大学给他们输送了这么好的学生。

但更多的时候，我会以为，广西师范大学应该深深地感谢这三位先生，他们成就了这么品学兼优的一位学者、教师，并且完璧归赵，让铁群回到了她的本科母校。

而我，则怀着真切的感激之情，完成这篇小小的铁群印象。

（黄伟林，广西师范大学文学院）

同期声：

慢下来，阅读吧 // 刘铁群

《玉梨魂》与《金锁记》的互文解读 // 刘铁群

建构独到精准的文学理论批评视角——论刘铁群文学研究及其批评特点 // 张利群

**南方文坛** 2013 年《今日批评家》

夏烈

王迅

刘大先

何同彬

何英

郭冰如

[384] 今日批评百家：批评家印象记 ■▨▨

**夏烈**

1976 年生于浙江杭州。杭州师范大学文化创意产业研究院院长，戏剧影视学硕士生导师，教授，一级作家。兼任浙江省网络作家协会副主席、秘书长。中国现代文学馆第三批客座研究员。有著述《隔海的缪斯：高阳历史小说综论》《现代中的传统诉求》《裂变与交互：当下文艺生态的直观与反思》等六种。近年尤致力于网络文学、类型文学等新媒体文学研究，以及大众文化与传播学等。主编国内首本类型文学概念读本 MOOK《流行阅》及《袈裟扣：70 后女作家的小说国》《怀念小龙女：80 后女作家的小说国》《锐角书系》等，主持策划了超级畅销书《后宫·甄嬛传》，获首届"西湖·类型文学双年奖""华语网络文学双年奖"。

# 那些曾经年轻的面孔和同期声
## ——推荐夏烈的理由

王 干

　　这题目，有些感慨，也有些伤感，也有些艳羡。显然，是过来人的口气。过来人，不一定是老资格，不一定是成功者，只是经历者。过来人，是参与者，也是见证者，也常常是回望者。

　　回望不是一种生活方式，回望只是一种心理状态。回望是年龄和心理逐渐老化的特征。比如，我现在说到夏烈，想到居然是那些曾经年轻的面孔，陈思和、王晓明、黄子平、吴亮、李庆西、程德培、许子东、南帆、李劼、丁帆、李洁非、张陵、潘凯雄、贺绍俊等一干朋友，这些曾经的"青年评论家"，如今也逐渐地中年化、领导化、脱评论化，成就依旧，但岁月的痕迹还是难以平复。

　　现在想来，"青年评论家"是个奇怪的称呼，这是 20 世纪 80 年代的特殊产物，之前之后好像再也没有那般响亮。在 20 世纪 80 年代"青年评论家"似乎是一种身份，又似乎是一种组织，但细究起来，又什么都不是，只是为了区别年龄的差异，或者说为了区别两代评论家的称谓而造出来的一个概念。为什么会有这样一个称呼？只有在80年代那样的语境里，才可以体会到它的特殊含义。就像多年之后，人们会奇怪今天有网络文学这样一个称呼，文学写在牛皮纸上和刻在石碑上有区别吗？在网上阅读和写作与纸上有区别吗？但是，在今天我们会强调网络文学这样一个概念。

青年评论家自然是已经消失的概念，尤其在文艺理论和文艺评论日渐教授化和博导化的今天，青年评论家很容易和在读研究生混为一谈的。而网络上的那些青年们的评论，又容易有被屌丝化的可能。更主要的是青年评论家未能成为80年代那样富有生命力的群体，缺少整体的文学力量和效益，他们的声音常常被淹没在上一代人的声音之中。

在这样的情况下，我认识了夏烈，认识他好像是在湖州80后女作家群的研讨会上，他的年轻和发言以及私下的言谈让我觉得有新鲜感，他的声音好像不是我们这一代人能够发出的，之后又在网络文学一类的研讨会见过面，他好像短时间还在一家网络公司的文学原创部门做过几天的头目。之后，又读到了他的一些文章，发现他的文章有一股熟悉的青年评论家的气息，那气息是来自熟悉的80年代：热烈、敏锐、抒情、理想。

热烈是80年代文学的情感标志，在一个百废待兴的年代，文学作为一代人的特殊利器，以高昂的热情去批判和去呼唤是那个时代的必须，也是文学评论的动力。夏烈很难得地继承了这样一种文学批评精神，因为经过90年代的市场经济泡沫之后，文学的热情和评论的热情似乎被实用的市场效应和刻板的教科程序所取代，而文学评论尤其是当代文学评论需要的是热情甚至激情，因为当代文学的非经典性和流动性让人不能用静止的眼光和冷静的态度作马后炮式的言说，而是要与作家"同呼吸共命运"，这样才能置身其中，才能发出同期声。夏烈是时下不多的能够对当下发出同期声的评论家，与他的名字一样，他对当下的文学保持着夏天一样的热烈情绪，他对新兴的文学样式的发现和阐释，是那样的及时和那样的充满感情。这种热情不仅表现为对同时代人的赞叹和称道，也扩展为对上代人作品的欢呼，比如在他的《裂变与交互》一书中，既有对网络、类型、动漫等新的艺术样式的描述与分析，同时也有对莫言、苏童、袁敏等人新作的解读，还有对《山楂树之恋》这样畅销文本的"爱无力"的概括，你会发现，夏烈是用他并不特别宽广的胸怀努力拥抱着当下文学的山山水水。

敏锐也是80年代的文学评论的基本品格，及时捕捉到新的文学现象，及时捕捉到新的文学动态，及时发现新的文学人才，从而推动整个文学的进步和发展。上个时代的青年评论家们过于敏锐，以至于让作家感到被牵着走，或者说被撺着走。他们常常是新观念的发现者，也是新观念的宣扬者，还是新观念的推广者。夏烈似乎天性地拥有这样的禀赋，他敏锐地看到当代文学正发生着某种裂变，他通过对"转型"一词的解读，对我们沿用了二十多年的关键词提出了疑问，而这疑问首先来自一种敏感，"如果说，转型一词的使用和断裂一词的使用可能昭示了如下两层意义上的不同：一、前者更多从社会政治着眼，后者更多从文化构建着眼；二、情绪意义的不同，即转型是温和的、和谐的、乐观的、体系开放的，断裂是坚硬的、忧虑的、悲观的、保守主义的——那么，我同意我处在文化构建的角度、焦点，但宁愿选择'断裂'作为立意和情绪表达。换言之，社会转型以绑架文化为荣，牺牲文化的生命性即文化在民众身心中的依存感、体验感、认知和记忆，我以为，是非常糟糕、失败乃至不道德的事。那么，我开始反对文化简单地依存于社会、政治，而强调文化的独立性、超越性和责任感"。对转型的解构是有力的，尽管不是十分的利索，但怀疑本身就体现了对当下文化出于裂变状态的敏锐把握。

　　抒情对于学院派的批评来说，也许是缺少客观和审慎，但在80年代来说，青年评论家几乎个个都有抒情诗人般的气质，吴亮、许子东的文章里时有抒情的段落，连当年北大学者黄子平的文章也用"沉思的老树的精灵"这样的描写性题目，对今天的高校来说，这样的题目是缺少足够的学术性的，因为没有学理性和严谨度。严格来说，"沉思的老树的精灵"甚至带有某种抒情性，对于80年代来说，文学评论缺少抒情的功能，是不可思议的。抒情性很大程度来自对评述对象的描述性，而描述本身在于言说的事物本身处于变化不稳定的状态，批评带有呈现和再现的意义。夏烈的评论带有较强的呈现性，他虽然对评论的现象和作家有足够的剖析，但并不像有些人喜欢做斩钉截铁的宣判，他总是游刃于批评的刀锋与绣花的温柔之间，他把这种状态用IT行业的术语来解释，称之为"交互"，"交互"本身是对话的，是寻找兼容的，而这种将其他行业的术语转移到文学评论领域的做法本身，就是一种电子时代的抒情话语。

　　当然，80年代文学评论的抒情范儿还与80年代的理想主义情怀有关，理想主义是阅读80年代的一把钥匙。今天日渐琐碎的写实小说也是对当下现实的婉转认同和反讽，当你阅读80年代那些激情与梦想四溢的评论文字，你就明白张承志何以不会用反讽的口气写作甚而对反讽写作的作家表示出极大的愤慨了。

90 年代之后文学理论界兴起的实证之风，其实是对这种激情与梦想的告别与埋葬，但文学有点燃理想的功能，文学评论不是现实的应声虫，理想不是罪过，疯狂和非理性才是害人之本。夏烈在他同时代的评论家中，是一位介入文学创作和文学生产过程比较具体的多栖人，他当过文学刊物的编辑，他做过作家协会的评论家，当过网络公司文学总监，编过图书，还策划过类型文学大赛，几乎所有的文学生产第一线都能见到他的身影，他乐观地认为网络文学将使文学发生巨大的裂变，他全身心地投身到文学活动和文学评论之中。这种带有进化论的文学观在 80 年代极为流行，渴望新潮，认为后出的思潮会远远超过前面的思潮，认为先锋一定取代传统，认为明天一定比今天好，青年一定胜过老年。这种文学的进化论者常常是理想主义者。当年伟大的鲁迅也是信奉进化论的，因为悲观主义者才对前途和未来丧失信心。所以，当看到夏烈在文学的第一线忙碌的身影，我恍惚时光倒流，当年的青年评论家就是这样对文学充满理想而忙碌、而精力旺盛的。

大约两年前，张燕玲让我推荐评论新锐，我一下子想到了夏烈。两年之后，夏烈也长了两岁，我更是彻底步入中年的行列，因而文字颇多感慨，按照《南方文坛》的本意是要对夏烈这位新锐多加推荐的，但我的文字回望过多，对夏烈的学术性价值评估甚少，相信夏烈学术成就应该远在我评述之上，也相信夏烈的那些优点不会随着年龄的增长而减少，因为时间会慢慢将新锐钝化，会让青年变成非青年。夏烈的同期声能伴随当下文学多久？

（王干，《小说选刊》杂志）

同期声：

自圆其说 // 夏烈
文学未来学：观念再造与想象力重建 // 夏烈
夏烈：难以界定的文学身份 // 海飞

**王迅**

1975 年生，湖北公安人，副编审，现供职于广西壮族自治区文学艺术界联合会文学艺术研究室。主要从事当代文学研究与批评。学术杂志《中国女性文化》"男评论家眼中的女性文学"栏目主持人，华中师范大学当代文学研究中心特聘研究员，中国文艺评论家协会首届会员。在《文艺研究》《中国现代文学研究丛刊》《民族文学研究》《文艺理论与批评》《南方文坛》《文艺争鸣》《当代作家评论》《小说评论》《人民日报》《中国艺术报》《文艺报》等报刊发表文艺评论一百余篇。2010 年、2012年、2014 年获第八、九、十届广西文艺评论奖，2014 年获广西第十三次社会科学优秀成果奖。出版有《当代广西小说十家论》《广西当代少数民族文学发展史》（合著）等。

# 文学批评道路上的苦行僧
## ——王迅印象

钱志富

　　2002 年我拿了中国现代文学博士学位之后到宁波大学外语学院工作，从此之后我在工作和学术研究上脚踏两只船，一方面从事英语教学与英语语言文学研究和比较文学、比较诗学研究，一方面从事中国现代文学研究。认识王迅，是我脚踏两只船的结果。因为我到了外语学院，如果只对外语从一而终，那么我苦苦热爱和研究了十余年之久的中国现代文学尤其中国新诗便要胎死腹中了，我只能东家吃饭、西家睡觉的同时兼顾外语和中文，因此我每年要艰苦地写很多学术文章，要艰难地参加很多学术会议。这么多的学术会议的费用怎么办呢？学院又不能每次都资助，而家里又并不富豪，因此以最少的钱开最多的会，每次开会只坐硬座火车特别是最旧的绿皮火车，虽然累，但心安理得。会议报到时我常常自降身份为学生，在会务费方面争取同情享受研究生待遇，只交一半。

自费参加会议虽然又苦又累，但跟同行专家交流，可以学到好多东西，同时也可以交到好多同行朋友，这也算人生一大乐事。

2005 年 10 月我参加了在海宁召开的浙江省中国现代文学研究会学术年会。报了到，领好资料，我开始向会务打听附近是否有便宜宾馆，以便拖着行李住进去省几个钱。"有的，有的，就在附近，不远的，老师，我也要去住，我跟你一起去吧！"一个身材修长的青年热情地对我说道。一路上，我被这个青年亲切、热情地导引着，记得走过了一条狭长的通道，我们一边走，一边谈。他说，他叫王迅，国王的王，鲁迅的迅，是中国现代文学专业的研究生，语气平和、温柔。王迅给我第一印象很好，他随和、亲切、敏感。我们"同居"了好几天，又一起到盐官观看了钱塘江大潮，还瞻仰了王国维故居和徐志摩故居。几天下来，我们俨然同辈亲兄弟，无所不谈。我们一起探讨了许多问题，尤其是对中国现代文学，他有天生的敏感和热情。王迅告诉我，他是湖北人，这也给我印象深刻，因为湖北是我崇敬的闻一多、胡风、绿原等作家、诗人的故乡，湖北人憨厚、耿直而聪明。我的学生辈中多有湖北人，踏实、聪明，肯读书，爱动脑筋思考问题，是湖北籍学生给我的扎实印象。

王迅在校被评为优秀研究生，获得科研成果奖等众多奖项，还被评为省级优秀毕业生，这倒是我后来才知道的。他的毕业论文《从叙事（过程）的形而下到（精神）主题的形而上》被答辩委员会专家组评为优秀论文，这也是我后来才知道的。如果是我当评委，也肯定给他优秀，他的论文选题很好，视角很新，而且抓住了真正的问题。王迅的文字功夫也不错，文章质朴清新，语言流畅、坚韧，看到他的文章，就想到他的为人，看见他的为人，想到他的为文，真的是文如其人。

更让人觉得不容易的是，王迅毕业之后，居然到了文学期刊工作，这却是我们这些热爱文学的人最想去的地方。我自己最想从事的职业一是当老师，这个已经实现，二是当编辑，如今年纪偏长，恐怕难以实现。我自己对王迅能够当文学编辑心生敬仰。王迅当编辑这几年，发现许多文坛新人。宁波写小说的朱和风，首次给他投稿，就被他发现，而朱和风的小说首次被发表，就被《小说选刊》选中并转载，朱和风第二次投去的小说发表后也被《小说选刊》看中并转载。朱和风与王迅素昧平生，一次面也没见过。作家遭遇优秀编辑，这是多么大快人心的事啊！王迅编辑之余，对中国当代差不多所有的小说名家统统研读了个遍，王迅亲口告诉我："可以说，就当年发表的纯文学视野中小说而言，我的阅读量是惊人的。白天忙于编辑工作，晚上别人去喝酒，而我就在文字中畅游。"阅读当然是欢畅的，但王迅的阅读是研究性阅读，每读一位作家他一定要深入到作品的意蕴和美学境界的深处，用他自己的话来说，他十分"专注对文本本身的诗学分析和评价"，笔者十分惊喜地发现，当阅读凝聚成文字，那既有理论深度，又有评论厚度，而且文采也斐然的批评文章就成形了。他的文章连续在国内许多著名学术期刊上发表出来，都能引起一定的反响和共鸣。王迅不仅写文章，也出版了专著，而那著作捧在手里是沉甸甸的，读在口里，是甜滋滋的。

如今王迅在学术研究和文学评论方面做出了实际的令人艳羡的成绩。说实在的，当我读到他的书稿《在断裂处生长——新世纪中国小说叙事生态研究》这样厚重的文学批评著作时，我心里油然而生出一种敬慕之情。我心里常想，他哪里来的那样强大的爆发力？而他的学习、工作和写作的精力实在是充沛。王迅常常挂在嘴边的是文学现场，文学期刊是最重要的文学现场，他去当编辑，走对了路。是的，对于一个热爱文学、热爱思考文学问题的人来说，无论他是作家或是理论家，没有比文学现场更重要的了。

王迅是我人生交往中少有的无论哪一方面都谈得拢谈得来的学问和人生意义上的朋友。他热情，乐于助人。由于出版经费困难以及学问途中复杂的人际关系，我的学术专著大多自费出版，不愿意在学问之外消耗太多的精力，但自费出版的著作发行遇到的困难也很大。王迅看了我出的一些书，尤其是我的由博士学位论文改编成的专著《七月诗派研究》等，觉得下的功夫和著作实际达到的水平够分量，还在读研究生的他就十分主动地帮我联系多家图书馆购藏我的著作，这令我十分感激。说实在的，不光是钱的问题，因为自己费了这么多年的心血写出来的书，能够藏于图书馆供人借阅本身就是对我们这一代学人的肯定。王迅对我本人的帮助，我铭记在心。其实王迅的人文关怀惠及的何止我一人？一位中国当代著名诗人身患绝症，王迅知道后，通过各种途径同时也发动海内外有点能力的人给他捐款捐物。当然，捐款捐物未必能够挽救一个人的性命，但在诈捐门和慈善门流行的时代，一种真诚的、落到实处的人文关怀何其难得！自然，王迅并非那种神通广大的人，他对亲人对朋友的关爱，也是微薄的，他自己并不富裕，而且说句实在话，任何人其实都在夹缝中求生存，王迅虽然出生在改革开放的年代，但他没有走上一条暴发的路。

跟王迅近十年的交往，我发现了他跟许多现代文学研究者不一样的地方。自然，王迅读研期间受到了很好的学术训练，理论基础扎实。但他觉得光是查阅资料，收集前人的研究成果，对于一个文学研究者是远远不够的。王迅强调文学现场，他的文章充分发挥了一个文学编辑的职业优势。他到杂志社工作后，天天读国内最新发表出来的文学作品，天天跟实实在在的作家和诗人打交道，这种文学生活对他的文学研究取向和文学批评风格都有很大影响。王迅善于从小说如何写出的过程，以及作家写作中所伴随的灵魂旅程，这样一些潜在的或者被遮蔽的环节切入，写出既有学术深度又不乏人文温度的文章。而这样的文章在当代批评界是很稀缺的。他特别重视一些文学聚会和学术会议，凡有机会，他都参加。2008 年春天，当他得知南京师范大学组织了一批诗人和诗评家在江苏和安徽边境香泉湖召开的诗会时，就给我打来电话，约我一同前往。在我的印象中，王迅主攻的是叙事学，但他深入文学现场时对诗歌也表现出热情，这就更令人觉得难能可贵了。会后我们一起逛中山陵、总统府等名胜，只可惜我们都囊中羞涩，只是在这些名胜门外合了个影，算是做了到此一游的留念。还值得一提的是，几年前，王迅在一个文学网站创设了文学评论专栏《诸子评刊》，并作为该网站主打栏目推出，该刊旨在跟踪当下的文学现场，对最新出现的文学作品作出最及时有效的批评。栏目创办后得到国内评论界众多仁兄的鼎力支持。笔者也应邀参加，分配的任务是跟踪当代文学名刊《花城》，专门对发表在该刊的优秀作品进行点评，《花城》的领导很高兴，看到点评之后特意将笔者列入当年赠刊专家之列。可惜的是，这个栏目后来因为资金不足而停办了。

看着王迅的人生和文学批评之路，脑海里浮现着一个快乐的孜孜矻矻的苦行僧的形象，这样的形象大约在英国作家班扬的笔下出现过。王迅对于文学和人生有一颗虔敬之心，他注重有效性和献身性。这样的人，笔者以为，他已经找到了他自己的天路历程。

（钱志富，宁波大学外语学院）

**同期声：**

文学批评的生命维度 // 王迅

走向虚无的旅程——残雪小说精神机制论略 // 王迅

敞亮叙述暗道与探寻精神本源——论王迅的小说批评 // 晏杰雄

**刘大先**

文学博士，1978 年生于安徽省六安市，毕业于北京师范大学，曾访学及任教于美国哥伦比亚大学，现为中国社会科学院民族文学研究所副研究员，《民族文学研究》杂志编辑部主任。出版有作品《现代中国与少数民族文学》《文学的共和》《时光的木乃伊：影像笔记》《无情世界的感情》《未眠书》《中华多民族文学史观及相关问题研究》（合著），译著《陈查理传奇：一个中国侦探在美国》，主编有《本土的张力：比较视野下的民族文学研究》等。有两部专著分别译为日文和英文，多篇论文翻译成哈萨克文，曾获中国社会科学院优秀科研成果奖、中国作协民族文学年度评论奖、第四届唐弢青年文学研究奖，于 2013 年第二届全国青年作家批评家峰会被评为青年批评家。

# 幸鹈鴂之先鸣
## ——感触刘大先

### 关纪新

　　"……什么，大仙？"

　　"对，大先。"

　　"大仙？跳神的？"

　　"不，大小的大，先后的先。我的同事，刘大先博士。"

　　——几乎成了定例，每逢我向熟人介绍身旁的这位年轻人，彼此总也少不了如上一席对话，教人屡试不爽。

　　不像我们北方人，一听到"大先"二字，立刻联想到民间的宗教职业者、跳神的"大仙"。大先出身于安徽六安，属于乡间早慧的少年才俊，他外加一对双胞胎的弟弟，三个农家儿男，出落出来了两位博士一位硕士，遂成四乡八邻广为称道的神话。

大先确实有股子"神"劲儿，三十多岁已斩获累累：出了两部半的学术专著——《时光的木乃伊：影像笔记》（安徽教育出版社）、《现代中国与少数民族文学》（中国社会科学出版社）以及《中华多民族文学史观及相关问题研究》（中国社会科学出版社，与李晓峰合著）。再去搜索一下"中国知网"，其名下到目前还有着一百五六十的单篇文章。难怪周围有些朋友提起他来每有赞叹，用年轻人时髦的谑语，叫作"羡慕嫉妒恨"。

他来中国社会科学院《民族文学研究》编辑部工作，快满十年了。2003 年，本来选定安徽师范大学另一位优秀的硕士毕业生来编辑部工作，结果那位高中于名校的博士生录取榜，安徽师范大学文学院便代为履约，把准备去某出版社上班的刘大先，送至这方祭坛，当了一只"替罪羔羊"。

真的是"替罪羔羊"。十年之前走进中国社科院的硕士们，月工资仅几百块钱。如若大先去了事先相中的出版单位，则笃定别是一番成色。农家子弟"裸"进京师，居大不易，要吃要喝要生存，大先承受着属于他的那份煎熬。然而他脸上却总是布满大男孩样的灿烂。一来二去，我发现这小子生命中最大的快活，便是埋头读书。来社科院正中下怀，有大量的书籍供他阅读，有大量的时间供他阅读，是个天大的便宜。

大先是块上好的读书"坯子"。

但凡有点儿空余，很少见他赤手握空拳闲戳着。一起出差，他坐火车读坐飞机读，连坐颠簸的长途汽车还在读。他乘车坐着读会儿再站起来读会儿，说是换着姿势休息；有时候见他手里拿两本书，一本艰涩的一本轻松的，倒着读，也是为了"歇歇脑子"。

天文地理社会历史文化艺术外加经济甚至于股票，他没有不感兴趣的。攻读硕士时学的是文艺学，到社科院后再去北师大攻读博士修的是现代文学，继而赴大洋彼岸哥伦比亚大学访学，又强化了关于比较文学和跨文化交流的思考。一般人觉得枯燥乏味的文艺理论，他却总能够甘之如饴。

智商不差，加上高强度苦读，不出成果才怪。古人将积累丰厚的学问人目为"饱学之士"，或曰"读书破万卷下笔如有神"，应出此理。

初来时，他还暗自怀揣对于影像文化的痴情。他居住在简陋的单身宿舍，我劝他去二手市场淘个旧电视机以打发无聊。他回答没时间看电视。除了读书就是大量观摩中外影片，超大容量的外接硬盘被几百部影片塞得满满登登。他要继续做少年时代放飞的一个梦，想写部中外影像批评方面的东西。有所为有所不为，十年磨一剑，竟出版了四十七万字的著作《时光的木乃伊：影像笔记》，是不显山不露水持之以恒的个性化工程。外界惊异于他的收获，却忽略了他有过怎样的埋头耕耘。

大先十年来端的是民族文学研究所学术编辑的饭碗，须在其上安身立命。当初有如"拉郎配"般被扭送到这个位置，他认识到有必要来一番观念转轨和学术对接。所谓观念转轨，顶要紧的，便是把中原民族习有的一元文化史观变易升级为体认出民族大千万象的多元文化史观。这事说来容易做来难，每个人都难，知识阶层更难。至于学术对接，则又体现在将既有的看问题方式方法以及知识积累，准确科学地应用于所面对领域的相应课题。

形而上的抽象性思维是大先的强项，十年前的他，凭借着已然熟读诸如孔子《论语》、王阳明《读通鉴论》、柏拉图《文艺对话录》和《理想国》、亚里士多德《诗学》、黑格尔《美学》、康德《判断力批判》、萨义德《东方学》、福柯《性史》《规训与惩罚》以及鲍德里亚《消费社会》和《象征交换与死亡》等经典的基础，颇有几分天马行空挥斥诸神的来势。第一回参加某个全国性的学术论坛，规定每人发言十分钟，他上来便纵目万里地评点起先前各位的发言，时间到了，才发现还完全没涉及自己精心准备的内容……我至今记得他在会议主持人宣布请他结束发言时，他向我投来的忐忑而自责的目光。这本是二十多岁年轻人免不了的失误。今天当然别是一番景象，哪怕只给他三分钟，他也会把一个见解有理有据、板上钉钉地亮明白。

不少学文艺学出身的青年往往存有一种倾向，面对一种文艺现象、面对一部作品，引经据典高谈阔论，足以教人验证其开阔的理论涉猎，却难以表达剖析客观具象的深刻性针对性。大先开始出道那会儿，我也跟他开过点小玩笑，说他有"空空道人"味儿。不知是否此话刺激了他，他决定选取某个民族的某一文学现象为切入点，扎扎实实下些细读功夫。着手于"清末民初京旗小说"的课题，是他个人正式启动民族文学训练的一段重要经历，强调将深入阅读具体民族的文学作品和切近考察相关社会历史文化背景相结合，是他异常用心之处。《制造英雄：民国旗人对于清初历史的一种想象》《侠义的落寞：〈风尘四杰〉的现实关怀》《流言时代：〈孽海花〉与晚清三十年》《大小舞台：清末民初的梨园书写》《观念的潜流：清末民初京旗小说与老舍》《清末民初京旗小说引论》《清末民初北京报纸与京旗小说的格局》《〈红楼梦〉的读者：

〈儿女英雄传〉的影响与焦虑》等一批文章，是他作为年轻的文学批评家尤其是民族文学批评家，为自我完成的扎实奠基。

大先上路了。不光是指他遵从悟性及时矫正治学路径，而且为做个从事多民族文学理论与批评的合格学人，他懂得"读万卷书"须佐以"行万里路"。陆续去新疆、西藏、四川、广西、辽宁、甘肃、内蒙古、云南、广东、贵州、湖南、湖北等地做调研，对多样性的中华民族文化样态，他有了常人难以企及的感性体验。此时他喜欢读的，是博厄斯、玛格丽特·米德、马林诺夫斯基、詹姆斯·克利福德、格尔茨等人类学家的著作，刚好也与他的体验相得益彰。

2003 年《民族文学研究》编辑部与相关单位一道创办了"中国多民族文学论坛"，一年一届已满十届。学人们切磋争鸣，提出了关于确立中华多民族文学史观等一系列极具意义的学术创建。大先是论坛中思想最为活跃的青年之一，他配合李晓峰教授完成了国家级项目《中华多民族文学史观及相关问题研究》一书，当被视为"多民族文学论坛"目前已有重要收获当中的一部。

他独立完成的、体现为个人在学科建设上独特价值提供的学术专著《现代中国与少数民族文学》，初成时乃是其博士论文《现代语境中的少数族裔文学》。著作重点梳理了少数民族文学的学术史，也着力探讨了三大方面问题，一是历史观念与文学书写的问题，二是主体性与身份认同问题，三是表述、翻译和权力的问题。他 2009 年赴美国哥伦比亚大学，在该校比较文学与社会研究中心访学，后在东亚系辅助刘禾教授一起授课，受益极大。在那期间他修改了博士论文，增加了关于地理与空间想象、宗教信仰与文学原型的两章，成为《现代中国与少数民族文学》的书稿。

大先的脑子里，又产生了一个宏大的、野心勃勃的架构，目前已经出版的《现代中国与少数民族文学》，只是这一架构的上篇，假以时日，他还想就"阶级""性别""身体""媒体"等诸多与现代少数民族文学相关层面的理论问题，进行追加探讨，以构成其有关中国少数族裔文学通盘研究之下篇。

大先者，已非十年前的大先。身后的脚印，能证明他计划的可行与可靠。

我了解大先。十年间他的求索与精进，来之非易。他的身后不单有成功的脚印，也掩盖着不少不足以为外人道也的艰辛、痛苦与牺牲。

人在世上都有追求。当日屈子行吟《离骚》，其中有"望崦嵫而勿迫""恐鹈鴂之先鸣"句。而今，在年轻学人们个个扬鞭催马的时刻，那个"恐"字也许可以改个"幸"字。我为有大先这样一些"先"鸣的鹈鸠感到振奋。

当然，我也期盼着，从读书"坯子"刘大先的脸上，总可以见到那大男孩样的灿烂。

（关纪新，中国社会科学院民族文学研究所）

**同期声：**

规则改变 // 刘大先

从差异性到再融合：后社会主义时代的各民族文学 // 刘大先

理论的行囊，或在批评的路上——刘大先与他的学术之旅 // 孟庆澍

**何同彬**

生于 1981 年，河北沧州人，后迁至山东德州。现为南京大学中国新文学研究中心讲师，第二届中国现代文学馆客座研究员。兼任《扬子江》评论编辑部主任、"柔刚诗歌奖"评委及秘书长；主持《青春》杂志"青春热评"等。研究方向为中国当代文化文学思潮、当代诗歌。已在《当代作家评论》《文艺争鸣》《小说评论》《诗林》《中国诗人》《钟山》《文艺报》《文学报》等报刊发表文论近百篇。曾两次获得"长江杯"江苏文学评论奖三等奖，第二届江苏省文艺评论奖优秀奖，江苏省紫金山文学奖。

# 批评杀手

## ——何同彬印象

黄 梵

　　我已记不清和他第一次谈话是在哪里，谈话的内容仿佛也跳出了记忆的疆域，但谈话的印象却深刻脑际。记得他的舌头就像火舌，能不停灼烤那些人们引以为傲的观点和想法，把问题的解决完全引向不确定和未知。那场谈话距今已快十年，实际上它只是后来许多拷问式交谈的开始，也令我不断审视自己的许多"正确"观念。他真是一个好"杀手"，主要谋杀那些看似正确的观念。我一直把他看作一个小说人物，仿佛他的内心深处有个恶魔靡菲斯特，恶魔主要想让所有发声的观念变得无用或喑哑，并以此为乐。我曾把这种倾向看成一种嗜好，并向朋友们宣称：他过了三十五岁，必会相信一点什么。当然，我可能高兴得太早，眼看他正迈向我预言的年龄，但他作为杀手却越来越专业，越来越有胆识……

　　记得我和这个年轻学者的缘分，始于十年前我去南京大学作家班作的一场小说演讲，我当然不知台下隐藏着一个硕士生"杀手"。演讲结束没几天，友人夏夜清就表情神秘地转给我一篇文章，那是何同彬写的《面对人性焦虑困境的叩问》。我选择一个静夜，反复读了好几遍，还是没弄清作者是否看重我的《第十一诫》。文章把我小说立足的想法，关进了毁誉参半的审讯室，等钻出他的文章时，它们已遍体鳞伤。他有自己的打算，希望我推荐给《山花》的何锐发表，但并不打算讨好我。这种做法罕见地有趣和严肃，我既不能肯定他写的全是真知灼见，面对他的批评和质疑也不能说无动于衷。我骑虎难下了好几天，最后总算捻灭了心底的自大，把它推荐给《山花》发表了出来。是的，表面上看他是好好先生，温文尔雅，但他有着自己的操守，带着一身可能改变批评界风气的新态度。这样就可以理解，他近年在《南方都市报》发表系列书评时，不过是想用批评建一个祭坛，用被批评的小说作为供品，崇敬他心中的伟大批评传统。他可不想给作家戴上花环，进行利益交换。他对莫言《蛙》、格非《春尽江南》、刘亮程《凿空》等作品进行的严厉批评，已把自己置身于一个伟大的传统中，即忘掉个人切身利益，把生命投入诚实的东方古代传统，或西方现代传统。这样一来，上辈人自鸣得意的庸常环境，对他的压迫就越变越轻。我甚至相信，格非应该会容忍他的指三道四，意识到在中国延续了多年的赞美时代已近尾声，何同彬代表已从麻木中苏醒的新声音，不管这种新声音会给我们带来什么，倾听它都是非常有益的事。

明眼人都能看出当代批评的荒唐，他并非是唯一想挑战或越过这些荒唐的人。依我看，激发他勇气和雄心的力量来自诗歌。当他还是一个被迫听话的硕士生时，他已倾向与诗人们交往。他后来在小说批评中坚持的那些高标准，无疑与他个人的诗歌修为有关。随着他接手编辑诗歌民刊《南京评论》，他索性变成了诗人团体中的一员。是的，他的诗写得异常感性，弥散着置身时代深渊的虚无感，完全看不到一丝学究气，甚至从中可以分辨出某种音乐。说到音乐，我倒要说说他的一个嗜好——收藏原版古典音乐CD。他拥有几千张原版CD，同时一期不落地购买三联的《爱乐》，由此可见他的艺术感受力有多活跃。这与许多批评家是在理论中完成批评迥异。这使他像他周围的那些诗人一样，不止博学多闻，也完成了培育作品感受力的秘密课程。我一直有个观点：一个人的文学趣味，基本与他的其他趣味相当。不能想象一个只能接受写实绘画的人，会懂现代小说。所以，我认为一个批评家最紧要的事不是完成批评，而是先完成自己的修养，把各种趣味和感受力提升到现代水平。时常，他围绕着国外某个当代乐队的谈话，极有启发，从中甚至能听出他的诗歌品位。我猜想，那是相对简单的诗界，引导他走出了小说界的复杂迷宫。我想诗界赋予了何同彬一种经验，那就是不再去追随大奖的脚步，只把甄别交给自己对文本的阅读。这方面他堪称富有经验和胆识，他不会因文学奖设置的重重障碍而迷路。甚至在生活层面，他对麻木的犬儒主义也警惕有加，权力在他眼里早已没有了德性。我想，他身体里除了靡菲斯特，还藏着一个薇依，他仿佛是怀着羞惭去帮助别人，不求回报，怀着羞惭生活在体制中，冷眼旁观。记得诗人张枣去世不久，他曾写了一篇文章《死亡的边界》，质疑那些怀念文章背后的真诚，他怀疑那些人是借张枣之死，向世人隆重地推出自己……这篇文章一经在《南京评论》刊出，便引起了林贤治的关注。林贤治向我索要了他的联系方式。最近听说林贤治已编完何同彬的第一本文集，即将出版。看来林贤治的身体里也有一个靡菲斯特和薇依，他在新一代批评家何同彬身上，看到了不让批评失明的希望……

由于求学期间，何同彬就属于一个现代主义的文学圈子，这样他批评的起点就是现代主义。所以，当他开始研究国内的主流写实小说，面对他难以推崇的一些作品，难免语露讥讽，容易被人误读为故意语出惊人。其实他不仅在文章中，会让大家对作品丧失信心，他与友人在茶社或饭局的长谈中，谈话的锋芒一样登峰造极。当你听着他温和的言说时，浑然不觉双脚的立足点已被他的剖析抽空。这就难怪那些上他课的学生，常常会被他无情的剖析弄得要发疯，他们一方面认为他讲得颇有道理，另一方面又盼望他能提供出路。他在这方面非常吝啬，不认为自己能为他们指明出路。结果，就有感觉绝望的女生当堂哭泣，弄得他手足无措。这样的故事很多，几乎成了他课堂的常态。有一次，我请他来我校作讲座，亲睹了他那手术刀似的残酷剖析。好在我校的学生出身理工，情感不如他的那些文科学生丰富，所以，讲座结束时，没有人觉得有哭的冲动，但他们的其他反应与他的文科学生一模一样，团团围住他，非要这个戳破了他们幻觉的"恶魔"，给他们指点迷津，指出一条有希望的精神出路。他呢，真的就像靡菲斯特，微笑地看着一双双渴求、茫然的眼睛，并不打算伸出援手。我旁观的那一刻十分真切。我看出他分明是要消灭他们心中的浪漫，让他们看清现实的残酷，从而真正长大。我何尝不是这样看待他的批评呢？他大概觉得有必要让文坛消失一批"大师"，太多由批评造出的浪漫景观，早已置文本于不顾，就像别斯基当年在俄国文坛看到的景象。也许别人认为他是在向批评的极限挑战，但了解他的人知道，他不过是受到更高标准和趣味的引导，就像一个航海高手，不会认同在湖泊的航行会有什么重要。

当然，不是说他的内心没有挣扎。他表面的和善和身体力行的苦干，会让他暂时委曲求全，但内心的锋芒不会让他完全融化在麻木中。记得六年前，何言宏与我等（傅元峰、马铃薯兄弟、育邦、何同彬）开始编制年度诗歌排行榜、组织评选柔刚奖、举办诗会等活动，何同彬一直是热情的实干家。一方面他会认真完成大家分派给他的任务，另一方面他又是这些活动直截了当的批评者，指出它们可能的归宿，让大家察觉到它们的虚妄。说真的，正是他有意无意的批评，让我们意识到自己也有可能成为谎言的同谋，并时时提醒自己不该越过底线。所以，从这个角度讲，他的批评行为并非孑然一身，他用那惯有的讽刺语调，竭力唤醒深藏在每个人心底的批评正义。对我来说，还有什么样的友谊能比这更有益、更智慧、更正义呢？

（黄梵，南京理工大学艺文部）

**同期声：**

批评的敌意 // 何同彬

"历史是精神的蒙难"——对当下文学史思维的思考 // 何同彬

激越与沉潜——何同彬的文学批评 // 黄发有

**何英**

新疆文艺评论家协会副主席，新疆艺术学院《学报》副主编。中国社会科学院文学博士（在读）。曾在北京大学、北京师范大学做访问学者，担任第五届鲁迅文学奖评委。2006 年获新疆第二届"天山文艺奖"，2013 年获《文学报·新批评》新人奖，2013 年入选自治区"四个一批"人才，2016 年获首届茅盾文学新人奖，曾获新疆社科基金课题《新疆当代文学研究》优秀成果等。在《当代作家评论》《小说评论》《南方文坛》《文学自由谈》《文艺报》《文学报》《中国文化报》《中华读书报》等多家报刊发表约一百五十多万字评论作品。著有评论集《批评的"纯真之眼"》《呈现新疆》《深处的秘密》，随笔集《阁楼上的疯女人》。有作品被《新华文摘》《中国社会科学文摘》《光明日报》等选摘。

# 何英何许人

## 周　涛

何英何许人也？

说来惭愧，笔者远闻其名，近谋几面，知道她供职文联，是个才女；读过她几篇评论文章和大半本《阁楼上的疯女人》，至于她何方人氏，什么来历，芳龄几何，性情怎样，全说不清。就凭着这么点了解，还要给人家写印象记，确实是难为无米之炊。我给她说"对你了解太少，恐难胜任"。她回短信说："周老师完全可以一口回绝，那我也没什么。"

我一口回绝的人与事可能太多了，恶名在外。回绝了别人的请求自然难免名声不佳，这也没什么了不起，无非是"笑骂由人笑骂，恶名我自背之"。但是对何英，不能一口回绝，先得应承下来，再去搜索我那将近七十年的枯肠。为什么对何英就这么心慈手软了呢？有人会说，何英是才女，在作家眼里才女就是美女。这话说对了一半，才女二字，才在前，女在后。我这个人有时候偶尔会藐视权势轻薄钱财，但从来不敢贬低人的才华。才气和骨气是不可分的。

有才必有骨，无骨不成才。80 年代后期数位军队作家京城小聚，已成醉态，约好以互扇耳光告别，轮到莫言那张胖脸，惧其才高，未敢痛下狠手。现在到了何英这一茬人，同样，不能"一口回绝"。但是写她的印象记也不是容易事，她不好打发——太聪慧了，悟性太高，虽说是相差着一代，老夫这点太极拳功夫，很容易露出破绽，嘴上不说心里会笑"他也原来如此啊"。

何英今年究竟有多大我不知道，看她文章里写到有个十几岁的儿子，估计是 70 后。这茬人接触得少，但也知道其中的佼佼者才分比我们这一代高得多。就说人家何英吧，有批评家的学术功底，有散文家的语言驾驭能力，还有青年诗人的悟性和想象力，行而为文，如庖丁解牛游刃有余。因文而异，有时高论精辟、独有见地，不避名家，笔锋犀利；有时历数数代才女，饱蘸深情，女权气重；有时写起各类花草，如《黄郁金香》里的黄蕊蕊，那也是少见的妙文——"我活到现在，要说身边有什么人让我产生过不可克服的嫉妒心理，那还真的就是大学时的黄蕊蕊。"让何英说出这种话来可不是容易事，结果黄蕊蕊的自沉青格达湖，让何英说出了更厉害的心事——"让我心里永远难以不恨她。我还没跟她最后比试完，她就骄傲地走了。"

所以说，何英何许人？在这篇妙文里和盘托出，暴露无遗——何英是个有女人心事还有男人心胸的人。她不光有"不可克服的嫉妒心理"，还有要"跟她最后比试完"的自信力。何英心里有一种很强硬的东西，你别看她平时为人低调，与世无争，甚至有时还装出什么都不懂的样子，但是心里强着呐，说她"心雄万夫"一点都不过分。这种人亏是生为女儿身，又搞了文学，此乃崇尚英雄业绩的男人们的幸事，不然，真还难说"天下英雄谁敌手"。

我如果说何英有女权主义倾向不知她能不能接受，当然是指在文学研究方面，社会行为方面倒未见有什么实践。你看她的《才女何须福薄》，为中国历代才女鸣不平；再看她的《阁楼上的疯女人》，为罗丹、布莱布特、毕加索身边的燃烧殆尽的奇绝女人长太息。人类长期男权社会下的婚姻制度肯定远未达到合理完善，更未臻于解放与和谐人性，那些成就辉煌的艺术大师对美好女性从身体到灵感的榨取和冷酷，让人触目惊心！身为知识女性，没有点女权主义倾向才是怪事，至少是麻木或没出息。

但是女权主义并不等于性别主义，一味的性别袒护反倒沦为退步。何英写张爱玲的那篇《千古恨事由此铺开》便可见到她的独立见解和判断功夫，人皆捧张，她不护张，一上来就说了实话："我最初读张爱玲的小说就是不喜欢的，可是盲从的国人心理让我始终不敢把自己的疑惑说出来，好像那样说出来，我就是一个顶没有艺术欣赏力的俗人。"还说，"二十岁时的女人是容易喜欢张爱玲的，张爱玲式的有产者的情调，带着空虚浮华幻想轻易地填充了我们的心，我们甚至在张爱玲的小说里找寻关于男人的知识和经验。"

这个看法又让她说到我心里了，不谋而合啊。我不否认张爱玲是个大才女，但我也看不出她有人们捧的那么玄！正如那个周作人，我是死活看不出他的那些散文究竟妙在何处！我不知道是些什么人在暗中操纵着这个时代的文化价值判断。这些人自己创造不出任何文化，却可以随心所欲地左右别人的文化取舍，正如鲁迅所说"鸣鞭作奴隶总管"。他们既不是政府部门，又不是主管官员，但能量大得很，全国成千上万的小报都是他们的喉舌！我们以为"指鹿为马"是遥远朝代的赵高搞的一个笑话，不对了，它就发生在我们身边，而且经常上演。

但是何英不是奴隶，她不听总管的鸣鞭，她说出了自己的看法，有剖析，有批评，有惋惜，也有公正客观的评价。这又是一篇好文章，可惜正在起哄凑热闹的人们无心去听墙角的独白。人们对文学"衰落"呀"滑坡"呀"边缘化"呀等的恶意哀叹已经持续有二十年了，是不是这样呢？比起80年代的全民文学热，现在文学是边缘化了，但是"衰落""滑坡"未必如此。我倒是觉得从60年代、70年代、80年代出生的这三个十年中产生的文学家，正默默无声地把当代文学推上一座新的高峰！

我这么说不是闭着眼睛说瞎话，我也是从洪子诚、程光炜主编的《中国新诗百年大典》这套书中得出的结论，其中后五卷的作品令人吃惊，尤其是女诗人路也、宋雨的作品，我以为远远超过了前辈数代诗人！这些人毫无名气，如果不是这套大典选收，我便根本不知道她们的存在。我一下子突然明白，文学王国改朝换代早已成熟了！现在的门面是一个强撑的假象，内囊尽了，不堪一击！何英正是这几代人中的一员，她和她们一样拥有着出人意料的聪慧、才识、坚持、隐忍，她们早已拥有大家的胸怀眼光，却时时扮演着小学生的角色……

由此我想起与何英第一次见面的对话，颇有一点象征意味。

何英：哎哟，周老师太高太魁梧了，真得让人仰视才行！

我：没那么高大吧，可能你先生个子不高，所以看我高大了吧？

何英：我先生他不矮呀，但是没你这么高大魁梧。

我：你先生多高？

何英：他一米九。

我：啊？！我是缩了水的一米八。

何英何许人呀？

就是明明拥有一米九，却还要仰视一米八。

（周涛，新疆军区创作室）

**同期声：**

批评的"纯真之眼" // 何英

作家六十岁——以《带灯》《日夜书》《牛鬼蛇神》为例 // 何英

职业阅读、边地想象与批评气场——何英文学批评的一种观感 // 黄桂元

**郭冰茹**

1974年12月出生，北京大学文学学士，中山大学文学硕士、博士，现为中山大学中文系教授、博士生导师，美国斯坦福大学访问学者，中国现代文学馆兼职研究员。研究领域为20世纪中国小说史及社会性别研究。在《文学评论》《文艺研究》《中国现代文学研究丛刊》《文艺争鸣》《南方文坛》等重要学术刊物上发表论文多篇；出版《十七年（1949—1966）小说的叙事张力》《20世纪中国小说史中的性别建构》等五部专著；主编《中国当代文学批评大系（1949—1959）》（卷一）、《海外中国现代文化研究文选》。曾获广东省哲学社会优秀成果三等奖。

# 批评的灵性

李凤亮

认识郭冰茹有十几年了吧，从1996年我负笈广东不久。大约是1997年吧，冰茹从北京大学毕业南下中山大学读研，我们便常在黄树森老师组织的各种评论会上见面。黄老师当时是广东省文艺批评家协会主席，喜欢跟我们一帮屁孩结忘年交，我们这一拨广东批评界的70后，都喜欢称他"黄老板"。不过直到2001年我从暨南大学文艺学专业博士毕业后去中山大学，跟程文超教授做了中文博士后流动站第一个进站的博士后，才因为"同门"的原因，跟冰茹等师弟师妹们时常相聚，更加熟络起来。看着冰茹为人妻、为人母、为人师，在学术上也一步步成熟，有一种由衷的高兴。在广州时，几家小孩节假日时会在一块玩玩，我至今保留着一张一帮妈妈把我出生几个月儿子逗乐又逗哭的照片，很有意思。

冰茹爽直。

这大概跟她出生成长在新疆有关。跟冰茹在一起，不论吃饭聊天，还是讨论文学圈内的事，你不用太多遮掩、斟酌辞言。异性朋友做到这个份上，是很开心的事。人真是一种很奇怪的动物，对有些人，你会有一种油然的信任。其实，识别人性中不良的成分，往往需要时间；而看出其中善良的成分，可能只要两三分钟。冰茹给人的印象常常是后者，爽快直率，快人快语，有点像哥们儿，让你交流起来不存戒心。对于受知识"毒害"这么多年的"高级知识分子女娘们"（这是我最近听到的对现代女博士的一个经典趣称，可能不雅，但很形象）来说，性情的率真有时还真不易。

有一件事让我充分体会到冰茹的这种爽直个性。2004年春，我要从中山大学中文博士后流动站出站了，报告会需要找一位答辩秘书，我想都没想，就把电话打给了郭冰茹。打完电话觉得有点唐突，不是别的，是因为她当时已身怀六甲，就要当妈了。可电话里冰茹一口应承下来，没有半点推托的意思。答辩那天上午，她就那样挪着笨重的身躯走来走去，搞得我一会儿陈述，一会儿还担心她别摔倒啥的。那天中午，我很认真地敬了冰茹一杯酒，为她的爽直，为她在关键时刻拔刀相助。这事今天回想起来，感动依旧，温暖如初。

冰茹敏锐。

我讲的是她在学术研究上的触角。过去朋友相聚时，大家常称郭冰茹"才女"。刚开始我以为是俗常的逗美女开心的褒词，及至跟郭冰茹聊得多了，再读过她一些东西，觉得此言不虚。冰茹将她在北京大学、中山大学、斯坦福大学积淀下来的现当代文学素养，与可贵的问题意识结合起来，用问题照亮材料，以思想观照历史，出手的东西自然新劲十足。这十几年来，她将阅读和研究的兴趣锁定在20世纪小说史和社会性别研究方面，突破传统现代文学研究就文学论文学、从史料到史料的学术路径，而是将文学、历史、社会、思想等有趣地结合起来，走出一条跨学科的现代文学研究新路。坦率地讲，这条研究路向并不新鲜。海外中国现代文学研究界的大多数人，很早就在做这种跨学科的综合研究。即使是奉古典主义和形式主义为圭臬的夏志清教授，其研究中结合政治、历史、文化谈文学的倾向也很明显。当然，在美国，"东亚研究"（East Asia Studies）与"比较文学"（Comparative Literature）研究的综合性，使得不同知识、学科、理论、方法在"现代中国文学"领域相遇，学者们意欲解决的，常常是文学材料背后的历史问题、社会问题、思想问题或文化问题。这跟美国学术界有关东亚研究和比较文学研究的科系架构有关系，也跟其"中国研究"（China Studies）不同于传统的欧洲"汉学研究"（Sinology）取向不同，更偏重于现实问题和思想问题有关。

　　冰茹显然深受这种研究范式的影响，她打磨多年的代表作《20 世纪中国小说史中的性别建构》，与其说是一种小说史研究，不如讲是在借小说史而回溯文化史，呈现中国现代风潮中由文学女性、女性文学以及女性文学形象所勾勒出的思想脉络。从五四"新女性"的出场到革命战争年代"不爱红装爱武装"的性别跨界，再到"社会主义革命"话语宰制下的性别隐退、"思想解放"语境中的性别重构，她处理了一个极大的政治、历史、思想和文化跨度，但脚跟仍深扎在无限丰富的文学世界中。可能是自身为女性的原因吧，冰茹这种长跨度的解读，仔细、绵密、极富体温。郭冰茹曾受邀翻译过刘剑梅女士的《革命加恋爱——20 世纪中国小说史中的女性身体与主题重述》，我相信，这本书给她的影响和启发，不只是知识和问题的，更是思想和方法的。摒弃传统的单一学科视角，把学术做成问题，把问题做活而不是做死，这一点在她近期的写作中屡有呈现。如果我没有说错，程文超教授在世时对思想史的关注，所汲取的西学营养，已经给予冰茹不小的影响。从她近年来的著述，说她得到了文超先生的真传，我想是不为过的。

　　冰茹灵动。

　　文学有灵性。研究文学，也需要一种灵性。历史上曾出现的伤害文学的一些文字，除了思想立场上的褊狭与顽执，说话方式上的生硬与僵化，也或与对文学的灵性体悟不够有关。有时候，我十分憧憬 20 世纪上半叶的文学世界，以及那个时候的大学校园。不为别的，只为了那个时候"文人"们对于文字的敬畏，对于文学灵性的无限展示。从这个意义上讲，那个时期与其说是文学星空繁茂，不如讲是文学创作和研究中充满了灵性。这份灵性，来自大地，来自生命，来自生活，来自内心。毋庸讳言，今天这个自媒体时代，写文学的多了，研究文学的也不少，每年培养的博士很多，找工作有时都成问题。我们从文学界看到很多成果，却仍然存有遗憾。我的遗憾正与灵性有关。参与过不少博士硕士论文的开题或答辩，坦率地讲，很多论文与文学相距遥远，看不到一丝灵性。以各种各样的"理论"框定文学研究的视野，以形形色色的政治性、哲学性、历史性取代"文学性"，这样的文学研究怎么会有前途？我们需要的，是文学与相关领域的"相遇"，而不是"替代"。文学和文学研究要解决的，是美，是心灵，是深层次的精神关怀。

　　文学的灵性，有时甚至不是一种主观的选择，而更多显示为一种内在的禀赋。冰茹属于这种有灵性的研究者。她的批评文字，生动、细腻，近文悦人，见心见性，读了让你有一种美的愉悦感。当然，她的这种文学灵性，并不只是文字性的，呈现于字句；更是思想性的，内蕴于行间，因而这种灵性更显得深挚，也更容易持久存续。我个人认为，有灵性的批评，赋予对象和历史一种"同情的理解"和"深邃的体察"，便为文学研究奠定了一个极好的起点。所以，在批评的感性、理性、知性之外，我更喜欢批评的灵性。有了这种灵性，也就为未来更为阔大的学术格局开启了可行的路径，郭冰茹年轻而有成就，还有国际视野，这种气象是可以期待的。

几年前，我也曾做过《南方文坛》的"今日批评家"。在扉页的"我的批评观"中，我曾这样写道："或许有人说：研究，以学理胜；批评，以才情长。其实，学理与才情，并非楚河汉界，就像研究与批评，何尝泾渭分明？维系其间的，似乎只有一条，就是'问题意识'。我亲耳听到过的最好的解释，就是刘禾那句话：什么是理论？就是问题意识。"问题是灵性的映现。一个有灵性的人，会在常识中发现遮蔽，于简单中追问复杂。这是我当时的感想，也恰可印证冰茹这样的年轻批评家所走的新型批评道路。我深深地祝福他们。

（李凤亮，深圳大学）


**同期声：**

走笔至此 // 郭冰茹
中国当代小说中的"叙事传统" // 郭冰茹
"缩小"和"放大"的当代文学研究——关于郭冰茹的学术印象 // 王尧

## 2014 年《今日批评家》

傅逸尘

岳 雯

董迎春

柳冬妩

张定浩

张立群

印象·"穿越"傅逸尘
　　——从一次会议的缺席开始 // 朱向前

岳雯小记 // 李敬泽

时代的异乡人与形而上的反抗
　　——诗人董迎春及其诗歌批评 // 杨有庆

在场者的见证 // 胡磊

既见君子，云胡不喜
　　——张定浩印象记 // 崔欣

"白马"飞翔的天空
　　——我印象中的张立群 // 房伟

**傅逸尘**

本名傅强，1983年生于辽宁鞍山，毕业于解放军艺术学院文学系，文学硕士，现为解放军报社文化部编辑。中国作家协会会员、中国报告文学学会会员、中国当代文学研究会会员、中国现代文学馆客座研究员、解放军军事文学研究中心研究员、鲁迅文学院第二六届高研班学员。著有文学评论集《重建英雄叙事》《叙事的嬗变——新世纪军旅小说的写作伦理》，理论专著《英雄话语的涅槃——21世纪初年军旅长篇小说创作论》，长篇纪实文学《远航记》。曾获中国当代文学研究优秀成果奖、"紫金·人民文学之星"文学奖、中国文联文艺评论奖、全军文艺优秀作品奖等。

# 印象·"穿越"傅逸尘
## ——从一次会议的缺席开始

朱向前

## 一、一次缺席的会议

2013年5月13日下午两点半，由中国作协创研部、理论批评委员会和中国现代文学馆联合举办的"青年创作系列研讨·80后批评家研讨会"如期在京召开。而恰在北京的我却缺席了。

虽然近年以来，我经常蛰伏江西老家山中小院，一为享受青山绿水甜空气，二也是有意躲避开会，淡出江湖。但这个会不一样，它研讨的对象是六个80后批评家，其中最年轻者就是我的学生傅逸尘。所以，当4月中旬作协创研部岳雯通知我时，我虽初患小恙入住在301医院，却还是爽快地一口答应了。原以为还有一个月疗程，当无问题。孰料因最后一次复查结果延宕了时间，不胜其憾。

因此我就特别关心有关会议的报道，并先后读到了《文艺报》的综述《青年批评家在成长》（2013.5.20）、《中国艺术报》金涛的《80后批评家，他们为何姗姗来迟？》（2013.6.7），捕捉到了会议上的诸多信息，获益匪浅。但其中最受用的是这么几句话——"前辈批评家在惊讶之余，给予了他们很高的评价：学识广博，感觉敏锐，接轨传统，打通经典，理论视野开阔，善于在务实中求新，相比前几代批评家，多了'后'知识，富于潜力……"（见金涛文）

说的是何等的好啊！我深表认同，而且我还从字里行间读出了别的意思，脑海里穿越出了有关傅逸尘的两段往事，虽无关学养，但有关修养——

## 二、一曲吉他惊四座

2012年春夏之交，总政艺术局和解放军出版社在广东汕尾遮浪岛边防某连举办全军长篇小说创作笔会，傅逸尘应邀与会，我前往授课，相会于遮浪岛。笔会结束前夜，笔会成员要与驻岛官兵举行一场联欢晚会。驻军领导为了向笔会作家、总政机关领导展示汇报基层文化活动成果，不仅让连队复排了全军获奖的拿手好戏，还特邀了曾在此代职锻炼过的几位专业演员回"娘家"来"助演"，无形中既大大提升了观众们对晚会的期望值，也给了"客队"——作家班一个巨大压力。部队里干个啥都好讲究个胜负输赢，不争出个你高我低就不算完。明知不敌，也要"亮剑"！何况来自全军的作家，个个都是人精，其中又有几个集编、创、演于一身的曲艺演员堪称撒手锏，焉能轻易认输？果然，大幕一开，好戏连台，兵来将挡，水来土掩，三五个回合下来，我方（无形中我已自觉加入"作家班"啦啦队）竟扛住了，不处下风，特别是两位曲艺家新编相声"遮浪岛的浪"，把驻岛官兵的真人真事都巧妙嵌入，不停地爆得大彩，显然把对方派出的第一员大将——某歌手的风光压了一头。气氛渐趋火爆，竞争更加激烈。我正担心，撒手锏之后还有啥呢？傅逸尘上场了。

实话说，刚开始我有点蒙，我怀疑自己看错了，这是傅逸尘吗？但见他着装休闲，风流倜傥，斜挎一把吉他，"胜似闲庭信步"踱到舞台中央站定，真是玉树临风，而又泰然自若。傅逸尘这家伙会这一手？我怎么从未听说啊？他不是来搞怪的吧？我个人口味清淡，比较厌恶港台夸张、搞怪，以肉麻当有趣的无厘头风格。如果傅逸尘也来这一手，那可就把他翩翩美少年的形象毁于一旦了。我甚至低下头来有点不敢看了，寂静中但听他淡定地自报曲目《外面的世界》。随后是一串华丽的琶音，"转轴拨弦三两声，未成曲调先有情"。一个叮叮咚咚的前奏沉静而又活泼地在低沉的海浪伴送下飘然而至，场上哗地爆发出掌声。这时我举头望他，他倒似目中无人，坐着怀抱吉他，遥视黑暗中的远方，朴实自然而又老到深沉地开唱了，他的声音再次让我困惑，因为你第一次听一个人唱歌，总觉得和他说话判若两人。但是很快，傅逸尘以他有点怀旧、有点恍惚、有点不羁的演唱风格和晚会上其他人区别开了，第一段刚唱完，掌声、叫好声已连成一片……

我不免又陷入了"穿越"。忆及1968年秋，十四岁的我下放在一个离县城百里之遥的名叫若演的小山村，为了打发寂寞，找些乐趣，便悄悄学起了吹笛子，既无曲谱，更无名师，就从"5562，1162"开始，刻苦摸索，无师自通，到最后能勉强吹下来独奏曲《扬鞭催马运粮忙》，到1970年冬，在背包上斜插一根笛子去当兵了。曾经多少个夜晚，收工归来，倚在房东大门的门框上，对着晒谷坪以及坪前的小河和河对岸黑黝黝的半个山村高奏一曲，"呕哑嘲哳难为听"，不知给多少不眠人带去了骚扰、慰藉还是愉悦？而今两相对照，无异于云泥之别……爆棚的欢声把我拉回晚会现场，只见傅逸尘起身鞠躬，又挥手致意，安排的和自发的俊男靓女们纷纷上台献花并与之合影。

嗣后在海滩消夜时我与傅逸尘碰瓶（啤酒）时连连表示：太精彩了！太意外了！傅逸尘却平静淡然道："老爹（上了酒场他就不叫我老师了），这不算啥呀，我还会给你新的惊喜的！"

是吗？

## 三、"手谈"南帆

果不其然，今年春暮某日小聚，傅逸尘刚从福州参加《中篇小说选刊》研讨会归来，我问他有何趣闻，都见着谁了？他说见到南帆老师了。南帆听说我是你的研究生，很高兴，让我给你带好。哦，那是，我们老朋友了。我还跟他下了围棋。怎么样？我侥幸赢了。啊?! 这可是一个具有相当杀伤力的爆炸性新闻！祝贺祝贺！为此，我和傅逸尘连干三杯。为了让傅逸尘和同志们知道此举之重大意义，我不得不长话短说地说起了南帆。

我自1970年入伍到福建，至1984年北上就读解放军艺术学院文学系，十四年最好的青春年华都献给了福建，文学创作也起步于福建，对福建文坛颇为稔熟。我自认为，福建对当代中国文学的贡献主要在于诗歌和理论，前者有冰心、郭风、蔡其矫、舒婷等，后者则更有谢冕、张炯、孙绍振、刘再复、陈骏涛、何振邦、林心宅、陈晓明、谢有顺等，简直快顶得上当代文学理论界半壁江山了。而南帆又堪称其中的佼佼者。虽然算后生晚辈（仅年长于谢有顺），但不愧是青出于蓝而胜于蓝。他胜就胜在比他人多一支笔，右手写理论，左手写散文，两手都很硬，都达到国内一流水平（均获得鲁迅文学奖），不仅在闽籍学人中，即便放置于整个当代文坛观之，恐亦属个案，不得不叫人钦佩。此为主业。业余呢，他也有两把刷子，称雄评论界。一是乒乓球，二是围棋。正好此二物也是我的所爱，因此就有了故事。

先说乒乓球。多年以来，因参加中国作协各种评奖活动，就常与高洪波、陈建功、雷达、吴秉杰等文坛乒乓高手成了老球友、老对手。也久闻南帆球风稳健而凶悍，却一直无缘领教。但记忆中读到过他的一篇写打球的散文，其中说他少年时常在球馆中提拍四望，顾盼自雄的"霸气"给我印象颇深，故未曾交手就先怵了一层。结果 2004 年第六届茅盾文学评奖会上，我们遭遇了。我自认弱势，轻装上阵，却连下两城，按当日战例三局两胜制，我就二比零赢了！正要握手感谢南帆"承让"时，他不让了，说五局三胜！也许是赛制突变打破了我的心理防线，也许是两局下来南帆窥得了我的命门所在。随后三局我竟稀里糊涂败下阵来，痛失好局，饮恨至今哪！

再说围棋。中国文人历来讲究琴棋书画，琴者，早成绝响，就不提了。书画亦因多年不彰，近几年才略有回潮之势。只有围棋，乃因 20 世纪七八十年代之交"聂旋风"劲吹，导致所有大学棋风甚炽，凡自认高智商者无不卷入，常在博弈中一展风采。此风波及文坛，但凡文友聚会，难免"手谈"几局，捉对厮杀，成一景观。时日一长，便有若干高手浮出水面，如小说家中的储福金、顾小虎等，棋力均在业余五段即近专业水准，而评论家中，则以南帆、陈福民等为著，传说中棋力不在业余三段以下。在我等 80 年代末、时年三十五岁开外方来学棋的臭棋篓子眼中，基本上将 80 年代初出道者视为"科班"或童子功，将三段者惊为天人。军旅文坛高人朱苏进鼎盛期号称三段，授我两子，还常常弄得我长吁短叹。就他，还输给南帆。由此可见，无论主业还是副业，谁要想在南帆那儿占得一点风头，都是大不易。孰料，此番傅逸尘以评论新人身份初到闽地，研讨文学之余，悄没声地打了一个客场，竟就把南帆给赢了，不啻一员无名白袍小将在人们不经意之中于百万军中取了上将首级！虽然时过境迁，今日文坛棋风淡然，但此事影响亦不可小觑，必将不胫而走，渐次传遍文坛棋界。至于吗？那是，别人不说我说呀。就在前不久的中国作协全委会上，我主动招呼：

"南帆兄别来无恙？听说前不久傅逸尘去福建跟你下围棋了，怎么样？"

"嘿嘿，我输了，不过，都有机会，差不多吧。"

"哦，那肯定是你大意了，下次再逮住傅逸尘别再让他了，哈哈……"

我们相视而笑，我心中的那份小快意，球友棋友们，你们懂。

那天小聚我和傅逸尘们以此话题佐酒，至少每人多喝了五杯。哈哈哈！

由一次缺席研讨会的遗憾引出了以上对傅逸尘关于吉他和围棋才艺展示的"穿越"，其中有赞叹、有惊喜、有羡慕——羡慕他们生在了一个好时代，从胎教到家教，从小、初、高到本、硕、博，一路连科，红旗捷报，风调雨顺，风生水起，只要是这棵菜，只要是这块料，你就恣意生长吧，扎根、发芽、抽条、开花吧，"梨花一枝春带雨""春风杨柳万千条"，得天独厚，左右逢源，心想事成，梦想成真，无往而不胜。羡慕他们的同时，又对自己生出了几许遗憾，遗憾自己早生了三十年，由此我想起 1986 年上半年，王蒙先生到我们解放军艺术学院文学系讲课，首先夸奖了一通莫言的《红高粱》《爆炸》，然后感慨道："我如果再年轻二十岁，我还可以跟莫言比试比试。"这里有称赞，有羡慕，但也有一份不甘和不服。我当然远没有王蒙先生的雄心和才华，我对 80 后们是服服的。也正因此，我觉得傅逸尘站得高、走得远、写得好是应当应分的，大家都有目共睹，我也无须饶舌了。只说说写作以外的两点"才艺"，让大家更全面地认识傅逸尘就 OK 啦！

"穿越"终了，反顾前文，却有点不好意思了，光顾给爱徒捧场，竟让南帆"躺枪"了。所以，这篇拉拉杂杂的穿越记还要"收官"在南帆处：

南帆兄，向前这边厢先赔不是了，为表歉意，提前给你预约，在合适的时候合适的地点，我和傅逸尘师徒联手（我乒乓、他围棋）前来讨教，也给你一个左右开弓的双赢机会。如何？

癸巳夏月于江右袁州听松楼

（朱向前，解放军艺术学院）

**同期声：**

批评当随时代 // 傅逸尘

没有结局的小说与"漂泊者"的命运及状态——读徐则臣中短篇小说记 // 傅逸尘

整体视野中的军旅文学批评——傅逸尘理论批评印象 // 杨庆祥

**岳雯**

湖北枝江人，毕业于北京师范大学。现就职于中国作家协会创研部。发表了些许文章，著有评论集《沉默所在》。获首届"紫金·人民文学之星"青年评论家奖、《南方文坛》2014年年度优秀论文奖、第四届唐弢青年文学研究奖。

# 岳雯小记

李敬泽

话说六年前，2008年，我刚接手《人民文学》，编辑部里老人陆续退了，便张罗着四处物色新编辑。人问：要个什么样的呢？我想了想，也没多高的要求，要聪明的、能干的、坐得住案头、出得了场面的。众人皆笑：这样的人哪里找去？

是啊，中国最不缺人，但事到临头，你常常感到最缺的就是人。但话说回来，合适的人终归是有，看不见和想不到罢了。那日，又为此事发愁，恰好杨泥进屋来，笑问"愁啥呢"？备细一说，杨泥拍掌笑：现成就有一个，怎么没想起来？

谁？

小岳雯呀！

是了是了，这人却在眼皮子底下，就是创研部的岳雯。

其实，我到那时为止也并不熟悉岳雯，只是有一度文联大楼装修，《人民文学》搬到作协楼里借住，出来进去，见面招呼而已。但人之识人，有时也真是没有道理，刘备找诸葛亮，连个面还没见，凭几句忽悠就中了蛊般起劲，往好听说，是直觉，说难听点，就是病急乱投医。我那日一听岳雯，想也没想，只觉得就该是她，连忙让杨泥说去。

谁知，杨泥去说了一回两回三回，只是顾左右而言他，今天天气真不错。

看起来，我不是刘玄德，岳雯却是诸葛亮。只好找到作协楼上，当面去请：能否屈尊下基层，来我《人民文学》共襄大事乎？

岳雯脸通红，后来我知道，此人的特点，眼里揉不得沙子心里装不得事，一有事就大红：那个，当然《人民文学》也挺好的，可建功、胡平都对我挺好的，我实在是不好意思——

当然就是不然，也挺好的就是不太好，对建功、胡平不好意思就是对我好意思，我又不傻，听明白了，哈哈一笑：好啊好啊，也是啊，没事儿，以后得多关心我们呢……

此事到此为止。

时光荏苒，转眼又过两年，岳雯安坐如山，我却把办公室搬到了作协楼上，和岳雯成了同事。再过三年，那日在食堂，岳雯过来坐到对面，先夸了领导的气色，然后做欲言又止状，再然后图穷匕见：领导，给写个印象记呗！

断然拒绝。领导忙你又不是不知道，再说了，这么多人，印象都记起来我记得过来嘛我又不是印象派。

拒绝归拒绝，但现在我已经知道，岳雯同志的另一特点是，此人湖北女子也。湖北女子千差万别，但大概率事件是，一个个击骨作响响叮当，大事小事，认准了百折不回。

所以，这篇印象记，现在还得写。

重新回到六年前，我不得不点赞一下我的直觉，虽说不熟悉，但聪明、能干、坐得住案头、出得了场面，这确实就是岳雯。但毕竟共事三年，更多的印象还是有了，现择其要者列举如下。

第一，天生的文学人。很多人爱文学，或者自以为爱文学，但其实，他们与文学天性不合。文学是智者乐水，有的人是仁者乐山；文学需要对人性、对世界之微妙苍茫有深入的领悟力，有的人以为自己有，但其实压根没有。有没有怎么看出来的？这个也不能一概而论，只能就人论人，总之别人没有的，岳雯有。岳雯是灵心慧性的，听得见松上雪落，看得出羚羊挂角，谓予不信，可参看她的评论。

然后第二，天生的批评家。爱文学的人通常不讲理，又爱文学又讲理，那就只好做批评家了。岳雯之理如利刃，看作品如此，看事和做事也常常如此。她的刀常常比她预料得更快，没办法，刀快由不得自己也怨不得社会，于是就不免常备创可贴，因为她自己也很容易被刀刃割伤。

前边大抵都是天生，然后第三，便是后天的努力：岳雯郑重其事。一事当前，先存郑重之心，这是很稀缺的德性，常见的是，一事当前，先存轻慢之心、凑合之心，活一辈子都是凑合着。岳雯凡事不肯凑合，如临大敌，全力以赴。

写一篇文章全力以赴，写一篇公文一边发牢骚一边全力以赴。不肯凑合是因为对自己有严明的要求，她要是上学，一定是学霸，她要是赛跑，必跑到口吐白沫，她要做批评家，一定得是最好的那个。那谁谁谁，你等着！

所以第四，岳雯也累。看上去不累，目送飞鸿，手挥五弦，谈笑风生，若无其事。但手挥五弦是因为弦绷得紧，目送飞鸿是因为鸿飞得高，看上去不累是因为其实比较累。她这么聪明，她有时大概要费很大的劲忍住聪明，她也必定常常地、常常地为自己怎么就还没有成为预想中的自己而焦虑。

——对此，我从不劝她。一个老家伙劝一个 80 后放松是可耻的。就活该累着去吧，你不累累谁啊。

至此，这篇印象记有点像写鉴定了。起承转合，万法归宗，最后总要提点希望。希望当然有，希望就寄托他们身上，但是真说起来却一说便俗，恐为刁钻的岳雯所笑——和这样一个不省油的灯做同事也是很累的。——词穷之际，一抬眼，看见前几日案子上随手抄的几句王维诗：

　　风劲角弓鸣，将军猎渭城。草枯鹰眼疾，雪尽马蹄轻。忽过新丰市，还归细柳营。回看射雕处，千里暮云平。

——什么意思？没意思，好诗，打算苦苦练字，回头写了送给批评家岳雯。

（李敬泽，中国作家协会）

同期声：

*沉默所在 // 岳雯*
*不彻底的改革和理性的抒情——重读《沉重的翅膀》// 岳雯*
*"起跑线"上的岳雯 // 金理*

**董迎春**

1977 年 2 月生，江苏扬州人，文学博士，硕士生导师，主要从事西方文论、中西诗歌比较、电影美学研究。广西民族大学文学院教授，复旦大学博士后，四川大学符号学—传媒所特约研究员。出版专著《反讽时代的孤寂诗写——当代诗歌话语研究》《走向反讽叙事——20 世纪 80 年代诗歌的符号学研究》等。著有诗集：《水书》《漫游者之歌》《象征与超验》等。文学作品发表于《上海文学》《西湖》《青春》《诗歌月刊》《星星诗刊》《扬子江诗刊》等刊物。翻译《帕斯卡尔·蕊蒂诗选》。

# 时代的异乡人与形而上的反抗
## ——诗人董迎春及其诗歌批评

杨有庆

真正意义上现代诗人董迎春诞生于 2008 年。这是我曾经做出的最偏执的断语。这种判断其实源于我个人对现代诗歌的定义：一种个人化的生存和言说方式，即用某种现代诗歌言说方式传达现代个体的全部生命体验。

在 2008 年之前，董迎春已出版《爱欲内外》《沉重的肉身》与《后现代叙事》三部诗集，已在诗歌的道路跋涉了十余年了。同时他作为讲授诗歌课程的大学教师，创办"常跑读书班"，以身体力行的方式唤醒学生对文学尤其是诗歌的热爱。可以说，从高邮师范开始，直到后来参加工作，董迎春一直生活在诗歌中，对他而言，诗歌是生活的基本伦理之一。但在个人化的诗歌表达方面，他早期诗作先是受海子抒情诗的影响，是青春期某些碎片式的"诗意状态"的抒情化表达，其后则是德里达解构思想观照下的汉语文学化表达，对一切宏大叙事进行文学解构，总的来说是处在他本人所说的"诗歌学徒"阶段，"从诗人手中流向生命意象的死亡／和残废的诗稿，那是所有青年人汇成的生命的溪"（《初次》）[1]。直到 2008 年才找到属于其个人的独特诗歌言说方式，实现了向完整意义上的现代诗人之蜕变。因此，从他 2008 年及之后的诗作和批评文字出发，才能更好地勾勒作为现代诗人和诗评家的董迎春之精神轮廓与漫游轨迹。

一

我之所以浓墨重彩地强调 2008 年这个时间概念对诗人董迎春的重要性，是因为他对尼采、克尔凯郭尔、海德格尔与萨特等存在主义哲学家的阅读、思考和理解忽然在其 2008 年创作的《水书》组诗中井喷式显现出来。他在《水书》中对此转变有诗意的表达："从背后忽然有光窜过来，抱住前方弯曲/的树枝。我扛着一袋米，泥土中筑着粮仓，但我/必须生活在尘世中——那些影子，云集之处，/一定酝酿有革命。"（《奔》）所谓"革命"，对一个诗人而言，大概包含思想体验与语言表达两个层面的渐变或突转。

在《水书》中，时间、偶然、虚无、孤独、身体、荒诞等存在主义命题得到了重量和回响，对故乡、爱情、青春、信仰、理想与现实的叩问使得他的诗获得了思想质感。从此，存在主义沉淀为董迎春诗歌的底色，不断在其后的组诗《漫游者之歌》与长诗《二零一二·情诗》中加深，也推动他的诗歌在内容上不断"向内转"，转向对生命的存在论层面的体验与追问。

"要看透一个诗人的灵魂，就必须在他的作品中搜寻那些最常出现的词。这样的词会透露出是什么让他心驰神往。"②波德莱尔的这句话被董迎春置于诗集《漫游者之歌》之前，并在其诗学论文中频频引用。如此青睐不仅表明对其的认同及诗学主张的契合：诗人是用词语雕刻灵魂肖像的手艺人，也昭示着某一更深层面上与海德格尔之"语言是存在的家"的秘响旁通。

在董迎春的诗歌中，对现实与人生的体验往往呈现为对"时间"的审视与体悟："时间的意味，掺和着不可言说/的悲哀。……这时代之痛，谁也不会陌生。"（《教育书》）在时间中感受到的不可言说的悲哀、孤独与绝望，构成了"时代之痛"。同时，正是这难以言说的时代之痛导致对时间的省思成了他诗中反复出现的主题。"时间在窗外徘徊/恭候夜幕降临//夕阳西下/仿佛埋葬某种秘密。"（《偶然》）时间的流逝犹如深沉的夜色，将一切埋葬在黑暗中，成为难解之谜。"我默默体验着时间的静止。直到面容/被记忆完全吹裂。"（《大事件》）在不舍昼夜的时间之流中，他选择以一种面朝过去、退想未来的姿态，而记忆具有强大的力量，也酝酿着救赎的可能。在少年时期的诗作中，他写道："我舞动那轮月亮/收割金色的诗句/然后在麦田里谱曲/唱在黄昏之前。"（《割》）

这种对故乡的含情脉脉的青春歌唱随着现实故乡的沦陷渐行渐远，取而代之的是对这失落的沉思。而现在，故乡对他来说美如情人，却遥不可及，"时间弄疼了守望的眼神"（《我》），在时间中逝去的注定无法回归。

对时间以及时间中事物无可挽回之命运的清醒认识，使董迎春感受到"灵魂，大地的异乡者"与人终有一死的痛苦。这种痛苦在他的诗作中体现为对"异乡者"身份与死亡宿命的沉思。所谓"异乡者"，其本质特征如海德格尔所说："始终都在途中"③，永远都是漫游者。这种漫游犹如幸福的苦役，像风一样，"四处为家，无名无姓／聚成烟云／俯瞰大地上的蚁群／累时，就洒成河流／在水上刻下自己的名字"（《云南行》）。身为永恒异乡人的漫游者，一方面摆脱了庸碌的日常生活，可以在高空俯瞰众生的"沉沦"；另一方面在获得精神的慰藉时又不可避免地被孤独侵蚀，"孤独一半是幸福／幸福之外，便是孤独"（《广袤》）。相对于这夹杂着幸福的漫游者之孤独，作为漫游者生命不可或缺的部分，因为"人生的终点就是死亡，是人人必须面对的"④。对此，诗人问道："谁能逃过一块石头的追问？／一个内在的人怎能看清他的影子？"（《藏书楼》）石头雕成的墓碑像个严峻的审判者，拷问着终将一死者生命之意义。死亡如影随形，从不离开。每个人都必须接受自己的死亡，因为死亡是"此在刚一存在就承担起来的去存在的方式"⑤。对死亡这一个体生命存在最本真的可能性，董迎春有着清醒而深刻的认识："而最终的道路／只退至三寸墓地"（《十三月》）。终将一死是人必面对的命运，但在这必然性背后隐伏着偶然的身影。生命的诞生是偶然的事件，注定其终结也是偶然的，因为"我是一件偶然的艺术品／并时刻准备着被打碎"（《有赠》）。

这种已成为永恒的异乡者的命运，以及终将一死的结局所带来的痛苦，犹如一道难以弥合的裂隙，不断撕裂着，"并不是撕破成分崩离析的碎片。痛苦虽则撕开、分离，但是它又把一切引向自身，聚集入自身之中"⑥。董迎春选择"在语言中维系今生"，"词语"成了他反抗孤独与虚无的最后寓所。他写道"我独自推敲诗句，构筑自己城堡，用旧词形容故乡"（《食粮》），"谁写信／谁就是今晚最幸福的人；／谁读诗／他瞬间返回故乡"《孤寂之诗》。寓居在语词中，通过诗歌来克服现世的焦虑，修复尘世的信心，是他最后的坚守。"我一直把自己悬置在日历之外／语词是我真实的故乡。"（《日历之外》）语词成为最后的故乡，终有一死者必须重新学会在语言中栖居。选择寓居在语词中的诗人，以一种决绝的姿态从时代喧嚣中抽身退步，自我放逐，注定成为永远在路上的漫游者，成为时代的异乡人。

萨特在《文字生涯》结尾说："我赤手空拳，身无分文，唯一感兴趣的事是用劳动和信念拯救自己。"董迎春在自我放逐中坚持了这种颇具理想主义色彩的反抗。常跑是他使用最多的笔名，透露出他作为漫游者其实是有某种内在的坚持与方向的。面对现实的喧哗与失落的不可避免，他"把命运交给了纸张，/ 在皱裂之处写下瞬间的诗行"（《灵感男神》），毅然宣布"即便世风寒心，屋中灯光飘忽、迷离 / 我也要按住几个词，比如信念、梦想，不轻易让吹走"（《小悲伤》）。

## 二

哈罗德·布鲁姆在《读诗的艺术》中指出："语言在相当大的程度上是隐蔽的修辞：讽喻和提喻，转喻和隐喻，只有我们对其敏感增强的时候，才会辨认出它们。真正的诗既能觉察到又能开发这些荒废掉的修辞，其语言历经岁月而成为比喻的财富，尽管对一个传统中晚出现的诗人而言，它既是资源又是负担。"⑦确实，那些初始陌生而富于活力的修辞，随着岁月的流逝，融入我们的习以为常司空见惯的语言系统，沉淀为隐蔽的而荒芜的修辞矿藏。真正的诗歌必须拥有某种对语言的敏锐与直觉，要能够察觉深埋于语言地表之下的修辞矿藏，还要重新开发使之被激活，不断浮出语言系统的地表。这对任何一个现代诗人而言，是土壤与源泉，也是负担与牢笼。因为"影响的焦虑"的存在，这种对被荒废的修辞的再开发，往往是一场长期而艰巨的战斗。诗人在纸上与语词搏斗，或被携带着巨大文化能量的语词俘虏，或在语词中开辟出自己的园地。

从 2008 年开始，董迎春在诗歌言说方式上实现了由单一抒情向现代诗歌技巧的转型。对波德莱尔、兰波、里尔克、艾略特等西方现代诗人的深入阅读，以及对英国当代诗人帕斯卡尔·葩蒂近百首富于超现实主义与象征主义色彩的诗歌之翻译，在进一步促成董迎春诗歌创作在内容上"向内转"的同时，使得他的诗歌言说方式由单一抒情逐渐转变为象征主义。具体而言，就是通过隐喻、转喻、提喻、反讽、戏剧化等修辞技巧的综合运用来表现个人难以捉摸的内心隐秘和隐匿于日常事务背后的内在真理。对他而言，组诗《水书》的创作标志着这一转变的完成。

在《水书》中，董迎春开发了一种含混多义而富于象征性的修辞，对隐喻、转喻、提喻与讽喻的交替使用表明了修辞的力量："修辞对我们的生命和我们所生活的世界具有根本性的意义。改变我们比喻性的表达世界的方式的同时也会带来世界活动方式的改变。"⑧他在《遗忘书》中写道："我剪下树上悬浮的质询，//送入壁炉，缓缓地融化，/捏成嘴巴/喊出内心自由/黑玻璃披麻戴孝，/罩上透明的雨顶，//我捣碎四周，脊椎，土木，血水，/它们组成我。"密集而急促的隐喻序列，将形象赋予"质询"，呈现了这"质询"的深刻与意义——对自由的渴望。"黑玻璃披麻戴孝"看似突兀，实则隐喻地揭示了"质询"的背景，黑白颠倒，黑以白的形象掩饰其黑色本质。"透明的雨顶"更是形象地展示了现实中看似不存在却真实存在的障碍与自由的可望而不可即。"捣碎"一方面说明反抗的决绝，另一方面也以讽喻的方式表明，"我"本身可能不仅是"质询者"，也是这"质询"的对象的一部分。可以说，通过一系列隐喻呈现了一种激烈的对抗，同时也显示了对居于混乱秩序中的自身的质询与反思。而在《水的哲学》中，"那些虚无秘密，坐在我们之间/悄悄诉说时间的心事。/那些沉默，构成洞穴中的影子"，巧妙地化用了柏拉图《理想国》中的洞穴隐喻，人们被困于没有任何阳光射入的洞穴中，由于四肢被锁面对墙壁，所看见的是身后的火光投射的自己与他人的影子。这一真相不被人所知，人成了画地为牢的囚徒，即使有人转过头发现真相，也会因为不习惯火光带来的光明而头晕目眩痛苦不堪，重新把头转向墙壁。这一隐喻形象地命名了人类在时间中的体验和困境：人将自己囚禁于身体之中，与其他囚徒朝夕相处却难以交流。

在董迎春的象征体系中，"水"是一个独特而丰富的、构成我们一生的词语，隐喻了我们"水上奔波的一生"（《命运书》）。它是抵达的道路，也是远离的推手，"但是水，水，引导我抵达你，//那远方的远方，那透明的透明/水席卷居所，水淹没故乡"（《祈祷书》）。同时，水之意象还包含一系列由"水"衍生的家族相似式意象：流水、河流、雨、雪花、泪滴等。它们是故乡、是圣地的语词化，因为"唯有语词读出乡音/唯以流水识别"（《时辰之诗》）。在我看来，他的诗作中关于雨的精彩象征为数不少。"我们在夜的子宫穿行/下雨，往家赶/亮光变成披头散发的老父亲。"（《黄昏》）黑夜是孕育我们的子宫，是物质性的母亲，亮光及其代表的光明则象征精神性的父亲。而在驱使我们从物质到精神的力量就是雨，它驱赶并引导我们抵达。在另一首《瞬间》，他对雨的这种超现实的力量有更形象的展示："雨停了/街道落回世上/雨停了/世界在体内生长。"雨似乎具有某种魔力，将现实世界灌入人的体内，将人从现实的平庸中唤醒，使人意识到自己与世界的关联。

而作为"水书"这一命名，一方面暗示了要把文字写在水上的理想主义，是信仰之书，另一方面，也注定这种理想主义必然失败的宿命。正是在这个意义上，董迎春完成了形而上的反抗。"形而上的反抗是人挺身而起反其生存状态与全部创造。"⑨这种反抗的意义不在于企图挽救或颠覆现实，而是要表现其失落的过程中创造自己。

<h2 style="text-align:center">三</h2>

在诗歌创作之外，董迎春2008年以来的诗歌批评独树一帜，纵观其诗歌批评，有两条不同的路径。一个是对当代诗歌的形式文化学分析。2007—2010年，他在四川大学读书期间，与著名学者赵毅衡先生相识。赵先生是当代中国符号学的领军人物，其形式论、叙事学、符号学方面的课程对董迎春的诗歌批评影响巨大，集中体现在他的《走向反讽叙事——20世纪80年代诗歌的符号学研究》。在他看来，诗歌作为80年代重要的文化样式之一，"参与了同期意识形态的建构"⑩。要考察作为文化的80年代诗歌，就必须考察该文学话语背后的意识形态蕴含。他根据新历史主义代表人物海登·怀特的话语转义理论，从修辞的角度将隐喻、转喻、提喻和讽喻等与北岛、于坚、西川、伊沙等诗人的创作对应，审视其背后的深层意识形态与文化焦虑。这种始于形式、终于文化的诗歌批评，表明"在形式到文学生产的社会－文化机制中，有一条直通的路"⑪。这种对当代诗歌的形式文化学分析与当前学术界方兴未艾的文化研究不谋而合，可谓诗歌领域的文化研究。其价值正如伊格尔顿所说："意义不仅是某种以语言'表达'或'反映'的东西：意义其实是被语言创造出来的。我们并不是先有意义或经验，然后再着手为之穿上语词；我们能够拥有意义和经验，仅仅是因为我们拥有一种语言以容纳经验。而且，这就意味着，我们的作为个人的经验归结底是社会的；因为根本不可能有私人语言这种东西，想象一种语言就是想象一种完整的社会生活。"⑫以往被视为纯文学的诗歌，因为其语言来自对日常语言的陌生化处理和对传统文学修辞的再开发，其不可避免地受到各种意识形态的影响，同时也会参与意识形态建构，揭示这一点对当下的诗歌研究无疑具有重要意义。

董迎春诗歌批评的另一条路径是他命名为"孤寂诗写"诗歌理论建构。这大概源于海德格尔的《诗歌中的语言》，他指出："孤寂作为纯粹的精神而成其本质。"海德格尔将孤寂理解为一种纯粹的精神，是一种聚集。这种精神以一种燃烧的方式"把灵魂聚集为一，并因此而使灵魂之本质开始漫游。"⑬而董迎春将孤寂理解为现代人的本质，认为孤寂诗写是在虚无中诗歌写作者对命运可能性的形而上学沉思⑭。这一路径可以说是其诗歌创作中孤独主题的理论延伸，在某种意义上与其诗歌构成互文。

"最坚硬的石头常常来自黑暗/唤醒/早起的黎明。/孤独与时间/一起消失在沉思的语词。"（《时辰之诗》）我们生来孤独。这孤独清醒如漫长的黑夜，在黑暗中痛苦难眠，最后沉淀为最坚硬的石头。其中潜藏着对黎明最真切的温柔召唤，在充满沉思色彩的语词中时隐时现。死亡、孤独、记忆与遗忘构成了诗人思考时间与人生的交响曲。在董迎春看来，死亡作为根本性的孤独，"是一种孤独的离弃/它将漫长地触及深渊/在峭壁上练习行走"（《幽闭》），它所呈现的时间与生命的关系是诗歌关注的终极命题之一。他的选择是寓居于语词中，将内心涌动的对孤独和时间的焦虑与思索转化为文字。爱尔兰诗人谢默德·希尼说："我写诗/是为了认识自己，使黑暗发出回音。"诗歌创作和批评对董迎春而言，正是通过与语词的搏斗使外部与内在的黑暗发出回响，以对抗时间之流中死亡所致的深沉的焦虑与悲哀，做到真正的向死而生。

## 【注释】

①董迎春：《后现代叙事》，贵州人民出版社，2005。

②［德］胡戈·弗里德里希：《现代诗歌的结构：19世纪中期至20世纪中期的抒情诗》，李双志译，译林出版社，2010。

③［德］海德格尔：《在通向语言的途中》，孙周兴译，商务印书馆，2005。

④［西班牙］萨瓦尔多·达利：《蒙田随笔》，朱子仪译，上海人民出版社，2007。

⑤［德］马丁·海德格尔：《存在与时间》，陈嘉映、王庆节合译，生活·读书·新知三联书店，2006。

⑥［德］海德格尔：《在通向语言的途中》，孙周兴译，商务印书馆，2005。

⑦［美］哈罗德·布鲁姆：《读诗的艺术》，王敖译，南京大学出版社，2010。

⑧［美］安德鲁·本尼特，尼古拉·罗伊尔：《关键词：文学、批评与理论导论》，汪正龙译，广西师范大学出版社，2007。

⑨［法］阿尔贝·加缪：《反抗者》，吕永真译，上海译文出版社，2010。

⑩董迎春：《走向反讽叙事——20世纪80年代诗歌的符号学研究》，苏州大学出版社，2013。

⑪赵毅衡：《苦恼的叙述者》，十月文艺出版社，1994。

⑫特雷·伊格尔顿:《二十世纪西方文学理论》,伍晓明译,陕西师范大学出版社,1987。

⑬［德］海德格尔：《在通向语言的途中》，孙周兴译，商务印书馆，2005。

⑭董迎春：《反讽时代的孤寂诗写》，黑龙江人民出版社，2012。

（杨有庆，兰州交通大学文学与国际汉学院）

**同期声：**

语言本体的书写 // 董迎春

反讽时代的孤寂诗写——再论海子诗歌精神 // 董迎春

反讽时代的诗歌批评语言——董迎春诗学研究述评 // 姜永琢　李心释

**柳冬妩**

本名刘定富，1973 年出生于安徽霍邱。文学创作一级。现任东莞文学艺术院副院长、东莞市文艺评论家协会主席，系中国作家协会会员。独立主持完成国家社科项目、广东省社科项目、广东省重点文学创作项目等多项。在《读书》《南方文坛》《天涯》《文艺争鸣》《小说评论》《文艺理论与批评》等刊物发表论文近百万字，被《新华文摘》《新华文摘精华本》《读书三十年精粹》等转载和收入三十多万字。出版《打工文学的整体观察》《解密〈变形记〉》等专著四部。在《诗刊》《诗选刊》《诗歌月刊》《星星》等刊发表诗歌三百多首，出版诗集三部。荣获第五届、第九届中国文联文艺评论奖等奖项。

# 在场者的见证

胡 磊

我与柳冬妩常聚友于路边酒肆，把茶盏酒，纵谈古今，而话题总离不开文学评论。柳冬妩从事打工文学创作与研究二十余载，书窗红烛，精研深思，从一名打工青年成长为诗人和文学评论家的历程，与"打工文学"的兴起同频共振。"打工文学"的命题滥觞于 20 世纪 90 年代初，如今这一概念伴随着"底层""民间"等孪生概念成为基本的社会化生存方式。打工阶层身份的转变，柳冬妩是最有代表性的经典个案。这个当代中国本雅明式的大学之外的流浪学者，20 世纪 90 年代初在东莞工厂打工，后被东莞文联收编。如今，柳冬妩的打工命运早已彻底改变，他加入了中国作协，评上了二级作家，当上了东莞文学艺术院副院长，兼任东莞市文艺评论家协会主席、东莞市青年诗歌学会会长、东莞理工学院兼职教授。他的家乡安徽霍邱，为他和徐贵祥一道设立了"文化名人工作室"。

我一直认为艺术直觉是一个文学批评家最基本的素质，但这种素质也不是完全可以靠后天培养的，它需要那么一点天赋。柳冬妩读小学即开始写诗，读初中时即开始研读艾略特的著名诗论《传统与个人才能》，读高中时即狂爱尼采和海子，学习偏科，直至落榜。柳冬妩那时订阅了《诗歌报》，曾两次到《诗歌报》编辑部"朝圣"，无钱住旅店便"借宿"在安徽省文联的楼顶。1994 年，在高中毕业两年之后，他的诗歌终于登上《诗歌报》月刊。在他家里的书柜上，我看见他当年订阅的《诗歌报》一份也不少地安放在那里，他的妻子有一次想把那些报纸清理出去，性格温和的柳冬妩大发雷霆。那发黄的报纸上，浓缩着柳冬妩一段不会发黄的文学记忆。在柳冬妩身上，我们发现文学与文学批评不是通常意义上的文学，更是诗人批评家与自身在命运层次上展开的持久对话。

柳冬妩的"打工诗歌"几乎与他的打工生活互为印证。20 世纪 90 年代，柳冬妩发表了大量的诗歌作品，他的组诗《我在广东打工》（《诗刊》1995 年第 5 期），被评论界誉为"打工文学在中国文坛初露头角的一个重要标志"。他遵从生活现实与个人感受，力求为自己复杂而微妙的个人体验寻找一种艺术表达形式，呈现城市打工一族的现代性身份焦虑，他们似乎永远都在被"试用"：

> 三个月 / 拉开的仅仅是序幕 / 试用期只有开始 / 没有结束 / 从一个日子抵达另一个日子 / 像从一棵树抵达另一棵树 / 在钢筋水泥的丛林里 / 打工的人不敢一叶障目 / 要认真地过好每一分钟 / 每一天都是一张考卷 / 每一分钟都是考卷的一道题目 / 打工的所有岁月 / 其实都叫试用（《试用》）
>
> 命运的鞋 / 把我拖来拖去 / 每一天都是漫长的过程 / 从一个槽 / 跳向另一槽 / 不断地重复着别人和自己…… / 自己必须成为自己的槽 / 无论在何时何地 / 都要不断地向里面加入 / 阳光、水和美好的事情 / 只有这样 / 力量的源泉才不会干涸 / 打工的岁月才能让人回味无尽（《跳槽》）

这是带着自省和自嘲的生命书写，"命运的鞋"带着茫然，也带着对"美好事情"的憧憬，一起奔走在"钢筋水泥的丛林里"："在异乡行走 / 我用双脚承载着自己这个包袱 / 心已饱和 / 生命中的轻与重 / 人世间的爱和恨 / 都让我再难以忍受 / 但仍不选择抛弃"（《超载》，载《诗刊》1997 年第 10 期）。这是从命运的高度来看待"人世间的爱和恨"，包含着一个行吟者的激情与破损。所谓"打工仔"亦属漂泊者和行吟者。既然漂泊和行吟，就产生了怎一个"打工"了得的无穷无尽的忧郁、不安、憧憬和期盼。在《棒槌》（《诗刊》1996 年第

1期）一诗里，柳冬妩描写了离别亲人外出打工时的情景：

> 最后一次槌打我的衣服／水面旋出一个又一个涟漪／波光粼粼里／传来无穷无尽的温存细语／千叮咛万嘱咐之后／最后一滴水慢镜头掉下来／我看见晃了又晃的枯枝／飘落水底／／我走了／母亲以最大的视角／把目光的网撒向远方／也捞不到我的身影／日后空荡荡的岁月里／棒槌将用更多的时间沉默不语

农业文明直接过渡到工业文明的现代化之急速，无疑会带来诸多的不适应与副作用，带来更多的"沉默不语"。正如柳冬妩在《端盘子的少女》（《诗刊》1997年第10期）中所写："盘子在冥冥的情绪里／记得那首关于盘中餐的古诗／亭亭姣美成一株青禾时／在即将举起锄子的春天／一阵风把她连根拔起／远离了故乡的日头／以及和风细雨／／盘子在城市的宴席上保持沉默／接纳何种味道／身不由己……／端盘子的少女后来被盘子端起／刀叉从一个个日子伸过来／许多场景在寒光中成为过去／残存的时光化为果汁／覆盖不住盘子冰凉的躯体……／盘子滚动／倒掉城市的酒气／载着少女回到村庄／盘子明亮如镜／少女在镜中无声地逼视自己。"这样的诗歌是我们这个时代最真实的见证之一。"被盘子端起"的超现实书写，写出了人本性的欲望与现实生活的冷峻。这可能是整整一代人、两代人，甚至是几代人的共同命运。

与"打工诗歌"创作相比，柳冬妩的"打工诗歌"批评真正奠定了他"打工诗歌"理论阐释者的地位，因此也受到了学术界更多的关注。从1995年写下第一篇"打工诗歌"评论《打工诗：一种生存的证明》，到2006年出版全国第一本"打工诗歌"理论研究专著《从乡村到城市的精神胎记——中国"打工诗歌"研究》，作为"打工诗歌"的亲历者，柳冬妩真诚而果敢地肯定了"打工诗歌"的价值及其延伸意义。正如徐敬亚评述的那样："无论从社会学的意义上，还是诗歌评论的角度，柳冬妩都可以称作一位勇士。正是他，以亲历者的身份，简括而强烈地向人们展示了中国'打工诗人'的庞大群体，并严正地指出了其背后令人忧虑的社会异化背景。"诗人杨克也曾经指出："也可以说是广东最优秀的青年批评家之一柳冬妩为打工诗歌大批量立论，打工诗歌这个名词一时间风靡神州。"柳冬妩的评论对打工诗歌的发展确实具有一种坐标作用及前瞻性意义，他力图对"打工诗歌"给出一个新生艺术范畴的基本框架和边界，试图确立一种可供评价的规范体系。尽管这期间外界对"打工诗歌"的命名和定义多有争议，但这并不妨碍他敏锐的诗歌批评和对这一定义在学理意义的精神对接。

偶尔我会好奇地发想，是哪些特殊因缘促使柳冬妩从诗人转身进入中国当代文学批评，而且是选择一个云谲波诡无章可循的打工文学的研究区域。他的批评文字最早肇始于他的诗歌评论，他的整体性文学评论是从诗歌评论起步的。但他并不满足于对"打工诗歌"的剖析与梳理。新世纪以来，他对"打工文学"这一特殊的文学现象进行整体观照和深度研究。2009 年，他独立主持的"打工文学"研究课题先后被列为国家社科基金项目、广东省社科规划项目和广东省重点文学创作项目。2010 年出版了专著《内部的叙述》，进一步研究"打工诗歌"与"打工散文"。2012 年花城出版社出版了其七十多万字的专著《打工文学的整体观察》，作为全国首部打工文学研究专著，这是一部关于当代打工文学研究的全面开拓之作，其对打工文学研究的纵向开掘及横向研究具有突破性意义。该书对"打工文学"进行了系统梳理和深入分析，研究内容丰赡开阔，既有对打工文学代表性作家作品的阐释，如对重要的打工作家，如林坚、王十月、郑小琼、张绍民、谢湘南、戴斌、曾楚桥等都有专论，也有对传统作家及其经典作品的论述；既有对国内文学作品、文学现象、文学思潮的研究，也有对国外有关打工文学背景的比较；既有关于现实主义写作的若干质疑，也有对打工文学创作与底层写作等问题的理性回应，较为全面地反映了近年来打工文学的总体面貌及其特征，成为考察当下中国打工文学最权威的重要著述。这部专著体现了柳冬妩作为青年学者敏锐的学术眼光和不凡才情。他尝试运用不同的理论系统和批评方式，从不同的角度考察打工文学，将研究对象置于广阔开放的批评视野，深入揭示打工文学的审美维度和精神纵深，剖析和梳理打工文学所包含的社会文化信息和独特的思想命题。该书在思想体系上是对其之前所有论述的一次集大成与整体的呼应。

"打工文学"这个崭新课题，在柳冬妩的笔触被抽丝剥茧般地展开。柳冬妩更多的是通过对作家的文本分析，来把握打工文学的文学特质。他对王十月的《国家订单》《寻根团》，曾楚桥的《幸福咒》，戴斌的《深南大道》，林坚的《别人的城市》等打工小说，以及大量的"打工诗歌""打工散文"都进行了文本细读。柳冬妩的文本细读，受到了"打工作家"们的尊敬。柳冬妩对"打工文学"的所有分析均建立在文本细读基础之上，他通过对打工文学代表性文本的跟踪性阅读和个案分析，在历时性的考察中对打工文学的创作个性、群体优势及其演变态势进行共时性的反思与梳理，力求寻找当下打工文学发展的大致脉络，揭示打工文学的文化身份、发展脉络、价值取向和文本探索的现代意义。

从打工诗歌创作到打工诗歌评论再到打工文学的整体性研究，柳冬妩的文学批评中烙上了"从乡村到城市的精神胎记"。柳冬妩的"打工文学"评论对中国农村、农民工和城市化、工业化、现代性等重大社会问题进行了深刻的追问，打开了数以亿计的打工者从乡村到城市身份转换的复杂情感和记忆，为我们把握城乡中国的复杂思想状况和现实境遇，提供了一条别样的认知路径。因为农民进城打工，过去十年，中国总共有九十万个自然村消失了，平均每天消失近百个村落。这其中包括柳冬妩家乡的那个自然村，那个方圆几里的村落像《百年孤独》中的马孔多镇一样"被飓风刮走，并将从人们的记忆中完全消失"。柳冬妩曾萌生为故乡拍摄一部纪录片的想法，并想好了片名《最后的村庄》。现在，故乡已经不再给他这样的机会，只给他留下了一口老井——龙井。柳冬妩在今年第二期的《作品》上发表了长篇散文《龙井》，刻骨铭心地书写了一个传统乡村的解体。正如他在《打工文学的整体观察》的后记中指出的那样，在这个以加速度前行的时代，后乡土中国呈现出的"魔幻现实主义"形象谱系，超过了马尔克斯们的想象力。面对当下复杂的城乡经验，"打工文学"对后乡土中国的书写，也许还只是一个开始。"打工文学"有着继续生成的可能性。

柳冬妩用自己的生命实践和价值体认，成就了一个发生在特殊情境中庄严的文学批评样式，正是他二十余年来力所能及持之以恒的推动，把一个平凡的文学生命和一个不平凡的文学时代紧密联系在一起。著名音乐学家田青曾谈到小泽征尔评价《二泉映月》的一句话："这种音乐，是应该跪着听的！"我想，同样面对柳冬妩这样的"打工文学批评家""打工作家"，以及他们身后的浩浩打工群体，中国人应该给他们立一座特殊的纪念碑，对打工文学我们要保持内心的一份敬意。在一个娱乐至死与势利过剩的时代，还有人还真诚地热爱微不足道的文学，同情和理解卑微的打工文学，这是我们时代社会开明进步的表征，也是文学艺术根深叶茂的基础。柳冬妩以其在场者的批评论述影响了当代打工文坛，在与"打工文学"的同步进取中，既具有一种随行者的见证性，又具有一种先行者的前瞻性，从而获得了自己的相当价值，并为其他的"打工文学"评论所难以代替。

（胡磊，东莞市文艺评论家协会）

**同期声:**

诚实的批评 // 柳冬妩

打工文学的类型融合 // 柳冬妩

他关注沉默的大多数——柳冬妩和他的《打工文学的整体观察》// 谢有顺

**张定浩**

1976 年生于安徽，上海文化杂志社编辑，中国现代文学馆第三届客座研究员。业余写诗和文章，著有《孟子选读》、随笔集《既见君子：过去时代的诗与人》、文论集《批评的准备》，另译有《我：六次非演讲》。论文《短篇小说与长篇小说》获第十届《上海文学》理论奖，获 2013 青年批评家年度表现奖。

# 既见君子，云胡不喜
## ——张定浩印象记

崔 欣

　　当年求学复旦，他在文科楼七楼中文系，我在八楼古籍所，楼上楼下，也许曾经挤过同一部电梯而彼此不知。毕业后进了出版社，福州路出版大楼，他在十四楼，我在二十楼，又是楼上楼下，同一个食堂吃过饭而彼此不识。之后各自辗转，迂回曲折，殊途同归，先后进入上海作协，这一次，依然是楼上楼下——他在二楼《上海文化》，我在三楼《上海文学》。楼梯上碰面，留下的印象只是"黑瘦高个男生"，纵使相逢应不识啊。

　　因为两家杂志名字只一字之差，偶有冒失读者寻错地方，临近新年的午后，领了读者下楼。二楼尽头的大办公室里，那个"黑瘦高个男生"一人独守。房间里刚刚遭遇一场有惊无险的小小"火厄"，天花板上白胖小天使熏得烟黑，忍不住就想问底下这个男生，"你的脸也是熏黑的吗？"男生笑笑地自我介绍，"我是张定浩"。

　　和我们这代一路求学不间断的 80 后不同，定浩的经历略显复杂，在复旦读研之前，曾在电厂里做过几年工人。有一次他说，那时晚上要值班，深更半夜，一个人进车间，爬上大机器，倒掉滤网上的煤渣，车间幽暗空旷，无人陪伴，很瘆人。我说，难道不应想到，也许车间角落转出美丽狐仙或者女鬼，成就一场书生艳遇？定浩瞪我半晌，大约觉得夏虫不可语冰，从此不再提工厂艰辛。

或许拜工厂经历所赐——定浩的领导吴亮，当年也做过工人，转过头再做文学批评，比之学院派，另一功。好比正经学过绘画书法的人，往往笔下带有某种"习气"，反不如素人天然趣味。80 年代作协培养的这一代批评家，吴亮也好，程德培也好，都有自己的一套独立判断与批评语汇，这样的传统，直到定浩又重新续上。定浩的评论文章本身就很特别，或许因为他的另一重写作身份——诗人。他评金宇澄《繁花》，开头即列一连串感官词汇：晕眩、失焦、摇晃、轻微的恶心厌倦。老金初读至此，忍不住惊讶说，咦，他竟然会用"恶心"，真想不到。后来老金却屡屡和我们提及，这几个词，实在用得刁钻又熨帖。《繁花》那种高密度叙述一下子奔涌而来又不及消化的体验，不明觉厉而细思恐极，大约也只有定浩择出的这几个词最能描述。《南方周末》记者张英曾盛赞吴亮手下的小张（定浩）小黄（德海），眼光犀利，笔锋锐利。我对定浩说，吴亮好似"左牵黄，右擎苍"——你是"苍"！定浩说，为啥。我说，因为肤色呀。定浩只好笑笑不语。定浩和德海是真正的同学加同事，总在作协同进同出，偶尔要是其中一人落了单，必要被追问"另一个呢？"曾有人笑他们几乎半辈子都在一起，定浩补充说，还有半辈子在走向一起的路上。我笑他们是"钗黛合一"，定浩自认是"黛"——当然还是因为肤色。

因为肤黑显严肃，也因为评论家居高临下指点江山的惯性形象，让我最初也将定浩归入"金刚怒目"的那一类角色。好像是余华打过一个比方，说作家与评论家如同一对怨偶，彼此鸡鸡狗狗，却谁也离不开谁。我有次揶揄定浩，说他总是踩在作家头上。定浩却认真说，不不，作家和评论家，不过是各写各的文章而已，彼此独立创作，不存在谁比谁优越。这也是为什么，定浩会在他那本小书《既见君子》的引言中，引了艾略特和张文江的话，前者说"这里没有任何翻案文章要做，谈论他只是为了有益于我们自身"，而后者说"好玩的是我们自己"。那些被他评论的诗人如若有知，大约也会承认他是个"高而有趣的友"。

定浩写起文章旁征博引，这有点像《上海文化》的目录，上一篇还在谈论金斯伯格，下一篇掉转头讲《五灯会元》。文章之外，定浩也常乐于给我们这拨后学开开书单，诸如某某书不错啊，你看过没有？俨然青年导师派头。当然，以他评论家的刁钻口味，推荐的书确实没有一次令人失望，到后来便成了习惯，他一推荐某书，我们就立刻上网搜索下单。他很得意，表扬我们"很听导师的话"。

我说，不过是"敏而好学不耻下问"罢了。他回过味来，"哼"一声走开去。

与定浩相熟后发觉，在批评家金刚怒目的面具之下，其实藏着菩萨低眉的本相。定浩常笑言自己不算个合格的编辑，对于"穷追猛打"这类约稿基本伎俩极不擅长，往往约着约着反倒把自己约成了作者。去年他获"《上海文学》奖"的那篇《短篇小说和长篇小说》的起因，本是他先约我们的理论编辑来颖燕给《上海文化》写稿，结果小来反守为攻。事后定浩叹息一声，"我的缺点就是太温柔了"。

温柔吗？也许是真的。开会无聊，相机镜头无意中扫到他，他会羞涩捂脸，状若小儿女。他的《既见君子》扉页上题献给"my girl"，我们深怀八卦之心逼问再三，他温柔一笑说，"是我女儿"。

集体外出活动，火车上打扑克三缺一，几位大叔极力拉他入伙。大叔浸淫牌场多年，牌瘾深重，手一捏上牌即投入万分，甩牌时气壮山河，好像甩出的不是纸牌，而是一柄柄小李飞刀。唯有定浩，始终笑眯眯安坐，慢悠悠出牌，温柔地赢走了大叔们的私房钱。最后他嫣然一笑，你们真是待我太好了。大叔们呆若木鸡，唯叹"辣手"而已。

可能因为定浩在熟人面前表现出一副人畜无害的样子，人们有时会忽略他内里的锋芒。大学里曾流传一个说法，一个人在求学道路上必要经历的四种境界，一是"不知道自己不知道"，二是"知道自己不知道"，三是"不知道自己知道"，最高阶当然是"知道自己知道"。定浩应该是已经到了"知道自己知道"这一层吧。某次文化沙龙，论题是某位西方女诗人。这活动预先炒得极热，大家趋之若鹜前去捧场，事后有人问定浩观后感，他却愤而吐槽，"忍不住要喷了！完全是用概念来架空嘛！"偶然八卦到一桩文坛笔仗，众人皆赞当事名家面对尖刻批评虚怀若谷，定浩闻言笑笑说，"伊不过是秀海量罢了"。虽然轻描淡写一句话，我已知道，他对其人其事，内心自有臧否，并不人云亦云，像极了《论语》里所谓"君子有三变，望之俨然，即之也温，听其言也厉"。

我对定浩说，你有时凌厉刁钻，有时又萌不可支。他说，你感受到一个批评家的复杂性了吧。我说，恰相反，应该说，原来一个批评家和一般男人也没区别。他叹气说，唉，就这样从神佛的单纯打回了凡人的复杂。我问他，到底是向往单纯还是复杂？他说，当初有人赞扬 G.E.摩尔孩子般的单纯，但维特根斯坦觉得这毫无价值："我不能理解，除非一个孩子也值得为之得到赞扬。因为你谈的单纯不是一个人为之拼争而来的单纯，而是出自天然的免于诱惑。"也就是说，他期待的是经过奋力拼争得来的单纯。

定浩在豆瓣网很有名，粉丝无数。他写诗，写书评，追捧者众。他说这是网络写作的好处，让你觉得时刻被鼓励着，于是更有动力。这有点像金宇澄写《繁花》，为求知音见彩，不辞遍唱阳春；也是陈丹青说的，老上海弄堂里，小孩子当众翻筋斗，只要有围观者一直叫好，小孩子就会精神抖擞一个个筋斗翻下去。

我和定浩的交流也大多在网上，虽然楼上楼下，但现代人的惰性，连走这几步楼梯也是懒的。这次定浩要我写印象记，我苦恼说，看来，应该效法莫奈画画，每天下楼来看你一眼，观察记录即时印象。定浩喜滋滋说，你是把我比作睡莲吗？我正色道，不，你是干草垛。定浩只好不响。每次这样言来语去，他很少占到上风，也因为他是"君子"，所以不屑与小女子斗。

刚才下楼，在楼梯口和定浩打一照面，忍不住冲他大笑。定浩有点茫然，摸摸脸说，笑啥？走出很远才回他一句：既见君子，云胡不喜。

（崔欣，《上海文学》杂志）

**同期声：**

**张立群**

生于1973年，辽宁沈阳人。现为辽宁大学文学院教授，文学博士，硕士生导师，中国现代文学馆兼职研究员。主要研究方向：中国新诗与新诗理论、中国后现代文学与先锋派文学思潮。出版专著《20世纪中国新诗与政治文化》《阐释的笔记——30年来中国新诗的发展》《中国后现代文学现象研究》《先锋文学的现代性突围》《先锋的魅惑》五部，另有诗集《白马》，在核心期刊发表论文近两百篇。

# "白马"飞翔的天空
## ——我印象中的张立群

房 伟

　　认识立群兄的时间不算长，也就是四五年，但我们一见如故，成了好朋友。立群是优秀的学者，也是真性情的诗人。我们相识于一次学术会议。后来，我渐渐发现，立群和我有共同爱好，就是喜欢远行，而立群对风景的热爱，远远超过我。去年夏天，在南京开会，立群早早地来到会议酒店，却独自去逛南京古城墙、秦淮河，热得大汗淋漓，险些虚脱中暑。过了几天，会开完了，我缠着立群同去中山陵。酷暑炎炎，立群又早早动身，这次不同的是带上了我这个累赘。到了中山陵，作为一个有自知之明的胖子，我看了看烈日，便打了退堂鼓，而立群却迎难而上，愣是在四十摄氏度高温下，一个台阶、一个台阶地爬了上去，直至整个衣服都被汗水打湿。立群兄在山巅向我挥手，风采灿然。后来仔细想想，基本上每次学术会议，立群总是第一个来，独自游览山川名胜，冥思默想，或逸兴遄飞，无论长白山天池、泰山灵岩寺，还是北京故宫、威海卫古炮台，都留下了他前行的身影。

　　当然，这并不仅是出自旅游的热情，更是对未知事物的好奇心和纯净自然的气质使然。立群兄白面长身，美风仪，颇似风度翩翩的古代书生。他不喜欢热闹，热衷于独处的静思，富于诗人的玄想气质。然而，他并不孤僻，相反却心地善良，为人仗义，有担当，在朋友圈里是出了名的好人。他在人多的时候常常表现低调，而三两好友相聚，则口才极佳，常常成为话题的焦点。我更爱他的东北腔和晚上熬夜聊天的功夫，再加上他妙语连珠，才思敏捷，我等笨口拙舌之人，只有聆听的份了。从喜欢立群的东北口音，发展到和他彻夜长谈，从学术到人生，从理想到爱情，兴奋处击节称赞，愤慨时仰天长啸，伤心时扼腕叹息，豪情时拍遍栏杆，立群的真情真性，既是他浑然天成的璞玉之性使然，又是他灵动的才情使然，让我景仰不已，也受益颇多。有一次，在北京，我们在酒店房间里高谈阔论，通宵达旦，甚至差点引来服务员干涉，现在回想起来，不禁莞尔。

从籍贯上来讲，立群是"东北纯爷们"，却在直爽之上，更多了一些细腻纯净的东西。他不善饮酒，但酒品却非常好，从不恶意劝酒，也不狡猾逃酒。都说山东人能喝酒，更能劝酒，所以立群每次来济南，都很实在地宣称："我真不能喝酒，酒量不行。"大家都把这当作逃酒的托词或自谦之语。堂堂东北汉子，岂能不会喝酒？然而，我们渐渐发现，他是"真的"不能喝，却从不逃酒，总是"酒到杯干"，然后就喝得醉倒。他平时风趣幽默，但一到正规学术场合，则严肃端庄，从不搞"博眼球"的出位之举。这也是让我佩服的地方。很多批评家，生怕别人忘了他是谁，喜欢故作惊人，语不惊人死不休。立群谈问题实事求是，好处说好，坏处说坏，朴实自然，学理清晰，不卖弄术语和情绪，也不做偏激的妄语，这种认真负责又踏实平和的态度，值得我们学习。

难能可贵的是，他不虚伪，真诚待人，"以学术为业"更能耐得住寂寞。他的研究领域非常宽广，有良好的学术视野和扎实的功底，在新诗研究、当代小说、文学史等领域都有独到的见地，再加上他精力过人，为人专注，佳作更是不断涌现，其数量和质量令人咂舌。他在学术上表现出了极强的问题意识，而这恰恰是学术之根本。在我看来，世间的学问，有假学问和真学问之分，假学问常常有"光彩流溢之盒"，看似花团锦簇，纹理细腻，但打开一看，却只有粪土，破败不堪，有酸臭气、尸腐气、权力欲等古怪气味冒出来。而真学问则大多只是"柳编之盒"，朴素随意，甚至不甚严谨，但开盒看去，却有珍珠其内，霞光万道，瑞彩千条，炫人心魄。也就是说，假学问讲究师门规矩，学术宏大体系，话语权争夺，假学问也以史料遮人耳目，掩盖精神贫瘠和学理匮乏，更擅长精致漂亮的废话，以大得吓人的理论帽子唬人，或动辄以跨领域为时髦，在冷僻处寻找学术利益增长点，看似理性严谨的语言，实则陈腐不堪，空洞无物。真学问有真性情和真见识。学问同样是一种创作，要有苦心孤诣的创造力和杰出的语言表达能力。有位诗人说，写诗就是用文字创造"让世界哑口无言的光辉"，那么，好的学问，也要创作出让读者哑口无言的"强大的真知灼见"。而这些真知灼见，没有强烈的问题意识、怀疑精神、反权威的勇气、大胆的开拓意识，和真诚朴素的灵魂，是无法真正实现的。而这些一定要有性情与见识：好的性情，会让学者自动疏离铜臭气；而好的见识，则会让学者摆脱陈词滥调的困扰，在常识中发现错误，在庸常中破开虚空，敢于刺痛权威的面具，也敢于反省自我内心的苟且。立群兄正是这样一个让我佩服的"真学问"的学者。他对第三代诗歌的论断，对新诗经典化的反思，对网络诗歌的批判，都让人耳目一新。他的诗歌批评做得有声有色。很多研究诗歌的批评家，往往有两种极端化倾向，或沉溺于理论建构和术语堆砌，或以性灵自居，以狂放不羁的刺激性语言，形成关注焦点。但立群从来不跟风，而更多的是心平气和地埋头耕耘，认真扎实地做学问。而要说到学术的高产，立群也是我辈的标高。他才思敏捷，又勤奋刻苦，一年数十篇评论和学术文章，信手写来，洋洋洒洒，毫不费力。然而，立群对此是有反思的。记得他很诚恳地对我说："写这么多，实在不应该，主要是约稿磨不开面，都是朋友。我今后要潜心钻研，精益求精才行。"果然，这几年，立群兄的才力大涨，文章数量少了，但更加精粹深刻了。文章写得太杂乱，这其实是年轻学者的通病，我身上也有，立群的反思让我敬佩。

其实，立群更是一位诗人。早知道他写诗，等看到他厚重精致的诗集《白马》，更让我惊讶。这年头要做"好诗人"非常不容易。面对浮躁功利却又瞬息万变的社会，要保持一颗时刻对万事万物丰富敏锐体察的玲珑诗心，非常不容易。春华秋实，冬雪皑皑，俯仰天地，洞彻人心，要把那些被雾霾缠住的心清洁干净，要把那双被名缰利锁蒙住的眼睛擦亮，要有真正的大智慧。同时，这颗诗心，还要是平常心，要善于藏拙，要对那些打着诗歌旗号、其实与诗歌无关的事情，保持足够的警惕和清醒的自省。翻看立群的诗集，我清晰地感受到了他的才华和坚守。我很喜欢他的《在安多仰望星空》《从海水的底部浏览月光》《新鲜的孩子》等诗歌。也许，诗人张立群比之学者张立群，更能暴露他内心隐秘的情感波动、真挚而纯净的美学理想，比如，这样的诗句："举起一根明亮的手指后／太阳将新鲜的肉体照得透明／偶尔被温度炙烤出的液滴／溅起的灰尘，仿佛纸面上纷纷扬扬的文字／今夜，我是安多地坛上／一个等待赐予圣物的孩子／竭力倾听，遥远光芒发出的讯息。"神秘、饱满，充满着奇异的色彩，暖人的光线，浓艳的汁液和傲人的玄思。读到它们，那个在烈日山巅孤独前行的立群，似乎又来到了我的心里。

当然，最喜欢的，还是立群的这首诗：《白马》。他这样写道："白马奔过去的时候／一个新鲜的孩子正用手指着／从哪个方向看上去都是白色的／白马，也许就是一个绝色女人的容颜／或者一次偶然的幻象。"也许，这正是立群追求的一种文学境界，干净，自在，从容，有无限的神秘可能与完美的尊严——仿佛藏在口袋的闪电，刻在皮肤上的鼓声，或者就是那匹奔跑的白马，有着绿色的眼眸与无声无息的力量，慵懒而高傲，在无所谓的天空飞翔！

（房伟，山东师范大学文学院）

**同期声：**

历史的态度 // 张立群
中国新诗的旗意象 // 张立群
张立群：温文尔雅而又雄心勃勃的 70 后批评家 // 张丽军

南方
文坛 2015 年《今日批评家》

黄德海

王　冰

于爱成

李德南

丛治辰

罗小凤

**黄德海**

1977 年出生，山东平度人，2004 年复旦大学中文系硕士毕业，现任职于上海文化杂志社。研究方向为中国现当代文学。编选有《书读完了》《文化三书》《野味读书》等，翻译有《小胡椒成长记》，协助整理有《周易虞氏易象释》《道教史丛论》等，文学评论集《若将飞而未翔》、书评随笔集《个人底本》。

# 记黄德海

张新颖

　　黄德海这人，有迂和执的一面。他是我最早带的研究生，毕业许多年了，还把我当老师，与现在教育形式的师生关系不太符合。很多人做得比他好，毕业了，师生关系就结束了，本该如此。这话听着像发牢骚，还真不是，因为我做老师的时候给学生的印象并不亲切，不会打成一片，坐在一起说话常出现间隙过长的沉默，令学生颇感压力和不自在；学业结束，各奔前程，也各有其难要应付，少些牵扯，相忘江湖，用力过好自己的人生，才是大义。

　　因为这层关系没有断，我这被动性格的人也就隔了一点距离，留心德海毕业以后的情形。让我不断高兴的是，他读书读得是越来越好了。当初他来我这里，我印象最深的是他读书算多，当然是比起同龄人来说。读得杂，也不知深浅，有明白的地方也有糊涂的地方，我看好的也正是这些。他那时候写文章给我看，我挑剔说，要写得清楚一点，简洁一点，语言上讲究一点。他用心，把话当话听。

　　离开我这里，他才真正开始了明显的进步。说实话，这不容易。这是把读书一直当回事的人才可能做到的。这其中有一个重要的因缘，就是他走进了张文江老师的课堂。张文江老师的课堂是在自家的客厅里，每周一次，来听讲的人职业不同，有教无类，年龄差不少，流动性也不小。黄德海大概是最忠实的，听了有多长时间？十年有吧？听讲之外，德海还帮着做些事，如录音、整理讲稿，协助文江老师整理文江老师的老师潘雨廷先生的稿子，不惮烦劳，得益其中。这是日积月累的功夫，日积之而不足，月累之亦不足，但一年一年，时间长了，就慢慢有了。幸亏德海并非太机灵的人，下得了笨功夫，也就能得到一些笨功夫的益处。

吴亮老师办《上海文化》，手下两个年轻人，逼着他们写文章，这一逼，真给逼出来了。刚开始张定浩、黄德海还不好意思全用本名上自己的刊物，后来大概觉得遮遮掩掩也不是长久之策，干脆开了个栏目叫"本刊观察"，每期亮相，很是抢眼。吴亮这一招厉害啊，给了年轻人发挥的空间，培养了人，又把刊物办得有声有色，有个性。现在又有更年轻的项静加入，也是写得一手好文章。我每期看《上海文化》，读他们的文章，感受向上的生气；这个刊物常常连载张文江老师的讲稿，我每见必读，读必有得，心里有时想，这一篇篇的讲稿都是德海编发的，他一定有更多的体会。

德海在《上海文化》的文章多是关于当代文学，有板有眼，有问题有耐心的解释——当代文学批评，不知道为何而写、写了和不写差不多的文章多了去了；德海的文章未必有多少人能耐心读进去，但我读过总能知道他想说的是什么，能看出他的思路、他的关切。这其实不容易。他在《文汇报》笔会上的文章，所涉更广，行文也更自由。有一次我看到他谈乔布斯，吓了一跳。他写了一个叫"书间消息"的专栏，大概是笔会主编周毅和他商量出来的，周毅也是识人，作者也有自知之明，说到底，德海就是个读书人，这个名字起得恰当。

话说"书间消息"最近的一篇，谈我的书《沈从文的后半生》，要发表了，周毅才告诉我有这么篇文章。这两人一个月前商量了这么个题目，我后来知道这两三千字折磨了德海一个月。谈自己老师的书，说好涉嫌吹捧，说不好怕老师不高兴，德海会为这样的问题纠结，也就是德海了。避开这纠结其实也容易，就谈谈沈从文吧。我读到结尾，看到这样的话，顿生凛然：在不绝如缕的人间消息中，"觉察到时间不同寻常的力量，以及它壁立千仞的冷峻"。

（张新颖，复旦大学中文系）

**同期声：**

隐秘的世界 // 黄德海
驯养生活——田耳的《天体悬浮》// 黄德海
更好的文学，更好的生活——说黄德海的文学批评 // 郭君臣

**王冰**

上世纪七十年代生于山东，评论家，专于中国散文创作、理论研究与批评。现为中国作家协会《诗刊》副主编，广西作家协会会员，中国作家协会会员。曾为中国作家协会鲁迅文学院副院长兼培训部主任。曾受邀担任中国社会科学院《文学蓝皮书：中国文情报告》编委、课题组成员，在《当代作家评论》《当代文坛》《南方文坛》《文艺报》《人民日报》《散文》等报刊发表大量散文、散文理论、评论作品等。主编有《才女书：百年百人百篇女性散文经典》《追梦》，参编有《大师书斋》《中国先锋散文档案》30余卷本等，出版有散文理论专著《散文：主体的攀援与表达》《集体的光亮与个体的无名——"现代性"景深中近十年来中国散文创作图谱》《散文的传统》，诗集《疏勒河的流水溢上岸边丛杂的小径》等。

# 文学批评的潜行者

冯秋子

大约十年前，看到《美文》杂志有一篇评述我的文章，《与生命对视》，作者是王冰。文章生气勃勃，抓住我散文写作的一些要点，不断往前、往深探究，只是基调比较高，褒奖叠加，我稍有不适应，但对作者下功夫阅读大量作品，在阅读基础上展开评述，印象很深。从编辑部了解到，王冰是一所大学的在读研究生。

几年后，江西作家范晓波率江西中青年作家研修班学员到鲁迅文学院（以下简称"鲁院"）参加培训，鲁院邀请我与江西学员见面谈谈文学和写作，我欣然应允，在八里庄鲁院教学楼前，见到晓波和鲁院一位青年教师，竟是文学评论冲力十足的那位王冰。他说："冯老师好，几年前我写过你的评论，不知看到没。"王冰硕士毕业进入中国作协，我们同在作协系统工作，只是我孤陋寡闻，他也没和我联系过。他说，他一直关注当代散文创作。

之后，在与王冰交往中，了解到类似的事很多。比如王冰曾邀请张抗抗去鲁院讲学，联系时说起 2006 年在《美文》发表了几篇专写中国女性作家的文章，其中有抗抗，抗抗很吃惊，回短信说："你竟然窝藏了十年之久"，并在电子邮件中说："看了你的文章，挺感动。如今，能够如此认真地研读作家作品的人，真是越来越少了……可惜，竟然八年后才读到。"比如王冰读到 80 后作家周齐林的作品，即推荐其至"在场散文评委会"，并最终使其获得"在场主义新锐散文奖"，直到去广西出差，王冰才从《广西文学》编辑那里得知周齐林的一些信息；云南散文作家李达伟，在一偏僻地方做中学老师，王冰多次评论他的散文作品，并收入由他撰写的《文学蓝皮书——中国文情报告》散文部分中；比如维吾尔族女作家帕蒂古丽，在独自摸索写作时，王冰就关注并向大众评介她的散文作品；而王冰那篇《张宏杰：站在散文的悬崖边跳舞》的评论，其中既有对张宏杰的热情称赞，也有对其局限的尖锐批评。这些普通事情，贯穿一个人的日常生活，就如一个走在田垄上的劳动者，松土、间苗、锄草、浇灌、收割，就像与庄稼一同生长那么普通，但是劳动者的脚力和携带的质朴心性是深有讲究的。

王冰踏实地磨炼着文学批评者的目力与笔力，在文学教学与组织工作中蓄积着理论学养，萌发着艺术韧性。但是为青年散文作家熟识的王冰，对文学界更多人来说比较陌生，他有点像文学批评的潜水者，而潜水对人是有所要求的。潜水者要能识别、装配、拆卸潜水装备；须有潜游技能，既保障个人在水下自由活动，又能在最短时间内排除意外险情；掌握潜水安全常识，保证自己的潜水不超过安全极限，同时懂得规避在水中的潜在风险……这些基本原理与文学批评的规程有许多近似的地方。王冰为人谦逊，但评论一般不失判断标准，他愿意准备好了再出发，因此他在文学批评的道路上不大受被评述作家的影响力所干扰，于是他的信心、简捷和质直，会与他做文学批评的信念高度一致，当然这也得益于他比较厚实的理论修习，以及自觉勤恳的深度阅读所能给出的支持。我以为，王冰潜水似的文学评论，也在帮助他本人不断成长，他的艺术感知力常在模糊中找寻可靠的路径与落脚的实处，他由间接经验栽培开始，最终萌生出自己的直接经验，并随时间的推移而积攒出力量，从而能去整理混沌中可能有的创造性的文学秩序。在这个过程中，他的理性和情感不知疲倦地斗争，从而建立起严整的理性，这对一个温善、慈和的男子来说，乃是选择了一种向自我发起的挑战，而他享受这样的生活。

王冰是山东人，相貌温良、持重，待人诚实、厚道。因为害怕辜负他人，就对他人尽心竭力。很多时候他愿意做一个倾听者。时间长了人们就会发现，他也是一个自觉的行动者。王冰读研的时候见一同学突然晕倒，他背起那个同学快速跑向学校医院，中途同学醒过来了，只因不好意思在众目睽睽下说自己已经好了、没事了，便任王冰大汗淋漓背他到医院后才从王冰背上爬下来，这一趟负重长跑，对王冰之外的人来说有多重滋味，但王冰心满意足，救人一命胜造七级浮屠一样。生活之重与生活之轻，很多时候在于对一些事情的处理方式，比如文学，比如创造性的生活，又比如批评的目的所在。

这两年，每次见到王冰，他总是匆匆忙忙。为了全国少数民族文学创作培训的具体实施，他奔波于全国各地办培训班，去年为此就出差近四个月，这对于他个人和家庭来说，不是一件容易的事，但对参加培训的少数民族作家来说是幸运的，他们拥有一位温和又不失原则的教师和朋友，王冰因此得到了许多少数民族作家的尊敬。王冰敬畏文学，工作认真负责，有次听到他引用湖南散文作家谢宗玉的话，讲自己愿意这样工作的原因：我们写不动了，为写得动的人多做点文学上的事，也是一件幸福快乐的事情。这话过分了，他还年轻呢。

（冯秋子，中国作家协会创联部）

同期声：

**于爱成**

1970年11月生于山东。现任深圳市作家协会驻会副主席，兼任广东省作家协会文学评论委员会副主任。中国作家协会会员。迄今已出版《深圳，以小说之名》《新文学与旧传统》《四重变奏》《狂欢季节》等学术专著。在《文艺争鸣》《南方文坛》《文艺理论与批评》《电影艺术》《文艺报》等报刊发表理论与批评文章六十多篇。有文章被《新华文摘》等转载。曾获第六届广东省鲁迅文艺奖、第九届广东省鲁迅文艺奖、首届广东省青年文学奖等奖项。

# 鲁"体"粤"用"
## ——于爱成印象

黄树森

　　1993年，于爱成带着他的彷徨和孤傲，从山东来到广州中山大学攻读文学硕士，而后又读博深造。1994年我与他相识，倏忽二十有年，深感时间流逝之速，惕然而惧。曾经的迷惘，反倒成就了他；没有这份孤傲，也未必有日后的沉稳和作为。

　　20世纪80—90年代，是广东新文化狂飙突进的年代，也是一个价值兵荒马乱的年代。据权威统计，1993年，全国货车有四分之一开往珠三角。四分之一是一个什么概念？如果说，"数字繁荣"有时隐藏"量化巫术"，不足窥其内涵和真相，可以转换一个视角，从人文来看。1984年11月30日下午，广东作家章以武的电影《雅马哈鱼档》，这部被张瑞芳誉为闻到了"鱼腥味"、被苏联导演称作是"指示性的名片"的电影，在北京大学预演，全场座无虚席，全场起立高呼："广东的今天，就是我们的明天。"广东电视台副台长、我的同学张木桂出差杭州，酒店服务员竟要他脱下脚上玻璃丝袜送给他，以资纪念。

　　从20世纪70年代末，广东最早经历了一种新形态文化的生命力躁动，"鱼腥味""指示性名片"，乃至玻璃丝袜，都预示着现代性就是世俗性这一文化普世观在中国的生成和实践。我在拙著《黄说》<sup>①</sup>中，有了"广东破茧·中国破局""广东一枝独秀带来中国的满园春色""叩问岭南，就是叩问中国当下新文化"的理论表述。

于爱成在经济大潮与个性孤傲、文化漩涡与文化研究的悖论叠印中，主义与顺溜、真理与潜规则、虚拟与现实的纠缠博弈中，果敢而慨然适应环境，调整心态，沉潜大潮，给心灵找到了一个修禅打坐的空间。1994—1995年，他与现任中国社科院研究员的施爱东，满怀激情地用三个月时间，探访三十多位文化界人士，查阅数百万字历史文献，写出了三万多字的《经济列车牵引下的岭南文化》，今天看来这仍是一篇很有水准的文章。

引经据典，又接地气，很难。中国的文联、作协系统与中国的高校，是两个学术集群、两种话语体系，经常唱"分飞燕"，而不愿意唱"梁祝恋"。我虽受聘中山大学做兼职教授，但任职广东省作家协会理论月刊《当代文坛报》主编。我努力做的是超越课堂，拆掉围墙，让青年学子突围这小社会与大社会、小学术与大学术的藩篱。在黄天骥教授任中山大学中文系主任期间，我常被邀到中山大学作讲座，把围墙外的新鲜学术空气引入康乐园。后来，差不多有十年光景，多次的研究生论文答辩会，当评委们意见相左时，答辩主席、我的老师吴宏聪教授，总会问我：这篇论文能否在你主编的刊物上发表，以作为缓冲和平衡？黄天骥和吴宏聪，也是在大力做着拆围墙的学术贯通。

于爱成在他2015年新著《深圳：以小说之名》<sup>②</sup>《后记》中，谈到了他的学术思维的多元中和，正如海明威所言，他"找到了属于自己的句子"，我深以为然，很有喜感。思维朝向决定学术高度和艺术高度。引经据典，又踩着地气；东西方文化也好，文献文化与实践文化也好，"苍松翠柏，高处相逢"就好。无论什么样的学术，当以解决问题为旨归；无论什么样的问题，当以学术探究为出发。"攀山千条路，共仰一月高"，告别教科书式思维，能有新的见解，最见功夫。

通俗的，可以变成高雅；但通俗比高雅更难。20世纪70年代末80年代初的中国文化，告别了"极左"和"文革"，但总体上还停留在对农业文化的固守和对商业文明的嗤之以鼻阶段，文化与社会发展的评判尺度日益背离，以拯救姿态君临大众的文化时髦盛行。广东新形态文化的生命力躁动，表现为强调潜在的左右文化趋势原始力量的大众文化取向，告别传统思维而代之以真正的

"美学尊严"，重估文化评判价值，论说所谓"历史的最终选择"，其实就是"民众的最终选择"。

1995 年，广东省文艺批评家协会成立之初，我和施爱东、于爱成商量，拟从两个流行文化课题入手，以唤起新的思想、新的感受、新的语言的旋风、洪流和瀑布。一年多时间，施爱东拿下了四十万字的《点评金庸》，采民俗学的阐释视角，出了几个版本，并受到金庸好评。于爱成拿下了四十万字的中国流行音乐史论的《狂欢季节》，取新社会史的理论依托，颇有新意。我在给于爱成的《四重变奏——现代性与地方性、城市叙事与民间诗学化合中的新文化研究》（云南出版社 2009 年版）所作序言中，曾对《狂欢季节》一书有专门论述，认为"这部书的意义无可低估"，"国内当今研究严肃、流行音乐的著作或文章，当难以绕过他这个山头"。2005 年，《狂欢季节》由韩国学古房出版，更名为《从流行音乐看中国》，六百多页的精装版，韩国人的重视，于此可见一斑。在在展示这位青年学者的学术功底、原创性拓荒能力，以及从海量资料中淘金炼金的绝技。

当下，我们只关注东西方文化价值的探求，而忽略东方文化在不同国度的价值差异研究。韩国的文化思维、文化战略，我们绝不可小觑和等闲视之。中国文化对韩国文化的"威胁论""贬低论"和"居高临下的大国心态"，亟须调整和自省。我在《黄说》的《韩流与唐流》中提道：

> 韩国影视立足本民族精神，但充盈中国传统，儒家精神和东方美德，食道、医道、商道，诗、书、画，乃至忠孝节义温谦恭俭让，都与平民百姓的修身处世、家庭伦理、现代文明勾连圆通起来，不忌讳拿来外国文化，不掩饰中国文化的强势影响，活脱脱出之的是韩国精神、韩国品格，凸现一种大度、宽容的总揽式国际化视野。全盘接收好莱坞模式，又全盘接收中国传统文化，锻造一种新的韩国文化精神。

于爱成在其著作中也有如下论断：

> 流行文化这一非常重要的文化现象"，"是当代文化的主流形态"，"可以洞见一个国家一个民族的文化流向、社会心理和价值伦理变迁，可以成为当代社会意识形态特征最鲜明突出的标识[3]。

如果说 19 世纪是军事征服世纪，20 世纪是经济发展世纪，之后的 21 世纪已进入文化立国的新时代，韩国的经验值得正视。他们已成功实施了一种国家文化战略，提出在中国文化市场至少要占百分之十份额呵。《狂欢季节》在韩国一纸风行，正是契合了韩国这种文化扩张的战略需要。反观中国流行音乐，命运多舛，还在讨论它是餐前小吃，还是主流大餐？是否应该享受"国民待遇"？在多大程度上能体现国家核心价值观？还有所谓的流行音乐和流行的音乐的讨论等④。艺术评判的等级诡异，条块上的各行其是，论说上的南辕北辙，流行音乐遑论"战略"，连"待遇"都没有。

综摄两端，中和为用。1997 年，于爱成自广东省文联调入深圳，步入了寂静期，以至到了候尔一字难落、一页难启的地步。他曾对我感叹，距离自废武功也不远了。1996 年他想写一本《流行文化论》的初衷，也未有兑现。但我发现，我 1994 年见到的那个羞涩腼腆的初始形象，已大大改观。一面孜孜矻矻，干了许多实事，一面扩大交往、痴迷积累、拓展视野，仿若金庸笔下段誉的"凌波微步"，最爱练的武功，不必练气、举重，只要练练走路就好了，做足日常功课，再思忖寻求新的学术突破口。有一晚他从深圳打来长途电话，说陪同接待《康熙王朝》编剧朱苏进，问我去哪儿消夜好。我会心地笑了，看到了爱成外在严谨后面心灵活泼泼的一面，遂兴致勃勃地提示：八卦岭食街，啥都有，是消夜的好去处，上海宾馆对面的一条小巷，那里的油条硕大松脆，一锅油只炸两百根油条，十分可口，堪称一绝，跟老朱说，在北京、南京都吃不到。2014 年 12 月 1 日，我到深圳参加深圳文学季活动期间，爱成陪我到荔枝公园对面的餐馆去吃湖南菜，他竟点了两款炒豆腐渣和宝庆丸子，挑起我沉寂了几十年的记忆，豆腐渣和猪油渣，都是我少年时的至爱，牵涉出许许多多的乡愁亲情，让我百感交集，我一直好奇：他是即兴之点，还是有意为之。第二天我和深圳学者刘中国又去了那家菜馆，喝啤酒吃豆腐渣。那两天，又闪回到他的研究生导师、鲁迅研究专家李伟江教授病重临终时，他的寸步不离，日夜守护。

度过了初到深圳沉寂、创作停顿的五年之后，爱成忽然奋起，焚膏继晷，不一日断辍，迅速攀升，进入学术才情的爆发期，写出多部专著和合著：《全球化语境中的本土文化》（2005 年）、《广东九章》（2006 年）、《深圳九章》（2008 年）、《四重变奏》（2009 年）、《新文学与旧传统》（2010 年）、《深圳：以小说之名》（2014 年）。

"坐拥深圳文学书城"的于爱成，在《深圳：以小说之名》中，以维护"美学尊严"和"人性尊严"为评判高下的两个坐标轴，对三十多年来深圳一线小说家的全部作品进行了精研细究，初步完成了他的深圳文学经典化的个性化初选。该著对文本的细读，对深圳文学所产生的现代化背景和现代性焦虑的分析，并以资作为中国新城市文学现代性转型和现代化寻路参照的宏阔视野和学术理路，都是我欣赏的。可以毫不夸饰地说：这是一本全方位覆盖深圳文学 20 世纪末 21 世纪初的小说史记和小说通览，凸显了深圳三十年城市与小说的丰富和多元、多样和多义。正如于爱成说的，这是他"写作生涯中，迄今为止准备最久、耗时最多的一部"。在深圳这个坚持持续写作者数以两万计，非持续写作（含博客、微信等即兴写作）者达十万之众的全民写作城市，是难得的第一部，是骄傲的"第一部"，值得珍惜的"第一部"。《深圳：以小说之名》显现的志向、豪气和艰辛，令人神爽。

八十多年前，艾略特一直在寻找一个公式，即文艺批评中，最重要的"发达的事实感"。于爱成在深圳小说研究中，尊重事实，注重分析，言必有据，以追求真理为使命，作为一个独立研究家的缜密、真诚和自信，很值得点赞。

在写作追求上，《深圳：以小说之名》用"发达的事实感"，以相对自由化的结构、散文化的笔调，在文体分析及理性宏阐的会通之处，以历史观照与现实关怀佐证其说，以知人论世与凌越时空点缀其中，写得磊落明豁，读来兴味益然。

"鲁体粤用"，新鲜如春笋破土，坚实如钢鼎扎地，此之谓也。

**【注释】**

①黄树森：《黄说》，广东教育出版社，2014。
②陈小奇、陈志红：《中国流行音乐与公民文化》，广东出版集团新世纪出版社，2008。
③于爱成：《深圳：以小说之名》，海天出版社，2015。
④于爱成：《从流行音乐看中国》（韩文版），韩国学古房出版社，2005。

（黄树森，广东省文艺批评家协会）

**同期声：**

我的批评立场 // 于爱成

从"深圳人"的生存困境到流散者的叙事迷宫——以《出租车司机》《"村姑"》《流动的房间》为例 // 于爱成

具有理论目标的文学批评——读于爱成的《深圳：以小说之名》// 贺绍俊

**李德南**

1983 年生，先后就读于上海大学哲学系与中山大学中文系，获哲学硕士、文学博士学位，现为广州文学艺术创作研究院青年学者、专业作家。曾在《南方文坛》《文艺争鸣》《海南师范大学学报》《山花》等发表各类文章约六十万字，著有批评集《途中之镜》与长篇小说《遍地伤花》。

# 沉默与发声
## ——李德南的学术印象

谢有顺

　　2009 年，我第一次见李德南，在上海的一次学术会议上。那时，德南正在上海大学哲学系读硕士，却来听文学会议。会议间隙，他走到我身边，告诉我，他是广东人，硕士论文研究的是海德格尔的科学哲学，毕业后想报考我的博士生——这几件事情，用他低沉的声音说出来，令我印象深刻。

　　那时我并不知道他还写小说，只是凭直觉，如果一个人有哲学研究的背景，转而来做文学研究，一定会有所成的。这也可能跟我自己的知识兴趣有关。我做的虽然是文学批评，但对哲学一度非常着迷，大学期间，我读过的哲学书，超过我读的文艺理论方面的书，对海德格尔等人的存在主义哲学，更是不陌生。现代哲学提供一种思想和方法，也时刻提示你存在的真实处境，它和文学，其实是从不同角度回答了存在的问题：一个是说存在是什么，一个是说存在是怎样的。现在的文学研究，尤其是文学批评，之所以日渐贫乏，和思想资源的单一，密切相关。德南在硕士期间就愿意去啃海德格尔这块硬骨头，而且还是关于科学哲学这一学术难点，可见，他身上有一种隐忍的学术雄心。我后来读了德南的硕士论文，很是钦佩，他的研究中，不仅见学术功力，更可见出他领会海氏哲学之后的那份思想情怀——谈论现代哲学，如果体察不到一种人性的温度，那你终究还是没有理解它。德南把自己的文学感悟力，应用到了哲学研究中，我预感，他日后也可以把哲学资源应用到文学研究中，实现文学与哲学的综合，这将大大开阔他的学术视野。

一个人的精神格局有多大，许多时候，是被他的阅读和思考所决定的。20世纪90年代以来，"思想淡出，学术凸显"，学术进一步细分、量化，80年代很普遍的跨界交流越来越少，文学研究的影响力衰微，和这一研究不再富有思想穿透力大有关系。因此，文学批评的专业化是把双刃剑，它可以把文学分析做得更到位，但也可能由此而丧失对社会和思想界发声的能力。专业化是一种学术品格，但也不能以思想的矮化为代价，学术最为正大的格局，还是应推崇思想的创造，以及在理解对象的同时，提供一种超凡的精神识见。那年和李德南的短暂聊天，勾起了我许多的学术联想，那一刻我才发觉，多年来，文学界已经不怎么谈论哲学和思想了，好像文学是一个独立的存在，只用文学本身来解释就可。有一段时间，不仅文学批评界厌倦于那种思想家的口吻，文学写作界也极度鄙夷对存在本身作哲学式的讨论，文学的轻，正在成为一种时代的风潮。

正因为此，我对李德南的学术路径有着很大的期许。他硕士毕业那年，果然报考了我的博士，只是，每年报考我的考生有数十人之多，我一忙起来，连招生名录都忘记看，有些什么人来考试，也往往要等到考完了后我才知道。这期间，德南也没专门联系我，等到考完、公布分数，德南可能由于外语的拖累，名次并不靠前，我甚至都无法为他争得面试的资格，成为当年一大憾事，这时我真觉得，那个在上海的会议间隙和我说话的青年，也许过于低调、沉默了。

这其实非常符合德南的性格，一贯以来他都脚踏实地，不事张扬，写文章从不说过头的话，生活中更不会做过头的事，他总是等自己想清楚了、觉得有把握了，才发言，才做事。这令我想起，德南是广东信宜人，地处偏远，但民风淳朴，那里的人实在、肯干，话语却是不多，在哪怕需要外人知道的事上，声音也并不响亮。德南并不出生在此，但那是他成长的地方，他深受故乡这片热土的影响，有这片土地的质朴，也像这片土地一样深沉。他或许永远不会是人群中的主角，但时间久了，他总会显示自己的存在，而且是无法忽略的存在。

在这几年的学术历程中，德南以自己的写作和实践，很好地证实了这一点。

真正的沉默者也会发声的。第二年，德南以总分第一的成绩，顺利进入中山大学攻读博士学位。他对文学有着一种热情和信仰，但他又不放纵自己作为一个写作者的情感，相反，他总是节制自己，使自己变得理性、适度、清明，如他自己所言，他受益于海德格尔"思的经验"，但后来更倾心于伽达默尔为代表的现代诠释学。他更看重的也许正是伽达默尔的保守和谨慎。比起海德格尔式的不乏激烈色彩的思想历险，德南崇尚谦逊、诚恳，以及迷恋洞明真理之后的那种快乐，他曾引用伽达默尔的话作为自己的写作信条："如果我不为正确的东西辩护，我就失败了。"他当然也作出自己的判断，但任何判断，都是经由他的阐释之后的判断，而非大而无当的妄言。与意气风发的判断者比起来，德南更愿意做一个诚实的阐释者。

这也构成了李德南鲜明的学术优势：一方面，他有自己的思想基点，那就是以海德格尔、伽达默尔为中心的思想资源，为他的文学阐释提供了全新的方法和深度；另一方面，他一直坚持文学写作，还出版了长篇小说《遍地伤花》，对文学有一种感性、贴身的理解，尤其在文本分析上，往往既新颖又准确。他从海德格尔、伽达默尔等思想大师身上，深刻地理解了人类在认识上的有限性，同时也承认每个人都是带着这种有限性生活的；从有限性出发的阐释，一定会对文学中的存在意识、悲剧意识有特殊的觉悟——因此，李德南关注的文学对象很广，但他最想和大家分享的，其实只是这些作家、作品中所呈现出来的很小的一部分。他的博士论文《"我"与"世界"的现象学——史铁生及其生命哲学》，就是很好的例子。他把史铁生当作一个整体来观察，从个体与世界、宗教信仰与文学写作等维度，理解史铁生的精神世界以及他内心的挫败感与残缺意识，以文本细读为基础，但正视史铁生的身体局限和存在处境，从而为全面解读史铁生的写作世界和生命哲学，提供了一个现象学的角度。在我看来，《"我"与"世界"的现象学——史铁生及其生命哲学》是目前国内关于史铁生研究最有深度的一部著作。

而李德南会如此认真地凝视史铁生这样的作家个案，显然和他沉默的性格有关。他的沉默、谨言、只服膺于真理的个性，使他不断反观自己的内心，不断地为文学找到存在论意义上的阐释路径，他也的确在自己的研究中，贯彻了这一学术方法。他对史铁生、刘震云、格非等作家个体，对70后、80后等作家群体的研究，都试图在个体经验和真理意识中找到一种平衡，他既尊重个体经验之于文学写作的重要性，也不讳言自己渴望建构起一种真正的"写作的真理"，而且，他乐意于为这种真理辩护。这种文学批评中不多见的真理意识，使德南对文学作品中那些幽深的内心、暗昧的存在，一直怀着深深的敬意，他把这些内心图景当作自己对话的对象，同时也不掩饰自己对这些心灵有着无法言喻的亲近感。

因为有着对内心的长久凝视，同时又有属于他自己的"写作的真理"，使得李德南这些年的文学批评有着突出的个人风格；他是近年崛起的 80 后批评家中的重要一员，但他的文字里，有着别的批评家所没有的思想质地。

我也曾一度担忧，像德南这样偏于沉默的个性，会不会过度沉湎于一种精神的优游，把写作和研究变成玄想和冥思，而远离实学。尤其是蜷缩于一种隐秘精神的堡垒之中，时间久了，很多作家、诗人、批评家，都容易对现实产生一种漠然，批评也多流于一种理论的高蹈，而不再具有介入文学现场的能力，更谈不上影响作家的写作，让作家与批评家实现有效的交流。这是文学批评的危机之一，但多数批评家因为无力改变，也就对此失去了警觉。但李德南对文学现场的深度关注、介入，很快就让我觉得自己对他的担忧纯属多余。我在不同场合，听陈晓明、程永新、弋舟等人，对德南的批评文字、艺术感觉，甚至为人处世，赞赏有加；我也已经察觉到，德南是可以在沉默中爆发的，尽管这样的爆发，不是那种为了引人注目的尖叫，而只是为了发声，为了让自己坚守的"写作的真理"被更多人听见。

沉默与发声，就这样统一在了德南身上。这两三年，每次见到他，还是那种稳重、沉实的印象，但在一些问题的发言上，他往往有锐见，话不多，但能精准地命中要害。他是一个有声音的人。他以沉默为底子，为文学发声，这个声音开始变得越来越受关注。尤其是他在《创作与评论》等杂志上主持栏目，系统地研究 70 后、80 后的作家与批评家，介入一些文学话题的讨论，并通过一系列与文学同行的对话，活跃于当代文学的现场。与北京、上海等文学重镇比起来，德南在广州发出的，有着"南方的声音"的独有品质。他已经有了自己的领地，也开始建构起自己的话语面貌，这些年，以自己的专注和才华，守护着自己的文学信仰，与一代作家一起成长，并为这代人的成长写下了重要的证词。他在多篇文章和访谈中说，自己在写作和研究之外对文学现场的参与——主持研究栏目，发起文学话题，把一代作家作为整体来观察并预言他们的未来，等等，是在求学期间得益于我的启发：在重视文学研究的同时，也不轻忽文学实践，从而让自己的思想落地，让思想有行动力——中国从来不缺有思想者，而是缺能够把一种思想转化成有效的行动和实践的人。这样的说法让我惭愧，但也让我越发觉得，文学并不只是一个个作家编织出的精神的茧，而应是通往世界和内心的一条敞开的道路。事实上，在德南的身上，我也学得了很多，尤其是这些年来，他比我更熟悉文学现场，更熟悉年轻一代的写作，我常就一些新作家、新作品，征询他的意见，倾听他的观点，并从中受益。教学相长，在我和德南身上，还真不是一句空话。

直到现在，在我召集的师友聚会中，德南更多的还是一个沉默者，即便他做父亲了，告诉我们这个消息时，语气也是平和、节制的，但他在文字里的发声，却已经越来越成熟。他很好地统一了沉默与发声的学术品质，也很好地处理了文学沉思与文学实践之间的关系，正如他讨论的文学场域越来越宽阔，但对文学的信念、对自己如何阐释和为何阐释却有了更坚定的理解。他的研究格局很大，他的声音也柔韧有力、辨识度高——在我心目中，这个时代最值得倾听的文学声音之一，有他。

（谢有顺，中山大学中文系）

**同期声：**

批评的愉悦 // 李德南
生命的亲证——论史铁生的宗教信仰问题 // 李德南
由"我"步入"世界"的跋涉——李德南的文学批评 // 王威廉

**丛治辰**

1983年生于山东威海。2002年至2013年就读于北京大学中文系，获文学博士学位。2013年起执教于中共中央党校文史教研部，主要从事中国现当代文学与文化研究、城市研究、当代文学批评。中国现代文学馆第三批客座研究员。2012年获教育部博士研究生学术新人奖，2013年获第十届《上海文学》理论奖，2014年获第二届"紫金·人民文学之星"评论佳作奖。

# 我有C君，鼓瑟吹笙

彭 敏

　　早在2002年在人大读本科期间，就听说丛治辰大名。凭着一篇千字小文，他在高中时斩获了贾平凹主持的"全球华人少年美文大赛"金奖，一时间风头无两。对我这种默默给新概念投稿结果杳如黄鹤的文学青年来说，无疑是大神级的人物。京城高校文学圈，那时颇为热闹，记不清在什么活动上截住他简单聊几句，就算认识了。

　　真正变得熟悉起来，是在我去北大读研之后。我们成了同班同学，宿舍仅有一墙之隔。

　　我平生自诩嗜书如命，买书如狂，进了丛治辰宿舍，才知道天外有天。如果在整个畅春新园评选藏书最多的宿舍，丛治辰的宿舍一定名列前茅。正如他的室友主要以大宝这个诨名行世，在北大，人们更习惯管丛治辰叫C君。C君藏书铺天盖地，汗牛充栋。恰好大宝也是如此，不足十平米的小屋顿时左支右绌。到后来，连阳台和床底也盆满钵满，有好大几摞书实在无处容身，C君只好将它们白天铺在床上，晚上睡觉时再挪到地下，如此日复一日，循环不疲。为了一夜安眠这样颠来倒去，我初时颇不以为然，直到后来读书偶然看到陶渊明的曾祖父陶侃运甓的故事，这才恍然大悟，原来燕雀安知鸿鹄之志，小小习惯中还有这样的玄机！

　　藏书人一大苦恼，恶客借书不还，时间既长不了了之。为杜绝此现象，C君藏书基本不外借，实在拗不过也须登记造册，并且三天两头微言暗讽，令人如芒在背，只有通过还书来息事宁人。如果封面稍有脏污或是内页不慎弯折，C君的脸色马上就会夹枪带棒，黑云压城。我曾借C君《枕草子》一册，其追逼之甚，后来我买房借人十几万大洋，也无过于此。经此一役，C君藏书无论多么风骚百态，我也决意不再染指。但没多久，在中文系遇一师妹，谈及向C君借书之难，师妹如梦初醒：糟糕，我借他几本书快一年了，事情一多竟然忘记，这可如何是好……

在北大，有句话很"伤人"，说北大拥有一流的本科生，二流的硕士生，三流的博士生。一般而言，高考便考上北大的同学进入研究生阶段，是不愿与我们这些外来者为伍的，心里面难免有种暗暗的骄傲在居高临下地俯瞰着。不过C君却平易近人，很快与我们打成一片，还形成了一个几人小团伙，隔三岔五结伴出去看看话剧、青铜器还有花花草草啥的。

北大中文系藏龙卧虎，不乏有人年少有成，名声在外。相比于阵容庞大的新概念作文大赛一等奖，C君高中所获"全球华人少年美文大赛"金奖（通常被我们简称为"美少年"奖）显得戛戛独造，迥出侪辈。因入学时间晚，C君本科时的文采风流、喑呜叱咤只能依赖道听途说。肉眼亲见的事实则是，在北大中文系，C君可说是无人不知无人不晓，可惜不以尊容见长，否则早已加冕系草系花。扩大到整个北大，也是响当当的人物。也难怪，C君性格宏达才情放逸，无论写诗作文还是待人接物，都有可观处，属于孔夫子所说"君子不器"的典范，文学固然是其立身之本，旁及其他领域，也是锐不可当。

文学青年这种动物，放在任何地方，都显得奇形怪状，落落寡合。唯独在北大，还保有几分尊严与荣光。自五四以降，北大的文脉一直瓜瓞绵绵，文学社团扮演了重要的角色。北大的文学社，主要是诗人辈出的五四文学社和小说家云集的我们文学社。C君在我们文学社"一手遮天"，徒子徒孙摩肩接踵。他南面百城的小小宿舍，堪称北大文学青年的耶路撒冷，朝圣者如四月柳絮，劈头盖脸。我在北大的许多朋友，都是在他床上相识——因为宿舍仅能容膝，来访者只好坐在他或大宝的床上。环境亲切，言谈举止自然也就没了规矩绳墨，常常是春风满室，欢笑连天，古人夜雨对床之乐，想必无过于此。

我原以为凭着同学这层裙带关系，可以火线加入文学社，认识社里所有的鲜肉师妹。不承想，C君明察秋毫之末，早已洞悉我的险恶用心，始终将师妹们保护得滴水不漏，我也只能望洋兴叹。

尘网中人，对人情世故濡染既深，往往千人一面，俗气扑鼻。而学院文青，抱玉怀珠，久居象塔，又难免孤高傲世抑或拙笨避世，能如 C 君般玲珑剔透而又性情万端者，寥若晨星。世间之情味投合者，C 君与之相交，言语行动往往百无禁忌，令人如沐春风。然而遇上奸邪谗佞或是骄纵恣肆之徒，C 君也能拍案而起，并不乡愿隐忍。其清谈闲议，常常蔚然可观，嬉笑怒骂，每每自成珠玉。

C 君的气场大略言之，是排山倒海兼滑稽多智，在人群中，常如北辰居其所而众星拱之，并可无限量供应欢声笑语。恰好我生性暗弱，与人相交颇喜伏低做小左右映衬，便得与 C 君相谐成趣。每遇酒筵歌席、会议典礼，C 君在前线指点江山，我于后方矫首静观，间或插科打诨，彼此配合无间。当然，与 C 君做伴，还有一个大好处，就是每逢结账买单，C 君必定挺身而出，不给别人表现机会，对我这种阮囊羞涩的人，简直是天降福音。

唇舌鲁钝，是我人生一大憾事。C 君的博闻强记辩才无碍，令我妒恨难平。若论外表，恐怕得说他貌不惊人（此处发表时若没被删去，就说明他实事求是心智健全），但他只要一开口，便如潜龙腾渊，鳞爪飞扬。我屡次亲历其盛，眼见 C 君在整个场面气氛令人昏昏欲睡时，一番口若悬河辞喻横生，让一群陌生人肃然起敬。若以剑比人，我如钝铜老铁，C 君不啻龙泉太阿，一剑霜寒，多少波澜壮阔！

穿衣打扮事情虽小，往往见出一个人的性情。初识 C 君者，容易产生一个误解，觉得他是不是不太爱干净，同一件衣服连续好多天都不换，即便夏天也不例外。其实呢，C 君对于裁剪鬓发修饰边幅非常讲究，并且有一习气：只要遇到喜欢的衣服，便一口气买两三件甚至七八件，轮着穿，这样一来，就能每天都以英姿飒爽的形象展示于人，同时免去了辗转挑选衣服的苦楚。至于他的发型，据说整个北京城只有复兴门某个生冷小巷里一家没名儿理发店能够入他法眼，有时俗务缠身抽不出时间跑那么远，干脆就让头上长林丰草地自行生长，也绝不在随便的理发店将就了事。

帝里风光好，当年少日，暮宴朝欢。况有狂朋怪侣，遇当歌对酒竞流连。也曾"西门烤翅"大快朵颐，也曾"十七英里"引吭高歌；也曾西子湖畔漏船载酒，也曾清华园中高谈雄辩……不经意间，竟与 C 君有了那么多共同的记忆。最精彩，还是"十七英里"聚众 K 歌，C 君尽管五音不全，却以一首山东方言风味的英文版《十五的月亮》压倒元白，引爆全场，让北大著名 KTV 歌神陈思师兄哑口无言。这便是 C 君，永远青春蓬勃，永远席卷世界。

通常，一个人的写作在年轻时难免勾三搭四，得陇望蜀。C 君制作以美文起家，兼及新诗与小说。其中，最为他看重的，是小说。至今犹记被他按在宿舍电脑前，一口气读完《过了忘川》时的酣畅震悚。此篇后来荣膺北大最高文学奖项王默人小说奖，风头一时无两。若非读博后学术压力见长，C君本来会步徐则臣、石一枫师兄及文珍师姐的后尘，成为牛气的小说家。而他的诗，曾以一句"忘记弃婴，忘记骸骨的眼洞 / 生出的青草，以及一切尘世的幸福"，让我沦肌浃髓，念念不忘。我曾在凌晨五点的西安街头，在青年旅社外面的冰天雪地中反复吟诵此句，并向C君发去一条措辞矫揉的短信述说当时情景，结果直到现在也没能收到他的回复。

韶华如驶，青春离散。多少故人音容宛在，我们却已匆匆过了而立之年。当时我相思成疾以泪洗面，是C君陪我在宿舍楼道里抽烟喝酒，通宵达旦。多少少年意气，侠肝义胆，如满天星座汇入记忆的银河，如今的C君性情犹存（风韵？当然也"犹存"），也越发地成熟稳重。博士毕业后身居中央党校要津，谈笑有鸿儒，往来无白丁。小说诗歌虽然暂时搁置，学术批评却如冉冉晨星，锋芒腾跃。因为学问功底深湛，又有"大半辈子"的创作实践，C君的文学批评阃中肆外，能高屋建瓴也能剖辟入微，顺理成章地斩获了《人民文学》《上海文学》各种批评大奖。诚如当年羡慕他伶牙俐齿，如今我每有述作，也时常偷偷找出他的文章捡拾涕唾，诛求灵感。尽管C君写文以手快闻名，但各种文债日益前赴后继，终究令他应接不暇。每次碰面，大家也不再寒暄最近怎样，而代之以：还剩几篇？答案通常在六篇到十篇之间。于是取其中值，赠送诨名"丛八篇"。听起来是不是有种"诗三百"的感觉？不过请注意，"丛八篇"跟"诗三百"无疑大相径庭，因为后者是"思无邪"的呀。

人生无根蒂，飘如陌上尘。落地为兄弟，何必骨肉亲。得C君者虽不能得天下，亦足以大慰平生。

乱曰：呦呦鹿鸣，食野之苹，我有C君，鼓瑟吹笙。

（彭敏，《诗刊》杂志）

**同期声：**

有爱的文学批评 // 丛治辰
小说的可能性与小说家的世界观——论贾平凹《老生》// 丛治辰
批评家之"我"与昆德拉与空间——关于丛治辰 // 李敬泽

**罗小凤**

笔名罗雨，1980年生，湖南武冈人，文学博士，扬州大学文学院教授，博士生导师，中国当代文学研究会理事。研究方向为中国现当代文学。百余篇论文发表于《文学评论》《中国现代文学研究丛刊》《南方文坛》等，多篇被《新华文摘》《中国社会科学文摘》等转载，数百篇（首）作品发表于《诗刊》《诗选刊》等报刊，入选各种权威选本。出版专著《1930年代新诗对古典诗传统的再发现》《新世纪广西诗歌观察》《空心人》。主持国家社会科学基金项目、教育部人文社会科学基金项目及省部级课题多项，获省社会科学优秀成果奖一、二、三等奖多项，入选江苏省"双创人才"、江苏省"333工程"第三层次人才、江苏省社科优青、南宁市特聘专家等多项人才项目。

# "罗雨"与"罗小凤"
## ——作为一种现象的女性诗人批评家

霍俊明

　　当写下这个题目时，我就想写诗的"罗雨"与做评论的"罗小凤"有时候是重叠的，但是有时候又是具有差异性的。作为一个女性又兼具诗人和批评家的身份，其呈现给我们的必然是多样性的精神地貌。在我的阅读视野里，女性批评者中既是诗人又是评论家的相当罕见。因为在很多女性那里，作为诗人的敏感、细微、直觉、感性与作为评论家的学识、理性、逻辑和结构性往往是天然不相容的，甚至二者之间形成了近乎不可逾越的障碍。而当罗小凤融合了二者的差异性的时候，她必然是作为一种"发现"性的现象。

　　乔治·斯坦纳曾不无悲观地指认"文学批评"往往是"短命"的，"文学批评和文学阐释的著述生命有限，难以长久流传……大多数研究著述属于过眼云烟、学术著作和学术期刊文章尤其如此。在鉴赏情趣、评价标准和使用术语进行辩论的历史上，这样的文学研究著述或多或少代表某个具体的时段。不用多久，它们有的在繁冗的脚注中找到了葬身之所，有的待在图书馆书架上悄无声息地搜集尘埃。"（《托尔斯泰或陀思妥耶夫斯基》）而如何抵抗或避免这种"文学批评"的"短命性"呢？很多人给出了不同的答案，而获得共识度最高的就是"诗人批评家"。1961 年，艾略特将批评家分为四类，而他最为倾心的就是"诗人批评家"，"我们不妨说，他是写过一些文学评论的诗人。要归入这一类的批评家，有一个条件。那就是，他的名气主要来自他的诗歌，但他的评论之所以有价值，不是因为有助于理解他本人的诗歌，而是有其自身的价值"（《批评批评家》）。值得强调的正是罗小凤是年轻一代批评家中的"诗人批评家"。这与一般意义上的所谓"职业批评家"和"学院批评家"都不同。这种特殊性的"自身价值"来自诗性直觉、会心而精准地对诗歌这一特殊文体语言特质的感受力以及诗性的持续发现能力。"诗人批评家"这一特殊身份使得罗小凤能够在直觉和学养间获得平衡，在感性和理性中达成一致，在诗歌写作和诗歌批评之间不断交互、往返和互相求证。这是一个"双手"写作的人，这种带有互补性质的写作无疑带有"问题"的重要性和"说话"的有效性。严谨、精密、深入、尖锐的理论思辨能力与会心、精妙的感受力和细读能力的有效结合使得罗小凤的诗歌批评和研究具有一定的特殊性。

　　认识罗小凤已经很长时间了，在首都师范大学校园里她的勤奋、谦逊、认真和学术研究能力是有目共睹的。博士毕业后她回到广西工作，2014 年又到北京大学做访问学者，她在学术道路上已经走得足够远了。而多年来对于她这样一位 80 后女性诗人，我对其诗歌亦有着阅读会心的一面。作为诗人，她是"罗雨"。作为诗人的罗雨是敏感的、直觉的、幻想的，甚至有时候是不同的"我"之间的诘问。女性写作离不开对爱情生活的理解、想象和幻梦，比如她曾经强调自己的生日和胡适是同一天，因而对胡适的爱情生活有着更为深入的感受。2009 年夏天我曾读到罗雨写的一首关于北京的诗，那时我感觉到炎炎夏日她的内心竟然是寒冷的，"今夜，我站在古老的城墙上 / 伤感地打量你满足的神态 / 你如此富裕 / 而我，一无所有 / 在清凉的月色里 / 我寂寞地，紧紧抱住自己的影子"。一年夏天，我和罗雨在夜色中的北戴河海边相遇。那时淡淡的灯光背后是黑色的无尽大海。海风吹拂，盛夏似乎在那一刻就倏忽远去了。作为 80 后女诗人，罗雨的诗歌中不断出现着"前世今生"的想象，这是女性对自我精神镜像的审视或者突破。然而在时间的缝隙中诗人在目睹了依稀光芒的同时也不断下坠到词语和情感的渊薮之中。可贵的是诗人的自省意识在不断照亮词语和情感的挖掘与归依之路。罗雨的诗呈现了人生虚幻的场景，但是她又没有因此而抽身离去，明知作茧却自缚，明知镜花水月却仍在顾影自怜，明知灼痛却火中取栗。这是真正意义上的"命运之诗"。其诗集取名为《空心人》（阳光出版社 2013 年版），这既有着来自女性自身精神的隐喻和对精神出路的探寻，同时又毫不轻松地表达了一代人的遭际。这是诗人不断对"自我"的寻找和重塑，尽管在此过程中她要不断经受住精神的炼狱和时代整体情势的冲涌。她的诗歌中不断出现和叠加的是"故乡"和"异乡"，是对家族的追忆和疼痛的追挽。这种诗歌情结显然并非是简单地缘和身份意义上的，而恰恰是代表了当下中国青年诗人整体性的命运。在一个城市化的时代，乡土何为，故乡何在？这成了作为诗人的罗雨多年来不断的一个追问，甚至这一追问还在不断加深。

作为评论家的罗小凤其最为可贵的质素在于她的开阔性与深入性。我也接触过几个女性批评者，她们很容易地就在"女性""女性主义""女权"的身份意识中原地打转，就地掘井。其所涉及的范围也往往是局限于女性朋友内部的阅读和评价。而罗小凤的诗歌批评和研究则既具有女性自身的研究范围，又一定程度上突破了这种限囿。无论是对现代诗歌历史谱系的梳理和重新认识，还是对诗歌新世纪以来的现场观察和现象学意义上的发现与阐释，她都能够在较为宽阔的视野中通过极其深入的方式完成田野考察和现场追踪的任务。她既写诗评专论，又做诗人访谈、活动综述。她既专注于诗作细读，又倾心于现象学的研究，尤其是对新世纪以来的诗歌以及广西诗歌的观察和分析具有相当的启示性。她对新诗历史谱系的梳理侧重于 20 世纪 30 年代具有古典性传统的现代诗一脉——对古典诗传统的再发现。对林庚、废名、卞之琳等人所创造的现代诗歌中的一个重要传统予以重新发掘和评价，进行现象学的透析。《"晚唐诗热"现象的诗学启示透析》《古典诗传统的再发现》《从"非个人化"到"感觉"》《卞之琳对古典诗传统精神的再发现》《被遮蔽的承传》等文章比较系统地阐释了这一诗学命题。而她对现代诗、散文诗的文体学意义上的重新认识也具有诗学层面的重要性。尤其是近年来她对新世纪以来散文诗的研究，对重要的散文诗人的个案分析和文本阅读，对于诗歌界重新认识散文诗这一"边缘之边缘"的文体及其发展新变具有一定的现实意义和诗学价值。在代际研究上，她更注重从宏观的诗学、社会学的层面对 80 后一代做出自己力所能及的思辨和愿景。尽管她身处 80 后之中，但是她又很好地规避了"近亲"视野的狭窄和自恋倾向，而是在理性和思辨中同时发现了这一代诗人身上的特质，把握住其精神脉象，同时指出其特点和局限。

罗小凤是具有细读能力的女性批评家。她多年来立足于文本语境的语义学精细分析和"细致诠释"，关注诗歌的构架与肌质的可转述和不可转述的部分以及对含混、反讽、悖论、张力和隐喻等修辞术语的借用。而作为女性的直觉、敏感、想象力又使得她的文本细读更具有特殊性。她对吉狄马加、沈苇、侯马、安琪、阿毛、李轻松、从容、邰筐、王夫刚、李寒、唐朝晖等中青年诗人的一系列文本细读文章令人称道，其中不乏自己的敏识和发现性。

进入到新世纪，诗歌与社会现实之间的关系越来越密切，甚至成为诗歌的社会功能非常显豁的一个时期。而由此产生的诗歌现象和问题就亟待总结和反思。而罗小凤正是敏锐地注意到这一新的现象和问题，对新世纪以来诗歌病症的揭示和对灵魂话语缺失的纠正，对新世纪以来的"生态诗"景观的扫描，对地震诗的美学功能和社会学功能的考量，非虚构写作的个人话语和公共话语之间关系的重新思考等等，都做出了具有说服力的辨认与发声。而 2014 年 12 月广西人民出版社刚刚出版的《新世纪广西诗歌观察》则比较具有代表性地凸现了罗小凤近年来的研究成果。这不只是对广西地缘新世纪以来诗歌的全面梳理，而且其中体现的问题意识和对代表性现象的反思对于新世纪以来整个的当下诗坛都具有一定的价值。罗小凤作为一个湖南人在 2003 年第一次踏上广西的土地。此后，她在与广西诗人的交往和文本阅读中逐渐建立起对这一特殊空间的独立思考和特殊省察。收入到《新世纪广西诗歌观察》这本书中的很多文章尤其是诗人专论，我此前在一些刊物上读到过并且印象深刻。因为从 2011 年起，我连续为《广西文学》的两届广西诗歌双年展做研究综述和文本分析，一定程度上我阅读了为数不算少的广西诗人的诗歌，对于广西的诗歌也算大体有些了解和自己的判断。所以，在读到罗小凤对刘春、盘妙彬、黄芳、汤松波、刘频、黄土路、陈纸、田湘、费城、钟世华、荣斌、石才夫、陈琦等诗人专论的时候我对其判断和见识非常认同，比如罗小凤在谈盘妙彬诗歌的时候注意到其诗歌与"远方"的关系。而我对 2011—2012《广西文学》诗歌双年展的阅读文章的题目就是《是否"我们都不去看前方"》（《广西文学》2012 年第 11、12 合期）。在文章的开头我给出的追问和罗小凤对广西诗人的解读是相互打开的，"当我已经弄不清楚自己是用多长的时间终于阅读完 2012 年《广西文学》诗歌双年展厚厚的诗歌文本的时候，当我不断试图在柳州、桂林、来宾、梧州、钦州、玉林、北流、贺州、南宁、河池、百色等地理空间寻找这些诗人个性和差异性的'蛛丝马迹'的时候，我脑海中一直浮现的是'70后'女诗人飞飞的那句话'我们都不去看前方'。那么，在一个提速和迅速拆毁的时代，是否'我们都不去看前方'？"

实际上在一个去除地方性知识的时代谈论一个区域空间下的诗歌是具有相当难度的。我也企图在这些"广西诗人"（一部分诗人显然是作为"异乡人"的身份在广西生活和写作的）身上找到区别于其他省份区隔和地方的特质，但最终我们会意识到在一个生活、阅读、写作和精神都不断被同质化的今天，诗人之间的区别度正在空前而可怕地缩减。当然，集体呈现的"广西"诗人的文本已经证明了这个时代的写作已经如此多元和繁复，透过这些文本之间的缝隙我们也可以约略窥见这个时代的特殊构造与历史性动因。而罗小凤的可贵之处则在于她作为一个"异乡人"既身处其中又能够保持一定距离的清醒观察。这两个视角恰恰保证了她观察、梳理和评判的准确性和尽可能的客观性。她既长期关注新世纪以来广西诗歌新的发展倾向，又在建立于全面考察和个人判断的基础上指出其困境和不足。而她通过大量的文本阅读对诗歌中"他塑"与"自塑"合力作用下"广西形象"的分析非常独到，美丽广西、生态广西、人文广西、闲适广西与现代化广西所一起叠加出来的地缘形象应该是全面而完整的。而罗小凤对于广西诗歌"本土性经验""地方文化""民族文化"建构不足的分析也正是对宏大的"广西形象"的可贵补充和期许。尽管罗小凤与很多广西诗人都是朋友，但是她的诗人专论和相关研究并没有成为朋友式的阅读。她建立于文本基础上的准确分析，尤其是对一些诗人写作中存在的不足症候的强调体现了批评家的良知。这很难得，比如对黄芳的分析就很具有代表性，"我虽然一直非常喜欢黄芳的诗歌，喜欢其中的温软、感动、婉约、细致，喜欢那种人人都易被其袭倒的忧伤，但作为朋友，我更希望她能有翟永明坚韧的破碎之花般的刚柔相济，有蓝蓝对大自然、微小事物、友情、亲情、爱情等广泛的爱的更开阔的视野，从而标举出更加明显的女性意识来"（《广西新世纪诗歌观察》，广西人民出版社2014年）。

作为女性"诗人批评家"，"罗雨"和"罗小凤"是一体的。2015年已经到来了，希望她的日常生活和精神生活都是幸福的！祝福她不断前行。

（霍俊明，首都师范大学中国诗歌研究中心）

**同期声：**

入乎其内　出乎其外 // 罗小凤
跨界诗歌：新世纪诗歌的新范式 // 罗小凤
寂寞诗坛的守望者——关于《新世纪广西诗歌观察》// 容本镇

**南方文坛**

2016年《今日批评家》

徐 刚

金赫楠

陈 思

项 静

杨晓帆

周明全

**徐刚**

1981 年生于湖北，北京大学文学博士，现为中国社会科学院文学研究所助理研究员，中国现代文学馆特邀研究员，主要从事中国当代文学史和理论批评研究。曾在《文艺研究》《文艺争鸣》《中国现代文学研究丛刊》《当代作家评论》《南方文坛》等刊物发表论文近百篇，其中多篇文章被《新华文摘》、"中国人民大学复印报刊资料"全文转载，出版有著作《想象城市的方法》，评论集《后革命时代的焦虑》。曾荣获北京大学第十三届研究生"学术十杰"、第十四届中国当代文学研究会优秀成果奖、《人民文学》《南方文坛》颁发的 2014 青年批评家年度表现奖等。


# 愿他永远是少年

饶 翔


"徐刚是谁？哪个徐刚？"每个人一生中都认识一个徐刚，有的人还认识 N 个。几个月前，当我在微信朋友圈分享我所编辑的诗人、报告文学作家徐刚先生的大作时，小伙伴们却纷纷留言"为青年评论家徐刚点赞"。戏谑背后是"著名的 80 后评论家"徐刚日益看涨的行情和人气。出道短短几年间，给人沉默寡言、貌不惊人印象的徐刚，以优质高产（据说 2014 年全年发表文章共计二十二篇）的劳模形象，特别是，当我等早早陷入拖稿成灾的不堪境地，而徐刚却以按时保质地完成"订单"的靠谱作者形象享誉评论界，口碑日隆，江湖人称"小钢炮""甘地"，均是称道其在小小身躯里所蕴藏的无限潜能与爆发力。

坊间一个流传甚广的段子也颇能佐证这一点。故事发生在"足球少年"徐刚驰骋北大绿茵场期间。话说这天，在北大第一体育场的"北大杯"足球赛赛场，中文系与社会学系争夺小组出线权，结果两队战平，均未能出线。赛后大家都是憋着一肚子火，中文系队的日本留学生与社会学系的韩国留学生吵了起来，作为场上队长的徐刚跑去劝架，却被对方团团围住。相互推搡间，激怒的徐刚突然暴跳而起，甩开膀子就要干架。在见证人、另一位足球少年陈思的描述中，事态后来演变成了徐刚一人追打五个人，而同时也被这五人的队友追打的壮观场面。这个雄性荷尔蒙爆棚的故事又为徐刚赢得了"一打五"的英名。当陈思眉飞色舞地向我们生动讲述时，我却忍不住问他："哎，那当时你在干吗？"

"小钢炮"美名的不胫而走，还赖于徐刚不仅在文章中，而且在研讨会上敢于公开"放炮"，既准且狠，威力杠杠的。2014年夏天，杨庆祥召集一帮小伙伴去北京郊区开阎连科的创作研讨会。会议前一天入住某温泉会议中心。徐刚和陈思以晚上要看球为名同居一室，任凭小伙伴丛治辰在门外敲门不应这种八卦事，且按下不表。单只说这第二天开会，阎连科先生也亲临会场，照理说，在这种情形下，碍于情面批评者的批评火力会有所收敛，然而，徐刚的"小钢炮"仍照常发动。他批评阎连科的创作依然被笼罩在20世纪80年代风靡中国大陆的"魔幻现实主义"的阴影底下，尤其表现在那种将历史和现实寓言化的冲动；《炸裂志》在将中国三十年的发展予以寓言化时，似乎显得过于简单直白，缺乏蕴藉和更为深远的内涵，而"寓言化""奇观化"的中国现实，或许迎合了西方人的"褊狭趣味"，满足了他们对于一个"魔幻中国"的想象认知；他甚至进而批评了一种以所谓"政治批判"来吸引西方人关注的创作动机与不良倾向。徐刚英勇地投下这一枚炮弹，全场肃然。见惯了大世面的阎连科先生倒是表现得很平静大度，对批评坦然受之，反倒是"青年人的好朋友"孟繁华先生护才心切，在做发言点评时极力为徐刚开脱找补。

听了以上故事，那些未曾见识过徐刚的朋友，会不会误以为他是只青面獠牙的"小怪兽"？但本人好歹读过福斯特的《小说面面观》，又怎么会甘心把他刻画成令人乏味的"扁平人物"？2014年3月，我和徐刚、陈思、丛治辰及其他八位全国各地的年轻评论家一起被聘为中国现代文学馆第三届客座研究员，开始了为期一年的客座研习，足迹踏至北京、南京、西安、南宁、武汉等地，在相互学习、相互交流（吃喝玩乐）中成为好基友、好闺蜜，直至日后成立了一个名为"十二铜人"的组织——这是后话。且不说那研讨会上憋大招、放钢炮之事，单说那会前会后的载歌载舞、把酒言欢。平日里略显腼腆的徐刚落落大方地起身报幕："下面，我为大家演唱一首《捉泥鳅》。""池塘里水满了，雨也停了，田边的稀泥里到处是泥鳅，天天我等着你，等着你捉泥鳅，大哥哥好不好，咱们去捉泥鳅……"但见徐刚感"咏歌之不足"，手之舞之，足之蹈之，尽显萌态，逗乐了一众看官。还有另一首《黑猫警长》，颇绕口的歌词徐刚唱来也是驾轻就熟，让大家秒回童年。从此，《捉泥鳅》和《黑猫警长》成为大家每逢欢聚的必点曲目。原来，少年徐刚已然是三岁女儿的父亲，而这些儿歌都是他从儿歌专辑中先学会，在家唱给女儿听的。一个超级奶爸的暖男形象呼之欲出啊！

曝光了这么多他人八卦，现在到了自曝八卦时间。我和徐刚是如何一步一步走到今天，成为好朋友的呢？这事说来话长。我俩相识十余年，缘分深厚，硕士与博士均就读于同一所学校。我虚长几岁，高他两级，忝列师兄之位。2005年8月赴北京读博士之前，与硕士导师王又平先生告别，聊及下面的师弟师妹，导师说："有一个叫徐刚的，比你低两级，爱读书爱想问题，和你有点像。"我搜索记忆，似乎是有这么一位个子小小的师弟，见过一两面，印象中没说过话。直到2007年春天，徐刚和现任职于中国社科院语言所的乐耀一起来北大考博士，徐刚报考的正是我的博士导师陈晓明先生。记得请他们在畅春新园旁边的"阿竹蛋"吃饭，徐刚仍然是那么沉默寡言，并没有请我引荐导师，甚至不曾打听关于考试的种种问题。爱徒心切的王又平先生还担心讷于言的徐刚会在面试中吃亏，叮嘱我们能否提前帮徐刚说说好话。这好话到底是没说，而徐刚还是凭自己的"硬实力"考上了。

说来这其中还有一点波折。那年报考陈晓明老师的考生竞争非常激烈，排在前三名的考生考分相差无几，且比报考另外两位导师的考生考分高出一大截。本来一位导师有且只有一个招生名额，但在面试过后，另外两位导师主动放弃了名额，一致决定把报考晓明老师的前三名都招进来。当系里把录取结果上报后，却被研究生院给打回来了，理由是一位导师一年至多只能招两名博士生。系里经过研究，决定将晓明导师招的这三名博士生"转"一个给其他导师。接下来的故事是晓明老师自己讲的：当他拿出三名考生供张颐武老师挑选时，颐武老师毫不犹豫挑走了徐刚。晓明老师说起这段往事时是带着惋惜的。就这样，徐刚虽然成了张颐武老师的门下，却也常受邀来参加"陈门"的聚会，受益于两位导师的言传身教、耳濡目染，在王又平先生门下便打下扎实学术功底和理论基础的徐刚埋头苦读，功力日进。而我则玩心不改，兴趣分散，四处晃荡。我俩虽同在一个校园，楼上楼下，却来往不多。只不时听说他又出了多少成果，发了多少文章。直至2011年6月，徐刚以《1950至1970年代中国文学中的城市叙述》通过博士论文答辩，且获得满堂喝彩。记得与徐刚同期答辩的师妹卢燕娟当时还发来短信，称听到答辩现场各位老师对徐刚论文的交口称赞后羡慕不已，百感交集。

　　博士毕业，徐刚面临武汉、厦门等多地的工作选择，也曾询问我的意见，最后他还是选择留在北京，进了中国艺术研究院。工作的头几年，徐刚显得郁郁不得志。他在科研处做行政，不仅要承担一些烦琐的日常事务，而且要忍受领导的吆来喝去。记得我尚在《文艺报》工作期间，有一回徐刚的部门在报社附近的农业展览馆搞活动，他被指派做媒体接待。活动后两天，参观者渐少，他仍然被命令不得离开会场。那天我下班后去看他，在大展馆边上的一排小黑屋中的一间，见他正坐在一张简陋的小桌后面读书，颇显寂寥。

　　即便如此，徐刚仍然没有停止做学问，想想我时常以工作烦琐为由中断写作，不免汗颜。同时，徐刚在不断寻找新的工作机会，四处投简历。终于在 2013 年底成功"转会"至中国社科院文学所当代室。为了进这处在徐刚看来是"正经做学问"的地方，他不惜自掏腰包向原单位支付"转会费"。从此，在文学批评道路上他更加一发不可收拾。于是，也便有了前文提到的 2014 年的"二十二篇"（为此理应再封他一个诨号"徐二十二"）。这些突出的成绩也帮助他拿到了《人民文学》与《南方文坛》联合颁发的 2014 年度青年批评家表现奖。

　　除了一起位列"十二铜人"，我和徐刚今年春天还一起成为鲁迅文学院第二十六届中青年作家高级研讨班（文学评论班）的学员，再度做起了同学。在北大期间关系疏淡的我俩也日益熟络亲密起来，常常一起开会，一起商量事情，一起聚会吐槽。特别是另两位北京的"铜人"先生先后离京——陈思去敦煌沙洲镇挂职当起了"陈镇长"，而丛治辰则飞赴哈佛大学跟着王德威先生做起了费正清中心的高级访问员，我和徐刚便成了见面最多的一对好友，直到"相看两相厌"的地步。

　　去年年底，我俩一起在海口开会，同住一间，徐刚在赶写一篇评论鲁迅文学奖获奖作品的文章。那晚我躺在床上刷了刷朋友圈便进入了梦乡，睡时听见徐刚在电脑键盘上敲个不停。第二天一早，我又在键盘声中醒来。我问他："你昨晚睡了吗？"他答："睡了几个小时。"想起有一回他告诉我，有时熬夜写文章，写着写着，头一歪，就会在电脑桌前睡过去。日复一日、年复一年的专业性写作最考验人的意志力，尤其是在这个文学（更遑论文学批评）日益边缘化的年代，文学批评再无法奢望以读者的阅读热情、社会的轰动效应作为甜蜜的回报，当每个批评者都可能会被文学批评的意义之类的问题所困扰时，徐刚所选择、所呈现的状态一直是写着，写着，写下去……我想，这或许是他被人称为"甘地"的原因！他所追求的并非悲壮美学，并非速战速决，而是日常性的苦练、修行，所有的激情潜藏在平静的地表之下，或化作一种日积月累的坚持，一种终其一生的惯性。这或许也是这个年代的作家、批评家所应坚持的状态与所应选择的位置？在此，我愿意以徐刚作为一种激励。

还记得有一回，几位朋友在我家聊天，徐刚在我家附近的朝阳公园踢完球后赶来，径自到我家卫生间洗了个热水澡，然后容光焕发地出现在众人面前。他头发湿漉漉的，坐在我家阳台上与花儿们合了影。我将照片命名为《花儿与少年》。愿他永远是少年！

（饶翔，光明日报社）

**同期声：**

批评的"历史感"与现实关怀 // 徐刚

小说如何切入现实：近期几部长篇小说的阅读札记 // 徐刚

现实与历史的对话与批评的"文本化"——论徐刚的文学批评 // 徐勇

**金赫楠**

1980 年生，河北保定人。现就职于河北省作家协会创研部，主要从事当代作家作品评论，近期研究方向主要集中在 80 后作家作品和代际文化现象研究。鲁迅文学院第五届高研班学员，中国现代文学馆第三批客座研究员。曾获河北省第十二届文艺振兴奖、首届孙犁文学奖、"四个一批"优秀人才，2014 年获《文学报》第三届优秀评论新人奖等。

# 金赫楠印象

张 楚

　　大雪天，坐火车到石家庄。脸都冻僵了，打电话问金赫楠在不在单位，她说今天都上班呢。好不容易打了辆出租到河北省作家协会，先去了赫楠的办公室。她说快坐吧，先喝口热茶。原来桌子上放着杯热气腾腾的正山小种，里面泡了红枣和枸杞。牛饮而尽，不烫不凉，微微甜，又不腻，身和心瞬息暖了过来。

　　就是这么个贴心的人。金赫楠的办公室不大，却是大家以文会友最喜欢聚堆的地方。胡学文没事的时候总爱背着手转两圈，李浩呢，把自己办公室喜欢读的书都搬了过去。也难怪，赫楠的房间总是打理得一尘不染，花草葳蕤，即便是冬天，也总是阳光暴晒的慵懒感觉，何况还时常有精致的糕点品尝、有各式好茶乱喝。即便没的吃喝，闲坐读书聊天也是惬意的事吧。

　　金赫楠是个热爱生活的人。女性思维细腻正常，不过像赫楠如此有耐性的却少见。微信朋友圈里，大家都会时不时看见她在晒早餐。是特意为她那两个宝贝双胞胎儿子做的，昨天是海鲜粥、鲜花饼和白煮蛋，今早是腊肠土豆饭、南瓜银耳露、花生酱西多士，明早是胡萝卜鸡蛋小包子、虾仁青笋粥、肉桂烤苹果。有时为了做孩子们最喜欢吃的卤肉饭，她会文火慢卤三个小时。对于我这种晨起灰头土脸、经常不吃早饭的人来说，赫楠的早餐秀让我感觉到清晨原来如此美妙，自己也忙跑到脏兮兮的小餐馆吃上一碗红油抄手或兰州牛肉拉面。

除了早餐，赫楠有时候还会在朋友圈晒她的烘焙，花样之繁盛，名目之华丽，让人瞠目，光蛋糕就分为北海道戚风、酸奶芝士、玛德琳和费南雪……成果赫然,终于和另一位青年批评家饶翔并称文学批评界年轻一辈里的顶级烘焙高手，我们常常戏称他俩：青年批评家里蛋糕做得最好的、烘焙师里评论写得最棒的。我想这二位要是联手开个烘焙店，会成为京城一绝吧？类似庆丰包子铺、北京烤鸭、东来顺涮羊肉什么的。

又是那么爱美的人，女人都爱美，但是美得得体的似乎不是很多。赫楠不施粉黛，衣着也素然，但总给人一种娴静优雅、细致曼妙之感。那次我们一同前往杭州，西湖、乌镇、湿地，我一路拍美景，赫楠一路与美景合影。镜头里的她总是那种标志性的笑容，目光纯真如少女，拍完了美图一番，晒到微信上，美得一塌糊涂，评论水泄不通。就想，真是个活得自由烂漫的人，温婉、随性、善良，又有点小女生的任性。

但是读过她的文学评论，就会发现，这个人的文字与她的生活态度有着偌大不同。这个长发披肩、喜欢穿裙子的人在另外一个世界里变成了手持利刃、丝毫不拖泥带水的侠女。没错，在关于文学的话题上，她总是保持着犀利独到的眼光和敢说真话的勇气。我怀疑李浩兄口才那么好，见解那么锋利，都是平时和赫楠谈论文学唇枪舌剑时练就出来的。不过赫楠还是挺给我面子，我们也私下聊过文学，不过聊得温和，她说我的小说总是在呈现，而没有切入体肤的追问,这个观点我也赞同。我总是喜欢乱看报纸，有次在报纸上读到一篇关于《带灯》的评论，说它暴露了贾平凹从整体上考量、思虑和把握当下乡土现实的无力，面对纷繁芜杂、泥沙俱下的时代，他只能给出一种碎片化的呈现、平面化的描述。当时我也刚读完《带灯》，这作者真是把我的心里话都说出来了，忍不住去看作者的名字，却是金赫楠，不禁哑然失笑。

还有次读到那篇《〈第七天〉：盛名之下的无效文本》，真是一针见血。她说："余华用事件的堆积，向我们展示了纷繁、烦乱的当下社会生活，仅此而已，他未能深入其肌理和血肉，实现之前我所说的重构……没有任何一个时代是从天而降、倏忽而成的，单纯地记录这些时代风云和现实百态，无论如何的离奇曲折，如何的叫人唏嘘感叹，其实在小说的谱系中，这原本是没有价值的。各种大事件，各种纷繁乱象与光怪陆离，如果它们在小说叙事中是有价值和意义的，那么一定是在写作者确认了这些刚刚发生在身边的事件与现象，它们产生和存在的源头、与之有关的文化根系在哪里？在这个时候，它们才具有了小说美学上的审美价值。一言以蔽之，事件本身不足以构成小说审美的对象，现象背后各种驱动力的纠葛缠绕的巨大张力才是价值所在。"

　　说得多好。赫楠谈论作品之时，态度是诚恳的，只针对作品纯粹地从文学的角度剖析批判，这种姿态和某些人利用名作家炒作自己的心态迥然不同。我想，除了斐然文采，这也是赫楠获得作家和批评家认可的重要缘由。有时候我看着她略显单薄的身躯，看着她柔和的五官和平静的眼睛，想，这个热爱日常生活、沉湎自我生活的人，内心里该孕育着如何倔强旺盛的力量？这力量驱使她从容地说真话，从容地讲道理，从容地面对这个纷繁芜杂黑洞四伏的世界。既是贤妻良母，又是文坛刀客，真是有些匪夷所思。胡学文、刘建东、李浩和我，同写小说且私交甚笃，被称作"河北四侠"（这个诨号曾一度让我觉得很可疑，老让我想起古龙小说里一出场就被主人公灭掉的所谓高手，类似三剑客、八骏、三棵树、五少将的名号多刚猛威武、响亮迷人，哈哈），全是糙爷们儿，幸好一起玩耍的伙伴里还有赫楠，美女一枚，既会做糕点，泡工夫茶，还擅长纸上华山论剑，想想就得意。李敬泽老师曾笑称她为"河北四侠"之外的"侠女"，我们也确实把她当成"侠妹"了。有这样一位侠女，同在燕赵大地，以文会友，一起随时光老去，也算是人生惬意之事吧。

（张楚，河北省唐山市滦南县国税局）

**同期声：**

我们怎么做批评 // 金赫楠
乡土·乡愁，与80后小说写作——以颜歌、甫跃辉、马金莲为例 // 金赫楠
感觉·见地·立场——金赫楠文学批评印象 // 王力平

**陈思**

1982 年生，福建厦门人。北京师范大学文学院文学学士、文艺学硕士，北京大学中文系中国现当代文学专业博士。2011—2012 年美国哈佛大学东亚语言与文明系访问学者。现为中国社会科学院文学研究所当代室助理研究员。中国作家协会会员，中国现代文学馆特邀研究员。研究领域涉及中国当代文学史、当代文学批评、电影批评和西方文艺理论。在《光明日报》《中国现代文学研究丛刊》《文艺争鸣》《南方文坛》《文学自由谈》《艺术评论》等刊物发表学术论文数十篇，部分论文被《新华文摘》、"人民大学复印报刊资料"转载。著有《现实的多重皱褶》，译著有《德里达眼中的艺术》。曾获《南方文坛》2015 年度优秀论文奖。


# 一个干干净净的男孩
## ——陈思印象

曹文轩


　　初时见到陈思，第一印象是：这是一个干干净净的男孩。先喜欢上几分。

　　我一直觉得中国的女孩要比中国的男孩干净，你在路上走，稍加观察，得出这个结论不难。女孩们一般都衣着讲究，而男孩们总那么很不在意——而一旦在意起来，好像又有点儿不对头，那衣服倒也是好衣服，但搭配上却出了点儿问题。再瞧一张张面孔，那清洁程度更是一目了然。一旦近距离相处，这个印象就会更加鲜明。这里，还有个气味的问题，不想细说。我只是从概率上说的——只是说相对于女孩，这样的男孩稍微多了一些，自然不是说的全部男孩。由于有这点也许不可靠的印象，一群男孩在你面前时，我往往对那些干干净净的男孩先有几分好感。

　　陈思就是这样开始进入我的视野的。

　　后来经常性的接触，证明我当初的印象是准确的。一个小伙子，走在你面前，精精神神，清清爽爽，很明亮。一年四季，陈思总是这个样子。衬衣的领子，从来没有汗污的痕迹，无论新旧，看上去都觉得是刚换上的。他并未刻意打扮，更多的情况下，倒是穿得很随意。我没有考证过他身上的衣服和脚上的鞋是否是名牌，但看上去就是觉得顺眼、舒服，仿佛天下衣服、鞋就应当如此穿在身上、穿在脚上。那衣服、鞋，是他的朋友，是他身体的一部分，很合适。他那张脸永远白里透红，很天然。

这个干干净净的男孩，有时会让我无端地联想到一个与他毫不相干的人——郁达夫。此人，干净人。他能容忍丑，却无法容忍脏。凡干净的人、物象和念头，他都喜欢。读郁达夫，"干净"是一个关键词。不捉住这个词，他的文学之门怕是难以打开的。但郁达夫是忧郁的，而陈思是阳光的；郁达夫是病态的，而陈思是健康的。那年去看郁达夫的故居，我就明白了他的这份干净来自何处——来自终年在他家门前流淌不息的富春江。这里的江水十分清澈，让人不好意思不干净。再说干净起来也十分方便，不洁了，走到水边洗濯一番就是了。而出入鼓浪屿的陈思，终年沐浴于湿润的海风之中，常常要在船上看那蓝色的海水一片浩渺，白色的浪花在船的两侧翻滚跳跃，总目睹海水荡涤一切的情景，也会从中聆听到什么。

这份干净不只是体现在陈思的肉体，也浸润到了他的灵魂，体现在他的文字表达之中。且不说那些文字表达的意思绝无污泥浊水，即使表达本身也见干净的心性：一句就是一句，不臃肿，不拖沓，有时真理在胸，固然雄辩，口若悬河，看似长篇大论，但却并无多余文字，洋洋数万言，还是不离简洁。

陈思的博士论文是"80年代中国小说谐谑话语研究"。当初确定题目，我在内心是很有几分疑惑的，觉得这个题目不容易做，其中道理难以说得清楚，且论据能否足以支撑一篇博士论文也是令人担忧的。但见他似乎胸有成竹，对该题目一副情意绵绵的样子，说，要么咱试试。果然，他是有把握的。论文出笼，都是好评。答辩时，评委们一致称赞。现在写这篇关于他的印象记，才忽然觉得，他选这个题目实在是件再自然不过的事情，这个题目就该是他的题目。此话怎讲？这就要说到他的幽默天性。看上去，穿着整洁的陈思一副一尘不染、不苟言笑、"一副小橡树的样子"，甚至还有点害羞——他是一个很容易脸红的人，但与人稍微混熟了一些，就会显示他的另一面：诙谐幽默。他喜欢周星驰、伍迪·艾伦，会用带了少许闽南口音的普通话学说伍迪·艾伦的一部电影的开头话："我很讨厌只有我这种人的俱乐部。""最可怕的一顿饭就是，那么难吃，还那么少。"他有络绎不绝的无厘头故事，居然是饭桌上和各种聚会时的搞笑大王。他翻唱一首众人耳熟能详的老歌，换了唱词，用故意走板的腔调一本正经地唱着，唱得别人连连喷饭，笑倒一地，而他却不笑，一副专业歌唱演员的样子，不受干扰，神情庄重，继续进行，直到他引发的笑声毙倒所有。他演他师兄邓菡彬创作或由他自己也参与创作的话剧，多半也喜欢演那路诙谐幽默滑稽可笑的喜剧角色。我们随时都可能听到陈思就地取材、随手拈来、即兴创作的幽默言辞。他反应极快，在这方面几乎就是天才。他的幽默还常常来自自嘲。一个容易脸红的人，其实是最容易陷入尴尬处境的，但陈思有他的法宝，这就是幽默。它能轻易使陈思逃出那尴尬之处境。他参加了邵燕君主持的"北大评刊"论坛。那个论坛的训练几乎是魔鬼训练，对新人尤其残酷，新人写了稿子，要当众念，而在场的所有人都可以打断、挑错、指责。陈思对作品的评论，总要遭到各种质疑。他就听着，然后说他自己就像孔明借箭的草船，左边是箭，右边是箭，万箭乱射，浑身都是箭。他说，我能怎样，且将这些箭都收下吧。陈思的幽默其实是他人生智慧的一个表现，更是认识世界之后有了一定感悟之后的一种境界。邵燕君对我说，虽然陈思总爱表现滑稽，但在她看来，滑稽可能是陈思的一个面具，在滑稽面具下面，是一种羞涩的严肃；或许，滑稽是他和同学们融洽相处的方式；或许，这是他走出父母辈光环、走出自己的方式；又或许，这就是这一代人处理宏大叙事的方式——他们已经不好意思像上辈人那样以严肃的方式面对严肃的命题，于是只能以滑稽的方式接近，"滑稽地严肃着"。

　　陈思单纯，但并不单调。他是一个有广泛兴趣的人，喜欢旅行、踢足球、听音乐会……我将那种只喜欢一样事情而对其他事情都不感兴趣或是感兴趣却又无能力为之的人，看成是无趣之人，而将那种既有专业兴趣、对其他事情也感兴趣并能在这些喜欢的事情中同样做它个风生水起的人，看成是有趣之人。从前的那批文人，多半是这种人，琴棋书画他们都喜欢，并都有几下。趣不俗，雅趣。陈思有雅趣。最有力的例证是，他经常演话剧。他演的话剧，不少是他的师兄邓菡彬创作的，也有他自己参与创作的。他演话剧给人印象最深刻的一点就是他有超强的背台词的功夫。他在蓬蒿剧场演一出《交叉跑动：有关误会与错过的小故事》的戏，那里头陈思扮演"作家"这个角色，而这个角色有大段独白，台词量大到惊人，一般人很难背下来，而陈思不但倒背如流，而且为了塑造这个"作家"口若悬河之形象，他能用极快的语速不打一个磕巴地在台上滔滔不绝，一副狂欢的疯样，无论是听懂了的还是没有听懂的，都报以掌声。

邓菡彬给我传过来几张剧照，看陈思那副投入角色的造型和神态，还以为他是个话剧舞台的大腕，演的是一台经典大戏。

陈思的这些雅趣，对他的主业文学理论和文学批评究竟会有何种作用，还难以说清楚，但有一点可以肯定地说：它丰富了一个年轻的生命。

陈思读硕士是师从王一川先生，攻读的是文艺理论。后攻读中国当代文学，因为他有充分的理论准备和训练，一旦转而搞当代文学评论，长处就自然而然地显露出来了。他很少写那种印象式、感觉式的评论文字。无论是数万言的博士论文还是几千字、千把字的评论文章，那些文字都会由始至终地笼罩在浓厚的理论色彩之中。理论和评论，在陈思这里，是和谐交融，互为升华的。曾经的当代文学评论，一大弱点就是缺少理论的支持和点化，流于就事论事，话题总在浅显的层面上进行，难以深观细察。后来，国门洞开，各路西方理论潮涌一般奔泻于当代文学的评论河床，又出来另一弊端：理论横行霸道，本该是与评论互娱，却变成了理论自娱，理论是猫，评论是鼠，猫要娱乐了，就将鼠玩于爪下。说是评论，只是拿文学的文本作点缀、作幌子蒙事，要表现的是抑制不住的言说理论的强烈欲望，洋洋洒洒，却总抹不去似是而非、生拉硬扯的坏名声。陈思则时刻提醒自己的学术出身，一旦进入评论情景，总是细读文本，知道自己拥有可左右逢源、纵横捭阖的理论资源，却很有节制地让其相助，尽力做到宽窄、多少得当。固然有大段大段的理论镶嵌于文字之中，但却是与文学文本匹配的。这些理论，既来自理论王国，又来自文本——是从文本引申出来的。理论与评论关系的拿捏，陈思做得不错。

陈思的说理能力自不必说，说事能力也很不一般。而后者，通常是不那么引人注目的，而我以为他的说事能力是绝不亚于他的说理能力的。这些年的经验告诉我一个多少带有一点悲剧色彩的事实：无休止的教育、无休止的学位攀登，在使一个人的说理能力不断得到加强的同时，他的说事能力却在日甚一日地退化。念到博士时，往往成了一个说理的机器，而在说起一桩生活中发生的无比精彩的事情时，却显得那么的苍白无力、味同嚼蜡。我将这一切看成是教育的失败。说事能力与说理能力，价值同等。一个人若没有说事能力或是本来有的后来丧失了，都是欠缺和不幸。读陈思业余写的几篇文学作品，很欣慰。读时我甚至想到等再与陈思见面，我一定要告诉他不要光做那些批评文字，还可以不断地写一些文学作品。并要告诉他，一个人有很好的说事能力，这是一个人的幸福，一个人的财富，而对于一个批评家而言，由文学写作而提升的感悟能力，对于文学批评也是福祉。陈思不只是能在批评领域有所成就——那些作品很清楚地向我预示了这一点。

（曹文轩，北京大学中文系）

**同期声：**

主观、客观与不安——文学批评的三个层面 // 陈思

经济理性、个体能动与他者视野——高晓声笔下新时期农村"能人"的精神结构 //  陈思

敞开与呼应：文学形式、审美、历史 // 南帆

**项静**

1981 年生于山东泰安，上海大学文学博士，就职于上海市作家协会理论研究室，中国现代文学馆客座研究员，在《中国现代文学研究丛刊》《南方文坛》《文艺理论与批评》《当代作家评论》《上海文化》等刊物上发表论文若干，部分被《新华文摘》、"中国人民大学复印报刊资料"转载，出版评论集《肚腹中的旅行者》《我们这个时代的表情》。

# 写作成为居住之地
## ——项静印象记

王鸿生

  不知是天生，还是受了父母取名的暗示，项静给我的印象就是一个"静"。

  她在上海大学读硕、读博的那段时间，虽然导师是蔡翔，但也要上我的课，再加上论文开题、答辩等，我应该多次听过她说话，但搜索记忆，居然一片空白。

  能想起来的，只是她的"静"。静静地穿过走廊，静静地坐那儿听课，静静地在某个会议的报到桌前给人发材料，静静地听着饭局上的众声喧哗，偶或静静地站起来倒酒，还有还有，就是那永远带点儿无奈的腼腆一笑，仍是静静的。

  毕业后，项静去了上海作协工作。几年后，她的评论文字多起来，长长短短的，不断在各种刊物、报纸上出现，文学界开始关注她、谈论她，这当然是水到渠成的事。偶有遇见，也会驻足闲聊几句，她的问候不外乎"最近还好吧"之类，我想，一个喜欢在文字中说话的人，除了与作品、与自己交谈，大概见了谁都会这样敏于行、讷于言的。但师生间那份特殊的亲切感，仍会默默地传递过来，让人觉得踏实。

  2015 年夏，全国青年批评家高峰论坛在雪都崇礼举行，我躬逢其会，听项静作了个长长的发言。针对论坛的主题"城与乡: 想象中国的方法", 她从当下年轻人的知觉经验切入, 发现寓言化、概念化地表达城乡之间的二元对立已不足以引起"震惊", 因为大量影像以及网络普及, 早就让都市和乡村显得不那么彼此"陌生"了, 所以, 需要重审文学对城乡关系的理解, 需要感知某种更质朴、更混沌的存在状态。规定的八分钟时间, 她说得不快不慢, 很稳也很有条理, 一副胸有成竹的样子。

忽然感到, 那个来自山东的怯于言辞的小女生不见了。

"对于没有故乡的人, 写作成为居住之地", 萨义德的这句话, 曾被项静引入一篇谈刘继明的文字, 现在想来, 她对此类问题琢磨已久, 有些思考, 大概还没来得及说出来。但不管怎样, 终于可以面对世界说话, 这对读书人来讲, 是一件特别有意义的事情。在这个话语纷繁却极易被同质化的年代, 一个习惯了安静的人, 能找到某种经验通道, 传递一些别开生面的想法, 实在是不那么容易的。这需要内在的自由, 需要跨越从校门到社会、从书本到生活的诸多栅栏, 还需要一点点积攒并形成自己的语言。

在讨论林白和关于她的批评史时, 项静曾把关注视角从"一个人的战争"调整为"一个人在路上", 着重发掘作家形象被固化、被遮蔽的那些面向, 就很能体现出某种见人之所未见的批评家素质。文学上"没有守成之地", "自主性强的作家, 会一直同命名的力量和自我惯性交战", 在项静的类似表述里, 有一股低调的砥砺之气, 一种来自沉默的力量。这个姑娘看似文静, 内心却是不乏汹涌, 并很较劲的。

项静也热爱生活, 但这热爱肯定是自然而朴素的。随着阅历增长, 结婚、成家, 她并不拒绝来自四面八方的生活消息、知识和情趣, 但从没有跃跃欲试、大干一场的冲动, 也不见她对满大街时尚有什么特别的嗜好。对生活在被称为"魔都"的上海, 她不像许多迁居者那样兴奋, 但也谈不上什么不适或反感, 一切仿佛都是淡淡的, 打扰不了她的样子。

这份淡定的静气从何而来? 来自文学。文学是她人生的锚地, 一切海阔天空、光怪陆离, 都只在文学的"一瓢饮"中。好像是为了热爱文学才去热爱生活, 她终究清楚自己要的是什么, 她的心是属于文学的。因了这份真实的、毫无功利心的爱, 项静有了长跑的精神准备, 有了我们所见到的阅读、批评的耐力。而在我看来, 这耐力才是成就任何一项事业的最要紧的东西。

据她的同学透露, 项静还很有自嘲精神, 说话、评论事情不时会冷幽默一下，温暾水里藏着内敛的犀利。这倒是另一个项静，一个我不曾领教过的项静。很难想象，她把人逗乐的场面会是怎样的。期待有一天，也让我见识见识。

（王鸿生，同济大学人文学院）

**同期声：**

批评是一条要被走的路 // 项静

村庄里的中国：城乡二元化结构中的"返乡"文学——以近年人文学者的非虚构写作为例 // 项静

文本、理论、世界和自我的重逢——关于项静的文学研究与评论 // 吕永林

**杨晓帆**

1984 年生于云南昆明。中国人民大学文学博士，现任职于华中师范大学文学院。2015 年受聘为中国现代文学馆第四批客座研究员。已发表学术论文与文学评论数篇，曾获《南方文坛》2010 年度优秀论文奖、《文艺争鸣》2013 年度优秀论文奖、第五届唐弢青年文学研究奖、第三届"紫金·人民文学之星"文学评论奖。主要研究方向为 80 年代文学史研究和当代小说批评。

# 给杨晓帆写几句话

程光炜

  2007 年秋天，我应北京师范大学文学院张清华教授之邀，去该院励耘学术报告厅作一个名叫《当代文学的历史化》的讲座。当时只带着一份提纲，没有现成讲稿。未想这个粗糙简单的提纲，后来竟成为我系统思考当代文学史研究问题的一个起点。讲完从报告厅跟清华到他教研室休息，有两位硕士生杨晓帆（文艺学专业）和苗绿（当代文学专业，是清华的学生）又到教研室与我闲聊。我这才知道，本科时杨晓帆是王一川教授的学生，硕士则跟了陈雪虎教授。但她一个学习文艺学的硕士生为什么会对当代文学感兴趣？却令人奇怪。那时候，杨晓帆和苗绿都是高挑瘦削的年轻女孩子，蹦蹦跳跳的，一副刚从本科阶段进入硕士生的青涩姿态。大概过了一年多的时间，有一天王一川教授给我打电话，告知杨晓帆要到我课堂上旁听，询问可以不可以？我与一川教授从 1996 年到 2005 年共九年，住在北京学院路附近的一个教育部的小区里，是分配给中国人民大学和北京师范大学的两栋居民楼。于是，成了邻居和朋友。我与一川教授性格各异，习惯不同，但有默契感，属于性情相投的那种朋友。一川在电话里推荐说，杨晓帆是北京师范大学文学院第一届文史哲实验班的学生，在九十多人的班上，是学习成绩最突出的两三位同学之一，语气里有不少唯才是举的热情。

  这算是我与晓帆认识的开始。差不多有一个或两个学期的时间，也经常是风里雨里的，她每周四下午都从北京师范大学老远地跑来，在我教二楼课堂上旁听"重返八十年代"的博士生讨论课。当时教室里有杨庆祥、黄平等一帮学生，称得上是人才济济，气氛比较热闹。也因这种因缘际会，晓帆与他们逐渐成了朋友。每次讨论都安排有专人讲，接着另一周下午是大家围绕讲过的题目进行讨论。几周之后，晓帆开始参与我们的讨论，因为事先做过详细的资料准备，加之她有文艺学理论的底子，所以在课堂上比较如鱼得水。晓帆是一个见人就笑、态度温婉谦虚的女孩子，加上年纪比庆祥、黄平等人略小几岁，大家都喜欢上这个凡事认真且有自己独立见解的女学生来。晓帆也不认生，仿佛是与我们已经认识很久的情形，这也让我感到有点不可思议。这是差不多七八年前的事情了，她在我们课堂上讲了什么内容，以及我们讨论的具体作品和现象，现在已记不清楚。不过，通过这种不要学分、纯粹是为学术而来的旁听本身，我直觉地感到杨晓帆是很有学术敏锐性的好学生，似乎也把投身学术研究当作了很远的设计和志业。我在中国人民大学工作这几十年，也差不多练就了一副观察过往的无数学生的"火眼金睛"，不管学生怎么在我面前表白，我都能凭这种直觉来看和选择学生。大概其他学校的老师都是如此？也未知可否。

2009 年上半年，晓帆决定报考我的博士生，当时报名的人很多，差不多三十几位报考者吧，有不少还是学界同行推荐过来的学生、熟人。几经激烈竞争，到面试这最后一轮，只剩下两三个竞争者。最后晓帆靠清晰准确和富有见识的答辩，从最后一轮中胜出。对我录取一个本来不是很熟悉的学生，杨庆祥私下有一个评价："有公心。"算是对自己老师的褒奖吧。我当时并没有想那么多，只觉如果遗漏了一个能看到其前途的好学生，第一于心不忍，第二也是一个损失。果不其然，9 月份杨晓帆进来后（此时庆祥和黄平等已毕业到两所大学就职），很自然地成为我课堂上的"第一辩手"，也可以说是写文章和参与讨论的绝对主力军吧，为当时已显出在走下坡路的这门讨论课增色不少。晓帆念博二的时候，记得是一个夏天，我请美国哥伦比亚大学东亚系和比较文学系的刘禾教授来中国人民大学作系列演讲，因为太忙，我请本院的几个教授分别担任讲评工作，杨晓帆则做讲座秘书。刘禾的讲座在北京十分叫座，不光北京大学、北京师范大学、清华和中国人民大学本校文学院的博士生、硕士生踊跃参加，就连北京师范大学和中国人民大学哲学系的学生也跑来旁听，听说还进行过若干次热烈的讨论和争论。依据晓帆的性格，她也是必然要站起来跟老师提问题的人。她对秘书工作的忠诚和细心，所提问题的质量，以及清晰从容和理性的表达能力，都给刘禾留下很好的印象。过了一段时间，我与李陀、刘禾夫妇一起参加活动，回来照旧我开车送他们回家。在车上，刘禾突然提出能否邀请杨晓帆去哥伦比亚做一年访问学者的问题，我当时还有点吃惊，以为是不可能的事情。未想，几个月之后，晓帆忽然告诉我事情成了，第二年秋天即可成行。原来，为晓帆去哥伦比亚，刘禾教授与校学术委员会的一位著名教授还有过一番争执，该教授坚持晓帆必须是有博士学位的大学教师，而像现在只是"博士候选人"则无进哥伦比亚资格。这要感谢刘禾的坚持，否则此事只有泡汤的份儿。在哥伦比亚一年，晓帆除听刘禾的课，还选修了其他教授的课程，应该收获不小。关键是对纽约这座大都市有了切近的了解。她在美国时给我发过几张风景照，还有参加一些左翼人士活动的其他照片。回国后，倒不像其他人老在我面前叨叨不休说什么美国之类，从中也可以看出晓帆性格中为人比较低调和谨慎的一面。

晓帆是那种凡写文章一定要有七八成把握，才动手去做的慢热型的人。从不好方面讲，有点儿拖沓，但从较好的方面可以说是一种认真严谨的态度。她从入学读博到毕业至今这七年多，统共才写过不到十篇较长篇幅的论文。在我看来，这些文章至少有这么几篇的质量是上乘的，并不逊于同龄人的好文章：例如《知青小说如何寻根——〈棋王〉的经典化与寻根文学的剥离式批评》（获得《南方文坛》2009年度优秀论文奖）、《历史重释与"新时期"起点的文学想象——重读〈哥德巴赫猜想〉》（获得《文艺争鸣》2013年度优秀论文奖）、《走异路，逃异地，寻求别样的人们——改定版〈心灵史〉与二十世纪八九十年代"转折"》（获得2015年度唐弢青年文学研究奖）等。获奖论文未必都是不可多得的文章，但一般而言能够获奖，尤其是在竞争激烈中获奖的文章，大抵还是不错的。《知青小说如何寻根》从阿城的短篇小说发表、被人评论以及寻根思潮兴起后，又被寻根理论纳入"寻根小说代表作"这样一个曲折完整的过程，来观察知青题材的小说（因为此篇发表在"寻根"思潮出现之前），因何种文学史的机缘再次被命名的现象。这篇文章的难度，在于理解"知青小说"是如何变成"寻根小说"的复杂过程，以及究竟是什么文学批评力量改变了历史走向，将两个好像不同类型的小说作品巧妙嫁接到一起的。晓帆这篇文章又披露，在没被认作"寻根代表作"之前，阿城关于这篇小说的"创作谈"都与"知青故事"有关，被重新认定之后，他口气变了，一直使劲地把这个知青故事往"寻根"思潮需要的历史叙述上说，往那里靠。这种历史分析的精彩点，不在"揭露真相"，而在非常客观、冷静和超然地将这种历史叙述推回到原来的历史情境之中去。

于是，同代作家创作于不同时期的两种小说现象，它们从文学观念到创作手法的"转型"的难题，就这样被充分揭示出来了。

从现在情形看，杨晓帆学术上的出道是比较顺畅的，但并不表明她以后的发展道路一定能够看清楚。一般而言，从事学术研究最后能做出点成绩的人，都是能耐住寂寞的，韧性、耐力和不愿从俗入流的眼光心境，可能会比才华和机会更为重要。大凡自以为才华横溢而且事事顺遂的人，假如不愿意再下笨功夫，不愿意选择寂寞枯燥的生活，中途夭折的概率一般都较高。作为晓帆的老师，我希望她能在事业顺畅的时候屏声敛气，练好内功，培养定力，为了去走那条更远更远并不平坦的路。

（程光炜，中国人民大学文学院）

**同期声：**

恐惧与希望 // 杨晓帆

安置记忆的"历史"——读《生死疲劳》兼谈莫言长篇创作的有效期问题 // 杨晓帆

从个人故事到历史难题——谈杨晓帆的文学批评 // 李雪

**周明全**

1980 年 10 月生于云南沾益，现供职于云南人民出版社。兼任中国现代文学馆客座研究员、昆明市作协副主席、云南大学中国当代文艺研究所副所长、特聘研究员、《边疆文学·文艺评论》编委、《名作欣赏》栏目主持人等。在《南方文坛》《当代作家评论》《小说评论》《扬子江评论》《文艺报》等发表论文多篇。出版有《隐藏的锋芒》《"80 后"批评家的枪和玫瑰》，与金理共同主编《80 后批评家年选（2015）》《更好或更坏的未来："80 后"批评家年选（2016 年）》，策划《"80 后"批评家文丛》《70 后批评家文丛》《长江学者文库》等多套大型丛书。曾获第十四届中国当代文学研究优秀成果奖、《文学报·新评论》新人奖特别贡献奖、《边疆文学·文艺评论》2013 年度优秀论文奖、2014 年度和 2016 年度昆明文学年会评论奖等。

# "做有心的批评"
## ——周明全印象

### 王 尧

　　周明全身上散发着烟草味。我们气味相投，两人常常凑在一起抽烟，接着便称兄道弟。——燕玲兄在北海主持《南方文坛》2015 年度优秀论文颁奖活动，我和周明全等一批青年朋友相遇。《南方文坛》不遗余力培养青年批评家，在这个方面，国内杂志无出其右者。和明全这些青年朋友相处时，我在转眼之间成为前辈。我在明全这个年纪没有他这样的"烟量"，以我经验，通常是熬夜写作会养成大量抽烟的习惯。我能够想象出明全白天忙出版，晚上吞云吐雾读书写作的样子。过早而又持久的吸烟者，往往会被烟雾熏去书卷气，这是多数类似我和明全这样的吸烟者的特征，当然也有例外。明全的侠义、豪情、活力，呈现了青年批评家的另一种气息和生活方式。明全始终带着微笑说话，但不拖泥带水，而是干脆利落。这样一种直截了当的说话方式，也反映在他的文学批评活动中。明全在谈论自己的批评观时说，"批评家不动心思去研究，不主动去发现有独立人格和独立精神指向的作家和作品，这样的批评能新鲜生动吗？唯有斩断那些虚假的'指'，返回心灵现场，艺术现场，为美好欢喜，为丑恶愤怒，方能接近艺术的本源。自心在场，心宽阔了、充沛了，文字才可化为枪和玫瑰，才能叫作真正的批评"（《做有心的批评》）。不久前在苏州会议的发言中，明全童言无忌，说了些批评的话。有朋友问，这些话能不能如实写在会议纪要中？明全说没有问题。我很赞赏明全这样一种性格和说话的方式，长久以来我一直以为我们现在需要一种没有废话或者少说废话的文学批评。

和同辈批评家不同，明全不是学院体制训练和培养出来的。学院生活从来都是重要的，但并不能以此区别批评家的高贵与卑微，更不能确定批评成就的高低。在 20 世纪 80 年代，文坛曾有一批非常有活力的来自高校之外的批评家，这些批评家进入作协的很多，和学院的青年学者一样，是 80 年代文学批评的主力之一。90 年代以后，批评家大多来自学院，而且基本上读了博士学位。这可能是明全心中的遗憾。在谈到这一点时，我提醒明全放下这块石头，生活是对批评家的另一种训练，读书未必要学位化职业化。明全现在应该会认同我的看法。从交谈中，我知道明全在勤奋地读书，以比较成熟的方式思考书本内外的问题。这种积累学养的方式，区别于攻读学位，也许更接近读书求知的本来面目。

我不是很熟悉明全成为青年批评家之前的生活。在昆明的朋友曾经简单地说，明全的成长很不容易。我后来看到一些访谈录，感觉明全在"不容易"的那些日子里，始终没有放下自己对文学艺术的信念，接地气，孕育了自己对生活和文学的识见。明全差不多在 2012 年左右亮相于批评界，显示了非常的活力。我看到一份简介，在这几年里，明全在《小说评论》《南方文坛》《当代作家评论》《当代文坛》《扬子江评论》《创作与评论》《上海文学》《山花》《大家》以及《光明日报》《文艺报》《文学报》《文汇报》等发表文学评论文章近百篇，部分文章还被《新华文摘》和"中国人民大学复印报刊资料"转载。2013 年 11 月，明全版出了他的第一本评论集《隐藏的锋芒》，2015 年出版了《"80 后"批评家的枪和玫瑰》。近期他的《70 后批评家的声音》和《中国小说的文与脉》也在出版之中。明全以这样的成绩在批评界崭露头角。

周明全是带着清晰的理论意识和明确的自我期许走入批评界的："我现在更感兴趣的评论方向是，希望通过自己的评论以及言说，呼吁中国文学建立起我们中国自己的评论标准，即什么是好的中国小说。在'中国小说'这一概念上，我试图通过自己的努力引起文坛从上到下的注意，不建立这个标准，中国文学没有前途。"建立中国自己的批评标准，以明确好的中国小说，这是一个比较宏大的抱负，也是理论批评界多年来试图解决的主要问题之一。明全在这样的脉络中从事文学批评，显示了他的高度和开阔的视野。无疑，这是一项艰难的学术工作，一个批评家也只能从一个方面来接近这样的目标。但无论如何，明全努力去做了。2012 年，明全在《可以无视，但不会淹没》文中阐释"中国小说"这一概念，2013 年，他的《什么是好的中国小说？》在"中国小说"这一概念基础上，提出了"中国好小说"必须具备三个基本的品质和面貌：一是中国精神、中国气派；二是中国故事、中国意境；三是中国风格、中国语言。2014 年发表的《谈中国小说创作的文学性》一文，则从小说最基本的故事、人物、语言等八个维度，探讨中国小说的创作，提出了好中国小说的八个层面。《中国小说在世界文学中的独特地位》《我们这个时代的浅写作》和《文学的概念化是文学的死亡》等文章，也继续探讨他对中国小说的认识。在明全看来：一部好的中国小说，必须以中国文化的基本元素去构建，以中国文学的标准和体系去衡量。一个世纪前的"小说界革命"，使中国小说陷入被动模仿的尴尬境遇。"中国小说"的重提，不仅是文学的需要，同时也是民族文化的需要，更是中华民族面对世界、在未来时代的一种精神姿态。而想创造出真正的"中国小说"，就必须逐渐摆脱对西方经验的被动依赖，就必须返回到中国经验的"原乡"。好的中国小说，来源于我们中国人自己的生活，是我们精神的有机组成部分，因而也是描述我们自己精神生活与现实生活的一种极其高级的写作范式（《中国小说之于世界文学的独特地位》）。——明全讨论的这些话题，涉及中国小说叙事传统、中国近现代小说史以及当代小说发展历程等诸多问题。如何在跨文化对话关系中建立中国小说的批评标准，是需要不断深入研究的问题，在这个方面，明全还有很大的发展空间。

我们从明全批评文章的篇名，就能看出他是如何直截了当提出问题的：《被颠覆的"父亲"》《贾平凹何以抛弃性书写》《可以无视，但不会淹没》《什么是好的中国小说》《中国好小说的八个层级》等。在这些批评文章中，明全对老村作品的评论受到关注。在论及老村的《骚土》时，我们未必完全认同明全的观点，但他确实有自己独到的看法："在具体的写作中，老村操守的是'老实'的方式。'老实'，呈现的是一种生活流，一种流动的生活叙述，正是这个原因，使得《骚土》没有了其他小说惯常的开端、高潮、结尾的叙述模式，也没有时下所谓的文学语言那些华丽的外观。我记得《论语》里有一个故事，记录孔子说他的一个学生，其人'智可以及也，愚不可及也。'意思就是说，这个人他的聪明你能赶得上，但他的老诚敦厚、那种大智若愚你赶不上。老村就是这样的人，小说也是这样的小说。如今人们常将'愚不可及'作为一个贬义词，实际在我们古人那里，'愚不可及'是一个很高的境界。现在的作家们都绞尽脑汁地在叙述技术和叙述语言上争奇斗艳，显示自己的聪明，却少有人像他这样——愚愚地去记述普通生命的真相。然而让他们没想到的是，正是这种看似老实的小说，才更接近真实，接近生活本身，接近人的思维与认识的过程。其结果反而是一种更高级和更本质的叙述，而非沉闷的叙述。"（《当代文学的盲点》）关于《骚土》的梦幻性质，或者说更大的真实性问题，明全以为和老村是以"童眼"或者"童心"看世界、看"文革"有关："老村乃 1956 年所生，'文革'开始时他刚好十岁。一个十岁孩子看世界的眼光，是带有某种梦幻性的。他和现实的距离，对'文革'残酷的体悟，真切而又不那么具象。这个距离，使得《骚土》在描述'文革'时，反比现实来得更透彻、更有趣、更像真的一样。它给人的阅读感，绝不像那些凭空生造的文学作品那样，让人有什么沉闷的阅读感受。"（《当代文学的盲点》）明全在《当代文学的盲点》中的这些分析，是用心解读的，是在落实他的批评观："我以为好的批评就是那种能深入到文本内部、深入到作者的精神世界中，与其共同经受语言和心灵的体验，用自心的在场进行阐释和批评，从而让文本在解读和观照中焕发出独具特色、交相辉映的美。"（《做有心的批评》）

在我的印象中，明全的脱颖而出，还与他的文学批评活动、文学策划活动有关。在这些学术工作中，明全又有"青年出版家"这样一个身份，这是他和其他 80 后批评家不同的地方。明全是 80 后批评家、70 后批评家的命名者之一。围绕这些命名，他在杂志上开设了相关栏目持续探讨了三年多，也写了一系列文章研究同辈批评家，这表明他不是意气用事地对待自己和别人。近几年，明全策划出版了《"80 后"批评家文丛》（两辑 11 本），策划出版了《"70 后"批评家文丛》（第一辑 8 本），近期又在策划出版《长江学者文库》。关于"80后批评家""70 后批评家"的命名和以"文丛"的形式出场，曾经引起争议。明全在《脱"代"成"个"终有时》中坦率地说："我想，在老前辈们把持了若干年后已经是沟壑纵横的文学批评界，'80 后'批评家们不仅要倾注心力做批评，还要进行以话语权为主的权利谋求该是多么的身心俱疲。这难道仅仅是另外的人批评的'80后'对自身身份的焦虑吗？"每一代人都有自己的身份焦虑，也有各自的出场方式。其实，"老前辈们"也把持不了文学批评界，代际的差异不等于代际冲突，而差异和冲突也是推进文学批评的力量。在这篇文章中，明全也理性地表达道："当然，从学理上讲，批评者对'80后'批评家、对'代际'的批评并非完全无理，放在一个更宏阔的时空，代际是根本不存在的，但是，就当下的文坛和文学批评界而言，代际是有着它存在的意义和价值的。上辈批评者，不能以自己的成长经验来完全对此做否定，更不必持严厉批评之状。我并非是在有意挑起代际之争，只是想说明我们这代的真实状态。针对'80后'批评家的批评，至今仍无'80后'批评家站出来反驳，就证明了这代人是能接受批评，甚至尊重长辈的批评的。"我倒是鼓励"80后"批评家出来和"前辈们"对话，包括反批评。我想，对话是同行之间最基本的关系。正像明全这篇文章的标题所言，批评家需要脱"代"成"个"，在批评史或者学术史上，留下痕迹的首先是"个人"而不是"集体"。

在结束这篇短文时，我想引用明全自己说的一段话，来表达我对明全和他们这一代批评家的期待："'80后'批评家也就三十多岁，不要为名太过焦躁，沉下心来，安静地做好自己的研究，多读书，多关注当下社会，一定能闯荡出一片属于自己的天空。"（《绝境突围》）

（王尧，苏州大学文学院）

**同期声：**

做有心的批评 // 周明全
当代文学的盲点 // 周明全
杂家、观察家与文坛游牧者——评周明全的文学批评 // 房伟

**南方文坛** 2017年《今日批评家》

刘涛

饶翔

王鹏程

刘波

张晓琴

王晴飞

**刘涛**

山东胶州人，1982 年生，复旦大学中文系博士，研究领域为中国近现当代文学，曾任中国艺术研究院副研究员，中国现代文学馆客座研究员，现任职于某机关。已发表论文一百余篇，主要著作有《晚清民初"个人—家—国—天下"体系之变》《通三统——一种文学史实验》等。

# 批评家·读书人·观风者
## ——刘涛印象

李浴洋

　　自从晚清"文学立科"以来，在过去百余年间的中国，大概没有任何一个时期的"文学批评"像当下这样"繁荣"——不仅每年都有数量十分巨大的批评文章与著作问世，而且一支规模已经相当可观的"职业批评家"队伍还在不断地急速扩容。曾有论者指出，当代文学的危机不在创作，不在传播，而在阅读。尤其是在传统文学的部分门类中，甚至一度出现了"作者"多于"读者"的尴尬局面。在这一情形下，学界与文坛的"批评"热情高涨，自然是一件让人倍感鼓舞与期待的事情。是故，对于那些致力"披沙拣金"的"批评家"们，我也就一直心存好感与敬意。

　　不过，对于"批评家"能否成为一种"职业"，我一直抱有怀疑态度。在我看来，"文学批评"乃是一项在整个思想与知识生产过程的"下游"展开的工作。时至今日，学界与文坛已经不再需要回答任何关于批评的必要性与重要性的问题。但在"何为批评"与"批评何为"成为一种"常识"之后，"如何批评"——或者确切地说，"以何批评"——的问题却仍旧需要"批评家"们及其文章与著作的受众来面对。

　　现代学术的基本特征是专业化。关于专业化的利弊得失，已有诸多论者谈及，在此无须赘言。需要说明的是，专业化有其限制，但其出现也有历史必然性与合理性，对于学术发展的推进作用更是显而易见。作为现代学术生产中的一环，"文学批评"大概在可见的历史时期内都无法自外于这一进程。"文学批评"走向专业化，导致的结果一是对于"批评家"的德性、修养与技艺提出了明确的规范与要求，二是"文学批评"本身成为作为人文学术的"文学研究"中的一个具体门类。而所谓"职业批评家"，便是在这两者的基础上建立起来的一种社会与文化身份。

然而，在专业化的"文学批评"的两种属性之间，却具有某种内在紧张与冲突。具体而言，"文学批评"与其他任何形式的学术工作一样，首先都是一种职业技艺的操演。而"文学批评"的职业技艺作为一种"有意味的形式"，其"意味"其实更多来自"文学研究"甚至"文学"以外的思想积累与知识储备。这也就使得"批评家"在面对批评对象时，如果想要真正地"入乎其内"，就必须事先具备"出乎其外"的眼光与学力。而在"内外之间"保持一种张力与平衡，几乎也成为"文学批评"技艺本身的"题中之义"。但从属于"文学研究"的"文学批评"，倘若仅从相应的文学史知识与文学理论资源中汲取养分的话，显然又不足以支撑其面对的纷繁复杂的批评对象，更不用说进行有效与有力的批评实践了。这便是我认为"文学批评"在事实上处于思想与知识生产"下游"的主要原因，即其无法充分自足，因为"批评家"展开批评的动因与效果可能在更大程度上取决于他们在"文学研究"甚至"文学"以外的经验与阅历，而非"文学批评"的谱系与"文学"学科所能提供的问题意识与方法工具。

正因一直持有这样的判断，所以当我读到刘涛的《论文学评论家不可志为文学评论家》一文时，共鸣之感便油然而生。尽管并不完全认同文中观点（例如刘涛认为"倡导'文本细读'，实于行业有害"，我以为问题的关键大概不在是否应当倡导"文本细读"，而是批评界对待"为何细读"以及"如何细读"的态度有待调整，"细读"本身不容否定，因为这一技艺从根本上关系到作为一种现代学术的"文学批评"能否成立），但刘涛提出的"文学评论家若欲上出，必也更新深化自己的知识结构"以及"文学评论行业若欲更上层楼，必也检查行业的整体知识结构"的主张，还是极得我心。这在我与刘涛的诸多共识中，可谓又添了一桩。而他本人执此观念进行的批评实践，也同样为我所欣赏。

我与刘涛最早是在 2012 年圣诞节中国现代文学馆举行的一次小型学术沙龙中结识的。我们一来自鲁北，一出于胶东，在广义上可属"同乡"。而此前一年，我刚到北京读书；更早一年，他也才到北京就职。相近的经历与背景让我们一见如故。于是，此后一起参会、聊天、喝酒以及"舞文弄墨"（我们都喜欢书法，也会时常交流对于彼此近作的看法）的机会也就不知不觉多了起来。

2015年，我曾先后两次邀请刘涛来北大参加学术会议。一是3月28日，我在高等人文研究院组织关于陆胤新著《政教存续与文教转型——近代学术史上的张之洞学人圈》的专题读书会，刘涛到会发言。二是11月14至16日，我在中文系召集"时代重构与经典再造（1872—1976）——博士生与青年学者国际学术研讨会"，刘涛再次出席，向会议提交了论文《〈太上感应篇〉的五种读法》，参加了"儒家与道教"一组的讨论。

刘涛的专业是"中国现当代文学"研究，迄今为止，他出版的五部著作——《当下消息》（云南人民出版社2012年版）、《晚清民初"个人—家—国—天下"体系之变》（复旦大学出版社2013年版）、《"通三统"——一种文学史实验》（云南人民出版社2013年版）、《瞧，这些人：70后作家论》（北京大学出版社2014年版）与《访落集——文学史"通三统"二编》（中国言实出版社2016年版）——也都是这一领域中的成果。但我两次邀请刘涛参加的学术活动，却几乎与此无涉。我想这大概与在交往中他留给我的印象有关。而在两次会议中他就学术史与思想史议题所作的发言，也的确不比他的现当代文学研究逊色。

在"中国现当代文学"研究中，刘涛主要致力"文学批评"。虽然年轻，但他在批评界俨然已成卓然一家。如此立说，不仅因其所作批评文章数量众多（在他已经出版的五部著作中，除去《晚清民初"个人—家—国—天下"体系之变》一部系在博士论文的基础上修订而成，其余四部均为批评文集），更因其独到的批评风格已初露端倪且初具规模。在"江山代有才人出，各领风骚三五天"的批评界，能够形成自己可以被辨识的风格，殊非易事。而刘涛已经通过自己的努力做到了这一点。因此在时人，特别是同人看来，刘涛最为鲜明的身份或许正是一名"批评家"。而事实上，这已经是一种高度肯定。毕竟在崇尚积累与储备的人文学界，刘涛还是一位不折不扣的"新人"。

刘涛年长于我。称其为"新人"，当然不是与其"同时代人"或者更为年轻的一辈相比，而是着眼于更长时段的历史与学术进程。而我相信，刘涛自己也是有此雄心与魄力的。那么，在更为开阔的视野中，"批评家"的称谓是否依旧适合准确描述刘涛的身份？我想，从这一角度来看，刘涛的文化立场、思想姿态与学术方式也许更接近"读书人"。

说刘涛是"读书人",与他留给我的三重印象直接相关。一是尽管他的著作不少,但在我看来,他的真正兴趣乃是"读书",而非"作文"。传统学术与现代学术的一个重要区别正在于前者的展开方式以经典阅读为中心,而后者的组织形式以问题解决为基础。刘涛虽然兼顾后者,但前者明显与他的追求更为契合。围绕对象而非问题展开学术思考,并不意味着知识结构就会支离破碎。相反,如此缀合起来的知识图景可能更具一种会通与生发的潜力。二是刘涛的批评文章在体式上与时下占据主流的学术论文的面目很不一样,而更像是古人的读书札记,是他"读书"生活的自然延伸。通常而言,在现代学术的生产过程中,撰写读书札记是论文写作之前的准备环节。但倘若放长视线,则不难发现好的读书札记本身即是学术表达的一种文体。在学术文体日益单一的当下,使用好的学术札记呈现思考、表达判断,这种尝试无疑值得提倡。刘涛有此意识并且进行实践,这一方向可谓为当下学术生产"祛弊纠偏"。三是刘涛所作虽然多为"文学批评",但我感觉,他的关怀所在其实远非"文学"。正如他的批评文章,很少对文本进行形式分析。在绝大多数情况下,他的着眼点都是作品的思想层面以及其中包孕的作家思想在文学史与思想史的脉络中具有的贡献与局限。他尤其关注那些经由开掘与阐释之后带有当下启示的思想资源。在某种程度上,他真正看重的并非通过批评总结经验,从而推动一个时代的文学演进。他从事批评的目的其实更多地在于参与当下的文化与精神建构。换句话说,他是要"通经致用"的。这自然也是一种"读书人"的态度。

强调刘涛的"读书人"身份,意在凸显其与一般的"职业批评家"的不同面向。当然,"读书人"千门万户,单以态度、文体与旨趣三者界定,自是不免粗疏。而在"读书人"中,有一类可曰"观风者"。刘涛与此庶几近之。

刘涛自谓:"我读文学,颇似观风,希望借文学了解世道与人心。"正因如此,对于自家著作,他坦言"可作文学史观,亦可不作文学史观"(《〈"通三统"——一种文学史实验〉·导言》)。至于所从事的"文学批评",他也认为:"批评家应是'观风'者","风关乎症,'观风'就是通过风来观政教。"(《"君子之道,黯然而日章"——访80后批评家刘涛》)可见对于"观风",刘涛具有充分自觉。而"文学批评"只是他借以"观风"的主要门径。

所谓"观风","察势观风"者也。王汎森在《"风"——一种被忽略的史学观念》一文中,通过开掘近代"蜀学"的代表人物刘咸炘的相关论述,精辟地指出历史发展如同"风"之兴替，而"风"乃是"万状而无状，万形而无形"之物，最为不易把握。但人文学术的根本目的恰在追求"察势观风"。（参见王汎森：《执拗的低音：一些历史思考方式的反思》，复旦大学出版社2014年版）刘涛于此，显然所见略同。只不过与史家不同，他选择经由文学触摸时代之"风"，并以历史进程为参照，探究当下敞开与延展的方向性。而文学之所以在他的视野与关怀中独出，乃是因为在他看来，"逸闻为民风，就是历史的某种形态，历史因之活起来并丰满起来。逸闻是小说和诗歌的根据，诗可以兴观群怨，这与历史的本质相去不远。陈寅恪先生倡'以诗证史'，一时奉为高论，其实历史与诗本就相通，何必诗证史、史证诗"（《逸闻的历史》）。

刘涛的这一"文学／历史"观念，不由让人想起有周一代的"采诗"传统。而他在《论文学评论家不可志为文学评论家》一文中也曾以周代的"采诗之官"自况。他认为"采诗之官"与"文学评论家"可谓"名异实同"，因为"采诗之官行于四方，搜集民谣民歌，当然不是为了比较哪首遣词造句优美，研究有几个流派，各呈现什么风貌，而是由诗而判断政治，由歌谣了解民风，知民心民情，其意在了解当代，备王省察更正"。刘涛从事"文学批评"的立意与用心，由此可见一斑。而"眼光来自古典，用心始终在当下"（黄德海：《〈访落集——文学史"通三统"二编〉序》），也正是刘涛留给友人的普遍印象。

对于"备王省察更正"的"文学／历史"观念，恐怕在时人中不免会存在争议。不过作为一种个人选择，其实无可厚非。而且经由"采诗"而"观风"的学术追求，对于调整当下文学批评高度专业化的局面，更是不无直接且深刻的启示作用。

王汎森总结刘咸炘"偏好用'纵''横'这一对观念来解释'风'之形成"，"'纵'的是'时风'，也就是人类在历时性的活动中所产生的变化；'横'的是'土风'，是地域、环境、土俗等因素"（《"风"——一种被忽略的史学观念》）。是故，"观风"自然也就具有"纵观"与"横观"两种方式。在刘涛的五部著作中，贯穿的思路其实主要有两种，一是他提出的作为"一种文学史实验"的"通三统"，二是对于70后作家的追踪阅读与系统批评，大致正可与这两种"观风"方式相互对应。

"通三统"本为学者甘阳重新激活的一个公羊学中的传统概念，用来阐释"孔夫子的传统，毛泽东的传统，邓小平的传统，是同一个中国历史文明连续统"。（甘阳：《关于"通三统"》，《通三统》，生活·读书·新知三联书店2014年版）此说在学界影响很大。而刘涛不惧"影响的焦虑"，毅然借用，并且先后推出两部以"通三统"命名的著作。在他看来，"今天的诸多问题发端于晚清，欲理解现在或可回溯至晚清，欲理解晚清，亦可看现在的境况"（《〈"通三统"——一种文学史实验〉·导言》）。他的"通三统"，指的便是将晚清以降的"近代文学""现代文学"与"当代文学"三者合而观之的学术思路。如果说他的博士论文《晚清民初"个人—家—国—天下"体系之变》是为这一工作所做的准备的话，那么他的"文学批评"则是对此进行的接续与回应。而这无疑正是一种"纵观"的努力。

至于"横观"，在刘涛的著作中，则以《瞧，这些人：70后作家论》为代表。在这部著作中，他先后论述了五十余位70后作家。其中既有知名作家，也有创作正处于上升阶段的"新人"，还有若干在全国范围内暂时声名不彰却足够具有个性的地方作者，以及一些不以创作著称但有作品问世的"批评家"同人，等等。对于每位作家，他都力图捕捉到其独特面向，进而在此基础上汇聚出一张"众声喧哗"的70后作家群像。他继而通过生动呈现一个时代的作家的复杂状况，切入对于这一时代的思潮与时势的把握与分析，达致"横观"的目的。

值得一提的是，刘涛在关注"经典"作家作品的同时，也投入了极大精力阅读与讨论"边缘"作家作品。这一方面当然是"文学批评"的使命使然，因为批评实践的目的之一便是发现好作家与好作品，为总结文学经验进行初步清理与爬梳。但另一方面，在刘涛那里这还与其"观风者"的自我定位紧密相连。王汎森发现："刘咸炘认为历史贵在能见'生民'与'风俗'"，他"屡屡提到风俗、小事之重要"，所以对于"观风者"而言，"不能只看政治，还要看民俗"。（《"风"——一种被忽略的史学观念》）在这一点上，刘涛也充分进行了落实。

在"纵观"与"横观"之外，其实刘涛还有一手功夫，便是"杂观"。常言"杂观遍览"，指的便是一种博览群书的兴致与能力。刘涛是"读书人"，于此自然颇有心得。而在他的"文学批评"的观念与实践中，不仅"批评"不同于常意，指向"观风"；他对于"文学"的理解，较之时人普遍享有的现代"文学"观念，也更为开放与多元。他所"批评"的许多文本，并非典型的"文学文本"。但正是在自由出入于不同类型的文本的过程中，他逐渐形成了一种可贵的"综合之识"。

"综合之识"也是刘咸炘提出的主张。王汎森将刘咸炘的这一观点概括为"历史的书写要跳出独立的格子，广为综合，才能捕捉到'风'"（《"风"——

一种被忽略的史学观念》）。而只有具备了这一学术境界，方能真正"观风"。刘涛的"纵观"、"横观"与"杂观"，便是致力于此。姑且不论其实现程度如何，单是能够树立此种意识，便已决定了其道路与一般意义上的"职业批评家"不同。

"批评家""读书人"与"观风者"三种身份在刘涛身上是高度统一的。"读书"是核心，"观风"是目的，"批评"是手段。在某种程度上，刘涛的学术研究乃是一种"为己"之学。但也正因其追求"为己"，所以才更具有一种坚实、厚重与通达的气象。

因与刘涛已有数年交往，所以谈论其"印象"，原本以为会很轻松。不想待到下笔，却发现颇费思量，原因在于尽管刘涛登上学术舞台已经年，但无论其人，还是其学其文，其实都还在"野蛮生长"。是故，此文多言其"观念""品格""方向"与"气象"，而无意做"全面考察"与"整体评价"。对于刘涛，我的态度更多的是期待以及乐观其成。

回到关于"文学批评"专业化的思考。我想刘涛的尝试至少昭示了一种可能的路径，即从专业化中"跳出"，努力回到专业化以前的思想世界与历史经验中汲取资源。当然，这可能是一种在事实上"虽不能至"的彼岸境界，但是否"心向往之"，则决定了此岸实践的价值立场与行动效果。

当然，刘涛的尝试并非唯一可能的路径，因为人文学者究竟应当成为"专家"还是"通人"其实并不矛盾。章太炎是现代学术史上最为典型的"通人"，但在他论及"治国学之方法"时，所举"辨书籍的真伪""通小学""明地理""知古今人情的变迁"与"辨文学应用"五则其实都是专业化程度很高的学术门类。（章太炎：《国学概论》，中华书局 2009 年版）而现代中国政治学的代表人物萨孟武，同样可以借助其专业知识，完成《〈水浒传〉与中国社会》《〈西游记〉与中国古代政治》与《〈红楼梦〉与中国旧家庭》三部别开生面的跨界著作，在文学、史学与政治学等多个领域同时做出"发凡起例"式的开创成果。可见，"专"与"通"两者完全可以并且应当成为彼此的基础。倘若因"专"失"通"或者因"通"失"专"，那么或许更多乃是学者个人的缘故，而非专业化本身的问题。因为如果不先成为一个或者几个领域中的"专家"而一味追求成为"通人"，想必最终的结果只能流于汗漫与轻浮。循此反观，由于"文学批评"专业化导致的诸种问题，可能是专业化的限制所致，但也很有可能是专业化的程度不够所及。这也是我在阅读刘涛提出的"不可将个人困境迁怒于社会或他人，永远从自己身上找原因"的主张时（《"青年学者的困境与出路"谈》），不禁想到的。

（李浴洋，北京大学中文系）

**同期声：**

论文学评论家应具整体视野 // 刘涛
古今视野下的《太上感应篇》——从有助于教化到全盘否定 // 刘涛
"统"与"通"与"推"——关于刘涛 // 李敬泽

**饶翔**

1977 年生于湖北，文学博士，现供职于《光明日报》文艺部。中国现代文学馆特邀研究员，中国文艺批评家协会青年工作委员会委员，北京第二外国语学院中国文艺评论基地外聘研究员。在各类报刊发表文学评论二十余万字，有多篇被转载或收入中国大陆及港台地区选本。出版文学评论集《重回文学本身》《知人论世与自我抒情》。

# 在香气之中

萧 歌

> 玫瑰不问为什么。——安杰烈斯

　　法语里有句俗语颇值得玩味，ê tre au parfum，意为"知道某事"，而它的原意则是"在香气之中"。这话有深意，但又有些让人费解："在香气之中"这种最暧昧无形难以直陈的感官经验，是如何被置换成了一种认识论的描述？我也好奇，气息的直感和知识的获得究竟有着怎样的关联？直到与一位友人相熟识后，依傍着他的形象细细想来，才好似品到了这句话里幽隐曲折的部分。因他完全可被视作这句话语的肉身表达——他是饶翔，他智性的知人论世，他生活在香气之中。

　　饶翔是我的"男闺蜜"，我当然知道，他荣登这份杂志，全因在文学评论方面的才华。但我也知道，文学评论家这个身份，只是他辽阔的生活场景里诸多面相之一。按新近流行的说法，他完全可以被称为"斜杠青年"（Slash）。所谓斜杠青年，就是指那些不再满足于"专一职业"的生活方式，而选择拥有多重职业或身份，拥有多元生活的人群。他们通常尊重体验感，希望有更辽阔的时空，愿意身负各种技能辗转腾移于不同的生活场景，绝不只自囚于同一个战场。

　　看履历指标，饶翔简直堪当斜杠青年的理想模型：理科出身，却读到文学博士；毕业后进了媒体工作，身上居然也没染媒体人焦虑症，不争不抢云淡风轻着就做出了获中国新闻奖的选题；用业余时间写作，又写成了文学评论家；他喜欢花草，就自造花房，数得清百余种花木的来历名目习性，基本能秒杀园艺师；他做烘焙，尽管起心动念只是烤小蛋糕给大家分享，做着做着就又"高级"起来，戚风、瑞士卷、马卡龙……无论技术上多难的甜点，他都能做得卖相十足。似乎也从未见他如何苦大仇深地努力，但就是有本事把一切正业和不务正业都做到了专业级别或准专业级别。文学评论家 / 编辑 / 花房主人 / 烘焙专家——每一个斜杠前后都是他。

如果斜杠青年这种太潮流感的概念用在饶翔身上会嫌过于粗粝、过于分裂的话，那我更愿意说，他是有着普鲁斯特气质的人，有着精致整全的美感，又有见微知著的法眼。合群又时刻保持自省，过丰饶有弹性的生活又时时刻刻在倾听自己内在的声音。如同普鲁斯特是 "一位天才的植物学家，伟大的内心冒险家"，似乎才能写出《追忆似水年华》，饶翔做的所有事也都与他的生命内部深深相接，他从不在文学之外。因而，我宁愿先悬置他的文字与见识，写几句他的"旁逸斜出"。

众所周知，饶翔钟情草木，爱花成痴。他家里养着几百盆花草，完全是个小型的植物园。可以想见，维护这个花房的长青会是多么浩繁的工程。几百盆花，全部浇过一遍水，就要两个小时。更何况还要体贴每棵植物不同的需要。浇多少水、施什么肥、喜阴还是喜阳、要光照均匀，要计算涨势和趋光性，植物长大了要剪枝、换盆、扦插，这些都还只是起码的功课。不过，当你坐在花间小蒲团上，看草木互为辉映，在灯光下低语，感受四周植物生命力气场全开的时候，又会十分羡慕主人这份亲力亲为的辛劳。我想，去过饶家花房的人，都会牢记那间清新的花园。远观，郁郁葱葱深绿锁窗，近处观之，它又有着细碎具体的质感，有无穷的细节来供人赏玩赞叹。四时皆有花开，每一棵草木都是带着自己的使命以及与生俱来的生命密码，静默地存在，不高不低，不卑不亢。

草木香气里，饶翔经常招待朋友花间雅集。他为人厚道知礼、温润解意，自然是朋友众多。加之四时常有花开，又有主人亲制的讲究茶点，气息对味，饶家客厅渐渐成了年轻一代文人们的聚集地。曾有朋友席间笑说，全国大概有半数以上的青年批评家都到过饶家客厅吧？饶翔呢，他绝不是锋芒毕露的主人，也不会经常去主导谈话。若定要比赋，他的存在感会让我想起一味叫肉桂的香料。肉桂的香气是一种辨识度很高的辛香，很少的用量，就把味觉拉到更高的层次上。而无论多么混杂的气味里，也都遮掩不住它的在场。好的沙龙主人也是这样，他不会把控谈话的主题，但他恰到好处的存在感，却决定着整个局面的品位，以及在场每一个人的舒适度。有饶翔在，宾至如归。

爱花人除了播种与扦插，买花也是少不了的环节。看饶翔流连花市也是一大乐事。因我的住所与北京一处著名的花卉市场相隔不远，饶师傅来花卉市场巡游，时常叫上我，而只要我在，也都乐得招之即来跟着他一路买一路长见识。于是，他就变身成了我的花草师傅，一路把我带进侍花弄草的"深坑"。他会因材施教，为我这种入门级选手量身判断，以家里的光照情况和我的懒散程度，确认这盆植物是否适合我来养。不得不承认，如今还在我家苟延残喘活下来的植物，多是饶师傅带着我买回来的。

跟着饶师傅买花草，每每被他过于丰富的植物学知识"碾压"，各类花草，只要过一下眼，就基本能记住名字，以及它们的性质喜好、种植方法，活像一本行走的花卉辞典。我猜也正是基于此，花卉市场里很多商贩都很认他，大概就像曾经过招的行家里手之间惺惺相惜，再见面就多了几分人情。他们很自然地搭话、像老朋友一样相互问候近况，说说近来的草木之事。而我因常常狐假虎威地跟在他身后，居然也结识了几位卖花人。有时我自己去逛花市，也会碰见他们和我念叨饶师傅，问"那个白净的小伙子去哪儿了，怎么有日子没来了"，赞他"人好不计较"，说他"离不开花草，是真的爱花人啊"。俨然是花市的红人一枚。

还记得饶师傅第一次带我去买花，我倚仗着自己学过几日美术史，一副"真理在握"的样子精确严格地挑出了适合我家风格的植物，多是颜色沾染点"高级灰"、形式感很强的品种。饶师傅选花则不然，他喜欢"有姿态"的草木，按我的理解，他喜欢长势自然、有些出挑有些雅趣的东西。保留着文人审美，但对形态也不作过分的苛责。他婉转地提醒我说，他最初养花也喜欢花草"整齐"的样子，但是养些时日，对花的审美也许就会不一样了。因为花草一直都在生长的，他的生长与你有关。他总这样，说任何话，都是点到即止留着分寸。如今，我已然能明白他当日所言。当日的我们同样是在逛花市，他是在买花，而我是在买家居装饰品。他爱花，所以会把它们看作珍贵的生命体，像爱人一样去爱，容许它们的瑕疵，接纳变化，接纳遗憾，让它保有尽可能多的可能性，让它是其所是。他看到的不只是眼前的"此花"，他还能隐约望断这株植物的一生，它的起势，它可能的形状，它的鼎盛，它的挣扎，它最后的萎谢。从美人图里看白骨、看花，是饶师傅的本事，而珍惜与用情，是他的道行。

对草木的态度颇可观一人的性情。有时，我们也笑饶翔为"花奴"，一边羡慕，一边诧异，想他一个男孩子，怎么会有如此的花草缘？偶尔也会和他打趣，说"对花草的执念也是执念，要破的"，也不见他争辩，只睁着无辜的大眼睛，一副人畜无害的表情，似笑非笑无限怜悯地看看你。其实，说他"物执"真是莫大的冤枉，"执"在终极意义上是渴望占有，是无条件的宣示主权，而饶师傅之于花草，恰恰不是占有，而是养育，是欢欣，是懂得，是聪明人难得的痴，轻逸超脱的灵魂难得的固着深情，类似于《红楼梦》脂批里说宝玉的那种"情不情"。对不情之物、不情之人亦有情，这就是他了。

要动笔写这篇文字之前，想到一定会谈到他的花草，我又一次直愣愣地问饶师傅："你为什么喜欢养花啊？""养花不好吗？"他又一次草草作答。

然而，我为什么要去问他呢？多少年朋友的相处，难道他没有一直在用各种方式让我知晓吗？还是懒惰如我，太想向他讨要一个标准的答案？如果答案就在问题里，那么我究竟想得到一个怎样的答案才会满意？是坏笑着逼他回首人生，截取片段，为弗洛伊德的理论框架添砖加瓦？还是让他像里尔克一样讲出花朵悖论推及宇宙观并强调自己也愿死于玫瑰？或者像斯彭多克一样以往复生灭的花朵为游标，用科学自然主义的视角量度世世代代的人类历史？这些答案对于一个训练有素深谙各种理论的文学批评家来说，简直手到擒来。他不愿敷衍宁愿沉默，这是最像他的方式。而其实，他早已将答案用文学的方式交付于我们。

不知是不是错觉，看饶翔的文学评论，总觉得其基底来自观看一朵花开放时的妙悟。如果把世间所有议题分为"是什么"和"应该是什么"，那么显然，我们已经有过太多关于"应该"的知识。而花朵的意义恰恰是沉默。在沉默中，静观自然的形成与来去。收起巧舌如簧，在沉默里，用真皮层面对世界，用直感建立起对世界的基本感觉。不要因为恐惧，就贸然用手里强悍的逻辑链条抽打世界，不要只想着解决眼下增生的问题。试着垂手回溯到世界静默的源头，回到最初的显像中，所有语词将被重新估算重量，重新排列，敞放新生的意义与语感，像诗，像花的开放。而无论文学还是生存，都需要不断地回望来路，回归它的自身，到本源处去，静默，重生，像一朵花教给我们的一样。这也是饶翔教给我的最重要的东西。

（萧歌，北京上河卓远文化）

**同期声：**

知人论世与自我抒情 // 饶翔

"痛苦的理想主义者"——形象、主体与时代 // 饶翔

知人论世与批评的抒情学——关于饶翔的文学批评 // 颜妍

**王鹏程**

1979年6月生于陕西永寿，清华大学文学博士，南京大学中国新文学中心博士后，现为西北大学文学院教授、博士生导师，中国现代文学馆特邀研究员。主要从事20世纪中国文学研究。曾在《光明日报》《文艺报》《文学评论》《中国现代文学研究丛刊》《鲁迅研究月刊》等报刊发表论文70余篇。主持国家社科基金项目、教育部人文社科基金项目等数项。曾获"清华大学博士生科研创新基金"、陕西省社会科学界第八届学术年会优秀论文奖、第四届陕西省文艺评论奖二等奖等。

# 王鹏程印象

## 王彬彬

　　是十几前的事了。王鹏程报考我的博士，看材料，"出身"不大好，没有读过本科，是以中师毕业的身份考硕士，硕士毕业学校也不是那什么"211"和"985"。但看他附在材料里的文章，却颇不一般。行文平实、论述扎实，水平远高于通常见到的硕士毕业生。我于是怀着期待等待考试结果。结果是，他的专业课八十五分，在报考我的考生中是第一名，而英语差了三分。那些年，南京大学博士招生的英语试卷之难，是出了名的。许多专业很优秀的人因为慑于英语而放弃了南京大学。也有许多专业很优秀的人，鼓足勇气报考了南京大学而终于栽在英语上。英语差三分，不能录取，但三分毕竟不多。第二年，鹏程又报考了。成绩揭晓，仍然是专业课八十五分，第一名；仍然是英语差三分。这样的巧合给我留下了深刻的印象。我也不敢劝他再考。第三年，鹏程考入了别的学校。其实，当时如果争取一下，给研究生院打个报告，请求破格录取，虽然我人微言轻，也还是可能的。当时不知为什么没有这样做。这些年来，想起此事便有些后悔。

　　后来就一直关注鹏程。这些年来，与有些青年才俊比，鹏程的学术成果，在量上不算多。其原因，大概有二。一是生活和工作上都有不少麻烦要应付，用于专业研究的时间有限。另一个原因，就是学术态度严肃认真，不轻易动笔。虽然在数量上不算多，但鹏程的文章，真可说是"一篇是一篇"，每一篇都有一定的分量，我没有见过鹏程写过那种很轻浮很荒谬的文章。

价值观念的"正确"，是鹏程特别值得称道之处。我当然知道，价值观念难以有"正确"与"错误"之分，所以我把"正确"加上引号。我所谓的"正确"，当然是指鹏程信守的基本的价值理念，是我所认同的，是我所认为正确的。在文学研究中，价值观念很重要。在中国现当代文学研究中，价值观念尤其重要。我所谓的价值观念正确，无非是认可、尊重人类生活的一些常识，无非是表现为具有一个心智正常之人、一个知识分子应有的良知。价值观念的不同，会使得对一个作家、一部作品、一个文学史问题，有截然相反的评判。这些年来，在中国现当代文学研究界，一些青年人在一些中老年人的带领下，把践踏常识、背弃良知的勾当干得十分起劲。明明是一钱不值的作品,非要说有伟大意义不可;明明是非曲直清清楚楚的事情，偏要胡搅蛮缠，把水弄浑。鹏程则一直保持着清醒的头脑，没有成为这类青年人中的一员。

鹏程也没有赶过"理论先行"的时髦。所谓"理论先行"，是手中先握着某种理论，然后用这种理论去套文学作品和文学现象，用中国现当代的文学作品和文学现象去印证那种异域的理论。多年来，在中国现当代文学研究界，不少年轻人在一些前辈的示范下，一开始就走上了以理论套对象的路子，在研究任何一个问题前，手中必须握有至少一种理论，有时是握着一把理论。手中有理论，一时找不到可套的对象，也会"拔剑四顾心茫然"吧，然而，眼前有了问题，手中却无理论，则如猫咪遇上了蜷成一团的刺猬，不知从哪里下嘴。鹏程也没有走上这样的路子。他一直是问题先行。在对问题深入后的解说中，当然也会有理论的介入，但这不是事先握在手里用来"套"的理论，而是体现为过去长期阅读、思考所形成的理论修养、理论眼光。

作为一个文学研究者，鹏程的素质很全面。在文学研究领域，有的人擅长资料的搜集、研究、考证，审判能力则明显欠缺，要让他对一部文学作品进行审美意义上的解读，他会不知所措。有的人，则审美能力比较强，而资料功夫则比较不够，要让他对一个复杂一点的文学史问题进行梳理，他则会无所适从。鹏程则两方面的素质都很好，他的文章，有的偏重于资料的考索、辨析，有的偏重于对作品美学价值的阐释。更多的时候，鹏程能把资料性的考证与美学价值的阐释融会贯通。

前面说过,鹏程的论述语言很平实,这也是难能可贵的。我以为,平实而准确,是学术语言的最高境界。语言平实而准确,能融考据于审美阐释,融审美阐释于考据辩正,这就略近于古人所说的义理、考据、辞章兼备了。

博士毕业后,鹏程进了南京大学文学院的博士后流动站,"联系导师"是我。"博士后"是不能称作学生的,而"联系导师"与"博士后"也不是师生关系,是合作关系。所以,王鹏程没有当过我的学生。我们一直是朋友。

（王彬彬，南京大学中国新文学研究中心）

**同期声：**

我倾心有事实感的批评 // 王鹏程

越过深渊的见证——论陈徒手的知识分子研究 // 王鹏程

为倾斜的文学建筑换梁和接榫——论王鹏程的文学研究和文学批评 // 李建军

**刘波**

1978 年生, 湖北荆门人。毕业于南开大学中文系, 文学博士。北京师范大学博士后, 中国现代文学馆第五届客座研究院, 湖北省作家协会首届签约评论家。现任教于三峡大学文学与传媒学院。在《南方文坛》《当代作家评论》《扬子江评论》《文艺理论与批评》等刊发表评论文章多篇, 出版有《"第三代"诗歌研究》《当代诗坛"刀锋"透视》《文学的回声》《诗人在他自己的时代》等。曾获得湖北文艺评论奖、"后天"双年度批评奖、《红岩》文学评论奖等。

# 风中摆动的书包
## ——刘波印象

罗振亚

  2014 年 5 月底, 湖北宜昌, 首届屈原诗歌奖即将颁发。当接站的轿车傍晚时分在与会者下榻的宾馆前停稳, 我走出车门的一瞬间, 就看见了远处向这边焦急张望的刘波, 他几乎是以百米冲刺的速度跑了过来, 看着他熟悉的身影, 特别是个子不高的腰间在风中来回摆动的大书包, 我的眼睛禁不住一热。

  刘波是我到南开大学之后招收的第二届博士生。他生在湖北荆门乡间, 却学在河北大学文学院, 在那读完了本科和硕士, 硕士阶段攻读的是文艺学专业, 2006 年就报考过一次南开, 结果因为外语分数被残酷地挡在了门外。转年秋天, 他入学后不久在一起聊天时, 说起讨厌的外语差一点隔断师生间的缘分这件事, 我俩不约而同地哈哈大笑。不知是为了励志苦读, 还是要报"一箭之仇", 刘波读博的三年里, 好像一直都穿着带英文字母的衣服, 斜挎着带子长长的大书包, 整天乐呵呵的, 有着说不出的阳光和乐观。我知道他的歌唱得很好, 大学时代即是十大校园歌手之一, 同门聚会上, 粤语《上海滩》风采卓然, 令他的师兄师弟、师姐师妹们大开眼界, 更把欢乐的气氛推到了沸点。除此之外, 他平素的爱好似乎不是很多，倒是爱买书和好读书，在同学间很有名气，什么专业的、非专业的、文学的、历史的、哲学的、心理的、文化的、创作类的、理论类的，只要喜欢的，囊中羞涩或是熬个通宵也在所不辞，以至于离校时搬运工对那些"砖头"都觉得头疼，运输费也花去了他这个"穷学生"大几千。这些书被他阅读、消化后，化成了《光明日报》《当代作家评论》《南方文坛》《当代文坛》《文艺争鸣》等报刊上一篇篇评论文章，和《"第三代"诗歌研究》《当代诗坛"刀锋"透视》《胡适与胡门弟子》等大部头的著作。毕业后，刘波去了湖北的三峡大学，虽然学校偏远了一点儿，但他硬是凭着那股"拼命三郎"似的劲头儿，使文章到处开花，先后获得了《诗选刊》2011 中国年度诗歌评论奖、第五届"后天"双年度批评奖、第五届《红岩》文学评论奖和第十五届中国当代文学研究优秀成果奖等多种奖励，并且很快评上了副教授，引起了诗学界的广泛注意，2016 年还被中国现代文学馆聘为客座研究员。年纪轻轻就取得了如此多的成绩，对许多人来说，也算有了值得骄傲的资本，可是刘波却不，每逢有人当面夸奖赞许时，他总是窘窘的，脸红红的，不断地摇头否认，谦逊低调得让人有点儿不落忍。

2016 年夏天，我们两个同去常德参加诗歌方面的学术会议，中午自助餐时，刘波先是把我按在座位上等候，然后仔细而麻利地挑选饭菜，再一样样地快速端过来。与会的同行羡慕地说："振亚，你的弟子太讲究学术伦理啦！"我说："他从来如此，就连打电话我拨给他也不行，每一次都是他挂断后立即打过来。"同行慢条斯理地说："在这一点上，从来如此，便是对的。"的确，在做人方面刘波有时是过于讲究了，他总是那么善解人意，哪怕自己再苦再累，受了多大的委屈也仍然替他人着想。在从拉萨去纳木错湖的途中，刘波因为放心不下另一辆车上高原反应强烈的我，休息时竟忘了在西藏高原动作不能太大、太快的忌讳，一路小跑去照顾我，吃午饭时就虚脱了，直到吸了很多氧气之后，煞白的脸才慢慢有了点儿血色，我一直看着他。毕业那年，凭着他发表的多篇诗歌研究论文的实力，和勤奋、好思、诚信的品质，南方一所师范大学看好了他，通知他去参加面试，我们师生都十分高兴，还对他的学术前景做了许多畅想和设计。未料到当他乘坐的火车快到德州车站时，在那所大学供职的我的研究生同学忽然电话联系我，让我告诉刘波赶紧在前一站下车，原因是一位"德高望重"的老先生想把自己的学生留在身边，仅有科研和人品实力的刘波只有被"顶替"了。同学很不好意思，不断地道歉，我也极度不平、无奈、愧疚和愤怒，可是一身疲惫的刘波折回到学校后，竟反过来到办公室劝慰我，说："老师，没事儿，没事儿，我再接着找，肯定会找到理想的单位的，您放心。"他当时内心忍受了多少重压，豁达淡定的微笑背后又有多少酸辛啊。可他就是这样一个人。在他博二的时候，我们夫妇俩和那一届的两个博士刘波、董秀丽在学校附近的"湘土情"饭店聚餐，实在的秀丽怕小瓶黄酒不够喝，就挑了一个最大坛儿的，酒加热后我们边聊边喝，不知不觉中酒全都下了肚。刘波醉了，一直笑呵呵地看着我们，手脚却不听使唤了，刚站起来就又要摔倒，一次又一次，我们几乎是相互搀扶着到了校门口。他不知怎么一下子站直了，冲到一辆出租车前，掏出四百块钱，卷成一卷儿递给司机，非常认真地说，"把我老师和师母送到阳光100，谢谢！"态度坚决，声音格外大。其实，那天晚上我也醉了，只是醉得很踏实，醉得很幸福。

实际上，刘波不光对我，对所有的师长他都是恭敬有加，因此诗歌界内外的朋友大都喜欢他。毕业以后，他虽然身居宜昌，却一直和老师、同学、同门之间保持着密切的联系，每有喜悦之事必在第一时间与大家分享，遇到机会从不忘记帮助师弟师妹和国内一些正在崛起的年轻研究者，四川那边有一本《星星·诗歌理论》刊物请他做栏目主持，几年光景里他就邀约几十人撰稿，给他们提供了生长和锻炼的空间。回母校参加学术会议，始终像在读书时一样跑前跑后，顾不上吃饭，也要到机场、车站去迎候与会的专家学者。而一旦遇到有关学术命运和前途的大事儿，一定事先电话与我，认真商量，听取我的意见和建议，可是生活中的种种烦恼和棘手之事，却一律被他剪切掉了，他生怕因为那些细碎的"枝杈"影响了我的好心情。

从2003年在东北师范大学招收博士研究生起，中经哈尔滨师范大学，后来到南开大学，迄今我名下已经有二十几位博士、两个博士后，他们都品学兼优各有所长，不论哪个都值得我自豪，都是我精神财富的一部分。在为刘波的博士毕业论文《"第三代"诗歌研究》写的序中，我写道："在我的研究生里，刘波是颇具才华的一位。他的敏锐，他的迅捷，他的洞察力，他的宽视野等，熟悉他的人无不称赞。而我最欣赏的，是他的踏实热情，他的勤奋乐观，他的方向感，他的责任心，他良善的灵魂和他开心的笑容，这些想起来就让人感到温暖。"后来我的好朋友、好兄弟霍俊明曾经用毛笔把这段话抄录下来，送给刘波。算起来，刘波一晃儿已从南开大学离开六年，并打开了自己广阔的学术天地，如今他也三十有八了。这几年他的研究重心也逐渐从"第三代"诗、先锋诗潮，向当下诗歌、小说、散文领域多向突围，并都有不俗的建树。为此，我很高兴，相信他会做得更出色，只有这样学术的"接力棒"才能顺畅地传递下去。他毕业以来，我们见过多次，每一次都感到他愈加成熟，同时也都觉得他那些骨子里的品性恐怕永远也不会改变了。

我一直以为，师生间的关系大体有两类，一类是纯粹的师生，一类是亲人式的师生。在十年的深入交往中，刘波早已成了我们的亲人，一切的酸甜苦乐，他和我们都在彼此牵挂与承担。写到这儿，我的脑海中又浮现出三年前他来天津家里看望我们的情景。他进屋后，满头大汗也顾不上擦，没说上几句话，就像往常一样，急三火四地从书包中开始往外掏宜昌特产……坐了不到一小时，许多话还没有聊完，就又匆匆去火车站，赶往岳父岳母家。当我站在十七楼的阳台上，看着他的背影渐行渐远，直至消失在楼群的夹缝中，那个宽大的书包还在眼前不停地摆来摆去。

说起刘波，我们从相识到相知的一幕幕往事纷至沓来，心里感慨万千，头绪繁多，一时间难以厘清，无法说尽，索性打住。

（罗振亚，南开大学文学院）

同期声：

批评的困惑与有限性 // 刘波
初心、活力与个体的美学——论新世纪诗歌的写作转型和审美可能性 // 刘波
现场感、难度意识与主体精神——谈刘波的诗学批评 // 卢桢

**张晓琴**

1975 年生于甘肃。兰州大学文学博士，北京大学中文系博士后，现为西北师范大学教授、博士生导师，中国现代文学馆特邀客座研究员。主要从事中国当代文学研究，闲时亦写诗著文。著有《中国当代生态文学研究》《直抵存在之困》《一灯如豆》《大荒以西》《我们的困境，我们的声音》等，编选有《中国当代小说少年读库·棋王》。获黄河文学奖、甘肃省哲学社会科学奖、甘肃省高校社科成果奖、西北师范大学"教学名师奖"等奖项。

# 会议室与荒野与豹
## ——张晓琴印象记

李敬泽

　　关于张晓琴，回想起来，见面大抵都在会上。所谓印象，也都是印象派之印象，光影朦胧。晓琴是批评家，最直观的印象当然来自她的文章和她在各种会议上的发言。文章我读过，好，但现在写的是印象记，所以只说发言。

　　批评家生涯，开门七件事，其中一件是开会。开会就要发言，自己的话说完了，剩下的义务就是听别人的话。会有会德，比如从头坐到尾，在下做不到；但在下别有一德，就是倾听。听话听声，锣鼓听音，三人叨叨必有我师，认真听，不仅是对言者的敬重，也是听风辨器、鉴貌识人，如此有趣事，为什么不认真做？

　　晓琴的发言认真，太认真。你听得出，她必是经过了认真的准备。一个人认真一次不难，难的是次次认真。认真是好品德，对开会的批评家来说更是稀有的好品德，这且不说，要说的是，晓琴的认真里带着一种焦虑，好像她不是在就某部作品或某个问题发表意见，她是一个女学霸终于上了考场。她的表述几乎完全是书面的，她目视前方、目中也没什么人，一身戎装，迈着坚定的步伐，义无反顾地表达深思熟虑、全面完整的观点。

于是，我就有印象了。我的朋友胡平一直宣称他退休后要写一部《研讨会学》，胡平兄退休几年了，这部大作还没出世。研讨会学确实值得研究，研讨会如果是动物园，这里就有狮子、狐狸、刺猬、孔雀、鼹鼠等，但张晓琴属于稀有物种，在全面完整的观点和书生气的表达下，她既不安又倔强，她看上去有点气鼓鼓的，似乎是，她在应付一场考试，她有必胜的信念，她坚信这是有意义的，她让自己兴奋起来，但同时，她对这个会议室、对这里的一切莫名地生着气，自己也不知自己生的什么气。

晓琴之心在荒野。在朋友圈里，我看到，她驾着车，在甘肃的、西部的山野里野跑。她经常这么干，不是旅游不是度假，是服了药石散要散发，而心里的荒野就是间歇性发作的病。遥想那样的晓琴，她必是自在的，那片大地酷烈苍茫，被亿万年的地质运动和千百年的人类活动所剥夺，这是被漠视、被强行阐释和过度阐释的大地，它一直是一个中间体，一个各种属性、各种可能性的过渡地带，它是走廊是路，它本身从不是终点不是此地，它是那么遥远，站在这土地上，心远地自偏。

——这么说的时候，我也是在想我自己，那片土地和荒野，我曾独自走过，我确信那是理解中国的一个隐秘入口，站在那里的世界观中国观，与北京、上海或哈佛必有重大不同。关于这个问题，我从未和晓琴谈过，我只是看到，那兰州、那金城也不能使她安居，她要一次次地跑，在跑过的地方再跑。

我的意思是，像晓琴和她的夫君徐兆寿那样的人——对不起，谈晓琴似乎很难不谈到兆寿。——他们其实是一种特殊的中国知识分子。他们当然身处全球化的学术生产和交换体系之中，他们是而且只能是全国一体的庞大学术机制的成员，属于一个学术共同体。在这个体系中，地理位置从来都是重要的，你是身在哈佛或是身在北京上海，那不仅关乎你在一整套权力关系中的身份和资源，它同时也决定着话语策略——我常常惊叹而心疼地发现，越是边地知识分子，越是有一种彻底、热诚的中心感，一种边地化的中心感，他要花很大的力气追平时间和空间的落差，为此他要以一种原教旨的虔诚操弄中心话语，他需要以此证明他的不在本地、不受限于本地的在场。

晓琴是否受此困扰我不知道。我只是觉得她和兆寿，他们在内心深处都还有一种不驯服的在地性，他们都深刻地感知着那片土地、那里的全部历史和生活的具体性，由此产生的问题和焦虑在内部指引着他们。实际上，晓琴也一直在探索着一种以西部为方法的，或者是更具野心地说，以西部为中心和出发点的学术路径。但坦率地说，这何其困难，学术的生产和流通、交换机制甚至在下意识里都在抑制着边地的创造。所以，很不奇怪地，他们二人同时都是写作者，一种广义上的写作者，他们写小说、写诗、写散文。当然在这个时代，批评家的越界不是什么新鲜事，但是，我坚信，对晓琴来说，这具有特殊的意义，她在此安放的绝不仅是禀赋和才情的不同方面，而是一种非学术的、反理论的，坚持着在地性的生命经验，一种对于特殊历史和生活的忠诚。

关于晓琴，我还会想起她的猫。那是我高度关注的两个生灵，每见晓琴，不问苍生问猫狗，先要打听两个孩子的近况。那两只猫，一只名叫樱桃，是美妙的，优雅的，萌的，应该是美国短毛猫或英国短毛猫，总之是最合中产阶级趣味的宠物；另外一只，我是在晓琴发在朋友圈的照片里偶然发现的，长腿，矫捷，精悍、冷酷，遍体华丽的豹纹，完全不似家中物怀中物，完全是一匹野生动物。晓琴告诉我，那是孟加拉豹猫，的确就是豹与猫的合体，在 20 世纪 70 年代才被人类驯养。我立刻迷上了这只豹猫，它的名字就叫豹子，我确信，那必是一只黑暗的、危险的动物，它有夜的心，在黑暗中纵身一跃，如电如剑，便是鲜血迸溅、生死立判。

——但恰恰相反。根据晓琴对二猫生活状况的现场报道，那只美国短毛猫或英短，却是活跃的，骄纵如得宠的贵妃，她显然是晓琴家的老大，对天上的鸟和地上的人腿都有不竭的攻击欲。而那个豹子，竟是乖的、安静的，很少惹是生非，都有点憨厚了。

好吧。世界就是这么奇妙。那只豹猫，它也许需要晓琴告诉它，它的故乡在孟加拉丛林中，它的身上运行着豹血……

（李敬泽，中国作家协会）


**同期声：**

时间与地理的隐秘 // 张晓琴
"最后一个"，或世界性怀旧 // 张晓琴
今天的阳光充足，胜过一切——张晓琴的文学批评 // 陈晓明

**王晴飞**

1980 年生于江苏泗洪。南京大学理学学士、文学博士，现为《扬子江评论》编辑，中国现代文学馆特邀研究员。已发表文学评论若干，著有个人文集《望桐集》。主要研究方向为民国文学与当代小说批评。

# 王晴飞的庄与谐

申霞艳

　　王晴飞胖胖的，我对胖子心存偏见，尽管我知道很多胖子有好的脾气。当两年多以前我和王晴飞相逢在鲁迅文学院（以下简称"鲁院"），我心里预留出一条三八线。记得第一次的饭局，是外地朋友来。我和朋友聊得多，他坐在我对面不停地抽烟，很少讲话，不时憨厚地笑笑，似乎很习惯陪在女性旁边听她们东扯葫芦西扯瓢。他的表情没有流露不耐烦，沉默和耐性为他的形象弥补了一些。实际上这些都是表象，王晴飞并不冷漠，也不是沉默者，他有一副热心肠。

　　鲁院的春天，玉兰花、梅花、海棠次第开放，将春天一点一滴地呈现出来。万物伊始的感觉对南方生长的我真是无限的惊奇，仿佛人生真的可以重来。没课时我们就在院子流连，认识梅花，感叹今夕，现在只留下模糊而美好的回忆。很多外省同学到北京后应酬很多，在饭堂晚餐显得凄清。我和王晴飞常常在饭堂相遇，饭后照例是散步聊天，发现对文学、生活的有些看法相似，交情慢慢就深了。王晴飞看起来也顺眼了，他的眼睛里含着善意和天真，让人想起金圣叹评李逵"一派天真烂漫到底"。

　　印象颇深的是和王晴飞在一楼的大堂散步，那天天气不好，我们饭后就在大堂打圈走。大堂并不大，但装修颇有特点，尤其是墙上挂着古往今来大文豪的照片和简介，这种无声的提醒最能动人。窗外的风雨，历史的长河，富于默契的谈论，这一切深深地印在我心上。那天晴飞大约是谈了对中国通俗文学民间传说故事的演变以及现实生活的一些看法，他的广博令我刮目相看。后来大家去西安、延安考察，看了一些博物馆，听了一些导游讲解。车上，他又给我补充了好多历史掌故，我为他的博闻强记感到吃惊，过去表扬人常说"上知天文下知地理"，用在他身上一点也不为过。他简直就是一个现成的导游，所到之处如数家珍，还能深入历史深处，驰骋古今，摆渡中西，远古的故事宛然如昨，遥远的人物栩栩如生。记得去参观兵马俑的时候，考虑到我们是专业搞文学批评的，对方派出了资深的导游来介绍。晴飞同学还是能在旁边再给导游做注释。在西安大雁塔旁他给我们讲玄奘如何一路取经；在即将干涸的延河边他给我们讲红军如何到达陕北……听他讲这些往事时我时常产生今夕何夕的恍惚，他的讲述能够将人带到无穷的远方。远方吸引着西游的玄奘，也吸引着跋涉的红军，同样吸引着在文学中历险的我们。

慢慢知道了王晴飞的日常生活，他独自在安徽省社会科学院工作，太太孩子在南京安家，周末才回家团聚。在南京的家里，他有一个小阁楼，可谓躲进小楼成一统。记得是张恨水年轻时躲在阁楼里写东西，为了避免打扰上楼后即将楼梯抽上去。我不知道晴飞的阁楼长什么模样，想象一下南京的盛夏躲在阁楼读书就要惊叹。广州的暑假，我时常以好汉不赚六月钿来安慰自己。更多的时间晴飞生活在合肥，他没有自己的阁楼，单位宿舍过于简陋，常在办公室看书至深夜，有时为了赶文章就在办公室的沙发上凑合着过夜。妻子不在身边，过着没有规律的生活，有时看书着迷，有时被编辑催着交债，难免饥一顿饱一顿，这大概正是当今肥胖的罪魁祸首。

晴飞是率真之人，跟朋友同事喝酒，喝高兴了就敞开心扉。我记得我们就酒后真言这事交流过，他说自己不愿意借酒对别人倾诉，酒后掏心窝子的行为是不理性的，源于酒精让人产生的四海之内皆兄弟的幻觉。但酒是这样一种东西，慢慢喝着就会制造出一种迷幻的气氛，焕发出人心底的豪情，让人无法自控。过去无须计较，将来宛然无存，天地集于此刻。我观察过几位醉酒者，最为关键的几杯往往是自己往自己杯里倒的，自己往自己嘴里灌的。对于醉酒这事，一方面当然是不够理性，另一方面，人一辈子理性行事又有什么意思呢？人无癖不可交。醉酒者大部分都是率性之人，发酒疯者、借酒消愁者另论。我们在鲁院读书时，晴飞有外地的朋友专门赶过来喝酒，这让我十分感动。记起多年前有个酒局，有人敬酒被坚辞，另一朋友劝被敬酒者说："这杯就是毒药你也喝下去，人家这么山长水远赶过来的。"那一刻我也被这种氛围打动了，情义与酒一起荡漾长萦。酒具有磨刀霍霍的神奇力量，照见大家的性情、志趣。把酒言欢，推杯置盏乃人生一乐。

烟往往是酒的伴侣。在鲁院，王晴飞和周明全两个烟鬼恰好住上下房，两间屋子终日烟雾弥漫，几乎要引燃报警器。我时常嘲笑他们应该将头探出窗外来彼此抽烟聊天，如果一个人的烟没了也可以练就空中接烟术。要是他们俩同在一个屋子，准能把我们的视力熏下降。晴飞还颇有形式感，备了一个烟嘴，不时拿出来认真地擦拭，自欺欺人地说是可以过滤掉几分之几的毒素。我觉得他是来搞笑的，要考虑毒素的问题就应该不抽或者少抽才对，烟嘴大抵是心理安慰。但抽烟者从香烟中得到的快乐大概是旁人所不能体验到的。抽烟与写作是孪生兄弟，我一直疑心自己文章写得不好是因为不抽烟的缘故。从抽烟、喝酒这些凡俗的欲望上看出晴飞不是决绝之人，他看重情谊，愿意为朋友付出。好几次周明全找王晴飞约稿救急，他总是慷慨舍下手边的工作为明全另起炉灶。晴飞又没学会应付，写稿很慢，研究计划常常因此打乱。事后，晴飞免不了要后悔一下，还要被我说几句风凉话，但下次遇到编辑需要救急找到他时，他又应承下来了。

王晴飞是个很好的聊友，他知识渊博、海阔天空，也乐于自嘲。聊天至大家心旷神怡的境界需要把握度，太严肃累人，太家常无聊。在深邃的话题中彼此嘲笑一把能令气氛生动，在日常闲聊中适时插入哲句可助人思索。生活需要升华，也需要一点冷幽默，美好的人生需要配备几个损友调剂孤独。记得去唱歌我点了《闯码头》，这下可被他抓住了把柄好好地嘲笑了几番。好久之后，他去散步听到广场舞播放《闯码头》赶紧打电话来挖苦，可见身份认同对于个体形象多么重要。其实我读书时还在地铁口帮流浪艺人唱过几首歌。在KTV厅，晴飞的性情展露无余，大口地喝着清凉的啤酒，纵情地投入演唱事业，不忘营造真实的舞台气氛。每首歌过后还非常有范地鞠躬致谢，其他人唱时则照例要祝演出成功。KTV厅有他，我们都过了一把明星瘾，频频碰杯，还将一束假花反复献给不同的演唱者。让我吃惊的是他会许多民间歌曲，夹杂多种方言的版本，真是生活的有情人。民间成为近年来学术热词，文学史比较少关爱民间，民间很容易被误读为几个传说、几个段子，其实民间应该是丰富驳杂的，从晴飞的言论到他唱的歌曲我能感受到一个万物生长的民间，这个生机勃勃的民间孕育了文学。

王晴飞本科学的是物理专业，后因修习文学课而专攻中国现当代文学。我们这代人成长时被种过蛊——"学好数理化，走遍天下都不怕"，后来才知道真要走遍天下第一要事得学好语言，语言是最具魔力的工具。但这蛊一旦种下就隐隐发作，我们女生多多少少都以居里夫人为偶像，对数理化专业的男生既怜悯同情又有点崇拜，直到今天依然碰到理科的就肃然起敬。我认识几个同行是从理工科转来搞文学研究的，都颇有建树。不管怎么说，理科的某些专业训练对文学研究同样有效，好多人写文章绕来绕去绕不清楚可能跟理性思维未经训练有关。更为重要的是这种成年时期转专业往往经过深思熟虑，通常而言理科更实用、更适合谋生，舍实利而趋兴趣乃听从内心最深处的召唤。我记得从事批评十几年来，自己常常要花很多时间去思考自己工作的意义，每每读到好文章时就要觉得自己不过是在制造垃圾，浪费树木。而一位转专业的朋友就说他几乎从来没在这个问题上浪费过时间，转专业之前已经反复审慎地思考过自己的人生何为。其实对意义的质询、怀疑不只是时间问题，而是一个"to be or not to be"的问题，根本性的问题最是消耗能量和心志。曹丕说"文以气为主"，那些元气充沛的文章才能动人心魄。

当代批评存在诸多问题。有些人糊涂有些人忽视批评的文体，以为当代批评要么是臧否人物，要不就是为他人贴金。诸如此类的误解不只是存在于外行，很多圈内人并没有认真对待批评，而是随高校体制关心自己一年写了多少字，比拼一年在何种级别的刊物发了多少篇文章，这在受职称困扰的青年一代中更甚。还有一些像我这样的人囿于书斋，只关心自己的一亩三分地，出了园子就无话可谈；而且容易割裂生活与工作，很难将治学与生活、使命融为有机体。

王晴飞是少有的清醒者，这种清醒表现为他的立场、方法和功夫。这又得益于安徽和社科院的边缘位置，边缘往往能看清楚中心遮蔽的事物。从南京去合肥工作多少会有点委屈，一是薪水上要吃亏，二是生活诸多不便，而且社科院相对大学也要边缘一些。晴飞能坦然地对待自己的工作，珍惜社科院相对宽松的氛围。对于安徽文学界，晴飞是外来者，可以避免许多不必要的应酬和会议。评论抑或学术，能有三五知己一起切磋很好，但学问的积攒更多来自个人孤独地阅读、卓绝地思考、不懈地写作，写作中遇到的问题必须依靠写作来解决。当代批评界很多会议、学习与采风都是济济一堂说些不痛不痒的闲话甚至违心的表彰话语，这样的交集或许聊胜于无，但有时适得其反。很多学者在高校上课久了，练就了一张滔滔江水般的利嘴，无论什么场合什么主题都能即时发言，但我们不能因为能言善辩就忽视思想的日积月累。晴飞还没有养成闲散的习气，他认真对待每一次会议、每一篇署名的文章，犹如农民审慎对待每一粒种子。晴飞说别人怎么样他管不了，但自己要对得起自己的时间，自己的话语要与自己的名字匹配，所以无论是大规模的论坛还是小规模的会议，无论是大刊还是报纸约稿，他都认真对待。记得在鲁院我们班举行了很多场讨论，他参加的很少，但每次参加总要认真准备发言稿。有一回我们一起参加珠海论坛，因为人数特别多，时间又很有限，大家都是随便汇报几句自己最近在干些什么，权当会友，王晴飞却抱着他的笔记本电脑，轮到他发言时他很慎重地谈起他对台静农的研究，这篇长文随后就修改发表了。会后他又和我交流与会学者的言论、姿态以及问题意识，可见有心人随时处在学习过程中，难怪他功力能日渐长进。

王晴飞有对权力及权力所产生的幻觉的警惕。他不从众，也不靠惊人语，这可能多少要追溯到南京大学对独立学术传统的追求。在 20 世纪中国，关于文学与政治、文学的真实问题都讨论得太多了，但是知识分子的独立传统并没有真正建立起来。纯文学、先锋文学没有把我们带到理想的境地，我们甚至走进了预先设想的反面。由于微信的便捷，写文章的过程中我们常常交流，我们在闲聊和交流过程中达成某些共识。评论一个作家首先仍要看大节，所谓文如其人；当然评论者自身先要有清明之心，一己之私不可存。他将自己的作品结集为"望桐集"，"非梧桐不止，非练实不食，非醴泉不饮"，良禽择木而栖，虽不能至，心向往之。

我们常在微信上交流所读所得，在对《极花》《青鸟故事集》等当代新作的看法上达成一致。做批评切忌糊涂，没有大方向，在细枝末节处纠缠只会使批评丧失尊严。每每我试图以代际、地域、民族、性别之类的大词来笼统概括一个人或一部作品的时候，晴飞都会适时提醒我每个人都是独特的具体的个体，写评论就是要写出这个作家或作品的独特之处。作家的个人性以及这个作品在这个时代的意义，作家背后的思想源流是晴飞特别警惕的，但他写作时心态平和，并不靠放狠话和故作惊人语。晴飞的锋芒不在炫目的标题里而是隐在字里行间，静水深流，在他与评论对象推心置腹的对话中，我们能听到弦外之音，绕梁不绝。

王晴飞做事舍得下苦力，他从乡村出来，凭着自己的努力考入南京大学，转专业从头攻读文学，在学术界崭露头角。他在现代大学制度和鲁迅研究上下过一番硬功夫，这成为他后来搞批评的度量衡。实际上当代作家或多或少都受鲁迅及五四新文学的影响，鲁迅至今仍是一面清晰的镜子，可以让当代作家的灵魂显形。研究鲁迅而后攻当代评论可谓得心应手。晴飞的作家论往往会梳理出与这个作家相关的时代问题，所以他写得更慢、更少。他在阅读、思维中得到乐趣然后通过写作将之传递给读者。

很多搞当代批评的都是凭才情，拼技巧，搭花架。晴飞写评论哪怕是对非常年轻的作家他也一定坚持要读完全部作品，要搞清楚作家的写作轨迹及变化，作家与文学史的传承以及与时代的呼应关系。读完作品是我们在写博士论文时的基本训练，但一毕业我们就以为自己翅膀硬了，将这条规矩抛诸脑后。当代许多批评文章都是急就章，手边有什么材料拈来就用，然后用自己的一套行话往上套。至于哪个作品是研究对象的代表作、转型作，评论家并不去深究。名家新作一出，大家一窝蜂往上镶金，不管这个作品的艺术水准，就像王小波所说将口香糖嚼两个小时就能嚼出牛肉干的味道来。很多评论家在这种跟风发言和套作的过程中逐渐丧失了阅读能力和审美能力，对名家的败笔甘之若饴。还有一些评论文章，你将评论对象置换为另一个后依然成立，评论家仿佛找到了包治百病的良药。有次聊天，晴飞随口将一些文学评论里常见的套语列为学术黑话，我哈哈大笑，因为其中一条那天刚从刊物上看到。的确，这种貌似学术的废话可以适用于任何作家作品论，这就是陈词滥调。相比于豪华的词汇，素朴的语言更能打动人心。

由于编辑和老师的双重身份，我的微信朋友很多，为了让自己不至于上瘾，我设置了去朋友圈功能。虽然不能光顾晴飞的朋友圈，但我们常常交流，互相讨论阅读书目、写作选题，更多是天南地北地闲聊，他总有那么几句话会让你回味良久。和晴飞讨论问题往往促进我去思考一位当代批评家的立场、职责乃至使命等根本性的问题。微信更新了我们对朋友和时空距离的认识，微信在开启点赞之交的同时也实现了"天涯若比邻"。

（申霞艳，广东外语外贸大学中文学院）

**同期声：**

"业余"的批评及牙与胃的功能 // 王晴飞

杨康之死 // 王晴飞

执拗的捕风——青年学者王晴飞 // 李音

**南方文坛** 2018 年《今日批评家》

傅元峰

刘琼

刘艳

马兵

行超

徐勇

**傅元峰**

1972 年生，山东临沂人，南京大学中国新文学研究中心文学博士、教授。专业研究方向为中国当代文学思潮、中国当代诗歌等。在《文学评论》《文艺争鸣》《当代作家评论》《扬子江评论》《粤海风》《东吴学术》等杂志上发表论文和评论文章多篇，出版有《思想的狐狸》《寻找当代汉诗的矿脉》《景象的困厄》。曾于 2008 年赴韩国岭南大学任教一年，2014 年赴日本东京大学文学部访学一年。获江苏省文联文艺评论奖、文学评论奖多次，2016 年获第五届唐弢青年文学研究奖。

# 人生如诗　诗如人生

## 丁　帆

　　他腼腆、朴实、与世无争、自爱自觉、恭谦礼让、尊崇自由、恪守传统，是有着异于他人的特殊秉性的人。

　　世纪之交那一年，同事倪婷婷和我说，她有一个很好的硕士生想介绍给我读博，于是，经过笔试和面试，傅元峰便在我这里开始提前攻博了。

　　傅元峰是一个十分内向的人，平时很难见他在公共场合下发表自己的意见，更加难得见他有侃侃而谈、慷慨激昂的时候。但是，他绝对是一个内心潜藏着巨大激情的浪漫主义和理想主义知识分子，正义伦理和自由信仰是他追寻的人生目标，爱憎分明、疾恶如仇、从善如流成为他个性的特征，然而，这些性格特征却往往不被人们所注意，因为他是那种活在自己的世界里的人，其内心奔突的地火在燃烧，火山的喷发不是在人和事的纠葛上，而是漫溢流淌在自己的学术研究之中。

　　攻博期间，我将他的学术研究框定在工业化和后工业化的文化背景下当代文学作品风景画的消逝这一论域，他便兢兢业业、认认真真地去完成这项任务，从未见他有过半句怨言，我也自认为给他选择了一个十分有意味、有前途的学术领地。我一再强调的是，博士生阶段一定要开始学术圈地，无论圈定的领地大小，只要能够达到两个满足即可，即首先是满足自己的学术兴趣，其次是自己的知识储备能够满足学术论文给养线的供应。当时，我自己也很得意，认为给他找到了一个前景十分广阔的学术空间。无疑，他的毕业论文做得也十分顺利，精华部分发表在 2001 年第 2 期的《文学评论》上，题目是《诗意栖居地的沦陷——论九十年代小说中的自然景物描写》。那时，我根本就没有在意这个题目是背离他的学术兴趣的，只是沉浸在自我陶醉的情境当中，现在回想起来，那正是他试图用自己的诗学理念去阐释这一文学现象的过程，成为他对学术诗意和诗意学术不懈追求的无意识表达，虽然在"风景"的论域里，他这十几年还是笔耕不辍，然而，几年以后当我看到他终于回到诗歌的怀抱之中，才悟到他的学术兴趣是贮藏在内心深处的诗歌领域，我想，这不仅仅是文体选择的问题，文体背后潜藏着的是一个学者的巨大学术兴趣的取向，当然也是一个学者的学术性格的外化。从中，我才悟出了一个道理，倘若一个导师强求自己的学生按照自己的学术设想去勾画他们的学术蓝图，那不仅是一厢情愿的专制行为，更重要的是，他往往就会扼杀一个学术前景可能十分广阔的天才型学人，在摇篮里杀死婴儿是一件十分残忍的事情。

我十分赞同傅元峰的学术转型，从小说思潮研究转向诗歌思潮和作家作品的研究，他终于翱翔在自己喜欢的阔大无垠的蓝天之中，那里有他的温柔恬静的学术梦乡，那里有他可以表达和释放诗意的学术空间，更有那寄望着浪漫理想的性格栖居。

他写了大量的诗歌评论，被认为是诗歌评论界的老树新花。他很快乐地和同仁们组织了许多国内外的诗歌学术研讨会议，质量高、收益大，得到诗歌学界的广泛赞誉。他收集了大量的诗歌民刊的原始资料，不仅开阔了人们研究的视界，而且大大丰富了文学史的内涵。他还与诗界同仁主编了几个诗歌创作与批评的刊物，虽然尚未形成很大的影响，但是，就其投入的精力来看，是一定会在诗坛赢得声誉的……所有这些都得到了诗歌界的广泛好评，诗人们认可他，诗歌评论界的同行也对他的评论和批评给予高度的学术评价，这是他学术兴趣和学术性格得以充分体现和发挥的黄金时代。他还写诗，他的诗歌创作不仅有诗歌的美学品位，更有目前诗歌界缺少的人文思想内涵，得到了业界和圈内的一致好评。

在北京师范大学的一次学术研讨会上，他的精彩发言不仅让大家吃惊，就连我也没有想到他能够发挥得如此酣畅淋漓，深刻而优美。《南方文坛》的主编张燕玲对我耳语了一阵，她说她十分看重傅元峰的学术思想和才华，认为这是当今中国70后学者里扎实而富才气的评论家，立刻决定要做他的专辑，我暗自为张燕玲的慧眼击节。但是，一直催了他好几次，他还是迟迟没有交稿，张燕玲说，还没有见过你这样的人，别人是迫不及待，你却是推三阻四。我深知，他就是一个喜欢低调的人！怯弱和自弃伴随着他的诗意人生。

傅元峰在当今的诗歌评论界确定了自己的学术位置。正如施龙在《审美救赎的焦虑——傅元峰诗歌批评论》一文中所言："面对'主控意识形态与市场经济的二元作用力的受动存在'文学局面,傅元峰多次沉重提及新文学的审美'创伤'及其'修复'、'救赎'问题，具体到当代诗歌，更直言'当代中国无诗魂'，因而'诗歌史还不能是诗歌经典史，而是诗歌审美的问题史，是创伤及其修复史，而非经典认证史'。……傅元峰认为，审美现代性有广、狭两种界定：'广义的文学现代性与文学的永恒命题（如爱、死亡等）和稳定的审美情感（如优美、崇高等）联系在一起，共同体现为对所处的社会现实的独立姿态与超越品质'……""当代中国无诗魂"的全称否定性价值判断，是要有理论勇气的，但如果是没有理论目标的妄言，这便是哗众取宠的谵语，而他提出的："诗歌史还不能是诗歌经典史，而是诗歌审美的问题史，是创伤及其修复史，而非经典认证史"是有学术眼光的新见。把诗歌发展史拉回到审美的永恒主题当中，应该成为诗歌创作和研究的本源。只有把诗歌的创作放在历史的长河中，我们才能清晰地定位和定性其价值的所在。傅元峰是找到了其解析的学术路径的。

在《"诗学"的困顿》中，傅元峰指出了"中国当代诗歌史研究的学术误区"是"当代新诗史的书写大多依赖学术本能，依赖于诗歌流派和诗潮的推动力，诗歌的流派线索养成了诗史书写者史料发现的惰性。因时间推延而获得的编年时机，成为另一个诗史书写的应激性触点。民间存在被忽略，导致批评的虚妄、程式化的研究心理、对民间的误认或忽略等缺陷在新诗研究中普遍存在。另外，诗歌本体的迷失也促使诗评界形成了'诗人批评家'和'非诗人批评家'的身份区别。改善这种状况，需要诗评家进行深刻反思"。无疑，这种持论也是建立在文学史的大视野之下的，对于"民刊"的重新发现，这成为傅元峰考察文学史构成的新视点，其独到的学术视野，让他对当代诗歌研究有了一个比他人更加广阔的学术空间，同时，也逐渐使其逻辑化和学理化。

因此，在《中国当代诗歌民刊文化身份考论》中，傅元峰如此说道："自20世纪70年代末以来，中国大陆创办过数以千计的民间报刊，其中大多数为诗歌民刊。大多诗歌民刊继承了中国新文学的良好的'同人'传统，汇聚着的编读群体映射出民间文学的生态格局。但因为合法性问题，该重要文学族群至今未能进入文学研究者学术视野的中心，大量民刊也不能在各种公立图书馆收藏，导致了文学研究资源的损耗和研究对象的迷失。其中，也包含了文学观念的偏差。对当代诗歌民刊进行资料搜集和研究，并勘察它们的文化身份和历史地位，已经是学界的当务之急。"其实，我以为他的这项工作在当下来说是一个吃力不讨好的事情，是没有任何意义的。但是，为了为中国当代诗歌史保留一份珍贵的历史档案，为了抢救被淹没的历史，他的这项工作却又是功德无量的学术史大事，否则我们无法面对诗歌的历史和未来。

在《错失了的象征》一文中，他对新诗抒情主体的审美选择做出了这样的判断："象征主义作为现代派文学的源头，对中国诗人影响深远，但象征主义在中国并未如文学史家描述的那样获得创作实绩。象征主义的中国接受存在理论认知与创作实践的失衡。由于新诗抒情主体未完成观念转换，亦缺乏合适的文化土壤，新诗未能超越技法范畴在更深的抒情主体层面接纳象征主义的诗学养分，形成了对象征主义的错失。"这种大胆的立论是建立在推翻前人的许多学术成果之上的驳论之文，不但需要胆识和勇气，更需要的是学识和学养的积累和沉淀。无疑，这种否定性判断对文学史的重新认知提供了另一种观察和考量的窗口和依据。

通过解剖一个文学群体来认识一代作家的沉浮，则是贴近文学史分析的最好方法，傅元峰选择了与自己同时代出生的作家为分析对象，他在《70后作家叙事话语特质论析》中说："当代汉语写作呈现的特性与作家代际有无直接关系？思考这个问题，实际上是在时代、社会、文化等领域进行的文学语言的探询，最终关注的思路将被牵扯进一个文学的'话语'（discourse）范畴。当代大陆汉语文学状貌的变更，确实和说话主体受影响的语义环境的变更相对应，这使作家的代际研究，特别是与代际有关的文学语言的研究，在'话语'方面呈现出空前的学术意义。甚至，指认'70后'作家的文学行动，也是一种历史自新行为——在代际更迭中完成文学话语更新的诉求，不可避免地要放弃对陈旧话语的继续依赖，对新的话语族群进行重新指认。那么，对前代作家（他们已被逐渐认知为丧失了话语更新功能）文学期待的自动放弃，对话语新质的培育，具有残酷的同步性。它类似于文学经典化中的主观断代行为，在本质上，它是文学的话语自觉，也是在文化意识和精神价值决定论下汉语文学的语言自觉和审美自觉。"对同代诗歌作家的无情审视当然是要有学术勇气和理论功底的，倘若因为害怕得罪人而不能说出真话，那将不是一个学人真正的治学态度，而"对前代作家（他们已被逐渐认知为丧失了话语更新功能）文学期待的自动放弃，对话语新质的培育，具有残酷的同步性。"这就是他对文学"话语"进化的期许，这种期许是建立在"如何培育"新的汉语体系的学术建构之中的。

当然，对于旧的学术论域的延展性研究，他仍然是有新见的，在《中国现代文学研究中的城乡意识错乱及其根源》中傅元峰认为："在中国现代城市化进程中，殖民历史语境和当代简单的城建思维导致了城建先行、城市文化滞后的'片面城市化'格局。在此情形下，如果忽视都市文化作为文学语境的特殊性，就容易忽略都市文化和城市文学、乡土文学之间特异的对应关系，造成对文学史和当下文学现象、作家作品的误读。学界应对现代文学中的'侨寓者''城市异乡者'和'局外人'等关键词作都市文化视角的比较分析，结合'片面城市化'的文学语境对城乡文化和文学的关系进行重新辨认，以矫正与西方文学和文化理论简单比附的研究偏差。"在他随我攻读博士的这二十年中，他一直没有丢弃对乡土文学的研究，与很多人不同的是，他是那种能够在领悟你的学术意图之后，能够发现和提出新的观点，并延展这一领域研究的学者。

综上，我们可以看到一个在学术论域里大胆理论、小心求证的傅元峰的面影。

但是，他还有另一副文学创作时的行状。在其诗歌创作里，我们仿佛能够看到他的理想主义的激情，看到他为正义而宣示的庄严，看到他为伦理道德辩护的勇气，还看到他对真善美的追求，更看到他对诗歌意境美和语言美的追求。

在《我需要深深地写景》中，他写道：

> 整个有我生命的这段时代，
> 在安静地委身蛇行，朝着光，愚蠢而又坚定。
>
> 我自恋，喜欢后撤并深情地看它。
> 当年纪关闭了眼睛，耳朵和触觉，
> 我的审美需要深深地写景，有一颗嗜血的雕刻之心，
> 用雨天的碎玻璃，来自那些空酒瓶。
>
> 祖先啊，某个无名的黄昏，因为红霞的喜事你才多喝了几杯。

只有雷雨能把你的黑夜照亮，把你的清晨抹黑，
把古老的毒药像香瓜一样种植在你无所事事的夏天。

我抱着女人和孩子，像抱着空酒瓶，反过来也一样。
像孝子出殡，野狗刨食，
像浪子寻找宿醉和痛哭。

我以为，这一首诗就高度凝练地概括了傅元峰的诗歌审美倾向，无须赘言，这里面的内涵和外延的喻指是不言而喻的。

《我们》一诗的开头一句："我们回头，是为了摹仿每次天亮？"就充分表达了他那追寻自由天空的飞翔欲望，这凝聚的诗句是积郁了几代人的心声，似乎是穿破林间的响箭，直抵意象的终极人文目标。最后一句："我们没有黏着语，干脆而缺少情感，几乎是世界上最简单的河流。"同样是把我们带入了意象的河流，让你久久沉浸回味在人性的思索之中。

而《青木原纪事》中，"东京繁华的夏夜也被啄食了 / 何况你"，那些他在谷川俊太郎诗歌中读到的日本"镂空诗学"和"物哀之美"，通过风景传达到了诗人的生命里，产生了"既做柴烧 / 又当琴弹"的对生活的放纵与深情。

在《藏南札记》中，他是这样表现自己诗歌意绪的：

### 1. 行走的树

那些老人是怎么上路的
一棵树在走
他们的走，根深蒂固

他们怎样移栽自己到尼洋河边
带着仅够活命的泥土
他们的走，日暮途穷

羁留成都的时候
他们枝叶已枯
却约见故友

分食了各自可吃的部分

带着爱情
吃了仓底之粟
穿了寿终之衣

带着高耸人世的恍惚
一棵棵树在走
非常可观

## 2. 刑罚

告别使峡谷扬起了她的鞭子
在流放地，史书只写了这些鞭影

除此之外
祥云下，也有情欲升起

打好行囊的那个早晨
两只小狗在楼下做爱
早起的夫妇露出微笑

苍茫的雅江啊
放下鞭子
客人就要走了
给他一个可以这样的姑娘

## 3. 云之一种

我们次第溜进了马厩
它们的清秀是云之一种

我们的手臂上多了串珠

胃里多了牦牛

心里多了女人


它们是云之一种

我们对云的爱在高原狂奔


徒劳的热烈的奔跑——

飞回原点

买了假货

醉了酒

多了兄弟


我们，是云之一种


这些带着藏地特色的意象群，在风俗与宗教的掩映之下，诗人本身在浮世当中的皈依心态已然可见一斑，而对于人类归属的终极哲学思考，才是作者所要表达的诗歌初衷。树的行走、雅江的情欲、云的奔跑，倒映出人性中的悲悯、不羁、迟暮、怅惘……从中，我们看到的是一个沉思者的形象。

我不知道傅元峰在学术的道路上还能够走多远，也不知道他在诗歌创作中尚有多大的艺术潜能，但是，从对他的性格揣摩中，我分明看到的一个在逶迤天路里踽踽独行、一步一叩首、渐行渐远的背影。

（丁帆，南京大学中国新文学研究中心）


**同期声：**

*迷你桌、肯次及爱情 // 傅元峰*

*"百年新诗"辨 // 傅元峰*

*在时间的溃散里筑词为乡——论傅元峰的学术生长 // 李倩冉*

**刘琼**

1970 年 8 月出生，安徽芜湖人，艺术学博士，先后担任《人民日报》文艺理论评论室主任、《人民日报》海外版文艺部主任。系中国作家协会小说委员会委员，中国当代文学研究会理事，全国马列文论研究会理事，中国图书评论学会理事。曾担任中宣部"五个一工程"奖、鲁迅文学奖、全国少数民族文学骏马奖、全国优秀儿童文学奖等奖项评委。获《文学报·新批评》优秀评论奖、第五届报人散文奖等。代表作有《从非虚构创作勃发看文学的漫溢》《叙述与历史》《女性与文学五题》《网络对文学的"改变"》《文艺理论应介入文艺实践》《〈瞻对〉：非虚构的尴尬和力量》《从梁庄到吴镇的梁鸿》《它跑到了队列之首——论〈耶路撒冷〉的叙事策略》等。作品被《新华文摘》《2015 中国散文精选》《2016 中国最佳散文》《2017 中国最佳散文》等转载。

# 刘琼印象

彭 程

　　认识刘琼多年了。在某一次论坛活动中间休息的场合，看到她和多位来自天南海北的与会者聊天，轻松随意，言笑晏晏，忽然就有了这样的一个想法：她如果早出生若干年，譬如在革命时期的军队中，应该是一位善于做思想政治工作的女政委，至少也该是指导员一类角色。秀气中蕴含英气，柔婉里透着爽朗，细致却又旷达，善感而不多愁，让接触到她的人不由得会产生一种亲近感。

　　然而她是七〇后一代，供职于报界，于是那一种性情和才分，便投射和体现在她所主持的版面上。号称中国第一报的文艺评论专刊，责任之重大毋庸多言。同时面对庙堂和士林，既要传达意识形态声音，又要突出学术理论含量，既要顺应新闻纸属性而强调话题的当下性，又要追求能够传之久远的文章品格，诸种关系要应对得当，要拿捏好尺度，让谁都认可都买账，不是一件容易的事。同样身为报人，从事内容相似的营生，推己及人，我知道个中的甘苦滋味。而因为她所置身的处所更重要，影响力和责任成正比，要求自然也就更高。但她显然做到了左右逢源游走自如，也因此被上级看重，不久前获得擢升，去承担更为繁重的工作——这点且不去说了。

编辑行当中，每每有人喜欢以"为人作嫁"自况，语气中不免透着一股怨艾和自怜，仿佛一腔才华全都耽误在侍奉别人上了。但也完全可以不如此呵。譬如刘琼，就在同样的境遇中，把自己变成了一名评论家，兼有了一重她的服务对象的身份。她哪里只是给别人作嫁衣，也时常为自己精心裁制一件，漂漂亮亮地穿在身上。而且这个身份产生的影响力，似乎越来越走在了她的职业的前面。

说到这一点了，话题就不能不由人入文，不然就说不清楚。她是正规科班出身，从本科到博士，每一步都走得扎实，受到了严格规范的学术训练。于是你会在她的时常上万字的洋洋洒洒的文章中，读到定义清晰的概念术语，看到逻辑推衍、思辨展开的整个过程，如何从一部作品或一个理念开始，经过一步步扩展伸延，归拢相关的材料作为论据，构建出一种足以自洽的论点。读这样的文章，能够感觉到背后一种冷静有力的理性的操控和导引。仿佛是为了应对可能出现的辩驳，某些地方在做出明确结论时，以守为攻，语气中也安排了一些犹疑和弹性，承认例外的存在，期待善意的讨论，显示了她的某种狡黠和缜密。当然，更应该是来自一种对于事物的整体性及复杂性的认知。

更为难得的是，在表达这些东西时，她有属于自己的语调和姿态。这就让她与一些操持同一行当的人有了区别。相比文学创作，文学批评更不容易具有个性，因而也不是被特别强调。但她却是正处于现在进行时，已然形成了某些辨识性。

游说无根，举例为证。青年女作家付秀莹的长篇小说《陌上》，写了时代剧变对当下精神风俗的影响，于不动声色中揭示了乡村社会的公序良俗如何在一步步沦陷。小说发表后备受赞誉，评论也多，我读过若干篇，有的也的确见解不错，过后却记不得了，但对刘琼的那篇印象深刻，缘于其中一句话——"《陌上》是群芳谱，芳村是付秀莹的大观园和西门宅院"。因为这样的表述具备鲜明的个性。有了"大观园"和"西门宅院"这两个关联了传统文学经典的喻体，就让被评说的对象，由一变成了多，从眼前给推向了远处，获得了一种社会生活的景深，同时也获得了一种文学本身的尺度。她准确地捕捉了小说美学呈现上的独特之处——"生活细节的质感重现，它或能最终填补历史叙述的罅隙"。她认可别的论者所言的"风俗画"特征，却清晰地指出它不是"日常"的风俗，而是风俗的"非常"和"变异",进而揭示了作品审美指向的实质所在:"《陌上》虽然语言风格接近《红楼梦》,它对于社会现实的表现和理解,更接近兰陵笑笑生写《金瓶梅》式的犀利和悲观。"借助于这样两个形象来概括这部小说的社会学和美学的价值,生动可感,易于理解。刘琼总结道:"陌上花开,少年不在,这是付秀莹的深刻或狠心。"而从评论中我们分明也见识到了刘琼的冷静犀利。

这篇评论也比较充分地体现了她的表达风格——有规范的学术遵循,却规避了呆板枯燥。众多的形象造就了画面感,间或出现的口语产生出灵动活泼的效果,也让字句间有了一种质感。这并不容易,但她做到了。这颗"洋葱"——在文章开初她如此比喻这部小说——她剥得认真而细致。

具备了这些已经让人刮目相看了,但比较起来,还有一点更加难得,也更为重要。

在评论中,她不忌讳把自己放进去。她不把批评看作纯粹的智力的游戏,不将作品当成完全的客体,告诫自己保持距离。你能够看到她的性情,她的尊奉和贬责。她激赏青年作家李修文十年沉寂后推出的《山河袈裟》,撰写长文鼓呼。我也很喜欢这部品质特别的作品,如刘琼所言"它建构了一个超级文本,产生了强烈的异质性、陌生感",因而看得投入,不过相比她的细致和深入却相形见绌。她欣赏作者以"人民与美"为圭臬的写作追求,指出审美取向的明确性正是其最堪称道之处。岁月沧桑中,卑微底层众生身上的善良、隐忍、怜悯和正义感,如同山河一般广阔浩荡,她感动感慨,击节叫好,毫不遮掩。你会感觉到,她正在倾情而做的事情,与其说属于知识体系的建构,不如说是确立和印证立身的姿态,指向的是更高层级的意义。此时,眼前的作品充当了她的思想展开的参照。因此,她不在意保持所谓主客体的间离感,更无视叙述的"零度",而是灌注了饱满的感情,有时甚至表现为一种呼喊的姿态。文章题为《重建写作的高度》,实质是对一种精神向度的向往,经由不加掩饰的向作者的致敬而传递出来。

如果说从《陌上》评论中看到了刘琼的文风特点,那么这里显示出来的则是论者的精神关怀了,有一种"为人生的学问"的指向。唐人说过:"士之致远,先器识而后文艺。"人的格局,影响到文的气度。我倒是愿意援引更多的文章,来说明这种关系在刘琼身上的体现,只是因篇幅所限无法展开。不过,窥一斑而知全豹,庶几也适用于评价她吧。

　　评论之外，她也写一些更宜于直接抒发胸臆的散文。尽管这类文章中依然也打上了知识性论辩性的鲜明印记，但女性的感性丰盈的一面，在这里得到了更好的释放。如她去苏北泗阳游历后，写下了《泗水流，静静流》一文，介绍了此地的人物风土，历史沿革，古诗词中的有关描述，它们传播过程中的情形，还对不同作品做了风格比较，并进一步述及文学存在的独特价值，它对于历史的映照，等等，可以说游刃有余地掉了一番书袋。结尾处，她感慨："静，才会好。就像这泗水的水，任王侯将相岁月更替，任吴山削平古渡增容，都是这样不疾不徐，静静地流。"底牌在最后一刻亮了出来。此时你意识到，这才是真正的"卒章言志"，前面仿佛有些冗赘的介绍，正是必要的铺垫，就如同舞台戏曲中的过门，意图在于更好地引向主题意旨。可见智性的发达也并不妨碍对情感的眷顾沉浸，而"现世安稳、岁月静好"的境界，显然更普遍地受到女性的属意。

　　这样的境界，适合有和暖的风吹拂着，有明亮但不炽热的阳光照耀着，一如每次见到刘琼时，感受到的一种氛围。她就是这样，随身携带了某种明亮的东西，一双眼睛含了笑意直视着你，坦诚，友好，善解人意，目光中有洞察，却愿意包容和体谅，愿意尽她所能帮你做些什么。

　　刘琼年华正好，修为充足，各方面都酝酿都到了最佳的火候，那么，对你有更高的期待，不也是十分自然吗？

（彭程，光明日报社）

**同期声：**

偏见和趣味 // 刘琼

重建文学写作的有效性 // 刘琼

在文学性里求真——刘琼文学批评漫议 // 陈晓明

**刘艳**

文学博士，现供职于中国社会科学院文学研究所，《文学评论》副编审。主要研究方向：中国当代文学（兼涉现代文学），尤其当代文学理论与批评。著有《中国现代作家的孤独体验》，学术专著《严歌苓论》。在《文学评论》《文艺研究》《中国现代文学研究丛刊》《文艺争鸣》《当代作家评论》《南方文坛》等刊物发表论文数十篇，其中多篇被"中国人民大学复印报刊资料"与《中国社会科学文摘》全文转载。荣获第五届唐弢青年文学研究奖、中国文艺评论家协会"啄木鸟杯"（第二届）中国文艺评论年度优秀作品奖、《当代作家评论》2017年优秀论文奖。

# 刘艳印象

贾平凹

　　近十年里，我经历过三件很奇怪的事。一次在新疆看到一只从美国购来的矮马，那鬃毛、五官、发蓝光的眼睛看我时的羞涩之态，我只觉得她是一个小洋妞。一次去甘肃的一个村子，村子建在一面坡上，时正黄昏，路从村子里拐着弯下来，特别白，像淌出的河，就在河边一户人家的院墙上，蓬蓬勃勃开出一堆蔷薇，总觉得院内肯定有美人，进去看了，果然女主人十分标致。一次就是在北京的一个会议上见到刘艳，仅打了个招呼，她就闪过柱子走了，瞬间里，却突然强烈地认定这是个精灵。

　　其实在这之前，我已经与她认识，是因有关稿件来往过几次手机短信。她对稿件的判断力，对一些小说和这些小说的评论文章的看法，让我心服口服，感受了一种正大庄严。

　　我说：真厉害！

　　她说：你是说《文学评论》吗？

　　我说：说你。

她说：我只是编辑。

发完信，我在心里说，即使是丫鬟，那也是宰相府的。

她是编辑，我也一直是编辑，一种职业干得久了，职业之神就会附体。但她的位置不同，接触的人和阅读的稿件，都是国家级的层面上，她看问题总是全面、整体，在一筛子不好的豆子里立即能看出一颗好的豆子，在好豆子里立即能看出一颗不好的豆子，在全是好豆子里立即能看出哪一颗是最圆的哪一颗略有不圆。而我只是岁月的积累把我牵引到了一定台阶上，偏又因年龄的原因，摆脱了一些干扰，却也常常任性而为。真是的，她的食材都是优质好料，我是肉蛋萝卜混在一起，她做的是高级菜，我煮的是家常饭。

自亲眼见过她之后，在报刊上经常就见到她的文章。她还写文章，又写得那么多，这令我惊讶，就再敬重了她。记得我在读她关于写萧红的那一篇，我是一边吃饭一边读的，读得兴奋，手一挥，把碗撞翻，饭倒在地上。饭一旦倒在地上就不成饭了，很脏的样子，好文章不正襟危坐地读也是糟蹋好文章，于是，我就不吃了，认真地读完那二万四千余字。那文章真的是好。在我以为，从事文学，无论是作家还是评论家，也包括编辑，都该对文学有一种特殊的感觉。至于是什么样的感觉，无法说清，这如同看见了天上的云就知道要刮北风或是白雨将至，闻见了一种香气就知道附近什么花开或走来了自己心爱的人。刘艳的这种感觉强大。她研究作家，研究作品的文章，毫无架势，也不力用得狰狞，流水一样款款而来，不禁理出了写什么，也理出了怎么写，其对文本的里边外边，明里暗里，筋筋脉脉，枝枝丫丫，都被说穿，好像这作品她参与写的，该有的心结，该有的秘密，全都了解。于是，信服了她的搜肠刮肚，也便接受了她为之概括提炼的那些观念理论。她像巫一样，而这些观念理论会钻进头脑里，对我的写作倒有诸多实用。

再后来，隐约地知道她有着生活的难处，也知道她精于服饰，有一手厨活，也喜欢拍照，并在一些场合里见识过她的安静，也见识过她的朗声大笑，相信了一个人有着天生的和后养的多大能量，又能将许多似乎矛盾的东西集于一身。由此，在我常常琢磨《三国演义》中怎样会有个刘备，《水浒传》里怎么就会有个宋江，戏曲舞台上又怎么有小生时，总是又想到了她，我也搞不清这是一种什么缘由。我和一个也从事评论的人长舌议论过她，一会儿说她正大庄严，一会儿说她精灵古怪，一会儿说她是大女人，一会儿说她是小女人。好像都对，好像又都不对，就全笑了，说：这就是刘艳，我们印象中的刘艳很美好啊！

（贾平凹，陕西省作家协会）

**同期声：**

我的学理性批评观 // 刘艳

学者写作叩问文化传统及其可能性——论徐兆寿新长篇《鸠摩罗什》// 刘艳

她能回到文学本身——漫议刘艳的文学评论 // 陈晓明

**马兵**

山东邹县人，1976 年出生，现为山东大学文学院教授。2004 年毕业于山东大学文学与新闻传播学院现当代文学专业，师从孔范今教授，获文学博士学位。曾任职于山东文艺出版社。2007 年 7月调入山东大学文学与新闻传播学院现当代文学研究所，专业方向为 20 世纪中国文学史观研究和新世纪文学热点研究。系中国作家协会会员，中国现代文学馆客座研究员，山东省作家协会首批签约评论家。

# "君子莫大乎与人为善"

赵月斌

　　关于马兵，关于他的为师治学之道，自不消我来多嘴，只要听听他的课，读读他的作品，或者看看学生整理的他的"语录"，就会知道"兵哥"的大名绝不是吹来的，人家那口碑完全靠的是实力。所以我不打算坐实"男神"马老师的种种神迹，只想讲一讲有关他的若干琐事，讲一讲我所看到的极普通极平常的真人马兵。

　　论私人关系，马兵是我最为看重的好哥们之一。最初移居济南时，他即曾仗义地替我解了燃眉之急，那种不计利害得失的温厚和体贴，让我感到，这是一个值得赤心相待、可以抵足而眠的人。马兵小我四岁，却常像宽爽的兄长，总是实在喝酒，抢着买单，总是热情而坦荡，自难而易彼，即便小小不然的事情他也会放在心上，你会觉得，无论什么时候，只要有这么一个兄弟在，心里就踏实许多，马兵就是这样一个保质保量绝不掺假的人。所以，和他在一起，我最为放松，最有安全感，可以不着边际地扯闲篇，也可以说一些带尖带刺的话，反正，马兵只会为你添薪加柴，不会把你往火坑里推。

　　马兵是我的好兄弟，他对我好当属人之常情，那种对自己兄弟都是两面三刀的人，毕竟只是反例。我看到马兵的好，却不只取决于关系的亲疏，他并非因为跟你走得近才对你好，他的好，是全方位的，一贯的，是那种主动提高难度的自选动作。我在一家文学机构当差，经常会有各种会议、活动，作为主场工作人员，免不了要跑前跑后做些招呼照应。马兵是我们的常客，据我所见，他不仅从未迟到过，且总是最后离场的一个。在那间小会议室里，专家们通常只需坐坐座儿，喝喝茶、挥挥手、说说话就够了，其他杂事自有我等听候差遣。马兵却不然，他会是一再起身帮你收发材料、帮你冲茶倒水的那个人。这还不算，待会议结束，多数专家都是起身拎包、抹腔走人，马兵则不然，他往往要陪我殿后，帮我倒掉一杯杯残茶，收拾好一片片废纸，甚至还要帮我把东西搬回办公室。马兵反客为主的举动常让我颇感不安，人家可是咱请来的大拿啊，非但没有端起架子要你怎么着，反而和你一起干些非专家之所为的粗活，真是太不把自己当专家了！当然，看到马兵如此屈尊纡贵，不弃微末，我也很感快意，大概，这才是能和你一个鼻孔出气的兄弟吧。

马兵的好，就像写在脸上，哪怕初次见面的陌生人，也能一眼认出那个"好"字。这样的人注定到哪儿都有好人缘，也注定了在哪儿都容易受"欺负"。我曾多次亲见马老师被人欺负的惨状，这里不妨爆点料。几年前，我们一起到一海边小城，为一作家班讲课。晚饭后，我和马兵几个人出去散步，当时正是初春之季，又在海边，风很大，外面冷飕飕的，好在我们都穿了西装或夹克，虽不十分保暖，也能挡些风寒。正走着，迎面一溜小跑过来一男一女，有人认出是作家班学员，就叫住了他们："这不是那个谁吗，跑什么啊？"那个女学员激动得瞪大了眼睛："啊哈，马老师，马老师！"原来他俩只穿了短袖，实在冻得撑不住了，才从海边跑回来。于是就让他们赶紧回去穿衣服，我们继续散步。那女学员却不愿走，朝马兵发起嗲来："我想和你们一块走走啊，马老师能不能把外套借我穿啊？"有人就跟着起哄："马教授啊，考验你的时候到了，脱，还是不脱？"没想到，马兵毫不迟疑就把夹克脱了，那女学员也毫不客气地把夹克穿了。她的个头不高，穿上马兵的大夹克就像一只充气的大甲虫。马兵只剩了短袖 T 恤，胳膊立刻布满了鸡皮疙瘩，他冻得抱着肩膀，在冷风中瑟瑟发抖。那位女学员却心安理得地大散其步，好像很受用马老师那种冻人的模样。我等看客实在于心不忍，便虎着脸充当了护马使者："你想把马老师冻成老冰棍吗？"那女学员这才很不情愿还了衣服，悻悻地跑回住处去了。马老师脱衣赠路人的壮举让我们着实要笑了一阵子，他也跟着大家苦笑："哎呀，没办法，人家开口了，你要拒绝了，也太难堪了，叫脱就脱呗。"于是大家一起附和："好啊好啊，叫脱就脱呗！"马兵嘴里说着你们这帮坏人，显得一脸无辜，自己倒像是做了什么坏事。这就是马兵，他宁可自己难堪，宁可被坏人欺负，也还是一副不急不恼的样子。传说中的暖男，大概就是马兵这样的吧。

我还记得，去年我们一道参加一个笔会，其实就是组团参观采风，一帮作家评论家胡乱走走看看。有一古村位于半山之上，大家三三两两沿坡路前行，我和马兵走在一起，遇到一个 80 后女孩，正在路边左顾右盼。马兵问她怎么不走了，她马上两眼放光："马兵啊，你的包沉不沉？"一听她这样问，马兵马上明白了，很配合地答道："不沉不沉，你的包沉吧，来我帮你背。"那女孩喜上眉梢，慷慨应允："好吧，就你来背，不过可要小心啊，里面可是我的身家性命。"她的身家性命说的是笔记本电脑，苹果的，一路上她就没住手摆弄它，不知是写稿还是玩游戏。哈哈，这身家性命就像奖赏一般背到了马兵身上。整个行程，都能见到背了双肩包外加一个斜挎包的马兵老师，简直是任劳任怨的白龙马。那女孩倒成了甩手掌柜，她偶尔也问一声："马兵，沉不沉，累不累？"显得很是关心很是同情。马兵则显得很不好意思："不沉不沉，不累不累。"好像那身家性命就是他自己的，那女孩却是看热闹的旁观者。我在一旁打趣："真不沉，看来很轻松呵！"马兵连连叹气："命苦啊，真命苦，你就别说风凉话了。"我说："哪里苦啊，这是幸运中彩，一般人哪有这机会？你看这么多人，人家偏偏看中了你，可见马教授不是一般的有魅力。"确实，马兵就是这样一个人，把他放在人堆里，也很容易被挑出来——不仅因为他的个子高，更因为他从头到脚都写满了"安全可靠放心使用"的免检信息，任何人和他一接触，都会不由自主把他当成自己人，愿意把身家性命交给他，也愿意明目张胆地欺负他一下。

当然，马兵并不是专爱对小女生自投罗网，我还见过，他对服务生也能低到尘埃里——虽然那尘埃里并没有花。也是多年前了，我们去参加一个研讨会。会议开始前，服务生端水果瓜子上来，一不小心把果盘打翻了，瓜子撒了一地。没想到马兵马上离开座位，连声说："不要紧不要紧，地很干净，捡上来就行。"接着就蹲下来，和服务生一起捡收西瓜子。当地一位信佛的朋友过来说："撒了就撒了吧，这是定数，撒了就不用再拾了，这也算布施，那边有很多饿鬼等着吃呢。"见他说得认真，马兵这才住手，让服务生打扫干净。马兵捡瓜子这一幕让我很有触动，一则说明他很节俭，再则更说明他很懂得体恤别人，为了化解服务生现场的尴尬，他主动过去蹲到了地上，他把自己低到了尘埃，大家的注意力自然被他带走，从而让那个闯祸的服务生轻松脱身。尘埃里的马兵就是这样有心，有爱。

所以呢，马兵这样的人，谁不喜欢呢？马兵这样的人，谁不喜欢欺负呢？奇怪的是，马兵并没有变成可怜的受气包，反而像那片小树林里的白杨树，愈是负重，愈是挺拔。天底下花枝乱颤、左右逢源的奇葩俊才多了去了，马兵只是自守其身的一棵，虽然他并不显山露水，并不剑拔弩张，但是你要知道，有一种可贵的气度，往往就蕴含在最柔韧最磊落的心肠中。马兵的乡党孟夫子说："君子莫大乎与人为善。"马兵正如是。又说："我四十不动心。"马兵亦如是。

（赵月斌，山东省作家协会）

**同期声：**

"批评者不是硬生生的堤，活活拦住水的去向"——李健吾文学批评观的启示 // 马兵

故事，重新开始了 // 马兵

洞穴内外的阐释——马兵的批评路径 // 陈若谷

**行超**

1988 年生于山西太原。北京师范大学文学硕士，现供职于文艺报社。2010 年赴台湾大学交流访学，鲁迅文学院第三十四届高研班学员。研究方向为中国当代文学与文化，有作品见于《文艺研究》《文艺争鸣》《读书》《南方文坛》《小说评论》《上海文化》等。评论集《言有尽时》入选"21 世纪文学之星"丛书（2017 年卷）。

# 在文学的十字街头
## ——行超和她的批评

张 柠

　　标题中的"十字街头"，出自 20 世纪 30 年代的电影《十字街头》，是中国电影史上的名著，影片描写了一群青年知识分子在上海滩混生活的故事，由著名演员赵丹和白杨主演，其中的插曲《春天里》，是我这一代人年轻时的流行歌曲。当我在电脑边坐下来，准备写行超的时候，"十字街头"四个字突如其来，不约而至，于是我就把它放到了标题中，我觉得很恰当。

　　行超的名字与"十字街头"这个短语之间，有许多隐秘的关联。她的姓氏"行"字，本义为"道路"，读"杭"。在甲骨文和金文中，"行"字都像是一幅"十字街头"的简笔画。它的引申义为行走的"行"，读"形"，意思是在堂屋客厅里悠闲地踱步（《尔雅·释宫第五》："堂上谓之行""门外谓之趋""大路谓之奔"）。至于为什么用"行"字作姓氏，民间说法不一。有传说认为，"行氏"一族，源自商汤时代著名贤相伊尹。伊尹官职"阿衡"，后代便以"衡"为姓，后因故去掉了中间的"鱼"字作"行"，改姓"行"。伊尹后人中的"行"姓者，聚居在古周原、商丘、并州一带。行超的祖籍古绛州，亦为行氏的重要聚集之地。"行"，古音读如"衡"（《唐韵》户庚切；《正韵》何庚切），又读"杭"（《集韵》寒冈切；《广韵》虎狼切）。今日粤语行走之行还是读"杭"。现代汉语普通话行列之行读"杭",行走之行读"形"。此外,与氏族文化相关的,还有一层含义需要提及,那就是重商的晋人及其祖先,为殷商文化之遗胤。商代文明属于城市文明或者商业文明,有安阳、商丘、朝歌为代表的无数大大小小的城市,形成了一个发达的城市文化圈。更有以山西南部为中心的工商圈,以发达的矿业、冶金、铸造、贸易而著称于世。(张光直:《商文明》,第一章、第四章)"行氏"部族,正生活在这个商业贸易名称之由来的"商文化"区域。殷商这个发达的城市文明或商业文明,后来被西部游牧文明兼农耕文明的落后的周朝所灭,朝歌为代表的发达城市文明便成了罪证。周孔之后,才形成重农抑商传统,殷商的工商财富欲望故事和叙事传统,才被周秦的歌唱抒情赞叹歌谣和抒情传统所取代。

上面这段有些缠绕的文字,原本是无谓的,但它的确引出了一些跟行超和当代文学有着隐秘关联的话题。比如"行"的本义为"道路",其形状便是"十字街头"的简笔画。比如"行"字跟行走散步、休闲、游走的关系。比如氏族祖先与商文明和城市文明的关系。

行超不一定知道上面所说的那些。我认识她的时候,她还是一个孩子,刚刚告别令人烦恼的"中二"阶段,却俨然一副大人的架势。她的大二下学期,每周一次,午后,我都会到铁狮子坟校园去上课。行超总是坐在第一排,跟一群学霸为伍,但她的表情却很笃定,眼神也很低调,仿佛没有坐在第一排似的。每次微笑点头打招呼,很熟悉的样子,其实我根本不知道她叫什么名字。好像是2008年的下半年,有一天,我的博客上有一位学生求"互粉",点进去一看,这不就是坐在第一排那个像"小大人"似的安静的女孩嘛!进到她的博客里一看,嚯!一点儿也不安静,动感十足,一会儿在国外旅行,一会儿在国内暴走,一会儿在边塞,一会儿在沙漠,到处晃悠,四处行走。照片也很出彩:跟废墟合影,扮演堕落天使;在铁轨上伸开双臂玩平衡木,仿佛要飞到远方去似的;双脚和鞋子,和沙滩和贝壳合影;坐在高高的阳台上,险些要掉下来的样子;坐在绿皮火车上读书……我在某一年的"北师大读书节"上,作过一次关于"小清新文化研究"的演讲,就是以行超为原型的。本科时,她喜欢行走旅行照相,喜欢读西方文学名著,也喜欢白先勇、张大春、骆以军,还喜欢台湾的"眷村文学",喜欢听摇滚和民谣,喜欢《三联生活周刊》和《读书》杂志,喜欢林兆华、牟森和孟京辉。本科毕业的那一年,当我招收研究生的名额,已经被捷足先登者占满的时候,她突然找到我,说要跟我读研究生,还说她心里一直就是这样想的，那样子，就像在塞班岛海滩边的小酒馆里，跟老板要一个想象中的桌位那样。我说已经晚了，早干什么去了？你心里想的事谁知道啊？她也没多说什么，讪讪地到另一张桌子上去了，直到一位同学放弃而空出了名额，她又从那边桌子移到这边桌子上来了。

行超在当代城市流行文化中游弋，自己也处在潮流文化一线，也是城市"青年亚文化"的参与者和观察者。之所以冠以"亚"字，因为它不是主流文化。我们的主流文化，还是以中老年为代表的农耕文化。读研究生期间，行超就经常给我带来许多新的文艺和文化资讯，比如"痛仰乐队""新摇滚""草莓音乐节""校园民谣"，比如"宝莱坞"和"瑙莱坞"，比如黎紫书和骆以军的小说，比如南锣鼓巷小剧场最新剧目，等等。研究生一年级的时候，她交给我的第一批评论习作，就是与当代"青年亚文化"相关的文学艺术评论，我印象较深的有《新摇滚路上的长征》《好莱坞攻占宝莱坞》《告别情怀年代》等。这些文章，显示出行超对当代中国城市文化背景下的青年亚文化思潮，或者流行的文艺现象，具有敏锐的观察能力和辨析能力。《新摇滚路上的长征》一文，把中国当代"新摇滚"，置于"二战"以来国际青年文化背景中加以分析，从纽约的"伍斯托克"音乐节、凯鲁亚克、鲍勃·迪伦，到崔健、唐朝和魔岩三杰。她试图撕下中国当代"新摇滚"温情脉脉的面纱，还它以自由和粗犷的本来面目。《好莱坞攻占宝莱坞》一文，是谈亚洲电影的，她用"后殖民主义理论"为武器，分析了印度和中国电影，在"好莱坞"的挤压下的生存策略和窘迫面相，以及这些后发达国家"山寨版"好莱坞模式的生成机制。《告别情怀年代》一文，是讨论当代中国"校园民谣"的，如行超自己所言，它的确像一份理想主义者的告白。行超写道："对校园民谣的怀念，是我们对自己青春时代的缅怀——那代表着热情、纯粹、简单、反功利主义，代表着一切在这个时代正在远去却弥足珍贵的美好品质。"我觉得，她的这些评论习作，已经达到了发表水平，它们后来刊登在吴亮先生主编的《上海文化》和中国社科院的《中国社会科学报》等报刊上。

行超的第一篇学术论文，是她研究生二年级写的《当代汉语文学中的"边疆神话"》，刊于著名的学术期刊《文艺研究》，而且是那一期的头条。我亲眼看见了她写这篇文章时所受的磨炼，回想起来有些不忍，但她必须经历这一磨砺的过程。首先是阅读大量的跟"边疆"相关的文学作品，仓央嘉措、王蒙、张贤亮、张承志、马原，然后是阿来、杨志军、范稳、姜戎、冉平、何马，等等。这还没完，接着还要重读大量的与此相关的西方小说和理论，梳理长篇叙事文学发展脉络及其问题，最后才确定当代中国小说"边疆叙事"研究的题旨：从"弑父"到"寻父"。文章写完后，她说她快要崩溃了。其实，这些描写边疆生活题材的小说，并非她所爱，但她能坚持下来，的确不易。因为文学研究不是买衣服，可以专挑自己喜欢的。二年级的时候，她还去台湾大学交换学习，接触到大量台湾文学，并以"孤儿意象""流浪意识""眷村主题""精神原乡"为主题词，完成了硕士论文，涉及钟理和、吴浊流、陈映真、白先勇、张大春、骆以军、朱天文等大量作家作品的分析。

毕业后，行超到中国作家协会机关报《文艺报》工作，在评论部任编辑。对于《文艺报》，行超并不陌生。在学校的时候，她就参与过由我和其他几位导师主持的大型文献编撰课题，《中国当代文学编年史》的史料收集工作。对"第一次文代会"期间的《文艺报》（试刊）质朴而寒碜的样子，对于《文艺报》这份有着悠久历史传统的老报纸的招数和风格，也都是耳熟能详的。但面对这样一个大机关大楼，还有大嗓门儿大个儿大脸，她并不熟悉。但她能够迅速融入并得心应手，跟她身上具备的城市文明因子有关，不只是接纳"熟人社会"，也接纳"陌生人社会"；不只是接纳村里的熟人，也接纳街道上的陌生人，就像一位在异地旅行的人能够迅速交上朋友那样。

毫无疑问，《文艺报》就是中国当代文学的"十字街头"。俗话说："深山沟里读书，不如十字街头听话。"在我这个"深山沟里"读了几年书，现在到了中国作协那个"十字街头"听话。果不其然，她在那里工作了几年，眼界大开，成长迅速。但也变得忙碌不堪，又是编版，又是出差，又是访谈，还得抽空读书写作。除了早期的文化观察之外，她转向了当代青年作家研究和评价。她给我发来了她的书稿电子版，这是她的第一本评论集，将收入"21世纪文学之星丛书"。其中涉及徐则臣、路内、崔曼莉、马小淘、祁媛、周嘉宁、林森等一大批一线的青年作家。行超的文学评论路子很正。首先是追踪性阅读，对当代的文学局势了然于心。然后是尊重文本的客观性，从文本细读入手，对文学文本进行耐心的"事实判断"，而不是急着做"价值判断"，加上她敏锐细腻的感受和流畅的文字，让她在青年文学评论队伍中脱颖而出。我为她能在很短的时间里取得这样的成绩而高兴！我也希望她，能够由点到面，加强对面上的文学局势的综合判断力，并且逐步加大观察的"景深"，培养更深远的历史视野。

行超站在大都市的文学十字路口，打量着行色匆匆的陌生面孔和文学过客。

有时候又像一位侦探那样，尾随着或踌躇满志，或热情洋溢，或忧心忡忡，或居心叵测的文学，进入文学幽深的胡同，去刺探这个时代的文学秘密和精神秘密。这是由爱·伦坡、雨果、狄更斯、果戈理等先行者开创的，跟农耕时代的文明迥然相异的，现代城市文学传统。行超和她的同龄人一起，正站在中国城市的或文学的"十字街头"，参与着一种全新的中国"城市文学"的伟大实践。我有理由期待，这一实践，将成为"中国城镇化"宏伟乐曲中的一个华彩乐章。

（张柠，北京师范大学文学院）

**同期声：**

批评的味蕾 // 行超
当下文学中的青年形象研究 // 行超
重新解释"文学批评" // 岳雯

**徐勇**

1977 年生，浙江师范大学人文学院教授，北京大学中文系博士，复旦大学中文系博士后，中国现代文学馆客座研究员。曾获《当代作家评论》2016 年度优秀论文奖等多种奖项。近几年在《文学评论》《文艺研究》《文艺理论研究》《中国现代文学研究丛刊》《南方文坛》《当代作家评论》等刊物发表论文二百余篇，出版有《选本编纂与八十年代文学生产》等专著三部，主要从事文学批评和现当代文学研究。

# "前端"的追索
## ——徐勇印象

张颐武

最初认识徐勇，最直观的印象是他的强烈的表达的愿望。

在当年的博士的研讨中，他总是很热心地陈述他的观点，而他语速很快的激切的表达让人感到他所表达出的仅仅是他的想法的很少的一部分。这让人感到他想得很多，有许多在表达中难以呈现或难以确切把握的东西在他的语言的背后奔涌，那些丰富的思考，被语言陈述出来的其实只是冰山浮出水面的一部分。他的表达虽然很流畅，但似乎不足以传递他的思维的迅速的流动，他的表达在追着他的思维，但表达总是落在了思维的后面，显得总是那未表达出来的似乎有更多的价值和意义。他好像始终有很多涌动的思绪和感受，在言语的表达中寻找的出口。对他来说，语言好像总是不够用，总是比起思维的灵动和感觉的闪烁来得单调。丰富的感觉和思考似乎总是在寻找自己的表达，看得出它们在他表达和陈述的缝隙之中经常流出来，让我们能够感受到一些语言未尽之处。对徐勇来说，有太多的零散的思考需要整合为理论的思考和探究。他的执着和努力确实让人受到感染。这种表达让我觉得他的思维处于他的文字和表述的"前端"，文字和表达似乎追不上思维的前端，让人觉得他的思考始终没有停止，在陈述和表达中思绪一直在向外发散，那些词汇和句子不足以约束他的思考的范围。可以说，他一直在以一种无界的思考和追问的态度来努力尝试超出一般的学术工作的限制，通过这思考和追问来发现新的可能性。《文赋》中所说的"恒患意不称物，文不逮意"在某种程度上正好描述了徐勇的状况。他所追求的思考和探究总是尝试着发现新的东西，而这些似乎使他的思考总是面对新的挑战。这是徐勇很鲜明的特点。

这其实是来自他对于文学和文化的持续的关注，来自他对于这份别人看起来可能是平常的学术工作的挚爱。他始终是在"当代"的空间中追寻历史的来路，探究和解释当代文学和文化史的一些重要的问题，就是他的生活的全部。他是我的博士生，我们在他在北大学习的那个阶段有密切的交往，我在当时见证了他的成长和发展，我们师生之间有很深的情感，也有许多共同的兴趣。他到浙江师范大学任教之后，我们也还有许多交流。我感觉徐勇有很扎实的当代文学史的基础，在做博士生之前他已经有了当代文学教学的经历，这经历让他对当代文学的作品非常熟悉，对文学史的脉络有着很深的认知。这些年来，他又在理论方面有了更多的充实，视野也更为开阔。和他闲谈，总感到年轻学人在学术建制中的奋斗努力虽然有艰辛的一面，但更多的是对其研究领域强烈的探究的兴趣和不枯竭的专注的思考。他的研究和思考当然来自他对作品文本细致的阅读，也来自他所熟悉的文学史的脉络，但更多的是要理解自己所处的"当下"的来路，要洞察自己的精神背景。这让徐勇的研究不仅仅具有纯粹的学术性，而更是个人对自己的生命体验和感悟的一种表达。文学研究常常会有这种因素在，但徐勇的研究更是把自己隐隐地放入了理论的思考之中，让自己的感受和个人的历程和学术有了更多的融合。

他从对 20 世纪 80 年代以来的文学中的"青年"的文化想象的研究是他这些年工作的基础，也是他受到认可、具有影响的工作。这对青年的关注既有他自己的年轻时代的感受的基础，当然更有对五四以来中国"现代性"的思考。这"青年"的议题，其实抓住了中国现代性的关键的议题。青年文化一直是中国"现代性"文化想象的基础，也是中国"新文学"的基础。青年始终处于社会变化的"前端"。青年代表未来，必然战胜衰老，是从梁启超的《少年中国说》开启的现代中国的"大历史"中的一个核心的"元叙事"。中国的现代性的文化起点以五四这一青年运动作为其标志绝非偶然。它所创造的青春文化和衰老文明的二元对立的紧张关系引发了一系列的二元对立的决绝的断裂：新与旧，光明与黑暗，希望与绝望，前进与后退，等等。这些隐喻式的二元对立赋予了中国现代性对于历史的阐释的可能性，也找到了一个必须依靠青年来改变社会的基本的现代性的模式，这是现代中国人起步的原初性的想象所在。这种对于青年的想象一直笼罩着中国"现代性"的宏大叙事。只要想到我们从鲁迅、郭沫若、胡适等五四的先驱者的思想和作品一直到巴金等人的作品，直到新时期最初的那些关于青年的作品，中国的现代文化对于青年的想象始终没有根本性的变化。徐勇对新时期以来的青年文学的研究其实抓住了中国"现代性"的关键的议题。而徐勇关注的"新时期"以来的青年话语，一方面是回到五四，重新赋予了"青年"历史主体的位置。另一方面又赋予了他向世界开放，打破原有的计划经济的封闭性的含义。80年代以来的青年其实是中国的新的想象和来源，也是中国今天变化的历史的踪迹中的关键的部分。"青年"在新时期话语中的作用，其实是撬动历史的重要的支点。今天看来，这个勇于超越历史的因袭，敢于迎接世界的变化，坦诚面对真实的自我的新的想象，其实是这些年隐含在我们的知识和话语运作中的重要的部分。它们其实构成了新的空间中的中国想象的一部分。"青年"说到底是新的公民身份建构的一个关键的界定。他既是代际之间交替的标志，也是对于未来的想象的关键。如何建构未来中国的想象其实正是"青年"议题的关键。徐勇在这方面的工作其实有他自己的个人经历的影子，他当年的成长其实深受这些重要的思想潮流的影响，他作为青年的角色其实也受到了这些思潮和文本的限定。今天的反思其实是有着深刻的历史的视野的。

徐勇此后的研究实际上一直没有离开和"青年"相关的议题，只是在一个新的背景下不断地拓展其疆域。他在对80年代的"青年"的文化想象的研究之上，把视野聚焦在了80后、90后等的研究中，这是直面当下社会变化和文化想象变化的新的开拓。他其实发现，在急剧的全球化和市场化的进程中，青年的角色其实正在发生着深刻的变化。其"公民"的角色和"消费者"的角色正在共同构筑一个新的青年的形象。这有历史的展开，也有新的变化的结果。这是对原有青年角色的超越，也是新的青年的文化建构。这种新的青年文化其实包含了更为丰富的内涵，它其实是中国在急剧发展进程中新的自我认同的展开。21世纪以来的中国的大变化当然有其历史的根源，但其当下性正是在一个全新的全球的背景中展开的。青年其实已经不再是五四时代的历史限定所能概括的，而是一种不同于以往的角色。他们一方面是日常生活新的空间不断地展开的丰富性的发现者和传播者，另一方面是中国新的全球角色和形象的承载者。他们一面在充实着中国的认同感，另一面也在展开着某种超越历史藩篱的新的可能性。这些都在深刻地改变着我们的文化想象的基础。这些青年的"形象"有着人们都能感受到的和过去的巨大的差异，但又有其复杂丰富的"模糊"之处。他们在网络、在生活中所展现的形象，其实还有更多值得深入认知的空间。这其实也是他的"前端性"的体现。我的理解，"前端"是那些突出于时代的、先导性、启发性的议题的呈现。对于徐勇来说，始终在"前端"有所发现是他的兴趣所在。

在这方面徐勇的研究能够提供丰富的启示。这些年来他关注的领域在迅速扩展，他对当下文学的透视和分析其实正是基于这种对于社会变化"前端"的高度的关注。徐勇研究的"前端性"在于他的研究中说出的是对于这些问题的分析，而隐含在文本之内，却往往并未完全清晰的那些东西，其实更让人觉得有所启发。他的敏锐其实来自他的深入。这种敏锐和深入正是在文章开始时我所提到的他的思维不断试图冲出理论表达束缚的那种激切。这其实是徐勇的研究和批评工作赖以存在的基础。他不断地发现新的人、新的现象，不断地试图描述、分析、阐释这些新的状况的意义和价值。而阐述和分析又在变化中被不断地延展和变化。我觉得他的工作的持续性，一方面来自他对于当下的关键的问题，总试图去寻找历史的脉络和线索，给予必要的解释；另一方面则是他对于新的状况的不间断的兴趣，这给了他对文学和文化史研究的新鲜的力量。徐勇的研究始终立足于他的感受和经验，同时不断地理论化，不断地用理论的思考来面对新的文化状况，试图给予新的阐释。中国的文化的新的变化又不断地吸引他给予新的认知和理解。

我们可以对徐勇有更多的期待。

（张颐武，北京大学中文系）

**同期声：**

批评的"秩序"和有效性 // 徐勇
选本编纂与"第三代诗"的发生学考察 // 徐勇
在辩证形象与历史之间——谈徐勇的批评特点 // 谢俊

# 相携而行

1998 年，《南方文坛》希望有个更好的精神布局。

于是从 1998 年第 1 期始开栏"今日批评家"，以推介中国青年批评家为宗旨。在当期编者按，我写道："新年里，本栏将陆续把中国当下年轻的、活跃的、富有思想和学术品质的青年批评家以专辑形式推介给读者。此辑包括批评家的批评观（以卷首方式）、最新论文、对批评家的评介、个人学术小档案、近照等，以期汇集并学术地表现中国今日的批评家"，通过批评家对自己批评观的言说及其他批评家对他的再批评，批评家不仅展示了自己的最新成果，同时通过再批评，形成批评家相互间文学观念的交流，文化精神的对话，从而体现文学精神。如此坚持 20 年之久（中间休整了两年），至今已推出了 113 位彼时的新锐批评家，如今他们皆已成为中国文坛的中坚力量，《南方文坛》也因"催生了中国新生代青年批评家的成长和成熟"，被誉为"中国文坛的批评重镇"，深受业内鼓励。

可见，真正的受惠者是我们，因为"今日批评家"成为了《南方文坛》保持良好品格的重要支撑，可以说他们与当代文学的动态进程共同呼吸，保持了一种鲜活的在场状态。这个栏目既提升了刊物的品位和文化影响力，又通过对新锐批评家的关注，推动了当代文学批评的发展。

本书收入该栏目当期其他名家同行状写该批评家的印象记，共计 113 篇。需要说明的是，1998 年开栏时编辑理念还不够明晰，前 5 期没有组发印象记，只有一篇评论，直到第 6 期，才有完整的结构。为了本书及此栏目的完整性，将几篇相关评论一并收入本书。这些篇什，肖人肖事，鲜活如见，文字生动，令人会心会意之余，无不感念于名家同道间相携而行的文学传统，并心生敬意；而且，以如此灵动鲜活的文字，形成文学名家间文学观念与文化精神的对话，颇具才情，很是精彩。

于是，今日批评家与当代文学有了一个互文的精神通道。

戊戌立夏，书稿已交付出版社。为此，我们还请 2018 年为第五、第六期两位年轻批评家写印象记的张柠老师、张颐武老师提前交稿。时值己亥正月，因技术问题，书稿辗转作家出版社，才得以出版。感谢作家出版社及责编向尚女士，感谢筱茜工作室的辛勤工作！

是为记。

张燕玲

己亥·惊蛰

## 图书在版编目（CIP）数据

今日批评百家：批评家印象记 / 张燕玲，张萍主编 . --
北京：作家出版社，2019.9
ISBN 978-7-5212-0524-4

Ⅰ . ①今… Ⅱ . ①张… ②张… Ⅲ . ①散文集 – 中国 – 当代
Ⅳ . ①I267

中国版本图书馆CIP数据核字（2019）第083161号

今日批评百家：**批评家印象记**

**总 策 划**：张燕玲
**主　　编**：张燕玲　张　萍
**责任编辑**：向　尚
**稿件统筹**：李北京
**装帧设计**：李筱茜
**出版发行**：作家出版社有限公司
**社　　址**：北京农展馆南里10号　　　　**邮　　编**：100125
**电话传真**：86-10-65067186（发行中心及邮购部）
　　　　　　　86-10-65004079（总编室）
**E-mail:zuojia@zuojia.net.cn**
**http://www.zuojiachubanshe.com**
**印　　刷**：中煤（北京）印务有限公司
**成品尺寸**：165×230
**字　　数**：596千
**印　　张**：35.5
**版　　次**：2019年9月第1版
**印　　次**：2019年9月第1次印刷
ISBN 978-7-5212-0524-4
**定　　价**：88.00元